天涯文库

本书受到海南师范大学中国语言文学省级A类重点学科、中国语言文学一级学科博士点资助

明代诗学：
历史碎片的拼接与阐释

郭皓政　著

中国出版集团　东方出版中心

图书在版编目（CIP）数据

明代诗学: 历史碎片的拼接与阐释 / 郭皓政著. 一
上海: 东方出版中心,2024.4
ISBN 978-7-5473-2360-1

Ⅰ.①明… Ⅱ.①郭… Ⅲ.①古典诗歌－诗歌研究－
中国－明代　Ⅳ.①I207.227.48

中国国家版本馆 CIP 数据核字(2024)第 057342 号

明代诗学： 历史碎片的拼接与阐释

著　　者　郭皓政
策划编辑　潘灵剑
责任编辑　赵　明
封面设计　钟　颖

出 版 人　陈义望
出版发行　东方出版中心
地　　址　上海市仙霞路 345 号
邮政编码　200336
电　　话　021-62417400
印 刷 者　山东韵杰文化科技有限公司

开　　本　890mm×1240mm　1/32
印　　张　14.375
字　　数　344 千字
版　　次　2024 年 5 月第 1 版
印　　次　2024 年 5 月第 1 次印刷
定　　价　98.00 元

序

陈文新

明诗研究在近二十年间很是兴盛。我的一位研究古典诗的朋友，曾兴致勃勃地畅谈他的一个比喻，时间大约是 2004 年春天。大意是说：研究唐诗有如在游泳池中抓鱼，鱼是抓不到的（因为无鱼可抓），高下之别取决于抓鱼的动作是否规范、优美；研究宋元诗有如在池塘中抓鱼，大鱼少，小鱼多，高下之别既与动作是否规范、优美有关，也与捕鱼的多少有关，但通常只能抓到小鱼；研究明清诗有如在江湖中抓鱼，小鱼多，大鱼也多，高下之别主要看抓到多少大鱼，气魄和力量在此大有用武之地。朋友的这番"高论"，是从寻找好选题的角度说的：已有研究越是充分的领域，越难找到好的选题，如唐诗研究；已有研究越是不够充分的领域，越容易找到好的选题，如明清诗研究。明诗研究就是在这种背景下兴盛起来的。

我和皓政的师生缘分是从 2005 年开始的，他考入武汉大学中国古代文学专业，随我攻读博士学位。皓政的硕士学位论文《论徐渭对杜诗的接受》是在石玲教授指导下完成的，颇有新意，给我留下了很好的印象；而皓政厚重沉稳的性格，更增加了我对他的信任。我当时正主持编纂历代科举文献整理与研究丛刊，便问皓政，是否有兴趣研究明代状元文学。皓政一口应承了下来，从此埋头苦干，争分夺秒，竟把这个难度极大的题目拿了下来，高质量地完成了博士学位论文《明代状元与文学》，2010 年由齐鲁书社出版；

还在同门师弟甘宏伟的协助下完成了两百余万字的《明代状元史料汇编》，2009 年由武汉大学出版社出版。这两部书，为皓政的明诗研究奠定了厚实的基础。

《明代诗学：历史碎片的拼接与阐释》(以下简称"本书")是皓政多年来在明代诗学领域研究成果的结集。各篇写作时间跨度较大，最早的一篇是《论徐渭对杜诗的接受》，从生平、思想、创作等角度全面考察了徐渭对杜诗接受的内在原因及具体表现，进而对中晚明诗坛的唐诗接受情形进行了整体反思，以对常见史料的文本细读和阐释见长。该文主要取材于今人整理的《徐渭集》，同时涉及《徐渭集》未收、当时还未经整理的一些文献，如《青藤山人路史》《徐青藤批杜集》等。个别文献，如《徐青藤批杜集》，皓政当时虽未亲睹，只是根据周采泉《杜集书录》提供的资料进行研究，但已注意到了它的存在和意义。

《明代吴文化与馆阁文化的离合：从钱福〈明日歌〉谈起》也是小中见大、点面结合之作。不同之处在于，徐渭研究侧重于从接受史的角度作纵向考察，钱福研究侧重于从地域文化角度对京城与地方诗学作横向比较。

钱福是弘治三年(1490)的状元。在科举时代，状元是世人瞩目的焦点，但在现今的文学史研究中，钱福已基本淡出了人们的视野。钱福的《鹤滩集》虽然存世，但未经整理，很少有人关注，以至于其《明日歌》虽被选入中小学教材，在很长一段时间内，今人竟然不知道这首诗的真正作者是何许人也。钱福从诗学发达的吴中地区走向馆阁，又因个性太过张扬而罢职还乡，从这一个案，可以看到明中叶以李东阳为首的茶陵派兴起之时，吴中文化与馆阁文化错综复杂的关系。明代状元中不乏文学才能出众者，如康海、杨慎等，同时也有文采平庸之辈。状元作为科举社会中的特殊群体，其诗文创作既有共性，如与馆阁文学关系密切；也有个性，体现了不同的地域文化和时代特色。这提醒我们，对科举制度下的诗学生态,不能仅凭想象下结论,要深入历史现场,结合具体的时、地、人展开考察。

本书中的其他各篇,是皓政成为海南师范大学文学院教师后陆续完成的。可以看出,其研究视野在纵向和横向两个维度上不断拓展,每有新见。

《明代皇权制度与中央诗学生态》一文,考察了明代高度君主集权制度对京城诗学生态的影响。明代废除宰相制度,实行高度的君主集权制,皇权对文人集团的影响不容忽视。以往关于明代台阁体文学的研究,侧重于内阁制度的考察,皓政强调,阁权是依附于皇权而存在的,对明代帝王诗学应予以必要的关注;制度是由人来实施的,明代不同时期,皇权与阁权的关系也存在变化。明太祖朱元璋的诗学立场,是导致馆阁文学与山林文学对立的根源。朱元璋的诗文尚不失雄奇,其周围文臣的诗歌创作也各具特色,朱棣及"三杨"则是台阁体平庸肤廓文风的始作俑者。明代其他帝王的诗学主张各不相同,对诗学走向的影响或隐或显,或强或弱,但都不应忽视。

《明代宗藩制度与地域诗学生态》一文,同样是从制度史入手的。就地域诗学传统的形成和发展而言,明朝宗室成员的影响也许不是格外明显,但仍是一个重要因素:明代不少重要诗人都和宗室成员打过交道。通过考察其交游情形,有助于深化对文人心态的了解。

《明代政坛南北之争与前七子的崛起》揭示了前七子崛起背后复杂的政治背景和文化根源。气势和力度是前七子诗风和文风的魅力所在。对这种诗风和文风的估价,不宜单纯地采用文学的角度,至少还应采用社会学的、文化学的角度。盖前七子的崛起,既是一个文学事件,也是一个社会文化事件,与历史形成的南北人文差异以及明代科场中南北取士之争有着密切关联。这一事实,前人较少留意。

《明代"叹旧怀贤"人物组诗源流考论》一文，注意到明代复古派大量创作人物组诗背后的文化渊源。这类组诗有其特定的文体规范，从中可见明人对辨体的重视；从流派意识角度分析王世贞、胡应麟等大量创作此类组诗的动机，是一个新颖的切入点。

《论诗绝句视野中的明代诗学论争》一文，主要取材于郭绍虞、钱仲联等编选的《万首论诗绝句》，从论诗绝句这一特定视角切入，对明代诗学作了多角度、全方位的考察。其中涉及明人对前代诗学遗产的接受、清人对明代诗学的接受、明诗的经典化、宋明理学对明代诗学的影响、明清地域诗学格局的变迁等问题。《万首论诗绝句》在20世纪90年代初就已出版，其中所收论诗绝句以清人作品为主，相关研究还大有拓展空间。

《诗人之史·学人之史·编辑之史：三部早期明代文学史谫论》以20世纪30年代推出的三部早期明代文学史为研究对象，包括刘大白《明代文学》、钱基博《明代文学》和宋佩韦《明文学史》。在小说、戏曲研究占据明代文学研究主流的时代，这三部明代文学史均对诗文予以特别留意，诚属难得。从文学史书写的角度看，三部明代文学史各有特色，展示了文学史书写的多种可能性。

可以看出，本书所收的论文，一方面各有侧重，另一方面又有一些共同关注的问题。如对后七子主要成员王世贞、李攀龙、谢榛之间关系的考察，在本书前言及《明代宗藩制度与地域诗学生态》《明代"叹旧怀贤"人物组诗源流考论》《论诗绝句视野中的明代诗学论争》等文中均有涉及。对思想史视野下的明代诗学研究，皓政在《论诗绝句视野中的明代诗学论争》等篇目中从天人观角度作了初步阐释，肯定了部分理学家的诗歌创作。细心的读者，或可留意及此。

本书的编排颇具匠心。全书分上、下两编，上编"文化诗学"，侧重于明代诗学的共时性研究；下编"接受美学"，侧重于历时性研究。全书以明代帝王诗居首，类似于正史中的"本纪"，既显示了对明代政治制度和帝王诗学的重视,也有设立纵向坐标轴,对明代诗学作整体性编年研究的意味;第二篇宗藩诗则从空间角度展开。全书大致按照从宏观到微观,从京城到地方,从明初、中晚明、清代直到现代的顺序,通过这样的编排方式,将大量不同类型的史料分门别类地拼接起来,可以从多个侧面呈现出明代诗学的图景。

皓政为人,沉稳厚重,他的著述风格也是如此,几乎每一篇都是沉甸甸的。书中部分篇章,如果充分展开的话,几乎可以写成独立的专著,这样看来,皓政这本书,仿佛是就他未来的主攻方向作了预告。期待皓政围绕其中的一些大题目,继续作深入、细致的研究,不久之后奉献出更加引人瞩目的著述。是为序。

2023 年 7 月 31 日
于池谷小镇

前　　言

　　迄今为止,明清诗学研究领域已累积了不少优秀成果。与此同时,我们也不得不承认,明清诗学研究的文献基础尚有待夯实;在明清诗学发展进程中,有大量细节尚未得到充分关注。这提醒我们,在追求整体性研究的同时,也不应忽视对细节的把握。本书以"明代诗学:历史碎片的拼接与阐释"为题,用意即在于此。

　　笔者在明代诗学研究方面虽然少有建树,但关注这一领域也已经有二十年之久了。这段时期,恰好是明清诗文研究逐渐摆脱备受冷落的境地,迅速走向繁荣的二十年。与唐诗、宋词、元曲、明清小说等研究领域不同,明诗的经典化过程尚未完成,大量存世文献尚有待清理,是一片有待开垦的沃土,这是明诗研究最为诱人之处。在现行学术体制下,研究者追求学术成果的数量和创新性,纷纷涌入明清诗文研究这片在 20 世纪荒芜已久的园地,但是,究竟为什么要研究明诗,应当如何研究,很多学者,特别是年轻一代的学子,恐怕还没有完全想清楚。所幸的是,20 世纪以来,在唐诗、宋词等研究领域,已积累了不少可资参照的研究思路。20 世纪 80年代以来,西方现当代文学理论的大量涌入以及"方法热"的出现,也给明诗研究提供了不少新的理论武器。这些旧方法、新理论,被简单地套用到明诗研究方面,或许可以收一时之效,但长此以往,问题便逐渐暴露出来。

　　明诗毕竟不同于唐诗;明诗研究的重心和方法,也应有别于唐诗研究。最显著的差异,在于如何处理点与面、微观研究与宏观研究的关系。对于已基本完成经典化过程的唐诗而言，选择哪些诗人作为"点"，应不会有太大争议。明诗则不同。明代诗学论争激烈，一些在诗坛上叱咤风云的人物，本身往往也是富有争议的对象，其创作成就未必能够代表一个时代。相反，一些在诗坛上声名不彰的人物，其创作实绩反而有可圈可点之处。由于明人别集存世数量巨大，真正能够通读这些别集的学者不多，如何区别一流诗人与二流、三流诗人，就成了一大难题。我们经常可以看到，很多年轻的学者，只读过一两部明人别集或者总集，就动笔写文章；为了突出自己研究工作的意义，不惜盲目地拔高某一作家或者流派的文学史地位。这种"只见树木，不见森林"的现象，已引起学界不少有识之士的担忧。

在经历了近二十年"拓荒""淘金"式的"大开发"之后，我们对明代诗学生态、明诗整体面貌及其在中国诗学史上的地位，应该形成更为清醒的认识。许多在明诗研究领域浸淫日久、绩学有素的学者，正在有意识地朝这个方向努力。而更多年轻的学者，在明诗研究中，仍处于"追风"阶段，对明诗缺乏宏观认识，不免有"盲人摸象"之虞。有感于此，早在几年前，笔者就曾有志于对明诗研究的多元视角加以总结和反思，力求突破单一视角的局限，打破方法论的迷思和学科壁垒，寻找明诗研究的正确方向。笔者并不反对专门性质的研究，也认同学术研究应该"打深井"的说法，但反对"坐井观天"。术业有专攻，并不代表学者可以故步自封。研究对象不妨专一，研究的视角、方法则应该尽量多元化，视野要尽量放宽一些。唯有如此，学者对自身研究工作的意义才能保持清醒认识，对研究对象的把握才会更加全面，得出的结论也才能更加客观、公允。

不可否认的是，学者精力有限，穷其一生，能够在一个领域深耕细作，有所成就，已经很不容易了。特别是在现行学术体制下，学者如果不能在短时期内多出成果，就很难得到学界的认同，不可能人人都成为梁启超那样"百科全书"式的人物。但力有未逮，并不妨碍心向往之。

明诗研究应尽量避免流于碎片化、空洞化。在经过最近二十年的发展之后，研究者在选择研究对象时，不应再有"抢占山头"的念头（事实上，此类选题的空间也已不大），而应以问题为导向，加强对话，同时还要加强不同研究视角、不同历史时段、不同学科门类之间的互通，促进点与面、微观研究与宏观研究更好地结合。道理虽然简单，但实际操作起来并不容易。宏观研究的框架如何搭建，微观研究的个案如何选择，都是研究者需要深思熟虑的问题。

笔者才疏学浅，于诗文一道，尤非精熟。读书期间，所作硕士、博士论文，均与明诗有关，实属机缘巧合。但因此之故，也长期保持着对明诗研究领域的关注，并且有一些散漫的思考。每欲效野人献曝，将所见就正于学界同仁，又恐贻笑于大方之家，遂搁置一旁。今借"天涯文库"出版之机，将旧文、新思凑成一编，亦是滥竽充数而已。

翻开本书，明眼的读者自会发现，全书由几个自成片段的部分组成，在结构上不是那么完整、紧凑，内容也较为琐碎。对重视鸿篇巨制的读者而言，本书或许不值一哂。

在此，笔者无意为自己辩护，但还是有几句话想说。毋庸置疑，20世纪以来的中国古代文学研究取得了巨大成就，但无论是宏观、中观还是微观研究，都存在一些认识误区。宏观的、整体性的研究，以大量涌现的中国文学史、批评史、理论史著作为代表。其中不乏学术个性鲜明、具有真知灼见者，但也有一些著作材料陈旧、内容空洞、思想片面，存在着观念先行、以论代史、以西例中、以今论古等问题。中观和微观研究则存在考据烦琐化、研究对象碎片化等倾向。20世纪90年代，更有人提出"思想淡出，学术凸显"的口号，代表着学术研究从整体化向碎片化的进一步转向。

其实，不仅在古代文学研究领域，在整个人文社科领域，特别是历史学界，整体化与碎片化的矛盾都日渐凸显，成为学界和社会普遍关注的一个热点话题。整体化与碎片化是矛盾的两面。历史具有整体性，有其内在发展规律，这是不可否认的。同时，我们也必须承认，历史本身确实是由大量"碎片"（或曰细节）组成的。历史研究类似于拼图游戏，只有将"碎片"进行合理的拼接，才能展示出一幅较为完整的图景，同时让意义得以呈现。在明代诗学研究中，这一现象亦十分明显。本书不避嫌忌，以"历史碎片"命名，亦是基于如上思考。

一、史料的碎片

为什么说历史是由大量碎片组成的？因为历史包罗万象，大到政治史、军事史，小到普通人的日常生活，都是其不可分割的有机组成部分。只有将总体史作为研究目标，历史的完整性才有可能得以呈现。即便是总体史研究，也必须建立在对大量碎片搜集、整理的基础之上。所谓碎片，其实就是史料。文学史作为专门史的一种，在对史料予以鉴别的同时，无形之中也会切断不同史料彼此之间的有机联系。当这些史料被写入历史著作文本的时候，它们不过是一些从历史整体中摘选出来的碎片而已。我们对明代诗学的认识，也是建立在大量碎片的基础之上，其中有些碎片与明代诗学的关系较为明显，有些则不那么明显。

（一）史料与史实

明代诗学研究的史料基础，一是"诗"，二是"学"，三是"人（事）"。三者当中，表面看来，诗是最重要的史料。事实上，人才是最主要的因素。人始终站在历史舞台的中心，在文学史这样一个以人文活动为主的历史舞台上，人的重要性更加突出。学是诗与人之间的纽带。有什么样的人，有什么样的学，就有什么样的诗。古人强调文学研究要"知人论世"，就是此意。

　　与人相关的史料，最为丰富，最为驳杂，也最需要加以考订。以后七子代表人物王世贞为例。王世贞一生交游广泛，著述丰富。其交游者中，有复古派成员，有吴中文人，晚年虽隐居故里，但依旧交游遍天下。就家世背景而言，王世贞的祖父王倬、父亲王忬都曾任兵部右侍郎。王忬兼任蓟辽总督期间，因失职被诛。此事与严嵩、唐顺之皆有关。我们不能仅看到王世贞与严嵩的矛盾而将其视为文化英雄，也要考虑到他与唐宋派的关系，历史真相如何，还有待深入考辨。在后七子内部成员之间，王世贞与李攀龙、谢榛及其他复古派成员之间的关系，都远比我们想象的更加错综复杂。而李攀龙除了与王世贞等人交往外，还与济南德王府右长史许邦才、官至文渊阁大学士的殷士儋等同乡交游密切；王世贞与许邦才、殷士儋等人的关系就很值得深入研究。王世贞的乡人中，有官至首辅的王锡爵、官至礼部尚书的徐学谟、著名文人归有光等。这些人物的政治立场、诗学思想也值得研究。总之，欲深入了解王世贞的诗学思想，就必须对其生平及与之有交游的人物作通盘考察。由于涉及面太广，这几乎是不可能的，我们所能够了解的不过是见于文献记载的一些历史碎片而已。

　　值得注意的是，王世贞不仅是诗人，也是历史学家。王世贞著有《弇州山人四部稿》《弇州山人四部续稿》《弇山堂别集》《嘉靖以来首辅传》《明野史汇》《国朝纪要》《艺苑卮言》《觚不觚录》等，其中包含了大量文学史料和政治史料。王世贞门人董复表据其遗稿，于万历四十二年(1614)编成《弇州史料》一百卷。这些史料，有些虽然只是王世贞的一家之言，却对后来的《明史》编纂产生了深远影响。李攀龙、谢榛、许邦才、徐学谟等在文学史上的形象，很大程度上是由王世贞塑造出来的。王世贞的史才虽然出色，但其史德如何，更值得思索。

　　与王世贞同样值得关注的，还有钱谦益。钱谦益编选《列朝诗集》，其中的诗人小传缀合起来，近似于一部明代诗史。钱谦益还有志于编撰《明史》，后因遭火灾，手稿全部付之一炬。钱谦益亦不乏才、学、识，其史德却不足以取信于世。

只有充分发掘史料，才能更加贴近历史现场。但真正的历史现场永远无法复原。即使我们可以穿越到明朝，置身于明人的日常生活世界，其间的文坛恩怨、政治斗争等，也不是轻易就能够洞察的。过往的历史已经烟消云散，后人能够见到的，只是散落在纸面上的历史碎片的投影而已。

（二）文本与碎片

研究明代诗学，经常用到的古籍文献主要有史志、别集、总集、诗话、笔记等。这些古代文献与现代著作相比，具有明显的碎片化特征。

先看史志类文献。中国古代史学发达，历史著作形式多种多样，主要有编年体、纪传体、纪事本末体、地方志等。编年体如《明实录》，乃以时间为纲目，近似于流水账，逐日记录发生的重要事件和政治言论等。只能择要而书，不可能面面俱到，对于时间跨度较长的事件，也无法完整地交代事件的来龙去脉。纪传体如清代官修《明史》，其中包括帝王本纪、志、表、人物列传等，其《艺文志》《文苑列传》中保存的文学史料较为集中。但《艺文志》只是一份书单，人物列传各自独立成篇，碎片化特征也十分明显。纪事本末体如《明史纪事本末》，其中与文学有关的资料较少，只能作为文学史研究的背景资料。与《明史》相比，地方志保存了更多作家的传记，但大多只是寥寥数语而已。

别集是研究古代作家及其文学创作、文学思想最基本的文献。与现代作家的诗集、文集不同，古人不太重视虚构，因而其别集中的诗文往往与自身生活经历密切相关，是其生平经历、思想情感、交游、日常生活的真实写照。但这些诗文又大都篇幅短小，彼此不相连属，具有碎片化特征。

特别值得注意的是，别集中保存有大量书牍，为我们研究明代作家社交网络及其真实心态提供了珍贵的第一手资料，但这些书牍碎片化特征也很明显。如李攀龙给谢榛、许邦才等乡党的书信，与其致后七子其他成员的书信，其口吻可能是不同的；王世贞致不同对象的书信，口吻也不同。只有将所有书牍联系起来考察，才能对他们彼此之间的关系有全面的认识。

别集有小集、选集、全集等类型。从编纂过程看，有些作家对编入别集的作品进行了精挑细选，有些作家则企图以多取胜，如王世贞别集多达数百卷，其代表作难以甄选。另外，作家的某些著作，如学术著作、戏曲、笔记小说等，一般是不收入别集的。欲全面研究作家思想，不能完全依赖别集。现代学者对明人全集的整理，体现了对整体性的追求。

与别集相比，总集涉及的作家较多，同时选本批评功能也更强。有些总集意在以诗存人、以诗存史，有些总集意在标举某种文学主张。在反映一个时代、一个地区，或者某种文体的整体创作成就方面，总集更具有整体性。但是，在针对某一个作家的具体研究方面，总集的碎片化特征比别集更加明显。

评点、论诗诗、诗话等是中国古代较为流行的诗歌批评形式。评点是古人读书时随手记下的零星感受，少则一两个字，多者也只是寥寥数语，碎片化特征最为明显；论诗诗受篇幅所限，追求意在言外，以小见大；诗话较具规模，但除少数诗话类著作具有较为完整的理论框架外，大部分诗话著作都是由零篇散帙组成，随感而发；或者以记载文人轶事为主，是碎片的累积。笔记也是如此。

(三) 结构与阐释

明代诗学文献史料的碎片化状态，在保存基本史实的同时，也给后人留下了各种阐释的可能。从文献学角度看，史料有常见、稀有之分；从史学和阐释学角度看，其价值并无高下之别。只有将大量相关史料加以拼接，在整体结构中，历史的丰富内涵才能够被更加充分地揭示出来。

不同的文献中，对同一个人物、同一桩事件的记录，不仅在文本结构方面有别，细节上也存在差异。史料首先要经过鉴别，去伪存真。事实上，对史料的阐释过程，在史料拣择阶段已经开始了。如钱谦益编选《列朝诗集》，对作品和人物传记资料的拣择，就明显受到其个人主观因素的左右。朱彝尊编《明诗综》，在罗列各家意见的同时，附上自己的点评，意在兼顾阐释的客观性和主观性。

现代意义上的文学史、批评史、理论史著作，其逻辑结构更为完整，理论体系更加严密，但与历史本身的距离也在逐渐拉远。考察明代诗学，除参考文学史外，也要参考政治史、文化史等，因为它们都是总体史的有机组成部分，彼此之间有不可切割的关系。只有将视野放宽，才能最大限度地还原历史文化语境。

历史具有综合性。古人云："六经皆史。"总体史只能作为一种理念、一种目标，贯穿于各专门史的研究过程中。真正意义上的总体史，应包括自然史和以人类活动为中心的历史。前者即古人所说的"天"，后者则囊括了政治史、社会史、思想史、文化史、文学史、等等。历史的整体结构框架只有一个，即"天人关系"。中国古代文、史、哲不分家，将"天人之学"视为学术的最高境界，是有其道理的。任何性质的专门史，都是从"天人之学"的整体框架体系内割裂出来的一部分，因而也都带有历史碎片的性质。从"天人之学"的总体视角出发，本书在论述明代诗学时，对思想史的影响也将予以特别关注。

本书分为上、下两编，上编为"文化诗学"，下编为"接受美学"。这一结构设计，意在放宽视野，补充更多历史细节，将明代诗学碎片置于更大的框架结构内进行拼图，力求对明代诗学史产生新的认识。

二、历史的拼图

历史著作不能完全等同于历史本身。历史本身虽然也是由大量碎片或者细节组成的，但这些碎片、细节彼此之间存在着有机联系，共同组成了一个不可分割的整体。历史著作则必须对史料碎片进行选择，并重新组合。在史料选择与组合的过程中，存在着两种相反的取向：一是重视对整体性的追求，二是注重对"碎片化"（或历史细节）的呈现。"碎片化"处理方式只能作为对历史整体性认识的补充，不应成为历史研究的主流。如果"只见木，不见林"，历史研究就会在"碎片化"丛林中迷失方向。

追求整体性效果的历史著作，所呈现的也未必是清晰、完整的历史原貌。我们所能够做到的，只能是尽量站在时代的制高点上俯瞰历史全貌，把握历史主流。

从诗学本位出发研究明诗的论著已有很多。本书力求"跳出明诗看明诗"。其中包括两层含义：一是跳出诗学的圈子，将明诗置于更加广阔的文化视野之中进行研究；二是跳出明代的圈子，将明诗置于更加漫长的历史长河中进行考察。

（一）政治史与总体史

本书的上编是"文化诗学"。这一部分既重视文学研究的内部视角，也关注文学研究的外部视角。

第一篇《明代皇权制度与中央诗学生态》和第四篇《明代政坛南北之争与前七子的崛起》，均与政治史有关。政治在人类社会生活中，长期扮演着重要角色。如何看待政治与文学的关系，一直是文学史上备受关注的议题。在诗学领域，政治的影响力同样不容小视。中国自古重视"诗教"，将诗歌与教化、诗运与国运捆绑在一起。

明代前期，政治色彩鲜明的台阁体曾经统治诗坛上百年。明代诗学论争的兴起，即以此为主要背景。而明代诗学论争的过程，以及清人对明代诗学论争的评说，亦与政治有着千丝万缕的联系。

就文学而言，政治属于一种外部研究视角；在所有外部研究视角中，政治视角占有特殊的重要地位。在中国传统文化中，政治与诗学、史学都有密不可分的联系。政治既是儒家诗学关注的重点，也是传统史学的主要支柱。所以，不管是诗学理论研究，还是具体作家研究、论争事件研究，政治都是不可或缺的视角。

中国古代被奉为正史的二十四史系列，是以政治史为骨干的整体史。在体例设计上，二十四史属于纪传体，帝王本纪被置于卷首。就正史的体例设计而言，帝王本纪兼有编年体的优长，有助于对某一朝代历史的宏观、纵向把握。同时，古代帝王对社会生活的确有不可忽视的影响。尤其是在明代，朱元璋废除宰相制度后，实行高度的君主集权制，直接导致了明前期一百多年间台阁体一统天下的局面。所以，欲从整体上把握明代诗学的发展流变，帝王诗学是一个不可忽视的视角。

在明代中后期诗学论争中，馆阁文人也扮演着重要角色。本书对明代台阁文学未作专题研究，但在第三篇《明代吴文化与馆阁文化的离合》、第四篇《明代政坛南北之争与前七子的崛起》中，对台阁重臣的诗学影响也有所论及。

在现代史学界，政治史一统天下的局面已经不复存在，社会史一度取代政治史，成为表达对历史整体性追求的重要途径。但社会史研究的对象，渐有趋于"碎片化"之势。所以，近年来，学界对政治史的关注度又有所提高。政治对历史（包括对文学史）的影响不必过分夸大，但绝对不容忽视。

（二）文化史与文学史

本书的第二篇《明代宗藩制度与地域诗学生态》、第三篇《明代吴文化与馆阁文化的离合》均与地域文化史有关，最后一篇《诗人

之史·学人之史·编辑之史：三部早期明代文学史谫论》，是对现
代学者撰写明代文学史之早期源头的考察。

在现代史学领域，文化史、文学史已成为与政治史并列的专门
史。史学研究向专门化、多元化发展，这是一件好事，但也要警惕
由此而人为造成的学科壁垒。在专门史研究过程中，如果放弃对
总体史的追求，只会让专门史成为更大的历史碎片。

历史不仅具有时间维度，也有空间维度。正因如此，中国古代
才会形成修纂地方志的优良传统，以地方志作为对正史的补充。
文学史研究同样要重视共时性及历时性的空间维度（或曰"文学地
理"）的存在。忽视空间维度，文学史上的大量细节就会被忽略掉。

历史宛如长河，我们可以从共时性角度划分出不同流域；也可
以从历时性角度，将这条长河区分成上、中、下游。但所有边界都
是人为制定的，而不是客观存在的。文学史分期问题一直令学界
感到困扰，特别是易代之际的文学归属问题，最容易引起争议。在
所有专门史中，政治史的分期问题也许最容易解决，同时也为其他
专门史的分期提供了参考。其实，政治史的分期也具有主观性。
如清王朝的建立，可以追溯至 1616 年（明万历四十四年）努尔哈赤
建立后金，1636 年（明崇祯九年）皇太极改国号为清；1644 年清兵
入关后，南明王朝依然存在，直到 1662 年康熙继位后，南明才正式
宣告灭亡。我们将 1644 年崇祯皇帝自缢作为明清两朝的分界线，
也只是人为的界定而已。政治史的分期尚且如此模糊，文学史的
分期就更难界定了。历史分期的主要目的是方便表述，绝不能以
此为借口，对历史任意切割，更不能因此而忽视了对历史的宏观
把握。

（三）接受史与断代史

本书下编命名为"接受美学"，由四篇文章组成。

第五篇《论徐渭对杜诗的接受》属于个案研究。在明代文学史

上，徐渭是一个特立独行的人物。他既重视对传统诗学遗产的继承，又能够在诗歌创作中展现出鲜明的文化个性。以徐渭为枢纽和参照，可以加深我们对七子派、公安派诗学主张的认识。

第六篇《明代"叹旧怀贤"人物组诗源流考论》，指出明代盛极一时的人物组诗创作风气渊源有自，主要是沿袭《文选》中颜延之《五君咏》、谢灵运《拟魏太子邺中集诗》及唐代杜甫《八哀诗》开创的传统。明代复古派的拟古习气及门户标榜之风，为此类组诗的大量涌现提供了文化温床。

第七篇《论诗绝句视野中的明代诗学论争》，从明人对明前论诗绝句的接受、明人论诗绝句的思想文化特色、清人论诗绝句对明诗经典化过程的影响等方面展开考察。明代是论诗绝句的低谷期，清代则是论诗绝句的繁荣期，文中也对这一转折过程作了反思。此外，还从论诗绝句的视角，考察了宋明理学对诗学的影响、明清地域诗学格局的变迁等问题。

第八篇《诗人之史·学人之史·编辑之史：三部早期明代文学史谫论》，从断代文学史入手，考察了 20 世纪早期的现代学者对明代诗文的接受情形。

以上八篇，各不连属，从不同视角对明代诗学进行了考察。除第三篇、第四篇、第五篇具有较为明显的个案研究性质外，其他各篇都试图从某一侧面对明代诗学的总体面貌进行勾勒。其中的每一个题目，几乎都可以写成一部专著。进行个案研究的各篇，也努力追求"以小见大"。受学力、精力、时间所限，笔者目前对相关论题研究得还不够深入，文章内容衔接也不够紧密。

本书在有限篇幅内，既重视对整体性的追求，又不肯放弃对更多细节的呈现，因此，不免会有一些碎片拼接的特点。笔者承认，这确实是一个缺陷。特别是第一、第二、第六、第七诸篇，笔者没有刻意对其作修饰，宁愿以此蓬头粗服的形象示人，一来是因为完成时间较晚，写作过程有些仓促；二来也是想借此表明，文学史研究确实有些类似于拼图游戏,从不同视角出发,选取同一类型的历史碎片,也可以拼凑出一幅较为完整的历史图景。当然,这种小型的拼图,只不过是更大拼图的一部分而已。

三、阐释的空间

承认历史是由大量碎片组成,历史研究具有拼图性质,并不意味着认为历史本身不具有整体性,也不意味着认为历史的发展没有规律可循。大量的历史碎片,彼此之间是有联系的,它们共同构成一个有机的整体。对历史碎片进行拼接,不是任意地拼凑,而是首先要找寻它们彼此之间的联系。拼图是为了更好地阐释。历史碎片可以有千万种拼接方式,拼接出千万种图景,但正确的只有一种。在一幅正确的拼图中,所有真实的碎片都可以找到自己的位置。如果有一块历史碎片在拼图中找不到恰当的位置安放,要么是这块碎片不够真实,要么是拼图方式有误。

(一) 前见与接受

历史拼图的过程,同时也是研究者对历史进行阐释的过程。阐释本身具有主观性,只有承认和察觉主观性的存在,并努力避免之,才能更大限度地接近客观。

历史是由人书写的,以往大量的历史著作,不代表历史本身,而是历史学家对历史碎片所作的各种拼图。其中,有些拼图是正确的,有些拼图则可能是错误的。

就明代诗学研究而言,从明清时期具有文学史性质的著作,例如《明史・文苑传》《列朝诗集小传》《明诗综》《明诗纪事》等大型总集,到现代意义上的断代文学史、分体文学史、文学批评史、文学理论史等,都具有拼图的性质,其中都包含着文学史家对文学史料的主观阐释。有些文学史家可能认识不到自己前见和视域局限的存在,自认为是在客观地书写历史;有些文学史家意识到了自己前见的存在,力求打破视域局限,尽量客观地书写历史;还有些文学史家是在前见的指引下,随心所欲地切割历史,任意改写历史。

如何才能最大限度地摆脱前见的束缚、突破视域局限,这是历史学家、文学史家需要认真思考的问题。

前见和视域局限不仅存在于历史研究中,也存在于诗学研究中。什么是真诗？这是明人一直在苦苦探寻的问题。对诗歌本质的认识,与对历史真相的认识同样困难。复古派要打破台阁体造成的前见和视域局限,性灵派同样要打破复古派造成的前见和视域局限。清人要打破明人造成的前见和视域局限,现代学者也同样要打破清人造成的前见和视域局限。大多数人认识不到这一点,处于盲目追风的状态;少数人意识到了这一点,能够独立于时代风气之外;极少数有大力者则登高而呼,从而扭转一时风气。但时代风气屡变,不代表总能找到正确的发展方向。历史的长河总是要经过千折百回,在不同时代的河床中,呈现出不同的景象。

(二) 当下与过去

一切历史都是当代史。说得更准确一些,应该是"一切历史著作,都是由当代人书写的",都有服务于当代社会的使命。尽管有些历史学家主张历史研究应该是纯客观、无功利的,但实际上这一目标很难达成。历史学家提倡实录精神,但难以实现绝对实录;历史研究应力避主观,但也难以做到完全客观。学者应避免急功近利,而不是完全拒斥功利。我们反对历史虚无主义,反对将真实、完整的历史碎片化。但我们也要承认历史的复杂性,承认史料碎片存在的真实性与合理性。史料碎片愈多,历史拼图才会愈加完整。

一切时代的诗学,都带有其特定的时代烙印。我们承认真诗的存在,但真诗并不一定是纯诗,其中也包含着真情、真思等诉求。承认纯诗或者纯文学,意味着割断文学史与总体史的联系,而这样做显然是不可取的。我们应当承认,诗歌审美特征具有多样性、复杂性、时代性。明代前后七子将盛唐诗歌视为诗歌审美的最高典范,将李白、杜甫作为学习的榜样,这本身无可厚非。但中国诗史上绝非只有盛唐,唐代的优秀诗人也并非只有李、杜。以王、孟、韦、柳为代表的山水田园诗人,也取得了不凡造诣,而这一派又可上溯至东晋伟大的田园诗人陶渊明。宋明理学家对陶渊明也极为推崇,陶诗的平淡自然之美,是建立在高尚的人格境界之上。李、杜的伟大之处,也与思想境界有关。明代七子派学习李、杜,主要是模仿其文体,因而无法具有真正打动人心的力量。

明代前后七子提倡"诗必盛唐",有其特定的时代文化背景。不可否认,在当时他们确实给沉闷的诗坛带来一股清新之风;但这种"以复古为革新"的做法,只能奏一时之效。如果没有真正的创新,仅仅依靠复古的手段,时间一久,便无法再新人耳目。公安偏于解构,竟陵取径狭窄,两派的诗学影响均难以持久。清人提出的神韵说、格调说、性灵说、肌理说,在诗学理论上更加完善,也更加深入;清人站在不同的理论立场上,对明诗也有了更深一层的认识。但清人的认识仍不免有片面之处。至晚清,王国维提出境界说,才真正将文学创作与自然境界、心灵境界、人生境界打通,使得文学批评的视域突破种种局囿,变得豁然开朗。迄今为止,从境界说角度研究明诗的论著还不多见。

在明清诗学流派发展过程中,统系意识对于联通当下与过去发挥了重要作用。陈文新师《中国文学流派意识的发生和发展》一书对此有精妙阐释。从明诗经典化角度看,统系意识也影响到一些诗人在明代诗史上的重新定位。如袁宏道对徐渭的发现,钱谦益对"嘉定四先生"尤其是程嘉燧的推崇,王士禛对山东诗人群的重视,袁枚对王彦泓的肯定等,都扩大了这些诗人的影响。当然,围绕这些诗人,也存有不少争议。但可以肯定的是,如果没有重要诗学流派领袖人物的揄扬,很多诗人可能只会成为明代诗史上的流星,成为默默无闻的"历史碎片"。这也提醒我们,明代诗史上可能还有很多需要重新定位的诗人。研究明代诗学,不仅要重视流派论争,也要留意那些独立于重要文学流派之外的作家。明诗的经典化道路还要继续走下去。

(三) 同情与对话

陈寅恪曾经指出:"凡著中国古代哲学史者,其对于古人之学说,应具了解之同情,方可下笔。盖古人著书立说,皆有所为而发;故其所处之环境,所受之背景,非完全明了,则其学说不易评论。"[①]

对于明代诗学研究而言,"了解之同情"的立场亦同样重要。所谓了解,不只是针对特定研究对象的考据,还包括对整个社会环境、历史文化背景的了解。明代诗学研究应建立在对全部明代社会历史、整个中国传统文化有充分了解的基础之上。

在明代诗学研究中,还应当秉持一种对话的态度。

首先,是与明人对话。明代诗学以论争激烈而著称,特别是明代中后期,各种诗学观点激烈碰撞,对于每一种观点,我们都应当认真倾听,不要轻易为某一种观点所左右。同时,明代诗学史上还有一些思想家、政治家,以及一些不那么著名的人物,其诗学观点可能更加中庸、持平,对于这些人物的诗学观念和诗歌创作,我们也应留意。

其次,是与清人对话。与明代相比,清代诗学理论更加发达,整体诗歌创作成就也较高。因此,清人对明代诗学的评论,便值得我们特别重视。当然,清人也有各自不同的诗学立场,他们对明诗的评论可能也夹杂着一些其他因素,对此也应予以辨别。

再次,是与传统对话。明清时期,是中国古典诗学的总结期。

[①] 陈寅恪:《冯友兰〈中国哲学史〉上册审查报告》,见陈美延编:《陈寅恪集·金明馆丛稿二编》,生活·读书·新知三联书店,2009年,第280页。

明代诗学中,哪些思想是对传统的继承,哪些思想是对于传统的发展和创新,明代诗学在整个中国诗史上应当如何定位,这些都是值得我们深思的问题。

复次,是与现当代学术及西方文化对话。与传统学术相比,现当代学术更加注重理论体系建设。西方异质文化的传入,也为我们研究中国古典诗学提供了他山之石。近代王国维就是在融合中西文化的基础上,提出了境界说。境界说兼顾人生境界与艺术境界,较清代四大诗学有了进一步发展。如果我们用境界说去衡量明诗,就会对明诗产生许多新的认识。西方文论、西方史学,对于研究明代诗史,都有值得借鉴之处。当然,西方文化与中国传统文化毕竟存在隔阂,我们只有回到中国历史文化语境之中,深入发掘中华优秀传统文化宝藏,才能加深对明代诗学的认识,进而推动中国当代文论话语体系的建设。

最后,需要再次申明并向读者致歉的是,本书未经精雕细刻,就整体结构而言,不是一块晶莹的美玉,更像是几块顽石堆积在一起。就个别篇章而言,也只是将搜集到的史料碎片归拢到一起,略微梳理了一下,并在此基础上提出了一些粗浅的见解。明人袁宏道《叙小修诗》云:"其间有佳处,亦有疵处,佳处自不必言,即疵处亦多本色独造语。然予则极喜其疵处。而所谓佳者,尚不能不以粉饰蹈袭为恨,以为未能尽脱近代文人气习故也。"①拙著自然不敢与小修诗相提并论,但力避粉饰蹈袭,争取独抒己见,则是笔者一以贯之的治学追求。读者通过本书,如果能够对明代诗学多一些了解,在思想上摩擦出一些新的火花,笔者便于愿足矣!

---

① 袁宏道:《叙小修诗》,见郭绍虞主编:《中国历代文论选》第 3 册,上海古籍出版社,1980 年,第 211 页。

目　　录

下编：接 受 美 学

上编：文化诗学

明代皇权制度与中央诗学生态

政治制度是维护和监督国家机器保持正常运作必须遵循的基本规范,同时也为各种政治力量之间的权力角逐提供了一个竞技场。政治制度对文学生态具有深远影响,明代也是如此,明代政治制度对明代诗学论争的整体格局产生直接冲击或者间接影响。政治精英人物、政治事件对诗学的影响,都是在政治制度的规范之下展开的。因此,我们在探讨明代政治与文学关系时,首先应对明代政治制度有所了解。

对明代政治斗争影响较大、比较具有时代特色的几种政治制度包括:皇权制度、宦官制度、内阁制度、监察制度(言官制度)等。其中,皇权制度是明代政治制度的中心。

一、明代高度君主集权制
与文学场域论争

明初,朱元璋废除了在中国已实行上千年的宰相制度,将大权独揽于一身。这是中国政治制度史上的一件大事,它对明代帝王与文人集团的关系产生了深刻影响。朱元璋《皇明祖训》首章:

> 自古三公论道,六卿分职,并不曾设立丞相。自秦始置丞

相,不旋踵而亡。汉、唐、宋因之,虽有贤相,然其间所用者多
有小人,专权乱政。今我朝罢丞相,设五府、六部、都察院、通
政司、大理寺等衙门,分理天下庶务,彼此颉颃,不敢相压,事
皆朝廷总之,所以稳当。以后子孙做皇帝时,并不许立丞相。
臣下敢有奏请设立者,文武群臣即时劾奏,将犯人凌迟,全家
处死。[①]

在中国政治史上,皇权自古以来就被披上了"君权神授"的外
衣,具有神圣不可动摇的地位。但在国家政权实际运作过程中,主
要依靠的还是文人政治。治国平天下,这是文人的事业。朱元璋
打破了这种微妙的权力平衡关系,他不仅拥有君主之名,还要独揽
行政大权之实。

明代废除宰相制度后,职归六部,权力集于君主一身,实行高
度的君主集权制。最接近君主这一权力中心的,是宦官、内阁和言
官。在处理朝政时,宦官执掌批红权,内阁握有票拟权,言官拥有
纠察权,成为三股主要的政治力量。各种权力之间既互相勾结,又
互相争斗。

仅就制度层面而言,皇权在明代政治生活中处于绝对核心地
位。宦权、阁权、言权等均为皇权的延伸。名义上,宦官是不得干
预政治的。内阁在明初也只是一个顾问机构,并无实权。言官大
多为中下层官员,权力也有限。但制度是由人来运作的。明初的
几位君主颇有雄才大略,将权力牢牢控制在自己手中。正统之后,
皇帝渐渐不理朝政,宦权与阁权日益扩张。明代中后期,宦官把持
朝政的现象屡见不鲜,最著名的权阉有正统时期的王振、正德时期
的刘瑾、晚明的魏忠贤等。宦官虽然可以倚仗皇权狐假虎威,但毕
竟名不正,言不顺。与此同时,内阁的权力也逐渐扩张。中晚明时

---

① 张德信、毛佩琦主编:《洪武御制全书》,黄山书社,1995 年,第 387 页。

期,内阁大学士虽无宰相之名,却已有宰相之实。言官群体一开始只是政治斗争的工具,万历以后,在激烈的党争中,言官群体也成为一支重要的政治力量。晚明时期,东林党、复社、几社等在野党派也在国家政治生活中发挥了重要作用。

与政治场的权力角逐相应,明代文学场的话语权力也呈现出从皇帝、台阁、郎署、布衣渐次下移,从中央向地方逐渐外移的趋势。

明代的高度君主集权制,还体现在皇帝打破了"刑不上大夫"的传统惯例,经常用杖责等残酷刑罚来滥施淫威;而略有一些骨气的文人,尤其是下层的言官,则会为了一些小事不惜触犯皇威,以此显示文人的气节。对皇帝唯命是从的台阁大臣,与矫激的中下层文官,两者形成强烈反差,成为明代政治斗争的一大特色。

明朝历代皇帝的不同个性,决定了他们与文人集团的关系也不尽相同。例如,弘治年间,明孝宗在政治上比较开明,与内阁相处融洽,对下层文官也比较宽容,造就了明代中后期政治上难得的黄金时代,史称"弘治中兴"。嘉靖、崇祯两位皇帝虽然也想在政治上有所作为,但性格刚愎自用,与文人集团的矛盾始终无法调和。而那些平庸甚至荒淫的皇帝,缺乏文人集团的辅佐,在政治上就更加难以有所作为了。

王天有按照君主的政治表现,将明代帝王分为四种类型,即:(一)开创型,如太祖、成祖;(二)守成型,如仁宗、宣宗、景帝、孝宗、穆宗;(三)更易型,如建文帝、崇祯帝;(四)腐朽型,如英宗、宪宗、武宗、光宗、熹宗等。他还指出,世宗和神宗兼具更易型和腐朽型的特点。① 明代不少皇帝即位时的年龄不大,特别是腐朽型皇帝,如英宗是九岁,宪宗、思宗是十八岁,武宗十五岁,神宗十岁,熹宗十六岁,这对其政治表现有一定影响。

---

① 王天有:《明代国家机构研究》,北京大学出版社,1992年,第25—32页。

在儒学昌盛的时代，大部分士人读书，都是以从政作为主要目标。而高度的君主集权制是明代政治的一大特色。因此，诗学场域的竞争，应从帝王开始讲起。

二、明人目录文献及明诗
总集中的帝王诗

中国古代目录学著作中的"别集类"，一般会将御制诗文集列于突出位置，重要的断代诗文总集也会将帝王之作置于卷首。我们不能仅仅将其视为封建伦理纲常意识的体现而置之不理。必须承认，这种编排方式在一定程度上确实再现了历史现场，折射出古代政治与文学的真实关系。"吴王好剑客，百姓多创瘢；楚王好细腰，宫中多饿死。"(《后汉书·马援传》)在皇权社会中，自古以来，宫廷风尚都会对社会风气产生不小的影响，文学风气自然也不例外。

明代的十六位帝王，大部分都有诗歌创作经历，有的还有诗文别集传世。通过考察明清时期的重要书目文献、明诗总集等，我们可以对明代帝王诗学概况有一个大致的了解。

(一)《千顷堂书目》著录的帝王别集

黄虞稷《千顷堂书目》对明代文献搜罗得较为齐全，其卷十七"别集类"收录的明代帝王诗文别集有：

1. 太祖高皇帝《御制文集》三十卷，其中丙集有诗一卷；又《御制文集类编》十二卷，又《诗集》五卷。

2. 成祖文皇帝《御制文集》。

3. 仁宗昭皇帝《御制文集》二十卷，又《诗集》二卷。

4. 宣宗章皇帝《御制文集》四十四卷，又《诗集》六卷，又《乐府》一卷，又《御制祖德诗》(世宗和韵)。

5. 英宗睿皇帝《御制诗文》一卷。

6. 宪宗纯皇帝《御制诗集》四卷。

7. 世宗肃皇帝《御制诗赋集》七卷，又《翊学诗》一卷（嘉靖七年听经筵讲官讲《大学衍义》，帝制五言古诗一章并序，大学士杨一清等恭和）；又《宸翰录》一卷（御制七言诗赐张孚敬者）；又《辅臣赞和诗集》一卷（嘉靖六年除夕御制五言诗示杨一清，一清与谢迁等恭和）；《咏和录》一卷（嘉靖十年帝同大学士张孚敬，及礼部尚书李时西苑观稼，抵先蚕坛位御制诗，孚敬等和）；又《咏春同德录》一卷（与辅臣费宏等倡和）；又《白鹊赞和集》一卷。

附兴献皇帝：《含春堂稿》一卷（出阁时作），又《恩纪诗集》七卷（分藩时作，俱嘉靖五年命司礼监刊行）。

8. 神宗显皇帝《御制诗文》一卷。

以上，除兴献皇帝外，共著录了明代八位帝王的诗文别集。兴献皇帝为世宗生父，世宗以外藩入继大统后，追封生父兴献王为皇帝。由于兴献皇帝虚有其名，生前并没有真正做过皇帝，考虑到其实际的政治地位和影响，所以与世宗合并统计，不予单列。另外，以上别集，重点列举与诗歌相关者，与诗歌明显无关者从略。成祖只有文集而无诗集；由其文集，或可见其诗学主张，姑录之。

（二）《明史·艺文志》著录的帝王别集

《明史·艺文志》作为官方目录的代表，其中著录的明朝历代帝王别集有：

1.《明太祖文集》五十卷，《诗集》五卷。

按，《四库全书总目》卷一百六十九的明代别集部分，首列《明太祖文集》二十卷，内容分十八类：曰诏，曰制，曰诰，曰书，曰敕命，曰策问，曰敕问，曰论，曰乐章，曰乐歌，曰文，曰碑，曰记，曰序，曰说，曰杂著，曰祭文，曰诗。其提要云：

案《太祖集》初刻于洪武七年。刘基及宋濂文集所载序文俱云五卷，称翰林学士乐韶凤所编录。黄虞稷《千顷堂书目》已不著录。所著录者有《太祖文集》三十卷，注曰："甲集二卷，乙集三卷，丙集文十四卷，诗一卷，丁集十卷。"又《太祖文集类编》十二卷，又《太祖诗集》五卷，又《太祖御制书稿》三卷。均与此本不符。焦竑《国史经籍志》列《太祖文集》二十卷，又三十卷。此本卷数与竑所列前一本合，当即竑所著录欤。其刻在万历十四年，编次不知出谁手。目录之末有姚士观等跋语，乃据旧本刻于中都，亦未能详考所自来也。考朱彝尊《明诗综》载有太祖《神凤操》一首，而集内无之，则亦未为赅备。然所谓三十卷者，今未见传本，其存佚均未可知。近时诸家所藏弃，大抵皆即士观等所刻。今亦据以著录，存有明一代开国之著作焉。①

现存四库本《明太祖文集》二十卷，卷第十九为古诗、歌行，卷第二十为五言律诗、五言排律、七言律诗、七言绝句、五言绝句。书后附有刘基、郭传、宋濂《后序》。刘基《后序》称："御制文集五卷，论、记、诏、序、诗文凡若干篇，翰林学士臣乐韶凤、宋濂等之所编录。"宋濂《后序》云："文与诗凡五卷，续有制作，复编类为后集云。"刘基、郭传《后序》均作于洪武七年（1374），宋濂《后序》未标明写作时间。由这些序文可知，《明太祖文集》初编于洪武七年，为五卷本。

黄虞稷《千顷堂书目》著录的三十卷本，去掉丁集十卷，恰与二十卷本相合。焦竑《国史经籍志》所列《太祖文集》二十卷本与三十卷本的区别，亦应在于丁集之有无。《明史·艺文志》将二十卷本与三十卷本合为五十卷，或有误。

另，高儒《百川书志》"圣朝诗集"著录《御制诗集》一卷，并注云

---

① 永瑢等：《四库全书总目》，中华书局，1965年，第1464页。

"洪武年制,六体,一百三首"。今存二十卷本《太祖文集》,卷十九辑诗歌,包括古诗、歌行、五言律诗、五言排律、七言律诗、七言绝句、五言绝句等七体。据张德信统计,太祖所作诗文,"除去散见于各种史籍的诏诰敕谕祭文书信外,见于《明太祖文集》的,有文十二篇,记十二篇,序十二篇,说二十九篇,杂著五十三篇,诗歌一百一十四首"①。就诗歌数量而言,《御制诗集》一卷本与《太祖文集》卷十九的差别不是很大。又有《太祖诗集》五卷,其各版本之关系及诗集卷次、内容究竟如何,有待进一步考证。

2.《仁宗文集》二十卷,《诗集》二卷。

3.《宣宗文集》四十四卷,《诗集》六卷,《乐府》一卷。

4.《宪宗诗集》四卷。

5.《孝宗诗集》五卷。

6. 世宗《翊学诗》一卷,《宸翰录》一卷,《咏和录》一卷,《咏春同德录》一卷,《白鹊赞和集》一卷。

7. 神宗《劝学诗》一卷。

以上,《明史·艺文志》共著录了七位明代帝王的诗集。与《千顷堂书目》相比,《明史·艺文志》没有著录成祖《御制文集》,也没有著录英宗的诗文集,但增加了《孝宗诗集》五卷。成祖乃一介武夫,不以诗文见长,其《御制文集》可置而不论。孝宗本人诗歌造诣也不高,但孝宗朝诗学昌明,故录之可备参考。

通过分析《千顷堂书目》《明史·艺文志》等书目中明代帝王诗集的著录情况,可以得出如下结论:

首先,就时代而言,明代帝王有御制诗集传世者,主要集中于明代前期和中期。从洪武至天顺,明代前期帝王中,除建文帝朱允炆、代宗朱祁钰因受皇权之争影响没有御制诗文集存世外,其他几位帝王,包括太祖、成祖、仁宗、宣宗、英宗等,都有御制诗集。明代

---

① 张德信:《洪武御制全书序》,见张德信、毛佩琦主编:《洪武御制全书》,黄山书社,1995年,第52页。

中期以后，帝王御制诗文集渐少，只有宪宗、世宗、神宗有集存世。《孝宗诗集》五卷仅见于《明史·艺文志》著录，但很少见于其他书目，姑且存疑。晚明诸帝中，神宗在位长达四十八年，只留下《劝学诗》一卷，诗作寥寥无几，可见他对诗歌兴趣不大。其他几位晚明皇帝，穆宗、光宗、熹宗在位时间不长，思宗为挽救晚明危局无暇赋诗。明代前期帝王中，仁宗、宣宗在位时间也不长，但都有诗集传世。因此，除了有客观原因外，在主观上，晚明帝王对诗歌缺乏浓厚兴趣，是导致其皆无诗集传世的重要因素。

其次，就数量而言，宣宗诗集卷数最多，其次为世宗。世宗对兴献王诗集的宣扬，也从侧面体现了他本人的诗学兴趣。此外，太祖、宪宗等也对诗歌创作较为关注。

最后，帝王的文学兴趣，对明代诗学发展路径有一定影响。例如，明代前期帝王大都有诗集存世，尤以宣宗诗作最多，而"仁宣之治"，正是台阁体最鼎盛的时期。可见，明代前期，台阁体流行了将近一个世纪，与历代帝王的提倡是分不开的。明中期诗学的审美转向，以及诗文复古运动的兴起，也可以追溯到成化年间的宪宗，并与孝宗、世宗等帝王的诗学倾向有关。晚明帝王对诗学不甚关注，诗坛遂呈现出更加多元化的趋势。

（三）重要明诗总集所收帝王诗作一瞥

明代部分帝王对诗歌虽然感兴趣，但其诗学造诣深浅不一，对诗坛走向产生的影响也有大有小。借助书目文献，只能粗略估算明朝历代帝王诗的数量，从而大致了解明朝历代帝王的诗歌兴趣，但对其诗歌创作成就的高下仍难下定论。欲考察明代帝王诗歌创作的具体成就及其影响，明诗总集是一个不错的视角。总集所收，一般是经过挑选的，艺术成就较高、影响较大的，具有代表性的作品。通过对总集中所收各家作品进行数量上的比较，可以在明代诗史上给帝王诗一个较为合理的定位。

明清时期问世的明诗总集数量很多,其中,规模较大、涵盖时代较为完整者,当数清代所编的几部明诗总集,包括钱谦益《列朝诗集》、朱彝尊《明诗综》、康熙《御选明诗》、陈田《明诗纪事》等。

钱谦益《列朝诗集》乾集上收录的明代帝王诗有:太祖高皇帝(二十八首)、建文惠宗让皇帝(三首)、太宗文皇帝(二首)、仁宗昭皇帝(九首)、宣宗章皇帝(四十二首)、孝宗敬皇帝(一首)、武宗毅皇帝(四首)、兴献王睿宗献皇帝(一首)、世宗肃皇帝(二首)、神宗显皇帝(一首)。除兴献王外,总计收录了九位帝王的诗作,其中收录宣宗诗作最多,太祖次之。

朱彝尊《明诗综》卷一收录的明代帝王诗有:太祖高皇帝(三首)、成祖文皇帝(一首)、仁宗昭皇帝(二首)、宣宗章皇帝(九首)、英宗睿皇帝(一首)、宪宗纯皇帝(一首)、孝宗敬皇帝(一首)、世宗肃皇帝(二首)、神宗显皇帝(二首)、庄烈愍皇帝(一首)。以上总计收录了十位帝王的诗作。与《列朝诗集》相比,《明诗综》没有收录建文帝、武宗的诗,另外增收了三位帝王的诗,分别是英宗、宪宗、思宗(庄烈帝)。就所收作品数量而言,也是宣宗居首,太祖次之。

康熙《御选明诗》收录了十一位明代帝王的诗作,分别是:太祖、成祖、仁宗、宣宗、英宗、宪宗、孝宗、武宗、世宗、神宗、庄烈帝。与《明诗综》相比,增收了武宗的诗。

陈田《明诗纪事》甲签卷一上收录了十位明代帝王的诗,分别是:太祖(一首)、成祖(五首)、仁宗(一首)、宣宗(三首)、英宗(二首)、宪宗(一首)、孝宗(一首)、世宗(一首)、神宗(一首)、庄烈帝(一首)。其中收录的作品就数量而言,以成祖居首。

从以上明诗总集收录帝王诗的情况看,基本与书目文献中帝王诗集存世情况相吻合。部分帝王虽然没有诗集存世,但零星篇章也被收入明诗总集,如《列朝诗集》收入建文帝三首诗、武宗四首诗,带有"以诗存史"之意。

明诗总集不但选录具体作品,而且往往附有诗人小传和诸家评语,有助于考察明朝历代帝王的诗歌创作成就、诗学思想及其影响。下面,我们就以别集、总集等文献为基础,参以其他文献,并结合今人研究成果,对明朝历代帝王诗学思想倾向进行简单的考察。

三、明朝历代帝王的诗歌
创作与诗学立场

　　明朝十六位帝王中,有诗歌传世,或者在诗学方面具有一定影响,且有文献可征者,共有十二位。下面依次论述之。

(一) 从草莽英雄到馆阁文学倡导者——明太祖朱元璋

　　出身卑微的朱元璋,能够在元末大动乱中脱颖而出,成为一代开国之君,依靠的不仅是缜密的心思、强硬的手腕,也得益于他超卓的远见、雄大的气魄。朱元璋深知能够马上得天下,但不能马上治天下的道理。治国须用读书人。因此,他非常重视与文人打交道。但是,并非所有文人都乐意为他所用。这倒不是因为朱元璋个人魅力不够,而是因为人各有志。中国隐逸文化源远流长,文人自古就有"居庙堂之高"和"处山林之远"两种处世理想。在元末诗人群体中,隐逸之风尤其盛行,王冕、杨维桢等就是其中的代表人物。还有一些诗人,如高启、袁凯等,流露出的隐逸志向虽然不是特别鲜明,但也过惯了闲居生活,不想卷入政治斗争的漩涡。

　　朱元璋站在政治家的立场上,想法和普通文人有所不同。大明王朝刚建立,正值用人之际,而不少文人却不愿出仕。在朱元璋看来,这是一种政治上的不合作态度,必须予以打压。于是,朱元璋将战场上扫除六合的手腕,运用到对文人的治理方面,对文人采取拉拢和打压并用的手段。

明初,吴中文人多不仕。著名诗人高启被腰斩,袁凯被逼佯狂,都是后人耳熟能详的故事。后人一般将这些事件归因于帝王的性格,认为朱元璋生性多疑,爱猜忌,对文人抱有戒心,稍有不满,便横加摧折。这方面的原因不能说没有,但更重要的,恐怕还是政治形势原因。朱元璋出于政治方面的考量,想把这些著名诗人留在身边,作为棋子,为己所用,尽快促成思想界大一统的局面。但某些著名诗人,特别是来自吴中地区的诗人,往往个性张扬,缺乏政治头脑,最终成为弃子。而对于那些主动维护新政权、受到重用的文人,朱元璋则以诗歌为纽带,彼此酬唱,共同营造君臣鱼水相得的盛世景象。

朱元璋写过一篇文章,题为《设大官卑职馆阁山林辩》,对于了解朱元璋的文学思想、政治思想大有裨益,兹引录全文如下:

> 唐参政蒙恩,字名耐久道人,其耐久,昔本山野之士,太宗闻名召至,授以武昌参知政事。为年逾六十,令致仕。其人居京师,官民知其人平昔以儒业立身,遂得高位,今又善始而善终,是谓难得,所以求文者盈门。本官德不择贫贵,概从所求,日不停笔,凡文必以耐久道人为美。俗者不知,亦以为奇。识者将以为非,所以求文者,求人之名以为贵,今乃忘高爵而书山野,不如求俗者之志欤。因有此说,人皆罢求本官之文,已得者,甚有毁之。
>
> 同年内黄县令沈仁亦年迈而致仕,家京师,平日所授之职不过七品而已。学通孔孟,人从求文,亦如耐久不择贵贱。凡与人之文,务以内黄县令书于首,故欲文者如流之趋下,其户门之限每三日而一换更之,犹为踏碎。傍曰:"何欲文者如是?"曰:"美也。"曰:"前耐久道人文,安不实耶?何今日之门径人绝行踪?"曰:"未知。"又傍一人颇能视听,特以耐久、沈仁二文为一目噢,乃辩其人矣。"何以知之?"曰:"耐久之文虽

好，乃有黄精、蕨薇之气盈章。其沈仁之文，嗅之则御炉烟霭，尚有御馔之气芬芳。山林、馆阁晓然矣。"

正评论间，俄而耐久偶过其门，见欲文者如是，乃曰："夺从吾者在斯。"特临门而问仁，曰："君子不夺人之所好，此欲文者即吾之生，尔独有之可乎？"仁曰："此何人，行非礼之言？"傍曰："此即耐久也。"仁曰："我虽卑职，终曾受官。彼山人敢临门而侮。"仁遂呼仆以叱之。其耐久昂昂然愈刚，遂被仁辱。傍谓仁："所辱者致仕之参将，必上闻。"仁曰："若如此，则加辱之。"曰："何故？"曰："彼轻君爵而美山野，文书耐久，诚可辱。"良久，遇解纷。

耐久果欲闻上，家人曰："不可，公平日不变，若欲闻上为必然，恐招重辱以及身。""何故有此？"曰："公忘君爵而书耐久，所以不敢闻也。"时耐久自骇而自觉非。家人曰："公今既省，岂仁辱教欤？何止辱而觉之。今后凡文列爵于前，人既得之而久藏，将垂贵名于不朽。若以耐久奇之，则耐久道人四字是谓自矜之辞，古君子德不自彰，今公自言耐而又久，且擅称道人，是谓自上也。其道之说，居《老子》中'四大'者内，道大居第三。古圣贤尚未尽其道，今擅称之，可谓不度，公将信乎？"曰："然。"

朕观耐久之错，将永矣。不期家人有善者能相之，其人信服之，则可谓善矣。①

这篇文章明显带有寓言性质。故事背景被安排在唐太宗时期。唐太宗是中国历史上著名的明君。按照儒家传统观念，上有明君，士人自当以报国为本，不应有归隐之思。故事的主人公，一个叫蒙恩，另一个叫沈仁。蒙恩者，蒙沐君恩也。唐太宗待蒙恩确实不

---

① 朱元璋著，胡士萼点校：《明太祖集》，黄山书社，1991年，第344、345页。

薄,将六十岁的蒙恩召至京师,授以参政之职;又念其年老,令其致仕,留在京中安度晚年。蒙恩本是山野之士,入京后虽身居高位,但脾性依然未改,所作文章皆有山林之风。沈仁官阶虽低,所作文章却有馆阁之气。朱元璋本人明显是站在沈仁一方,在故事中,让沈仁狠狠地羞辱了蒙恩一番。

朱元璋写这篇文章,是有针对性的。元代隐逸之风盛行,至明初,仍有许多文人不乐仕进,其中尤以吴中地区文人为最,如杨维桢、高启等。朱元璋认为,这些文人貌似清高,其实不识大体。朱元璋在这篇文章的最后,让蒙恩醒悟,也是对明初文人的一种暗示。朱元璋希望他们放弃消极的、不合作的态度,为新王朝效力。

朱元璋要求文学必须为政治服务的思想,经宋濂以及后来“三杨”等馆阁文臣的发扬,逐渐促成一种固定的文风,世称“台阁体”。台阁体重实用,对诗较为轻视。典型的台阁体作家在思想上继承韩愈提倡的“道统”,文学上主要学习欧阳修、曾巩的文风。至明代中叶,馆阁文学单调、肤廓、平庸的文风,渐为世人所厌弃。与文相比,诗歌创作更加有赖于艺术打磨和情感抒发,更具个性色彩。而诗歌的这些特点,恰恰是台阁体文学所轻视的。因此,台阁体的流行,对诗歌创作的消极影响更加明显。

朱元璋为明代台阁文风的盛行奠定了基调。他本人并不反对写诗,其诗作的个性色彩也很鲜明。作为政治家、一代开国之君的朱元璋,在诗文创作方面虽然不事推敲,语言质朴,但天然有一股英雄豪迈之气。这种英雄气概,普通馆阁文人既模仿不来,也不敢去轻易效仿,只适合在帝王诗中展现。

黄瑜《双槐岁钞》卷一云:

> 太祖高皇帝在军中,喜阅经史,操笔成文,雄浑如玄化自
> 然。尝谓侍臣曰:“我起草野,未尝师授,然读书成文,涣然理

顺，岂非天生邪！"①

《双槐岁钞》还于《御制文集》之外，又发现了明太祖两首逸诗，并给予评价：

> 《赐都督杨文》云："大将南征胆气豪，腰悬秋水吕虔刀。马鸣甲胄乾坤肃，风动旌旗日月高。世上麒麟终有种，穴中蝼蚁更何逃。大标铜柱归来日，庭院春深庆百劳。"
>
> 《赐善世法师文彬凤阳行》云："老禅此去正秋时，临淮水碧见苍眉。月明淮海镜清影，广寒处处影常随。水帘洞口溪云白，知是山人爱游客。淮海月高天气凉，西风凋叶衬长陌。清霜将降雁鸣天，淮之南北尽平川。荆山神禹凿，役使多幽玄。禅心若欲与对越，切莫将心恋丹阙。野人本与红尘隔，且去溪边弄明月。"声律醇正，音响清越，真所谓昭回之光，下饰万物，虽工于唐者万不逮也。②

朱元璋幼年有出家为僧的经历，他的不少诗作在豪迈之余，还带有几分玄理禅机。

如其《示僧谦牧》云："寄与山中一老牛，何须苦苦恋东洲？南蛮有片荒草地，棒打绳牵不转头。"③《不惹庵示僧》云："杀尽江南百万兵，腰间宝剑血犹腥。山僧不识英雄汉，只凭哓哓问姓名！"④《咏雪竹》云："雪压竹枝低，虽低不着泥。明朝红日出，依旧与云齐。"⑤

定都南京之后，朱元璋有不少吟咏帝京风物的作品，特别是咏钟山之作甚多，还有不少与臣子赓和的作品。此类作品，较为雍容

---

① 黄瑜著，王岚点校：《双槐岁钞》，上海古籍出版社，2012年，第2页。
② 同上。
③ 朱元璋著，胡士萼点校：《明太祖集》，黄山书社，1991年，第469页。
④ 同上书，第469页。
⑤ 同上书，第455页。

文雅,对后世台阁文学的发展具有一定影响。

刘基在《御制文集后序》中称:

> 钦惟皇帝提一旅之众,龙飞淮甸,芟薙群雄,命将四征,神谋妙算,悉出宸衷,动无遗策。是以不十年间奄有区宇,玄黄之所覆载,罔不臣妾。自古以来,武功之盛,未之有也。及夫万机之暇,作为文章,举笔立就,莫不雄深宏伟,言雅而旨远。至于诏谕遐方,明烛万里,若洞见其肺肝,真所谓天生聪明,可望而不可及者矣。①

虽不无溢美之词,却也概括了朱元璋诗文"雄深宏伟""言雅旨远"的两种风格,大致符合实际。

郭传和宋濂也在《后序》中对朱元璋的文治武功极尽溢美之词。郭传指出朱元璋"自临驭以来,虽万机之际,未尝不游心乎道学,存志乎诗书","宏词雅什,助宣声教者,粹然一出于情性之正","其为文也去浮靡之华,惇淳古之本"。文集刊刻,"以遗圣子神孙,俾有矜式"②。从这位开国之君的诗文集中,我们已可以察觉明代台阁文学、性气诗及诗文复古运动的端倪。

宋濂是朱元璋御制诗文集的编纂者,其《后序》云:

> 恭惟皇帝陛下统御以来,用人文化成天下,睿训谆复,唯恐一夫不获其所。天纵圣能,形诸篇翰……臣供奉词林,幸日侍几砚,仰瞻挥洒之际,思若渊泉,顷刻之间,烟云盈纸,有长江大河一泻万里之势。跪捧而观,殷彝周鼎,未足喻其古也;

---

① 刘基:《后序》,见朱元璋著,胡士尊点校:《明太祖集》,黄山书社,1991年,"附录"第471页。
② 郭传:《后序》,见朱元璋著,胡士尊点校:《明太祖集》,黄山书社,1991年,"附录"第472页。

太山乔岳，未足喻其高也；风霆流行，未足喻其变化也。盖由天德粹纯，无声色之好，无游畋耽乐之从，聚精会神，凝思至道，形于心声，同功造化，非语言形容之可尽也。且当万机之暇，时御翰墨，多不留稿。见于侍臣之所录者，得若干篇。①

由《御制文集》之《后序》，可见朱元璋虽出身草莽，但确实留意文学，聪明好学，且有一定天赋。

解缙回忆道："臣缙少侍高皇帝，早暮载笔墨楮以俟。圣情尤喜为诗歌，睿思英发，雷轰电烛，玉音沛然，数千百言，一息无滞。臣辄草书连幅，笔不及成点画，上进，才点定数韵而已，或不更一字。故常喜诵古人铿鍧炳朗之作，尤恶寒酸呻嘤，龌龊鄙陋，以为衰世之为，不足观。"②在才思敏捷、诗风雄健方面，解缙与朱元璋倒是颇为接近。

朱国桢在《皇明大事记》中对"高皇帝御制及纂辑诸书"评价道："圣祖挺生，直追太古，既纡独得，兼集众长。"③指出朱元璋的诗文既独具个性，又注意向身边的文人学习。

《明诗综》中，收录了不少关于朱元璋与周围文士诗文倡和的记载。如："诗僧宗泐进所精思刻苦以为得意之作百余篇，上一览，不竟日，尽和其韵，雄深阔伟，下视泐诗，真大明之于爝火也。"郑晓曰："上初不识书，每退朝暇，延接儒士，讲论经典，又取古帝王嘉言善行，书之殿庑，出入省视。作为文章，挥笔立就。或命侍臣立榻下，操瓠授词，混混千言，皆淳雅高简，洞达物情，动引经史，足法万世。"高岱曰："太祖以武功定天下，而崇尚文学，如饥渴之于饮食，每得儒臣，皆待以腹心，帷幄朝夕谘访不倦。至于解析经义，又多

①　宋濂：《后序》，见朱元璋著，胡士萼点校：《明太祖集》，黄山书社，1991年，"附录"第474页。
②　解缙：《顾太常谨中诗集序》，见《文毅集》卷七，文渊阁《四库全书》本。
③　朱国桢：《皇明大事记》卷九，北京出版社，1997年，第161页。

天纵神启,有非老师宿儒之所能及者。"朱国祚曰:"高皇帝诗发乎天籁,自然成音,当日赓歌飏言,匪仅詹、吴、乐、宋四学士而已,若答禄与权、吴伯宗、刘仲质、张翼、宋璲、朱芾、桂慎、戴安、王鳌、周衡、吴喆、马从、马懿、易毅、卢均、裴植、李睿、韩文辉、曹文寿、单仲右诸臣进诗,咸赓其韵,今诸臣之作十九无闻,而圣藻长垂宇宙,高矣美矣。"以上皆见于朱彝尊《明诗综》卷一"太祖高皇帝"条。①

除《列朝诗集小传》《明诗综》所载外,陈田《明诗纪事》还广泛撷取明人笔记、别集、诗话中的相关记载,如黄瑜《双槐岁钞》、黄佐《翰林记》、廖道南《殿阁词林记》、解缙《春雨杂述》、杨慎《艺林伐山》、董谷《碧里杂存》、周亮工《闽小记》、王世贞《艺苑卮言》、朱孟震《续玉笥诗谈》等,可见朱元璋与文人诗文赓和之盛况。前人也指出,某些诗文并非朱元璋本人所作,如脍炙人口的黄巢《咏菊》诗,亦被收入朱元璋文集。

朱元璋出身平民,后人常将其与汉高祖刘邦相提并论。朱元璋的诗,也许不如刘邦《大风歌》流传广、影响大,但气魄并不输于刘邦,数量则远远过之。世人也常将朱元璋与唐太宗作比较,唐太宗诗文不少,但一般认为朱元璋的诗文比起唐太宗来更有帝王气象。作为汉民族建立的统一帝国,明代开国之初,确有几分汉唐气象。明中叶兴起的诗文复古运动,提出"文必秦汉,诗必盛唐"的口号,与朱元璋这位开国皇帝的影响不无关系。

朱元璋对明代诗学发展的影响,既有积极的一面,也有消极的一面。作为政治家,朱元璋重视文学为政治服务,主张不事雕琢的文风,在为文学注入新鲜血液的同时,也在一定程度上限制了文学多元化的审美发展趋向。作为开国之君,朱元璋为明代诗学的发展定下了基调,对后世影响深远。

正因为如此,不少明清诗学文献,不论是目录学著作,还是诗

① 朱彝尊:《明诗综》,中华书局,2007 年,第 2—4 页。

话或者总集，论及明诗，都将朱元璋列于篇首。如王世贞《艺苑卮言》卷五专论明诗，卷首云："高皇帝神武天授，生目不知书，既下集庆，始厌马上。长歌短篇，操笔辄韵，有魏武乐府风。制词质古，一洗骈偶之习。"①《列朝诗集小传》乾集上："臣谦益所撰集，谨恭录内府所藏弄御制文集，冠诸篇首，以著昭代人文化成之始。"②《静志居诗话》卷一"明太祖"："孝陵不以'马上治天下'，云雨贤才，天地大文形诸篇翰。七年而御制成集，八年而《正韵》成书。题诗不惹之庵，置酒滕王之阁。赏心胡闰苍龙之咏，击节王佐黄马之谣。《日历》成编，和黄秀才有作；大官设宴，醉宋学士有歌。顾天禄经进诗篇，披之便殿；桂彦良临池联句，媲于飏言。韵事特多，更仆难数。唯其爱才不及，因之触物成章；宜其开创之初，遂见文明之治。江左则高、杨、张、徐，中朝则詹、吴、乐、宋。五先生蜚声岭表，十才子奋起闽中。而三百年诗教之盛，遂超轶前代矣。"③陈田《明诗纪事》甲签卷一上"太祖"条按语云："自汉祖以马上得天下，《大风》一歌，妙合音节。明祖起自布衣，与汉合符，御制篇章，炳为巨集。野史所载，最为繁杂，兹择其可信者著于编，以瞻一代之风尚焉。"④考察有明一代诗学风尚之变迁，对于太祖朱元璋这位开国皇帝的影响所及，应予以特别关注。

（二）明代诗史上被遮蔽的一页——建文帝朱允炆

朱允炆是明太祖朱元璋之孙、懿文太子朱标之子。洪武二十五年（1392），朱标病死，朱允炆被立为皇太孙。朱允炆自幼受儒家思想熏陶，性情温文尔雅。洪武二十九年（1396），他向太祖请求修改《大明律》中七十三条过于严苛的条文，因此深得人心。洪武三

①　王世贞撰，罗仲鼎校注：《艺苑卮言校注》，齐鲁书社，1992年，第230页。
②　钱谦益：《列朝诗集》，上海三联书店，1989年，第1页。
③　朱彝尊：《静志居诗话》，人民文学出版社，1990年，第1页。
④　陈田：《明诗纪事》，上海古籍出版社，1993年，第6页。

十一年(1398)继位为帝,次年改元"建文"。正如其年号所标示的那样,朱允炆与文人集团相处极为融洽。建文帝"天资仁厚,践阼之初,亲贤好学,召用方孝孺等。典章制度,锐意复古","又除军卫单丁,减苏、松重赋"①。但在军事方面,朱允炆缺乏建树。当时的朝廷被后人称为"秀才朝廷"。朱允炆深感藩王势力的威胁,即位不久,便采纳身边文人的建议,着手削藩。由于操之过急,反而逼得藩王造反,酿成祸端。朱允炆在位仅四年,便被燕王朱棣起兵篡位。朱允炆的结局一直是一个谜团。官方的说法,称朱允炆自焚于宫中。而坊间则流传着很多传说,称朱允炆流落民间,或出家为僧。

建文帝在位时间非常短暂,但他和他身边的文人集团对明初文学发展的影响是不容抹杀的。朱棣篡位后,对建文一朝的事迹极力掩盖,有关档案文献大都被禁毁,甚至连建文的年号都被改为洪武。建文旧臣中,有不少殉难者,如方孝孺、练子宁等,他们在明代文学史上都应占有重要的一席之地,可惜其诗文集也大都遭到禁毁,残存文献极少。还有一批建文旧臣,投靠新朝,受到朱棣重用,成为后来台阁体的领军人物。建文朝时间虽短,但不论在明代政治史还是文学发展史上,都是不可或缺的一环。由于政治因素导致这段历史留下了大片空白,这是我们研究明代诗学时必须留意的一个问题。

朱棣为掩盖自己篡位的事实,编造了建文主动逊国让位的谎言。明代永乐之后的历代帝王均为朱棣后人,逊国之说便成为被普遍认可的说法。建文在位时,应该有不少和群臣赓和之作,可惜大部分都亡佚了。明人郑晓著有《建文逊国记》,保存了不少当时的传说,包括部分相传为建文流亡时所作的诗文。由于这些诗文的真实性十分可疑,所以大多数明诗总集都没有收录。如朱彝尊《明诗综》、康熙《御选明诗》、陈田《明诗纪事》等,均未收建文帝的

① 张廷玉等:《明史》,中华书局,2000年,第46页。

诗作。只有钱谦益《列朝诗集》记载了建文事迹，并收录了三篇相传为建文所作的诗歌。

《列朝诗集》乾集上"建文惠宗让皇帝朱允炆"小传云：

> 帝逊位后入蜀，往来滇、黔间，尝赋诗一章，士庶至今传诵。或云正统中，坐云南布政司堂上，袖出此诗也。郑晓《逊国记》又载二诗云："帝后至贵州金竺长官司罗永庵，题二诗于壁间。万历初，神宗御讲筵，问建文君出亡故事。辅臣张居正恭录三诗进呈，神宗命宣付史馆。"晓《记》又云："帝幼颖敏能诗，太祖命赋新月，应声云：'谁将玉指甲，抓被碧天痕。影落江湖上，蛟龙不敢吞。'太祖凄然久之，曰：'必免于难。'"按叶子奇《草木子余录》载皇太子《新月诗》云云，所谓皇太子者，庚申君之子也，野史以为懿文太子作，为不及享国之谶，而晓则以为建文作。考杨维桢《东维子诗集》，此诗为维桢作，则诸书皆傅会也。晓又载帝《金陵》诗云："礼乐再兴龙虎地，衣冠重整凤凰城。"亦见维桢集中，今并削之。①

《列朝诗集》所收朱允炆三首诗如下：

逊国后赋诗

牢落西南四十秋，萧萧华发已盈头。乾坤有恨家何在，江汉无情水自流。长乐宫中云气散，朝元阁上雨声愁。新蒲细柳年年绿，野老吞声哭未休。

金竺长官司罗永庵题壁

（一）

风尘一夕忽南侵，天命潜移四海心。凤返丹山红日远，龙

---

① 钱谦益：《列朝诗集》，上海三联书店，1989 年，第 2 页。

归沧海碧云深。紫微有象星还拱,玉漏无声水自沉。遥想禁
城今夜月,六宫犹望翠华临。

(二)

阅罢楞严磬懒敲,笑看黄屋寄昙标。南来瘴岭千层迥,北
望天门万里遥。款段久忘飞凤辇,袈裟新换衮龙袍。百官此
日知何处,唯有群乌早晚朝。①

钱谦益《列朝诗集》之所以收录建文事迹及其遗作,有以诗存
史、以诗补史之意。另外,明清之际,有不少反清复明的义军首领,
都自称是建文后人。钱谦益不理会建文自焚之官方说法,而肯定
其流落民间,大概也暗含支持反清复明斗争之意。

(三) 从一介武夫到台阁肤廓文风的缔造者——明成祖朱棣

朱棣在本质上是一介武夫。他在军事方面很有才华,早年受
朱元璋赏识,被封为塞王,手握重兵;篡夺帝位之后,也不失为一位
具有雄才大略的君主,颇有乃父朱元璋之风。

《明史》对朱棣的评价也侧重于武功方面:"文皇少长习兵,据
幽燕形胜之地,乘建文孱弱,长驱内向,奄有四海。即位以后,躬行
节俭,水旱朝告夕振,无有壅蔽。知人善任,表里洞达,雄武之略,
同符高祖。六师屡出,漠北尘清。至其季年,威德遐被,四方宾服,
受朝命而入贡者殆三十国。幅陨之广,远迈汉、唐。成功骏烈,卓
乎盛矣。"②

在文化方面,朱棣也颇有建树。在他的培育下,明代馆阁文学的
萌芽逐渐茁壮成长起来。但是,若论个人诗歌成就,朱棣其实乏善可
陈。他的诗文,缺乏朱元璋的那种个性,平平无奇,而这也是后来台阁
诗文普遍的特点。他有御制诗集传世,高儒《百川书志》著录成祖

---

① 钱谦益:《列朝诗集》,上海三联书店,1989 年,第 2 页。
② 张廷玉等:《明史》,中华书局,2000 年,第 70、71 页。

《御制诗集》二卷，其注云"永乐年制，十体，二百七十二首"。其诗作数量并不算少，但作品流传不广。今存《太宗皇帝御制集》系残本，仅存卷三、卷四，两卷均为太宗御制序文，计有三十五篇。后世明诗总集虽然都对朱棣的文治武功赞不绝口，但收录他的作品极少。

何乔远《名山藏》云："文皇御制条达宏远，如万骑千乘，驰骤植立于平沙大漠之中。"①此说或有过誉之嫌。

《列朝诗集》乾集上收录朱棣《赐太子少师姚广孝七十寿诗》二首：

（一）

寿介逃虚子，耆年尚未央。功名跻辅弼，声誉籍文章。昼静槐阴合，秋清桂子香。国恩期必报，化日正舒长。

（二）

玉露滋芳席，奎魁照碧空。斯文逢盛世，学古振儒风。未可还山隐，当存报国忠。百龄有余庆，写此寿仙翁。②

两诗皆平平无奇。其小传云："上靖难犁庭，神武丕烈。戎马之余，铺张文治。敕修《经书大全》及《永乐大典》。昭代文章，度越唐、宋。御制集藏弆天府，不传人间。恭录御赐荣公二诗，以见神龙之片甲云。"③

《明诗综》卷一仅收录朱棣诗一首，题为《勃泥长宁镇国山诗》。《静志居诗话》曰：

---

①　陈田：《明诗纪事》，上海古籍出版社，1993年，第6页。
②　钱谦益：《列朝诗集》，上海三联书店，1989年，第2页。
③　同上。

长陵称兵靖难,践位之后,加意人文。成均视学有碑,阙里褒崇有述,以及姑苏宝山之石,武当太岳之宫,靡不亲制宸章,勒之丰碣。而又"五经""四书"《性理大全》有书,《圣学心法》有书,《大典》有书,《文华宝鉴》有书,《为善阴骘》有书,《孝顺事实》有书,《务本之训》有书。不独纪之以事,抑且系之以诗。至于过兖州则赐鲁藩,于吴则寿荣国,交址明经甘润祖等一十一人,庶常吉士曾棨等二十八宿,咸承宠渥。三勒石于幕南之廷,四建碑于海外之国,此谥法之所以定为文与? 由是文子文孙,复加继述。内阁则有三杨,翰林则有四王,尚书则东王西王,祭酒则南陈北李,观灯侍宴,拜手赓歌,呜呼盛矣![①]

朱棣知人善任,促成了馆阁文学的兴盛局面,这是毋庸置疑的。至于那些御制诗文,有多少是出自他本人的手笔,又有多少是馆阁文人润色鸿业的代笔之作,恐怕还要打上一个大大的问号。

成祖谥号为"文",从《列朝诗集》所收二诗看,其实言之无文,平淡无奇。《明诗综》所收之作品水平则要高出许多,似为馆阁文臣代笔之作。成祖本人不以诗文见长,他促成了馆阁文学的繁荣局面,同时也让文学进一步沦为政治的附庸,使明前期诗坛变得越来越沉闷。

(四) 诗尚选体的政坛流星——明仁宗朱高炽

王世贞《艺苑卮言》卷五论明诗,只提及三位帝王,即太祖、仁宗和宣宗。关于仁宗,王世贞写道:"仁宗皇帝在东宫时,独好欧阳氏之文,以故杨文贞宠契非浅。又喜王赞善汝玉诗,圣学最为渊博。"[②]

朱高炽为朱棣长子,永乐二年(1404),被立为皇太子。朱高炽

一生的大部分时间，主要是以皇太子的身份参与国家政务。朱棣多次出征，都由太子朱高炽监国。直到永乐二十二年（1424）八月才正式登基，在位仅一年，便驾崩。虽然在位时间不长，但政治上施行仁政，颇有建树。

《明史》对朱高炽的评价如下：

> 当靖难师起，仁宗以世子居守，全城济师。其后成祖乘舆，岁出北征，东宫监国，朝无废事。然中遘媒孽，濒于危疑者屡矣，而终以诚敬获全。善乎其告人曰"吾知尽子职而已，不知有谗人也"，是可为万世子臣之法矣。在位一载。用人行政，善不胜书。使天假之年，涵濡休养，德化之盛，岂不与文、景比隆哉！①

在文学方面，他也有较高的造诣。在任皇太子期间，他一方面帮助朱棣料理国事，另一方面留心学问，酷爱诗文。

杨士奇在《三朝圣谕录》中，反复提及朱高炽担任太子期间"留意文事"：

> 殿下监国视朝之暇，专意文事，因览文章正宗。一日，谕臣士奇曰："真德秀学识甚正，选辑此书，有益学者。"臣对曰："德秀是道学之儒，所以志识端正。其所著《大学衍义》一书，大有益学者及朝廷，为君不可不知，为臣不可不知。君臣不观《大学衍义》，则其为治皆苟而已。"殿下即召翰林典籍取阅。既，大喜曰："此为治之条例鉴戒，不可无。"因留一部朝夕自阅，又取一部，命翻刊以赐诸子。且谕臣士奇曰："果然，为臣亦所当知。"遂赐臣一部。盖殿下汲汲于善道如此。

---

① 张廷玉等：《明史》，中华书局，2000 年，第 76 页。

上在东宫,稍暇即留意文事,间与臣士奇言欧阳文忠文雍容醇厚,气象近三代,有生不同时之叹。且爱其谏疏明白切直,数举以励群臣。遂命臣及赞善陈济校雠欧文,正其误,补其阙,厘为一百五十三卷,遂刻以传。廷臣之知文者,各赐一部,时不过三四人。而上恒谕臣曰:"为文而不本正道,斯无用之文;为臣而不能正言,斯不忠之臣。欧阳真无忝矣,庐陵有君子。士奇勉之。"臣叩首受教。①

特别值得注意的是下面这段朱高炽与杨士奇之间有关诗学的对话:

永乐七年,赞善王汝玉每日于文华后殿道说赋诗之法。一日,殿下顾臣士奇曰:"古人主为诗者,其高下优劣何如?"对曰:"诗以言志,明良喜起之歌,南熏之诗,是唐虞之君之志,最为尚矣。后来如汉高《大风歌》、唐太宗'雪耻酬百王,除凶报千古'之作,则所尚者霸力,皆非王道。汉武帝《秋风辞》气志已衰,如隋炀帝、陈后主所为,则万世之鉴戒也。如殿下于明道玩经之余,欲娱意于文事,则两汉诏令亦可观,非独文词高简近古,其间亦有可裨益治道。如诗人无益之词,不足为也。"殿下曰:"太祖高皇帝有诗集甚多,何谓诗不足为?"对曰:"帝王之学所重者,不在作诗。太祖皇帝圣学之大者,在尚书注诸书,作诗特其余事。于今殿下之学,当致力于重且大者,其余事可姑缓。"殿下又曰:"世之儒者亦作诗否?"对曰:"儒者鲜不作诗。然儒之品有高下,高者,道德之儒;若记诵词章,前辈君子谓之俗儒。为人主尤当致辨于此。"②

---

① 杨士奇:《三朝圣谕录》中卷"永乐二",文渊阁《四库全书》本。
② 同上。

明代"台阁体"文学以"三杨"为代表，其中又以杨士奇的文学成就最高。但台阁文人偏重于文，对诗艺的探索则不甚关注。在喜爱和效法欧阳修的文章方面，朱高炽与杨士奇是一致的。但朱高炽对诗歌的兴趣，显然比杨士奇要更胜一筹。杨士奇的一番大道理，似乎是在为自己诗才贫乏辩护。他是否能够真的说服朱高炽，让朱高炽放弃对诗歌的热爱？这是颇为可疑的。据杨士奇《恭题仁庙御制诗后》记载："仁庙好文重士，乐善有诚，时节宴群臣，间赐诗奖谕……悉识以东宫图书而分赐之。"①可见，朱高炽不论是在东宫时期，还是登基以后，从未放弃对诗歌的爱好。

关于朱高炽的诗学取向，黄瑜《双槐岁钞》曾言及："仁庙潜心经学，礼重宫寮，文仿欧阳，诗尚《选》体。"②其审美取向，已经超越了一般馆阁文人对唐诗的崇尚，表现出独立的美学追求。

《列朝诗集》收录朱高炽的诗作九首，其小传云："仁宗在东宫久，圣学最为渊博，酷好宋欧阳修之文，乙夜翻阅，每至达旦。杨士奇，欧之乡人，熟于欧文，帝以此深契之。尝命赞善徐善述改窜其诗，致书称谢，又云：'令旨说与好古，将《选》诗内取易入手解意的诗，分类赋、比、兴，尔为选择。王燧其明日早进来看。'其虚怀好学如此。"③

《明诗综》卷一收录了朱高炽的两首诗。《静志居诗话》云："献陵天禀纯明，雅志经术。东朝监国，命徐赞善善述纂《尚书直指》进讲，诗成，亦命善述改窜，令旨呼其字而不名。又尝与曾少詹棨赓和，如《江楼秋望》诗云：'蓣洲晴亦雪，枫岸昼常霞。'绝似唐太宗。设享年加永，则成功文章，巍焕何如焉！"④

清人阮元《石渠随笔》收录朱高炽致赞善徐善述的一封信，充

---

① 杨士奇：《恭题仁庙御制诗后》，见《东里文集》卷九，文渊阁《四库全书》本。
② 陈田：《明诗纪事》，上海古籍出版社，1993年，第10页。
③ 钱谦益：《列朝诗集》，上海三联书店，1989年，第2页。
④ 朱彝尊：《静志居诗话》，人民文学出版社，1990年，第12页。

分展现出其谦虚好学、酷爱诗歌的一面:"今晨览卿为余所改之诗,甚是丰采清隽,真有益于日新。但今卿年迈,恐辅予为劳。似卿材百无一二,面谀顺颜者比比有之。卿无惮劳,弼成予业。唯望药石之言,日甚一日,毋务犯鳞触讳之虑。予今欲学作表,卿可一如诗题立例,具诗题与表题,间日封进,以广琢磨。皇太子致书赞善好古先生。"①

朱棣只是借重馆阁文人以润色鸿业,朱高炽则对于诗歌创作有发自内心的热爱。朱高炽在帝位时间虽短,但长期监国,且与文人集团融洽无间,无论从政治还是从诗学角度看,其影响都不容忽视。

(五) 天纵神敏的"会元"皇帝——明宣宗朱瞻基

宣宗朱瞻基集乃祖武功与乃父文治于一身,虽然比不上朱棣的丰功伟业,但不失为一位守成令主。他在位十年期间,仁政爱民,发展生产,任用贤臣,使得明代建国六十年之后,出现了前所未有的太平盛世局面,史称"仁宣之治"。

朱瞻基还继承了朱高炽对文艺的热爱,表现出极高的文艺天赋。其《御制文集》有四十四卷,此外还有《诗集》六卷,《乐府》一卷,在明代帝王中是最多的。其诗歌数量多达一千五百余首。其《乐府》是明代帝王仅有的一种"词曲类"御制文献。宣宗绘画、书法水平也很高。

朱瞻基缅怀前朝君主开创之艰、德业之广,曾御制《祖德诗》九章,揭之座上,朝夕观览,以劝世自勉。并将《祖德诗》刊刻,赐予少傅杨士奇等人。嘉靖时世宗曾和其韵作诗,并为之作序。

王世贞对宣宗的文学天赋有高度评价:"宣宗天纵神敏,长歌短章,下笔即就。每遇南宫试,辄自草程式文曰:'我不当会元及第

---

① 陈田:《明诗纪事》,上海古籍出版社,1993 年,第 10 页。

耶?'而一时馆阁诸公,无两司马之才,衡向之学,不能将顺黼黻,良可叹也。"①(《艺苑卮言》卷五)在赞美宣宗的同时,王世贞对当时的"三杨"等馆阁文人表示了不满和轻视。

王世贞《弇山堂别集》还记载了这样一个故事:"宣庙……命阳武侯薛禄等率师筑赤城等处,赐之诗,有'出车命南仲,城齐维山甫'句。禄不晓南仲、山甫,以问少傅杨士奇。具言之,且曰:'上以古之贤将待尔也。'禄乃拊心感泣。"②可见朱瞻基学问博通,经史典故皆能信手拈来。与前代帝王相比,其文化水准确实达到了更高的层次。

《列朝诗集》乾集上收录宣宗诗作四十二首,小传称赞宣宗:"万机之暇,游戏翰墨,点染写生,遂与宣和争胜;而运际雍熙,治隆文景,君臣同游,赓歌继作,则尤千古帝王所希遭也。於乎盛哉!"③

《明诗综》卷一收录宣宗诗作九首,选诗数量在明代诸帝中也是最多的。包括:《猗兰操》《思贤诗》《悯农诗(示吏部尚书郭琎)》《捕蝗诗(示尚书郭敦)》《减租诗》《悯旱诗》《草书歌(赐程南云)》等。其主题虽然不离修齐治平之道,但并不轻视诗歌的艺术性,呈现出较高的文化品位。《明诗综》引用何乔远的评论:"章皇寤寐思贤,未尝一日去书。下笔蜂涌,皆传修齐治平之道,翰墨图画,随意所在,尽极精妙。"④《静志居诗话》云:"景陵当海宇承平之日,肆意篇章。尝于九年元夕,群臣观灯,各献诗赋,汇成六册,惜今已无存。即所遗御制集诸诗,视民如伤,从善不及。"⑤

"仁宣之治"被视为台阁体文学的鼎盛阶段。过去,我们只注意"三杨"等台阁体代表人物,殊不知仁宗、宣宗对诗文的热爱,更

① 王世贞撰,罗仲鼎校注:《艺苑卮言校注》,齐鲁书社,1992年,第230页。
② 陈田:《明诗纪事》,上海古籍出版社,1993年,第11页。
③ 钱谦益:《列朝诗集》,上海三联书店,1989年,第2页。
④ 朱彝尊:《明诗综》,中华书局,2007年,第14页。
⑤ 朱彝尊:《静志居诗话》,人民文学出版社,1990年,第3页。

在"三杨"之上。此后,明代诗文逐渐摆脱台阁体的政治附庸地位,逐渐向审美的发展道路回归,与仁宗、宣宗的提倡不无关系。

(六) 渐行渐远的政治与诗学——明英宗朱祁镇

英宗朱祁镇登基时年方九岁,在祖母太皇太后张氏及"三杨"(杨士奇、杨荣、杨溥)等老臣的辅佐下,继位之初,政局还算稳定。但英宗宠信太监王振,开了明代太监专权之先河。正统十四年(1449),瓦剌入侵。年轻气盛、好大喜功的英宗,误信太监王振之言,御驾亲征,结果中了瓦剌埋伏,在土木堡被瓦剌俘虏,史称"土木堡之变"。这一事件,成为明朝政治由盛而衰的分水岭。此后,政局更加跌宕起伏。先是于谦等大臣认为国不可一日无主,拥立英宗的弟弟郕王朱祁钰入继大统,改元景泰,组织京城保卫战,击退了瓦剌入侵,挽救了大明江山。瓦剌见无隙可乘,便放还英宗。英宗回到京城,退居南宫。景泰八年(1457),朱祁钰病危,徐有贞等策动夺门之变,推拥朱祁镇复位称帝,杀死于谦,改元天顺。英宗复辟后,思想上逐渐成熟,做了释放建文帝后人、废除宫妃殉葬制度等几件"可法后世"的盛德善事。

虽然英宗在政治上并非一无是处,但他两度登基,在位期间,政治风云变幻不定,各种势力明争暗斗。"仁宣之治"后,台阁文人与皇权的亲密关系已荡然无存。台阁体逐渐失去了生存的根基,逐渐走向没落。

英宗本人在诗学方面还是具有一定造诣的。廖道南《楚纪》曰:"粤稽诸古,大舜卿云之歌,文王凤鸟之诗,太和氤氲,溢于帝藻。逮乎汉祖大风之词,霸心犹在;唐宗兴庆之咏,王迹斯昉。唯吾皇祖亲撰钟山之赋及阅江诸诗,英庙载制岘山之赋及汉水诸咏,直可追轶虞休,上媲姬美,岂汉唐诸君所可企及哉!"[1]将英宗诗作

---

[1] 陈田:《明诗纪事》,上海古籍出版社,1993年,第14、15页。

与朱元璋相提并论，盛赞其可追上古圣王。所谓"岘山之赋及汉水诸咏"，是英宗为襄王而作。襄王，即宪王，为英宗之弟，宣德四年(1429)受封之国长沙，正统元年(1436)迁襄阳府。

黄虞稷《千顷堂书目》著录有英宗睿皇帝《御制诗文》一卷，但《明史·艺文志》未收，大概清初已佚。钱谦益《列朝诗集》没有收入英宗作品，但朱彝尊《明诗综》、康熙《御选明诗》、陈田《明诗纪事》均收录其赐襄王之诗。

《明诗综》卷一收入英宗《汉江歌赐襄王》一首。朱彝尊《静志居诗话》称："裕陵以冲龄继宝命，即崇尚文治，赐循良以招隐之歌。及翠华返驾，紫禁夺门，而岘首襄阳，频颁宸藻；昭同云汉，烂若星辰。固知朔漠惊尘，南宫夜雨，文字之助所得良深耳。"[①]认为英宗历经政治磨难，不仅思想变得成熟，文学方面也有了较大提高。问题在于，《汉江歌赐襄王》究竟是作于正统初年，还是复辟后的天顺年间？襄王于正统元年迁襄阳府。由此推断，《汉江歌赐襄王》似乎应当作于正统初年。而其时英宗尚年幼，可见其确实有一些文学天赋。

《静志居诗话》又称："《御制诗文》一册，后附宝文图书、《春对酒帘》诸作，今亡。"[②]按，明代《内阁藏书目录》卷一于英宗姓名之下、宪宗姓名之前，著录有《御制诗文》一册，"天顺元年至成化八年。御制诗文后附宝文图书、《春对酒帘》诸作。"[③]其中，"天顺元年至成化八年"一语，颇为可疑。天顺为英宗的第二个年号，成化则为宪宗年号。此书若视为英宗御制诗文集，则成化年间的作品当如何解释？笔者认为，此书或为英宗、宪宗合集。也有可能是宪宗别集，天顺年间的作品，乃宪宗为太子时所作。因原书无从得见，只能存疑待考。

---

① 朱彝尊：《静志居诗话》，人民文学出版社，1990年，第4页。
② 同上。
③ 冯惠民等选编：《明代书目题跋丛刊》，书目文献出版社，1994年，第466页。

要之,明前期建立起来的政治与文学水乳交融的局面,在英宗朝已经开始出现裂痕。英宗虽然具有一定文学修养,但不足以影响诗学的发展走向。从英宗朝开始,明代政治和台阁体文学都出现了下滑的趋势。诗学逐渐摆脱政治的束缚,走向独立发展的道路。

(七) 黑暗年代的文艺帝王——明宪宗朱见深

宪宗朱见深,初名朱见濬,又名朱见濡,乃英宗长子,景帝时被废为沂王,英宗复辟后复立为太子。宪宗性格内敛宽和,曾作有《一团和气图》,在诗赋、书画方面颇有造诣。虽然年少时被其叔父所废,却不存芥蒂。登基之后,恢复景帝尊号,替于谦平反,重用商辂等大臣,天下一度出现了太平局面。但他不久便开始怠政,不见大臣,宠信万贵妃,重用太监汪直等,设立西厂,政治局面逐渐变得黑暗。《明史》评价其"顾以任用汪直,西厂横恣,盗窃威柄,稔恶弄兵。夫明断如帝而为所蔽惑,久而后觉,妇寺之祸固可畏哉"[1]。

朱见深在文艺方面颇有建树。《珊瑚网》称:"宪庙御笔皆神像及金瓶、金盘、牡丹、兰菊、梅竹之类,今观山水小景,潇洒出尘,宛然胜国气韵。盖圣能天纵,自各极其妙也。"[2]在诗歌方面,他的作品也不少,《名山藏》记载:"宪宗时御翰墨,作为诗赋,以赐大臣。诸司章奏,手自披阅,字画差错,亦蒙清问。臣下莫敢或欺。"[3]《千顷堂书目》著录有宪宗纯皇帝《御制诗集》四卷。据《宪宗实录》记载:"(成化十四年五月)戊寅,翰林儒臣编辑《御制诗集》成,凡四卷,五百八十九首。"另外,他还著有《文华大训》十八卷,二十八册。《明诗综》收入其《阙里孔子庙诗》一首,《静志居诗话》云:"茂陵撰《文华大训》一十八卷,以进学、养德、厚伦、明治为纲,圣敬日跻,终始典

① 张廷玉等:《明史》,中华书局,2000 年,第 124 页。
② 陈田:《明诗纪事》,上海古籍出版社,1993 年,第 15 页。
③ 同上。

学,间留意于诗章。益庄王《勿斋集》有《恭次皇祖宪宗皇帝四景连环诗韵》四首,则当时天藻曾颁诸藩服,惜乎今不得而见之矣。"①

仁宗、宣宗、英宗、宪宗四帝,在诗歌文艺方面都颇为用心。但英宗、宪宗两朝,政治渐趋黑暗,皇帝与台阁文臣的关系也越来越疏远。其在诗学方面引发的直接结果,就是台阁文学逐渐没落,而诗歌创作则在摆脱政治束缚之后,走向独立发展的道路。

(八) 不事文艺的道德楷模——明孝宗朱祐樘

明孝宗朱祐樘是明代中后期少见的一位贤明君主。他在位期间,亲近大臣,严于律己,政治清明,史称"弘治中兴"。

《明史》对朱祐樘的评价如下:"明有天下,传世十六,太祖、成祖而外,可称者仁宗、宣宗、孝宗而已。仁、宣之际,国势初张,纲纪修立,淳朴未漓。至成化以来,号为太平无事,而晏安则易耽怠玩,富盛则渐启骄奢。孝宗独能恭俭有制,勤政爱民,兢兢于保泰持盈之道,用使朝序清宁,民物康阜。《易》曰:'无平不陂,无往不复,艰贞无咎。'知此道者,其唯孝宗乎!"②

孝宗虽然在政治上十分贤明,但在诗文方面造诣平平。他本人对文学的兴趣并不高。

《列朝诗集》乾集上收录孝宗《静中吟》一首:"习静调元养此身,此身无恙即天真。周家八百延光祚,社稷安危在得人。"其小传云:"孝宗皇帝,本朝之周成王、汉孝文也。圣学缉熙,光明纯粹。学士张元祯进讲性理,索《太极图》观之,曰:'天生斯人,以开朕也。'《静中吟》一绝,见于李东阳《麓堂集》。粹然二帝三皇,典谟训诰,不当以诗章求之也。"③可见,孝宗的兴趣,偏向于理学方面,对文学并不热衷。

---

① 朱彝尊:《静志居诗话》,人民文学出版社,1990 年,第 4 页。
② 张廷玉:《明史》,中华书局,2000 年,第 133、134 页。
③ 钱谦益:《列朝诗集小传》,上海古籍出版社,1983 年,第 3、4 页。

在《明诗综》中,朱彝尊引用了其曾祖朱国祚对孝宗的一段评价:"敬皇帝恭俭慈恕,宽仁爱人。清闲之燕,端坐肃然,检束身心,谓尝宜如是。至于临朝听政,刚毅果断,人莫敢挠,而又霁色虚怀,励精访落,谏说虽切,每见优容。顾问大臣,殆无虚日。减膳节用,尚德缓刑。织造之役常纾,蠲租之诏屡下。十八年间,与民休息,培养太和,迹其治效,已庶几于唐虞三代之盛矣!"①

《静志居诗话》云:"泰陵圣学缉熙,德修时敏,非唯政事之勤,实启人文之化。置《永乐大典》于便殿,暇即省览。又命儒臣集历代御制诗以为规范。其赐李东阳《静中吟》一首,论者谓同二帝典谟、三王训诰焉。"②

孝宗虽然不事文艺,但深受文人阶层的爱戴。《静志居诗话》罗列了孝宗殁后,文人们的追悼之词:

> 帝既殂落,群臣哀挽之章遍于朝野。有云"日月无私照,乾坤仰圣功""孝可通金石,诚能动鬼神""云容常戾日,露祷必深更。岁旱忧疑狱,天寒悯戍兵""近臣常造膝,元老不呼名""孝宗天子真圣人,平生好武复好文。文多咨谋武筹略,坐镇海宇清风尘",李东阳诗也;"人间何日忘弘治,天下兹辰哭孝宗",杨一清诗也;"恻怛蠲租诏,丁宁馈戍金",储罐诗也;"年年挥泪地,不见长苍苔",顾璘诗也;"十年放逐同梁苑,中夜悲歌泣孝宗",李梦阳诗也;"弥留念诸将,顾命托三公",何景明诗也;"当时侍从者,恸哭几人存",徐祯卿诗也;"祠官如可乞,长奉泰陵园",边贡诗也;"谁期陵树果,犹许侍臣尝",王廷相诗也;"微官浑忘却,唯记孝皇年",郑善夫诗也;"弓剑仙原闶,讴歌帝德昭",王讴诗也。

---

① 朱彝尊:《明诗综》,中华书局,2007年,第17页。
② 同上。

明清之际，对孝宗朝的政治有不同的评价。朱彝尊《静志居诗话》在广泛引用弘治朝文人追悼孝宗的诗句后，专门为孝宗辟谣："要其触景伤情，引端而出，虽不足包帝德之大，而公是之不可泯，固灼然矣。近闻史局有专毁泰陵非令主者，将使是非混淆，是不可以不辨。"①

总之，弘治一朝，不论是以茶陵派为代表的馆阁文人，还是以前七子为代表的郎署文人，都对孝宗发自内心地爱戴。孝宗朝的开明政治，一方面造就了馆阁文人悠游酬唱、诗酒风流的风气；另一方面也激发了中下层文人的政治热情，促成了文学复古运动的高涨。孝宗虽然不事文艺，但明中叶诗学复古运动的勃兴，以及明代诗学论争的兴起，都与孝宗有着莫大的关系。

论及弘治朝的政治与文学，后人往往只关注以李东阳为首的茶陵派与前七子的论争，而忽视了理学的影响。孝宗信奉理学，当时的馆阁大臣中，也有以刘健为代表的理学名臣。因此，明中叶兴起的诗学论争，并不是馆阁文人与郎署文人的简单对立。在当时的馆阁文人群与郎署文人群中，都有偏重于理学的一派。他们与孝宗的思想更加接近，其在诗学论争中的立场和影响尤其值得关注。

（九）诗学复古遭遇荒唐之主——明武宗朱厚照

孝宗在位十八年，驾崩时，年仅三十六岁。他的子嗣不多，长子早夭，只有一个幼子，就是朱厚照。朱厚照登基时年仅十五岁，贪图玩乐，不务正业，成为历史上最荒唐的帝王之一。他在位的正德年间，政治局面极度混乱、黑暗，孝宗朝开创的"弘治中兴"局面因此沦为昙花一现。

《明史》称朱厚照"性聪颖，好骑射"。武宗政治上虽然荒唐，但

---

① 朱彝尊：《静志居诗话》，中华书局，1990年，第5页。

天资聪颖,在诗歌方面也颇有天分。《列朝诗集小传》乾集上"武宗毅皇帝朱厚照"记载:

> 正德十五年,上自称威武大将军,南巡至镇江,幸大学士杨一清私第。御制诗十二首,以赐一清,命一清即席恭和,欢宴沾醉,夜阑而罢。相传上将临大学士靳贵丧,命词臣撰祭文,皆不称旨,乃御制一首云:"朕居东宫,先生为傅;朕登大宝,先生为辅。朕今南游,先生已矣。呜呼哀哉!"代言之臣老于文学者,皆叹息敛手。野史载,上幸宣府,制小词,中有"野花偏有色,村酒醉人多"。盖天纵圣神,言语文字之妙,信不关学问也。①

《明诗综》未收武宗之作,但《静志居诗话》于庄烈帝诗话之后附云:

> 又按明自太祖至愍皇帝,累朝多有御制诗文,或传或不传。敬录十帝之诗于卷首。若武宗南巡过镇江,幸大学士杨一清第,赐以十二诗,命其和韵,自题锦堂老人;又于宣府制小词,有"野花偏有色,村酒醉人多"之句,传诵人间,惜乎未睹其全也。②

　　由于武宗不理朝政,他对文学的兴趣,纯属个人爱好,对明代诗学发展路径没有直接影响。但是,从孝宗朝到武宗朝,政治局面急转直下,这是导致前七子文学复古运动迅速走向消沉的重要原因。正德至嘉靖前期,理学话语一度压倒文学话语,也可视为是对正德朝黑暗政治的一种反拨。

---

① 钱谦益:《列朝诗集》,上海三联书店,1989 年,第 4 页。
② 朱彝尊:《静志居诗话》,人民文学出版社,1990 年,第 8 页。

（十）意气用事的"盛明"诗坛——明世宗朱厚熜

武宗死后无嗣，孝宗也别无子嗣，廷臣杨廷和等遂迎立外藩兴王朱祐杬旳世子朱厚熜入继大统。世宗继位之初，颇思有所作为。他以外藩入继大统，虽然年纪尚轻，但自尊心极强，不肯任由朝臣摆布，处处体现出独断专行的行事风格。特别是在其父兴王朱祐杬的名分问题上，世宗与杨廷和为首的大臣们发生了激烈争执，史称"大礼议"。杨廷和等护礼派认为，世宗以外藩入继大统，应视为过继给孝宗为子，当呼孝宗为皇考。而世宗则坚决不同意，且要追认自己的亲生父亲兴王为帝。今天看来，"大礼议"争的只是已逝兴王朱祐杬的名分，谁是谁非，似乎无关政体大局；但在古人心目当中，"名不正则言不顺"，所以议礼各方都不肯让步，迁延日久，遂演化成牵连广泛、错综复杂的政治事件，而世宗也逐渐心灰意冷，晚年崇信道教，不理朝政。嘉靖一朝的政治，遂逐渐走向腐败。

世宗在诗文方面颇有造诣。这主要是受到其生父兴王朱祐杬的影响。朱祐杬为明宪宗第四子、明孝宗异母弟，自幼喜爱诗歌，著有《含春堂稿》《恩纪诗集》。其《含春堂稿后序》云："《含春堂稿》乃吾少年初学时所作五七言律诗。昔恐心志之不专一，光阴之不我留，乃分类立题，随题序事，因序赋诗，指直格朴，意简句近，初不涉于锻炼之勤也。予录之者，直志予用功之序焉耳。或谓得古诗之法与其妙者，予其有志哉！予其有志哉！"①可见朱祐杬对诗歌之喜爱。朱祐杬于成化二十三年（1487）受封兴王，弘治七年（1494）到封地湖广安陆州（今钟祥市）就藩。就任藩王期间，作有《恩纪诗集》。朱祐杬于正德十四年（1519）薨，享年四十四岁，卒谥"献"。嘉靖五年（1526）十月，世宗颁行其父所著《含春堂稿》《恩纪诗集》，卷首有弘治十三年（1500）二月兴国纯一道人的序文，当为

---

① 朱祐杬：《含春堂稿》，明嘉靖五年刻本。

朱祐杬亲笔所撰。

就孝宗、武宗父子而言，武宗虽然荒唐无度，但孝宗深得人心；就世宗父子而言，兴王只是藩王，在政治上乏善可陈，世宗欲抬高生父地位，只能在文学上加以鼓吹。

《列朝诗集小传》乾集上"世宗肃皇帝朱厚熜"云："上生五龄，颖敏绝人，献皇帝（即兴王朱祐杬）口授，辄成诵。"①这种自幼耳濡目染形成的文学爱好，在世宗入继大统之后依旧保持着。《名山藏》曰："世宗中兴藩服，淹贯经史，杰作奇思，远继高帝。"②沈德符《万历野获编》卷二"御制元夕诗"记载："世宗初政，每于万几之暇喜为诗。时命大学士费宏、杨一清更定。或御制诗成。令二辅臣属和以进，一时传为盛事，而张璁等用事，自愧不能诗，遂露章攻宏，诮其以小技希恩。上虽不诘责，而所出圣制渐希矣。上常命一清拟赋上元诗进呈，有'爱看冰轮清似镜'之句。上以为似中秋，改云'爱看金莲明似月'。一清疏谢，以为曲尽情景，不问而知为元宵矣。圣资超悟，殆非臣下所及。信乎非一清所及也。惜为璁辈所挠，使天纵多能，不遑穷神知化耳。"③世宗起用费宏、杨一清等旧臣，欲借诗文倡和，缓和君臣之间的关系。费宏、杨一清等在"大礼议"中偏向于中立派，他们与世宗的关系，也远离政治而偏重于文学。张璁等凭议礼赢得世宗信任和重用，但不擅长诗文。其实，张璁等与世宗本属同一条战线，也无须凭借诗文拉近关系。

嘉靖朝，世宗曾经与之倡和的大臣很多，不止杨一清、费宏二人。《静志居诗话》总结道："世庙受天永命，乐备礼明，尤勤勤于韵语。当时受赐者：郭武定勋、费文宪宏、杨文襄一清、石文介珤、张文忠孚敬、李文康时、夏文愍言、朱尚书衡。他若席文襄书，以病目期以弭亮；赵尚书鉴，以致仕嘉其止足。龙笺御墨，往往传之世家。

---

① 钱谦益：《列朝诗集》，上海三联书店，1989年，第4页。
② 陈田：《明诗纪事》，上海古籍出版社，1993年，第17页。
③ 同上书，第17、18页。

而一清当归田时，武皇南巡，亲幸其第，赐之绝句十二首。其在政府咏元宵，有'爱看冰轮明似镜'之句。世庙以其类中秋，易以'爱看金莲明似月'。两朝宠遇，宸翰炜煌，尤称千古盛事云。"①

世宗还喜欢刊行自己与大臣的倡和之作。其刊行的君臣倡酬合集有《咏春同德录》一卷、《翊学诗》一卷、《辅臣赞和诗集》一卷、《咏和录》一卷、《白鹊赞和集》一卷、《奉制纪乐赋》一卷等。另外还有大臣们编刻的合集，如费宏编《宸章集录》等。

世宗一方面自幼受生父熏陶，对作诗有发自内心的兴趣；另一方面也想借诗文缓和君臣关系。同时，他大概还想通过刊行生父兴王与自己的诗文集，树立起贤明君主的形象，以此与不能作诗的孝宗和荒唐无度的武宗父子形成对比。其用心可谓良苦。

因世宗喜爱诗歌，便有不少人投其好，以此干进。当然，有时献谀不对路，也会因此而得罪。《万历野获编》卷二"进诗献谀得罪"：

> 古今献诗文颂圣者，史不胜纪，然唯世宗朝最为繁夥，乃遭际亦自不同。如嘉靖四年，天台知县潘渊，进《嘉靖龙飞颂》，内外六十四图，凡五百段，一万二千章，效苏蕙织锦回文体以献，其用心亦勤矣。上以其文字纵横，不可辨识，命开写正文再上之。然其时不闻有赏，尚不闻被罚也。
>
> 至嘉靖十三年，朝天宫道士张振通奏："臣祝釐之暇，作《中兴颂》诗二十一首，金台八景，武夷九曲，皇陵八咏，以及瑞露、白鹊、白兔，俱有诗上进。乞赐宸翰序文。"下部议，以猥鄙陈渎，僭逾狂悖，希图进用，诏下法司逮系讯问。则进谀希恩反得谴矣。然犹黄冠也。嘉靖二十六年，朝觐竣事，上敕谕天下入觐官员，此不过旧例套语耳。而给事中陈棐者，将敕谕衍作箴诗十章上之，上大怒，谓棐舞文墨，辄欲将此上同天语，风

示在外臣工,甚为狂僭,令自陈状。棐服罪,乃降调外任。棐
即议帝王庙斥去元世祖者,素善逢君,不谓求荣得辱。

然前此乙未年春正月朔大雪,上谕大臣曰:"今日欲与卿
等一见,但蒙天赐时玉耳。"礼卿夏言即进《天赐时玉赋》以献,
上大悦,以忠爱褒之,甫逾年而入相矣。此非上同圣语乎? 乃
知富贵前定,圣主喜怒偶然值之,容悦无益也。①

世宗中年以后,崇信道教,喜好青词。大臣夏言、严嵩、顾鼎
臣、李春芳、严讷、郭朴、袁炜等均以青词邀宠,官至大学士,被世人
称为"青词宰相"。

《万历野获编》卷二"无逸殿"记载了世宗前后的转变,颇令人
感慨:

> 世宗初建无逸殿于西苑,翼以豳风亭。盖取诗书中义,以
> 重农务。而时率大臣游宴其中,又命阁臣李时、翟銮辈,坐讲
> 《豳风·七月》之诗,赏赉加等。添设户部堂官,专领稽事。其
> 后日事玄修,即于其地营永寿宫。虽设官如故,而主上所创春
> 祈、秋报大典,悉遣官代行。撰青词诸臣,虽偶直于无逸之傍
> 庐,而属车则绝迹不复至其殿。唯内直工匠寓居,彩画神像,
> 并装潢渲染诸猥事而已。

有些大臣不乐意写青词,在政治上便受到世宗冷遇。如《万历
野获编》卷十三"改谥"记载了这样一件事:嘉靖末年,大学士张治
以直斋宫青词,意郁郁不乐而死,世宗怀恨在心,赐他"文隐"这样
一个不好的谥号,意为"怀情不尽"。

青词为贡奉神灵、阿谀奉承之作,与传统的诗文创作不同。

---

① 沈德符:《万历野获编》,上海古籍出版社,2012年,第43页。

《万历野获编》卷十"鼎甲召试文"记载，大臣袁炜欲以青词结主知，请吴中名士王逢年为他代笔。王逢年移书辞之曰："阁下以时文博会元，以青词博宰相，安知有所谓古文词哉？"①竟策蹇归。袁大怒，却拿他没有办法。

总之，在明朝历代帝王，特别是明朝中后期帝王中，世宗是对诗歌兴趣较浓的一位皇帝。他在位期间，明代诗文复古运动再度高涨，诗坛热闹非凡，诗学论争不断掀起波澜，这与世宗个人对诗歌的喜好不无关系。

（十一）帝国黄昏的性灵晚唱——明神宗朱翊钧

明世宗病死后，由其第三子裕王朱载坖继位，改元隆庆。朱载坖信用徐阶、高拱、陈以勤、张居正等大臣，革除前朝弊政，一时政治颇有起色。但朱载坖本人沉迷女色，终因纵欲过度，在位仅六年便驾崩了。太子朱翊钧即位时年仅十岁，改元万历，庙号神宗，在位四十八年，是明朝在位时间最长的皇帝。

神宗在位的最初十年，主要由内阁首辅张居正主政。张居正大举改革，国力一度有较大提升。但张居正死后，神宗不理政务，朝中大臣党争越演越烈，明朝政治迅速滑坡，逐渐走向了亡国之路。

《明史》对神宗执政期间的表现有如下评价：

> 神宗冲龄践阼，江陵秉政，综核名实，国势几于富强。继乃因循牵制，晏处深宫，纲纪废弛，君臣否隔。于是小人好权趋利者驰骛追逐，与名节之士为仇雠，门户纷然角立。驯至愍、怼，邪党滋蔓。在廷正类无深识远虑以折其机牙，而不胜忿激，交相攻讦。以致人主蓄疑，贤奸杂用，溃败决裂，不可振救。故论者谓明之亡，实亡于神宗，岂不谅欤。②

---

① 沈德符：《万历野获编》，上海古籍出版社，2012 年，第 283 页。
② 张廷玉等：《明史》，中华书局，2000 年，第 195 页。

　　明史专家孟森也指出,神宗"怠于临朝,勇于敛财,不郊不庙不朝者三十年,与外廷隔绝","明亡之征兆,至万历而定"①。

　　在文学艺术方面,神宗喜爱书法,但诗歌非其所长。内府藏有其御制诗文一卷,但很少有人见到,大概在晚明时就已经失传。《列朝诗集》乾集上收录其《劝学诗》一章:"斗大黄金印,天高白玉堂。不因书万卷,那得近君王。"②朱彝尊《静志居诗话》云:"定陵笔精墨妙。尝睹先文恪公暨唐文恪公殿试卷,御书'第一甲第一名'六字,皆瘦硬通神。余如来青阁海淀诸扁(匾)亦然。尝序《草韵辨体》一书,备古今翰墨之变。内府向藏御制诗文一卷,今已无存。《列朝诗集》所载《劝学诗》一章,未必出于御制也。谨录龙王庙、景命殿二碑铭诗。"③朱彝尊编《明诗综》,怀疑《劝学诗》非神宗所作,未收《劝学诗》,而另收了两篇比较正统的庙堂颂神之作。其实,庙堂颂诗更有可能出于馆阁文人代笔,而《劝学诗》虽然语言浅白直率,却极有可能出自神宗本人手笔。这可以从神宗另一首诗中得到验证。据朱孟震《续玉笥诗谈》记载:"司礼张维,蓟人也,少侍今上春宫。为予言上初学诗,《咏新月》云:'天边一轮月,其形光皎洁。可比圣人心,乾坤多照彻。'帝王气象,宛然二十字中。"④神宗作《咏新月》一诗,其事出于神宗贴身太监之口,当属确凿。《咏新月》与《劝学诗》如出一辙,两者均不事雕琢,直抒胸臆。神宗思想应该是受到中晚明讲学之风的影响。他的诗风,恰与公安派"不拘格套,直抒性灵"的口号暗合。

(十二) 晚明风流的悲壮底色——庄烈帝朱由检

　　神宗之后,光宗继位仅月余便暴卒。熹宗在位七年,朝政被太

①　孟森:《明史讲义》,上海古籍出版社,2008年,第231页。
②　钱谦益:《列朝诗集小传》,上海古籍出版社,1983年,第5页。
③　朱彝尊:《静志居诗话》,人民文学出版社,1990年,第6页。
④　陈田:《明诗纪事》,上海古籍出版社,1993年,第19页。

监魏忠贤把持,政治极其黑暗腐败。思宗朱由检继位后,面对国运危亡,慨然欲有所作为,试图挽狂澜于既倒,扶大厦之将倾。但一方面,在内忧外患的局面下,明朝败局已定,朱由检独木难支。后人往往认为崇祯一朝,有君无臣。如《明诗综》引王世德之语曰:"帝即位,春秋方十七,魏珰窃国柄,积威震天下,乃不动声色芟除之,其才岂中主所可及? 而畏天灾,遵祖训,勤经筵,崇节俭,察吏治,求民瘼,种种圣德,朝野共闻。使得才堪办贼之臣为之辅,君臣一德,将相同心,则太平何难致? 乃不幸有君无臣,卒致身殉社稷,悲夫!"①另一方面,朱由检在选人、用人方面也存在不少问题,尤其是误杀袁崇焕,让后金军队得以长驱直入,最终导致亡国。李自成攻破北京,朱由检上吊自尽,死前以发覆面。明清易代之后,清朝统治者为淡化民族矛盾,将明亡归因于李自成,追谥思宗为庄烈帝。

朱由检在文学艺术方面也有一定造诣。沈寿世《破梦闲谈》曰:"上经营天下十有七年,恭俭似孝文,英果类世庙。白皙丰下,瞻视威严,声若洪钟。读书日盈寸,手书逼似欧阳率更。"②《静志居诗话》曰:"思陵圣学时敏,甲乙之夜,不辍经书。又妙解音律,尝于深宫鸣琴,制于变时雍之曲。躬幸太学,御经筵。会粹四声之书,特擢五经之士。用人唯己,立贤无方。万几余暇,洒墨为行草书,龙跳虎卧。尝书'视民如伤,望道未见'八字于便殿。诗不多作,然长笺小扇,往往流传人间。其最传者,赐秦良玉、杨嗣昌五绝句也。"③钱谦益《列朝诗集》未收朱由检的作品。《明诗综》卷一收录其诗一首,题为《赐石砫土司秦良玉》:"蜀锦征袍手制成,桃花马上请长缨。世间不少奇男子,谁肯沙场万里行?"④赐杨嗣昌一诗,

---

① 朱彝尊:《明诗综》,中华书局,2007年,第22、23页。
② 陈田:《明诗纪事》,上海古籍出版社,1993年,第20页。
③ 朱彝尊:《静志居诗话》,人民文学出版社,1990年,第7页。
④ 朱彝尊:《明诗综》,中华书局,2007年,第22页。

见于吴伟业《绥寇纪略》:"崇祯十二年,上佩杨嗣昌以督师辅臣印。嗣昌陛辞,先期,光禄寺设飨于平台,上亲为之起酌醴,命左右宥以饫之者三。乐作,一小黄门奉黄封立于旁,发之,御制七言诗一章:'盐梅今暂作干城,上将威严细柳营。一扫寇氛从此靖,还期教养遂生民。'嗣昌跪而诵之,拜且泣。"①朱由检诗中,忧国之意,溢于言表。可惜他无力回天,最终只能面对明亡的惨剧。

如果朱由检是一位平庸甚至残暴的亡国之君,明朝灭亡只能让人油然而生几分感慨;而朱由检的励精图治,以及他为数不多的诗文,则使明亡的哀曲中又多了一丝悲壮之音。明清易代之际,诗坛的兴盛局面,以及大量的遗民之诗与贰臣之诗,也都因此而具有了更加丰富的历史内涵。

四、小 结

明前期帝王如明太祖朱元璋、明仁宗朱高炽、明宣宗朱瞻基、明英宗朱祁镇等有较多的诗歌创作经历,这对明前期台阁体的发展演变有直接影响。而明中期帝王如明宪宗朱见深、明孝宗朱祐樘、明世宗朱厚熜等,他们的诗歌创作对前后七子诗学复古运动的影响,也是值得深入探讨的课题。晚明帝王虽然对诗坛没有太大的直接影响,但他们的诗作,也具有与时代同步的特征。

京城是国家政治、文化的中心,汇集了来自四方的人才。在强大的中央君主集权制度下,明代帝王一方面通过施政对诗坛等文化领域发生影响,另一方面又通过自己的诗歌创作,有意或者无意地引领着明代诗学的整体走向。

---

① 陈田:《明诗纪事》,上海古籍出版社,1993 年,第 20 页。

明代宗藩制度与地域诗学生态

宗藩制度，是皇帝的"家法"，指针对皇室成员设立的各项规章制度。明王朝建国之初，太祖朱元璋对异姓功臣怀有戒心。为巩固皇权，他大封诸子于全国要地，以强大的藩王势力为外部屏障。建文、永乐以后，宗室内部斗争成为矛盾焦点，于是又不断采取削藩政策。明代宗藩势力在享有种种特权的同时，政治上又被架空，不少宗室成员遂热衷于从事各项文化事业。明代宗藩及其僚属的文化活动，对地域诗学生态亦有一定影响。

一、从《皇明祖训》到《宗藩条例》

朱元璋早在登基之前，即颁布《公子书》徽戒王孙。此后如《宗藩昭鉴录》《精诚录》《储君昭鉴录》等都是垂训皇室宗亲之作，目的都是巩固大明江山社稷，"凡一代创业之君，以其得之之艰，辄欲制之极密，防之极周，图子孙久长之业，此罔代不然，而明尤为明显"①。

明代开国之初，朱元璋就深谋远虑地针对皇族子孙专门制定了一套严格的宗藩制度，初名《祖训录》，后经过反复修订，更名为《皇明祖训》，颁示其后代子孙。

---

① 顾颉刚：《明代敕撰书考序》，见李晋华：《明代敕撰书考附引得》，哈佛燕京大学图书馆，1966年，第2页。

朱元璋在《皇明祖训》的序言和首章中,历述开国创业之艰难。然后对太子、诸王和其他宗室成员一一提出告诫,设立规范。

针对太子,朱元璋从"持守""严祭祀""谨出入""慎国政"等方面,再次强调废除宰相制度的必要性,要求嗣君将皇权牢牢掌握在手中,不得松懈。

针对诸王,朱元璋从"礼仪""法律""内令""内官""职制""兵卫""营缮""供用"等方面,建立了一套较为完善的封藩制度。朱元璋借鉴了汉、晋两代分封易于宽纵导致诸王尾大不掉,而唐、宋两朝又过于抑藩导致帝室孤微的教训,将郡县制与分封制并行,只封王而不赐土,诸藩王虽列爵而不临民,不插手地方政务,但拥有兵权。朱元璋希望依靠这种封藩制度,既防止诸王割据一方,又为大明江山增添一道军事屏障。

针对其他宗室成员,朱元璋予以优厚的爵禄,规定其食禄而不治事,不入四民之业,让所有子孙后代永葆"天潢贵胄"的高贵身份,不与平民混同。按照规定,皇帝诸子中除嫡长子立为太子外,其余诸子为亲王。亲王"岁禄万石,府置官署。护卫甲士少者三千人,多者至万九千人,隶籍兵部。冕服车旗邸第,下天子一等。公侯大臣伏而拜谒,无敢钧礼"①,地位之高,仅次于天子。亲王之嫡长子袭其爵位,其余诸子则为郡王,以后依此类推:镇国将军、辅国将军、奉国将军、镇国中尉、辅国中尉、奉国中尉,凡八等,至奉国中尉以下不再降袭。

宗室成员事务在中央由宗人府专门负责,以亲王长者主领府事;宗人府"掌皇九族之属籍,以时修其玉牒,书宗室子女适庶、名封、嗣袭、生卒、婚嫁、谥葬之事。凡宗室陈请,为闻于上,达材能,录罪过"②。地方上则由各地王府属下的长史司负责,不受地方各级行政官员管辖。亲王不干预地方政务,地方官吏也不得干预王

---

① 张廷玉等:《明史》卷一百一十六"诸王一",中华书局,2000 年,第 2351 页。
② 申时行:《明会典》卷一"宗人府",中华书局,1989 年,第 1 页。

府家事。亲王府属官由王府长史司总领，郡王府设置教授一名。长史司和教授是连接王府和中央的纽带，诸王府的各种上奏都由他们传达，同时他们也负责对本王府的亲王和郡王进行劝谏和引导。

《四库全书总目》之《明祖训》(一卷)提要指出："其中多言亲藩体制，大抵惩前代之失，欲兼用封建郡县以相牵制。故亲王与方镇各掌兵，王不得预民事，官吏亦不得预王府事；尤谆谆以奸臣壅蔽离间为虑，所以防之者甚至。如云：'若大臣行奸，不令王见天子，私下傅致其罪而遇不幸者，其长史司并护卫移文五军都督府，索取奸臣，族灭其家。'又云：'如朝无正臣，内有奸恶，则亲王训兵待命，或领正兵讨平。'然则靖难之事，肇衅于此；高煦、宸濠遂接踵效尤。是亦矫枉过直，作法于凉之弊矣。皇甫录《明记略》云：'《祖训》所以教戒后世者甚备，独无委任阉人之禁，世以为怪。或云本有此条，因版在司礼监削去耳。然《永乐大典》所载，亦与此本相同，则似非后来削去。录所云云，盖以意揣之也。'"[①]

朱元璋自认为为子孙后代考虑得周详备至，他在《皇明祖训序》中强调："凡我子孙，钦承朕命，无作聪明，乱我已成之法，一字不可改易。"[②]然而，世事的发展，有远非前人所能预料者。明代宗藩条例基本沿用《皇明祖训》，但后世也遇到一些新的问题，不得不对《祖训》加以变更。其在后世面临的主要问题有二：一是皇族内部骨肉相残，部分藩王拥兵自重，又没有足够的监督机制，一旦起事，就会对中央政治构成严重威胁；二是明代宗室群体在后世日益庞大，呈指数级增长之势，至万历时期已达十几万人之众，给中央政府造成沉重的财政负担，同时在宗室群体内部也出现贫富悬殊等问题。

强藩威胁中央政权的问题，在洪武末年已露苗头。朱元璋共

---

① 永瑢等：《四库全书总目》卷八十三，中华书局，1965 年，第 714 页。
② 张德信、毛佩琦主编：《洪武御制全书》，黄山书社，1995 年，第 362 页。

有二十六个儿子,其中太子朱标、幼子朱楠早夭,其余二十四个儿子皆封为藩王,并以燕、宁、辽、谷、代、晋、庆、秦、肃九王分列于北方边疆,称为"塞王",军权尤重。朱标之子、朱元璋的皇太孙朱允炆(1377—?)性格仁弱,在未登基时,已迫切感到诸王的威胁。诸王皆是朱允炆的长辈,且曾跟随朱元璋平定天下,难免居功自傲。朱允炆曾向朱元璋提及这个问题。朱元璋认为诸王掌握兵权,可以保证边境安宁;朱允炆则认为,边境若是不安,固然可以让诸王抵御,但诸王若是作乱,则无可抵御。只有以德化之,以礼制之,实在不行,就只能削藩,甚至举兵讨伐。朱元璋赞同朱允炆的看法,但并不认为真的会发生这种情况。朱元璋死后,朱允炆登基,改元建文,是为建文帝。建文帝重用文官,登基不久,便接受文官黄子澄、齐泰等人的建议,着手削藩。诸王之中,以燕王朱棣势力最盛。建文帝不敢直接对其下手,决定先去其羽翼。建文元年,周王朱橚(1361—1425)、代王朱桂(1374—1446)、湘王朱柏(1371—1399)、齐王朱榑(1364—1428)、岷王朱楩(1379—1450)相继被废。这一来,反而引起朱棣警觉,于是朱棣决定先下手为强。他打着"清君侧"的旗号,发动"靖难之役",历时四年推翻了建文政权,自立为帝,改元永乐。身份改换后,永乐帝对藩王势力也心感不安,遂寻找借口继续消藩,加强藩禁政策。朱棣之后的几代帝王,也对藩王势力心怀警觉,不断削减藩王军事实力。永乐至宣德年间,诸王的军权已被削夺得所剩无几。朱元璋最初设计的以藩王为国家屏障的蓝图,已成空想。而诸藩王为了避免引起皇帝猜忌,也都主动远离政治斗争。

经过不断削藩之后,藩王造反的事件在明代历史上虽然偶尔还有发生,如高煦之叛等,但大多不成气候。影响最大的一次藩王作乱,是正德年间的宁王宸濠之变。由于正德朝政昏庸,宁王初起兵时,势如破竹,但很快被王守仁平定。此外,在特殊环境下,也有藩王入继大统的事例,如正统年间发生土木之变,英宗被瓦剌俘虏，英宗之弟被拥立为帝。又如正德皇帝无后，死后由其堂弟入继大统，是为嘉靖帝。

明代中后期，宗室势力无所事事，成员规模却不断膨胀，成为国家的沉重负担。洪武年间，初封亲郡王、将军才四十九人，宗室总人数共五十八人，永乐年间增至一百二十七人。正德年间的情况，据王鏊说："正德以来，天下亲王三十，郡王二百十五，镇国将军至中尉二千七百。"（王鏊《震泽长语》卷上）据王世贞推测，嘉靖以后，大约每隔十几年，明宗室人数增加百分之五十。（见《王弇州文集·宗室策》）隆庆元年（1567），戚元佐言："今二百年来宗支造入《玉牒》者共四万五千一百十五位，而见存者二万八千四百九十二位。"（《议处宗藩事宜疏》）张翰《松窗梦语》卷八"考宗正籍"，亦云隆庆初年宗藩人数"属籍者四万，而存者二万八千五百有奇"。万历三十二年（1603）增至八万多人。（见《明经世文编》卷四百九十一）另据徐光启推算，明宗室人数三十年左右即增加一倍。（见《徐文定公文集·处置宗禄查核边饷议》）时至晚明，宗室人数呈指数级爆炸式增长，总数更加可观。晚明宗室人员总数当以《玉牒》为准。可惜普通人不容易见到《玉牒》。据说清初顺治年间，《玉牒》尚存于世，但后来便消失不见了。清初温睿临估算明代宗藩"其后本支愈繁衍，遍天下几百万"。（温睿临《南疆逸史》卷十八）魏禧在《魏叔子文钞》卷十一中也说："明季天下宗室几百万。"这种说法大概有些夸张。历史学家吴晗《朱元璋传》称："到明亡时，据不完全统计，朱元璋的直系子孙有十几万人。"这应是比较可信的数字。[①]

随着宗室人员规模的不断扩大，由宗室问题引发的各种社会矛盾也越来越突出。嘉靖皇帝本身是由藩王入继大统的，对宗藩问题也比较重视。嘉靖四十四年（1565），朝廷颁布《宗藩条例》，试图解决当时的宗藩问题。其中比较重要的一项改革，是完善宗学

---

① 参见邓沛：《明代宗藩人数小考》，《文史杂谈》2012 年第 6 期。

制度,对贫困宗生成员进行照顾。万历十年(1582),朝廷议立宗科考试,给宗室成员开辟了一条入仕途径。但直到天启二年(1622),才正式诏令宗室开科。清初诗人查慎行《人海记》"明朝宗室进士"条载:"明朝宗室进士,天启、崇祯两朝共十一人。"而据晚明史学家谈迁《枣林杂俎》"宗室进士"条统计,天启、崇祯两朝宗室进士实有十三人。总之,晚明虽然设立宗科,但宗室进士并不多见。

《万历野获编》卷四专论宗藩,其中"宗室通四民业"条云:

> 本朝宗室厉禁,不知起自何时,既绝其仕宦,并不习四民业,锢之一城。至于皇亲,亦不许作京官,尤属无谓。仕者仅止布政使,如嘉靖壬辰探花孔天允,榜下选陕西提学佥事,时方弱冠,寻任浙江提学副使,后官至左辖而归。他不可胜纪。向来诸名公,如弇州辈,屡议关禁,未有敢任之者。顷者建立皇太子诏内,直许习儒业,入庠序,登乡会榜。于是,天潢不亿,始有升朝之望矣。此二百年来,最快心事,沈四明实草此诏。且青宫肇起,鬯普天久郁之望,虽圣心默定已久,非出臣下赞决,然偶值其时。特四明为时议所不与,遂无称其劳者,在他相或不免贪天功矣。①

沈四明即沈一贯,万历年间入阁,曾任内阁首辅,为浙党领袖,乙巳京察时落败。

二、明代宗藩政治斗争之诗坛影响

宗藩作为皇室成员,与皇权关系密切,在政治上有一定的影响

---

① 沈德符:《万历野获编》,上海古籍出版社,2012年,第106页。

力。明代永乐之后，宗藩势力在政治上整体受到打压，但与政治并非完全绝缘，仍有个别宗藩插手政治，对政坛乃至诗坛产生较大影响。宗藩的政治影响，主要与皇权之争有关。

王世贞《弇山堂别集》卷一"藩王登极"条，列举了明代宗藩掌握国家政权的事例："成祖文皇帝以燕王靖难登极，景皇帝以郕王监国登极，世宗肃皇帝以兴世子登极，穆宗庄皇帝以裕王登极。"① 此外，明朝末代皇帝朱由检为光宗第五子，封信王。其兄熹宗朱由校死时仅二十三岁，依兄终弟及之例，传位于朱由检。至于南明的几个皇帝，也是藩王，自立为帝。以上是特殊情况下，宗藩得以掌握皇权的例子。

明代历史上，还发生过不少宗藩叛乱事件。其中，建文削藩，周王朱橚、齐王朱榑、燕王朱棣、湘王朱柏等均有不轨之图，受到惩处。燕王朱棣发动"靖难之役"，成为明代历史上第一次大规模的宗藩叛乱事件，为后世宗藩谋逆开了先河。

宣德年间，汉王朱高煦谋反，晋王朱济熿"密遣人结高煦谋不轨"；

景泰年间，广通王朱徽煠谋反，阳宗王朱徽焲通谋，皆降为庶人；

正德五年（1510），庆府安化王朱寘鐇谋逆，被赐死；

正德九年（1514），归善王朱当沍被诬奏谋逆，自杀；

正德十四年（1519），宁王朱宸濠叛乱，伏诛，国除。宜春王朱拱樤等参与谋反，亦伏诛。

大致而言，宗藩叛乱事件多发生在明代前期和正德年间。明代中期以后，宗室犯罪现象虽然层出不穷，但多为宗藩内部事务，无关国家政治大局。隆庆初年，辽王朱宪㸅被废为庶人，后又因鸣冤而被诬谋反，但罪名并未坐实。

明代宗室犯罪，由宗人府审理，皇帝亲自断决。《祖训录》"法律"有明确记载："凡亲王及宗室之家有犯罪者，必归宗正司取问，

---

① 王世贞著，吕浩校点，郑利华审订：《弇山堂别集》，上海古籍出版社，2017 年，第 5 页。

若宗正司官有犯罪者,许风宪官奏闻,天子自问,诸衙门不许干预。"①宗人府是明代专管宗室事务的机构,其职责包括:"劝善惩恶,宗室所为善恶,具实上闻,仍录事迹以备修史,其犯恶逆者,除其名别籍,凡诸行移之事,皆从本府转达。"②明代规定宗室犯罪"轻则量罪降等,重则黜为庶人。但明赏罚,不加刑责"③。成祖时重申:"法有犯,宗人讯问,量罪降等,重者斥为庶人。罚而不刑。"④可见,除谋逆罪外,明代对宗室犯罪还是比较宽容的,这是造成宗室犯罪现象层出不穷的原因之一。宗室虽然不受刑法约束,但国有国法,家有家规,如有过失,也会按照《宗藩条例》等规定,受到一定的惩处。马文升有言,宗室"纵欲败度,有违祖训者,朝廷黜罚之典所必加……有不终其天年者,有幽之高墙者,有削去爵秩者,有革去禄米者"⑤。

明代宗藩与地方政府平时基本上互不干预。但宗藩叛乱,少不了要与中央及地方政府官员勾结。一旦事件败露,地方政府官员要承担巨大风险。对此,中央及地方官员无不谨慎小心,避免陷身于皇族内部的权力斗争。有些文人,虽然表面上旷达不羁,但与那些有谋逆之心的宗藩打交道时,也会加倍小心。当然,这需要一定的政治头脑。某些缺少政治远见的文人,往往会成为皇室政治斗争的牺牲品。下面,我们就选择几桩对明代政坛及诗坛有一定影响的宗藩叛乱事件,略加述评。

(一) 齐王朱榑后裔与南京诗坛

朱榑是朱元璋的第七个儿子。洪武三年(1370)封齐王。洪武

---

① 张德信、毛佩琦主编:《洪武御制全书》,黄山书社,1995年,第374页。
② 《王国典礼》卷一,见《北京图书馆古籍珍本丛刊》第59册,第34页。
③ 朱元璋:《皇明祖训》"法律",见张德信、毛佩琦主编:《洪武御制全书》,黄山书社,1995年,第406页。
④ 王圻:《续文献通考》卷一百九十六,明万历三十年松江府刻本。
⑤ 《明经世文编》卷六十二《题为选辅导豫防闲以保全宗室事疏》,明崇祯云间平露堂刻本。

十五年(1382)就藩青州。洪武年间，朱榑率领王府护卫军多次随军出征，以武略自喜，但性格凶暴，多行不法。建文初年，有谋逆之志，被召至京，废为庶人。朱棣篡位后，复立朱榑为齐王。朱榑骄纵如初，永乐三年(1405)再次被废为庶人。宣德三年(1428)，福建楼濂谋反，自称小齐王。事发，朱榑及三子受到牵连，皆暴卒。其幼子朱贤爀安置庐州，后禁锢于南京。其子孙皆庶人，有庶粮，无名封。

据沈德符《万历野获编》卷四"废齐之横"条记载，万历年间，朱榑子孙渐繁，其后人虽已被废为庶人，没有爵位，但骄横如故，"横行留都，廊下诸铺，院中诸妓，动辄出票。取物不还值，荐枕不损橐，以至僧寺亦罹其害。间有自爱者，不多得也。尤可笑者，负贩不得志，即设一几北面拜，自称谢恩，次日系金带服象龙拜客，家中受人谒贺。正不知此章服从何来？都下百僚习见，以为故常，不复致诘，亦随例与往还。正不可解"①。

齐藩后人久居金陵。金陵为明代诗学重镇之一，齐藩后人中亦有以文采风流闻名于世者。《明史》载："万历中有承彩者，亦榑裔。齐宗人多凶狡，独承彩颇好学云。"②朱承彩，字国华。钱谦益《列朝诗集小传》丁集载有其事迹："齐藩宗支，散居金陵。高帝子孙，于今为庶。国华独以文采风流，厚自标置，掉鞅诗坛，鼓吹骚雅。万历甲辰中秋，开大社于金陵，胥会海内名士张幼于辈，分赋授简百二十人，秦淮伎女马湘兰以下四十余人，咸相为缉文墨，理弦歌。承平盛事，白下人至今艳称之。"③万历三十二年(1604)中秋，朱承彩在南京举办金陵大社，赋诗歌唱，参加者有海内名士张献翼等一百二十人及秦淮名伎马湘兰以下四十余人，咸相为缉文墨，这次盛会的规模可以说是有明一代士女雅集之最。

---

① 沈德符：《万历野获编》，上海古籍出版社，2012年，第106页。
② 张廷玉等：《明史》，中华书局，2000年，第2362页。
③ 钱谦益：《列朝诗集小传》，上海古籍出版社，1959年，第471页。

《列朝诗集》丁集对朱承彩的诗歌成就有较高评价,称"其诗亦殊清拔",并举"天迥孤帆没,江空独雁寒"之句,称赞其诗"所谓送别登楼,俱堪泪下者也"①。

金陵是明朝旧都,钱谦益《列朝诗集》屡提金陵文人雅集盛况,流露出对故国的怀念之情。朱承彩作为没落的明代宗室成员,尤能勾起后人的沧桑兴废之感。同时,从朱楩及其后代朱承彩身上,我们也可以看到明代宗室享有的特权,即使被废为庶人,犹能以王孙身份恣情享乐,不能不令人感慨。

(二) 汉王朱高煦与"三杨"

朱高煦是朱棣第二子,曾随朱棣南征北战,为朱棣夺取皇位立下汗马功劳。朱棣登基后,有意传位给朱高煦。但碍于长子朱高炽是太祖朱元璋所封的世子,又因群臣进谏,最终决定立朱高炽为太子,封朱高煦为汉王。朱高煦心有不甘,举止行为骄纵不法,与赵王朱高燧勾结,并有谋逆之志。明宣宗朱瞻基即位后,朱高煦认为时机已到,于是招兵买马,在宣德八年(1433)起兵谋反,后被明宣宗平定。

据沈德符《万历野获编》卷四"杨东里议赵王"条记载,宣宗平定高煦之叛后,回师途中,曾经有袭击赵王朱高燧的打算。当时,杨荣表示赞成,但杨士奇极力反对,乃止。② 据《明史》记载,则是尚书陈山、蹇义、夏原吉等主张一并袭赵,而杨士奇力排众议,以为不可。汉王朱高煦被俘至京后,亦亲口承认与赵王朱高燧有勾结。最后,明宣宗因赵王"反形未著",而宽恕了赵王,只是削除其护卫了事。

后人每因此事而称赞杨士奇,大概是由于他顾全了皇室的亲情。沈德符《万历野获编》则提出疑问,并举杨士奇为王府赞善梁

---

① 钱谦益:《列朝诗集小传》,上海古籍出版社,1959 年,第 471 页。
② 参见沈德符:《万历野获编》,上海古籍出版社,2012 年,第 90 页。

潜所撰墓志，指出杨士奇明知赵王朱高燧心萌异志，而力保其不反；又知梁潜之冤，而不为其昭雪。

"三杨"作为明代台阁体代表人物，在政治、文学上均备受后人赞美。但"三杨"在政治上，颇有圆滑世故的一面。这从他们以建文旧臣的身份屈身于朱棣，就可见一斑。但不论是朱棣的"靖难"，还是朱高煦的谋反，都是皇族内部的权力之争。"三杨"能够辅佐朱棣，开辟"永乐盛世"的局面；又在皇族内部钩心斗角的政治形势下，辅佐仁宗朱高炽、宣宗朱瞻基，成就了"仁宣之治"，其政治才干毋庸置疑。我们不能用儒家政治理想主义的最高标准去衡量他们。"三杨"政绩虽高，但毕竟不是完人。否则，早在"靖难之役"中，他们就应该和方孝孺一样殉国了。由此也不难理解，为什么台阁体诗文流行百年，却如此平庸肤泛。以"三杨"为代表的台阁体诗文，追求的是实用主义，在政治、道德上均缺乏风骨，在文学审美理想方面也没有太高的追求。虽然明成祖朱棣亲近文臣，仁宗、宣宗也酷爱文艺，但台阁体始终只是政治的附庸，而政治风云的诡谲，造就了馆阁文人世故圆熟的个性。

赵王朱高燧与朱高煦勾结，虽然有谋逆之志，但因杨士奇力保，而得以保全爵位。从政治角度看，杨士奇这样做，也有值得称道之处：一来避免了矛盾的激化，减少了战乱的危害；二来顾全了宣宗的亲情，彰显了宣宗的宽容大度。赵王的子嗣中，有礼待谢榛的赵康王、赵穆王。据《明史》记载，赵康王朱厚煜"性和厚，构一楼名'思训'，尝独居读书，文藻赡丽"；赵穆王朱常清，也"以善行见旌"①。

（三）宁王朱宸濠与正德诗坛

宁王朱宸濠，是朱元璋第十七子朱权的后代。朱权于洪武二十六年（1393）就藩大宁。大宁在喜峰口外，古会州地，东连辽左，

---

① 张廷玉等：《明史》，中华书局，2000 年，第 2397 页。

西接宣府,为军事重镇。宁王朱权以善谋称。靖难之役中,朱权被朱棣挟制,为燕王草檄。燕王许以事成则中分天下。朱棣登基后,对宁王朱权始终怀有戒心,把他改封到江西南昌。朱权从此韬光养晦,构精庐一区,鼓琴读书其间。正统年间,夺宁府护卫。

弘治十年(1497),朱宸濠嗣位宁王。正德年间,朱宸濠贿赂太监刘瑾,得以恢复宁府护卫,暗中招兵买马,图谋不轨。他在交结朝中权幸的同时,又劫持地方官吏,威逼利诱,使其为己所用。正德十四年(1519),朱宸濠认为时机已经成熟,于是假借太后密旨,以入朝监国的名义,发动叛乱。他集结十万兵力,攻城略地,初时势如破竹,朝野大震。但没有多久,便被汀赣巡抚佥都御史王守仁突发奇兵平定了。这场叛乱历时虽然只有四十三天,但宁王其实早有逆谋,其在明代政治史和文化史上的影响也是颇为巨大的。

宁王朱宸濠据说乃娼妓所生,平日轻佻无威仪,而善以文行自饰。朱宸濠喜延揽文士,一时名士如文徵明、唐寅、罗玘、邵宝、李梦阳等都曾经是他有意招揽的对象。

文徵明是"吴中四才子"之一,朱宸濠慕其名,贻书币聘之,文徵明辞病不赴。

唐寅因科场案仕途受挫,回到家乡后放荡不羁。朱宸濠厚币聘之,唐寅察觉宁王有异志,于是佯狂使酒,故意做出种种丑态。最后,朱宸濠无法忍受,不得不将唐寅放还乡里。

罗玘是江西南城人,博学好古文,尤尚节义,被世人尊称为圭峰先生。刘瑾乱政,李东阳依违其间。罗玘作为李东阳所取之士,曾经贻书李东阳,责以大义,且请削门生之籍。后来,罗玘因得罪权贵,遂称病致仕,回到故乡江西。朱宸濠慕其名,派使者馈以重金,罗玘不愿接受,避之深山。朱宸濠起兵造反,罗玘不顾重病之躯,给地方官员写信,约定共同讨贼,事未举而卒。

茶陵派代表作家邵宝曾任江西提学副使。朱宸濠向其索要诗文,被邵宝严词拒绝。朱宸濠兵败之后,朝廷审查与朱宸濠有交结的江西地方官员，只有邵宝没有受到任何牵连。

与邵宝相比，同样担任过江西提学副使的李梦阳，在政治上就显得不那么成熟。据《明史》记载，朱宸濠仰慕李梦阳大名，两人时常往来，李梦阳还受朱宸濠之托，撰写了《阳春书院记》。李梦阳与总督陈金、御史江万实等交恶，布政使郑岳负责调查此事，李梦阳反告郑岳之子郑沄接受贿赂。朱宸濠对郑岳也心怀不满，于是协助李梦阳一起弹劾郑岳。后来，李梦阳因凌轹同列，挟制上官，被免职家居。郑岳也被革职充军。朱宸濠造反失败后，御史周宣弹劾李梦阳为逆党，李梦阳被捕入狱。多亏大学士杨廷和、尚书林俊大力营救，李梦阳才免于一死。只是，李梦阳曾经给宁王撰写过《阳春书院记》，坐此罪名，被削籍。不久，李梦阳便去世了。

朱宸濠意欲延揽的以上数人中，有吴中诗派的代表人物，有茶陵派的代表作家，也有复古运动的领军人物。高逸如文徵明，狂放如唐寅，都知道对宁王避而远之。罗玘、邵宝在处理与宁王的关系时，更是展现出鲜明的政治立场。只有李梦阳在与宁王的交往中，政治态度比较暧昧。不管李梦阳是与宁王虚与委蛇也罢，还是互相利用也罢，最终都难免会授人以柄。李梦阳曾经多次入狱，第一次是因为鞭打寿宁侯，第二次是因为得罪刘瑾，这两次入狱，都在一定程度上提高了李梦阳的政治声望。唯独这最后一次，被视为宁王党羽而入狱，却成为难以彻底洗刷清白的疑案。作为复古运动的领袖，李梦阳的声名受到严重打击。前七子复古运动的消沉，与此也不无关系。

（四）辽王朱宪㸅与嘉隆诗坛

辽王朱宪㸅是朱元璋第十五子辽简王朱植的后代。辽藩始建藩于辽东，建文中，改封荆州。朱宪㸅初封句容王，嘉靖十六年（1537）嗣位辽王。以奉道为世宗所宠，赐号清微忠教真人，予金印。隆庆二年（1568）以罪废，降为庶人。有《味秘草堂集》。

　　围绕辽王朱宪㸎被废一案,有许多历史疑团。隆庆元年(1567),御史陈省弹劾朱宪㸎诸不法事,诏夺真人号及印。次年,巡按御史郜光先复弹劾朱宪㸎的十三大罪状,朝廷命刑部侍郎洪朝选前往湖广荆州调查。湖广副使施笃臣素与朱宪㸎有仇隙,于是捏造朱宪㸎致洪朝选的书信,以此进行威胁。朱宪㸎不服,树起一面白纛,曰"讼冤之纛"。施笃臣诈称朱宪㸎有意造反,派兵包围了朱宪㸎的府邸。后来,洪朝选回到京城,只言朱宪㸎罪状属实,而不言其造反。皇帝以朱宪㸎宜诛,念宗亲免死,废为庶人,锢高墙。

　　辽庶人朱宪㸎之狱,一来与其行为放纵有关,二来与张居正有一定关系。

　　朱宪㸎聪明绝世,喜好方术,深受嘉靖皇帝宠信。他喜欢营造宫殿,生活十分奢侈。据钱希言《辽邸纪闻》记载:"世庙时,辽邸最盛,宫室苑囿,声伎狗马之乐,甲于诸藩。而王亦风流好文,音曲、词章、枭卢、击鞠,靡不狎弄。离宫别馆,雾锁云蒸;舞榭歌楼,金铺绣涩。于是四方之墨卿、赋客、博徒、酒人,黄冠羽服、骥子鱼文之流,无不鳞集其座上矣。世宗宴驾,国亦遂除。辽王好营宫室,置亭院二十余区,以美人钟鼓充之……琪花瑶草,异兽文禽,靡不毕致。王日与诸名士觞咏其中。"[①]

　　嘉靖皇帝死后,张居正以辅命大臣的身份,权倾一时。张居正是湖广荆州人,其家在荆州,据说与朱宪㸎曾经有过节。《明史》记载,负责调查朱宪㸎一案的洪朝选,由于没有言及朱宪㸎"造反"一事,后来也被张居正罗织入狱,死于狱中。张居正去世后,御史羊可立追论张居正之罪,认为朱宪㸎狱是张居正一手策划的冤案。辽府母妃也上疏辩冤,且称朱宪㸎被废后,其大笔家产都被张居正霸占:"庶人金宝万计,悉入居正。"(《明史·张居正列传》)

　　又据朱国祯《涌幢小品》记载,时人弹劾朱宪㸎的奏章中,有

---

① 　陈田:《明诗纪事》,上海古籍出版社,1993 年,第 56 页。

"观兵八里山"之说，暗示朱宪㸅有造反之意。朱宪㸅被捉拿入京后，居京城月余，每天饮酒赋诗，表面上不以为意。但朱宪㸅被废为庶人后，给毛太妃辞行的表章，"血泪淋漓，全表皆湿。表既上，如故也。唯语袁太守曰：'公知吾好文墨，多致文房四宝去。'见者无不哀之"①。

上述记载，都对朱宪㸅表现出一定程度的同情，并暗示张居正在处理朱宪㸅一案中有假公济私、打击报复之嫌。

然而，沈德符《万历野获编》中却提出了另外一种看法。《万历野获编》卷四"辽王封真人"条云：

> 辽废王宪㸅，喜方术，性淫虐。时世宗奉玄，则亦假崇事道教，以请于上，得赐号清微忠孝真人，赐金印，及法衣法冠等。㸅每出，辄服所赐衣冠，前列诸神免迎牌，及拷鬼械具，已可骇笑。乃至入齐民家，为之斋醮，自称高功求酬谢，尤为无赖。又以符咒妖术，欲得生人首，适街有醉民顾长保者，被割袁元，一城惊怪。其他不法尤多。②

《万历野获编》卷四"辽废王"条称：

> 故废王宪㸅淫虐不道，巡按御史陈省劾其罪，皆不枉。江陵初无意深求，时廷遣刑部侍郎洪朝选往勘，得其杀人诸事，谬加增饰，且锻炼不遗余力，而辽社遂屋。然事在隆庆二年，张为次揆，其焰未炽，亦不得谓张独主灭辽也。③

在沈德符看来，朱宪㸅虽然未必有谋逆之心，但骄奢淫虐，被废为

---

① 陈田：《明诗纪事》，上海古籍出版社，1993年，第56页。
② 沈德符：《万历野获编》，上海古籍出版社，2012年，第101页。
③ 同上。

庶人,实属罪有应得。张居正处理此案秉公无私,洪朝选等人则各怀私心,谬加增饰。

张居正生前身后,时人对其评价截然不同。这是晚明党争激烈、政治乱象环生的体现。在张居正去世后,朱宪㸅一案,也成为时人用来攻击张居正的重要借口。

就辽王朱宪㸅本人而言,其生活固然有骄奢放纵的一面,但其文化影响也值得关注。朱宪㸅本人文学造诣颇高:"辽王雅工诗赋,尤嗜宫商,其自制小词、艳曲、杂剧、传奇最称独步。"①(钱希言《辽邸纪闻》)朱宪㸅喜接文士,其身边有不少文化名流。据钱希言《辽邸纪闻》载:"是时信州宋登春、吾吴顾圣少诸君凡数十辈,皆为王门珠履。"嘉靖时,朱宪㸅以崇事道教受到皇帝宠信,被封为清微忠教真人,著名诗人、鹅池书生宋登春作为辽王门客,为之作《宫中行乐词》等,"可谓一时词客之雄"。曾任荆州太守、后来官至大学士的徐学谟,也经常与朱宪㸅诗酒酬唱。朱宪㸅有诗集《庚申稿》,徐学谟为其作序,称朱宪㸅"逸材命世,蕴藉今古,对客挥毫,一伸纸即千数百言立就,一时骚坛之士莫能难"②。

隆庆初年,朱宪㸅遭祸,被废为庶人。徐学谟《海隅集》削去朱宪㸅之名,宋登春则作《辽小纪》,"于宪㸅无怨词"。陈田《明诗纪事》为之感慨,称宋登春等人"失诗人忠厚之旨矣"③。

徐学谟与王世贞为同乡,但两人在政治立场、诗学取向上均有差别。宋登春则是徐学谟极力称扬的布衣诗人。考察徐学谟、宋登春的诗学主张,有助于深化对后七子诗学论争的认识。而徐学谟、宋登春的诗坛影响,又与辽王朱宪㸅一案以及对张居正的历史评价有莫大关系。政治斗争的错综复杂,历史记载的含混错乱,也在一定程度上影响到对明代诗学论争的认识。

---

① 陈田:《明诗纪事》,上海古籍出版社,1993年,第56页。
② 同上书,第57页。
③ 同上。

三、明代宗藩文化活动之诗学影响

明代，大部分宗室成员远离政治，经济上享有优厚待遇，加之明代比较重视对宗室子弟的教育，从而为其从事文化活动奠定了基础。宗室成员如果不甘于在声色犬马中消磨生命，就只能在文学方面寻求精神寄托。所以，明代有不少宗室成员，包括藩王在内，都投身于文化事业，热衷于诗文创作，乐意与文士交结。有些宗室成员，还积极地参与当时的诗学论争。

（一）明代藩府藏书、刻书活动

钱谦益《黄氏千顷斋藏书记》曾提及："海内藏书之富，莫先于诸藩。"①明代藩府藏书很多，其来源大致有三：

其一，朝廷赐书。朱元璋重视对子孙的教育，曾经多次赐书诸藩。在他的带动下，明朝历代皇帝也常有赐书诸藩之举。曹之《明代皇帝赐书藩王考》②一文对明朝历代皇帝赐书诸藩之举作了较为详细的考述。从该文所列举的赐书情况来看，所赐之书，以经史、律令为主，也有不少文学类著作。包括《诗经》在内的四书五经是常赐之书。此外，偶有其他文学类赐书。如李开先为《张小山小令》所作后序曾提及，洪武初年，"亲王之国，必以词曲一千七百本赐之"③。弘治元年（1488）九月癸酉，庄王朱见沛以二子俱出阁就外傅，请书籍于朝，明孝宗贻书答之："叔父生长富贵，能以是为教，诒谋远矣。今以《四书大全》《四书集注》《四书白文》《圣学心法》《贞观政要》《劝善书》《为善阴骘》《孝顺事实》《唐李白诗》《五音集

---

① 钱谦益：《牧斋有学集》，上海古籍出版社，1996 年，第 995 页。
② 曹之：《明代皇帝赐书藩王考》，《山东图书馆学刊》2010 年第 4 期。
③ 李开先著，卜键笺校：《李开先全集》，文化艺术出版社，2004 年，第 533 页。

韵》《洪武正韵》《饮膳正要》《玉篇》《广韵》《对类》各一部,《孝经》
《千字文》《百家姓》《小学》并影本各二本附去,至可收用,唯叔父谅
之。"(《孝宗实录》卷十八)明孝宗所赐,大概是当时启蒙教育的常
用书籍。值得注意的是,其中有《唐李白诗》一部,这大概是明代中
期诗学复古运动高涨的一个标志。此外,《唐三体诗》《御制文集》
《祖德诗》等也常见于赐书名单。嘉靖皇帝赐予诸藩之书中,常见
的还有《恩纪含春堂诗》,这是嘉靖皇帝亲生父亲朱祐杬的诗集。
朱祐杬为明宪宗第四子,受封兴王,就藩于湖广安陆。卒谥"献",
又称兴献王。嘉靖皇帝以外藩入继大统,追尊其生父朱祐杬为恭
睿献皇帝。据《千顷堂书目》卷十七,朱祐杬生前爱好诗歌,有《含
春堂稿》一卷,乃出阁时作;又有《恩纪诗集》七卷,乃分藩时作。嘉
靖五年(1526),嘉靖皇帝命司礼监刊刻朱祐杬诗集,并赐予诸藩,
以见其推尊生父之意。

其二,宗藩购书。明代藩府经济条件优裕,举凡稍有爱好者,
辄重金购书,多购异书,校雠以为乐。如周府的镇国中尉朱睦㮮,
庆府庆靖王朱㮵季子、安塞宣靖王朱秩炅等都是著名藏书家。

其三,藩府刻书。张秀民《中国印刷史》指出:"明代藩府刻书
为各代所无,藩府本既多且精,为明代印本特色。"[1]明代藩府刻书
活动,始于洪武末,讫于崇祯季年,与朱明一朝相终始,而以嘉靖、
万历两朝为最盛。刻书最多者为南昌宁献王朱权与其后裔弋阳
王。宁献王朱权在助燕王朱棣靖难之后,在政治上心怀怨望,又无
可奈何,日与文学之士相往还,自号臞仙,"诸书无所不窥","凡群
书有秘本,莫不刊布国中,古今著述之富,无逾王者"[2]。明有《宁
藩书目》一卷,著录朱权所纂辑及刊刻之书一百三十七种。其孙镇
国将军景泰二年(1451)加封为弋阳王。据周弘祖《古今书刻》所载

① 张秀民著,韩琦增订:《中国印刷史(插图珍藏增订版)》,浙江古籍出版社,2006年,
第282页。
② 朱彝尊:《静志居诗话》,人民文学出版社,1990年,第10页。

弋阳王府刻本有五十五种，为诸藩之冠。

其他诸藩也多有刻书。所刻之书，除经史百家、典章制度外，还有不少文学类书籍。有宗藩诗人自撰的诗文别集，也有诸藩为本地文化名流所刻别集，以及古人别集、总集等。宗藩诗人自撰的诗文别集，我们稍后讨论。先看诸藩为时人、古人所刻之别集、总集。

蜀藩建藩于四川成都，所刻文学书籍有方孝孺《逊志斋集》等。楚府建藩于湖广武昌，所刻文学书籍有丁鹤年、管时敏、贝琼诗文集等。庆府建藩于宁夏，庆靖王朱㮵曾刊行自编《文章类选》《增广唐诗鼓吹续编》。庆府所刻文学书籍还有《夏城诗集》《陶渊明集》《唐诗古今注》《唐诗鼓吹》《诗林广记》《文苑英华》等。赵府建藩于河南安阳，所刻时人别集有薛瑄、谢榛、崔铣、马卿等人文集。晋府建藩于山西太原，所刻文学书籍有《昭明文选》《汉文选》《唐文粹》《宋文鉴》等。简王刻《元文类》，又有《续文章正宗》《明文衡》，多为文学总集。徽府建藩于河南钧州，刻有《七子》《词林摘艳》等。德府初建藩于山东德州，后移至山东济南，刻有济南人元张养浩的著作。辽藩初建藩于辽宁广宁，后移至湖广安陆，刻《三谢诗》及宋、元人集。吉府位于湖广长沙，刻有《贾谊新诗》《楚辞集注》等。郑府位于河南怀庆，刻有何瑭《柏斋集》。靖江王府位于广西桂林，刊有李、杜诗。淮府初建藩于广东韶州，后迁至江西饶州，刊有《文翰类选大成》《琼芳集》《赤壁赋》《增修诗话总龟》。

（二）明代宗室诗歌创作概况

特殊的政治地位，优裕的生活条件，良好的文化教养，促进了明代宗藩诗歌创作的兴盛。正如叶德辉《书林清话》卷五"明时诸藩府刻书之盛"条所言："大抵诸藩优游文史，黼黻太平。修学好古，则河间比肩；巾箱写经，则衡阳接席。"①

---

① 叶德辉：《书林清话》，北京燕山出版社，1999 年，第 100 页。

明代宗室中有诗文别集传世者很多。青州府衡藩新乐王载玺博雅善文辞，"思欲表见宗藩有才艺者，走书天下，索同姓所纂述，得数十种，会梓而传之，谓之《绮合绣扬集》"①，该书惜已失传。朱睦㮮万卷堂所收藏的宗室诗文集凡四十种。清初黄虞稷《千顷堂书目》卷十七专门著录明代帝王及宗藩别集，其中共著录明宗室一百一十一人，诗文别集多达一百五十余种。《四库全书总目》著录了十一位宗藩诗人的诗集。

明代各类诗歌总集中也收录了大量宗室成员的作品。

1.《列朝诗集》所收宗藩诗作

钱谦益《列朝诗集》乾集下收录了宗室中亲王、郡王十八人的诗作三百二十二首，包括：蜀献王（六首），宁献王（七十二首，含宫词七十首），汉王高煦（十首），周宪王（一百四十六首，含宫词百首），秦康王（三首），秦简王（十首），蜀成王（三十一首），肃靖王（七首），沈安王（二首），沈宪王（四首），德平荣顺王（二首），沈宣王（四首），镇康王（一首），安庆王（一首），沈定王（十五首），保定王（一首），赵康王（四首），益庄王（一首）。

另，《列朝诗集》闰集收录了宗室中将军、中尉十人诗作的一百八十五首。包括：周藩宗正中尉睦㮮（二十三首），唐藩镇国中尉硕熿（二十二首），辅国中尉器封（八首），宁藩镇国中尉多熿（二首），奉国将军多炡（六十一首），宁藩王孙谋㙉（九首），宁藩中尉贞静先生谋埠（三首），豫章王孙谋瑝（五十四首），沈藩镇国将军恬烷（一首），辅国将军珵圻（二首）。

2.《明诗综》所收宗藩诗作

朱彝尊《明诗综》卷二共收录明宗室亲郡王三十六人的九十六首诗，包括：周定王橚（六首），蜀献王椿（一首），湘献王柏（一首），辽简王植（二首），宁献王权（三首），汉庶人高煦（一首），周宪王有

①　朱谋㙨：《藩献记》，明万历刻本。

燉(二首),楚庄王孟烷(一首),鲁靖王肇辉(二首),秦康王志埄(一首),楚宪王季埰(一首),鲁惠王泰堪(一首),鲁庄王阳铸(三首),唐成王弥鍗(一首),唐恭王弥钳(一首),沈安王诠鉥(一首),秦简王成泳(八首),肃靖王真淤(二首),沈宪王胤栘(二首),赵康王厚煜(五首),益庄王厚烨(四首),蜀成王让栩(五首),沈宣王恬烄(二首),沈定王珵尧(二首),郑世子载堉(二十五首),光泽荣端王宠瀗(一首),衡阳安赘王宠淹(一首),永寿恭和王东樆(一首),武冈保康王显槐(二首),德平荣顺王胤橺(一首),镇康王恬焯(一首),保定惠顺王珵坦(一首),昭定王恬烆(一首),沁水王珵阶(一首),安庆王恬爥(二首),庆成王慎钟(一首)。

《明诗综》卷八十五收录了宗室中将军中尉二十八人的五十五首诗。包括:

秦藩(二人):朱敬鍨(一首)、朱谊汧(四首)。

周藩(五人):朱安㳩(二首)、朱睦㮮(三首)、朱睦横(一首)、朱勤炌(二首)、朱朝壈(一首)。

齐藩(二人):朱庆椞(一首)、朱承綵(一首)。

鲁藩(二人):朱观㷿(二首)、朱颐埱(四首)。

辽藩(一人):朱术垧(一首)。

宁藩(七人):朱多熿(二首)、朱多炡(八首)、朱多熪(一首)、朱谋㙔(四首)、朱谋埠(五首)、朱谋瞀(五首)、朱谋垜(一首)、朱谋圭(一首)。

沈藩(六人):朱恬烁(一首)、朱恬烷(一首)、朱珵溜(一首)、朱珵圪(一首)、朱珵圻(一首)、朱效鍚(一首)。

唐藩(二人):朱硕熿(二首)、朱器封(一首)。

益藩(一人):朱常泏(一首)。

3.《御选明诗》所收宗藩诗作

清康熙《御选明诗》卷二为宗藩诗(宗室),共收录亲郡王三十四人的诗作一百五十首、将军中尉二十九人的诗作一百四十五首。

所收作者范围大致同《明诗综》,只是所收作品数量不同。

4.《明诗纪事》所收宗藩诗作

陈田《明诗纪事》甲签卷二上共收录宗室中亲郡王二十四人的诗作四十五首。其中,录诗最多者为周定王橚、秦简王成泳、肃靖王真淤,均为四首;甲签卷二下共收录宗室中将军中尉三十六人的诗作八十二首。其中,周藩二人,楚藩一人,齐藩三人,辽藩二人,宁藩十五人,沈藩九人,唐藩二人,益藩一人,衡藩一人。录诗最多者为齐藩的朱颐㛃(十三首)。颐㛃字江亭,鲁荒王八世孙,有《市隐堂集》六卷。陈田认为,江亭诗音节高亮,而名不甚著,"特广为甄录,与世共赏之"。此外,录诗较多者还有宁藩的朱多炡(八首)、朱多煃(五首)、沈藩的朱珵垍(六首)等。

陈田《明诗纪事》甲签卷二上之前,有一段按语:

> 《明史·艺文志》集部称:"各藩及宗室自著诗文集,已见本传,不载。"及检本传,良不尽然。盖史馆编纂时,以王鸿绪《史稿》为底本,《史稿》藩王宗室自著诗文集散见于本传中,故志文云然。《明史》于本传削去诗文集名,仅存一二,体例简严,史法应尔。但于《艺文志》内未及将所削诗文集名补入,而《史稿》所称"本传已见不载",原文亦未删去。今将《明史》所载宗藩集名,及史所未载而见于《史稿》并《四库总目》、各家书目总集、专集杂载所述,备列于此,以待参考。①

在按语的后半部分,陈田对明代宗藩诗人别集目录详加罗列,以补《明史》之阙。

5. 明代宗藩诗歌研究现状

近年来,学界对明代宗藩诗人的诗歌创作情况逐渐重视。相

---

① 陈田:《明诗纪事》,上海古籍出版社,1993 年,第 39 页。

关论文主要有张晓彭《明代宗藩诗人及其诗歌述论》、宗立东《论明代宗室三个阶层的诗歌创作》等。

据张晓彭统计，有明一代，宗室有传诗文集者共一百六十人计二百二十一种，现存三十六人五十一种。他指出，明代宗藩诗人具有府系性和地域性。从地域性来看，封藩于河南、江西、山东、山西、陕西等经济文化发达地区的藩国，人才辈出；从府系性来看，宁、沈、周、唐、鲁五府为盛。张晓彭将宗藩诗人分为藩王和宗室两种类型，其中藩王诗人七十四人，宗室诗人八十六人。明代许多藩王及其后裔支属，常常世代尚文，出现一门数代皆能诗善文的现象，工诗文者不胜枚举。其实，宗室诗人中，不论地域性还是府系性，都与家族文学传承有关。①

宗立东将明代宗室分为帝王系、亲郡王系、将军中尉系等三个阶层。据其《明宗室著述考述》一文统计，明宗室有诗文存世者为一百五十八人，传世集本六十种（同一集本的不同版本计为一种，如以版本为计则约为八十种）。这是仅就现存文献而言，见于书目文献著录者数量更广。许多宗藩诗作，唯赖《列朝诗集》《御选宋金元明四朝诗》《明诗综》《明诗纪事》《蜀诗》《潞安诗钞》等诗文总集和地方诗文集辑录，得以保存至今。②

（三）明代宗室作家与主流诗学

明代宗藩作家众多。以时代而论，明初宗藩喜作词曲，诗则以大量宫体诗为特色。明中期宗藩诗较为兴盛，且与诗坛主流风尚同步，与复古派作家交往密切。若以地域诗人群体而论，则以宁藩、沈藩为最。宁藩初建藩国于大宁卫，后改至江西南昌府。沈藩位于潞州府（今山西长治市）。以人而论，陈田《明诗纪事》云："明藩王之工诗者，当以秦简王诚泳为称首，王孙之工诗者，当以瑞昌

---

① 张晓彭：《明代宗藩诗人及其诗歌述论》，《南都学坛》2016 年第 5 期。
② 宗立东：《论明代宗室三个阶层的诗歌创作》，《北方论丛》2017 年第 1 期。

中尉多燸为称首。"这或许只是陈田的一家之言。从各类明诗总集、诗话看,对宗藩诗人诸家的评论不尽相同。而种种不同的评价,亦与明代诗学论争中的不同诗学取向有关。

1. 明代宗室作家的诗话著作

今人周维德编《全明诗话》中收录了朱权《西江诗法》、朱奠培《松石轩诗评》两部宗室作家的诗话著作。《全明诗话》"前言"的第五部分为"明代诗话提要"。其《西江诗法》提要谓:

> 有嘉靖十一年重刻本。首有自序,谓"诗不在古而在今,非今不能明古之意;法不在诗而在我,非我不足以明诗之法"。他善长音律,崇尚典雅,主张独创。此编辑录前人诗论,内容包括诗体源流、诗法源流、诗家模范、诗法大意、作诗骨格等二十五类,使学诗者有法可依,有规可循。[1]

《松石轩诗评》提要云:

> 一卷。朱奠培撰。奠培(? —1494)号竹林懒仙。朱权孙,封宁靖王。有成化甲午刻本。首有观诗录序和叙,俱残缺,末有后序。此编一百四十五条,品评自汉魏至金元作家近二百人,上自帝王将相,下至衲僧妇女,无不拦入。其中尤以评述唐代作家作品见长,达百余人……奠培评诗比较客观,不人云亦云。如对宋、元人诗的评价,对他们苟简颓靡、粗俗成风的习气,十分不满,但又沙里拣金,对他们的长处,亦不一笔抹杀。[2]

2. 明前期宗室诗人与宫体、台阁体

明代开国之初,朱元璋诸子中,以蜀献王朱椿、宁献王朱权最

---

[1] 周维德:《全明诗话》,齐鲁书社,2005 年,"前言"第 22 页。

[2] 同上书,"前言"第 23、24 页。

为博学。

蜀献王朱椿为朱元璋第十一子，《列朝诗集小传》称其"孝友慈祥，博综典籍，容止都丽，雅尚儒素。尝奉命阅兵中都，即辟西堂延揽名士李叔荆、苏伯衡等，商榷玄史。高皇帝呼为蜀秀才"①。洪武十一年(1378)，朱椿被封为蜀王，洪武二十三年(1390)就藩于成都，"之国初，即聘汉中教授方孝孺为世子傅，待以宾师之礼，名其读书之斋曰'正学'。方正学之称，自此始"②。永乐二十一年(1423)薨，谥曰宪。诗文集名《献园集》。受其影响，其孙定王友垓有集十卷，曾孙惠王申鉴有《惠园集》，惠王孙成王让栩有《长春竞辰集》，成王孙端王宣圻有《端园集》，五叶皆有集著录。明孝宗曾称赞说，诸藩中，唯蜀多贤王。并下诏以蜀献王朱椿所定的家范作为整个明宗室的家法。

宁献王朱权为朱元璋第十六子，《列朝诗集小传》称其"生而神姿朗秀，白皙美须髯。始能言，自称'大明奇士'。好学博古，诸书无所不窥，旁通释老，尤深于史"。洪武二十四年(1391)封宁王，二十七年(1394)之国大宁。后助燕王朱棣发动靖难之役，以善谋称。永乐二年(1404)移藩南昌，开始时居功自傲，颇骄恣，多怨望不逊。后深自韬晦，晚年折节读书。他每月令人往庐山之巅，囊云以归，结小屋曰"云斋"，障以帘幕，每日放云一囊，四壁氤氲袅动，如在岩洞。所居宫庭，无丹彩之饰，自号"臞仙"，其思想呈现出明显的道家倾向。江西理学发达，文风质朴，士人不乐声誉。朱权弘奖风流，增益标胜，促进了当地文风的兴盛。朱权热心于出版事业，开雕秘籍，自己的著述也很多，广涉诸子百家，《列朝诗集小传》称"古今著述之富，无逾王者"③。在他的影响下，宁藩一直保持着浓厚的文学氛围，直到嘉靖年间，依然诗人辈出。

---

① 钱谦益：《列朝诗集》，上海三联书店，1989年，第5页。
② 同上。
③ 同上。

朱权曾作有宫词一百零七首,其自序云:"胡人不能扬舲,海人不能骤骥,所处之地非也。大概宫词之作,出于帝王宫女之口吻,务在亲睹其事,则叙事得其真矣。予生长于深宫之中,岂无以述乎?虽不尽便娟之体,其传染写真之意间有所似,可谓把镜自照,不亦媸乎?乃以百篇叙其事,未知识者为何如耶。永乐戊子五月,臞仙题。"①宫词创作与宗藩诗人的成长环境有关。《列朝诗集》不惜篇幅,收录了朱权的宫词七十首。此外,《列朝诗集》还收录了周宪王的元宫词百首,但其作者存在争议。宛平刘效祖序《元宫词》,称周恭王所作;《明诗综》则认为是周定王朱橚的作品。

至明中期,宗藩中优秀诗人的作品,逐渐呈现出融入主流诗学的趋势,其身份特征逐渐淡化。在这个过程中,秦简王朱诚泳是值得首先留意的一位宗藩诗人。

朱诚泳号宾竹道人,为明太祖朱元璋五世孙。弘治元年(1488)以镇安王袭封,弘治十一年(1498)薨。著有《小鸣集》。朱彝尊《静志居诗话》称:"王年十龄,嫡母陈妃以唐诗教之,日记一首。嗣位后日赋一篇,三十年靡闲。"②(案诚泳袭爵仅十一年,此云三十年当并其初封镇安王时言之也。)《列朝诗集小传》乾集下"秦简王朱成泳"称:"王醇雅有简抑,博通群书,布衣蔬食,延揽文儒,竟日谭论不倦。王府护仪子弟得入黉宫,自王始也。"③既薨,王府纪善强晟校刻其诗。嘉靖初,王孙定王惟焯表上之,诏送史馆。故其别集又称《经进小鸣稿》。其别集自卷一至卷八皆诗,卷九为杂文,卷十为《恩赐胜览录》。《四库全书总目》称"其诗古体清浅而质朴,近体谐婉可诵,七绝尤为擅场。如《秋夜诗》云'霁月满窗明似昼,梧桐如雨下空庭',又云'空庭久坐不成寐,明月满阶砧杵声';又《山行诗》云'啼鸟无声僧入定,半岩风落紫藤花',皆风骨

---

① 钱谦益:《列朝诗集》,上海三联书店,1989年,第5页。
② 朱彝尊:《静志居诗话》,人民文学出版社,1990年,第12页。
③ 钱谦益:《列朝诗集》,上海三联书店,1989年,第8页。

戍削,往往有晚唐格意。尔时馆阁之中,转无此清音矣"①。

3. 明中期宗室诗人与文学复古运动

秦藩藩国所在地为陕西西安。朱诚泳活跃于成化、弘治年间,潜心诗学,且不受馆阁诗风影响,这与前七子的诗风有相通之处。

秦藩奉国中尉朱敬鑑,字进父,秦愍王朱樉八世孙。诗学李梦阳、何景明,倾向于复古理论思潮,与秦中名士张致卿、王元锡等人结成真率会诗社,互相吟咏。在其《梅雪轩诗稿》中说:"张致卿学道、康子秀桦与余为词章友,客有以名实嘲之者,余作文会答谢之矣,酒后耳热,分韵长歌,击缶佐觞。"②有诗《熊左史约结诗社且期眺秦中名胜》等。

同样值得注意的,还有河南开封的周藩,其代表作家为镇国中尉朱睦㮮。朱睦㮮,字灌甫,号西亭,周定王朱橚六世孙,封镇国中尉,万历中举宗正,有《陂上集》二十卷。据《明史》本传记载:

> 睦㮮幼端颖,郡人李梦阳奇之。及长,被服儒素,覃精经学,从河、洛间宿儒游。年二十通五经,尤邃于《易》《春秋》。谓本朝经学一禀宋儒,古人经解残阙放失,乃访求海内通儒,缮写藏弆,若李鼎祚《易解》、张洽《春秋传》,皆叙而传之。吕柟尝与论《易》,叹服而去……卒,年七十……学者称为西亭先生。③

朱睦㮮以经学著称,但诗歌方面也颇具天赋,幼年时曾经受到李梦阳的赏识。胡应麟《诗薮》又称:"明宗室攻古文词者,嘉、隆间唯灌父最博洽,饶著述。余髫岁即与交。"④可见,在嘉、隆诗坛上,

① 永瑢等:《四库全书总目》,中华书局,1965年,第1496页。
② 朱敬鑑:《梅雪轩诗稿》卷一,见《四库全书存目丛书》集部第158册,齐鲁书社,1997年,第262页。
③ 张廷玉等:《明史》,中华书局,2000年,第2359页。
④ 胡应麟:《诗薮》续编卷二,上海古籍出版社,1979年,第359页。

朱睦㮮虽然不像宁藩、沈藩的宗室诗人那样活跃,但也是宗室中屈指可数的名家之一,与复古派作家保持着密切的联系。《列朝诗集小传》称其"访购图籍,请接宾客,倾身游贵显间。通怀好士,内行修洁,筑室东陂之上,延招学徒,与分研席,用是名声籍甚。万历初,举文行卓异,为周藩宗正十余年。国中大制作,皆出其手。修《河南通志》,撰《中州人物志》,中州之文献征焉"①。在经学方面,朱睦㮮不受程朱理学束缚,广泛钻研历代经学。朱睦㮮还是著名的藏书家,著有《万卷堂书目》,对促进中州文化发展,做出了重要贡献。诗文方面,钱谦益《列朝诗集小传》认为其文高于诗:"其诗文有《陂上集》二十卷。文尤典雅可诵,有明之宗室,宪园比肩间、平,而灌甫媲美子政,洵昭代之盛事,唐宋所希观也。"②朱睦㮮虽然不以能诗著称,但他在文化上有多方面的贡献,而这些贡献与明代中期的诗文复古运动有内在的相通之处。

在诗歌方面,明代中期,沈藩、宁藩、辽藩、齐藩等都涌现出不少有一定影响的诗人,赵藩、德藩、郑藩等也与当时的诗坛名流保持着密切的关系,他们以结社或刊刻诗集等形式,积极参与诗学论争。从后七子与宗藩的交游中,我们可对当时的诗坛盛况略见一斑。

四、谢榛与宗室诗人交游考论

谢榛作为布衣诗人,其主要交游对象除后七子外,还有不少宗藩诗人。谢榛诗集及其《诗家直说》(《四溟诗话》)中,就提及了不少当时与之交游的宗藩诗人。

谢榛与赵王府关系比较密切。谢榛早年曾经西游彰德(治所

---

① 钱谦益:《列朝诗集小传》,上海古籍出版社,1983 年,第 755 页。
② 同上。

在今河南安阳），献诗赵王朱厚煜。彰德旧为邺地，是汉末建安时期文人荟萃之地，而赵王亦富有文才，喜揽文士。嘉靖十三年（1534），谢榛移居安阳，举家附之，被赵王朱厚煜奉为上宾。

赵王朱厚煜（1498—1560），成祖第三子赵简王高燧之来孙，正德十六年（1521）袭封。自号枕易道人，爱好文学，礼贤下士，折节好客，诗酒风流，有淮南梁孝之遗风。著有《居敬堂集》十二卷。陈田《明诗纪事》收录赵康王厚煜诗二首，对其有如下评价："王文采丽都，延接士类，藻韵连翩，应教叠作。读孙太初之集，恨不同时；奏谢茂秦之歌，拥姬出拜。谈者津津，艳流口齿，斯极朱邸之风流、艺林之韵事也。"①其中，"奏谢茂秦之歌，拥姬出拜"一事，实为赵穆王所为。陈田应当是把康王与穆王混为一谈了。

谢榛别集中有不少与赵康王有关的作品，如《寄上赵王枕易殿下》②《赵王枕易见寄》③《岁暮寄上赵王枕易殿下》④等（《四溟集》卷十六）。

嘉靖二十六年（1547），朱厚煜为谢榛刊刻别集，并为之作序。其《四溟旅人诗序》云：

予自舞象之年，承过庭之训，受毛氏《诗》于钝斋先生，日求其所谓温柔敦厚之教、比兴风刺之旨。复检其近似者读之，得屈正平《离骚》，法其爱君忧国之心，托物寓情之指。复读昭明太子《选》诗，考其翼经之功，与凡寄兴之归。复读天宝大历之间群贤之诗，无不弥纶物理，陶写性灵，握龙蛇之珠，备瑞凤之彩；述宴游则融冶生春，叙征戍则酸楚至骨。诗道之盛，于斯极矣。晚唐宋元，间有作者，要皆隋珠之类、荆玉之瑕，雕刻

---

① 陈田：《明诗纪事》，上海古籍出版社，1993年，第51页。
② 谢榛：《谢榛全集》，齐鲁书社，2002年，第108页。
③ 同上书，第132页。
④ 同上书，第562页。

组绘,吾无取焉。逮及皇明孝、武两朝,哲人挺生,隐书大出,李空同、何大复、边华泉诸君子倡明古作,大振唐声。三馆染翰之臣、九州抱艺之士,捐其故习,风靡影从。我皇上锐情经术,存心雅道,奎章宸翰,昭映日星。虞廷赓歌,周庙雅颂,以此方之,何多让也。薄海臣民,罔不从化。敷陈政事,议论盈庭;纪载符祥,诗谣满牍。长编巨帙,汗牛充宇;狩狁盛哉。乃于隐逸,爰取三人:孙太白、张昆仑、谢四溟。孙、张二子,不及见之。谢生,予得而友焉。其诗得少陵体裁,太白格调,故何柏斋曰:"其诗隽逸不凡,足占所养也。"苏舜泽曰:"邺有此诗,不在何、李之下。"李春溪曰:"谢诗虽与诸家同,而意兴过之。"刘一轩曰:"沉痛清逸,洒然物表,不食烟炊。"黄五岳曰:"激昂悲壮,其高、岑之流乎!"卢涞西曰:"一代诗人,出吾山东矣。"漫山曹均尤所爱重,从而刻其五言。予取其全集刻之。或言:"王刻洹词,复刻谢诗乎?"予应之曰:"文至后渠,诗至四溟,其尽之也。"生名榛,字茂秦,别号四溟,东郡人,卜居于邺云。嘉靖丁未冬十一月日南至。①

在这篇序中,朱厚煜首先回顾了自己学诗的经历,并对历代及本朝诗歌作了点评。他对盛唐以前的诗歌评价较高,对晚唐宋元诗歌则有所不满,可见其诗学思想受前七子影响较深。他对弘治、正德两朝前七子的诗学复古运动给予高度评价,同时对嘉靖皇帝影响下的一时诗风之盛也予以赞美。对谢榛诗歌,朱厚煜也评价极高。他首先列举了身边文学诸名家对谢诗的点评。朱厚煜与谢榛年龄相仿,谢榛虽是一介布衣,朱厚煜却屈尊纡贵,以友待之。他将谢榛之诗与河南名士崔铣之文相提并论,称赞"文至后渠,诗至四溟,其尽之也"。可谓别具慧眼,识谢榛于蓬蒿之中,不愧为谢

① 谢榛:《谢榛全集》,齐鲁书社,2002年,第9、10页。

榛知己。

嘉靖二十七年(1548)，谢榛赴京为卢柟申冤。在京城，与李攀龙等山东同乡探讨文艺，并结识了年轻的王世贞。嘉靖三十一年(1552)再度返京时，李、王与徐中行、梁有誉、宗臣、吴国伦等遂邀谢榛，结为诗社。后七子中，谢榛较为年长，成名也比较早。他以前辈自居，试图以自己的诗学思想影响其余诸子。但由于他没有科举功名，而其他诸子均为青年进士，心高气盛，谢榛最终受到排挤，被摒斥于七子之外。但谢榛交游甚广，特别是不少宗藩诗人对谢榛都礼敬有加，所以谢榛在诗坛上的名望始终不坠。

嘉靖三十九年(1560)，赵王朱厚煜暴卒，谥号"康"，故后世称其为赵康王。赵康王的死因是一个谜，据说是为地方官欺凌，悬梁自尽。还有一种说法，是被其族人所害。赵康王死后，谢榛返回故乡。不久，他又离家出游，嘉靖四十三年(1564)，应故人之召，曾客居晋阳。万历元年(1573)冬，谢榛自关中还，过彰德，谒见赵康王的曾孙赵穆王朱常清。朱常清字恒易，于嘉靖四十四年(1565)袭封。在招待谢榛的宴席上，穆王命所爱贾姬奏其所制竹枝词，令谢榛大为感动，第二天一早献新词十四阕献上。穆王对谢榛的诗才也十分赞赏，并将贾姬盛妆赐予谢榛，传为一时佳话。

谢榛死后，穆王为其刊刻《续刻谢茂秦全集》。邢士登《刻谢茂秦诗序》云："诸公(指后七子中除谢榛之外的诸子)皆有副在名山，独茂秦以家在所落魄，久之始授杀青邺下。"①谢榛乃一介布衣，又受到王世贞等的排挤和打压，其诗才再高，如果没有赵康王、赵穆王的礼敬，并为之刊刻诗集，其声名恐怕久已湮没于世。

清人胡曾为《四溟诗话》所作序还提及："若赵王为之刻集，藩邸诸君颇多题跋。"②可见，由于赵王的揄扬，宗室诗人争相与谢榛交往。其中，沈藩诗人受谢榛影响最大。

---

① 谢榛：《谢榛全集》，齐鲁书社，2002年，"前言"第12页。
② 谢榛：《四溟诗话》，人民文学出版社，1961年，"附录"第130页。

除赵藩、沈藩外,谢榛还与郑藩、宁藩等许多宗藩诗人交往过,谢榛诗集中保存了不少与这些宗藩诗人酬唱的作品,此处不再一一述及。

钱谦益《列朝诗集小传》"谢山人榛"谈及谢榛与七子中其他诸人的矛盾及其对宗藩诗人的影响:"嘉靖间,挟诗卷游长安,脱黎阳卢柟于狱,诸公皆多其谊,争与交欢。而是时济南李于鳞、吴郡王元美,结社燕市,茂秦以布衣执牛耳,诸人作'五子'诗,咸首茂秦,而于鳞次之。已而于鳞名益盛,茂秦与论文,颇相镌责,于鳞遗书绝交,元美诸人咸右于鳞,交口排茂秦,削其名于'七子''五子'之列。茂秦游道日广,秦、晋诸藩争延致之,河南北皆称谢榛先生,诸人虽恶之,不能穷其所往也。"①这是后七子内部的一次重要论争,但论争的重心不在于诗学思想本身,而是名望、地位之争。

这一事件,也被后人屡屡提及。如清代大诗人王渔洋为谢榛《四溟诗话》所作的序中写道:

> 谢榛字茂秦,临清人。眇一目,喜通轻侠,度新声。年十六作乐府商调,临德间少年皆歌之。已而折节读书,刻意为歌诗,遂以声律有闻于时。寓居邺下,赵康王宾礼之。嘉靖间,挟诗卷游长安,脱黎阳卢柟于狱,诸公皆多其行谊,争与交欢。而是时济南李于鳞、吴郡王元美结社燕市,茂秦以布衣执牛耳。诸人作"五子"诗,咸首茂秦,而于鳞次之。已而于鳞名益盛,茂秦与论文,颇相镌责,于鳞遗书绝交。元美诸人咸右于鳞,交口排茂秦,削其名于"七子""五子"之列。然茂秦游道日广,秦、晋诸藩争延致之,河南北皆称谢榛先生。诸人虽恶之,不能穷其所往也。赵康王薨,茂秦归东海,康王之曾孙穆王复礼茂秦,为刻其全集。②

① 钱谦益:《列朝诗集小传》,上海古籍出版社,1983年,第423页。
② 谢榛:《四溟诗话》,人民文学出版社,1961年,"附录"第129页。

清人沈维材《四溟诗话跋》曰：

> 计甫草之过邺，请于当事，立碑墓门，是四溟生前知己，既有康王、穆王；殁世既久，又得甫草、石斋为之表彰，四溟可以无憾。若贾姬之赠，载于《亘史》，王固爱才，姬亦守节，"眇君子"之荣，不远过于"七子""五子"之流也哉！①

总之，谢榛虽是一介布衣，但他凭借自己的诗歌才华，受到许多宗藩贵族的敬重。由此，一来可见明代嘉靖以后诗风之兴盛；二来也提醒我们，明代诗学论争除与诗学本身有关外，还受到许多外部因素的影响。进士阶层拥有更高的诗学话语权，但宗藩势力也能够凭借其特殊身份为诗学论争造势，让明代诗史中一些有可能被遮蔽的细节得以彰显。

五、王世贞与宗室诗人交游考论

世人往往将谢榛被七子除名事件，归因于谢榛与李攀龙之间的矛盾。王世贞在这一事件中的立场，仅仅被看作是站在李攀龙一方，为李攀龙鸣不平。笔者认为，恰恰是王世贞在这一事件中起了主导作用，而李攀龙则是处于被动地位，他在王世贞与谢榛的感情天平上不得不有所取舍。李攀龙与谢榛有同乡之谊，与王世贞则有相似的抱负和雄心。最终受利害关系左右，李攀龙表面上不得不站在王世贞一方。整个事件的话语权都掌握在王世贞手中。李攀龙的态度和立场，后人主要是依据王世贞的文字记载加以判断。在后七子中，谢榛以前辈自居，李攀龙也已在诗坛上有了一定

---

① 谢榛：《四溟诗话》，人民文学出版社，1961 年，"附录"第 130 页。

名望。王世贞作为诗坛后进，只能屈处于一个追随者的地位。助李攀龙逐走谢榛，最终奠定了王世贞与李攀龙并列的诗坛领袖地位。

王世贞始终把这场诗学论争的话语权牢牢掌控在自己手中。谢榛被七子除名后，由于受宗藩势力的支持，声望依旧很高。特别是赵穆王继赵康王之后，再次为谢榛刊刻诗集，进一步提升了谢榛在诗坛的影响。但谢榛仅仅以诗人自居，别集有诗无文，完全凭诗歌创作实力证明自己，其《诗家直说》(《四溟诗话》)也是以论诗为主，对于诗坛论争则闪烁其词，尽量避而不谈，不将后七子内部是非之争扩大化。而王世贞为进一步打压谢榛，又主动为谢榛重编诗集，并为之作序，从而掌握了话语权。我们来看一下这篇《谢茂秦集序》：

　　茂秦既已白卢柟事出狱，则士大夫争愿识之。河朔少年家传说矣。而茂秦亦时时好举其事。又游燕诸篇，多从历下生更定有名，坐色忤辄背去，以故前少年心怪之，毋论鲁朱家、郭解不如，则厨菸之贾人非夫也夫。然茂秦既老，贫不能别治生，稍讳言侠，而其自喜为诗愈甚，余他无所论次，论其诗云。古之诗称布衣间者，即无过襄阳孟浩然、郊也，浩然才不足以半摩诘，特善用短耳。其景色恒传情而发，故小胜也；其气先志而索，故大不胜也。然偏师而出者，犹轻当于众志而脍炙艺林，至于今诵之不衰。夫郊乃其琐琐者。明兴而后，可指数也。世所言孙山人之流，其文辞概一二见焉。此岂诚当于作者哉。荐绅先生雅好饰岩穴自贵重，响附景逐，而其辞又以近俗，得卒然解，袭誉耳目之所及足矣。谚曰：人貌荣名，岂有既乎。夫谢生眇而伧父状也，又习见其本末，骤而语之古之人，众且大骇，以为欺我。假令袭古衣冠，或浩然辈非古，而与之篇角字批于丛台之下，知必毋以下驷走也。茂秦故有集行于邺,七言古多散缓可商者,又称人间贵人甚著,吾厌之,为去其十七,乃所存则咸飒飒然鸿爽比密,宫商协度,意象衡当者。盖吾尝为之评曰:茂秦诗,长乐卫尉之兵乎? 击刁斗,明斥堠,幕府上事,车旌秩然也而已矣,亦可以无败矣。①

在这篇序文中,王世贞首先简要回顾了谢榛与后七子交往的过程。他对谢榛以前受赵康王礼遇一事避而不谈,而是从谢榛入京之后说起,强调"游燕诸篇,多从历下生更定有名",仿佛谢榛是经李攀龙品定之后才成名的。而其"坐色忤辄背去",则变成了忘恩负义的行为。接下来,王世贞对布衣山人之诗发表议论,认为此类诗人大都是名过其实,"此岂诚当于作者哉"。论及谢榛,王世贞首先从谢榛相貌谈起,"谢生眇而伧父状也",此语不无恶毒之意。谢榛虽然貌不惊人,但对诗学有独到的见解。在王世贞看来,这种外貌与内在诗学修养的反差,也是谢榛成名的重要原因。谈到《谢茂秦集》的编刻,王世贞提及"茂秦故有集行于邺",故集大概兼指赵康王、赵穆王所刻谢榛诗集。王世贞称故集"七言古多散缓可商者,又称人间贵人甚著,吾厌之",为之大肆删削,"去其十七",方才觉得满意。最后,王世贞重复自己在《艺苑卮言》中对谢榛之诗的评论。《艺苑卮言》卷七:"谢茂秦曳裾赵藩,尝谒崔文敏铣,崔有诗赠之。后以救卢次楩,北游燕,刻意吟咏,遂成一家……其排比声偶,为一时之最,第兴寄小薄,变化差少。仆尝谓其七言不如五言,绝句不如律,古体不如绝句,又谓如程不识兵,部伍肃然,刁斗时击,而寡乐用之气。"②总之,王世贞言下之意,无非是要强调谢榛在后七子复古运动中只是一个追随者,而非复古运动的主将。

王世贞对谢榛诗文中"称人间贵人甚著"甚为反感。谢榛所称引的"贵人",主要是那些宗藩作家。特别是在《诗家直说》(《四溟

---

① 王世贞:《弇州四部稿》卷六十四,文渊阁《四库全书》本。
② 王世贞撰,罗仲鼎校注:《艺苑卮言校注》,齐鲁书社,1992 年,第 341、342 页。

诗话》)中,谢榛对沈藩的几位作家予以极高的评价。这固然有身份方面的原因,谢榛为了生计不得不如此;但就创作而言,沈藩诗人也确有值得称道之处。王世贞不论创作,只谈身份,给后人造成谢榛攀附显贵、沽名钓誉的片面印象。

就王世贞本人而言,他在年轻时确实与宗室诗人交往不多。这主要是因为明代限制宗藩参与政治,且宗藩成年后就封于藩国,散居于各地。而王世贞步入诗坛之初,作为年轻进士,观政于六部,其活动范围主要限于京城,故与宗藩没有太多交集。

父亲去世后,王世贞长期隐居故乡。这一时期,他的诗坛地位不断上升,与宗室作家的交往也逐渐多了起来。王世贞《弇州四部稿》中,涉及的宗室文人不多;在其《弇州续稿》中,则涉及大量宗室成员。《弇州续稿》卷一百七十二至卷二百七十是书牍,反映了王世贞晚年广泛的诗学交游情况。卷一百七十二为书牍首卷,其中,除第一篇是写给至交好友、大学士王锡爵之外,其余全部是与宗室成员的往来书信。包括:《答上襄王》(三则)、《答楚王启》(一则)、《答樊山王》(二则)、《答黎丘王》(一则)、《寄用晦》(八则)、《答宗良》(四则)、《答南阳孔炎王孙》(三则)、《答南阳子厚王孙》(三则)、《答朱贞吉》(五则)、《答云仙老人》(二则)、《省亭》(一则)等。王世贞与宗室的交往,由此可见一斑。《弇州续稿》篇帙极巨,其他部分还有大量的诗文涉及宗室,此处不再一一罗列。

在王世贞交往的宗室成员中,亲王、郡王数量不多。且涉及的亲郡王,大都不以诗文闻名于世。与王世贞交往较为密切的,主要是中下层宗室文人,包括宁藩的朱多煃(字用晦)、朱多𤊟(字宗良)、朱多㸒(字贞吉),唐藩的朱硕熿(字孔炎)、朱器封(字子厚)等。这些宗室文人经王世贞大加揄扬,在明代诗学史上也占有了重要的一席之地,其作品被后人收入《列朝诗集》《明诗综》《明诗纪事》等重要明诗总集,产生了较大影响。曾经对谢榛"称人间贵人甚著"表示反感的王世贞,自己却在晚年热衷于与宗室文人交往,个中缘由值得细加品味。

从政治角度看，王世贞之父被害一事，是王世贞仕途及其整个人生道路的一个重要转折点。在严嵩倒台后，王世贞坚称其父是被严嵩陷害，一直想要为父申冤。与王世贞有交往的宗室成员，大都在此事上对王世贞表示同情和支持。如王世贞在致朱多煃的信中写道："不佞自遭家难归，于当世贤豪不复能数数。而友人余德甫书来，则亟称君侯贤，私心窃甚慕之。及为先子伏阙上书陈冤，赖天之灵与诸公之力得请。"①朱多煃不仅同情王世贞，还给王世贞提供了一些机密资料，以证明其父确实是被严嵩陷害。为此，王世贞在另一封信中，对朱多煃表示感激："外贤兄所示秘事三纸，向者虽得其说而不详，今益了了，腐心之痛，千古不朽。又辱贤兄为记表之，此何异朱勃白新息侯书，感恩地下矣。"②

另外，王世贞晚年崇信宗教，拜王锡爵女儿昙阳子王焘贞为师，此事受到京城言官攻击。其交往的宗室成员中，也有不少是与王锡爵有往来，或者是在宗教方面和王世贞有共同信仰者。例如，王世贞《答上襄王》中提及："世贞不能事贵人，退伏田野。自戊寅再辱，灰心世路。偶有感证，削迹道门。言官之谬举，与向者之见攻，皆付之山神伎俩而已。而大王拳拳念存，且以东山之出推爱友于，南溟之抟致望燕翼，感悚徒切，岂敢仰承。"③

王世贞与宗室成员的交往，大多是通过书信往来，真正见面的机会很少。这主要是因为明代宗室条例对宗室成员的行动有严格限制，如果没有特殊情况，禁止宗室成员离开藩国。有些热衷于交游的宗室成员，对此深感无奈。如，朱多炡为宁献王六世孙，封奉国将军，著有《五游》《倦游》诸集。他一生酷爱游历，但碍于宗室条例，外出时不得不改易姓名。《明诗纪事》引姚旅《露书》："豫章王

① 王世贞：《弇州四部稿》卷一百二十二，文渊阁《四库全书》本。
② 同上。
③ 王世贞：《弇州续稿》卷一百七十二，文渊阁《四库全书》本。

孙贞吉负时名,慕孙太初,亦易姓名曰来相如,字不疑,浪迹吴、越。"①其子朱谋𪩘也爱好出游,效法其父,变姓名为来鲲,字子鱼,出游三湘、吴越间。《露书》记载:"来鲲,字子鱼,贞吉王孙长公也。喜游,好事者选其诗,与孙太初、贞吉谓之'明宗三逸'。"②这是极个别的现象。大部分宗室成员限于条例,轻易不得踏出国门,如同笼中之鸟。这在一定程度上也削弱了他们在文坛的影响力。王世贞对他们也表示同情,他在致朱多煃的信中说:"每得公一番诗,辄复一番奇进。才情融美,格意朗畅,朱邸中乃复有斯人哉。豫章诸秀翩翩藻逸,公与用晦为之冠冕。子良、子云辈不得专美于前矣。宗正条能抑公一时,不能抑公后世也。"③

王世贞得以与宁藩诸人建立密切的交往,主要得力于余曰德。余曰德字德甫,南昌人。嘉靖二十九年(1550)进士,官至福建按察司副使,为"后五子"之一。余曰德罢官后,回到故乡南昌,与朱多煃等建立芙蓉社,诗酒倡和。王世贞《芙蓉社吟稿叙》记载其事:"友人豫章余德甫既罢其按察副使归,而豫章城中诸侯王用晦者数相从,为歌诗甚丽。用晦有园种芙蓉,环之读书,其中德甫非有故,辄日一再还往于是。"④朱多煃,字用晦,"瑞昌荣安王曾孙,宁献王六世孙,封奉国将军。有《朱用晦集》"⑤。"将军善为诗,与里人余曰德相倡和,因介李于鳞、王元美间,数吟咏往还,以此誉延海内。"⑥朱多炡、朱多煃等也通过余曰德和朱多煃的介绍,而与王世贞建立了交往。

在《芙蓉社吟稿叙》中,王世贞将政治上失意的余曰德比作屈

① 陈田:《明诗纪事》,上海古籍出版社,1993年,第77页。
② 同上。
③ 王世贞:《弇州续稿》卷一百七十二,文渊阁《四库全书》本。
④ 王世贞:《弇州四部稿》卷六十六,文渊阁《四库全书》本。
⑤ 陈田:《明诗纪事》,上海古籍出版社,1993年,第71页。
⑥ 《盱眙朱氏八支宗谱》,见萧鸿鸣:《八大山人的王室家学》,北京燕山出版社,2006年,第76页。

原,将朱多煃比作陈思王曹植。对于他们的诗歌成就,王世贞也予以高度评价,然而后人却有不同的看法。《四库全书总目》之《余德甫集》提要云:"世贞称其诗古近体无所不佳,近体独超;近体五七言无所不超,七言独妙。《静志居诗话》则谓其诗尚未见门户,元美冠诸后五子之首,未免阿其所好。今观是集,彝尊所论公矣。"①王世贞曾经为《谢茂秦集》作序,指摘谢榛之诗"七言古多散缓可商者"。谢榛被逐出七子诗社后,王世贞引介余曰德、张佳胤等入社,亦称七子。对于余曰德的诗歌,王世贞盛赞其"古近体无所不佳""七言独妙"。其论诗立场,明显带有个人感情色彩,不可持为公论。

朱多煃晚年似与七子派有所疏远。余曰德死后,朱多煃没有为其撰写行状。王世贞为此写信给朱多煃,表示不解:"比来欲为德甫任地下,而其子不以状来,亦不闻用晦为具草,何意也。用晦晚途殆不可解。"②笔者推测其原因,大概是由于王世贞撰《四十子》诗,将朱多煃列入,而没有提及朱多煃。朱多煃作为宁藩诸王孙与七子派的中介,或许会有被王世贞忽视之感,而心存不满吧。

宁藩诸王孙中,王世贞对朱多煃评价较高。王世贞致朱多煃信中写道:"记得三年前取生平故人,自前后十五子外,人各一章,而足下与焉。"③《弇州续稿》卷三《四十咏·朱王孙多煃》云:"宗良虽晚成,力窥作者林。穷搜自冥合,有造必苦心。"④

经王世贞大力表彰,后世对朱多煃的诗也有极高评价。如《徐氏笔精》卷四十《诗谈》"宗藩诗":"国朝宗藩之诗,宁府为盛,诸王孙以诗鸣者,多炡、多煃其著者也。"⑤钱谦益《列朝诗集小传》:"多煃博雅好修,与多煃齐名,晚益折节,有令誉。披垣荐堪宗正者,于

① 永瑢等:《四库全书总目》,中华书局,1965年,第1598页。
② 王世贞:《弇州续稿》卷一百七十二,文渊阁《四库全书》本。
③ 同上。
④ 王世贞:《弇州续稿》卷三,文渊阁《四库全书》本。
⑤ 陈田:《明诗纪事》,上海古籍出版社,1993年,第68页。

南昌首举宗良,后病痿,不废吟咏。鸿声亮节,信朱邸之隽也。"①
朱彝尊《明诗综》卷八十三"朱多煃"诗话称:"宗良佳句颇多。"②陈
田《明诗纪事》按语:"明藩王之工诗者,当以秦简王诚泳为称首。
王孙之工诗者,当以瑞昌中尉多煃为称首。"③

明代朱邸中不乏优秀诗人,但他们大多为地域所限,不为主流
诗坛所熟知。朱多煃是借助文坛盟主王世贞的宣扬,才在诗坛上
负有如此重名。

同样被王世贞列入"四十子"者,还有唐藩的朱器封。《弇州续
稿》卷三《四十咏·朱王孙器封》:"王族饶天藻,旧条困宗正。子厚
舞象年,奕奕著才行。太息自试表,含轸黄初令。不睹曹子桓,觊
握真宰柄。感此有尽年,剧称文章盛。"④

明代自建文、永乐之后,宗藩势力一再受到打击,在政治等方
面受到种种限制,这一方面促进了宗室文学的兴盛;另一方面,也
在一定程度上削弱了宗室文人在文坛上的影响力。王世贞通过与
宗室文人的交往,一方面提高了宗室文人的文坛影响,同时也进一
步巩固了自己的文坛盟主地位。

王世贞的史学著作《弇山堂别集》卷三十二,有一篇《同姓诸王
表》之序文,此文亦收入《弇州续稿》卷四十八。在这篇文章中,王
世贞从历代宗藩制度得失谈起,详细介绍了明代宗藩制度的演进
过程,指出永乐之后,宗藩势力逐渐被削弱,"护卫不设,不得臣一
切吏民,进止机宜,一切不预。百口之命,仰给于县官。即小有淫
侠越志者,片纸旦下,而夕系于请室,百世之社,顷不屋矣"。同时,
宗室成员规模不断扩大,"虽尽大农之赋不足以养之,而浮系一城,
禄请不给,仕宦永绝,农商莫通。于是裨王不知南面之愉,支子更

---

① 陈田:《明诗纪事》,上海古籍出版社,1993年,第68页。
② 朱彝尊:《静志居诗话》,人民文学出版社,1990年,第18页。
③ 陈田:《明诗纪事》,上海古籍出版社,1993年,第68页。
④ 王世贞:《弇州续稿》卷三,文渊阁《四库全书》本。

起齐民之慕。虽大司马之九伐可以无施，而司农宗伯技殚策困而无所措手，乃有请减岁禄者，有限宫媵者，甚而有限支子者，要之徒损天子亲亲之名，而无益于大计"。对此，王世贞提出建议："愚窃以为海内大省十有五六，其得封者，独河南、山东、山西、湖广、陕西、江西而已。蜀仅有一王，不足累。自两直隶及浙西三郡，财赋之地，不可以开朱邸。其他若闽，若广，若滇，若贵，若蜀之重，顺浙之东南诸望郡，可以举周、韩、晋、代。郡王而下，其困不给者，分徙而居之，官为量给道里居室之资。所徙非大国，则其民易支；所徙皆困宗，则其人不恋土。奉国中尉而下，止以筑室取妇，官给资装，而不通属籍，不予冠带，不奉岁禄，不限城野。材者听其补博士弟子，取科第；不材者习四民之业以自给，年至六十，始予本品服。优之诸仪宾，自镇国以上，以品为冠服而亡奉廪。辅国以下如齐民，而不绝其仕路。庶几可以展转而支百年。夫疏不间亲，下不议上，此在天子独断而行之，非可以人臣与也。《易》曰：'穷则变，变则通，通则久。'此又不可舍置弗覼悉也。"①

王世贞的建议，其实代表了当时较为普遍的意见。明初制订的宗藩制度，至明代中期，已不太适应形势的发展，暴露出种种弊端。早在明孝宗弘治十六年（1503），就有人提议，让宗室子弟进学，与儒学生员一体参加乡试和会试，中进士者，除授王府官。但礼部不敢破坏祖制，没有批准。嘉靖时期，世宗以宗藩入继大统，对宗藩制度存在的问题也有所体会。不少宗室成员也纷纷提出变革要求。

王世贞关心宗藩制度改革问题，特别是对中下层宗室成员的生计问题比较关注，这一定程度上源于他与他们有较多接触。《弇州续稿》卷一百七十二给黎丘王的复信中，曾提及不少宗室中的有才之士，"今大梁灌甫优游经术，豫章宗良、用晦，南阳子厚纵横词

① 王世贞：《弇山堂别集》，中华书局，1985年，第562、563页。

藻,贞吉综艺于洪都,云仙玄举于桂林",但是这些宗室成员都是中下层之士,"然皆奋自疏裔,垂沦白屋"。王世贞称赞黎丘王"出深宫,游朱邸,冠远游,被赤舄,谢狗马琴色之好,而思操竹素之业,以流映千载"。黎丘王大概有招揽文士之想,王世贞向他推荐了一些诗坛名流:"大王如更辟小山,展兔苑,以招来名俊,则有屠礼部长卿、胡进士元瑞,及吾乡周公瑕、曹子念、王承父、王百谷,皆虚左物也。门人游日益尚在曳裾,其人长者,诗亦可与进,而不无酒过,唯优容之幸甚。"①从这封书信中,我们对明中期宗室成员的两极分化现象可以略知一二。明代中期,宗室成员两极分化现象越来越明显。这不仅表现在经济上的贫富差距,也体现在人生取向方面。有的宗室成员醉心于"狗马琴色之好",有的则"思操竹素之业"。地位较高的亲王、郡王中,有的则热衷于招揽文士,这让他们的精神生活得到充实,同时也有了即使不出藩国之门,也能够与主流诗坛增进交流、互动的机会。

六、明代宗藩僚属与主流诗学

论及明代宗藩与主流诗学,除了要关注宗室成员自身群体外,还应注意到宗藩周围的僚属阶层。王世贞《同姓诸王表序》称明初建藩之时,诸藩王府"置相傅以下官属,与京师亚"②。明代藩王府管理本藩宗族事务,与地方行政机构互不相涉。

《明会典》卷四详细罗列出亲王府官职,其中长史司设左右长史各一员,相当于一国之丞相。其次有首领官典簿一员,其下有审理、典膳、奉祠、典宝、良医、工正等六所属官。此外,还有纪善所,设纪善二员;典仪所,设典仪正、副各一员。后添设伴读一员、教授

---

① 王世贞:《弇州续稿》卷一百七十二,文渊阁《四库全书》本。
② 王世贞:《弇山堂别集》,中华书局,1985 年,第 562 页。

一员。亲王支子为郡王，郡王府设教授一员、典膳一员。

《明会典》卷五介绍了王府官职的选任情况。年少的亲王未离京就藩时，置讲读官，对其进行教育。讲读官旧用翰林院检讨二员、待诏二员、侍书二员。检讨于进士内选用。侍书用中书舍人，于举人、监生内选用。待诏于教官内升用。亲王就藩后，各藩王府设长史等官。长史的选任，永乐十一年(1413)诏令曾经过犯者，不许选用。弘治十六年(1503)，诏令于通经人员内除补，不许奏保。嘉靖二十四年(1545)题准，长史有缺，于进士、举贡内，慎择学行老成者升除。教授等缺，于各府州县学训导内推选升补。嘉靖二十五年(1546)题准，王府官属，除工正、工副、仓库等官照旧以吏员选除外，长史必须为进士出身，纪善至典宝等官则由监生担任，以重府僚之选。

《明史·桂彦良传》记载："明初，特重师傅。既命宋濂教太子，而诸王傅亦慎其选。"①明初洪武年间，有不少著名文人曾担任王府长史，如"岭南五先生"之一李德洪武中荐授洛阳长史。被认为可与袁凯齐名的管讷，洪武中征拜楚府纪善，升左长史。瞿佑洪武中曾任周府右长史。其中，最受朱元璋器重的是晋王府长史桂彦良。

桂彦良(1321—1387)，名德偁，号清节，元明之际浙江慈溪(今江北区慈城镇)人。元末为乡贡进士，曾任平江路学教授，观世不可为，遂东归，放情山水间，肆为诗古文。张士诚、方国珍争相聘请，均不就。洪武六年(1373)应征召入京，以白衣赐宴，授太子正字。"帝尝出御制诗文，彦良就御座前朗诵，声彻殿外，左右惊愕，帝嘉其朴直。"其应对称旨，帝每称善，书其语揭便殿，直呼"老桂"而不名。后迁晋王府右傅，朱元璋亲为文赐之，且称："江南大儒，唯卿一人。"桂彦良对曰："臣不如宋濂、刘基。"朱元璋曰："濂，文人

---

① 张廷玉等：《明史》，中华书局，2000 年，第 2624 页。

耳;基,峻隘,不如卿也。"彦良至晋,制《格心图》献王。后更王府官制,改左长史。朝京师,上太平十二策。帝曰:"彦良所陈,通达事体,有裨治道。世谓儒者泥古不通今,若彦良可谓通儒矣。"①《明诗综》卷五收录其《和陶》诗一首,并引乌继善对桂彦良的评价:"先生诗文在乡里曰《清节集》,在京师曰《清溪集》《春和咏言》,为王傅时曰《山西集》,为长史时曰《挂笏集》,还乡后曰《老拙集》。又有《和陶诗》《中都纪行》,皆不在集中。其字句虽刻削点缀,自令人称道不已。"②《静志居诗话》称:"长史以德望重,韵语非其所长。然如'巴园五月收丹橘,丙穴三春馈白鱼',亦小有风致。吴江史明古为作传,称孝陵尝咏蝌蚪云:'池上看蝌蚪,分明古篆文。'命长史续之,应声曰:'唯因藏水底,秦火不能焚。'可称敏绝。"③朱元璋天性多疑,对待文人恩威并施,喜怒难测。即使对宋濂、刘基这样的开国功臣,朱元璋也有所不满。桂彦良能够一直受到朱元璋的器重,实属难得。

建文、永乐以后,宗藩政治地位有所下降,王府长史之职也逐渐不为世人所重视。同时,朱棣夺取皇位后,对王府官制进行改革,规定官王府者,不得为京朝官,这就彻底阻断了王府官的仕进之路;进士们宁可冒着失去功名的危险,也不愿意去王府做官。所以,明代中后期,王府官中能够在文坛上产生较大影响者大为减少。

至嘉靖年间,在后七子主导文坛之时,曾任王府长史、值得特别注意的人物有许邦才。许邦才字殿卿,济南历城人。年少读书时与李攀龙、殷士儋为友,喜爱古文词,三人经常结伴至山野间吟诗作赋,乡人目为怪。嘉靖二十二年(1543),许邦才举乡试第一,但会试失意,后任永宁知州,迁德府长史。嘉靖四十二年(1563)转

① 张廷玉等:《明史》,中华书局,2000年,第2624页。
② 朱彝尊:《明诗综》,中华书局,2007年,第182页。
③ 朱彝尊:《静志居诗话》,人民文学出版社,1990年,第44页。

周府右长史,赏加四品服俸。有《海右倡和集》(与李攀龙倡和之作)及《瞻泰楼集》《梁园集》。

许邦才之诗颇受宗藩器重。隆庆六年(1572),周王朱崇易为许邦才之诗《梁园集》作序。鲁藩朱观熰评许邦才曰:"殿卿与李于鳞同调相唱和,气格不逮,然于鳞诗多客气,而殿卿温厚或过之。"①朱观熰字中立,巨野僖顺王玄孙,鲁荒王檀六世孙,封镇国中尉。尝辑山东诸家诗曰《海岳灵秀集》,简择颇精。

钱谦益《列朝诗集小传》丁集上"许长史邦才"条摘引周王朱崇易、鲁藩朱观熰对许邦才的评价,指出:"今之尊奉济南(按:指李攀龙)者,视殿卿直附骥之蝇耳。而齐鲁间之论乃如此。"下文又引:"于鳞与人书云:'殿卿《海右集》,属某中尉为序。不佞尝欲畀诸炎火,元美亦以为然。'"对此,钱谦益评论道:"一时文士护前树党,百年而后,海内人各有心眼,于鳞亦无如之何也。"②钱谦益不满后七子,对李攀龙尤其不满。对王世贞,钱谦益则多有回护之词。此处钱谦益故意闪烁其词,渲染许邦才与李攀龙之间的"矛盾",借此贬低李攀龙。

事实上,钱谦益所云"于鳞与人书",是李攀龙写给后七子之一徐中行的一封书信。而所谓"某中尉",即明代宗藩中以通经博古著称的周藩镇国中尉朱睦㮮。李攀龙书信原文如下:

> 许殿卿《海右集》属灌甫中尉为序,不佞尝欲畀诸炎火,乃周公瑕亦曰,是既已不能禁其传,然不可以欺智者,亦唯任之。今以子与视殿卿为俟灌甫乎,呜呼,不独其骥,即蝇亦难。子与奚乐,百世之下,谓不佞执鞭子与邪,竟贻左史诗云云矣。③(《沧溟集》卷三十《与徐子与》)

---

① 钱谦益:《列朝诗集小传》,上海古籍出版社,1983年,第433页。
② 同上书,第434页。
③ 李攀龙:《沧溟先生集》,上海古籍出版社,1992年,第695页。

这段话意思表达得不是很清晰，带有调侃之意，容易造成误解。李攀龙对许邦才、朱睦㮮的态度究竟如何？所谓"附骥之蝇"，究竟指的是谁？恐怕只有结合朱睦㮮原序以及徐中行的来信，才能解释清楚。仅就李攀龙此文而言，我们应注意一点，即他是站在后七子的立场上写这封信的，而许邦才并未列名于七子。《海右倡和集》专收李攀龙与许邦才倡和之作，无形中抬高了许邦才的地位，将置七子中其余诸子于何地？李攀龙大概是考虑到这一层，才故作谦抑之词，并非真的要打压许邦才。事实上，李攀龙与许邦才自幼便为同乡好友，两人志同道合。在七子当中，李攀龙也每每称赞许邦才。王世贞曾在赠许邦才的一首诗中写道："是时历下李攀龙，往往道汝文章伯。"[1]而且，李攀龙作为后七子的领袖，其诗坛地位十分牢固，他又怎么会有与许邦才争名之心呢？

嘉靖三十五年(1556)，李攀龙任陕西按察司提学副使期间，由于不堪陕西巡抚挟势倨傲的作风，以母老归养为由，上疏乞归，旨未下即拂衣辞官。由陕归来，李攀龙在家乡筑白雪楼，隐居高卧，杜门谢客。"不佞杜门六年于此矣，所为朝夕周旋者殿卿一人耳。"[2]（《沧溟集》卷二十九《与许殿卿》）在这段时期内，许邦才编刻了《海右倡和集》，李攀龙也编成了自己的第一部诗集《白雪楼诗集》。

李攀龙对《海右倡和集》不甚满意。他在给许邦才的信中写道："但《海右集》讹甚，至不可读，兼复逸而莫备。拙集既达，可续翻对，以终此意。"[3]（《沧溟集》卷二十九《与许殿卿》之二）为此，李攀龙将自己新刻的《白雪楼诗集》送给许邦才，希望能够对《海右集》有所救正。可见，李攀龙欲将《海右集》"畀诸炎火"，主要还是对集中所收录的自己的作品不满意。作为已经在诗坛上享有盛名的诗人，李攀龙对自己的诗集十分重视，精益求精，《白雪楼诗集》

---

[1]　王世贞：《弇州四部稿》卷十七《千秋行再赠殿卿》，文渊阁《四库全书》本。
[2]　李攀龙：《沧溟先生集》，上海古籍出版社，1992年，第673页。
[3]　同上。

即将出版之前,李攀龙"取刻本校之,酷加删易,凡什之二,阅月而发"①。(《沧溟集》卷二十九《与许殿卿》)明乎此,则李攀龙对于《海右倡和集》的不满意,也就情有可原了。

真正有与许邦才争名之心的,恐怕是王世贞。钱谦益《列朝诗集小传》征引的那段话,涉及"某中尉",当出自《艺苑卮言》。我们且看王世贞原文:

> 于鳞与子与书云:"许殿卿《海右集》属某中尉为序,不佞尝欲畀诸炎火,乃周公瑕亦曰是。既已,不能禁其传,然不可以欺智者,亦唯任之。"昨欧桢伯访海上云:"某谓于鳞近过一国尉园亭赋诗,落句云'司马相如字长卿',鄙不成语乃尔,定虚得名耳。"此正是游戏三昧,似稚非稚,似拙非拙,似巧非巧,不损大家,特此法无劳模拟耳。于鳞之欲焚某序,的然不错也。②

王世贞这段话批评的矛头,显然是指向"某中尉"。王世贞笔下的"某中尉""某谓""于鳞之欲焚某序"中的"某",都是指同一人,即朱睦㮮。至于批评李攀龙诗"司马相如字长卿"鄙不成语的那段话,王世贞是听欧大任转述的,是否真的出自朱睦㮮之口,还应存疑。按,此句诗出自李攀龙《勤中尉园亭》,全诗如下:

> 分竹穿苔暑自平,披襟小阁坐来清。使君河上浮槎兴,公子夷门结缡情。自有明珠堪照乘,岂无佳色解倾城。时人若问游梁客,司马相如字长卿。③

---

① 李攀龙:《沧溟先生集》,上海古籍出版社,1992年,第673页。
② 王世贞撰,罗仲鼎校注:《艺苑卮言校注》,齐鲁书社,1992年,第344页。
③ 李攀龙:《沧溟先生集》,上海古籍出版社,1992年,第273页。

全诗写得并不坏。如果在看过全诗之后,还认为李攀龙"鄙不成语""浪得虚名",那就只能认为是批评者本人不懂诗了。王世贞在为李攀龙辩护的同时,也在暗示李攀龙与朱睦㮮之间存在矛盾。在他的解读之下,李攀龙欲将《海右集》"畀诸炎火",便成了"欲焚某序"。

朱睦㮮为周藩宗室,许邦才任周府长史。经许邦才引介,朱睦㮮与李攀龙、王世贞也有不少交往。检李攀龙、王世贞的别集,有不少涉及朱睦㮮的诗文,且他们对朱睦㮮评价都比较高。朱睦㮮以博学闻名于世,并非浅陋之人,所以《艺苑卮言》故意隐去朱睦㮮姓名,改称为"某"。

王世贞与朱睦㮮交往的经过,见于以下这封书信:

> 往结发游燕齐间,则闻大梁有西亭公者,河间淮南其人也。不佞私意得如枚先生绌汉官之好,一从事于雪苑夹池,卒卒未果,而会故人许殿卿者为梁史,因托一致声门下,乃门下不鄙夷之,辱赐书所以慰藉良厚。读殿卿《海右集》序,复拳拳焉,唯是二三兄弟跊弛之迹,点人齿久矣,门下何味乎其名而举之也。不佞凡所从故人所见门下诗若文者三,皆佳绝,至奉教札及序刻春秋传,而知所嗣于河间之声不诬也。①

信中提到朱睦㮮为《海右集》所作的序,序文中亦提及后七子的姓名。朱睦㮮精通于经学,不以诗人著称。信中称其诗文"皆佳绝",大概是客套之语。但朱睦㮮对诗学也绝非一无所知。王世贞表面上对《海右集序》有拳拳之感,其实他是非常反感的。《艺苑卮言》中透露了他的心声。那么,王世贞为什么对《海右集序》如此反感?

① 王世贞:《弇州四部稿》卷一百二十五《答西亭中尉》,文渊阁《四库全书》本。

事实上，真正令王世贞反感的，不只是《海右集序》，而是《海右集》本身。因为王世贞一直与李攀龙齐名，"狎主齐盟"。而《海右倡和集》的出版，令王世贞感到自己的文坛地位受到威胁。

王世贞是借加入李攀龙诗社而一举成名的。李攀龙在京城中的诗社，最初带有同乡会的性质，以山东人居多。后来李先芳等先后离开京城，谢榛也被逐出诗社，王世贞才得以与李攀龙并驾齐驱。成名不久，王世贞、李攀龙先后因政治原因辞官隐居，两人一南一北，虽然时有书信往来，但关系不如以往密切，两人的诗学观念也渐渐有了分歧。王世贞曾将新刊刻的《艺苑卮言》寄给李攀龙。李攀龙看后，致信许邦才，称："适姑苏梁生以元美书至，出《卮言》以示，大较俊语辩博，未敢大尽；英雄欺人，所评当代诸家，语如鼓吹，堪以捧腹矣。"①王世贞得知此事后，大受刺激。他在修订《艺苑卮言》时，专门写了一篇后序，提及此事，并推测："已而游往中二三君子，以余称许之不至也，恚而私訾之。未已，则请绝执讯，削名籍。余又愧不能答。嗟夫！即其人幸而及余之不明而以拙收，不幸而亦及余之不明而以美遗，余不明时时有之，然乌可以恚訾力迫而夺也。夫以余之不长誉仅尔，而尚无当于于鳞。令余而遂当于鳞，其见恚宁止二三君子哉！"②王世贞"称许不至"的"游往中二三君子"，以山东人居多，其中大概也包括许邦才。

由于李攀龙的关系，王世贞很早就结识了许邦才，并长期保持密切交往。李攀龙对许邦才的诗文称许备至，七子诗社中却没有许邦才之名。不仅如此，王世贞后来作《后五子》《广五子》《续五子》《重纪五子》《末五子》等篇，也没有许邦才之名。只是在《四十咏》中，才提到许邦才。其诗曰："殿卿若春风，所拂无不柔。酒德日颓然，禅语聊厌酬。耕我欢阴田，爱此鹊湖幽。楚璞不自贵，良

① 李攀龙：《沧溟先生集》，上海古籍出版社，1992年，第675、676页。
② 王世贞撰，罗仲鼎校注：《艺苑卮言校注》，齐鲁书社，1992年，第2、3页。

工琢为璆。取友何必多,一李成千秋。"①似乎许邦才得以成名,完全是凭借他与李攀龙的关系。许邦才性格豪迈,深知禅理,对诗坛名位之争倒并不在意。谢榛曾言:"殿卿轩轩豪举,傍若无人。"②李攀龙则有为好友鸣不平之意。

朱彝尊《静志居诗话》对许邦才有如下评价:

> 殿卿如锐头年少,骋猎平原,耳后生风,鼻头出火。长歌有云:"长卿慕人千载前,何似与君俱少年。子云慕人千载后,何似与君俱白首。"爽气殊伦。令张正言为之,不过此也。王元美赠诗云:"是时历下李攀龙,往往道汝文章伯。"乃《卮言》评诗竟不之及,又夷之四十子之列,取舍似未公也。③

朱彝尊对王世贞的质疑是有道理的。

李攀龙与许邦才、殷士儋自幼相识,殷士儋专注于政治活动,对诗文不甚重视。许邦才则有着较高的诗学造诣,对王世贞的文坛地位构成潜在威胁。《海右倡和集》一问世,再加上王世贞与李攀龙此时也有争名之意,诗学思想逐渐产生分歧,更令王世贞感到不安。张献翼深知王世贞的心理,马上编了一部《南北二鸣编》,以巩固王、李齐名的诗坛格局。王世贞很快将这一消息写信告诉了李攀龙。李攀龙又将这一消息转告许邦才:"元美书云:'昨见吴中张仲子,为我二人刊所倡和诗若干篇,似亦兴起于《海右集》者。'"④(《沧溟集》卷二十九《与许殿卿》)李攀龙还致信张献翼,称:"即知足下潜推大美,将独步千里也。其唯《二鸣编》乎?明珠在旁,已惭形秽;冠玉其上,重使心劳。"⑤(《沧溟集》卷二十八《与

---

① 王世贞:《弇州续稿》卷三《四十咏·许长史邦才》,文渊阁《四库全书》本。
② 朱彝尊:《明诗综》,中华书局,2007年,第2414页。
③ 同上。
④ 李攀龙:《沧溟先生集》,上海古籍出版社,1992年,第673页。
⑤ 同上书,第661页。

张幼于》)《海右倡和集》的刊刻，只是许邦才、李攀龙这一对好友经历了宦海浮沉，又在故乡重逢后，数年间相互酬唱的结晶，是对友情的纪念。许邦才时任德府长史。书成后不久，许邦才便离开济南，赴河南出任周府长史。许邦才在诗坛上并无争胜之心，所以在编选时也不甚用心；李攀龙则对这部合集的诗坛影响更为重视，所以明确表示不满。《南北二鸣集》的编刻，不但关系到王世贞的诗坛地位，同时也是南北诗学的一次碰撞，是王世贞与李攀龙诗学分歧和对抗的体现。王世贞此时已经不满足于做李攀龙的追随者。他不仅要压制许邦才，还要依托南方诗学背景，和李攀龙争鸣于一时，竞胜于后世。

李攀龙死后，王世贞写了一首长诗悼念李攀龙，诗中写道："殷侯(正甫)呼咄咄，许掾(殷卿)涕涟涟。七子孤徐干(子与)，生平一仲宣……牛耳诚贪执，鸡尸敢放颠。萧条《五子咏》，乖隔《二鸣编》。"①诗中提到李攀龙早年的至交殷士儋和许邦才，落脚点则是"生平一仲宣"。仲宣即王粲，暗指王世贞本人。言下之意，殷士儋、许邦才虽然与李攀龙相识最早，但只有王世贞，才是李攀龙生平唯一的知己和对手。王、李两人争夺诗坛盟主的地位，始于五子结社时，终于《二鸣编》的编刻。在长诗的结尾处，王世贞将《五子咏》与《二鸣编》并提，可见其对《二鸣编》的高度重视。《南北二鸣编》是因为《海右倡和集》才编刻的。由此，也可以推知王世贞对《海右倡和集》的关注。

总之，明初王府官员较受重视，但永乐之后，由于藩王势力被削弱，王府官员的政治地位和诗坛影响力也随之下降。但王府官员中，也有个别在主流诗坛上产生较大影响的作家。许邦才就是王府官员中较有代表性的一位。许邦才与李攀龙、王世贞等人的交往，对研究后七子内部诗学论争具有重要意义。

---

① 王世贞：《弇州四部稿》卷三十二《哭李于鳞一百二十韵》，文渊阁《四库全书》本。

七、小　　结

　　明代不少宗藩都热衷于诗文创作，喜与诗坛名流交接。他们不但对地域诗学有较大影响，与主流诗学也有密切关系。宗藩的特殊政治身份和社会地位，为我们考察明代诗学生态提供了一个特别的视角。目前，这方面的研究尚有待深入。

明代吴文化与馆阁文化的离合：
从钱福《明日歌》谈起

明代从洪武至正德时期，有两大诗坛重镇特别引人注目：一是京师，这里雄踞着馆阁文化的代表——台阁体与茶陵派，长期主导文坛；二是吴中地区，这里先后涌现出以高启为代表的"吴中四子"和以唐寅为代表的"吴中四才子"等，堪称明代个性化文学思潮的代表。这两大诗坛重镇在明初主要呈现为对立关系。至明代中期，两者之间开始有了较多交流，但也不乏激烈的碰撞。弘治三年（1490）庚戌科状元钱福是松江人，来自吴文化区；同时，他又是茶陵派领袖李东阳的门生，曾经供职于翰林院，具有馆阁文人的身份。由于钱福未脱"吴中习尚"，最终遭馆阁除名，回到家乡，过着放浪形骸的生活。流传甚广的《明日歌》便出自钱福之手。研究其人其文，对于考察当时吴文化与馆阁文化的关系具有重要意义。

一、关于《明日歌》的作者问题

《明日歌》通俗易懂，朗朗上口，且有很强的现实针对性和教育意义，所以被收入现行中小学教材。但是关于《明日歌》的作者及原始出处，今人却多有误解。流行的观点主要有二：一是承认《明日歌》作者是钱鹤滩，但对钱鹤滩的生平一无所知，误以为他是清代人；二是认为钱鹤滩的《明日歌》乃仿作，原作者是明代书画家文徵明之子文嘉。第一种观点明显有误，第二种观点也同样值得商榷。

早期有些中小学教材对《明日歌》的介绍，主要依据清人钱泳的笔记《履园丛话》。钱泳在这部笔记中，提到有一位"鹤滩先生"，是其本家，曾作有《明日歌》，很有教育意义，并全文照录了此诗。原文如下：

> 后生家每临事，辄曰"吾不会做"，此大谬也。凡事做则会，不做则安能会耶？又做一事，辄曰"且待明日"，此亦大谬也。凡事要做则做，若一味因循，大误终身。家鹤滩先生有《明日歌》最妙，附记于此："明日复明日，明日何其多。我生待明日，万事成蹉跎。世人苦被明日累，春去秋来老将至。朝看水东流，暮看日西坠。百年明日能几何，请君听我《明日歌》。"（《履园丛话》卷七"不会做"）①

钱泳在文中提到的这位"家鹤滩先生"，即钱福（1461—1504），字与谦，其家临近鹤滩，生平喜养鹤，故自号鹤滩，华亭（今上海松江）人，明弘治三年（1490）庚戌科会元、状元，在翰林院供职三年，后告假归乡，为父守丧，居乡四年。弘治十年（1497），翰林院考核属官的时候，钱福因言行不谨遭到罢免。这在明代翰林官员中是极为罕见的情形。此后，钱福愈加放浪形骸，又七年而卒。钱福生前以文思敏捷著称，为文多不属稿，故诗文多散佚，后人辑有《鹤滩稿》六卷。钱福作为明代状元和八股文大家，在明清时期的名气还算比较响亮。但是到了近代，随着科举制度的终结，钱福逐渐淡出人们的视野，其别集也湮没无闻。《明日歌》见于钱福《鹤滩稿》卷一，

---

① 钱泳：《履园丛话》，中华书局，1979 年，第 199 页。

不过其字句与钱泳的记载略有出入：

> 明日复明日，明日何其多。日日待明日，万事成蹉跎。世
> 人若被明日累，明日无穷老将至。朝昏滚滚水东流，今古悠悠
> 日西坠。百年明日能几何？请君听我明日歌。①

钱福的《鹤滩稿》今尚存，并被收入今人编的《四库全书存目丛书》，
可惜很少有人留意到它的存在，以至于闹出了不少误会。由于《履
园丛话》的作者钱泳是清代人，有人便盲目地认为"鹤滩先生"也是
清代人。随后，又有人在《四库全书》中发现了《文氏五家集》卷九
有署名文嘉的《今日》《明日》二诗，其《明日》诗与《履园丛话》中的
《明日歌》十分接近（其实更接近于钱福《鹤滩稿》中的《明日歌》），
便认定文嘉是《明日歌》的原始作者，"清人钱鹤滩"之作不过是仿
作而已。从《文氏五家集》中找到《明日歌》的"出处"后，较新的一
些中小学教材便将《明日歌》作为课文收入。如语文出版社 2006
年第二版的"义务教育课程标准实验教科书"《语文（三年级下
册）》，第二十九课为《古诗二首》，包括《今日歌》《明日歌》两篇作
品，作者署名"文嘉"。虽然依据《文氏五家集》，这样的署名并没有
错，但我们还要提出疑问：文嘉真的是《明日歌》的原作者吗？
　　我们比较一下钱福与文嘉的生平即知。文嘉（1501—1583）是
长洲（今江苏苏州）人，是明代著名书画家文徵明（1470—1559）的
次子。钱福比文徵明大九岁，比文嘉大四十岁，钱福去世的时候，
文嘉不满四岁。所以钱福更有可能是《明日歌》的原作者。松江与
苏州相距不远，《明日歌》问世后，深受时人喜爱，在吴中一带广为
流传。文徵明、文嘉父子均为书法家，于是将《明日歌》作为书法作
品抄录下来。同时，文徵明还仿作了《今日歌》。明人汪珂玉《珊瑚

---

① 钱福：《钱太史鹤滩稿》，《四库全书存目丛书》集部第 46 册，齐鲁书社，1997 年，第
97 页。

网》专门著录书画作品，其卷十五有《文衡山今日歌行草》，可为一证。如果《今日歌》的作者是文徵明而非文嘉，则《文氏五家集》将文嘉作为《明日歌》的作者，就更不足信了。极有可能是文嘉在进行书法创作的时候，抄录钱福和文徵明的诗歌，被后人误认为是他本人的诗歌创作了。

当然，我们也不排除还有一种可能，即后人在编纂钱福别集的时候，无意中将文嘉的作品混入其中。因为钱福《鹤滩稿》成书年代较晚，现存的《鹤滩稿》，是明万历三十六年（1608）沈思梅居刻本，所以上述可能性并非没有。但是，在找到确凿证据之前，还是应该承认钱福对《明日歌》的著作权。即使不考虑《明日歌》的影响，钱福在当时的文坛上也是一位值得关注的人物，我们在下文将会就此展开较为详细的讨论。

《明日歌》产生的时代，正是明代台阁体逐渐走向衰落、吴文化逐渐复兴的时期。所以，就明代文学史的发展而言，《明日歌》是一首值得关注的作品，它预示了吴中文学乃至整个明代文学发展的新趋向。

二、明前期吴文化与馆阁文化的关系

元末明初，吴中文坛曾经取得了引人瞩目的成就，涌现出杨维桢、吴中四杰、袁凯等一批优秀诗人。《明史》卷二百八十五《文苑传》云："明初，文学之士承元季虞、柳、黄、吴之后，师友讲贯，学有本原。宋濂、王祎、方孝孺以文雄，高、杨、张、徐、刘基、袁凯以诗著。"①所列举的诗人大部分是吴中文人。吴中地区在元末处于张士诚集团的统治之下，张士诚优待文人，颇受当地士人拥戴。明朝

---

① 张廷玉等：《明史》，中华书局，2000年，第4883页。

建国后，朱元璋便将吴地文人作为重点打击的对象。高启被腰斩，袁凯佯狂避祸，都是典型的例子。① 受此打压，吴中文坛一度走向沉寂。

永乐年间，以台阁体为代表的馆阁文学日益兴盛。台阁体受理学影响较深，重视文学的社会价值，对文学的审美价值和个性化表达方式有所忽视。永乐七年（1409），来自吴地的馆阁文人王璲与太子切磋诗艺，曾招致台阁体代表人物杨士奇的批评，事见杨士奇《三朝圣谕录》"永乐二"。可见，明初以台阁体为代表的馆阁文化与吴文化是根本对立的。正统四年（1439），二十三岁的施槃在殿试中一举夺魁，成为明代来自吴地的第一位状元。施槃诗文逼古人，《续吴先贤赞》称其"少落拓，宽博衣冠游里中，人多谓之狂生。从博士弟子诵学，而亦好为诗，故时诗近俚，犹有闺门衽席意"②。施槃性格之狂，诗风之俚，鲜明地体现出吴中文人的特点，本来极有可能与馆阁文化产生一次有力碰撞，可惜他中状元一年后便去世了。

随着明朝享国日久，以及台阁体的代表人物"三杨"逐渐淡出政治舞台，吴文化与馆阁文化的矛盾变得不那么明显了。天顺元年（1457），吴县人徐有贞因拥立英宗复辟有功而入阁，被封为武功伯，对促进吴中文学融入馆阁文学起了重要作用。此后，吴中文人进入馆阁者日益增多。天顺八年（1464）甲申科，昆山人陆釴夺得榜眼，太仓人张泰也取得高第，被选为庶吉士，他们与后来的馆阁文人领袖李东阳为同榜进士。成化八年（1472），长洲人吴宽在会试、殿试中均取得第一，官至礼部尚书，卒谥文定。李东阳对吴宽、张泰、陆釴的文学成就颇为推重，称吴宽的诗"浓郁深厚，自成一

---

① 廖可斌：《复古派与明代文学思潮》，台湾文津出版社，1994 年，第 63 页。
② 刘凤：《续吴先贤赞》卷一"施槃"，见《明代传记丛刊·综录类 42(148)》，明文书局，1991 年，第 356 页。

家,与亨父、鼎仪皆脱去吴中习尚,天下重之"①。成化十一年
(1475),吴县人王鏊(1450—1524)又以会试第一、殿试第三的成绩
进入翰林院任编修,官至户部尚书、文渊阁大学士,卒谥文恪,以道
德、文章为时所重。陆深《北潭稿序》称,有明一代之文莫盛于成
化、弘治之间,"若李文正公宾之、吴文定公原博、王文恪公济之,并
在翰林,把握文柄,淳庞敦厚之气尽还,而纤丽奇怪之作无有
也"②。可见,在钱福入仕之前,吴中文人已经成为馆阁文人的一
支重要力量。袁宏道在《叙姜陆二公同适稿》一文中说:"苏郡文
物,甲于一时。至弘、正间,才艺代出,斌斌称极盛,词林当天下之
五。"③"词林"即翰林院,明代的翰林院与内阁关系密切,两者共同
构成明代的馆阁文化。这句话也说明当时吴中文人在馆阁文化中
已占据了重要地位。不过,吴中文人得以融入馆阁文化,有一个前
提,即"脱去吴中习尚"。晚明状元文震孟在《姑苏名贤小记》小序
中提到:"当世语苏人,则薄之至用相排调,一切轻薄浮靡之习,咸
笑指为'苏意'。"④所谓"吴中习尚",大概就是指"轻薄浮靡之习",
同时也包括了文人狂放傲诞的个性在内。

　　吴中地区在明代中期经济日益繁荣,不满于程朱理学对人性
的压抑,大胆张扬个性的社会思潮日益高涨,这在钱福及稍后的
"吴中四才子"身上充分体现出来。

三、钱福与馆阁文化的碰撞

　　成化、弘治年间,以李东阳为代表的茶陵派兴盛一时,形成继

---

①　李东阳:《麓堂诗话》,中华书局,1985年,第23页。
②　陆深:《俨山集》,上海古籍出版社,1993年,第245页。
③　袁宏道:《袁中郎全集·袁中郎文钞传记》,世界书局,1935年,第7页。
④　文震孟:《姑苏名贤小记》,明文书局,1991年,第3页。

"三杨"之后馆阁文学的又一次高潮。钱福曾经是茶陵派的重要成员之一，最终因未脱"吴中习尚"，被馆阁文化拒之门外。

成化二十二年(1486)，钱福参加应天乡试中举，次年在会试中落榜。他没有作返乡的打算，而是留在京中，投入李东阳门下。李东阳当时任翰林院侍讲学士，丁父忧闲居在家。钱福初次谒见李东阳时，李东阳命他作一篇《司马温公赞》。钱福提笔立就，文中有"拔茅连茹，公之在朝；青苗变法，公之在野。公之再起，是为元祐；公之云亡，是为靖康"等语，李东阳大加称赏，认为这几句话精当地概括了北宋王朝的治乱，并向自己的好友谢迁等人极力推荐钱福，称其有抢魁之才。后来钱福果然高中状元。

钱福能夺取状元，与其为文工于法有关。万历二十九年(1601)辛丑科状元张以诚也是松江人，他在《钱鹤滩先生文集序》中称："(钱福)初谒李西涯相公，试《司马温公赞》，见者以为西涯所作。西涯于是时老矣，先生以少年能乱其手笔，非工于法能之乎？"[1]为文简整有法，这是馆阁文人必备的素质。在"文"的方面，吴文化与馆阁文化的冲突并不明显。以李东阳为代表的茶陵派这一代馆阁文人，比他们的前辈——以"三杨"为代表的台阁体文人，更加注重"文"。而这正是吴地文人的一大优势。

但是，吴地文人要想融入馆阁文化圈，光凭"文"还不行，还要"脱尽吴中习尚"，不可恃才傲物。而钱福似乎不懂官场为是非之地，须谨言慎行。他性格坦荡豪爽，经常饮酒至醉，颓然自放，不可绳以法度。醉后放言无忌，得罪了不少人。他因为一句玩笑，得罪了同僚杨守阯(1436—1512)。弘治十年(1497)考核京官之时，杨守阯掌翰林院事，借机将钱福罢免。钱福在翰林院中得罪的不止杨守阯一人，例如，同样来自吴中地区的王鏊，对钱福也颇有微词。所以，当钱福遭到罢免的时候，没有人站出来为他打抱不平。归根

---

① 钱福：《钱太史鹤滩稿》，《四库全书存目丛书》集部第 46 册，齐鲁书社，1997 年，第 52 页。

结底，是钱福过于张扬的个性与馆阁文化之间存在着尖锐的矛盾。

《翰林记》卷五"考满"条称："百余年来，儒臣未尝玷清议。自考察之典行，修撰钱福、编修孙清，盖由兹退者。"①翰林院历来被视为清要之地，受人艳羡，因考察不合格而被罢免者，在翰林官员中是十分罕见的。此事看似出于偶然，但也有其必然性。从钱福《听鹤亭叙别诗引》中，我们可以对其在翰林院供职期间的心态了解一二：

> 文章勋业，垂休命世。在我者惜阴悼时，不敢自后，而究其所成，有幸不幸存焉。则亦何以异此？彼以有尽之年，而区区徇不朽之名者，殆不知偶然之数哉。且出处去就离合反覆相寻，而吾生以终，亦人所不免……若先生抚景放歌，开口酌别，盖得之矣。②

此文作于弘治九年(1496)，为钱福被黜之前一年。文中流露出人生无常的感受。钱福在文中劝友人不要"区区徇不朽之名"，而应及时行乐，这与馆阁文化背道而驰，暗合了在吴文化区即将到来的追求个性解放的时代潮流。

四、钱福与吴文化的复兴

钱福归乡以后，更加诗酒自放，关于他有许多传说。如宋禹成《万椿堂集》记载了一件趣闻，大意是：钱福归乡后，听说扬州有一

---

① 黄佐：《翰林记》，见傅璇琮、施纯德编：《翰学三书(一)》，辽宁教育出版社，2003年，第46页。
② 钱福：《钱太史鹤滩稿》卷六，《四库全书存目丛书》集部第46册，齐鲁书社，1997年，第260页。

妓甚美，但已从良嫁给了一位盐商，钱福特地去谒见盐商。盐商设宴款待，席间让歌妓出来斟酒，趁便索诗，钱福不假思索，挥笔书就一绝："淡罗衫子淡罗裙，淡扫蛾眉淡点唇。可惜一身都是淡，如何嫁了卖盐人。"①（见《鹤滩先生纪事》）从中既可见其才思之敏捷，也可以看出其玩世不恭之意。钱福后期诗文多为此类作品。在旧时代文人看来，这些作品难登大雅之堂，但是在我们今天看来，这些作品恰恰是个性解放的体现，自有其时代进步意义。

钱福才思敏捷，传世的作品应该很多。嘉靖间，董宜阳搜辑其遗稿，编成《鹤滩稿》，总共只有八卷。董宜阳《钱与谦太史遗稿题词》云："太史鹤滩钱先生天才骏逸，学宏气畅，落笔翩翩，有一泻千里之势，故当时以真状元目之。惜其在朝日浅，而复以强年早世，稿多不传。先辈唐学宪龙江、陆文裕俨山与今张谏议白滩，俱尝收辑成帙，先后皆煋于回禄，岂亦有数存耶！"②钱福诗文存世数量不多，除了董宜阳提到的原因，如"强年早世"、文集"煋于回禄"即毁于火灾之外，恐怕还有一个重要原因，即后人考虑到钱福的状元身份，删去了很多俳谐之作、鄙俚之词。朱彝尊《静志居诗话》卷九云："鹤滩吟情以捷敏胜，故自解春雨后，凡俚词俪句，动辄归之，此选家皆弃不录也。"③《四库全书总目》亦云，钱福"诗文以敏捷见长，故委巷鄙俚之词率以归之。今观是集，实少俳谐之作，知小说多附会也"④。这似乎因为钱福曾经是状元，有"为贤者讳"的味道。所以，我们今天在《鹤滩稿》中看到的，大多是钱福入仕之前和在翰林院为官期间的作品，表现其罢官之后放浪形骸生活的作品很少。

尽管如此，在《鹤滩稿》中，我们还是能够发现不少颇能体现吴

---

① 钱福：《钱太史鹤滩稿》卷首，《四库全书存目丛书》集部第 46 册，齐鲁书社，1997年，第 59、60 页。
② 同上书，第 66 页。
③ 朱彝尊：《静志居诗话》，人民文学出版社，1990 年，第 240 页。
④ 永瑢等：《四库全书总目》，中华书局，1965 年，第 1565 页。

文化特色的作品，如卷一《爱菜歌》：

> 我爱菜，我爱菜。傲珍羞，欺鼎鼐。多食也无妨，少食也无害。古之圣贤都从这里过，所以造得熟境界。南山芝也在，北山薇也在。四皓与夷齐，有菜不肯买。寒酸不敢望膏腴，自有经天纬地大气概。士知此味学业成，农知此味仓廪盈。工知此味技艺精，商知此味货利增。但愿士夫知此味，莫教此色到苍生。假如我爱菜，人爱肉，肉多徒负将军腹。家常一碗黄齑粥，此生自享清闲福。①

此诗浅显易懂，朗朗上口，且包含着朴素而又深刻的道理，与《明日歌》风格极为接近。

钱福罢官归乡的次年，唐寅乡试考中解元。弘治十二年（1499），唐寅进京会试，因涉嫌科场舞弊案被谪，归乡后纵酒不羁，走上了与钱福同样的生活道路。也许是因为钱福的家乡不在吴文化区的中心，也许是其恃酒傲放的形象不如唐寅那么鲜明，钱福在中国文化史上的名声远不如唐寅那么响亮，但是他们身上体现出来的吴文化特色是一脉相承的。

除唐寅外，"吴中四才子"中，徐祯卿于弘治十八年（1505）考中进士，虽然名次非常靠前，但因貌丑未能进入翰林院，转而加入"前七子"，走上了与馆阁文学斗争的道路。他被视为吴中诗人之冠，其诗以情深著称。祝允明和文徵明都在科举考试中屡屡受挫。祝允明早年苦学上进，晚年放荡不羁。文徵明于嘉靖二年（1523）五十四岁的时候，经人推荐进入翰林院任待诏，不久便因为不堪忍受馆阁文化的氛围，辞官回到故里。他们都和钱福一样，早年梦想融入京城的馆阁文化圈，后半生则向往过一种个性解放的生活。

---

① 钱福：《钱太史鹤滩稿》卷一，《四库全书存目丛书》集部第 46 册，齐鲁书社，1997年，第 94 页。

　　严迪昌先生曾将吴文化的特色概括如下："吴人文化传承中之雅能不固僻、不迂滞；甚而不排斥俗趣，然俗而不放失、不弃雅。雅中见俗，俗能近雅，雅而清，俗而通，骨力所在是以守志不堕。"①笔者以为，就诗歌发展而言，吴中文人"雅而清"的传统至少在元代就已形成，明代以茶陵派为代表的馆阁文化对吴文化的接纳，主要是对"雅而清"传统的接纳。而"俗而通"的传统，则是在明代中期，由钱福、唐寅等人发扬光大。

　　弘治时期是馆阁文学走向衰落的转折点。以前七子为代表的复古派兴起，对馆阁文学造成了沉重打击，馆阁文学从此不再是明代文学主流的代表。前七子大多是北方人，当他们向馆阁文学正面发起冲击的时候，在钱福、唐寅等南方士人身上，也体现出吴文化与馆阁文化的激烈碰撞。钱福与唐寅等人命运的巧合，就他们自身而言，或许带有一定的偶然性；但对整个文学史的发展而言，自有其必然性。

---

① 严迪昌：《吴文化雅而清，俗而通》，《人民论坛》2000 年第 4 期。

明代政坛南北之争
与前七子的崛起

　　明代弘、正年间,前七子在文坛迅速崛起。后人常用"文必秦汉""诗必盛唐"来概括前七子的文学主张。一个"必"字,既体现出前七子文学主张之鲜明,也包含着对其文学观念狭隘之批判。其实,前七子的崛起,有着复杂的政治背景和文化根源,它受到明代政坛和科举考试中南北之争的直接影响,同时也是历史形成的南北人文差异的体现,不宜单纯地运用文学眼光加以观照。本文拟对此稍加探讨。

一、中国南北人文差异及其
对明代文学的影响

　　中国幅员辽阔,历史上,习惯以长江为界,划分为南方和北方。在古代,南北既有统一时期,也经历过长期分裂的阶段,从而形成鲜明的南北人文差异。在考察古代文学的发展和流变时,对南北文风的辨析应多加留意。

　　元明之前,中国历史上强盛的大一统阶段主要有秦、汉、隋、唐等朝代。宋代建国之初虽然也号称一统,但长期处于北方游牧民族的威胁之下,国力与汉、唐已不可同日而语。至南宋,更是长期处于与金对峙的南北分裂阶段，民族自信心和自豪感都大不如前。反映在文化上，主要体现为唐型文化和宋型文化两种不同的文化心态。① 唐型文化的特点是开放、张扬，充满理想主义色彩；宋型文化的特点是保守、内敛，充满忧患意识，习惯于深思熟虑，以安身立命为首务，具有更加务实的态度。宋代以后，元、明、清数朝均为大一统的时代，但元朝和清朝处于少数民族的统治之下，大部分国民特别是知识分子的心态依然是保守、内敛的，近于宋型文化。明朝是汉人建立的大一统国家，不少知识分子的内心深处都有一种摆脱宋型文化束缚，再现汉、唐盛世风采的愿望，这便为明代文坛上复古思潮的流行奠定了基础。但历经宋、元两朝，宋型文化已根深蒂固，所以唐型文化与宋型文化的交锋，便成为明代文学史上的一个重要景观。

以上是就时代而论。若就地域而言，则北方文化较接近于唐型文化，南方文化较接近于宋型文化。北方是儒家文化的发源地。唐代以前的儒家文化，都把实现人的社会价值放在第一位。个体是社会的一部分，社会性是人的根本属性。如果人的社会价值得不到充分实现，个体生命就是不圆满的。人的价值只有到社会中去实现，名垂青史、流芳百世成为人生的最高理想。政治理想主义是早期儒家文化的一个显著特色。汉、唐盛世为政治理想主义的成长提供了最适宜的土壤。唐代及以前的几个大一统王朝，其政治、文化中心都在北方。秦朝建都于陕西咸阳，西汉和唐朝都定都于陕西长安，东汉则定都于河南洛阳。陕西（关右）、河南（中原）受汉、唐文化影响之深，由此不难想见。前七子中，李梦阳出生于庆阳府安化县（今甘肃省庆城县，明代属陕西管辖），后迁居开封；康

---

① 台湾历史学家傅乐成较早明确判分唐型文化和宋型文化。见傅乐成《唐型文化与宋型文化》（原载《国立编译馆馆刊》1972 年第 4 期，后收入其《汉唐史论集》，台湾联经出版事业公司 1977 年版）。该文认为，唐代文化以接受外来文化为主，宋代文化排拒外来文化，这是宋型文化与唐型文化最大的不同点；宋型文化是民族本位文化的代表。本文借用了唐型文化与宋型文化的说法，但对这两种文化的认识与傅文略有不同。

海是陕西武功（与咸阳相邻）人；王九思是陕西鄠县（今陕西省西安市鄠邑区）人。以上三人均为陕西人。其余四人当中，何景明是河南信阳人；王廷相是潞州（今山西省长治市，与河南接壤）人；边贡是山东历城（今属山东省济南市）人；徐祯卿是常熟人，迁居吴县（今江苏省苏州市）。除徐祯卿外，前七子基本上都是北方人，且大多来自陕西和河南，他们倡导"文必秦汉，诗必盛唐"，其中包含的弘扬乡土文化的意味不言自明。

前七子"诗必盛唐"的口号，把初唐诗歌、中晚唐诗歌统统拒之门外。其矛头真正所指，则是对初唐诗歌有较大影响的南朝诗歌，以及中晚唐诗歌影响下的宋诗。南朝文化和宋型文化都以南方为中心，且有一个共同特点，即政治理想主义的消沉。南朝战乱频仍，盛行佛教，以审美追求取代政治热情是当时文坛的鲜明特色。在以六朝古都南京及其附近的苏州为中心的吴文化区，直到明代，追求审美和享乐之风依然不衰。宋代文学上承中晚唐之余绪，下启明代前期流行的以台阁体为代表的馆阁文风。宋代知识分子中，虽然不乏"先天下之忧而忧，后天下之乐而乐"的声音存在，但多数文人显然对寻求个体的安身立命之道更感兴趣。在政治理想破灭的时候，文人们依旧可以实现个体生命的圆满自足。所以，宋代理学被称为"新儒学"，它与先秦儒家思想和汉代官方儒学不尽相同。宋型文化的中心也在南方，特别是江西地区，在宋代至明初的文化史上占有举足轻重的地位。理学开山之祖周敦颐是道州营道（今湖南道县）人，长期在江西讲学，曾在江西九江莲花峰下开设濂溪书院，世称濂溪先生。闽学代表人物朱熹祖籍江西，长于福建，曾长期在江西为官、讲学。不过，在宋代理学的发展过程中，北方也有一些学派不容忽视，其中最有代表性的是河南的洛学，以程颐、程颢为代表；陕西的关学，以张载为代表。张载提出以"气"为本的哲学观点，以及"民胞物与"的伦理思想，对明代前七子的文学主张有一定影响。前七子对宋型文化的批判，仅仅停留在文学层面,并未深入哲学层面。其深层用意,在于抬高北方文学地位,进而为北方人争取政治地位。

宋代文化史上,江西人才济济,如北宋的晏殊、欧阳修、王安石、曾巩、黄庭坚,南宋的杨万里、朱熹、陆九渊、文天祥,等等,都是江西人。其中,晏殊长期担任太平宰相,是宋初馆阁文人的典型代表;欧阳修是宋代诗文革新运动的领袖,彻底扭转了一代文风,影响至巨;黄庭坚影响下形成的江西诗派,成为宋诗的典型代表;朱熹则是宋代理学的集大成者。这些文化名人,为江西赢得了"文章节义之邦"的美誉。

在明代前期的政坛和科场上,江西同样引人瞩目。例如,明代首科状元吴伯宗便是江西人。此后,江西籍的状元、进士层出不穷。明人刘仕义《新知录摘抄》中有"吉安文物之盛"条,云:"江西一省可谓冠裳文物之盛,而吉安一府为尤最。自洪武辛亥至嘉靖己未,凡六十科,吉安进士七百八十八人,状元十一人,榜眼十一人,探花十人,会元八人,解元三十九人,登第者二十八人,官至内阁九人,一品六人,赠三人,尚书二十二人,赠四人,左右都御史六人,得谥二十五人。盛哉!"①刘仕义的统计是从明初到嘉靖年间。到了明代中期,江西在科举考试中便不再像以前那样风光了。成化二年(1466)直到明末的这一百七十余年间,江西只出了五名状元,其中吉安府只出过一名状元。

下面,我们再来考察一下明代前期文坛的情况。明人胡应麟《诗薮》云:"国初闻人,率由越产,如宋景濂、王子充、刘伯温、方希古、苏平仲、张孟兼、唐处敬辈,诸方无抗衡者。而诗人则出吴中,高、杨、张、徐,贝琼、袁凯亦皆雄视海内。至弘、正间,中原、关右始盛;嘉、隆后,复自北而南矣。"②这段话为我们勾勒出了一幅明代文学地图。可以看出,整个明代,只有在前、后七子倡导复古运动

---

① 刘仕义:《新知录摘抄》,中华书局,1985年,第72—73页。
② 胡应麟:《诗薮》续编卷一,上海古籍出版社,1979年,第341页。

的时期,北方文人才一度崭露头角,而其余的大部分时期内,南方文人一直在文坛上占有绝对优势。胡应麟将明初诗坛分为五派,包括吴诗派、越诗派、闽诗派、岭南诗派、江右诗派。[①] 这五大诗派全部位于南方。其中,尤以吴中为盛。吴中文学的兴盛始于元末。元末群雄割据,吴中乃张士诚的势力范围。这里物产富庶,政局相对稳定,加上张士诚优待文人,许多有个性的文人都可以充分施展自己的才华。例如,元末最具艺术个性的诗人杨维桢便生活在吴中地区;高启、袁凯等年轻诗人在元末吴中文坛上名气也比较响亮。由于张士诚在吴中比较得人心,明朝建国后,朱元璋便将吴中文人作为重点打击的对象,吴中诗坛一度沉寂。永乐之后,明代文坛上占统治地位的是台阁体。其代表作家"三杨"中,杨士奇的文学成就最高。杨士奇是江西泰和人,其文学成就主要体现在散文方面,他继承了欧阳修、曾巩等人的文风,形成了一种既典雅又实用的台阁文风。除杨士奇外,永乐时期的馆阁文人中,江西人占了相当大的比例,如解缙、胡广、曾棨、金幼孜等。成化以后,台阁体被茶陵派取代。茶陵派的领袖李东阳是湖南茶陵人,其成员则以来自吴地的文人居多。与台阁体相比,茶陵派更关注文学的审美价值,他们将台阁气与山林气结合起来,刻意追求一种翰苑风流。茶陵派的活动中心虽然在北京,但其成员以南方人为主,其文风和诗风也带有鲜明的南方文化色彩。

综上所述,明朝开国以来,文坛长期处于南方文人的掌控之中。以江西地区为代表的宋型文化和以吴中地区为代表的南朝文化,轮番占据着文坛的主流。北方由于在历史上战乱频仍,特别是曾经长期处于金、元等异族统治之下,文化水平相对落后。但北方文化亦有其长处。无论在学术思想还是文学方面,北方文化传统都足以与南方文化传统相抗衡。经过长达一个世纪的休养生息之

---

① 胡应麟:《诗薮》续编卷一,上海古籍出版社,1979 年,第 342 页。

后,北方文化逐渐复苏。至弘治时期,前七子先后考中进士,开始
在文坛大放异彩。他们大力倡导复古运动,明显带有为北方文化
争胜的意味。

二、明代前期政坛的南北之争
与前七子的崛起

明代前期,政坛和文坛都是南方人的天下,但北方人的政治势
力也在逐渐加强。至成化、弘治年间,北方人的政治势力已能够与
南方人抗衡。弘治年间,前七子的崛起,与当时政坛南北之争紧密
相关。下面,我们就从科举着眼,分析一下明代政坛南北之争的起
因及其对前七子复古运动的影响。

明代政坛南北之争的根源,可远溯至南宋时期。当时宋、金长
期对峙,北方无论在文学还是理学方面,都较南方要落后许多。元
代统一中国之后,在科举考试中实行南北分榜而试,蒙古人、色目
人为一榜,称为左榜;汉人、南人为一榜,称为右榜。两榜进士的考
试科目、答题要求都不相同,"蒙易汉难"。这主要是为了维护少数
民族对汉族的统治,同时也是出于对南北文化差距的现实考虑。

明代科举取消了南北分榜而试,南北文化水平的差距也随之凸
显。明初,取士不分南北,一视同仁。如此一来,南方士人在科举考
试中便占据了绝对优势。洪武三十年(1397)的丁丑科会试,甚至出
现了中进士者全部为南方士人,北方士人无一被录取的情况。① 这

---

① 洪武三十年(1397)丁丑科会试主考官刘三吾、白信蹈等都是南方人。放榜之后,有
落第的北方士子鼓噪不平,认为考官偏私南方人。明太祖朱元璋令翰林院侍读张
信等覆阅试卷,张信等认为原先的阅卷结果是公平的。刘三吾、白信蹈、张信等人
只着眼于试卷本身文字的高下,没有考虑到实际的政治需要,没有体会到朱元璋打
算通过覆阅试卷调和南北矛盾的良苦用心。结果,白信蹈、张信等被处死,刘三吾
遭流戍。朱元璋亲自阅卷,从落榜进士中录取了六十一人,全部为北方人。所以,
是科进士有两榜,史称"南北榜"。

次科举考试提醒了明代统治者重视南北地域文化的差距。此后，科举考试开始注意适当录取北方士人，但直到永乐年间，并未对南北取士比例做出明确规定。所以，南方人在科举考试中依然占有很大优势。特别是江西，在明代前期的科举考试中，一直处于绝对领先地位。

洪熙元年（1425），开始就南北取士名额做出明确规定。《明史》载："洪熙元年，仁宗命杨士奇等定取士之额，南人十六，北人十四。宣德、正统间，分为南、北、中卷，以百人为率，则南取五十五名，北取三十五名，中取十名。"①虽然北方录取名额依然少于南方，但在北方文化水平相对落后的情况下，毕竟保证了北方士人有被录取的机会，所以上述规定还是有利于北方的。

正统年间，明英宗朱祁镇喜北人，对南人则抱有戒心。这从《明史》的两处记载中可见一斑。一是关于王翱的记载。王翱是河北人，官至吏部尚书，为人正直，深得英宗敬重。《明史》载："（王翱）性不喜南士。英宗尝言：'北人文雅不及南人，顾质直雄伟，缓急当得力。'翱由是益多引北人。"②王翱为官正直，他极力引荐北方人，不是为了结党营私，而是出于对当时官场上圆滑世故不良风气的深恶痛绝。二是关于彭时的记载。彭时是江西人，正统年间由英宗钦点为状元，其为人有风度，颇受英宗宠信。天顺四年（1460）会试后选拔庶吉士，英宗命李贤多用北方人，南方人只有如彭时者方可录用。李贤是河南人，为明代名臣。他将英宗的这番话转告给彭时，彭时却误以为李贤有意压制南方人，愤愤不平。这一年选拔的十五名庶吉士中，仅有六名是南方人，北方人第一次在庶吉士选拔中占据了上风。被选为庶吉士，就有机会留在翰林院任职并最终进入内阁。河南人刘健就是在这一年被选为庶吉士，

① 张廷玉等：《明史》卷七十《志第四十六·选举二》，中华书局，2000年，第1134页。
② 张廷玉等：《明史》卷一百七十七《列传第六十五·王翱》，中华书局，2000年，第3129页。

弘治年间官至内阁首辅，成为一代名臣。刘健对前七子的崛起有直接影响，后文还会提到他。

与英宗朱祁镇相比，其弟景帝(代宗)朱祁钰则更偏向于任用南方文人。景泰初，朝廷一度废止有关取士名额的规定。给事中李侃、刑部侍郎罗绮等上书极力反对，指责"部臣欲专以文词，多取南人"①。但未被采纳。直到景泰五年(1454)甲戌科考试，方依给事中徐廷章的建议，恢复正统间的旧例，会试中分南、北、中卷录取。其中，南卷包括应天及苏、松诸府，浙江、江西、福建、湖广、广东；北卷包括顺天、山东、山西、河南、陕西；中卷包括四川、广西、云南、贵州及凤阳、庐州二府，滁、徐、和三州。

天顺八年(1464)，明宪宗朱见深即位，次年改年号为成化。天顺、成化年间，政坛和科举考试中的南北之争亦十分激烈。成化十四年(1478)，万安升任内阁首辅，与另一位内阁大学士刘珝之间争权夺利。《明史》称："安无学术，既柄用，唯日事请托，结诸阉为内援。"②"而安为首辅，与南人相党附，珝与尚书尹旻、王越又以北人为党，互相倾轧。然珝疏浅而安深鸷，故珝卒不能胜安。"③万安是四川眉州人，四川在明代科举考试中属于中部地区，进士名额较少，为壮大自己的政治势力，万安一方面与南方人结党，另一方面想方设法扩大中部地区的录取名额。成化二十二年(1486)起，从南北取士名额中各减二名，增加到中部。

成化二十三年(1487)，明孝宗登基，次年改元弘治。明孝宗即位不久，便将万安罢黜，而科举考试的名额分配也恢复到正统间的旧例。"弘治二年复从旧制，嗣后相沿不改。"④孝宗统治时期，政治清明，史称"弘治中兴"。这一时期，刘健、李东阳、谢迁等名臣先

① 张廷玉等：《明史》卷七十《志第四十六·选举二》，中华书局，2000年，第1134页。
② 张廷玉等：《明史》卷一百六十八《列传第五十六·万安》，中华书局，2000年，第3007页。
③ 同上书，第3008页。
④ 张廷玉等：《明史》卷七十《志第四十六·选举二》，中华书局，2000年，第1134页。

后进入内阁。

弘治十二年(1499),刘健升任内阁首辅,其次为李东阳、谢迁。刘健任事刚果,李东阳长于文学,而谢迁见事明敏、持论谔谔,与之相济。时人语曰:"李公谋,刘公断,谢公尤侃侃。"①天下共称贤相。这一内阁的"金三角"结构一直维持到正德元年(1506)。三人之间虽然没有爆发过直接的冲突,但是,南北人文差异的存在,使他们彼此之间也不无微词。

关于南北人文差异,林语堂有过一段生动的描绘,他说:"北方的中国人,习惯于简单质朴的思维和艰苦的生活……他们是自然之子……在东南边疆,长江以南,人们会看到另一种人:他们习惯于安逸,勤于修养,老于世故,头脑发达,身体退化,喜爱诗歌,喜欢舒适。"②林语堂对北方人统而论之,而将南方人划分为几种类型。文中所指乃是江浙一带的南方人。李东阳虽然是湖南人,但他与吴中文人交往密切。将这段评论套用在刘健和李东阳身上,真是再恰当不过了。

刘健是河南洛阳人,深得河东大儒薛瑄真传。《明史》称"健学问深粹,正色敢言,以身任天下之重"③,"东阳以诗文引后进,海内士皆抵掌谈文学,健若不闻,独教人治经穷理。其事业光明俊伟,明世辅臣鲜有比者"④。他身上典型地体现出北方人的耿直、质朴。

李东阳政治地位居于刘健之下,但他自幼便以神童的身份进入翰林院,在翰林院中长大,在馆阁文人中享有极高的声望,是当时的文坛领袖。《明史》称:"弘治时,宰相李东阳主文柄,天下翕然

① 张廷玉等:《明史》卷一百八十一《列传第六十九·谢迁》,中华书局,2000 年,第3206 页。
② 林语堂:《中国人(全译本)》,学林出版社,1994 年,第 31—32 页。
③ 张廷玉等:《明史》卷一百八十一《列传第六十九·刘健》,中华书局,2000 年,第3200 页。
④ 同上书,第 3205 页。

宗之。"①何良俊《四友斋丛说》载："李文正当国时，每日朝罢，则门生群集其家，皆海内名流。其座上常满，殆无虚日，谈文讲艺，绝口不及势利。其文章亦足领袖一时，正恐兴事建功或自有人。"②从何良俊最后一句话看，他对李东阳也不无微词，认为李东阳身为朝廷重臣，沉溺于文艺，没有尽到"兴事建功"的责任。

刘健与李东阳的性格、兴趣不同，也影响到他们的用人标准。刘健不喜南人的圆滑世故。所以当谢迁极力推荐刘东阳的好友、茶陵派成员吴宽入阁时，刘健坚决不同意。吴宽是苏州人，以文学见长，在翰林院期间，每日公退之余，吟花弄草。王鏊《姑苏志》称其"为人静重醇实，自少至老，人不见其过举，不为慷慨激烈之行"③。这样的人物，自然得不到刘健的喜欢。同样，李东阳与吴中文人兴趣相投，与北方人则格格不入。《四友斋丛说》称"李西涯长于诗文，力以主张斯道为己任。后进有文者，如汪石潭、邵二泉、钱鹤滩、顾东江、储柴墟、何燕泉辈，皆出其门。独李空同、康浒西、何大复、徐昌谷自立门户，不为其所牢笼，而诸人在仕路亦遂偃蹇不达"④。其中，受李东阳提携者多为南方人，而前七子因为与李东阳的文学主张不同，在仕途上始终得不到重用。

刘健虽然身为首辅，地位在李东阳之上，但李东阳交游广阔，门生众多，当时的翰林院基本上为李东阳所把持。明代翰林制度是科举制度的延伸，有"非进士不入翰林，非翰林不入内阁"⑤之说。翰林院是南人的天下，就意味着未来的内阁，依然由南人把持。翰林院已经成为一个盛产官僚的机构，要彻底改变明代政治环境，必须打破馆阁文人自命风雅的传统。

---

① 张廷玉等：《明史》卷二百八十六《列传第一百七十四·文苑二》，中华书局，1974年，第4911页。
② 何良俊：《四友斋丛说》卷八，中华书局，1959年，第67页。
③ 王鏊：《姑苏志》卷五十二，文渊阁《四库全书》本。
④ 何良俊：《四友斋丛说》卷十五，中华书局，1959年，第127页。
⑤ 张廷玉等：《明史》卷七十《志第四十六·选举二》，中华书局，2000年，第1137页。

"弘治中兴"，时代向前七子发出了难以抗拒的召唤；刘健执政，为前七子提供了有力的政治靠山。正是在这种政治背景下，前七子应运而生。从弘治六年（1493）到弘治十八年（1505），前七子先后登上政治舞台。他们以诗文为武器，向以李东阳为代表的馆阁文人发起了猛烈的攻击。

前七子中，最先登上政治舞台的是李梦阳。弘治五年（1492），李梦阳二十一岁，举陕西乡试第一，弘治六年（1493）中进士，是科会试主考官为李东阳。李梦阳会试后没有立即做官，因连丧父母，在家守制。直到弘治十一年（1498），方出任户部主事，后迁郎中。王九思、边贡是弘治九年（1496）进士。王九思被选为庶吉士，后授翰林院检讨。边贡年方二十，未入选庶吉士，初授太常博士，迁兵科给事中。康海、王廷相、何景明三人是弘治十五年（1502）进士。是科会试主考官吴宽乃李东阳好友，为茶陵派成员。康海高中是科状元，授翰林院修撰。王廷相被选为庶吉士，入翰林院进修，但未能留在翰林院，两年后出任兵部给事中。何景明年方十九，未能入选庶吉士，授中书舍人。徐祯卿是弘治十八年（1505）进士，他本来是吴中四才子之一，在进士考试中名次居前，但因貌丑，无缘进入翰林院。

前七子个个才华横溢，在北方进士录取名额较少的情况下，他们能够脱颖而出，年纪轻轻就考中进士，且名次均比较靠前，实属难能可贵。但他们难以融入主要由南方人把持的馆阁文人圈。前七子中，只有康海和王九思具有馆阁文人的身份。王廷相虽然被选为庶吉士，但只是在翰林院进修，未能留在翰林院任职，故不能称为馆阁文人。前七子中的其他几名成员，也都与翰林院无缘。虽然当时的馆阁领袖李东阳、吴宽在名义上是前七子的座师，但政坛上长期以来形成的南北之争，以及文坛上南北文风的差异，使前七子与馆阁文人格格不入。只要馆阁文风得不到改革，北方士子在仕途上就会受到歧视，难有出头之日。前七子认识到这一点，于是他们向馆阁文人发出挑战。此前，人们对北方士人的印象是质实少文。前七子的出现，扭转了人们的这一印象。他们努力向世人证明，北方人不但思想上正直果敢，在文学上也不亚于南方人。馆阁文人虽然以风雅自命，但继承的文学传统不过是迂腐呆板的宋型文化，或者"绮丽不足珍"的南朝文化。前七子提醒世人，只有代表北方文学传统的秦汉之文、盛唐之诗，才是真正的大雅之道。

康海在前七子复古运动中一直是非常活跃的角色。前七子在文坛真正形成声势，应当从康海中进士的那一年，即弘治十五年（1502）算起。在此之前，李梦阳、王九思、边贡虽然已经考中进士，但还没有正式擎起复古运动的大旗。弘治十五年，康海夺得状元，王廷相、何景明也考中进士，复古运动的声势才真正壮大起来。康海与王九思作为翰林院官员，从馆阁文人内部向台阁体和茶陵派发出正面挑战，其影响和作用更加值得重视。李梦阳、何景明的影响主要体现在诗歌方面，他们以提倡"诗必盛唐"而闻名，这一观点其实依然是延续了李东阳的格调说，不过是更加激进一些而已。而康海在散文方面颇有建树，是"文必秦汉"说的代表，其矛头直指当时平庸无奇的台阁体文风。可以说康海是真正抓住了馆阁文学的要害，其革命色彩更加鲜明。康海作为状元和馆阁文人，在前七子中前途最为远大，其政治斗争的目标也十分明确。他在翰林院任职期间，常常说："南北人才之用舍，天下治乱之所关也。"①正德三年（1508），康海为会试同考官，力推陕西高陵人吕柟为第一。吕柟以理学闻名于世，世称泾野先生。主考官内阁大学士王鏊是南方人，将吕柟置之第六。会试发榜后，康海扬言："吕仲木天下士也，场中文卷无可与并者。今乃以南北之私，忘天下之公。蔽贤之罪，谁则当之？会试若能屈吕矣，能屈其廷试乎？"②王鏊闻言十分

---

① 张治道：《翰林院修撰对山康先生状》，见黄宗羲：《明文海》卷四百三十三，文渊阁《四库全书》本。
② 同上。

恼怒。廷试时,吕柟果然高中状元,王鏊又不得不佩服康海的眼光。

前七子的崛起,可以说是得天时(弘治中兴)、地利(北方文化传统)、人和(刘健执政)之便。他们提出"文必秦汉,诗必盛唐"的口号,有着现实的政治意义。如果单就文学而言,南北文风其实各有所长。只有结合明前期政坛的南北之争来考察前七子倡导的复古运动,我们才能够体会前七子提出"文必秦汉,诗必盛唐"口号的真实用意。

三、前七子复古运动的消沉及其影响

前七子复古运动声势最大的时期,是从弘治十五年(1502)至弘治十八年(1505)。正德年间,复古运动迅速走向消沉。究其原因,一是刘健辞官,前七子失去了政治上的最大靠山;二是刘瑾当权,北方政治势力被抹黑;三是李东阳成为首辅,南方政治势力在道义上占据了上风。

弘治十八年(1505),孝宗去世,武宗继位。武宗年少,贪于玩乐,宠信太监,朝政大权遂落入太监刘瑾之手。刘健屡次上疏力谏,希望武宗勤政,武宗不听。刘健等遂密谋除掉刘瑾,事泄,刘健、谢迁相继辞官归里,李东阳独留。刘健、谢迁离京之时,李东阳为他们饯行,泣下。"健正色曰:'何泣为? 使当日力争,与我辈同去矣。'东阳默然。"①刘健的刚直不阿与李东阳的圆滑世故,在与太监刘瑾的政治斗争中形成了鲜明的对比。刘健辞官后,李东阳继任内阁首辅,吴中文人王鏊、河南人焦芳入阁与其共事。焦芳与刘瑾勾结,王鏊不久亦辞官归里,李东阳委曲求全,至正德七年

---

① 张廷玉等:《明史》卷一百八十一《列传第六十九·刘健》,中华书局,2000 年,第 3208 页。

(1512)始以老病乞休，又四年后卒。《明史》评论道："有明贤宰辅，自三杨外，前有彭、商，后称刘、谢，庶乎以道事君者欤。李东阳以依违蒙诟，然善类赖以扶持，所全不少。大臣同国休戚，非可以决去为高，远蹈为洁，顾其志何如耳。"①对刘健、谢迁作了高度赞扬，对李东阳也表示同情，认为他虽然"依违蒙诟"，但内心深处还是正直的。

刘健的归隐，对前七子倡导的复古运动而言是一次沉重打击。而刘瑾、焦芳结党营私、败坏朝纲，给北方人抹黑，也使前七子的复古运动失去了政治理想主义的光彩。正德年间，刘瑾、焦芳等人内外勾结，把持朝政。刘瑾是陕西人，焦芳是河南人，虽然朝中的当权者与前七子同为北方人，但"道不同不相为谋"，前七子与其势同水火。如果说前七子与李东阳之间是由南北人文差异导致的矛盾，那么前七子与刘瑾、焦芳之间则是不同政治立场的斗争。同时，刘瑾要借重李东阳的名望，对李东阳礼敬有加，因此前七子在政治上依然受到李东阳的压制。在道义上，南方士人也占据了上风。由于政局的变化，北方政治势力内部出现分化，南北之争让位于忠奸之争，复古运动失去了最初的政治动力，逐渐走向消沉。

正德年间，刘瑾、焦芳对康海十分看重，借同乡之谊，极力拉拢康海，但康海对其不屑一顾。直到李梦阳下狱论死，康海才不顾自己名节受损，屈就刘瑾。刘瑾垮台后，康海、王九思俱受牵连，罢官还乡，终身不复录用。因而，后世论前七子，多以李梦阳、何景明为代表人物。少了康海这员主将，前七子复古运动最终沦为单纯的文学论争，而不再具有政治批判色彩了。脱离了南北之争的政治背景后，"文必秦汉，诗必盛唐"的口号便显得过于偏激，给世人留下了许多指摘的口实。所以，正德年间，前七子倡导的复古运动其实已经是徒有其表。

---

① 张廷玉等：《明史》卷一百八十一《列传第六十九·刘健》，中华书局，2000年，第3212页。

从正德八年(1513)到嘉靖初,李东阳致仕后,杨廷和继任内阁首辅。杨廷和是四川新都人,在明代科举考试中,四川既不属于南方,也不属于北方,被视为中部地区。但杨廷和在政治立场上是接近于李东阳的。杨廷和执政期间,他的弟弟曾经去拜访过康海,暗示康海可以出来做官,遭到了康海的拒绝。杨廷和的儿子杨慎十四岁时拜李东阳为师,于正德六年(1511)考取状元,在翰林院任职。杨慎以博学而著称,其诗主要学习六朝。他对前七子多有批评。钱谦益《列朝诗集小传》丙集指出:"用修乃沉酣六朝,揽采晚唐,创为渊博靡丽之词,其意欲压倒李、何,为茶陵派别张壁垒,不与角胜口舌间也。"①杨慎以自己出色的诗歌创作,打破了"诗必盛唐"的神话。

散文方面,嘉靖间,京城有"嘉靖八才子"出现,其中王慎中、唐顺之以及后来的茅坤、归有光等人大力倡导唐宋文风,可视为对前七子"文必秦汉"主张的反拨。"嘉靖八才子"及唐宋派成员当中,南、北、中部人都有,他们对前七子的反拨完全是从文学立场出发,不含任何地域观念和政治色彩。

嘉靖、隆庆年间,又有后七子倡导的复古运动兴起。后七子成员中,李攀龙是山东人,王世贞是江苏人,谢榛是山东人,宗臣是兴化(今属江苏)人,梁有誉是广东人,徐中行是长兴(今属浙江)人,吴国伦是湖北人。他们对"文必秦汉、诗必盛唐"的提倡,不像前七子那样具有鲜明的地域观念和政治色彩。

晚明的一些文学社团,如复社、几社等,倡导"尊经复古",对前七子极为推崇。复社由十几个社团联合而成,包括浙西闻社、江北南社、江西则社、吴门匡社、中州端社、莱阳邑社、浙东超社、浙西庄社、黄州质社与江南应社等,其地不分南北。几社在松江,属于吴中地区。所以,晚明的复古运动,也与南北之争无关。但是复社、

① 钱谦益:《列朝诗集小传》,上海古籍出版社,1959年,第354页。

几社具有鲜明的政治色彩，其成员多为青年士子。他们相互砥砺，希望能够在仕途方面有所建树，改变晚明黑暗的社会现实。在这方面，他们与前七子倡导复古运动之初的动机颇有相似之处。

总之，考察前七子倡导的复古运动，视野不能仅仅局限于文学范围内，还应对其政治意图多加留意。前七子的复古运动，与青春的激情、崇高的理想密不可分，是对沉闷污浊的政治空气和妥协退让、明哲保身、得过且过的乡愿哲学的反抗，是对唐之后影响中国传统文化至深的宋型文化的深刻反省。或许，这才是前七子复古运动的真正价值所在。

下编：接受美学

论徐渭对杜诗的接受

徐渭(1521—1593),字文长,别号田水月、天池山人、青藤道士等,浙江山阴人。在流派意识鲜明的中晚明诗坛上,徐渭是一个特殊的存在。他才华横溢,诗、文、书、画、戏曲样样精通,曾经师事阳明后学王畿、季本、薛应旂、唐顺之等,与唐宋派文人往来密切。他和汤显祖一样不屑依附于王、李门墙之下,挺然屹立于后七子门户之外,还曾经为布衣诗人谢榛打抱不平,死后却名不出乡里。晚明公安派文人将他树为性灵文学的一面旗帜,才让世人重新注意到他的文学成就和思想价值。

在诗歌创作方面,徐渭强烈反对"鸟为人言"(《叶子肃诗序》),自称"师心横从,不傍门户"(《书田生诗文后》),摆出一副个性倔强的姿态。徐渭又宣称"诗亦无不可模者,而亦无一模也"(《书田生诗文后》),表明他在反对门户之见的同时,也注意广泛地向前代和同时代的作家学习。

以往,人们在评论徐渭诗歌的时候,往往只关注其学习李贺的一面,而忽略了其他作家对徐渭创作的影响,从而造成对徐渭诗歌风格和文艺思想的看法失于偏颇。如果我们对徐渭的诗歌创作细加考察,便会发现,徐渭实际上是传统的出色继承者,只是他在继承传统时选择的范围较广,而又善于消化吸收,创作中往往不露模仿的痕迹(中年时期学习李贺的部分作品除外)。许多古代著名作家,如杜甫、苏轼等人的创作,都对徐渭文艺思想和创作个性的形成有着重要的影响。

徐渭生前创作过大量的诗歌，有些收入了他生前自编的《文长集》《阙编》及《樱桃馆集》（未刊）中，死后由其门人合编为《徐文长三集》，此外还有不少作品未收入《徐文长三集》。中华书局 1983 年整理出版的《徐渭集》，对现存的徐渭诗歌作品搜罗较全。统观《徐渭集》中两千多首诗歌，我们发现，明显带有李贺诗风的诗歌只占《徐渭集》中的很小一部分，这部分诗歌多作于徐渭中年时期。① 据陶望龄《徐文长传》记载，徐渭三十二岁时参加科考，提学副使薛应旂评徐渭文章曰："句句鬼语，李长吉之流也。"② 可见徐渭中年时期诗文受李贺影响确实比较明显。如徐渭三十岁时所作的《今日歌》二首之一"琉球佩刀光照水，三年不磨绣花紫"，语言上明显带有李贺体的痕迹；三十五岁时所作《夜宿丘园》，也散发着一股阴森的"鬼气"。但是到了晚年，徐渭的作品则趋向平易颓放，正如他在《书草玄堂稿后》中所言"渭之学为诗也，矜于昔而颓且放于今也"，与杜甫、苏轼等人的风格更为接近。另外，李贺诗歌几乎全部为古体诗，而徐渭的诗歌则众体兼备，律诗、绝句等这些李贺诗歌中所没有的体裁，在徐渭诗歌中占了相当大的比重，且都不乏佳制。可见，用"诗学李贺"来概括徐渭诗歌的风格是非常片面的。

即使不把"诗如长吉"看作是对徐渭诗歌整体创作风貌的概括，而仅将其视为对徐渭诗歌乖离传统的象征性评价，也有可商榷的余地。李贺是文学史上的一个天才、奇才，被认为是最具创作个性的作家之一，其诗歌与传统诗歌风格迥异，被称为"长吉体"。称徐渭诗学李贺，也意味着将徐渭诗歌划归"奇"的一类。确实，徐渭晚年自称"畸人"，并自修《畸谱》，"畸"与"奇"相通，都具有"异"的意思。出众的才华与不幸的遭遇结合在一起，促成了徐渭狂放不

---

① 骆玉明、贺圣遂：《徐文长评传》，浙江古籍出版社，1987 年。关于徐渭部分诗文作品的编年，参见此书附录。

② 徐渭：《徐渭集》，中华书局，1983 年，"附录"第 1341 页。

羁、愤世嫉俗的个性,这种个性与稍后晚明文人个性解放的潮流相吻合,因而备受后人瞩目。与李贺一样,徐渭诗歌也有好"奇"的倾向。如果我们将"奇"视作个性的话,"正"就意味着传统。一个作家,要想在创作中体现出个性,固然要打破传统,但是鲜明个性的形成,也离不开对传统的继承。"奇"与"正"是一个问题的两个方面,两者不可截然分割。一方面,"奇"固然意味着对"正"的背离;另一方面,"奇"是在"正"的基础上产生的,同时也可以转化为"正",只是这种转化有时不为那些以"正统"自居的顽固保守派承认罢了。李贺"长吉体"的命运便是如此。李贺以其天才的创作,丰富了中国诗歌艺术的宝库,其诗风不断被后人效仿,早已成为中国文学优秀传统的一个有机组成部分,但是到了明代,前后七子提倡"诗必盛唐",把包括李贺在内的中晚唐诗人以及宋代诗人的贡献都一笔抹杀了。而杜诗从中唐起便被元、白等人大力提倡,至宋代更加发扬光大,到明代,杜诗的正统地位已经不可动摇。正统是经过选择的传统。"统系"意识是形成文学流派必须具备的要素之一。① 在文学史上,对一种统系的选择,往往意味着对其他传统的否定。明代七子派"诗必盛唐"的主张,便是最明显的例子。对文学流派而言,统系的选择有时是一种策略,甚至是"英雄欺人之语",它虽然在一定程度上能够扩大流派的影响,但是也会给文学事业的发展埋下隐患。恰恰在这一点上,徐渭显示出了他的过人之处。在正统与非正统之间,徐渭没有做出非此即彼的选择,而是对它们一视同仁,对其合理的因素都加以肯定和继承。徐渭在《与季友》一文中说道:"韩愈、孟郊、卢仝、李贺诗,近颇阅之。乃知李、杜之外,复有如此奇种,眼界始稍宽阔。不知近日学王、孟人,何故伎俩如此狭小? 在他面前说李、杜不得,何况此四家耶,殊可怪叹。菽粟虽常嗜,不信却有龙肝凤髓,都不理耶?"② 从这段话可以看

---

① 陈文新:《中国文学流派意识的发生和发展》,武汉大学出版社,2003 年,第 8 页。
② 徐渭:《徐渭集》,中华书局,1983 年,第 461 页。

出,在对待传统的态度上,徐渭的视野和胸襟较同时代人是更为宽广的。对韩愈、孟郊、卢仝、李贺的重视自不待言,对于重王、孟而轻李、杜的现象,徐渭也给予了批判。由此可见,徐渭对李、杜还是非常推重的,并没有因为对李贺等人的喜爱,而贬低李、杜在诗歌史上的地位。

"文学艺术是社会生活在作家头脑中反映的产物,因此它必然要带上作家的思想感情和个性色彩。各个作家具有什么样的创作个性,都直接来自作家个人的生活实践、艺术实践及其才能、气质。"①李贺吸引徐渭的地方,主要在于他过人的才华。除此以外,李贺的思想和人生经历与徐渭相似的地方并不是很多。李贺在世仅有短短的二十六年,我们无法想象,当徐渭七十二岁的时候,他的思想感情还会一直与青年诗人李贺相通。另外,李贺的思想以阴郁为主,这也与徐渭豪放的个性不尽相符。而一些人生经历及个性与之相近的优秀诗人,无疑会更加受到徐渭的偏爱,比如杜甫。

明代文学家袁宏道作过这样的分析:"宏于近代得一诗人曰徐渭,其诗尽翻窠臼,自出手眼。有长吉之奇,而畅其语;夺工部之骨,而脱其肤;挟子瞻之辨,而逸其气。无论七子,即何、李当在下风。"②(《冯侍郎座主》)袁宏道不愧为当时的文坛领袖和徐渭的身后知己,其眼光确有独到之处。他根据自己的阅读经验做出的判断,应该说是比较客观的。对徐渭创作风格有影响的作家,在李贺之前,袁宏道发现了杜甫;李贺之后,袁宏道发现了苏轼。杜甫、李贺和苏轼,分别代表了盛唐诗、中晚唐诗和宋元诗对徐渭创作的影响。在这三者之中,尤其值得关注的是杜甫。他既是前代诗歌的"集大成"者,又有着"诗圣"的崇高地位,在中国诗歌史上具有特殊的文化意义,对后代诗人产生了深刻而广泛的影响,称他为"正"或

---

① 十四院校《文学理论基础》编写组:《文学理论基础》,上海文艺出版社,1981 年,第282 页。

② 袁宏道著,钱伯城笺校:《袁宏道集笺校》,上海古籍出版社,1981 年,第 769 页。

传统的代表一点也不为过。杜诗对李贺、苏轼诗风的形成都产生过一定的影响，因此，徐渭学习李贺、苏轼，在某种程度上，也是在间接学杜。① 苏轼曾经说："天下几人学杜甫，谁得其皮与其骨。"②（《次韵孔毅甫集古人句见赠》五首之三）对中晚唐诗人学习杜甫的现象作了反思，在总结前人学杜经验的基础上，他力主学习杜诗的精神，而不去追求形似。清代纪昀评苏轼的《荔枝叹》一诗曰："貌不袭杜，而神似之。"③（纪昀评《苏文忠公诗集》卷十五）。徐渭学习杜诗的态度与苏轼正是一脉相承的。徐渭从小便接触杜诗，成年后，在科举屡试不第的情况下，更对杜甫产生了一种强烈的身世认同感，自称与杜甫是"异世同轨"（《题自书杜拾遗诗后》），对杜诗的理解也愈来愈深。在徐渭晚年的诗作中，律诗所占比例明显提高，无论在题材还是艺术风格上，都与杜诗有极为神似之处。可以说，杜诗对徐渭的影响时间最长，也最为深刻。

袁宏道为什么把"有长吉之奇"放在"夺工部之骨"的前面，也是一个有意思的问题。以时代先后而论，杜甫生活在李贺之前，为什么袁宏道先提起李贺呢？是否袁宏道也认为李贺对徐渭的影响较之杜甫更加重要？我想未必如此简单。一方面，李贺对徐渭部分诗歌创作的影响确实极为明显，因而也是最容易被发现的，上文提到，与徐渭同时代的人如薛应旂等已经注意到了这一点，与袁宏道同时的黄汝亨也称文长"诗如长吉"④。袁宏道先提李贺，是照顾到人们的共识。另一方面，袁宏道这样做，也有出于流派策略上考虑的可能性。我们知道，公安派是在与后七子的斗争中发展壮大起来的一个文学流派。前后七子主张"诗必盛唐"，袁宏道先指

---

① 关于杜甫对李贺诗风的影响，可参阅房日晰：《杜甫诗歌对李贺诗风的影响》（《文学遗产》1993 年第 2 期）、《杜甫与贺体——从诗用髑髅说起》（《杜甫研究学刊》1996 年第 4 期）。
② 苏轼：《苏东坡全集（上）》，中国书店，1986 年，第 184 页。
③ 苏轼著，曾枣庄主编：《苏诗汇评（下）》，四川文艺出版社，2000 年，第 1683 页。
④ 黄汝亨：《徐文长集序》，见《徐渭集》，中华书局，1983 年，"附录"第 1355 页。

出徐渭诗学李贺，这就使徐渭与七子派划清了界限；接着举出杜甫，则是从七子派诗学的内部着眼，是对七子派学杜而不得其法的有力一击；再次，举出苏轼，这是公安派最推崇的一个作家，袁宏道乃借此拉徐渭为公安派助威；最后，袁宏道得出的结论是："无论七子，即何、李当在下风。"从而，对前后七子的机械复古主义做出了有力的批判。另外，袁宏道在《徐文长传》一文的末尾还特别提道："石篑言，晚岁诗文益奇，无刻本，集藏于家。予所见者，《徐文长集》《阙编》二种而已。"①可见他写这篇《徐文长传》时，只看到了徐渭生前自编的《徐文长集》《阙编》，而没有看到徐渭晚年的诗作。文中提到的石篑即陶望龄，是徐渭的同乡，他称徐渭"晚岁诗文益奇"，而徐渭晚年的诗歌正是深受杜甫的影响。因此，我们不能只看到袁宏道把李贺的位置放在杜甫之前，就从表面现象得出结论，认为李贺对徐渭的影响胜过杜甫。

由于中晚明时期的评论中，都比较重视李贺对徐渭诗歌创作的影响，至清代，徐渭诗歌学习李贺已成为共识，而鲜见有人提及杜甫的影响了。清代诗人朱彝尊对徐渭的评价是："文长诗原本长吉，间杂宋、元派。"②《明诗纪事》亦征引《四库全书总目》提要之语："（徐渭）其诗欲出入李白、李贺之间，而才高识僻，流为魔趣，选言失雅，纤佻居多，譬之急管幺弦，凄清幽渺，足以感荡心灵，而揆以中声，终为别调。"③前人往往只注意徐渭与李贺之间的继承关系，而较少论及杜甫等其他诗人对徐渭创作的影响，归纳起来有以下原因：第一，徐渭一直被视作七子的反对派，七子提倡诗必盛唐，对杜甫诗歌比较推重，而对李贺等晚唐诗人评价不高，徐渭学习李贺，恰好可以看出其"不入王、李二人党"的精神，而徐渭学习杜甫，似乎与他"反传统"的形象不太吻合。其实，徐渭反对的只是

---

① 袁宏道：《徐文长传》，见《徐渭集》，中华书局，1983 年，"附录"第 1343 页。
② 朱彝尊：《静志居诗话》，人民文学出版社，1990 年，第 418 页。
③ 陈田：《明诗纪事》，上海古籍出版社，1993 年，第 2173 页。

王、李仗势欺人的恶劣现象,这并不能左右徐渭对待盛唐诗的态度。① 第二,李贺对徐渭产生的影响最直接,最表面,正如袁宏道所言,徐渭对李贺的学习是"有长吉之奇而畅其语",在语言上便可以直接反映出来;对苏轼的学习是"挟子瞻之辨而逸其气",主要体现在风格方面;对杜甫的学习则是"夺工部之骨而脱其肤",主要是得其风骨,最难被人察觉。其三,历代学习杜诗者甚多,特别是明代,人人争相"塑谪仙而画少陵"(《列朝诗集小传》丁集上引用谢榛语),以模仿抄袭为能事,处于这种环境中,徐渭"夺工部之骨而脱其肤"的学杜方法自然不为人们所注意了。

笔者认为,片面地强调徐渭"诗学长吉",是晚明公安派与后七子文艺思想斗争的观念产物,并不能全面地代表徐渭的诗歌面貌。事实上,杜甫诗歌对徐渭的文艺思想和艺术创作有着更加重要的影响,而李贺、苏轼等对徐渭的影响,都可归于杜诗这一传统之下。《明诗纪事》引陈子龙的评价曰:"文长亦有正音。"②陈子龙本人后期学习杜甫,因而他能够感受到徐渭诗歌与杜诗等传统诗歌的艺术精神有相通之处。《明诗纪事》的编撰者陈田也在徐渭诗前按语中评道:"文长诗如秋高木落,山骨棱棱。又如潦尽潭清,荇藻毕露。唯恃才放逸,涉怪涉俳。又为袁中郎所赏识,致来诋谇。余特为洗眉刷目,去其怪者俳者,而文长之真诗出矣。"③应当说陈田的出发点是好的,他也注意到了徐渭诗歌风格的多样性,但是反观陈田在《明诗纪事》中所选的十三首徐渭的"真诗",仍不脱明代复古派以"格调"论诗的影响,其选诗以雅正为标准,不能体现出徐渭的创作个性,更不能反映出徐渭是如何将个性与传统相结合的。当代有些学者也曾经注意到杜甫对徐渭的影响,如骆玉明、贺圣遂的《徐文长评传》等,表现出了不俗的学术眼光,但是对这一问题似还

---

① 可参阅付琼:《徐渭与秦汉派唐宋派关系重估》,《中州学刊》2003 年第 2 期。
② 陈田:《明诗纪事》,上海古籍出版社,1993 年,第 2138 页。
③ 同上。

有进一步深入探讨的必要。特别是从"个性与传统"这一角度来看，徐渭是极富有思想个性和创作个性的作家，而杜甫则是中国诗歌传统的重要代表人物，让他们进行一次跨越时空的对话，相信会带给我们许多有益的启发。

本文将从生平、思想、经历等方面对两人加以具体比较，以求深化对徐渭的文艺思想和创作个性的认识。

一、生平："异世"与"同轨"

"知人论世"，是中国古代文学批评的一个优良传统。本文之所以把徐渭和杜甫加以比较，一个最直接的原因便是徐渭曾经自言"见吾两人之遇，异世同轨"，表现出了对杜甫强烈的身世认同感。正是基于这种身世上的认同感，才使得徐渭的诗歌和其他艺术创作都受到杜诗的深刻影响。

（一）卧龙山巅的呼喊：徐渭对杜甫的强烈身世认同感

让我们先来看看下面这段文字：

> 余读书卧龙山之巅，每于风雨晦暝时，辄呼杜甫。嗟乎，唐以诗赋取士，如李、杜者不得举进士；元以曲取士，而迄今啧啧于人口如王实甫者，终不得进士之举。然青莲以《清平调》三绝遇宠明皇，实甫见知于花拖而荣耀当世；彼拾遗者一见而辄阻，仅博得早朝诗几首而已，余俱悲歌慷慨，苦不胜述。为录其诗三首，见吾两人之遇，异世同轨，谁谓古今人不相及哉！[①]（徐渭《题自书杜拾遗诗后》，《徐文长佚草》卷二）

---

① 徐渭：《徐渭集》，中华书局，1983 年，第 1098 页。

　　文中提到的"早朝诗",与徐渭的身世之间存在着一种复杂而微妙的关系。据徐渭晚年自修《畸谱》记载,徐渭六岁时,"初学于管先生,字士颜,即读唐诗'鸡鸣紫陌曙光寒'"[①]。徐渭一生经历了无数坎坷,在《畸谱》中他却为何特意记下这样一句儿时背诵的唐诗?个中缘由颇耐人寻味。"鸡鸣紫陌曙光寒"是岑参《奉和贾至舍人早朝大明宫》诗的首句。唐代诗人贾至首作《早朝大明宫呈两省僚友》诗,杜甫、王维、岑参等皆有唱和,这些诗被一并收录到杜甫的诗集中(见《杜工部集》卷十)[②]。除杜甫之外,其他几位诗人都曾官居高位,他们的笔下表现出一种富丽高华的气象。童年时代的徐渭,被众人寄予厚望,他所受的教育,是让他走仕途之路,光宗耀祖。杜集所收《早朝》诗便包含着这样一种期望,这组诗深深地印在了徐渭的脑海之中,在他幼小的心灵里,埋下了对未来无限憧憬的希望的种子。徐渭晚年尚有诗:"长陵如可作,愿柱大明宫。"[③](《宣府龙槐篇》)流露出对童年理想的难以忘怀。"鸡鸣紫陌曙光寒"本是歌颂皇宫气象的诗句,但一个"寒"字,却暗暗道出了徐渭一生理想难以实现的悲剧。"曙光",也成了徐渭诗歌中一个常用的意象,它象征着徐渭的理想,远在天边,可望而不可即。可以想见,徐渭的一生之中,应该无数次在心里反复咀嚼这句诗,品尝着命运的苦涩。在徐渭的眼中,杜甫《早朝大明宫》不仅是歌颂皇宫气象的诗,更是一曲理想的挽歌。杜甫与徐渭都曾经想通过科举考试跻身仕途,进而实现自身的政治抱负(对杜甫而言)或人生价值(对徐渭而言)。可惜他们的才华始终得不到当权者的赏识,苦苦奋斗了半生,理想终究还是归于幻灭。《畸谱》所引诗句虽非出自杜甫之手,但与杜甫也有不可分割的联系,因为在参与酬唱的几位诗人当中,唯有杜甫一生坎坷,其生平经历与徐渭也最相

---

① 　徐渭:《徐渭集》,中华书局,1983 年,第 1334 页。
② 　杜甫:《杜工部集》,辽宁教育出版社,1997 年,第 182 页。
③ 　徐渭:《徐渭集》,中华书局,1983 年,第 305 页。

似。从童年时最早接触到这句唐诗，到中年时参加科举屡屡受挫，而于卧龙山巅狂呼杜甫，再到晚年时《畸谱》记载下这凄凉的一笔，我们可以大体勾勒出徐渭一生的心路历程，同时也可以理解杜甫诗歌对徐渭的影响缘何会如此之深了。

令徐渭没有想到的是，就在他去世以后不久，也是在卧龙山上的一处书斋里，在他因为读杜诗而狂呼杜甫、引杜甫为同调的地方，另一个才子、文坛领袖袁宏道被徐渭的《四声猿》所吸引，进而读到了他的诗文集，与书屋的主人陶望龄一起在灯影下"读复叫，叫复读"，称赞他："先生诗文崛起，一扫近代芜秽之习，百世而下，自有定论，胡为不遇哉？"①徐文长的大名由此传遍海内。徐渭地下有知，亦当含笑九泉矣。

徐渭称自己和杜甫"异世同轨"，侧重于"同轨"，即生活经历的相似，"异世"只是强调时间的距离；我们考察杜甫诗歌与徐渭创作的关系，则要强调、指出其时代背景的差异，将"异世"与"同轨"并重分析。因为"异世"是造成徐渭创作与杜甫诗歌表面差异的重要因素，而"同轨"则是两人精神相通的基础。下面，我们就将徐渭和杜甫所处时代及其人生经历作一比较。

（二）异世：不同的时代与文化背景

唐朝在历史上是一个强大的帝国，杜甫的青年时代正是这个帝国的鼎盛时期。然而歌舞升平的背后也潜伏着危机。在经历了初盛唐的稳定之后，安史之乱爆发，唐帝国从此走向衰落。徐渭生活的时代，充满了内忧外患。整个国家看似平静，却已经千疮百孔，摇摇欲坠。不但明朝的统治已经发展到最黑暗的阶段，整个封建社会也已经走到穷途末路，资本主义萌芽开始诞生。如果没有清军的入侵，使封建秩序得以重新巩固，中国也许将从此进入一个

---

① 袁宏道：《徐文长传》，见《徐渭集》，中华书局，1983年，"附录"第1344页。

新纪元。因此,在末世之中,同样也蕴含着希望。杜甫和徐渭便生活在这样两个时代的转折点上。

杜甫出生于开元初年(712),历经玄、肃、代三宗。杜甫诞生的那一年,唐玄宗即位,改国号为开元。唐玄宗在位时间很长,前期进行了一些改革,实现了安定繁荣的政治局面,唐朝的经济发展到顶峰,开元盛世由此展开。杜甫在《忆昔》(其二)中回忆了开元盛世的繁荣景象:"忆昔开元全盛日,小邑犹藏万家室。稻米流脂粟米白,公私仓廪俱丰实。九州道路无豺虎,远行不劳吉日出。齐纨鲁缟车班班,男耕女桑不相失。"这种太平盛世的景象,使年轻时候的杜甫看到了儒家理想政治实现的可能性,更加坚定了其"致君尧舜上,再使风俗淳"的远大理想。另外,盛唐的政治也比较开明。这种开明,造成了乐观向上的士人心态。这可以从一个侧面表现出来,即人们对"干谒"看法的转变。干谒是从古就有的。而在盛唐则已经成为一种公开化的社会风气。这种干谒之风,表现了盛唐诗人开朗乐观、积极向上的心态。盛唐干谒诗"相当普遍,李白和杜甫所作最多"[①]。潘德舆认为:"少陵酬应投献之诗,不尽符其平素鲠直之谊,盖唐人风气使然。"(《养一斋诗话》)盛唐干谒之风的前提是握权者能够唯才是举,而到了唐玄宗在位的后期,张九龄等贤臣退位,李林甫、杨国忠相继当道,政治转向腐败,单靠才学干谒便不再行得通了。这也是杜甫屡屡碰壁的原因。

与杜甫所处时代安定繁荣的社会景象和乐观向上的士人心态相比,徐渭所处的时代则是以政治腐败、士风下滑为主要特征的。徐渭出生于明代正德十六年(1521)二月,三月武宗病逝,世宗继位,次年改元嘉靖。正德、嘉靖是明代社会的一个转折点。由于武宗在位时的荒淫,社会风气变得日益奢侈,"复非名教所能羁络",腐败的社会风气愈演愈烈。诚如后来张四维所概括的:"当嘉靖末

---

① 葛晓音:《诗国高潮与盛唐文化》,北京大学出版社,1998年,第229页。

载,世风之溷浊甚矣。民不见德,唯贿是闻。"(《条麓堂集》卷二十三《文贞存斋徐公神道碑》)。明代中叶政治腐败、士风下滑也可以从另一个侧面反映出来,那便是青词的写作。青词是祷告神灵的颂词,因写在青藤纸上,故名青词。嘉靖年间,由于明世宗崇信道教,青词写作一时成风。《明史·顾鼎臣传》记载:"帝好长生术,内殿设斋醮。鼎臣进《步虚词》七章,且列上坛中应行事。帝优诏褒答,悉从之。词臣以青词结主知,由鼎臣倡也。"(《明史》卷一百九十三)自此之后,"词臣率供奉青词。工者立超擢,卒至入阁,时谓李春芳、严讷、郭朴及炜为'青词宰相'"。(同上《袁炜传》)而嘉靖后期内阁大臣尤其是首辅之间权力倾轧激烈,青词功夫更加重要。严嵩能高居首辅之位十年,其青词功夫发挥了巨大作用。连国家最高权力机构都是如此,上行下效,当时士风之卑下就可想而知了。徐渭曾经有过数次入幕府的经历,在为人代笔的过程中也写下过不少阿谀奉承之词,在他的内心深处,留下了难言的痛苦。这一点后文我们还将提到。

在这种社会风气下,诗歌一种方向是向庸俗化发展,另一种方向是欲振弊而起之,讲究格调。但士人的心态如果得不到根本转变,只以盲目复古甚至摹古为主张,写出来的只能是缺乏真情实感的假诗。当时的文坛上,后七子复古运动看似声势浩大,实则成效甚微,原因正在于此。

在杜甫和徐渭生活的时代,诗坛上都曾有过复古潮流的涌动。同样是以复古为口号,其性质是不一样的。初唐时,陈子昂倡导复古,主要是提倡学习汉魏风骨,主张诗歌要有风骨与兴寄,以此扭转六朝诗风之弊。这可以说是击中了六朝诗风的要害。因此,陈子昂的复古主张,实际上是一种革新。盛唐诗人继承了这种复古与革新相结合的思想,如李白在《古风》一诗中便说:"正声何微茫,哀怨起骚人。"赞扬汉代的"扬、马激颓波,开流荡无垠"。批评汉魏以后诗风不振,"自从建安来,绮丽不足珍"。并表达了自己的志向:"我志在删述,垂辉映千春。"可见,盛唐的诗人们受时代精神的鼓舞,虽以复古自命,但普遍有着更高的追求,有着非常强烈的创造精神。初盛唐诗人的复古主张,给诗歌注入了新的活力,迎来了诗歌史上的一次高潮,被称为"盛唐气象"。安史之乱爆发后,在天宝、大历诗坛,又出现了一股复古的潮流,以元结、萧颖士、李华、独孤及为代表的一批新古文派,提倡恢复《诗经》和汉魏诗的创作传统,为诗歌补充了现实主义的新鲜血液。杜甫也于此时走上现实主义的创作道路。杜甫虽然也受到复古思想的影响,但是他复古而不"强效",善于变化出新。在集前代之大成的基础上,杜甫凭借自己的天赋和对诗歌艺术的执着探索,不断为中国诗歌开辟出新的境界。

在盛唐诗歌之后,系统理论的约束与理性的思辨掩盖了"纯诗的品质",导致诗歌出现了下滑的趋势。[1] 尽管宋代的诗人们不断花样翻新,力求另辟蹊径,以平淡之美、理性之美营造出宋诗特有的面目,但我们从宋诗中所能感受到的生命的激情,已经大不如唐诗了。元代,诗歌不再被重视,其风头被元曲占尽。明王朝的建立,又唤起人们对汉唐盛世的追慕,诗歌也重返文学的圣坛。应该说,明人的复古主张中,包含了一种民族情结,那便是重振华夏礼仪之邦的文化传统。明乎此,我们便不难理解为什么前后七子的复古主张会以"格调"为核心,以及他们的复古运动何以会形成如此大规模的声势。但他们的复古主张毕竟对诗歌艺术本身没有做出多少新的贡献,因而陷入了因袭模仿的泥淖。更有甚者,盛唐之后的诗歌,在艺术上也不断有新的探索,这些探索统统被明代的复古派们抹杀掉了。只讲传统,不求发展,导致了明代复古派诗人艺术个性的沦丧。而与徐渭差不多同时的后七子之间更是相互标榜,其文学批评充满了门户之见和意气之争,严重地压制和阻碍了

---

① 葛晓音:《诗国高潮与盛唐文化》,北京大学出版社,1998 年,"自序"第 21 页。

诗歌健康活泼的生长。在徐渭之后，公安派以独抒性灵为口号，又把诗歌带入了另一条歧路，过于强调作家的个性，忽视了对文学传统的继承。竟陵派欲矫公安派之弊，虽然也重视学习古人，但取径过于狭隘。因此，如何继承古代优秀文学传统，是非常值得思索的问题。杜甫与徐渭在这方面为我们做出了表率。

（三）同轨：相似的人生及创作经历

徐渭在《题自书杜拾遗诗后》中所发出的与杜甫"异世同轨"之感慨，主要是由科举不利及怀才不遇而引发的。从这两点出发，我们可以发现徐渭和杜甫的人生经历还有许多相似之处，这也在徐渭不同时期的创作中体现出来。由于身世相通之感是徐渭学习杜甫诗歌的动力，对考察杜诗对徐渭创作的潜在影响有重要意义，故在此不避烦琐，将两人的人生经历及相应的创作经历加以详细的对照。

1."七岁思即壮，开口咏凤凰"

家庭背景和童年经历对人个性的形成有不容忽视的影响，这一点在徐渭和杜甫的身上体现得尤为明显。他们都出身于衰落的官宦之家，自幼聪明过人，以重振家声为己任，在青年时代有远大的志向，并形成了狂放不羁的性格。略有不同的是，徐渭的人生似乎从一开始便多灾多难，屡遭变故，因而他的性格较一般人更为敏感。

杜甫出身于一个"奉儒守官，未坠素业"（《进雕赋表》）的世家。他的十三世祖是西晋大将、著名学者杜预，曾经注释过《春秋左氏传》，在唐代被《五经正义》作为《左传》的主要注本引用，成为科举明经考试的官方教材。杜甫的祖父杜审言是初唐著名诗人，与李峤、崔融、苏味道合称"文章四友"，以五言诗知名，官修文馆学士；其母系为唐代士族中门第最高的清河崔氏。到了杜甫的父亲，这个家庭已呈衰落之象。杜甫四岁时，生母早丧，他被寄养在洛阳仁风里的二姑母家,姑母承绪杜氏家风,使杜甫得到了很好的教育。杜甫七岁开始作诗文,十四五岁的时候便有了一定的文名。他在《壮游》诗中回忆道:"往昔十四五,出游翰墨场。斯文崔魏徒,以我似班扬。七龄思即壮,开口咏凤凰。九龄书大字,有作成一囊。"

徐渭的家世虽不如杜甫显赫,但在当地还算享有一定声望。据徐渭《赠族兄序》记载:"徐自偃王入越,迄今数千年。吾宗居会稽,自吾祖而上,代多豪隽富贵老寿之人。至吾考,若新河五叔父、西河二叔父诸君子,或为州郡,或自部郎,俱阶大夫,横黄金。而子孙繁多,大其门户,美其衣食,高者以明经为生员,次亦以气概雄视一乡。"①这段话不无夸耀之词,但同时也告诉我们,徐渭并非出身于书香世家,他的家庭在其父辈一代才达到鼎盛时期,出了几位官员。徐渭的父亲徐鏓曾做过四川夔州府同知。杜甫晚年也曾到过夔州,并在此地创作出了大量的优秀诗歌,成为他创作中的一个重要丰收期,著名的《秋兴》八首便是写于此地。这也算是一种命运的巧合吧。不过徐渭并非出生于夔州,其父结束游宦生活告病还乡后晚年才得的子。徐渭的嫡母苗宜人为继室,生母是苗宜人的奴婢。徐渭出生的当年,其父便因病去世了。徐渭有两个同父异母的哥哥。二哥徐潞走的是父辈的道路,在贵州参加科举考试,因冒籍被人揭发,后于嘉靖十九年(1540)病故;大哥徐淮以经商为业,因醉心求道,误服丹药,也于嘉靖二十四年(1545)去世。徐淮去世后,祖留房产被人夺占,家道随之衰落。更加不幸的是,徐渭的生母在徐渭十岁时被遣,后来在徐渭长大之后才被徐渭接回家奉养。苗宜人虽然不是徐渭的生母,但待徐渭如同己出,使徐渭从小得到良好的教育。徐渭十四岁时,苗宜人病逝。徐渭对苗宜人的教养之恩一直十分感激。童年的种种不幸,造成了徐渭敏感、多疑与好强的性格,这对他以后的人生道路与创作道路都有一定影

---

① 徐渭:《徐渭集》,中华书局,1983年,第951页。

响。徐渭之所以孜孜以求功名，是为了证明自身存在的价值。他总是过分地在意别人对他的评价，时刻维护着生命的尊严。正是在这一点上，形成了他的诗歌与杜甫表面上的差异。另外，杜甫至少有亲情相伴，他虽然也经常因社会动乱等原因与家人分散，但在诗中描写的自己的家庭生活还是比较美满的。而徐渭自幼失怙，生母离散，成年后爱妻早逝，大儿子不孝，小儿子也常年不在身边，他的生命更加孤独。美满的家庭生活，使杜甫可以全力以赴去追求自己的政治理想；而家庭的不幸，使得徐渭更多地关注个体生命的意义。人生目标的不同，使徐渭早年的诗歌呈现出与杜甫不尽相同的面目。但在怀才不遇、人生抱负得不到施展这一点上，他们二人又是相同的。因而杜诗对徐渭艺术创作的影响始终存在。

像杜甫一样，徐渭也从小便展露出过人的文学才华。据《畸谱》记载，徐渭六岁时，"书一授数百字，不再目，立诵师所"①。八岁时，学作八股时文，文思敏捷，每天早饭前写稿两三篇，老师大为惊奇，批文曰："昔人称十岁善属文，子方八岁，校之不尤难乎？噫，是先人之庆也，是徐门之光也！所谓谢家之宝树者，非子也耶？"②他还受到了绍兴府学官陶曾蔚先生的接见和馈赠。十岁时，当时的山阴知县刘某以"居其所而众星共之"为题，令徐渭作文，徐渭不打草稿，一挥而就。刘知县读罢大为赞赏，赠兔毫佳笔，并且在徐渭文章后批道："务在多读古书，期于大成，勿徒烂记程文而已。"③十三岁，徐渭赋《雪词》，名动全邑。

青年时代，徐渭和杜甫都志向远大，对未来满怀憧憬。杜甫《奉赠韦左丞丈》一诗中称自己："自谓颇挺出，立登要路津。"在《望岳》一诗中抒发自己的胸怀："会当凌绝顶，一览众山小。"和杜甫相似，当年轻的徐渭在故乡的山水中漫游之时，也想象着"何朝饮醪

---

① 徐渭：《徐渭集》，中华书局，1983 年，第 1325 页。
② 同上书，第 1325、1326 页。
③ 同上书，第 1326 页。

鹿,蹄踪去难穷"①(《沿秦望溪水》)。后来在《将游金山寺,立马江浒,奉酬宗师薛公》一诗中,徐渭曾回忆自己年轻时的理想和抱负:"江水东到海,万流错一带。三山俯澄波,天镜落微黛。立马嚣不发,维舟宛相待,我欲激方桴,高览金刹界。凌空俯长川,扣槛出巨介。探囊得瑶篇,浩歌遏云迈。"②试看当时的徐渭,情怀是何等豪迈!

2."已悲素质随时染"

出于对才能的自负,杜甫和徐渭都曾经认为功名唾手可得,因而他们早年都没有汲汲于举子业,而是从多方面充实自己。然而命运就像一堵墙,无情地将他们挡在了科举的大门之外。在一次又一次地碰壁之后,为了实现自己的理想,他们也曾向现实做出一定的妥协、让步,同时仍然努力保持着自己的人格尊严,表现出平交王侯的气质。狂傲的本性使他们终究难以融入污浊的现实社会,这成为他们内心矛盾与痛苦的根源。

杜甫年轻时过着"裘马颇清狂"的漫游生活,唐朝的省试进士基本上年年举行,杜甫却只参加过两次,因为盛唐文人进身的途径有许多,杜甫相信凭借自己的才华,不难得到统治者的擢用。第二次参加科举考试失利后,杜甫对现实的看法有了转变。主持这次考试的是奸相李林甫,他怕草野之士对策时斥言其奸恶,下令不录取一人,而后上表祝贺皇帝,说是"野无遗贤"。这使杜甫认识到,盛唐开明的政治局面已经结束,政局正在转向黑暗。此时杜甫已经三十五岁,携家带口,他深感年华易逝,开始担忧起自己的前途:"有客虽安命,衰容岂壮夫? 家人忧几杖,甲子混泥涂。"(《赠韦左丞丈济》)于是杜甫转而希望通过干谒的方式来尽早实现自己的政治抱负。从天宝五载(746)到天宝十四载(755)安史之乱爆发的近

① 徐渭:《徐渭集》,中华书局,1983 年,第 56 页。
② 同上书,第 67 页。

十年间，他曾经先后向鲜于仲通、韦济、哥舒翰、张垍、韦见素等人投诗，希望得到引荐。这些诗都被收入他的诗集之中，如《赠韦左丞丈济》《奉赠韦左丞丈二十二韵》《奉赠鲜于京兆二十韵》《投赠哥舒开府翰二十韵》等。关于杜甫的干谒行为，后人有种种评论。一种意见认为，在杜甫干谒的这些对象之中，不乏大奸大恶之徒，而杜甫在诗中却对他们极力吹捧，这不能不说是杜甫的一段不太光彩的历史；另一种意见则认为，干谒是盛唐的时代风气使然，同时杜甫怀有儒家济世爱民的远大理想，自然不会满足于"穷则独善其身"，不会像宋代程颐那样顽固地认为"饿死事小，失节事大"，因而其干谒行为是可以原谅的。正像仇兆鳌在《奉赠鲜于京兆二十韵》的注释中所言："不可以宋儒出处深责唐人也。"[1]笔者赞同后一种意见。同时，我们也注意到，杜甫本人还是深以干谒为耻的。这是他为实现理想不得不向现实低头、委曲求全的一种手段。不管出发点如何，杜甫从事干谒的心情依然是矛盾的、痛苦的。他在《白丝行》中说："已悲素质随时染。"又曰："君不见才士汲引难，恐惧弃捐忍羁旅。"在《自京赴奉先咏怀》一诗中，他回顾自己十年长安的经历："以兹悟生理，独耻事干谒。"杜甫还写了许多劝人不要干谒的诗。如在《寄狄明府博济》一诗的末尾他写道："胡为漂泊岷汉间，干谒王侯颇历抵。"劝友人"早归来，黄土泥衣眼易眯"。又如，在《别李义》中，他对年轻的后辈劝诫道："愿子少干谒，蜀都足戎轩。误失将帅意，不如亲故恩。"

和杜甫相比，徐渭在科举上寄托了更大的希望，因而科举失败给徐渭造成的打击也更大。徐渭的一生参加过八次科举考试，中间横跨二十余年。与杜甫相似，徐渭年轻时也充满自信，没有汲汲于举子业，而是先"慕古文辞"，并受王阳明心学影响，转而求道。还曾经跟彭应时学剑，以求报国。十七岁时，徐渭第一次应童试，

---

[1]　杜甫著，仇兆鳌注：《杜诗详注》，中华书局，1979 年，第 144 页。

没有考中。二十岁时,第二次参加考试,仍然未中。这对自尊而又自负的徐渭来说,是个不小的打击。年轻气盛的徐渭很不服气,第二次考试失败之后,他写了《上提学副使张公书》,要求复试。这封信的写作,应当是受到了唐代特别是杜甫干谒诗的影响和启发。如果与杜甫的《奉赠韦左丞丈二十二韵》一诗并读,我们会发现两者的结构和立意颇有相似之处。唐以诗赋取士,明以时文取士,故杜甫以诗干谒,徐渭以文干谒,这封信是作者向上级官员展示自己过人才华的一篇"时文"。在信的开始部分,徐渭首先指出"贵贱之势,其相悬也,若太行、王屋之与归墟也"。他在信中称,自己"非敢借口说为苟进之资,以翰墨为炫售之术也"。从传统观点出发,他看不起那些"自媒者""奔竞者"。然而,现实却又逼迫他不得不这样做。当时的现实社会情形是怎样的呢?徐渭这样写道:"然当今之士,遇熙灏之辰而急进取之义,六甲未窥者以朱紫为周行,四书未阅者以官仕为标的;设若素居草莱而坐待哲人,则虽服闵、曾之行,抱左、陆之才,生则没身荆棘,与乔木同系,死则名逝道绝,弃沟壑而不返,上既乖于汇征之义,下无以协白驹之遐心,兹复生之老死,志士至今惜之。"上述内容,可以用杜甫《奉赠韦左丞丈二十二韵》诗中的开头两句"纨裤不饿死,儒冠多误身"加以概括。接下来,徐渭介绍了自己少年求学的经历,"渭少嗜读书,志颇闳博,自有书契以来,务在通其概焉。六岁受《大学》,日诵千余言,九岁成文章,便能发衍章句,君子缙绅至有宝树灵珠之称,刘晏、杨修之比"。这与杜甫在《奉赠韦左丞丈二十二韵》一诗中所回忆的"甫昔少年日,早充观国宾。读书破万卷,下笔如有神。赋料扬雄敌,诗看子建亲。李邕求识面,王翰愿卜邻"立意何等相近!杜甫在《奉赠韦左丞丈二十二韵》一诗中接着表达了自己的志向:"自谓颇挺出,立登要路津。致君尧舜上,再使风俗淳。"又道出了自己现实的处境:"此意竟萧条,行歌非隐沦。骑驴三十载,旅食京华春。朝扣富儿门,暮随肥马尘。残杯与冷炙,到处潜悲辛。"与此相似,徐渭接下来在信中也描写了自己的困境。父母早逝，兄长相逼，"进不能取功名以发舒怀抱，退则蒙诉当途"，即使"犹务隐忍，寄旅北门，意在强为人师以糊方寸，何期营营数旬，竟无一人与接者"。想当个私塾先生也当不了，真可谓走投无路了。因此徐渭"每至终夜淡为寂寥，起舞而歌曰：鸿鹄兮高飞，昔时渡江兮何时能归？亡绝四海兮羽翼未舒，中路阻险兮当复依谁？"正如杜甫诗中所言："青冥却垂翅，蹭蹬无纵鳞。"不同的是，杜甫此时还颇为自信，虽是干谒，诗的结尾仍流露出了"白鸥没浩荡，万里谁能驯"的江海之志。而徐渭则以另一种更加决绝的方式表现了自己的自尊。他在信的末尾表示，万一自己不能得到破格录用，"则有负石投渊、入坑自焚耳，乌能俯首匍匐，偷活苟生，为学士之废业，儒行之瑕摘乎！"以死来表达对科举制度不公的抗议。我们留意到，徐渭在信中只是以才华横溢的文笔，恳切地陈述着自己的不幸，以及自己远大的理想抱负。至于这理想抱负到底是什么，他没有说。他只是在呼唤着社会的公平，希望"取功名以发舒怀抱"，体现自己的人生价值。①事实上，徐渭是充满着艺术家气质的人，他其实并不太适合从政。无论如何，这真是一篇奇绝的文字。然而，明代毕竟不是盛唐，政治腐败，贪污横行。不用说严嵩的时代，连严嵩倒台后，继任的大学士徐阶都参与了科考作弊。连最高的当政者都如此，下面还有什么公正可言！加上徐渭的时文不合规范，做不出温柔敦厚的样子来，当然更不能讨当政者欢心。科考屡战屡败也是势所必然的了。这位张副使，也许是欣赏徐渭的文采，也许是被徐渭的真情所感动，破格给了徐渭一次复试的机会，徐渭终于取得了秀才的身份。与杜甫相比，徐渭的干谒算是小有成效。然而，在此后的考试中，他就再也没有这样幸运过了。

　　明朝的科举制度奉程朱理学为教条，看似推尊儒学，实则与儒

---

① 以上见徐渭：《上提学副使张公书》，见《徐渭集》，中华书局，1983 年，第 1106—1110 页。

家积极入世的精神是相悖的。故《明史·儒林传序》中也指出明代是"科举盛而儒术微"①。正德年间,王阳明看到了科举制度给知识分子带来的危害:"六经分裂于训诂,支离芜蔓于辞章业举之习,圣学几于息矣。"②王阳明为挽救这一颓风,提倡"学贵自得",反对"以孔子之是非为是非",以此与程朱理学相对抗。他说:"夫学贵得之心,求之于心而非也,虽其言之出于孔子,不敢以为是也,而况其未及孔子者乎!"(《传习录·答罗整庵少宰书》)王阳明是心学的集大成者,其学说被称作王学或阳明心学,一经创立,便迅速传遍大江南北。从隆庆元年(1567)朝廷认可王学到万历初张居正禁止讲学的这一段时间,王学得到了空前的扩张,不仅讲学规模日益扩大深入,而且还渗透于科举考试中。顾炎武引艾南英《皇明今文待序》曰:"嘉靖中,姚江之书虽盛行于世,而士子举业尚谨守程、朱,无敢以禅窜圣者。自兴化、华亭两执政尊王氏学,于是隆庆戊辰(隆庆二年)《论语程义》首开宗门,此后浸淫,无所底止。科试文字大半剽窃王氏门人之言,阴诋程、朱。"③正是在徐渭参加科举考试的嘉靖、隆庆年间,科场成了王学与程朱理学交锋的战场。徐渭在科举考试中屡次落败,与其信奉王学,不拘泥于六经,在文章中敢于表达自己的思想,不无关系。徐渭对科举考试的本质有着深刻的认识,例如他在为人代笔的《黄潭先生文集序》中说:"近世以科条束士,士群趋而人习之。以急于售而试其用,其视古人之文则见以为妨己之业也,遂相与弃去不讲。间有嗜之者,或搜拾旧坟,摩切音响,块然一老生学士耳,而于当世之务,缺然无所营于心焉。夫急于用而不知有古之文,其或溺于古之空文矣,而无补于今之实用焉,不拘于俗学则陷于迂儒,此其人,生而无所效于时,死即泯没

① 张廷玉等:《明史》卷二百八十二,中华书局,2000年,第4828页。
② 王守仁著,吴光等编校:《王阳明全集(上)》,上海古籍出版社,1992年,第226页。
③ 顾炎武著,黄汝成集释,秦克诚点校:《日知录集释》,岳麓书社,1994年,第659页。

于后世矣，尚望其文之能传且久哉！"①徐渭在这里揭示出了"科条束士"的本质，批判了"急于用"和"溺于古"两种错误的为文倾向。

徐渭三十二岁时，应壬子科，当时的浙江督学薛应旂也是王学传人，曾经在白鹿洞主持讲学。薛应旂将徐渭的考卷列为第一，徐渭得为廪生，可惜复试时仍未中举。徐渭后来在写给薛应旂的一封信中说"某所为制文梗时人之齿颊耳"，而薛应旂正是"以不时不俗者待某"②（《徐文长三集》卷十六《奉督学宗师薛公》）。四十一岁时，徐渭第八次也是最后一次参加乡试，有《省试，周大夫赠篇，罢归赋此》诗："十谒九不荐，那能长作儒？……风雷亦何限，终是恼凡鱼！"③表达了对现实的失望，以及理想的最终破灭。据《畸谱》记载，"自此崇渐赫赫，予奔应不暇，与科长别矣"④。

虽然在科场上屡遭失利，但是徐渭从小便希望通过科举来证明自己的人生价值，维护自己的人格尊严，这是他一直不愿放弃科考的原因。当现实的黑暗完全呈现在徐渭面前的时候，他被彻底击垮了。在他看来，人生的意义已经不复存在。四十五岁时，他写下了《自为墓志铭》，文中回忆了自己的科举历程："生九岁，已能习为干禄文字，旷弃者十余年。及悔学，又志迂阔，务博综，取经史诸家，虽琐至稗小，妄意穷极，每一思废寝食，览则图谱满席间。故今齿垂四十五矣，籍于学宫者二十有六年，食于二十人中者十有三年，举于乡者八而不一售，人且争笑之。而己不为动，洋洋居穷巷，傲数椽储瓶粟者十年。"⑤科举屡试不中之后，虽然他自称"不为动"，但还是不肯放弃科考。直到胡宗宪一案，给他人生带来重大影响，才迫使他告别了科考。这一年他曾多次自杀，并发生了杀妻入狱的惨剧。从此他的人生便转入了另一个轨道。

① 徐渭：《徐渭集》，中华书局，1983年，第1086、1087页。
② 同上书，第455页。
③ 同上书，第178页。
④ 同上书，第1328页。
⑤ 同上书，第639页。

　　表面上看起来,胡宗宪事件是徐渭发狂和自杀的导火索。徐渭在《自为墓志铭》中,也将自杀的原因归结为"义":"至是,忽自觅死。人谓渭文士,且操洁,可无死。不知古文士以入幕操洁而死者众矣。乃渭则自死,孰与人死之。"①实际上,科举道路的终结,人生理想的破灭,才是徐渭自杀的最根本的原因。科举失利与胡宗宪事件是徐渭心底两块难以愈合的伤疤。看透了科举考试的本质,却又不愿意放弃;看到了入胡宗宪幕府的危机,却又不能够拒绝。这些隐痛不好明说,于是徐渭便将自杀的原因简单地归结为"义"。胡宗宪事件与科举失败两者之间也是有联系的。胡宗宪曾经在一次科举考试中帮助徐渭疏通门路,那一次徐渭本来极有可能被录取,可惜最后因为一个偶然事件而与功名失之交臂。而胡宗宪的垮台,也是徐渭告别科考的原因之一。另外,胡宗宪事件还包含着徐渭别的难言之隐,那便是徐渭为胡宗宪代笔,写过许多阿谀之文,特别是那些奉承大学士严嵩的文字。这一点与杜甫的干谒经历有些相似。

　　徐渭一开始入胡宗宪幕是极不情愿的。一方面,徐渭心高气傲,不愿仰人鼻息;另一方面,胡宗宪与严嵩的密切交往也使徐渭心存顾忌。徐渭的表姐夫沈炼在当时是与严嵩斗争的英雄,后来被严嵩迫害致死,徐渭对严嵩当然也是深恶痛绝的。但是徐渭在胡幕中却不得不为胡宗宪代笔写谀文,而阿谀奉承的主要对象正是严嵩、赵文华之流。徐渭在《胡公文集序》《幕抄小序》《抄小集自序》中频繁地拿已"取第"为"官人"的韩愈尚不得不写谀文(指韩愈《贺白龟表》)的事,来为自己在胡幕期间代写谀文的经历作辩解,并拿"身之微而势不可直"的处境来做出自我安慰性的解释。徐渭之所以不厌其烦地拿这件事为自己开脱,恰恰表现了他内心的矛盾与痛苦。徐渭为胡宗宪代笔写的谀文,确实肉麻之极。如他在

---

① 徐渭:《徐渭集》,中华书局,1983年,第639页。

《代贺严公生日启》中写道："知我比于生我，益征古语之非虚；感恩图以报恩，其奈昊天之罔极。"①胡宗宪与严嵩交往密切，书信多由徐渭代笔，类似奉承文字还有很多。在胡宗宪给与严嵩同任大学士的徐阶和李春芳的信中也是如此。胡宗宪身为封疆大吏，有居功自傲之嫌，难免引起物议。所以他在给几位内阁大学士写信的时候，语气都极为谦恭。徐渭将胡宗宪给他们的信都收入自己的文集中，而且往往是一式三份并存，其中包含着一种深意，旨在说明胡宗宪并非严嵩死党，与严嵩结交，是为保身而采取的一种迫不得已的政治手段。在《幕抄小序》中，徐渭道出自己编辑此类作品的用意："存者亦谀且不工矣，然有说存焉，余不能病公，人亦或不能病余也，此在智者默而得之耳。"②暗示胡宗宪与自己均有难言之隐。在《抄小集自序》中，徐渭以山鸡、孔雀断羽之后，其羽毛之"金翠光色尽殒"③，来形容分析文章与评价作者要知人论世，不能脱离文章写作时的具体环境。

　　徐渭在《畸谱》中将胡宗宪列为恩公。古人云：士为知己者死。胡宗宪欣赏徐渭的文字，对徐渭有知遇之恩，徐渭身为幕僚，为胡宗宪捉刀代笔，写一些应酬文字，也是无可厚非的。这些文章，代表的只是胡宗宪的立场，并不能表示徐渭本人的趋炎附势。胡宗宪对保持东南大局的稳定有至关重要的作用，巩固他的地位，也是为了维护国家的稳定，使国家免遭倭患。因此，徐渭的做法和杜甫为实现政治理想而不惜干谒一样，也是一种权宜通变之计。然而，徐渭在良心上究竟是不安的。徐渭喜欢穿白衣，表明他向往人格的高洁。然而，"欲洁何曾洁"，在明代社会这个黑暗的烂泥塘中，要想出淤泥而不染是不可能的。用杜甫在《白丝行》中的诗句"已悲素质随时染"来形容徐渭，可以说是再合适不过了。徐渭徒

---

① 　徐渭：《徐渭集》，中华书局，1983 年，第 445 页。
② 　同上书，第 536 页。
③ 　同上。

劳无功的挣扎,带给他的只有深深的痛苦。

杜甫并不讳言自己曾经有过干谒的行为。他将干谒权贵的诗与表现后来矛盾追悔心情的诗都收录到自己的诗集中。和杜甫一样,徐渭也将在胡宗宪幕中所写的代笔文字收入了自己的文集中。他们的诗文集是他们真实心态的反映。正因为作家有这种真诚的态度,他们的作品才更加赢得了后人的喜爱。

3. "微生沾忌刻,万事益酸辛"

除了干谒权贵的文字之外,杜甫和徐渭都曾经写过给皇帝歌功颂德的作品。这些作品虽然展示了他们过人的才华,受到皇帝的赏识,使他们更加声名远播,但是没有给他们的命运带来根本性的转机。这些文字给他们留下的是另一种难以言说的感受。他们都曾被卷入朝廷政治斗争的漩涡中,成为政治斗争的牺牲品。这更增强了他们作品中的身世之悲。

杜甫至少三次向唐玄宗献赋。开始所投《雕赋》思想内容还有一些积极意义,后来所投《三大礼赋》则完全是歌功颂德之作。《雕赋》如石沉大海,没有引起任何反响,而《三大礼赋》却得到了唐玄宗的赏识。据《旧唐书》本传记载,"玄宗奇之,召试文章"。这次献赋虽然最后结果也是不了了之,但也算是杜甫一生当中的大事。杜甫到晚年还对此记忆犹新,他在《莫相疑行》一诗中回忆道:"男儿生无所成头皓白,牙齿欲落真可惜。忆献三赋蓬莱宫,自怪一日声辉赫。集贤学士如堵墙,观我落笔中书堂。"可惜"往时文彩动人主,此日饥寒趋路旁",人生的结局依然如此悲凉。

与杜甫相比,徐渭的心情大概还要复杂一些。徐渭以代胡宗宪写《代初进白牝鹿表》和《代再进白鹿表》而出名。《明史》记载:"宗宪得白鹿,将献诸朝,令渭草表,并他客草寄所善学士,择其尤上之。学士以渭表进,世宗大悦,益宠异宗宪,宗宪以是益重渭。"①这次进

---

① 张廷玉等:《明史》,中华书局,2000年,第4938页。

的是一只牝鹿，不久又进了一只牡鹿，同样是徐渭起草的贺表，再次得到世宗的欢心。胡宗宪因此而加官晋爵。此事被载入正史，可见在当时影响之大。据陶望龄《徐文长传》记载，前后《白鹿表》得到皇帝欢心后，"其文旬月间遍诵人口"[1]。袁宏道《徐文长传》也说："《表》上人主悦，是人主知有先生矣，独身未贵耳。"[2]这对徐渭一生来说，是一件大事。然而徐渭却并不以此为喜。他深知这种所谓的祥瑞并不能给国家带来任何实际的好处，只是迎合皇帝的心理罢了。在胡宗宪被捕入狱后，徐渭创作《十白赋》，借咏物讽世，寓意深长，吐露了自己的初衷。这十篇短赋之前有一个小序，徐渭在序中说："予被少保公檄，自获白鹿而令代表于朝始，其后踵至者凡十品，物聚于好，殆非虚语欤？时予各欲赋以讽公，未能也。公死于华亭氏，予寄居马家，饮中烛蚀一寸而成十章，讽固无由，且悲之矣。"[3]在《十白赋》的第一篇《鹿二只》中，徐渭写道："桓桓抚臣，敢告世宗。谢山海之苹食，仰刍豢于上宫。谅遭遇之有时，胡人与物而匪同？"[4]将胡宗宪与白鹿的遭遇作对比，为胡宗宪鸣不平。在第八篇《麂》中，徐渭写道："拾遗有言，微声及祸。视尔霜质，秉金畏火。踵白鹿而来，既已非时；向青草而长麃，庶其得所。"[5]杜甫曾经以《麂》为题写过一首诗道："永与清溪别，蒙将玉馔俱。无才逐仙隐，不敢恨庖厨。乱世轻全物，微声及祸枢。衣冠兼盗贼，饕餮用斯须。"徐渭在短赋中，借用了杜甫《麂》诗之意，自比为麂，后悔不应该追随胡宗宪写那些阿谀奉承之文，而应该在山野中过自由自在的生活。

杜甫在献《三大礼赋》之后，又继续向当时的权贵、与杨国忠紧密勾结在一起的京兆尹鲜于仲通投诗。在诗中他描写了李林甫当

① 陶望龄：《徐文长传》，见《徐渭集》，中华书局，1983 年，"附录"第 1339 页。
② 袁宏道：《徐文长传》，见《徐渭集》，中华书局，1983 年，"附录"第 1344 页。
③ 徐渭：《徐渭集》，中华书局，1983 年，第 47 页。
④ 同上。
⑤ 同上书，第 49 页。

道时政局的黑暗:"破胆遭前政,阴谋独秉钧。微生沾忌刻,万事益酸辛。"(《奉赠鲜于京兆二十韵》)由于李林甫弄权,杜甫在第二次科举中受到挫折,成为政治斗争的牺牲品。但是,杜甫没有看到,或者看到了而不愿意说出,在杨国忠掌权的时代,政局也是同样的腐败。因此,这次献《三大礼赋》,包括对鲜于仲通的干谒,最终没有取得任何效果。李林甫、杨国忠相继弄权,终于导致了安史之乱的爆发。安史之乱爆发后,杜甫陷贼中,后设法逃出,在凤翔"麻鞋见天子",终于以忠心打动了新皇帝肃宗,被授予左拾遗之职。这是杜甫离自己政治理想最近的时候。然而不久,杜甫又因为上疏搭救房琯得罪了肃宗,被贬为华州(今陕西省渭南市华州区)司功参军,一年后,他就弃官不做了。至此,杜甫的政治理想彻底破灭了。从此他再也没有接近过政治权力的中心。虽然后来曾在严武的保荐下做过工部员外郎,但那只是一个虚衔而已。

"微生沾忌刻,万事益酸辛。"杜甫这句诗用在徐渭身上也很合适。杜甫虽然受到房琯罢相事件的牵连,成为政治斗争的牺牲品,然而他是主动参与这场斗争的,落败也是他为实现自己的政治理想而斗争所付出的代价。徐渭本是一介布衣,其被卷入政治斗争的漩涡中心则完全是不得已。为胡宗宪代笔作前后《白鹿表》可以看作是这场祸事的起因。因为这个表,徐渭受到胡宗宪的看重;也因为这个表,徐渭最终受到胡宗宪一案的牵连,不得不与科举考试长别。

总之,进《三大礼赋》与《白鹿表》分别是杜甫和徐渭生活中的一件大事。虽然两者的内容都不值得称道,但进《三大礼赋》给杜甫带来的毕竟是一段光荣的回忆,以至于他在晚年失意的时候还提起此事来向晚辈夸耀;而《白鹿表》带给徐渭的回忆,则说不清是喜还是悲了。

4.“提赐朱笔窄,羁栖碧汉违”

杜甫和徐渭都曾经入过幕府。不同的是,杜甫入幕的时间非常短，徐渭入幕的时间相对长一些。但是有一点是相同的，那就是入幕是他们不得已的选择，他们都有自己远大的理想，都向往更加自由自在的生活，因此都有过辞幕之举。

安史之乱后，杜甫投靠任剑南节度使的老同学严武，有过一两年的幕府生涯。杜甫"白头趋幕府"（《正月三日归溪上有作》）是为了"束缚酬知己"（《遣闷奉呈严公二十韵》），这与他生平的远大理想抱负不合，所以他"深觉负平生"（《正月三日归溪上有作》）。严武对杜甫非常照顾，向朝廷上表为杜甫奏请了节度参谋、检校工部员外郎一职，并赐绯鱼袋。这是杜甫一生中品阶最高的官职。但杜甫在幕中的生活并不快乐，主要是与同僚的相处不太融洽，这在《莫相疑行》《赤霄行》等诗中表现出来。于是，杜甫发出了"仰羡黄昏鸟，投林翮翮轻"（《独坐》）的感叹，表示要"暂酬知己分，还入故林栖"（《到村》）。果然，来年刚一开春，杜甫便辞去了幕中的职务。在这一时期，白鸥是杜甫诗中经常出现的一个意象，它表达了杜甫对于自由生活的向往。①

徐渭入幕的原因与杜甫有些相似，杜甫是为了"酬知己"，徐渭也是为了报答胡宗宪的知遇之恩。和严武对杜甫的照顾一样，胡宗宪待徐渭也不薄。他不但不用军纪来约束徐渭的个性，而且赐金给徐渭盖"酬字堂"，使徐渭有了自己的居所。明末张岱在《镇海楼》诗中写道："严武题诗属杜甫，曹瞒拆字忌杨修。而今纵有青藤笔，更讨何人数字酬！"②以严武与杜甫的亲密关系来形容胡宗宪对徐渭的礼遇。胡宗宪还设法为徐渭疏通科举的关节，明朝的科举是三年一次，如果胡宗宪不垮台或再晚两年垮台的话，徐渭的科举之梦也许能够借其之力而得以成真。徐渭与幕中同僚相处得也极为融洽，不但结识了沈明臣、王寅等诗友，还与抗倭名将戚继光、

---

① 参见兰香梅：《漂泊与自由——杜甫诗中"鸥"的意象》，《杜甫研究学刊》1998 年第 1 期。

② 张岱著，孙家遂校注：《西湖梦寻》，浙江文艺出版社，1985 年，第 296 页。

俞大猷有交往。但是徐渭仍然时时流露出去留两难的矛盾心情。原因我们上文已经提到过。徐渭生平最爱养白鹇,胡宗宪曾送给他一只,徐渭赋诗曰:"片雪簇寒衣,玄丝绣一围。都缘惜文采,长得侍光辉。提赐朱笼窄,羁栖碧汉违。短檐侧目处,天际看鸿飞。"①(《白鹇》)诗中前半部分表达了对自己才华的自信与对胡宗宪的感激之情;后半部分则表示幕府生活提供给自己的待遇虽然优厚,但与自己的愿望相违,自己还是渴望到广阔的蓝天中去振翅高飞。白鸥代表了杜甫对自由的热爱和向往,白鹇则是徐渭对自己现实处境的写照。

在胡宗宪幕府这样宽松的环境中,徐渭虽感到不够自由,但还能勉强忍受。到了后来再入李春芳幕的时候,幕中繁杂的公务,牛马一般的生活(徐渭曾言:"渭于文不幸若马耕耳。"见《抄代集小序》),便使徐渭感到无法忍受了。他的不满终于爆发,愤然辞幕。

绍兴是出师爷的地方。徐渭对幕府生活深有感触,所以在赠给朋友的一首诗中,他曾告诫朋友不要轻易给人当幕僚:

> 去年西向吴,今年北走燕。燕王黄金台,白日空苍烟。君凤怀古道,慨叹悲前贤。都城盛豪贵,门客复几千。试求四君者,可复如其然?归来食无鱼,长铗蒯缑穿。古来士贫贱,岂得与君偏?俯首往昔事,更欲倾肺肝。道路殊室家,君子防未然。覆辙近可戒,慎勿处疑嫌。②(《仲虚将入燕临卷漫赠》,又题为《仲虚入燕》)

徐渭的朋友仲虚将要入燕,大概打算去投靠别人当幕僚。燕王的黄金台已经不再,京城里的达官贵人虽然众多,但是如战国四君子那样尊贤的还有几个? 就算是有幸遇到像胡宗宪那样礼贤下士

---

① 徐渭:《徐渭集》,中华书局,1983 年,第 179 页。
② 同上书,第 58、59 页。

者,也难保有一天会遭遇不测之祸。可见,徐渭对当时的社会现实,已经有了非常清醒的认识。

5.“一来丹青半赘诗,稍如吏部长安时”

上面的两句诗引自徐渭的《卖画》一诗。这是徐渭七十一岁在家乡山阴时所作,虽然写此诗时徐渭已不在京城,但是徐渭也有过类似杜甫那样“旅食京华”“朝扣富儿门,暮随肥马尘。残杯与冷炙,到处潜悲辛”的日子,对世态炎凉与杜甫有着相同的感受。

京师是国家政治、经济、文化的中心,徐渭和杜甫心中都曾经渴望有一番作为,京城本是实现他们人生理想的最佳场所。但是由于自身地位低下,他们不得不仰仗朋友的接济,靠卖药或者为人代笔谋生。理想对于他们而言,始终是可望而不可即。

天宝五载(746),杜甫来到长安。他一心寻求出仕用世的机会,但是十年当中,一无所获,而他的生活却越来越陷入困顿,逐渐从一个世家公子,沦落为一个贫穷潦倒的诗人。天宝九载(750),在《进雕赋表》中,杜甫还自矜于家世。次年,在《献三大礼赋表》中,杜甫描述自己在长安的生活状态是“卖药都市,寄食友朋”。到了天宝十三载(754),在《进西岳赋表》中,杜甫则自称“退常困于衣食,盖长安一匹夫耳”。直言老病,希望以此来打动皇帝了。如果说在写给皇帝的表中,杜甫还不敢完全表达自己的窘状,那么在一些写给权贵的干谒诗和杜甫在这一时期的其他作品中,则将其生活境遇更为真实地展现出来。例如在天宝九载(750)写的《奉赠韦左丞丈二十二韵》中,杜甫这样描写自己的长安生活:“骑驴十三载,旅食京华春。朝扣富儿门,暮随肥马尘。残杯与冷炙,到处潜悲辛。”天宝十三载(754)秋,一场连绵六十余日的秋雨,造成关中大饥。杜甫在《秋述》诗前小序中记载自己此时的生活境况是“卧病长安旅次,多雨生鱼,青苔及榻”。此时他对世态炎凉也有了更深的体会:“常时车马之客,旧雨来,今雨不来。”(《秋述》诗序)“冠冕之窟,名利卒卒,虽朱门之涂泥,士子不见其泥,矧抱疾穷巷之多泥乎!"(同上)而他对劳动人民也有了更多的关心与同情。这一年冬天,在《自京赴奉先咏怀五百字》中,他写下了"朱门酒肉臭,路有冻死骨"这样触目惊心的千古名句。

徐渭曾经多次入京,但是每次居住的时间都很短。最后一次稍长一些,也只有两年左右的时间。前两次入京是为入李春芳幕府事,时间虽短,带给他的却是噩梦一般屈辱的回忆。这一时期,人生的打击接二连三地到来,最终导致他发狂并杀妻入狱。自嘉靖四十五年(1566)入狱到万历三年(1575)正式被释放,在经历了近十年的囹圄之灾后,徐渭的心态有了很大转变,渐渐从科举失败的阴影中走了出来。出狱后,他曾四处游历,万历五年(1577),五十七岁的徐渭去宣府拜会老朋友归来,在北京暂住。这次居住的时间虽然也不长,却结识了一个难得的忘年交——著名将领李如松,因此,这次可算得是徐渭最愉快的一次北京之行。徐渭第四次入京,是在五十四岁的时候,应老朋友张元忭之请,到北京开馆授经。张元忭本是出于好意,想为老朋友谋条生路,但是徐渭受不了张元忭以礼法相约束,二人发生龃龉。和杜甫"旧雨来,今雨不来"的典故类似,徐渭这次在北京,也发生了一个有趣的故事。某日大雪过后,张元忭派人给徐渭送来羔羊及菽酒。徐渭作《答张太史》信,信的末尾,徐渭写道:"西兴脚子云:'风在戴老爷家过夏,我家过冬。'"①这既是对老朋友的调侃,也是对那些趋炎附势者辛辣的嘲讽。徐渭对张元忭善意的劝导越来越觉得难以忍受,精神疾病再次发作,次年被儿子接回故乡。徐渭几次入京,不论是与李春芳和张元忭的矛盾,还是和李如松的一见如故,都源于他孤傲狂放的性格,体现出他对封建礼法的蔑视。

6."同学少年多不贱"

徐渭和杜甫在晚年,都曾经得到过知己、故人的帮助和照料,

---

① 徐渭:《徐渭集》,中华书局,1983年,第1017页。

使他们的境遇能够稍微得到一些改善。故人的友情也引发了他们对往事的回忆。这一时期，他们的作品中都充满了对人间真情的赞美与呼唤，同时也不时流露出感伤的情绪，感情异常深厚饱满、细腻真挚。

徐渭晚年的一首诗中写道："向时同学半轻裘，少误诗书老未休。投谒岂皆秦士贱，飘零聊作汉京游。轩车流水终朝去，甲第连云尽日浮。岂少一间寒士厦，大都只要主人收。"①（《送子完入北京》）此诗的首联和颈联，很容易让人联想到杜甫在夔州时所写的"匡衡抗疏功名薄，刘向传经心事违。同学少年多不贱，五陵衣马自轻肥"（《秋兴》八首之三）。而颔联与尾联，则隐隐透出牢骚之意，似乎还在为自己第三次入京时与张元忭发生的不愉快而耿耿于怀。

杜甫说："同学少年多不贱。"尤其让他感慨系之的是老同学严武。杜甫在成都时主要依附于严武。二人都出于房琯门下，房琯罢相贬官的时候，二人也一起被贬。后来严武历任剑南节度使、成都尹等职，以破吐蕃功，封郑国公。严武对杜甫很念旧情。杜甫有一段时间之所以能安居草堂，不愁生计，多仰仗严武之力。在杜甫诗集中，与严武酬唱的诗歌，有二三十首之多。

徐渭在诗中也说："向时同学半轻裘。"除了在京城做官的张元忭等人之外，徐渭还有一个任宣府总督的老同学，名叫吴兑。万历四年（1576），刚获准正式出狱不久的徐渭，应吴兑之邀北上宣府。徐渭此行实际上是抱着"打秋风"的目的去的。他在给友人的信中说："某衰老荒塞，无王粲、杜甫之才；时既太平，又非避乱投安之比。徒觍颜毛颖，博十年粟藿，为羽衣入山一往不返之计。"②（《奉徐公书》）而吴兑也没有让徐渭失望。不但吴兑对他十分优待，宣府的其他官员也都纷纷和徐渭结交，整日诗酒往来，多有馈赠。徐渭此行非常愉快，让人联想起杜甫闲居草堂时期的生活。而徐渭

---

① 徐渭：《徐渭集》，中华书局，1983年，第231页。
② 同上书，第481页。

在宣府期间,也经常以杜甫诗句为题赋诗,俨然以杜甫自况,视吴兑为严武。

徐渭这次宣府之行的另一个收获,是在归来的途中,在北京与年轻将领李如松一见如故,结成了忘年之交。徐渭六十七岁时曾应李如松之邀再次北上宣府,当时李如松任宣府总兵,对徐渭极尽地主之谊。次年,徐渭把次子徐枳送入李如松幕中。在以后的多次书信往来中,李如松对徐渭也多有馈赠。因此,李如松和徐渭的关系与严武和杜甫也颇有相似之处。

严武死后,杜甫的生活再度陷入流离之中。在夔州时期,杜甫多有怀旧之作,主要是回顾自己的人生道路、追忆友人、反思历史等。老年人爱回忆往事、渴望亲情本是很平常的。但杜甫将自己的回忆与广阔的时代画卷结合起来,诗艺在晚年更臻精纯。徐渭的晚年虽然在故乡闭门不出,但是其内心的情感依然是炽热的。他此时的作品也经常有怀旧之作,传达出对人间真情的呼唤。比如他对次子的思念:"乳臭犹闻口,兵钤未打牙。不堪如虎穴,何事滞龙沙?黠虏爷呼李,啼儿泪歃麻。归来向吾说,笑落夜灯花。"①(《枳久于李宁远镇又云贩人参》四首之二)舐犊之情,历历如在眼前。又如他对自己人生道路的回顾:"朝来乾鹊聒檐牙,入夜孤灯也弄花。儿女一生梦养虎,行藏四足画添蛇。因嗟竹箭歌如篝,歌泛荷花到若邪。记得万峰高顶鹿,竟晞黄犬猎人家。"②(《夜坐有感转忆往事》)大儿子不孝顺,心爱的小儿子又不在身边。孤独的老人从早晨一直坐到晚上,回顾自己一生的道路,心中百感交集。徐渭晚年的作品,虽然关注的多是个人生活,但由于情感是发自内心的,也自有其打动人心的力量。

7. "桃花大水滨,茅屋老畸人"

徐渭和杜甫都曾有过居无定所的经历,晚年都向往一种平淡

① 徐渭:《徐渭集》,中华书局,1983年,第213页。
② 同上书,第258页。

自然、遗世独立的生活，以此来表现对生命的热爱，以及对黑暗的社会现实的最后反抗。

安史之乱爆发后，杜甫携家离开长安，此后一直生活在颠沛流离之中。虽然他在家乡洛阳附近还有祖先留下的一点产业，却有家难归。在亲朋好友的资助下，他在成都建起一座草堂，过了一段相对稳定的生活。可是好景不长，不久四川又发生战乱，杜甫再次流离失所，最终客死异乡。杜甫从成都草堂时期的生活开始，早年积极入世的形象便不再那么明显了，理想被深深埋藏在心底，代之的是对日常生活的赞美与歌颂，表面上是类似于陶渊明那样的平淡。杜甫晚年有诗道："世路知交薄，门庭畏客频。牧童斯在眼，田父实为邻。"（《从驿次草堂复至东屯茅屋》二首之二）

徐渭的晚年大部分时间是在故乡度过的，表面上看起来似乎相对稳定一些，事实并非如此。徐渭在二十岁的时候，入赘潘家。二十五岁的时候，长兄徐淮去世，其祖传家产被当地一权豪谋占了。《畸谱》记载："有毛氏迁屋之变，赀悉空。"[1]直到胡宗宪赐金给徐渭盖酬字堂，徐渭才再次有了自己的产业。经历了狱变之灾，徐渭再次倾家荡产。出狱后，他一直典房而居。他曾作《雪中移居》，自称"十度移家四十年"。六十六岁的时候，儿子徐枳入赘王家，他随儿子借居在王翁家中，直到去世。徐渭晚年自称"桃花大水滨，茅屋老畸人"。在看似平淡的外表下，骨子里依然保持着年轻时鲜明的个性。袁宏道《徐文长传》中提到，徐渭"晚年愤益深，佯狂益甚，显者至门，皆距不纳，当道官至，求一字不可得"[2]。这可以从徐渭自己的一首诗中生动体现出来。《山阴景孟刘侯乘舆过访，闭门不见，乃题诗素纨致谢》：

传呼拥道使君来，寂寂柴门久不开。不是疏狂甘慢客，恐

---

① 徐渭：《徐渭集》，中华书局，1983年，第1327页。
② 袁宏道：《徐文长传》，见《徐渭集》，中华书局，1983年，"附录"第1343页。

因车马乱苍苔。①

这首诗写的是山阴一位姓刘的新任县令,由于不了解徐渭的个性,到任之初,乘着车马、摆着仪仗特意来拜访徐渭,结果被徐渭拒之门外。后来这位刘姓县令改换常服,以诗人的身份再次造访,徐渭才肯接见。徐渭这样做绝不是故作姿态,而是他内心深处对封建礼法的反抗,是徐渭作为一个艺术家不卑不亢、重视自我价值的表现。终其一生,徐渭都在用自己的个性与强大的社会礼法体系的压制抗争,虽然被排斥于社会主流之外,才能得不到伸展,曾经发疯、曾经入狱,但是现实也终究未能让他屈服。

最后,徐渭和杜甫还有一个重要的相似之处,就是他们都曾苦苦追寻着艺术之外的人生理想,人生的主要目标虽然没有实现,却催生了他们的艺术之花。他们在诗歌史上的地位,生前都不受人重视,而在死后,都被人重新发现,并大加揄扬。杜甫影响了中晚唐以及宋代的大部分重要诗人,而徐渭则对晚明风行一时的公安派产生了重要影响。

通过以上比较,我们发现,在徐渭和杜甫的人生轨迹上确实有不少的重合点。这并不纯粹是出于偶然的巧合。英国哲学家弗朗西斯·培根有一句名言:"性格决定命运。"这句话用在徐渭和杜甫的身上也非常贴切。培根又说:"凡有所学,皆成性格""求知可以改变人性""知识能塑造人的性格"②。徐渭和杜甫有一个共同的性格特征——狂放。至于这种性格特征形成的思想基础,则又有所不同。这最终导致了他们不同的创作个性。下面,就让我们进一步深入徐渭和杜甫心灵世界的深处,去探寻其个性的成因。

---

① 徐渭:《徐渭集》,中华书局,1983年,第873页。
② 培根:《人生论》,华龄出版社,1996年,第35、36页。

二、思想："畸"与"圣"的对话

在中晚明诗坛上，徐渭是以一个"畸人"的形象出现的，而杜甫则在明末被正式冠以"诗圣"的头衔。这一"圣"一"畸"，同时在晚明诗坛上受到推崇，给后人留下了许多思考和回味的空间，也为我们考察诗人创作个性的形成及其与传统的关系提供了极好的范例。

（一）狂："真率自然"与"狂者进取"

徐渭和杜甫有一个共同的性格特征——"狂"。但是两人的"狂"又有所不同，这与他们所接受的文化思想传统有很大关系。儒家思想是中国传统文化思想的主流，但是在不同的历史发展阶段，儒家思想所起的作用是不同的，而且随着时代的发展，儒家思想自身也在发生着变异。唐代虽然儒、释、道三教并重，但是儒家思想在政治生活中发挥着重要影响，特别是开元盛世的到来，更坚定了人们对儒家思想的信念。唐太宗在位期间下令编《五经正义》，统一经学，采用杜甫的祖先杜预所治《左传》注本为通行注本之一。杜甫受时代及家世的影响，形成了纯正的儒家思想，其狂放的性格特征也明显带有儒家入世、"进取"的色彩。徐渭的思想则比较复杂，大体而言，徐渭主要是受到王阳明心学的影响，接受的是经过变异的儒家思想，同时还掺杂着佛、道思想以及徐渭自己的独立思考。与思想的复杂性相联系，徐渭的"狂"也包含着极为复杂的内涵。我们不妨将徐渭的狂归结为"真率自然"四个字。

徐渭的"狂"是世人公认的事实。不论是其年轻时代的恃才傲物，还是晚年的愤世嫉俗，都给世人留下了鲜明深刻的印象，而中年时因狂疾发作而杀妻入狱的经历，更给徐渭的"狂"抹上了一层悲剧色彩。徐渭的"狂"也体现于他的艺术创作之中。徐渭的草书不考虑行间距、字间距，一泻而下，气势流贯，给人直接造成一种视觉冲击和精神震撼。绘画方面，徐渭在传统的文人画和小写意的基础上，开创了水墨大写意的绘画技法，取得了淋漓尽致的艺术表现效果，从而将中国的文人画提升到一个新的境界。后世狂人如郑板桥，也对徐渭佩服得五体投地，并曾自刻一枚印章，号称"青藤门下牛马走郑燮"①（袁枚《随园诗话》）。文学方面，杂剧《狂鼓史》的慷慨激昂，《歌代啸》的嬉笑怒骂，都令人过目难忘。至于诗歌，我们不妨看一下袁宏道读徐渭诗歌之后的感受："文长既已不得志于有司，遂乃放浪曲蘖，恣情山水，走齐、鲁、燕、赵之地，穷览朔漠。其所见山奔海立，沙起云行，风鸣树偃，幽谷大都，人物鱼鸟，一切可惊可愕之状，一一皆达之于诗。其胸中又有一段不可磨灭之气，英雄失路、托足无门之悲，故其为诗，如嗔如笑，如水鸣峡，如种出土，如寡妇之夜哭，羁人之寒起。当其放意，平畴千里；偶尔幽峭，鬼语秋坟。文长眼空千古，独立一时。当时所谓达官贵人、骚士墨客，文长皆叱而奴之，耻不与交，故其名不出于越。悲夫！"②可见徐渭诗如其人，风格同样狂放不羁。

　　毋庸讳言，徐渭的狂与其心理因素也有一定关系。幼年丧父，生母被遣，嫡母早逝，依靠同父异母的长兄为生，虽不能说寄人篱下，而处境之艰难也可以想见。成年后，参加科举考试屡屡受挫，二十岁时入赘潘家，偏偏爱妻又早逝。命运的打击接二连三，难免给徐渭的心灵留下创伤，他只能以狂放的精神来掩饰内心的痛苦，努力保持着生命的尊严。而胡宗宪一案的政治风波，因误入李春芳幕府而发生的种种周折，终于使他冲决了理智的堤防，走向精神崩溃的边缘，数次自杀，"或自持斧击破其头，血流被面，头骨皆折，

---

① 转引自李德仁：《徐渭》，吉林美术出版社，1996 年，第 317 页。
② 袁宏道：《徐文长传》，见《徐渭集》，中华书局，1983 年，"附录"第 1343 页。

揉之有声。或槌其囊，或以利锥锥其两耳，深入寸余，竟不得死"①。可谓触目惊心。上述文字引自袁宏道《徐文长传》，袁宏道在文中没有明言这几次自杀的时间，但是他把这段描写放在对徐渭晚年的描写之后，极易给人造成一种误解，似乎这些行为是发生在徐渭的晚年。袁宏道对徐渭的了解多来自陶望龄等人的口述，而陶望龄在《徐文长传》中明确指出了自杀的时间："及宗宪被逮，渭虑祸及，遂发狂，引巨锥剚耳，刺深数寸，流血几殆。又以椎击肾囊碎之，不死。"②徐渭自撰的《畸谱》中也有明确记载："四十五岁。病易。丁剚其耳，冬稍瘳。四十六岁，易复，杀张下狱。"③易，就是狂易，精神错乱的意思。按照徐渭的说法，在杀妻之前，其精神疾病已经康复。徐渭当时究竟真疯还是佯狂，一直是一个历史的谜团。后人往往根据这段历史将徐渭比作荷兰画家梵·高，其实两人还是有差别的。梵·高的一生大部分时间都在精神错乱中度过，而徐渭的精神疾病虽然在以后也偶尔反复发作过几次，但大部分时间是与常人无异的。我们关注的主要是徐渭思想性格方面的狂放特征，故对其精神疾患不作深入的探讨。

中年的这一场劫难，进一步强化了徐渭"狂人"的形象，拉大了徐渭与普通人之间的距离。事实上，徐渭是一个非常富有感情的人。他也有着普通人的情感，而且不幸的遭遇使他更加需要亲情和友情的温暖。晚年的徐渭更是如此。前文曾经提到，徐渭在北京的时候，因为不拘礼法，和张元忭有过一段不愉快的经历。徐渭与张家是世交，张天复与张元忭父子和徐渭先后同学（指山阴县学）。张天复于嘉靖丁未年（1547）中进士，曾任湖广提学副使、江西右参政、云南副使等职。参与平定云南沐氏叛乱有功，反被人谤议，罢官而归。在徐渭入狱期间，张天复的儿子张元忭先后入县

---

① 袁宏道：《徐文长传》，见《徐渭集》，中华书局，1983 年，"附录"第 1343 页。
② 陶望龄：《徐文长传》，见《徐渭集》，中华书局，1983 年，"附录"第 1340 页。
③ 徐渭：《徐渭集》，中华书局，1983 年，第 1329 页。

学、中举人、中状元,徐渭每次都写诗相贺,如:"何事传圜内,南冠喜欲颠。通家今有子,王国亦添贤。"①(《张伯子入学,时其翁在都下》)"却说涸鳞悬尾在,欲从天上借风雷。"②(《送张子苊春北上》)徐渭能够出狱,多赖张氏父子之力。后来徐渭又入京投靠张元忭,虽然最终不欢而散,但是徐渭对张元忭还是非常感激的。据张氏的后人记载:"先文恭殁后,余兄弟相葬地归,阍者曰:'有白衣人径入,抚棺大恸,道唯公知我,不告姓名而去。'余兄弟追而及之,则文长也,涕泗尚横披襟袖间。余兄弟哭而拜诸途,第小垂手抚之,竟不出一语,遂行。捷户十年,裁此一出,呜呼,此岂世俗交所有哉!"③徐渭的真性情,由此可见一斑。我们以"真率自然"来概括徐渭的狂,正是突出他在不拘礼法的同时,还有着充满人性的率真的一面。

徐渭的狂是与其人生价值的自我肯定相联系的。这从其交游中便可以体现出来。据张汝霖在《刻徐文长佚书序》中记载:"文长性不喜礼法士,所与狎者多诗侣酒人,亦复磊落可喜者。"④与徐渭关系密切的人物中不但有文人,还有武将。文人如王畿、沈炼、唐顺之、张天复、吕尚宾、叶子肃、沈明臣等,武将如胡宗宪、吴兑、李如松等。他们共同的特点,一是性格豪放,二是对徐渭的才华都表示充分的肯定和赏识。这让怀才不遇的徐渭在精神上多少得到一些安慰。比如徐渭的老师王畿,性格便非常豪放。有一段有趣的传说:"于时王龙溪妙年任侠,日日在酒肆博场中,阳明亟欲一会,不来也。阳明却日令门弟子六博投壶,歌呼饮酒。久之,密遣一弟子瞰龙溪所至酒家,与共赌。龙溪笑曰:'腐儒亦能博乎?'曰:'吾师门下日日如此。'龙溪乃惊,求见阳明,一睹眉宇,便称弟子

---

① 徐渭:《徐渭集》,中华书局,1983 年,第 735 页。
② 同上书,第 774 页。
③ 张汝霖:《刻徐文长佚书序》,见《徐渭集》,中华书局,1983 年,"附录"第 1349 页。
④ 同上。

矣。"①（袁宗道《白苏斋类集》卷二十二"杂说"）王守仁和王畿都是山阴人，是徐渭同乡的前辈。王守仁的狂者与乡愿之辨，和王畿的狂狷之说，对徐渭狂放性格的形成有着一定影响。又如，徐渭的表姐夫沈炼狂放不羁，以敢于同权势遮天的权相严嵩作斗争而闻名于世。据《明史》记载："炼为人刚直，嫉恶如仇，然颇疏狂。每饮酒，辄箕踞笑傲，旁若无人。"②徐渭二十四岁的时候，沈炼丁忧在籍，曾对徐渭的才学表示赞赏，称："自某某以后若干年矣，不见有此人，关起城门，只有这一个。"③

徐渭对杜甫强烈的身世认同感，也是建立在"狂"这一共同的性格基础之上的。杜甫虽然是儒家正统思想文化在诗歌领域的代表人物，素有"诗圣"之称，但是他并不像一般人想象中的那样温柔敦厚、中正平和，其个性也是极为狂放的。我们可以从杜甫诗歌来考察一下他的狂放形象。在《壮游》一诗中，杜甫回忆自己的青少年时代："性豪业嗜酒，嫉恶怀刚肠。脱略小时辈，结交皆老苍。饮酣视八极，俗物多茫茫。"其后，他更是"放荡齐赵间"，过了一段漫游的生活，"裘马颇清狂"。到长安以后，他与文朋酒友、王公大臣相交游，虽然生活贫困，但常常"长生木瓢示真率，更调鞍马狂欢赏"（《乐游园歌》）。在为官时期，他因疏救房琯获罪贬官，不堪暑热与公务的繁忙，更主要的是受不了内心的压抑，曾"束带发狂欲大叫"（《早秋苦热，堆案相仍（时任华州司功）》）。辞官后，杜甫在成都草堂过了一段短暂的比较安定的生活，他自称"我生性放诞，雅欲逃自然。嗜酒爱风竹，卜居必林泉"（《寄题江外草堂（梓州作，寄成都故居）》），但是表面的安定生活，掩盖不了诗人内心的忧国忧民之情，"江上被花恼不彻，无处告诉只颠狂"（《江畔独步寻花七绝句》之一）。杜甫每每自比阮籍、楚狂，"阮籍焉知礼法疏"（《奉酬

① 袁宗道著，钱伯城标点：《白苏斋类集》，上海古籍出版社，1989年，第307页。
② 张廷玉等：《明史》，中华书局，2000年，第3685页。
③ 徐渭：《徐渭集》，中华书局，1983年，第1334页。

严公寄题野亭之作》)、"倚著如秦赘,过逢类楚狂"(《遣闷》)。他自呼为狂夫,"欲填沟壑唯疏放,自笑狂夫老更狂"(《狂夫》)。金圣叹看了此诗之后评价"其狂不可及"。杜甫的狂,常常与"歌""酒"相联系,为我们刻画出一个潇洒的诗人形象。如:"耽酒须微禄,狂歌托圣朝。"(《官定后戏赠(时免河西尉,为右卫率府兵曹)》)"狂歌过于胜,得醉即为家。"(《陪王侍御宴通泉东山野亭》)"晚节渐于诗律细,谁家数去酒杯宽。唯吾最爱清狂客,百遍相看意未阑。"(《遣闷戏呈路十九曹长》)。总之,杜甫诗中的"狂"字,表现出了他的日常生活状态。从其诗歌中,我们看到了一个生活中真实的杜甫。他虽然每每以"腐儒"自称,但那只是一种自嘲,其为人并不迂腐。他有着鲜明的诗人气质,狂放是贯串他一生的重要性格特征之一。①

徐渭在阅读杜甫诗歌的过程中,把握住了杜甫的"狂"这一性格特征,并在自己的诗歌中将杜甫的狂放形象再现了出来。在《再次陈大喜雨》一诗中,徐渭综合了杜甫《春夜喜雨》以及《闻官军收河南河北》中"漫卷诗书喜欲狂"的欢欣雀跃的形象,自称"叫狂饶杜甫"②;而在《次许口北招集之作》中,他又称赞杜甫是"潇散真工部,何愁簿牒仍"③。由此可见,徐渭欣赏的主要是生活中的杜甫,欣赏的是杜甫的真率与狂放,而不是一般人心目中所谓"忠君恋阙""一饭未尝忘君"的杜甫形象。他没有将杜甫作为道德上的楷模来看待,而是将杜甫引为自己精神上的同调。

明代的李贽曾经这样评价唐代的一些著名诗人和作家:"李谪仙、王摩诘,诗人之狂也;杜子美、孟浩然,诗人之狷也;韩退之文之狷、柳宗元文之狂,是又不可不知也。"④(《儒臣传·德业儒臣》,《藏书》卷三十二)如果依照狂、狷的本义来解释,李贽的说法并没

① 参阅吴明贤:《试论杜甫的"狂"》,《杜甫研究学刊》1996 年第 3 期。
② 徐渭:《徐渭集》,中华书局,1983 年,第 724 页。
③ 同上书,第 737 页。
④ 李贽著,张建业主编:《李贽全集注》第 6 册《藏书注(三)》,社会科学文献出版社,2010 年,第 468 页。

有什么不妥。但是如果参照儒家对狂狷精神的发挥阐释来看，李贽的上述说法便值得推敲了。孔子说："不得中行而与之，必也狂狷乎！狂者进取，狷者有所不为也。"（《论语·子路》）孔子在陈时曾说："归与！归与！吾党之小子狂简，斐然成章。不知所以裁之。"（《论语·公冶长》）狂简，也是指志向远大，并且与文采斐然结合起来，体现了孔子对狂简之士赞赏的态度。而杜甫不但有着远大的政治抱负，而且文采"斐然成章"，正是儒家"狂者进取"精神的最好代表。按照孔子"狂者进取，狷者有所不为"的说法，李贽眼中的狂者，如李白、王维、柳宗元等，应该算是狷者，而杜甫、韩愈等人，才是真正"进取"并且能够最终"入圣"的狂者。杜甫的狂也含有性格中"真"的因素，但是他始终把自己的政治理想放在第一位，甚至不惜做出干谒等违背本性的举动。到了晚年时，他才更多地流露出对"真"的留恋和向往。他自悔早年"疏懒为名误，驱驰丧我真"；晚年时则"不爱入州府，畏人嫌我真"，怀念"早岁与苏郑，痛饮情相亲。二公化为土，嗜酒不失真"，赞美朋友之间"由来意气合，直取性情真。浪迹同生死，无心耻贱贫"。他称赞唐十八使君"行高无污真"，颂扬李白"剧谈怜野逸，嗜酒见天真"。李白的"天真"，实际上是包含了一种道家的思想，即老子所言的"赤子"之心。因此杜甫虽然"怜野逸"，对李白的隐士思想抱着欣赏的态度，却不可能放弃自己的儒家理想，完全去追随李白。因此，归根结底，儒家的进取精神才是杜甫之狂的思想基础。

与"狂狷"相对的是"乡愿"。孔子称："乡愿，德之贼也！"（《论语·阳货》）表现了对乡愿深恶痛绝的态度。《孟子》对孔子的态度作了详细的解释。孟子曰："孔子：'不得中道而与之，必也狂狷乎？狂者进取，狷者有所不为也。'孔子岂不欲中道哉？不可必得，故思其次也。"称乡愿是"非之无举也，刺之无刺也。同乎流俗，合乎污世，居之似忠信，行之似廉洁，众皆悦之，自以为是，而不可与入尧舜之道。故曰德之贼也"（《孟子·尽心下》）。"乡愿狂狷"之辨成为儒家"中庸之道"的重要补充。宋代,由于程朱理学的兴起,中庸之道大为流行,狂狷精神则不再为儒家所关注,或者被理学家们故意避而不谈。理学家们用"修身"取代了"狂狷乡愿"之辨,用"三纲五常"来约束人们的言行,使得传统的富有进取精神的儒学与散发着腐朽气息的道学,乃至孔子深恶痛绝的"乡愿",这三者之间的界限越来越模糊了。

到了明代王学兴起的时候,"狂狷乡愿"之辨再次受到重视。我们且看王阳明对"狂狷乡愿"之辨的认识:"乡愿以忠信廉洁见取于君子,以同流合污无忤于小人,故非之无举,刺之无刺。然究其心,乃知忠信廉洁所以媚君子也,同流合污所以媚小人也。其心已破坏矣,故不可与入尧舜之道。狂者志存古人,一切纷嚣俗染不足以累其心,真有凤凰千千仞之意,一克念,即圣人矣。唯不克念,故洞略事情,而行常不掩;唯行不掩,故心尚未坏而庶可与裁。""琴、张辈,狂者之禀也。虽有所得,终止于狂;曾子,中行之禀也,故能悟入圣人之道。"①王畿在《与梅纯甫问答》中,进一步申明狂狷乡愿之辨,并称:"学术邪正路头,分决在此。"②王守仁和王畿一再提出"狂狷乡愿"之辨,其目的是与程朱理学作斗争。他们把"狂者胸次"作为"入圣之道",尚未脱离儒家学说发展的轨道。另外,他们都意识到了人的个性的存在,主张依照人的不同个性来提高自身的修养,而不能刻意掩藏自己的个性,否则便会沦为"乡愿"。后来,在王守仁的另一个弟子王艮(1483—1540)及其开创的泰州学派的传人身上,"狂者"的精神得到了进一步的张扬,已经超出了儒家思想的约束。据《明史·王艮传》记载:"艮本狂士,往往驾师说上之,持论益高远,出入于二氏。"③王艮的狂,主要表现在其惊世骇俗的言行上。他在四十岁时,曾经自制一辆"招摇车",欲周行天

① 王守仁著,吴光等编校:《王阳明全集》,上海古籍出版社,1992年,第1167页。
② 参阅嵇文甫:《晚明思想史论》,东方出版社,1996年,第51页。
③ 张廷玉等:《明史》,中华书局,2000年,第4862页。

下,称"欲同天下人为善,无此招摇做不通"。在王艮的弟子颜山农、何心隐的身上,主要体现出一种狂侠的精神。到了李贽,进一步发展成狂禅思想。① 狂禅派依据晚明独特的社会环境和思想背景,将王学"致良知"的主张"发展成为摆脱名教束缚,充分发挥个体意识、肯定个人价值、具有近代意义的个人主义"②。这种思想对以公安派为代表的晚明文学产生了重大影响。

王畿是徐渭的老师,其论学主张真率自然,这对徐渭的思想有着直接的影响。王艮出名甚早,因其张扬的讲学形式名闻天下,对徐渭的思想性格也会产生一定影响。因此,徐渭的狂,实际上是王守仁、王畿和王艮等人思想共同影响的结果。王守仁、王畿提倡狂狷,反对乡愿的目的在于"入于中行",达到成圣的目的。这一点在徐渭身上反映得不是很明显。给徐渭造成直接影响的,是王守仁、王畿对"乡愿之似"的痛恨,以及对"曾点之乐"的认同。这一点可以用"真率自然"来概括。这种思想在魏晋时代玄学盛行的时期曾经大行其道。明代之所以再度盛行,是因为王学吸收了道家与禅宗思想中对"真"或"本心"的看重,对程朱理学进行了修正。王艮惊世骇俗的言行,也为徐渭树立了一个榜样,使徐渭能够冲破礼法的束缚,敢于张扬自己的个性。在徐渭年轻时期,狂禅精神尚未造成重大的社会影响,但是由于有着王学特别是王学左派这一共同的思想基础,徐渭的个性与晚明的狂禅思潮已有了某种暗合之处。

徐渭的思想性格虽然狂放,却没有像王艮或李贽那样彻底地离经叛道。这与其另一个老师季本(1485—1563)的影响大有关系。季本也是王守仁的嫡传弟子,他的主要思想是"龙惕说",即主张对自然要有所节制。徐渭综合了季本与王畿的学说,提出"惕之

---

① 参阅嵇文甫:《晚明思想史论》,东方出版社,1996年,第51页。
② 夏清琅:《从魏晋玄风到王门狂禅》,《江淮论坛》1999年第6期。

与自然,非有二也……惕亦自然也,然所要在惕而不在于自然也"①(《读龙惕书》)。正是这种惕的功夫,使徐渭能够超越他的时代,不为世俗所蒙蔽,坚持独立思考,不论在思想还是艺术上都表现出了自己的个性。

当然,徐渭年轻的时候思想中也不乏进取的因素,即使在入狱的时候,他仍将自己比作宝剑,跃跃欲试,颇有用世之意。但是他没有儒家成圣的意图,也没有"致君尧舜上"的政治理想,他的目标主要是让自己的才华得到世人的认可,展现个体生命的价值。因此他不肯遮掩自己的个性以屈从于封建礼法的束缚;更不会像佛道那样彻底放弃人间的诱惑,真正做到遗世而独立。这种入世与出世、个人价值与社会责任之间的矛盾,在王畿、泰州学派那里都通过不同的途径得到了较好的解决。可惜徐渭只注意个性的张扬,却没有找到调和个性与社会之间矛盾的途径,导致了他人生的悲剧。

(二) 圣:"利人皆圣"与"人伦之至"

1. "诗圣":理想人格的光环

杜甫一生都在为实现他的政治理想而奋斗。虽然他也对自己的文学才能颇为自负,并不懈地锤炼诗艺,但与他的政治抱负相比,诗歌只是余事。可以说,整部杜诗,便是一曲政治理想主义的挽歌。杜甫年轻时便立志"致君尧舜上,再使风俗淳";到晚年仍然表示"死为星辰终不灭,致君尧舜焉肯朽"(《可叹》),可见"致君尧舜上"是他毕生的追求。有人因此认为杜甫的思想不是成"圣",而是成为"圣臣"。忠君才是杜甫的思想核心。笔者对这种说法不表赞同。杜甫关于"圣"的理想,主要是受了孟子的影响,孟子说:"圣人,人伦之至也。欲为君尽君道,欲为臣尽臣道,二者皆法尧舜而

---

① 徐渭:《徐渭集》,中华书局,1983 年,第 678 页。

已矣。"(《孟子·离娄上》)不管是为君还是为臣，只要做到"法尧舜"，便可以尽人伦而成圣人，不一定非要成为尧舜才算是圣人。孔子没有成王，不也成为圣人了吗？因此，孟子说"人皆可以为尧舜"(《孟子·告子下》)，意义也正在于此。可惜的是，杜甫并没有什么机会施展他的政治理想，更没有建立什么事功。甚至在任华州司功的时候，他还因应付不了公务的繁忙而"束带发狂欲大叫"。杜甫到底有没有政治才能，我们无从知晓。从"尽人伦"的角度来讲，杜甫也许达到了内圣的境界；但是从儒家"修齐治平"的角度来衡量，杜甫能不能算是圣人，还要画上一个问号。历史总是善于和人开玩笑，虽然杜甫"致君尧舜"的梦想破灭了，他视为次要的文学才能倒给他带来了"诗圣"的美誉。而"诗圣"的内涵，也随着后人的不断挖掘，从诗歌的领域逐渐扩大深化到了道德的领域。

唐代诗人关注杜诗多从艺术角度着眼，只有元稹重视了杜甫歌行"即事名篇，无复倚傍"[1](《元氏长庆集》卷二十三)的创新精神，而白居易《与元九书》则说杜诗"可传者千余首"，"然撮其《新安》《石壕》《潼关吏》《塞芦子》《留花门》之章，'朱门酒肉臭，路有冻死骨'之句，亦不过三四十首"[2](《白氏长庆集》卷四十五)。其他像韩孟诗派及晚唐诗人，都是从艺术角度向杜诗学习的。但是从宋代开始，杜甫人格之伟大越来越被凸显出来；"诗圣"的称号中，儒家伦理道德的气息越来越浓了。清人刘凤诰在《杜工部诗话》中总结道："自元微之作序铭，盛称诗人以来，未有如子美者。王介甫选四家，以杜为首；秦少游则推为孔子大成；郑尚明则推为周公制作；黄鲁直则推为诗中之史；罗景纶则推为诗中之经；杨诚斋则推为诗中之圣；王元美则推为诗中之神，崇奉至矣。"[3]其中最明确地

---

① 元稹：《元氏长庆集》，上海古籍出版社，1994年，第118页。
② 白居易：《白氏长庆集》，上海古籍出版社，1994年，第491页。
③ 转引自郭预衡主编：《中国古代文学史长编》第2册，上海古籍出版社，2007年，第584页。

将杜甫与圣联系在一起的要算是南宋的杨万里,他在《江西派诗序》中称杜甫是"圣于诗者"。在杨万里之前,所谓孔子大成、周公制作、诗中之经等说法,实际上也都是将杜甫作为诗中之圣来看待的。张戒在《岁寒堂诗话》中称杜甫诗歌"正而有礼""乃圣贤法言,非特诗人而已"。杜甫的诗圣地位虽然在宋代便已奠定,明确拈出"诗圣"二字冠于杜甫的头上,却是始于明末王嗣奭。王嗣奭在《梦杜少陵作》诗中说:"青莲号诗仙,我翁号诗圣。"①又在《浣花草堂》二首之二中说:"诗圣神交盖有年。"②

　　杜诗自中唐而后,经元、白的大力提倡,逐渐凌驾于有唐诸大家之上,并在宋代渐成显学。这首先得力于它的思想意义。杜诗是儒家精神的完美体现,这在以"诗教"为传统的中国,自然会得到统治者的提倡和鼓吹。在中国的诗歌史上,恐怕没有人比杜甫的影响更深远了。特别是到了国家危难的关头,杜诗的价值便更加凸显出来。像南宋的陈与义、陆游,金元时期的元好问,都是生活在异族入侵或改朝换代之际,从他们的作品中,我们都能够看出杜诗的深刻影响和鼓舞人心的巨大力量。明末也是如此。本来,从明初对程朱理学的大力提倡,到中晚明时期物极必反,在王阳明心学的启发下,个性解放的思潮冲决了理学的束缚,使得传统的儒家思想面临着土崩瓦解的局面。在这种情况下,清兵的入关,再次激发了正直知识分子的社会责任感,杜甫的伟大人格引起知识分子发自内心的敬仰,其"诗圣"的地位再次得到确认。当然,杜甫的"诗圣"之称,其含义是非常丰富的,不仅指杜诗有高度的思想性,还含有杜甫在艺术上工于锤炼之意。本部分主要侧重于对徐渭和杜甫思想上的比较,故对杜诗的艺术造诣及其对后人的影响较少提及。

　　在"诗圣"光环的笼罩下,杜甫的人格似乎真的已经达到了儒

① 杜甫著,仇兆鳌注:《杜诗详注》,中华书局,1979年,第2294页。
② 同上书,第2295页。

家的理想人格，甚至掩盖了他性格中狂的一面。笔者在此并非要对杜甫的"诗圣"称号提出异议。从圣的原义来讲，杜甫的"诗圣"称号是当之无愧的；在主观上，杜甫也有成圣的追求。只是他的理想和现实之间，存在着一定的差距。而这种差距，恰恰是儒家对于"圣"或"道"的定义偏于狭隘造成的。

2. 圣的本义与儒家的阐释

《说文》云："聖，通也。从耳呈声。"顾颉刚认为，"聖"是"声入心通，入于耳，出于口"意思。[①]《尚书·洪范》云："睿作圣。"《传》曰："于事无不通之谓圣。"可见，圣的最初含义，只是就智慧或才能方面而言，没有包含伦理道德的因素。将圣人理解为"通人"，这是先秦诸子的共识。

在先秦诸子典籍中，对圣人这一概念探讨最充分的要数儒家和道家了。出于对"道"的不同理解，儒家和道家对"圣人"的认识也不一致。儒家在伦理道德方面对圣提出了更高的要求。《论语·雍也》记载了子贡和孔子的一段问答："子贡曰：'如有博施于民而能济众，何如？可谓仁乎？'子曰：'何事于仁！必也圣乎！尧舜其犹病诸。'"所谓"博施于民而能济众"，是从政治角度或人的社会价值方面来说的。孔子的原义是说，要达到这一目标，光有"仁"的高尚品德是不够的，必须具备很高的才能。在此，本是强调"圣"的本义——"通"，但是无形中，将"仁"的含义也包括在"圣"之中了。孔子的圣人观念被后世儒家继承并固定下来，因此，在儒家的字典中，"圣"又包括了"仁"的因素，成为儒家最高境界的理想人格。圣的含义扩大了，要求提高了，"圣人"的范围也就缩小了。

相比之下，道家的圣人观要更宽泛一些。由于道家所言之"道"不是具体的道，而是抽象的道，所谓"道可道，非常道"（《道德经》），因此道的含义非常丰富，与之相联系的人格境界层次也更

---

① 顾颉刚：《"圣""贤"观念和字义的演变》，见《中国哲学（第一辑）》，生活·读书·新知三联书店，1979 年，第 80 页。

多。在《庄子》的首篇《逍遥游》中,开宗明义,提出了"至人无己,神人无功,圣人无名"的说法,圣人屈居于至人、神人之下。一般认为,《庄子》内七篇为庄子本人所作,外、杂篇则为庄子后学所作。从"圣人"的不同指称中,我们也可以看出《庄子》非一人所作。如内篇中《逍遥游》中"圣人无名"的代表实际上是许由而不是尧舜。外篇《天地》中华封人对尧说:"始也我以女为圣人邪,今然君子也。"也否定了尧是圣人。以上《庄子》中所指的圣人实际上都是通人的意思。而外篇《马蹄》中言:"毁道德以为仁义,圣人之过也!"则是先承认了儒家的圣人观念,而后又对这种圣人观进行了批判。在《庄子》最后一篇即《天下》中,又提出了包括天人、神人、至人、圣人、君子等在内的理想人格系统,"不离于宗,谓之天人;不离于精,谓之神人;不离于真,谓之至人。以天为宗,以德为本,以道为门,兆于变化,谓之圣人;以仁为恩,以义为理,以礼为行,以乐为和,薰然慈仁,谓之君子"(《庄子·天下》)。这套人格系统实际上包含了儒家的理想人格系统,圣人和君子的定义都与儒家相似,但圣人仍然只占中间的位置,比君子稍高一些,并非最高的理想人格。

3. 徐渭对"圣人"意识的消解

受时代的影响,杜甫和徐渭对"圣"有着不同的认识。杜甫受儒家思想的影响,把"圣"作为自己追求的理想人格;而徐渭认为"利人皆圣",对圣的看法则更接近于圣的本义,即"精通一艺"。这导致了他们不同的人生追求。两人虽然都想借助科举或其他途径进入仕途,但目的是不一样的。杜甫有着远大的政治理想,而徐渭是想借此体现自己的人生价值。

在《论中一》中,徐渭既直接称儒家之圣为"圣人",同时又称佛道两家的圣人为"二氏之圣"①。在《论中三》中,徐渭更大胆地提出:"自上古以至今,圣人者不少矣,必多矣,自君四海、主亿兆,琐

---

① 徐渭:《徐渭集》,中华书局,1983 年,第 488 页。

至治一曲之艺,凡利人者,皆圣人也。"①并举《庄子》中的话为证:
"周所谓道在瓦砾、在屎溺,意岂引且触于斯耶?"②可见徐渭的圣
人观念,明显地受道家思想的影响。在提出"利人皆圣"的观点之
后,接下来徐渭从历史发展的角度,说明历史不是某一个圣人创造
的,而是"人出一思也,人创一事也,又人累千百人也,年累千万年
也,而后天下之治具始大以明备"。最后得出结论:"乃民德则丑
矣,分则有常,必使之农其农而商其商,视其木以梁。今之乱学者,
类以梁而不视其木者也,故强齐民而学帝与王之学,以为尽帝与王
之梁。"③意思是说,百姓的道德与圣人相比好像是相距甚远,但是
如果让他们干自己分内的事情,他们同样可以做得很好。但是现
实中,有些人不肯因材施教,非要让百姓们都去学"帝与王之学",
这实际上是无用的教育。徐渭的这番话,实际上是对科举制度之
弊端的大胆揭露,同时也是对偏重于"外王"之道的传统儒家思想
的严厉批判。正是在这种思想基础上,徐渭没有对政治表现出太
大的热情。徐渭虽然也关心国家大事,也曾经为抗倭斗争出谋划
策,但是在通过科举致身仕途的希望破灭之后,他没有像杜甫那样
毕生执着追求自己的政治理想,而是把目光更多地投向日常生活
之中。

　　徐渭对"圣"与"道"的认识,受到阳明心学及其后学的影响。
王阳明认为:"所以为圣者,在纯乎天理而不在才力也。"④(《传习
录》)反对学者"专去知识才能上求圣人"。⑤ 他认为:"圣人之道,
吾性自足,不假外求。"⑥这也就是说,人人皆可以成为圣人。王阳
明的弟子王艮有一个著名的思想是"百姓日用即道"(《明儒学案》

---

① 徐渭:《徐渭集》,中华书局,1983 年,第 489 页。
② 同上书,第 490 页。
③ 同上。
④ 王守仁著,吴光等编校:《王阳明全集》,上海古籍出版社,1992 年,第 28 页。
⑤ 同上。
⑥ 同上。

卷三十二），这个观点成为王艮四十岁以后讲学的中心问题。王艮
比徐渭大三十八岁，在徐渭出生后不久，王艮的思想已经广为流
传。因此，他的这一思想对徐渭大概也有一定影响。

可见徐渭求"道"虽然是受王学的影响，但是王守仁及其弟子
像他们之前的儒家学派一样，思想中都有"成圣"的意图。徐渭的
特别之处在于，他似乎并不想成为圣人，只是想完成一个真正的自
我。这使他在与正统儒家思想偏离的路上走得比前人更远。徐渭
在《评朱子论东坡文》中说：

> 文公（朱熹）件件要中鹄，把定执板，只是要人说他是个圣
> 人，并无一些破绽，所以做别人着人人不中他意，世间事事不
> 称他心，无过中必求有过，谷里拣米，米里拣虫，只是张汤、赵
> 禹伎俩。此不解东坡深，吹毛求疵，苛刻之吏；无过中求有过，
> 暗昧之吏。①

在这里，徐渭对程朱理学桎梏人性表示了不满，也暗含着对儒家
成圣思想追求的背离。徐渭与杜甫虽有异世同轨的身世认同之
感，但是就理想人格而言，他更欣赏的是苏轼，而不是杜甫。杜
甫的思想是正统的儒家思想，而徐渭由于受心学特别是王学左
派的影响，更倾向于儒、释、道三家合一的思想，这与东坡不谋
而合。

儒家有一句话，"穷则独善其身，达则兼济天下"。杜甫虽然未
达，却依然抱着兼济天下之志，这是他的伟大之处，因此，他才更加
无愧于"诗圣"的桂冠。徐渭虽然"穷"，却没有能力做到"独善其
身"，个中原因，值得我们深思。其中，有时代的因素，也有个人思
想的影响。正是在这个意义上，我们说徐渭是一个"畸人"。

---

① 徐渭：《徐渭集》，中华书局，1983 年，第 1096 页。

（三）畸：零余者的姿态与主体意识的醒来

1. 打破三教界限的哲学思考

徐渭和杜甫有着不同的思想渊源。表面看来，徐渭和杜甫的主导思想都是儒家思想。但是，与杜甫所处的时代相比，在徐渭所处的时代，受宋明理学影响，儒家思想本身已经有了很大的发展。另外，徐渭在广泛吸收释家与道家思想的基础上，实际上已经挣脱儒家思想信条的束缚，形成了独特的思想体系。

首先，儒家思想的侧重点，从追求"外王"之道变为探求"内圣"之本。在唐以前，儒家学说主要以经学为主，重在经世致用，探讨的是王霸之道。特别是盛唐政治开明，知识分子多有建功立业的抱负，因而这一时期的儒家思想偏重于"外王"之道，所以杜甫把政治理想作为最高的追求。宋代以后，虽然理学家们依然提倡"修齐治平"，看似"内圣外王"并重，但事实上偏重于修身。程朱理学有利于培养封建统治下的"顺民"，因而元、明、清三代格外受到封建统治者的重视。在徐渭生活的中晚明时期，社会风气堕落，知识分子的价值观沦丧，王学应运而生，使这一时期的儒学更偏重于"内圣"之道。所以徐渭把如何安顿自己的生命作为终生思索的问题。

其次，儒、释、道思想由三足鼎立而渐趋"三教合流"。唐代是儒、释、道三足鼎立的时期。宋以后，儒、释、道三教互相吸收、融合已成普遍发展趋势。理学实际上是以儒家的道德伦理思想为核心，佛学的思辨结构作骨架，并吸收了老庄"道生万物"的宇宙观而建立起来的一种思想体系。明代，王阳明创立心学，同样受到佛教与道教的影响。他指出："今世学者，皆知宗孔、孟，贱杨、墨，摈释、老，圣人之道，若大明于世。然吾从而求之，圣人不得而见之矣……吾何以杨、墨、老、释之思哉？彼于圣人之道异，然犹有自得也。"[1]（《别湛

---

[1] 王守仁著，吴光等编校：《王阳明全集》，上海古籍出版社，1992年，第230页。

甘泉序》)徐渭的老师王畿,被时人称为"三教宗盟",进一步促进了
三教的融合与互补。

徐渭接受的思想传统与杜甫不一样,因此,徐渭关注的更多是
"道",而不是"仁";徐渭心中,个人与社会的天平不再只是倾向社
会的一端,两者至少应当是平衡的。徐渭的思想突破了儒家的束
缚,突出地表现在他对"礼"的叛逆上。但是这并不意味着徐渭已
经完全脱离了儒家而遁入道教或佛教。事实上,徐渭一直徘徊于
三教之间。他企图用"道"这一基本概念将三教融为一体,却始终
无法解决出世与入世之间的矛盾。正是这种矛盾成为他一生痛苦
的根源。

徐渭年轻时曾随长兄徐淮拜道士蒋鏊为师学道,有《蒋扶沟公
诗》六首并序,回忆当时情况。从季布学习心学后,徐渭因季布"谓
道类禅,又去扣于禅"①。他和祖玉禅师为方外交,又拜祖玉禅师
之师玉芝上人为师,学习佛法。作有《聚禅师传》:"师往来吴越间,
数至其地,渭数往候之,或连昼夜不去。并得略观其平生。所著
论,多出入圣经,混儒释为一。"②其诗《聚法师将往天台,止其徒玉
公庵中,余为留信宿》记载了他与玉芝及其徒祖玉相处的情形:"欲
向天台去,先为剡水寻。秋行万山出,夜宿一庵深。燕语调花气,
猿归带讲心。年年石梁兴,送尔益沉吟。"③可见徐渭对佛教思想
痴迷的程度。但是和对儒家思想的超越一样,徐渭对佛道思想也
并不迷信,主要是将其作为哲学思想而不是宗教来研究的。徐渭
精研佛道的目的是求他自己的"道"。徐渭曾自述其思想形成的经
历,少年时"知慕古文词,及长益力。既而有慕于道。往从长沙公
究王氏宗,谓道类禅,又去扣于禅。久之,人稍许之。然文与道终

---

① 陶望龄:《徐文长传》,见《徐渭集》,中华书局,1983 年,"附录"第 1340 页。
② 徐渭:《徐渭集》,中华书局,1983 年,第 622 页。
③ 同上书,第 177 页。

两无得也"①（《自为墓志铭》）。徐渭走的正是王阳明治学的路子。黄宗羲《明儒学案·姚江学案》云："先生之学，始泛滥于词章，继而遍读考亭（朱熹）之书，循序格物，顾物理、吾心终判为二，无所得入。于是出入于佛、老者久之。及至居夷处困，动心忍性，因念圣人处此更有何道？忽悟格物致知之旨，圣人之道，吾性自足，不假外求。其学凡三变而始得其门。自此以后，尽去枝叶，一意本原。"②这里讲述了王阳明心学形成的大概过程。在这个过程中，我们可以看出王阳明并不排斥佛老，相反，他从佛老中获得了启发，解决了令自身困惑的难题；或者说通过佛老，发现了自己的本心。徐渭在广泛学习各家思想的基础上，坚持独立思考，也逐渐形成了自己的思想体系。徐渭所谓的"文与道终两无得"，是说文与道没有给他带来什么实际的名望或"成就"，并非真的就是没有心得。其实，徐渭不仅诗文写得好，在"道"的方面也有自己独到的见解。无论是追随季布学习王阳明的心学，还是后来的"扣于禅"，都是为了追求一个"道"字。那么他心目中的"道"到底指什么呢？

《论中》作于徐渭二十八岁，师从季布之时。这段时期，徐渭开始接受王学影响，思想逐渐成熟和定型。在他以后的人生道路中，基本上是延续了这段时期的思想。可以说，《论中》是徐渭集中表达自己哲学思想的一篇重要文章，通过对这篇文章的分析，有助于我们把握他对"道"的看法，看清他的世界观。

儒家有所谓的"中庸之道"。朱熹作《四书集注》，使"中庸之道"更加大行于世。王阳明对"中庸之道"也基本表示认可，只是对"中"有着不同的理解，他认为，"中只是天理"，"此心全体廓然，纯是天理，方可谓之喜怒哀乐未发之中，方是天下之大本"③。徐渭的《论中》一文便是以此为出发点，展开自己对道的思索的。

---

① 徐渭：《徐渭集》，中华书局，1983 年，第 638 页。
② 王守仁著，吴光等编校：《王阳明全集》，上海古籍出版社，1992 年，第 181 页。
③ 同上书，第 23 页。

《论中》共有七篇,总的思想是提倡个性自由,反对强求一律。其中既有哲学方面形而上的思考,又有针对宗教、政治和文艺方面的现实问题有感而发的议论。他的不少思想,吸收了佛老思想的精华,与传统的儒家思想大相径庭,对儒家思想进行了大胆的批判,表现出了独立思考的精神。

徐渭在《论中一》中分析了三教之间的联系和区别。他指出儒家思想和佛老思想关注的问题其实是一样的,归根究底还是为了解决人生的问题,只是提出的解决方案不同。徐渭并没有像传统的儒家那样轻视甚至敌视佛老思想,而是尽量抱着客观公正的态度去看待之。他举了鱼和水的例子来比喻人与世界或人与道之间的关系:

> 鱼处水而饮水,清浊不同,悉饮也,鱼之情也。故曰为中似犹易也。而不饮水者,非鱼之情也,故曰不为中,难而难者也。二氏之所以自为异者,其于不饮水不异也,求为鱼不求为鱼者异也,不求为鱼者,求无失其所以为鱼者而已矣,不求为鱼也。① (《论中一》)

他指出,佛老之学,不求为鱼,不论是真的获得精神上的解脱,成为鱼中的"跃者、化者"(《论中一》),还是仅仅对现实世界采取逃避的态度,做鱼中的"时离水而彻饮者"②(《论中一》),都是可以做到的。而儒家思想要求人们不脱离现实的世界,而又要保持精神上的纯洁,就像是要求鱼不离开水,而又要求它只饮清水不饮浊水一样,其实是很难做到的。应该承认,徐渭的看法是比较有见地的。但他忽略了儒家教人如何实现人格的自我完善的一面。通过这种人格的自我完善,同样可以达到超越自我的目的。这就是儒家的

---

① 徐渭:《徐渭集》,中华书局,1983 年,第 488 页。
② 同上。

所谓成"圣"。传统的儒家思想，正如孔子所云"未知生，焉知死?"（《论语·先进》）、"未能事人，焉能事鬼?"（《论语·先进》）、"务民之义，敬鬼神而远之，可谓知矣"（《论语·雍也》），对鬼神抱着"存而不论"的态度，"不语怪力乱神"，避开了对彼岸世界的思考，而专注于此岸世界。杜甫继承了传统儒家的这种态度，如"千秋万岁名，寂寞身后事"（杜甫《梦李白》二首之二）、"死为星辰终不灭，致君尧舜焉肯朽?"（杜甫《可叹》）。杜甫表明自己的心迹，就算是死后也不忘生前的理想，可谓矢志不渝，将儒家关注现世的思想、关注现实的精神发挥到了极致。而徐渭关注的首先是生命的存在状态，然后才是生命的价值。徐渭受宋明理学发展的影响，从佛老思想中获得启发，不再回避对彼岸世界的思考。自唐代韩愈辟佛以来，佛老思想一直被儒家视为异端，徐渭站在儒家的立场上，能够承认佛老思想存在的价值，并从儒家思想内部出发，抱着怀疑的态度对儒家思想进行深刻的反思，这是难能可贵的。但是他也没有落入佛老学说为彼岸编织的美好幻想中去，而是立足于此岸世界，发出对生命的终极追问。

在《论中一》的最后，徐渭得出结论："中庸不可能也。"[1]这句话实际上是出自孔子之口。《中庸》第九章中，引用孔子的话说："天下国家，可均也；爵禄，可辞也；白刃，可蹈也；中庸不可能也。"正像孔子一方面以圣人作为最高的理想人格，一方面又说"圣人，吾不得而见之矣"（《论语·述而》）一样，孔子也是将"中"作为一种理想化的境界，认为不可能长久地做到这一点。虽然孔子和徐渭都承认"中庸不可能"，但是他们之间有一个细微的差别。孔子的原意，是要求君子不懈地努力，以求不时地达到中。他说："君子之中庸也，君子而时中；小人反中庸也，小人而无忌惮也。"（《中庸》第二章）而徐渭则认为"之中也者，人之情也"，"习为中者，与不习为

---

① 徐渭：《徐渭集》，中华书局，1983 年，第 488 页。

中者,甚且悖其中者,皆不能外中而他之也"(《论中一》)。这实际上是受王阳明"中只是天理"观念的影响,在此基础上,进一步将"之中"视为人的本性。既然是人的本性,便不需要人们特别努力,只要顺其自然就可以了。这就淡化了人主观努力的作用。可以说,从孔子、朱熹到王阳明,都还是比较注重学者的自我修养的。而徐渭受王畿及道家思想的影响,更侧重于保持人的自然天性。

徐渭认为"中"是人的天性,因此,儒家提倡"中庸之道"是不必要的。同时他又认为在人与外部世界的交往中,很难做到"中"。那么,徐渭是否就是孔子所说的反中庸的"无忌惮"的小人呢?如果与徐渭狂放的性格联系起来看,称徐渭"无忌惮"也许并不过分。但是徐渭反对中庸之道,反对的不是"道"的本身,而是反对那种世俗化了的、脱离了"道"的中庸之道。同时,徐渭并不将中庸视为"道"的唯一,他认为在中庸之外,还有其他的"道",那便是佛老之道。在《论中七》中,徐渭提出了自己对"道"的完整的看法:

> 聃也,御寇也,周也,中国之释也。其于昙也,犹契也,印也,不约而同也。与吾儒并立而为二,止此矣,他无所谓道也。其卒流而为养生,聃之徒之为也。入不测之渊海,以学没而已者,非求以得珠也,至海之半不期而得珠焉,而后之学没者,遂迁其学于珠,此养生之说炽,而他端者始猖兴而榛塞之由也。故道之名歧于此,与释与儒而为三,而本非三也。①

徐渭将老子、列御寇、庄周这些道家代表人物的思想与佛教的思想并列,指出他们的思想都是以出世为特点,以此求得对现实精神上的超越和解脱,因此实际上是同一种"道";而儒家思想是以入世为特点,力求对现实加以改造,是与佛道不同的另一种"道"。世界上

---

① 徐渭:《徐渭集》,中华书局,1983 年,第 493 页。

只有这两种道，别无其他。徐渭还对道家的养生说进行了批判，认为这只是道家的卒流，不能真正体现道家的精神。

我们可以看出，虽然徐渭自称"吾儒"，但是他的思想已经突破了儒家思想的束缚，是从一个更高的哲学层面来审视儒家思想。因此，徐渭心目中的"道"与儒家的"道"是有差别的，而与老子思想中抽象的"道"更为接近。

徐渭强调了道家与佛家的地位，肯定道家特别是老庄的哲学思想不是异端。他说："庄周虽放，亦老子流也。老子非异端，其所陈悉上古之道，与衰周甚殊异。后世学士不深究其旨，罔为异端耳。称孔子者曰'圣之时'，宜其斥老子也。然孔子未尝斥老子，非不斥也，且尊之，故曰：'老子其犹龙。'"①（《园居五记序》）。他同样肯定佛家："大约佛之精，有学佛者所不知，而吾儒知之；吾儒之粗，有吾儒自不能全，而学佛者反全之者"②（《赠礼师序》），提出儒佛互补的思想。徐渭曾作《三教图赞》，认为三教应"如首、脊、尾，应时设教，圆通不泥"③。可见，徐渭的思想已不再受儒家思想的束缚，有了更深层次的哲学思考。这与杜甫纯正的儒家思想形成了对照。正是这种兼容并蓄的态度，使徐渭的思想能够超越他所处的时代，每每提出一些独到的见解。例如，徐渭作有《金刚经跋》，从中可见佛经对其文艺思想的影响。他指出《金刚经》是"指授世人，示以直明本心，见性成佛"，"其大旨要于破除诸相"。他曾经反复思索禅宗六祖慧能大师之言："夫《金刚经》者，无相为宗，无住为体，妙有为用"，得出要于"无实无虚中，直得把柄，方是了手"④的结论。这对徐渭在文学艺术中所提出的"本色、相色"之论大有影响。同时，徐渭受佛教思想的影响，对文学史上许多争辩不

① 徐渭：《徐渭集》，中华书局，1983 年，第 542 页。
② 同上书，第 532 页。
③ 同上书，第 583 页。
④ 同上书，第 1092 页。

休的问题,如情与理的关系、继承与创新的关系等,都能从艺术自身的规律出发,直得把柄。这一点从后文对徐渭文学思想的分析中可以看出来。

在《自为墓志铭》中,徐渭曾说:"余读旁书,自谓别有得于首楞严、庄周、列御寇、若黄帝《素问》诸编,倘假以岁月,更用绎绅,当尽斥诸注者谬戾,摽其旨以示后人。而于《素问》一书,尤自信而深奇。"①这表明了徐渭在中年时便已精研佛学与道家思想。自杀未遂之后,在狱中的七年及出狱以后的二十年中,徐渭有了足够的时间去精研儒家之外的各种思想。他曾著有《庄子内篇注》《素问注》《郭璞葬书注》《四书解》《首楞严经解》等,现在仅存《分释古注参同契》。《周易参同契》是讲道家内丹修炼之道的书,宋代文学家王禹偁曾经把这本书与杜诗并论:"子美集开新世界,伯阳书见道根源。"②总之,徐渭的思想是非常复杂的。对各家思想,他坚持独立思考,能够从"道"的角度融会贯通。

徐渭热心于对道、禅思想的研究,与其师王畿的影响不无关系。王畿对佛老二氏之学持肯定的态度:"二氏之学,虽与吾儒有毫厘之辨,精谊密证,植根甚深,岂容轻议?"③(《水西别言》)但是王畿也看到了佛老之学的弱点,在于"佛氏遗弃伦物感应,而虚无寂灭以为常,无有乎经纶之施,故曰'要之不可以治天下国家'"④(《答吴悟斋》)。他认识到了佛老之学与儒家学说都有缺点:"夫沉空者,二乘之学也;溺境者,世俗之学也。"⑤(《周潭汪子晤言》)同时又看到两者各有所长,主张将佛老的超脱与儒家的中行结合起来,建立一种自成、自得之学。这种学说并没有超出三教的范围。而徐渭则站得更高,看得更广,他完全跳出了三教思想的局限,看

①　徐渭:《徐渭集》,中华书局,1983年,第639页。
②　王禹偁:《小畜集》卷九《日长简仲咸》,《四部丛刊》本。
③　王畿:《王畿集》,凤凰出版社,2007年,第449页。
④　同上书,第246页。
⑤　同上书,第58页。

到了出世与入世两种解决人生问题的道路。可惜徐渭没有像王畿融通三教那样，将出世与入世巧妙地结合起来，或者二者择一，为自己寻找到一条精神上安顿自我的最佳途径。

　　2. 山人：社会角色的迷失

　　陈文新先生在《中国文学流派意识的发生与发展——中国古代文学流派研究导论》一书中指出："明代的诗人群体，就其社会身份而言，主要有台阁要员、郎署官员和布衣山人三大类型。"[①]山人是浮游于主流社会边缘的一类角色，他们似隐非隐，似道非道，正像王士性《汲古堂集序》中所说："今山人不山居，而借朝市以借口焉"，周游于缙绅士大夫之间，以求温饱，"甚者以揣摩捭阖之术糊其口，而无以自试，不托迹于章缝则不售也"（《汲古堂集》卷首），因而往往成为时人嘲弄的对象。

　　但是，在山人这一群体中，也不乏具真才实学者。像徐渭，他的好友沈明臣、王寅等，以及诗人谢榛，都属于这一类型。这些人的遭遇则往往是令人同情和惋惜的。例如，谢榛曾经是后七子之首，由于他和李攀龙文学见解不一致，二人发生了矛盾，遂被逐出七子之列。王世贞偏袒李攀龙，在《艺苑卮言》卷七中说："谢茂秦年来益老悖，尝寄示拟李、杜长歌，丑俗稚钝，一字不通，而自为序，高自称许……何不以溺自照！"[②]语气非常尖刻。徐渭听说此事后，非常愤慨，在《廿八日雪》一诗中写道："乃知朱毂华裙子，鱼肉布衣无顾忌。即令此辈忤谢榛，谢榛敢骂此辈未？回思世事发指冠，令我不酒亦不寒。"[③]徐渭写此诗时，事情已过去很久了，但徐渭依然是如此激动，这是因为谢榛的遭遇，引发了徐渭的身世之感。徐渭和谢榛一样，也曾有过光明的前途，却被命运抛到了社会

---

①　陈文新：《中国文学流派意识的发生和发展——中国古代文学流派研究导论》，武汉大学出版社，2003 年，第 173 页。

②　王世贞撰，罗仲鼎校注：《艺苑卮言校注》，齐鲁书社，1992 年，第 349、350 页。

③　徐渭：《徐渭集》，中华书局，1983 年，第 143 页。

的边缘,成了一个社会的零余人;想要参与世事,却得不到别人的尊重,尊严可以被人恣意践踏。对于心高气傲的徐渭来说,怎能不让他感到怒发冲冠、酒热中肠呢?

徐渭晚年零余者的姿态,与杜甫有几分相似,却又不完全相同。徐渭的《答嘉则二首次韵》其二云:"桃花大水滨,茅屋老畸人。况直花三月,真堪酒百巡。何钱将挂杖,瞥眼忍辜春。早识佺期过,攀囊借贴津。"①此诗与杜甫的《狂夫》一诗内容较为接近,两者都是描述作者晚年的生活状态。杜甫在《狂夫》一诗中写道:"万里桥西一草堂,百花潭水即沧浪。风含翠筱娟娟静,雨裛红蕖冉冉香。厚禄故人书断绝,恒饥稚子色凄凉。欲填沟壑唯疏放,自笑狂夫老更狂。"两首诗都写到了河水、草堂、优美的景色、对故人的思念以及晚景的凄凉。杜甫一生追求政治理想而得不到施展才能的机会,他与徐渭一样,都不善于"治生",因此也可以看作一个零余者。不同的是,杜甫晚年只是自称为狂夫,与他早年的狂放精神是一脉相承的,只是"老更狂"而已。也就是说,杜甫的思想并没有越出儒家伦理道德的规范。他有明确的人生目标,虽然他一直没有成为自己理想中的社会角色,却始终锲而不舍地追求着。而徐渭自称为"畸人",则是将自己划为"方外之人",与儒家的"方内之人"划清了界限。"狂"是徐渭和杜甫共同的性格特征,但是出于对儒家思想的不同认识,形成了徐渭和杜甫不同的心理特征:杜甫表现为忧患,徐渭则表现为愤激。简言之,杜甫是由"狂"而入于"圣",徐渭则是由"狂"而至于"畸"。

社会角色意识的迷失,是中晚明文人面临的共同困惑。而徐渭没有纵情于世俗的享乐,他的内心深处是痛苦的,这是他与同时期人不同的地方。他虽然经袁宏道等人的揄扬,成为个性解放的一面旗帜,但是真正理解他的人有多少呢?从这个角度上说,即使

① 徐渭:《徐渭集》,中华书局,1983 年,第 292 页。

在晚明，徐文长的大名传遍海内之后，徐渭依然是一个与众不同的"畸人"。

3. 畸人：个性解放的旗帜

徐渭在晚年自称为"畸人"。他不仅自修《畸谱》，而且在《答嘉则二首次韵》其二一诗中自称："桃花大水滨，茅屋老畸人。"[①]

何谓畸人？"畸人"一语，出自《庄子·大宗师》："畸人者，畸于人而侔于天。故曰：天之小人，人之君子；人之君子，天之小人也。"意思是说，所谓畸人，就是虽有异于常人，却合乎自然之道的人。畸，或作奇，与倚相通，意思为异。[②] 畸人，意思就是异人。但是这样理解的话，畸人的含义还不是十分明确。让我们回到《庄子》的原文中去寻找答案。《庄子》中的这番话，是借孔子与子路之口而说出来的。起因是子桑户、孟子反、子琴张三人为方外之人，子桑户死了，孔子让子贡前去吊唁。子贡前往，看到孟子反、子琴张二人正临尸而歌。子贡认为此二人不懂礼仪，二人却反嘲子贡不知道礼的意义。子贡归来将此事禀告孔子，孔子向子贡解释了方外之士与方内之士的区别。可见所谓畸人，也就是方外之士或不拘礼法之人。徐渭用这两个字来形容自己，真是再恰当不过了。

道家思想在徐渭晚年的思想中占据了重要的位置。但是从前面提到的《论中》一文我们也可以看出，徐渭是从哲学的高度对道家思想进行批判吸收的，因此他没有完全采取遁世的态度，没有追求成仙得道，而是自觉地与儒家的礼法社会保持一定的距离，以一个零余者的姿态生存在这个世界上。徐渭为各种典籍所作的注本大多湮没无存，是一件憾事，但是从他晚年的艺术创作中，我们可以看出其讲求神会的艺术理念，正是《庄子》所谓"畸于人而侔于天者也"。

---

① 徐渭：《徐渭集》，中华书局，1983年，第292页。
② 王引之《经义述闻》卷二十五"倚诸桓也"条引王逸《楚辞注》云："'奇，异也。'古字'倚'与'奇'通，字或作'畸'。《庄子·大宗师篇》：'……畸人者，畸于人而侔于天。'释文：……谓异于人而同于天。"即《天下篇》之"倚人"也。

　　徐渭有两首类似寓言诗的作品,深刻地揭示了封建秩序摧残人性的残酷本质,表现出不与时代同流合污的高傲个性。一首是《昨见》:

　　　　昨见食偶者,析偶以为薪。零星椎股脾,寸尺移尻臀。心胸本无有,斧亦集其垠。辟彼偃师工,立剖瞬者身。彼偃师者析,庸以免其嗔。免嗔其得已,为薪岂无榛? 何忘食女德? 辛苦二十春。食偶者答言,当其为偶辰。我即薪视尔,尔自不我知,我志如此矣。我欲尔也歌,尔即轩厥舐。我欲尔也舞,尔即蹈厥趾。我怒尔唇阖,我笑尔唇启。凡我所控提,尔即如我自。尔自不觉知,昧我蓄薪志。①

　　这首诗通过食偶者与木偶之间的关系,对科举制度与读书人之间的关系作了生动形象的比喻。在科举的束缚下,人们变成了毫无心胸的木偶,不知自己已身陷圈套。他们循规蹈矩,不但得不到一点尊重,更得不到任何同情,最后免不了成为薪柴的悲惨下场。写完《昨见》,徐渭感慨犹不能自已,接着又写了一首《偶也》:

　　　　偶也难亿诈,为鱼岂无知。假令鱼为偶,亦安避薪为? 此亦岂无谓,听我歌此词。当鱼在沼时,沼阔不容垢。沼既不容垢,研复朝洗之。洗多墨岂少,墨积盈沼池。从此再三洗,喝唸恒在兹,唇外无滴漪。缝唇墨即入,何况相沫咻。君在大气中,塞海皆氛霾。君今口与鼻,能免不埃噎。苏武在房中,磕头皆羊羝。死生凭羝辈,起处亦羝限。岂唯起处限,嬉宁谢羝嬉。君侪人如此,而况我也鱼。我闻君里谚,契我鱼也志。非伴情所知,事急随则随。②

――――――――――――――
① 徐渭:《徐渭集》,中华书局,1983 年,第 82 页。
② 同上书,第 83 页。

这首诗承接上一首的意思说，即使那些不参加科举考试的、看穿了封建礼法残酷本质的知识分子，也免不了被封建礼教摧残的命运。徐渭举了鱼水关系、苏武牧羊等几个例子，说明环境对人的影响。其中鱼水关系是《庄子》一书中多次用到的比喻。如在给"畸人"下定义之前，庄子曾借孔子之口谈到了人与道术之间的关系："鱼相造乎水，人相造乎道。相造乎水者，穿池而养给；相造乎道者，无事而生定。故曰：鱼相忘乎江湖，人相忘乎道术。"(《庄子·大宗师》)徐渭在看穿科举制度与封建礼法的本质之后，便立志要做一条"相忘乎江湖"的鱼，可惜整个社会就像一个被污染了的大泥潭，人很难不向现实做出妥协和让步。虽然如此，徐渭还是希望做到出淤泥而不染。他在《口中》一诗中写道：

> 口中万吞吐，莫道一俗字。刍豢离喙唇，冰雪满牙齿。身中百所为，亦莫涉一俗。但为鸾鹤翩，暮即云霞宿。有斤不削人，有绳不直木。淤泥填大千，荷叶自抽绿。从此戒尔后，慎莫蹈往覆。有如乖教言，断舌肘其足。①

从上面这几首诗中，我们可以看出徐渭思想转变的历程。他之所以从一个才华横溢、追求真理、渴望有所作为的年轻人转变为一个不问世事的畸人，是因为他对当时的社会现实有着"举世皆醉我独醒"的深刻认识，同时又深感无能为力。徐渭采取零余者的姿态，可以视为一种主体意识的觉醒。徐渭生活的时代，是一个充满了虚伪与丑恶的时代。一方面物欲横流，另一方面人人又都道貌岸然。儒家的礼法不再是治世的工具，而是统治者用来掩饰自己的面具。因此，徐渭给社会开出的药方，不再像杜甫一样是所谓的尧舜之道，而是类似于道家思想的"真"。但是徐渭深感仅凭个人

---

① 徐渭：《徐渭集》，中华书局，1983 年，第 110 页。

的努力，要改变这个社会，实在是无能为力，就像是龚自珍在《病梅馆记》中所描写的那样，社会需要的是那些中规中矩的病梅，而徐渭是无拘无束的野梅，所以入不了统治阶级的大雅之堂。而且徐渭的思想与整个社会格格不入，想独善其身也不可能，因此他表现出一种零余者的姿态。这种姿态，其实是一种个性的张扬。徐渭张扬的个性，在他生活的时代为社会环境所不容，但在他死后不久，在狂禅思想的冲击下，个性解放终于形成一股社会潮流，徐文长的大名一时传遍海内，成为个性解放的一面旗帜。

徐渭"畸于人"的一面，是一种人格力量的体现，在当时是具有斗争意义的。但是人毕竟是社会动物，不可能完全脱离于人群。就文学创作而言，徐渭留给我们的最有益的启迪还是其"侔于天"的一面，即人与自然的沟通，对真理的追求和对自然之道的感悟。这在徐渭的文艺思想中充分地体现了出来。

三、创作："夺工部之骨而脱其肤"

徐渭与杜甫因为有着不同的思想基础，造成世界观、人生观的差异，并进而体现为诗歌思想内容的不尽相似。但是就对艺术规律的把握而言，他们的认识在很大程度上是一致的。

（一）夺工部之骨：大致相近的文艺思想

徐渭的性格虽然比较狂放，但是在文艺观上却是比较客观公允的，而其见解又往往比较深刻，能够抓住艺术的本质，切中肯綮。在这一点上，他与杜甫非常相似。徐渭的"侔于天"，是对自然之道的感悟，其中便包含着他的文艺观。当通往仕途的大门向他关闭之后，他便全身心地皈依于艺术，成为一个艺术全才，不但诗、文、书、画、戏曲，样样皆精，而且在文艺理论方面颇有建树。徐渭对于杜诗的学习，也主要集中在对艺术规律的把握上，深得杜诗的艺术精髓。这从徐渭对杜诗的批点中便可以看得出来。

1. 徐渭对杜诗的批点

徐渭曾经对《杜工部集》进行批点。"批点、评注是批评者的读书心得，每于后人治学有所启迪，且往往有未经整理刻印者，可作稿本观。"①徐渭对杜诗的批点即属于未经刊行的手批本，可与稿本、孤本等量齐观，具有重要的文献价值和研究价值。

南京图书馆藏有《徐青藤批杜集》残卷。该书被图书馆列为善本，不易见到。周采泉《杜集书录》对该书有如下按语：

> 徐氏所批系据戴觉民刊《杜工部集》，书签题《徐青藤批杜集》。此批曾藏陈焯湘管楼，现藏南京图书馆。所批并不多，且多为短批。徐氏平生以书法自负，此批以墨笔作草书，龙蛇飞舞，为各批中所仅见，今录其原批如下：
>
> （批语从略）
>
> 又仇注《秋兴》注引："徐渭以为藤萝芦荻分夏秋，未合。"批中却无此语，未知仇注何所本？由于上列各批，仇注均未引，知仇氏不曾亲见此批。现存名家批本，当以此为第一。②

周采泉引录《徐青藤批杜集》共十一条，加上仇注转引的一条，《杜集书录》中提及的徐渭对杜诗之评语共计十二条。③

周采泉《杜集书录》所录"原批"并不完整。曾绍皇目验原书之

---

① 陈先行等：《中国古籍稿钞校本图录》，上海书店出版社，2000 年，"前言"第 12 页。
② 周采泉：《杜集书录》，上海古籍出版社，1986 年，第 518 页。
③ 注：本文系笔者硕士论文，写成于 2004 年前后，当时未见《徐青藤批杜集》原本，仅据《杜集书录》所录徐渭批杜语略加分析。"十二条"云云，亦是就《杜集书录》中出现的徐渭批语而言。因现存《徐青藤批杜集》为残本，仇注转引的一条是否出自《徐青藤批杜集》，尚有待考证。

后,统计出徐批"共有一百二十二条之多"①。

熊言安对《徐青藤批杜集》作了进一步考辨,得出三点结论:

1. 徐氏手批底本《杜工部集》系明鲍松刊,与宋戴觉民无涉。

2. 关于《仇注》引徐渭批语问题……《徐批》今已成残卷,《秋兴》诗相关内容已缺失,因此徐氏批语中究竟有无仇氏所引内容,不可轻下定论。

3.《书录》言"所批并不多",不合事实。徐渭批语共一百三十余则,并非《书录》中所录的十一条。

熊言安还指出徐渭批语具有"学杜"而"不盲目崇杜"、"追求洁秀、自然诗风"、反对"昂杜低韩"等特色。②

曾绍皇、熊言安所录《徐青藤批杜集》批语,亦如周采泉所言,"多为短批"。曾绍皇认为《徐批》体现了徐渭"具有浓郁的崇杜情结",熊言安认为此说失之偏颇,指出:

一百三十余则批语中,贬抑性批语颇多,如"凡""稍凡",共十四处,"平""亦平""平平""常""平常""亦常",共十二处,"稚""极稚",共五处,"凑""极凑""凑而已",共五处;"粗""觉粗",共三处,等等。可见徐渭并不盲目崇杜。③

周采泉《杜集书录》所引徐渭十一条批语,对杜诗亦有褒有贬,但以褒居多。具有明显贬抑性色彩者只有一条:

---

① 曾绍皇:《论徐渭的崇杜情结及其手批〈杜工部集〉》,《杜甫研究学刊》2010 年第 1 期。
② 熊言安:《南京图书馆藏〈徐青藤批杜集〉考辨》,《学术研究》2013 年第 11 期。
③ 同上。

《登楼》批："人皆尽称此首，吾独以为板而凑也。'来天地'、'变古今'，板也。'北极'句凑也。"①

周采泉《杜集书录》所收批语，除"多为短批"、偏于褒扬外，还有一个共同的特点，那就是几乎全部都是从艺术角度着眼，对杜诗的思想意义很少涉及。最有代表性的例子就是第三则《茅屋为秋风所破歌》批："形容到没躲闪处。"这首诗，人们津津乐道的往往是最后几句："安得广厦千万间，大庇天下寒士俱欢颜，风雨不动安如山。呜呼！何时眼前突兀见此屋，吾庐独破受冻死亦足。"因为这几句诗最能体现出杜甫心系天下的伟大情操。但是徐渭的批评却只着眼于诗歌前面部分的描写。不但如此，他还把从杜诗中汲取的艺术经验运用到自己的创作之中。徐渭有一首诗题为《补屋》，与杜甫《茅屋为秋风所破歌》的内容十分接近。《补屋》全诗如下：

> 僦居已六年，瓦窬绽缘缝。每当雨雪时，举族集盆瓮。微溜方度楣，骤响忽穿栋。有如淋潦辰，米麦决筛孔。五月候作梅，一雨接芒种。菌耳花箧衣，烂书揭不动。樵子不上山，薪炭贵如矿。生平好楼居，值此念愈踊。数椽犹僦人，安得峻栌栱。买瓦费百钱，已觉倒囊笼。命工勿多摊，擘艾聊救痛。②

可以看出，这首诗的特点正如徐渭评《茅屋为秋风所破歌》一样，是"形容到没躲闪处"。其描写之穷形尽相，较杜甫之形容尤有过之。不同之处在于，徐渭的诗中没有卒章显志的内容，没有像杜甫那样给诗歌加上一个带有理想主义色彩的尾巴。

《徐青藤批杜集》的批语还涉及杜诗对《古诗十九首》、乐府诗歌的继承。如第一则《前出塞》批："《十九首》也，无一首不妙。"第

---

① 周采泉：《杜集书录》，上海古籍出版社，1986 年，第 518 页。
② 徐渭：《徐渭集》，中华书局，1983 年，第 84 页。

二则《示从孙济》批："古乐府语。"第四则《遭田父泥饮》批："自好。亦乐府语,杜老于此,庶几下惠之和。"杜甫的新题乐府诗历来受到好评,特别是"三吏""三别",被称为千古名篇。而徐渭选择的这几首诗,都是从语言的角度着眼,分析其与古代作品的继承关系,对作品的思想内容未作论述。其余的几则批语,也大都是从艺术角度分析。如《过郭代公宅》批："'及夫'虽不甚好,可以穷诗体之变。"《古柏行》批："昔人谓'云来'两句,当在'露皮'二句之后,固然,亦不必然也。诗之错杂,岂有定体? 间隔中自不妨,此为通首四句排比,反不错落矣。"以上两则批语都着眼于诗体的变化出新;《泛江送魏十八仓曹还京》批："细读好。"着眼于诗歌的鉴赏;《登楼》批："人皆尽称此首,吾独以为板而凑也。'来天地''变古今',板也。'北极'句凑也。"着眼于结构;《岷山沱江图》批："亦是此翁之精句。"着眼于句法;《十二月一日三首》批："'媚远天'三字妙,混茫至不可解。"着眼于意境。唯一与思想内容有点关联的是《除草》批："寓言。"也只是就诗歌的表现功能而言,并没有牵涉诗中的具体思想内容。

《杜集书录》对《徐青藤批杜集》做出了较高的评价："现存名家批本,当以此为第一。"这不仅是因为徐渭字写得好,"此批以墨笔作草书,龙飞蛇舞,为各批中所仅见",同时也是因为徐渭的批语简洁明快,一语中的。徐渭对杜诗的批点在晚明影响不大,知者甚少。主要的原因,恐怕还在于徐渭本人无意于发表这些见解,其批杜,只是记录下自己读书时的点滴心得,进而指导自己的创作。杜诗在诗歌史上一直备受关注,在宋代便有"千家注杜"之说,在明代同样是研究者的热门话题,徐渭无意去凑这个热闹。于是,《徐青藤批杜集》便成了今天我们研究徐渭对杜诗看法的难得的宝贵资料。

徐渭晚年还曾经批点过李白《李翰林集》、李贺《李长吉诗集》等。其中,《李翰林集》系与《杜工部集》合刊,两者均为徐渭手批本，未刊行。徐渭批点的《李长吉诗集》流传较广，与徐渭对李、杜的批点形成鲜明对照，从而深化了世人对徐渭"诗学长吉"的片面印象。

徐渭一生著述甚为丰富。中华书局版《徐渭集》的"出版说明"中提及："徐渭著作还有《青藤山人路史》《文长杂记》《南词叙录》《笔玄要旨》及评注《西厢记》《李长吉诗集》等。本书只收诗文戏曲创作，专著则一概不收了。"①这里也只提及《李长吉诗集》，而未提到徐渭对李、杜两家的评点。

《青藤山人路史》共两卷，《四库全书总目》将其归入子部杂家类存目中的"杂说"之属，提要云：

> 渭以才俊名一时，然唯书画有逸气，诗文已幺弦侧调，不入正声。至考证之功，益为疏舛。是编盖其杂记之册。王士禛《香祖笔记》尝议其不知陥糜为汉县，而妄云唐时高丽贡墨，以糜胶和松烟谓之陥糜。又云中山酒、中山兔毫并是应天府溧水县，非古中山，亦出杜撰。今考其书，琐事多据《事文类聚》，训诂多据《洪武正韵》，故事多据《十七史详节》，颇为舛陋。甚至《檀弓》之墓指为丧冠，《月令》之大酋指为周礼，以暨季江为江季，以寒具为寒食之具，种种臆谈，不可枚举。至云刘歆字子骏，向之少子，亦记为异闻，则更无谓矣。②

由于四库馆臣对此书评价不高，致使其流传不广，学界对此书亦不甚关注。"议论而兼叙述者谓之杂说"③，徐渭《路史》虽不以考据见长，但其议论不落窠臼，亦有值得注意之处。如《青藤山人路史》

---

① 徐渭：《徐渭集》，中华书局，1983 年，"出版说明"第 4 页。
② 永瑢等：《四库全书总目》卷一百二十八，中华书局，1965 年，第 1100 页。
③ 永瑢等：《四库全书总目》卷一百一十七"杂家类"小序，中华书局，1965 年，第 1006 页。

卷上"奉使虚随八月槎"条云:"藤萝是夏月,芦荻是秋花,言光阴易逝也,而解者并可供一笑。"①此说甚有道理,而不为仇兆鳌《杜诗详注》所取。

《青藤山人路史》全书结尾处专门针对杜诗、苏词作了大段议论。其论杜诗曰:

> 杜诗《早朝》《闻笛》《白帝城雨》三首佳甚,乃"诗成珠玉""凤飘律吕"及"戎马""归马"中着"不如"二字,并腐。余惜之,改云:"诗成马上待挥毫""戎马杳无归马日""凤飘陇水何年咽"。工部佳处,人不易到,乃在真率写情,浑然天成,而语多顿挫沉郁,如其自所许者,才是妙物。至如"不分桃花""波飘菰米"等,虽寓刺乃其句格,只是学堂中偶对,而词伯往往登为高品,以为上上风骚。在愚则以为上者,五古如前后《出塞》等,五律如《岳阳楼》《大宛马》等,七律则如《黄草驿》《前不归》等,如撒手生驹,无一毫把捉,斯则可称绝品。又有谓七绝非其所长,乃盛推太白、昌龄,而不知杜老七绝直写胸臆,高者加李,雅朴矫硬,动自乐府中家常语,岂昌龄可到。然杜之全本须删去一半,便是一库周鼎商彝矣。②

后文又曰:"老杜歌行,最见次第,出入本末。"③

徐渭的这些观点,虽然未必能够得到广泛认同,但不失为一家之言,出自其自家肺腑,非陈陈相因、拾人唾余之语。

在徐渭的戏曲理论著作《南词叙录》④中,也偶有涉及杜诗之

---

① 徐渭:《青藤山人路史》,《四库全书存目丛书》子部第104册,齐鲁书社,1997年,第216页。
② 同上书,第261页。
③ 同上。
④ 一般认为《南词叙录》乃徐渭三十六岁时所作。但也有学者认为此书不是徐渭所作(参见骆玉明、董如龙:《南词叙录非徐渭作》,《复旦学报》1987年第6期)。在徐渭是否为《南词叙录》作者尚未有定论之前,这里姑且沿用旧说。

处。如："以时文为南曲，元末、国初未有也；其弊起于《香囊记》。
《香囊》乃宜兴老生员邵文明作，习《诗经》，专学杜诗，遂以二书语
句勾入曲中，宾白亦是文语，又好用故事作对子，最为害事。夫曲
本取于感发人心，歌之使奴、童、妇、女皆喻，乃为得体；经、子之谈，
以之为诗且不可，况此等耶？ 直以才情欠少，未免矮补成篇。吾意
与其文而晦，曷若俗而鄙之易晓也？"①"晚唐、五代，填词最高，宋
人不及，何也？ 词须浅近，晚唐诗文最浅，邻于词调，故臻上品；宋
人开口便学杜诗，格高气粗，出语便自生硬，终是不合格，其间若淮
海、耆卿、叔原辈，一二语入唐者有之，通篇则无有。元人学唐诗，
亦浅近婉媚，去词不甚远，故曲子绝妙。〔四朝元〕〔祝英台〕之在
《琵琶》者，唐人语也，使杜子撰一句曲，不可用，况用其语乎？"②以
上两则引文，主要是从诗、词、曲的文体风格有所不同的角度来立
论的，并非对杜甫诗歌的有意贬低。"遮莫，尽教也。亦曰折莫。
杜诗：遮莫邻鸡下五更。"③这里引用的是杜诗《书堂饮既夜，复邀
李尚书下马，月下赋绝句》中的句子来说明南戏中的俗语。由于
《南词叙录》是否为徐渭所作，学界尚有争议，故我们对此不再作深
入讨论。

2. "真率写情"的创作主张

徐渭曾经这样评价杜诗："工部佳处，人不易到，乃在真率写
情，浑然天成。"④（《青藤山人路史》卷下）在"诗史""集大成"等众
多桂冠的笼罩下，徐渭单拈出"真率写情，浑然天成"八个字来概括
杜诗的艺术成就，可谓是独具只眼，有感而发。"写情"，是指诗歌
内容；"真率"，是指作家的创作态度；"浑然天成"，则是对作品的要

① 徐渭著，李复波、熊澄宇注释：《南词叙录注释》，中国戏剧出版社，1989 年，第
49 页。
② 同上书，第 61 页。
③ 同上书，第 111 页。
④ 徐渭：《青藤山人路史》，《四库全书存目丛书》子部第 104 册，齐鲁书社，1997 年，第
261 页。

求。这八个字,是徐渭学习杜诗的切身感受,也是针对当时的诗坛流弊而发的。特别是"真率写情"四字,牵涉中国古典诗学中一个长期争讼不休的问题——"诗言志"与"诗缘情"之辩。徐渭从这一点上对杜甫加以肯定,为两人的诗学观点在更多方面达成一致奠定了基础。

"诗言志"与"诗缘情"之辩由来已久。其实,古人所说的"志",本身也包含着情感的意思在内,只是到了后来,受儒家学说发展的影响,"情"被从"志"中分离出来,甚至成为"志"的对立面。另外,还需要辨明的一点是,"言"是就思想内容而言,"缘"是就创作动机而言。从这个角度来讲,"言志"与"缘情"是创作的两个阶段,"缘情"发生在"言志"之先,二者也无根本的矛盾。虽然"诗言志"与"诗缘情"并无本质的区别,但是出于对"志"和"情"的不同理解,在我国诗论史上常常出现"言志"说与"缘情"说的对立。

杜诗由于思想性较强,可看作"诗言志"的代表。如苏轼说:"昔先王之泽衰,然后变风发乎情,虽衰而未竭,是以犹止于礼义,以为贤于无所止者而已。若夫发乎情,止于忠孝者,其诗岂可同日而语哉! 古今诗人众矣,而杜子美为首,岂非以流落饥寒,终身不用,而一饭未尝忘君也与!"①说杜甫诗"言志"不假,但其"言志"的前提是"缘情"。杜甫多次在诗歌中表达了对"情"在创作中功用的重视,如"有情且赋诗,事迹可两忘"(《四松》),"箧中有旧笔,情至时复援"(《客居》),"老来多涕泪,情在强诗篇"(《哭韦大夫之晋》),"缘情慰漂荡,抱疾屡迁移"(《偶题》)。杜甫一直恪守着纯正的儒家思想,故他的"情"与"志"能够完美地契合。在杜甫的诗歌中,不论是写亲情、友情,还是写对国事的关心、对劳动人民的同情,都是一样发自肺腑,一样真率动人,以至于梁启超将杜甫捧为"情圣"②。正

---

① 苏轼著,曾枣庄、舒大刚主编:《三苏全书》第 13 册,语文出版社,2001 年,第 470 页。
② 参阅梁启超:《情圣杜甫》,原载《晨报副刊》1922 年 5 月 28 日、29 日,后收入《梁任公学术讲演集》第一辑,商务印书馆,1922 年。

因为有"缘情"作基础，杜甫的"言志"之作才格外具有打动人心的力量。

明代一些学盛唐、学杜诗者，往往将杜诗的"情"与"志"分割，或者对杜诗妄加贬低，或者虽学杜而不得其法。南宋严羽在《沧浪诗话》中，虽然并尊李、杜，但已有"众唐人是一样，少陵是一样"的说法，原因便是杜诗和其他唐人诗包含着不一样的情志。明初高棅《唐诗品汇》继承严羽的论绪，在论唐诗之盛时首举李之"飘逸"、杜之"沉郁"，但在具体品评时已出现了"抑杜"的倾向。何景明《明月篇》序云："乃知子美辞固沉着，而调失流转，虽成一家语，实则诗歌之变体也。夫诗本性情之发者也。其切而易见者，莫如夫妇之间，是以《三百篇》首乎雎鸠，六义首乎风，而汉、魏作者，义关君臣朋友，辞必托诸夫妇，以宣郁而达情焉，其旨远矣。由是观之，子美之诗，博涉世故，出于夫妇者常少，致兼雅颂而风人之义或缺，此其调反在四子下欤？"[1]何景明也认为"诗本性情之发者"，但是他把性情局限于夫妇之情，而其他一切思想感情都应借夫妇之情来抒发，其认识未免太过狭隘。上述观点，或对杜诗中的"言志"成分表示不满，或对杜诗的抒情方式提出异议，都没有认识到杜诗"情"与"志"统一的特色。而徐渭明确认识到这一点，故而用"真率写情，浑然天成"来概括杜甫诗歌的特点，把"真"作为杜诗情与志的契合点。人类的情感多种多样，只要是发乎性情，不一定非要"止于忠孝"，也不见得定要"托诸夫妇"。否则，感情容易流于虚假。

杜甫的"真率写情"是其思想与情感的自然流露，徐渭的"真率写情"，则是作为一种主张被明确提出来的。徐渭在戏曲理论上提出过"摹情"的观点："人生堕地，便为情使。""摹情弥真，则动人弥易，传世亦弥远。"[2]（《选古今南北剧序》）同样，在诗歌领域中，"真

---

① 何景明著，李淑毅等点校：《何大复集》，中州古籍出版社，1989 年，第 210、211 页。
② 徐渭：《徐渭集》，中华书局，1983 年，第 1296 页。

率写情"也是徐渭反复讨论的中心问题。在这个主张中,有两点值
得注意,一是徐渭所倡导的"写情"主张,是与"真"字紧密地联系在
一起的;二是"写情"与"缘情"之间,也存在着细微的差别,"写"更
类似于"言志"的"言"字。我们先来看第一点。"诗缘情"本是一个
古老的诗学命题,徐渭为什么要再次强调,并在"写情"的前面特意
标出"真率"二字来呢? 这是因为徐渭认为随着诗歌的发展,写诗
逐渐成为一种风气,无病呻吟之作越来越多,诗歌不再是"情动于
中而形于言"(《毛诗序》),而是"设情以为之"①(《肖甫诗序》)。徐
渭说:"古人之诗本乎情,非设以为之者也,是以有诗而无诗人。迨
于后世,则有诗人矣,乞诗之目多至不可胜应,而诗之格亦多至不
可胜品。然其于诗,类皆本无是情,而设情以为之。夫设情以为之
者,其趋在于干诗之名,其势必至于袭诗之格而剿其华词。审如
是,则诗之实亡矣,是之谓有诗人而无诗。"②(《肖甫诗序》)。这样
作出来的诗,只能是假诗,很难有打动人心的艺术力量。李梦阳晚
年赞同"真诗乃在民间",而自遣其诗"出于情寡而工之词多也"(李
梦阳《诗集自序》),也是此意。为此,徐渭不但主张诗缘情,而且主
张要写真情。再来看第二点,徐渭的诗歌理论不但主张"诗缘情",
而且主张"诗言情"。在徐渭看来,"情"在诗歌中必不可少,"志"则
是可有可无的。比如他在《奉师季先生书》中,称赞乐府民歌:"此
真天机自动,触物发声,以启其下段欲写之情。默会亦自有妙处,
决不可以意义说者。"③意即在诗歌中,意义可以或缺,情感因素却
必不可少。徐渭在强调情感在诗歌中重要地位的同时,也并不排
斥"理"在诗歌中的存在。当具有真情实感的诗被那些徒具华美辞
藻的诗取代的时候,徐渭不反对用"理"来充实诗歌的内容。他在
《肖甫诗序》中,承接上文"有诗人而无诗"的议论,接着说:"有穷理

---

① 徐渭:《徐渭集》,中华书局,1983 年,第 534 页。
② 同上。
③ 同上书,第 458 页。

者起而救之，以为词有限而理无穷，格之华词有限而理之生议无穷也，于是其所为诗悉出乎理而主乎议。而性畅者其词亮，性郁者其词沉，理深而议高者人难知，理通而议平者人易知。夫是两诗家者均之为俳，然谓彼之有限而此之无穷，则无穷者信乎在此而不在彼也。"①明代复古主义者轻视宋诗，如李梦阳便认为："宋人主理不主调，于是唐调亦亡。""宋人主理作理语，于是薄风云月露，一切铲去不为，又作诗话教人，人不复知诗矣。"②（《缶音序》）然而在徐渭看来，即使是主理的宋诗，也比那些"袭诗之格而剿其华词"的"设情而为之"的假诗强。

《肖甫诗序》是徐渭表达自己诗学观点的一篇重要文章。徐渭在此文中讨论了诗的本质、发展和流变，对于情志、文质、情理、风格等中国诗学史上争论过的问题，都提出了自己的观点，言简意赅，见解非常通达。从《肖甫诗序》一上来便提到的"诗本乎情"的观点出发，徐渭虽然不反对诗歌中有言志、言理等内容，但并不刻意去追求这些方面。与"真率写情"相联系的，还有一个如何看待诗歌功能的问题。徐渭和杜甫都赞同"兴观群怨"的说法。杜甫在《同元使君春陵行》之序中，称赞元结的作品为"比兴体制、微婉顿挫之词"。可见杜甫对"比兴体制"，或者说是诗歌社会功能的重视。而徐渭《答许口北》中则表示："公之选诗，可谓一归于正，复得其大矣。此事更无他端，即公所谓可兴、可观、可群、可怨，一诀尽之矣。试取所选者读之，果能如冷水浇背，陡然一惊，便是兴观群怨之品，如其不然，便不是矣。"③可见徐渭关注的标准还是"真率写情"，要求作者必须善于发现、善于创造，能给读者带来新的感受和启发。那些"设情以为之"的作品，是不可能达到令人"如冷水浇背，陡然一惊"的艺术效果的。

---

① 徐渭：《徐渭集》，中华书局，1983 年，第 534 页。
② 李梦阳：《空同集》卷五十二，文渊阁《四库全书》本。
③ 徐渭：《徐渭集》，中华书局，1983 年，第 482 页。

3. "始于学,终于天成"的创作道路

徐渭在《跋张东海草书千文卷后》中说:"夫不学而天成者,尚矣;其次则始于学,终于天成。天成者非成于天也,出乎己而不由于人也。敝莫敝于不出乎己而由乎人;尤莫敝于罔乎人而诡乎己之所出。凡事莫不尔,而奚独于书乎哉?"[1]虽然说的是书法作品,但"凡事莫不尔",诗歌也概莫能外。不学而天成,虽然是极高的境界,但很少有人能做到这一点。因而,这一番议论更有现实意义的还是指出了"始于学,终于天成"这样一条创作道路。徐渭在《书田生诗文后》中,以自己的创作经验印证了这一观点:"田生之文,稍融会六经及先秦诸子、诸史,尤契者蒙叟、贾长沙也。姑为近格,乃兼并昌黎、大苏,亦用其髓,弃其皮耳。师心横从,不傍门户,故了无痕凿可指。诗中亦无不可模者,而亦无一模也。此语良不诳。以世无知者,故其语亢而自高,犯贤人之病。噫,无怪也。"[2]徐渭又名田水月,系渭字拆解而来,田生就是指他自己。在学习散文的过程中,徐渭广采诸家,在诗歌方面也是"无不可模者",都说明了他虚心学习的精神。而"了无痕凿可指""亦无一模",则是指"浑然天成"的艺术境界。"世无知者",是对时人"文必秦汉,诗必盛唐""不出乎己而由乎人"和"罔乎人而诡乎己之所出"(《跋张东海草书千文卷后》)的批判。总之,徐渭指出的"始于学,终于天成"的创作道路,实际上囊括了文随世变的发展观点、转益多师的学习态度、浑然天成的艺术追求三个方面,给当时的作者们指出了一条向上的道路。这条道路是符合文艺创作规律的。杜甫有一句名言:"读书破万卷,下笔如有神。"(《奉赠韦左丞丈二十二韵》)清代叶燮《原诗》中赞道:"杜甫之诗,包源流,综正变。自甫以前,如汉、魏之浑朴古雅,六朝之藻丽秾纤、澹远韶秀,甫诗无一不备。然出于甫,皆

---

①　徐渭:《徐渭集》,中华书局,1983 年,第 1091 页。
②　同上书,第 976 页。

甫之诗,无一字句为前人之诗也。"①可见,一切有创造精神的作家,都自觉地遵循着这样一条创作道路,才形成了自己的创作个性,为文学事业的发展做出了积极贡献。

① 文随世变的发展观点

要想做到"始于学,终于天成",首先要破除盲目崇古、拟古的观念,树立起文随世变的发展观点。既要虚心向前人学习,又要敢于标新立异。徐渭和杜甫都有这样的文学史观。

徐渭在《论中四》中,批评了以古代官衔、地名指称当代吏名、地名的现象,指出"彼之古者,即我之今也"。他评价汤显祖《感士不遇赋》以古雅为奇的文风云:"上古圣人非故奇也,亦不过道上古之常也。"可见,徐渭主张文学应当体现时代特色。杜甫的文学史观在其论诗诗《偶题》中有比较完整的体现:"文章千古事,得失寸心知。作者皆殊列,名声岂浪垂。骚人嗟不见,汉道盛于斯。前辈飞腾入,余波绮丽为。后贤兼旧制,历代各清规。"

② 转益多师的学习态度

在学习对象的选择上,徐渭和杜甫都主张转益多师。他们不但广泛涉猎古代的文学遗产,而且虚心向同时代的作家学习。

徐渭在《与季友》中曾写道:"韩愈、孟郊、卢仝、李贺诗,近颇阅之。乃知李、杜之外,复有如此奇种,眼界始稍宽阔。不知近日学王、孟人,何故伎俩如此狭小? 在他面前说李、杜不得,何况此四家耶? 殊可怪叹。菽粟虽常嗜,不信却有龙肝凤髓,都不理耶?"②在这里,徐渭表现出一种开放的文学态度。他看到了李白、杜甫、王维、孟浩然等盛唐诗人与韩愈、孟郊、卢仝、李贺等中晚唐的诗人各有特色,反对专主一家而摒弃其余的美学风格。徐渭对后辈诗人汤显祖也极为推重。在他七十一岁时,曾给汤显祖写信,有《与汤

① 叶燮:《原诗》,人民文学出版社,1979 年,第 8 页。
② 徐渭:《徐渭集》,中华书局,1983 年,第 461 页。

义仍书》并附《读问棘堂集拟寄汤君》诗,甚至仿效其体。如他有《渔乐图》七言古诗注云:"都不记创于谁。近见汤君显祖,慕而学之。"①这也说明徐渭有开放的艺术态度,他的学习与创造精神到老不衰。

杜甫对前代诗歌的态度同样比较宽容。比如对南朝诗,杜甫虽亦有所批评,却不曾像李白那样大言"自从建安来,绮丽不足珍"(《古风》之一),而是"颇学阴何苦用心"。他对庾信、何逊、阴铿等众多六朝作家,都能诚心地肯定和汲取其长处,从而丰富了自身的创作。同时杜甫"不薄今人爱古人",忆及李白的诗篇不下十数首,称李白"白也诗无敌";对后辈诗人如元结,他也称赞"粲粲元道州,前圣畏后生"。

③ 浑然天成的艺术风格

徐渭和杜甫都承认为文有法,但是他们不拘泥于法,而是力求实现浑然天成的艺术效果,经必然王国进入艺术世界的自由王国。

陶望龄评价徐渭:"其为诗若文,往往深于法,而略于貌。"②王思任在《徐文长先生佚稿序》中也评价道:"读其诗,点法、倒法、托法、藏法,瀌趣织神,每在人意中攘脆争可,巧进口头,必不能出者,而文长又一语喝下,题事了然。"③所谓"每在人意中攘脆争可,巧进口头",也是说徐渭诗歌"浑然天成"的特点。特别是在经历了中年的牢狱之灾以后,徐渭不复问古人法度为何物。在绘画方面,徐渭创立了大写意的青藤画派。徐渭的画虽未见有工笔画传世,然而有的作品虽为写意,亦能看出法度根底之严。徐渭的书法传世多行、草书,但他早期却"素喜书小楷,颇学钟王",这都是他草书放逸的基石。另外,他在《笔玄要旨》《玄抄类摘》等著作中亦多介绍写字之法,这些都体现着他对法的重视。可见,徐渭并不反对

---

① 徐渭:《徐渭集》,中华书局,1983 年,第 135 页。
② 陶望龄:《刻徐文长三集序》,见《徐渭集》,中华书局,1983 年,"附录"第 1347 页。
③ 王思任:《徐文长先生佚稿序》,见《徐渭集》,中华书局,1983 年,"附录"第 1351 页。

"法"，他只是反对艺术创作被法束缚，反对拘法不化。徐渭对法度和天成的认识，特别是其开创的大写意画风，给后世的艺术家们以很大启发。青藤画派的继承者、清代杰出画家石涛在《画语录》中，提出"无法而法，乃为至法"①。徐渭的另一个继承者、称愿为青藤门下走狗的郑燮也反对复古，他曾经说："作文必欲法前古，婢学夫人徒自苦。"②（《赠潘桐冈》）他作了一首诗说："敢云我画竟无师？亦有开蒙上学时。画到天机流露处，无今无古寸心知。"③（《题画兰二十一则》）继承了徐渭"无古无今独逞"的精神。

"浑然天成"，可以说是徐渭学习杜甫最成功的一方面。吴可《藏海诗话》谓杜诗"少而锐，壮而肆，老而严"④，"工部诗得造化之妙"⑤。黄庭坚《与王观复书》云："观杜子美到夔州后诗，韩退之自潮州还朝后文章，皆不烦绳削而自合矣。"⑥朱熹说："杜诗初年甚精细，晚年横逆不可当，只意到处便押一个韵"（《朱子语类》卷一百四十）。元好问《杜诗学引》："窃尝谓子美之妙，释氏所谓学至于无学者耳"，"故谓杜诗为无一字无来处，亦可也；谓不从古人中来，亦可也"⑦。上述诸家论断皆说明杜诗具有"始于学，终于天成"的艺术特色，这与徐渭的主张是一致的。

4. 多样化的美学追求

徐渭与杜甫相近的诗学观点，还体现在他们多样化的美学追求上。袁宏道《徐文长传》云："文长喜作书，笔意奔放如其诗，苍劲中姿媚跃出。"⑧指出徐渭的诗歌像他的书法一样，实现了苍劲、姿媚两种风格的统一。胡震亨也说杜甫的诗"精粗、巨细、巧拙、新

① 丁家桐：《石涛传》，上海人民出版社，2000年，第242页。
② 郑板桥：《郑板桥集》，上海古籍出版社，1986年，第47页。
③ 同上书，第222页。
④ 吴文治主编：《宋诗话全编（陆）》，江苏古籍出版社，1998年，第5536页。
⑤ 同上书，第5538页。
⑥ 黄庭坚著，刘琳等点校：《黄庭坚全集》，中华书局，2021年，第425页。
⑦ 元好问：《杜诗学引》，见《杜诗详注》，中华书局，2015年，第2726页。
⑧ 袁宏道：《徐文长传》，见《徐渭集》，中华书局，1983年，"附录"第1343页。

陈、险易、浅深、浓淡、肥瘦,靡不毕具"(《唐音癸签》卷六)。

首先,试以拙为例。杜甫有诗曰:"老大意转拙。"张戒在《岁寒堂诗话》中解释道:"王介甫只知巧语之为诗,而不知拙语亦诗也;山谷只知奇语之为诗,而不知常语亦诗也……唯杜子美则不然,在山林则山林,在廊庙则廊庙,遇巧则巧,遇拙则拙,遇奇则奇,遇俗则俗,或放或收,或新或旧,一切物,一切事,一切意,无非诗者。"①而徐渭主张本色,称"婢学夫人徒自苦",其实也是追求"拙"的一种表现。

再有,徐渭和杜甫都有一些戏谑之作。徐渭声称"道在戏谑"(《东方朔窃桃图赞》),自谓"老来戏谑涂花卉"(《画百花卷与史甥》),在绘画上达到了自由的境界,涉笔成趣,信手涂抹的一花一草,都是极富意趣的艺术珍品,成为中国绘画史上开一代写意之风的绘画大师。杜甫说"老去诗篇浑漫与"(《江上值水如海势聊短述》),在诗歌创作上也达到了自由的艺术境界。杜甫有一首《醉为马坠诸公携酒相看》:"向来皓首惊万人,自倚红颜能骑射。安知决臆追风足,朱汗骖騠犹喷玉。不虞一蹶终损伤,人生快意多所辱。职当忧戚伏衾枕,况乃迟暮加烦促。明知来问腆我颜,杖藜强起依僮仆。语尽还成开口笑,提携别扫清溪曲。酒肉如山又一时,初筵哀丝动豪竹。共指西日不相贷,喧呼且覆杯中渌。何必走马来为问,君不见嵇康养生遭杀戮。"②徐渭也作过一首《武夷道中嘲嘉则堕马》:"沈郎多病瘦腰支,跨马登山怯路歧。马上如何忽不见,见时唯有一身泥。"③颇为风趣。两首诗在内容上可能没有什么直接的联系,但体现了他们在美学趣味上的共同追求。张汝霖《刻徐文长佚书序》中说徐渭:"其诙谐谑浪,大类坡公。"④其实,我们还可

① 丁福保辑:《历代诗话续编》,中华书局,1983年,第464页。
② 杜甫著,仇兆鳌笺注:《杜诗详注》,中华书局,1979年,第1591页。
③ 徐渭:《徐渭集》,中华书局,1983年,第351页。
④ 同上书,第1349页。

以进一步把这种在诗歌中表现出来的"道在戏谑"的艺术精神追溯到杜甫。

徐渭与杜甫有着不同的人生理想，而所持文艺观点却有许多相似之处，这就决定了徐渭学习杜甫主要着眼于艺术角度，而对杜诗的思想意义不甚关注。这是明代杜诗学研究的普遍特点。[①] 而徐渭不为儒缚，这就使他更有可能舍弃"一饭未曾忘君"的思想，更多地从艺术方面学习杜诗的表现力，借此来表现自己的思想。学习继承杜诗的艺术表现手法，而在思想内容上有所扬弃，这就是徐渭对杜诗的接受特点。正是在上述相似文艺观的指引下，徐渭能够较好地领悟杜甫诗歌的神韵，从中总结艺术规律，将其消化吸收，用来指导自己的创作。

(二) 脱其肤：不尽相同的创作面貌

1. 徐渭诗歌创作对杜诗的接受情况

徐渭对杜诗的接受，可分为表面接受和深层接受。徐渭学杜有一个过程，早年侧重于表面接受，晚年则侧重于深层接受。徐渭晚年的作品最能表现出其学杜的特色。

表面接受，主要是指那些直接以杜甫诗句为题赋诗的情形，以及化用杜甫诗意的情形。直接以杜甫诗句为题赋诗有：《赋得看剑引杯长》用杜甫《夜宴左氏庄》句、《赋得风入四蹄轻》四首用杜甫《房兵曹胡马诗》句、《过陈守经，留饭海棠树下，赋得夜雨剪春韭》用杜甫《赠卫八处士》句、《赋得渔人网集澄潭下》二首用杜甫《野老》句、《赋得贾客船随返照来》二首亦用杜甫《野老》句、《赋得竹深留客处》用杜甫《陪诸贵公子丈八沟携妓纳凉，晚际遇雨》二首之一句等。计有十一首之多。而用其他人（包括李贺在内）的诗句为题者，总共才不过七八首。这些诗多是酒席上的酬唱之作，且多是在

---

① 许总：《杜诗学发微》，南京出版社，1989年，第129页。

宣府时所作。前文说过,徐渭与老同学吴兑的关系被人比为杜甫与严武,因而在酒席上以杜诗为题作诗也就不足为怪了。但其中有一些也可能是即景赋诗,如《赋得渔人网集澄潭下》二首、《赋得贾客船随返照来》二首等,可以看出杜诗对徐渭的影响之深。这类创作,往往只借用杜诗一句的意思,诗写得虽然不错,但与杜甫原诗并无太大的关系。①

化用杜甫诗意的情形也很多。在《吴使君马(戏效韩体)》诗前的小序中,徐渭提到杜甫的诗句"牵来左右神皆竦"(杜甫《骢马行》)。《清风岭》诗的末尾写道:"江天风雨来何急,似觉诗成泣鬼神",巧妙地将杜甫称赞李白的名句"笔落惊风雨,诗成泣鬼神"(杜甫《寄李十二白二十韵》)嵌入自己的诗中。在《读问棘堂集,拟寄汤君》中,徐渭写道:"兰苕翡翠逐时鸣,谁解钧天响洞庭?"以此称赞汤显祖的诗不同于流俗,与杜诗《戏为六绝句》之四"才力应难夸数公,凡今谁是出群雄。或看翡翠兰苕上,未掣鲸鱼碧海中"意思相近。徐渭《虎丘》诗中有"虎气必腾千尺上,蛾眉曾照两弯鬐"之句,他在诗前小序中点明了这句诗的来历:"杜甫《蕃剑》诗:'虎气必腾上。'"《寄答汪古矜》中有"少陵鸬鹚唤不来,汪家鸥鸟了无猜"之句,系化用杜甫《三绝句》之二"门外鸬鹚去不来,沙头忽见眼相猜"句。在《草阁深江而有行舟之老》中,徐渭再次用到这一典故:"杜老唤鸬鹚,江深草阁低。"徐渭《梅雨几三旬陈君以诗来慰答之次韵》二首之二诗中有"少陵亦多事,新雨望人来"之句,系用杜甫"旧雨来,新雨不来"(杜甫《秋述》)的典故。

深层接受,主要指徐渭在诗歌创作题材、体裁、艺术表现手法等方面受杜诗的影响。这种影响不是一眼就能看出来的,需要细

---

① 凡摘取古人成句为题之诗,题首多冠以"赋得"二字。南朝梁元帝即有《赋得兰泽多芳草》一诗。科举时代之试帖诗,因诗题多取成句,故题前均冠以"赋得"二字。同样也应用于应制之作及诗人集会分题。后遂将"赋得"视为一种诗体。即景赋诗者亦往往以"赋得"为题。见《辞海》(缩印本),上海辞书出版社,1980年,第1438页。

加揣摩才能感受得到。杜诗潜移默化的影响使徐渭晚年诗风发生
了转变。

徐渭的咏物诗创作深受杜甫的影响。杜甫早年喜欢咏鹰、马
等壮伟之物；在成都时期，杜甫咏物诗的取材倾向发生了很大变
化，多咏平凡、普通之物，如《江头五咏》，分咏丁香、丽春、栀子、鸂
鶒、花鸭等五种生长于江边的动植物，描写生动传神，又寓有深刻
的含义。杜甫还有一组诗《病柏》《病橘》《枯棕》《枯楠》，写树也是
写人，描写的事物形象虽然不太美好，诗中却有着深沉的寄托。徐
渭笔下描写日常事物的咏物诗就更多了，像《菘台醋》、《蟹》六首，
描写都穷形尽相；在组诗《鸡声》《蛙声》《蝇声》《蚊声》中，通过对
鸡、蛙、蝇、蚊这些不起眼的小动物的描写，寓入现实人生的哲理。

徐渭的上述咏物诗有逞才炫巧的特点，寄托不如杜诗深刻。
其《横榻哀吟》赋坏翅鹤，取材与杜甫《病柏》等诗相近，而诗风凝练
沉郁，寓有深厚的人生感慨，更能看出徐渭学习杜诗的成就和特
色。《徐文长三集》中收有《横榻哀吟》五首，我们举第一首为例：

> 泽国秋飙海色鲜，飞腾无计只颓然。双栖入夜遮烟独，半
> 影拖花写雪偏。衣袒右肩慵梵客，柳生左肘任皇天。可怜独
> 剩沧溟气，乞与昂藏步榻边。①

《徐文长逸稿》中则标明这组诗有十一首，除《三集》中五首外，还应
有六首，然《逸稿》仅收了两首，其第二首写得尤为出色：

> 令威絮氅不胜痂，辽海羁雌别怨赊。半取冰纨欹箧扇，双
> 遮铁柱插江沙。悠悠一念终铭石，扫扫孤檐且落花。安得微
> 君三百字，暮潮秋雨洗龙蛇。②

① 徐渭：《徐渭集》，中华书局，1983 年，第 297 页。
② 同上书，第 826 页。

徐渭才思敏捷,然而像这样同一题材的诗,一写就是十一首,且首首都很出色,可见确是有感而发,并非泛泛的咏物之作。

徐渭借咏物诗以抒发身世之悲,类似的作品还有《落花》诗。在《徐渭集》中,题目为《落花》的诗共有六首,我们试分析其中之一:

> 吴姬靥碎砌痕丹,越女腮嫣曙色寒。下急共知辞树易,去遥定是返枝难。千门细雨阴晴换,万里浮云天地宽。莫向御沟随柳絮,漫空作雪蔽长安。①

落花本是令人伤感的事物,这首诗却写得很有气势。首联以"吴姬靥""越女腮"比喻落花,新颖而又形象,突出了花瓣的娇艳动人;颔联则用了一个"急"字和一个"遥"字,与上联的静态形象形成对比,表现了命运改变的难以抗拒;颈联以"千门细雨"和"万里浮云"的变迁,囊括了广阔的社会历史内容;尾联表达了封建社会才人失志,身世飘零却不肯随波逐流,依然满怀豪情,要与不公平的社会进行抗争的心声。在徐渭之前和之后,落花诗作者甚多,但能写得如此篇这般有气势的却不多。如果结合徐渭从小便才华横溢,在科举中却屡试不第;曾经以《白鹿表》打动人主,最后却发狂乃至杀妻入狱的经历来看,落花分明是徐渭本人的生动的写照。

上述《落花》诗展现的是徐渭性格中倔强的一面。他另有一组《白燕》诗,同样是表现身世之作,传达的则是诗人内心深处的矛盾与寂寞。明初诗人袁凯,其诗学杜甫,因写《白燕》诗而出名,被人称为"袁白燕"。徐渭的《白燕》诗大约是受袁凯的启发而作,从中也可以看出杜诗的影响。试看徐渭《续白燕》二首之二:

---

① 徐渭:《徐渭集》,中华书局,1983年,第218页。

> 青壁红窗映苑墙，冲花泛羽喋群芳。霜迷万瓦单栖渺，草绿千堤片影凉。云母屏深低缟袖，水晶帘动拂流黄。西园蝴蝶浑无赖，暗粉飘尘上海棠。①

白燕本是生物中的稀有物种，历史上，往往被看作一种祥瑞。但是在徐渭的笔下，白燕的形象是如此的落寞、孤单、迷惘，而又凄凉。这分明是徐渭自我的写照。笔者认为，这首诗无论在形象性、生动性，还是在内涵的深刻性、情感的真挚性上，都超过了袁凯的《白燕》诗。

值得注意的是，在徐渭笔下有一个"白色意象群"，表明他心中有一个挥之不去的"白色情结"。徐渭一生偏爱白色事物，少年时便赋《雪词》名闻乡里，在胡幕时又因作《白鹿表》名动朝野。在他的咏物诗中，除了大量咏雪的作品外，还有《白鹇殇》、《白鹇》、《白鹇诗》、《白燕》二首、《续白燕》二首、《月下梨花》四首、《白燕双乳》，等等，这些歌咏白色意象的诗不但数量多，而且艺术质量都很高。徐渭非常喜欢爱白鹇，一生曾经四次驯养过白鹇。在《建阳李君寄驯鹇，俄殪野狸，信至燕，哀以三曲》②诗前的小序中，他记载了这段经历，并引用了杜甫的诗句："世人怜复损，何用羽毛奇？"（《咏鹦鹉》）来点明诗歌所要表达的思想内容。严武在《寄题杜二锦江野亭》一诗中曾经写道："莫倚善题鹦鹉赋，何须不着鹪鹩冠。"劝杜甫作其幕僚。杜甫则以《严中丞枉驾见过》一诗："扁舟不独如张翰，皂帽还应似管宁。"婉言谢绝严武的邀请。但是在严武再三相邀下，杜甫最后还是入了严武的幕府。徐渭正是借这段典故说明自己入胡幕是盛情难却，迫不得已。在五言排律《白燕双乳》中，徐渭写道："巷咏偏谐谑，廷裁必雅庄。冰霜俱入句，咀

---

① 徐渭：《徐渭集》，中华书局，1983 年，第 221 页。
② 同上书，第 298 页。

嚼总生凉。"①一方面,徐渭不避讳写日常的琐细事物,甚至《蚊声》《蝇声》亦可入诗;另一方面,徐渭又始终向往着白色的高洁事物,在这些诗中,都透露出人生的悲凉。

　　除描写日常的琐细事物外,徐渭还有一类诗歌作品,主要描写生活细节,或老病穷愁,这些诗歌都是徐渭真实生活的记录。这些作品主要受以中晚唐诗人孟郊等为代表的穷愁诗派,以及宋人无事无物不可入诗的影响,而穷本溯源,仍然可以归结到学习杜甫。徐渭和杜甫的晚年都有许多表现生活细节的佳作。杜甫在成都草堂期间作有脍炙人口的《绝句漫兴》九首、《江畔独步寻花七绝句》。徐渭此类作品更多,如《十月廿二日园西樱桃数花,便有蝶至》二首之二:"夏实每看当鸟尽,冬花何事向人妍?不堪憔悴行吟后,故弄阳春欲雪前。正苦白头愁兀兀,谁家黄蝶过娟娟?杖藜立断斜阳影,泪尽西风送菊天。"②截取生活中的一个片段,寄予了无限的感慨。这和杜甫在成都草堂的诗是何等神似! 此外,徐渭描写日常生活片段的诗还有前文分析过的《补屋》,以及《作松棚》《理葡萄》《刈圃》《正元鸡酌枳儿妇之父辈》《次日酌二王子》《至日趁曝洗脚行》等。杜甫的一生特别是后半生历经苦难,诗中多有描写老病穷愁之处,被认为是开了后世孟郊等穷愁诗派的先河。徐渭晚年也有类似主题的作品。虽然饱受命运的打击,徐渭晚年依然保持着狂放、喜谐谑的个性,故这类作品在徐渭集中并不是很多,但这类作品写得都极富有真情实感。如《雪中移居》二首之二:"饥鸟待我彼檐外,梅花送客此窗前。百苦千愁不在念,肠断茫茫黯黯天。"③杜甫《十二月一日》三首之一曰:"未将梅蕊惊愁眼,要取楸花媚远天。"徐渭曾评此诗"'媚远天'三字妙,混茫至不可解"④。两首诗

---

①　徐渭:《徐渭集》,中华书局,1983 年,第 307 页。

②　同上书,第 287 页。

③　同上书,第 291 页。

④　周采泉:《杜集书录》,上海古籍出版社,1986 年,第 518 页。

同写梅花，同写"愁"，同样将愁绪引向混茫不可知的"远天"，在意境上有相通之处。对于杜甫的穷愁诗歌，有些古人认为格调不高，但这类作品是发自内心的，在人生苦难的背景中，更显现出杜甫这个理想主义者的伟大。而徐渭的诗笔多描写平凡的现实人生，对于明代一味追求格调而导致虚假的诗风是一种反拨。

徐渭的题画诗（包括论书诗）也受到杜甫诗歌的一定影响。徐渭中年开始习画，晚年更是以书画为生，创作了大量的题画诗。而题画诗的鼻祖正是杜甫。清沈德潜《说诗晬语》卷下说："唐以前未见题画诗，开此体者老杜也。"[1]这一主题到苏、黄手中发扬光大。现存的杜甫的题画诗有近三十首。[2]在这些诗中，杜甫对当世绘画名家如吴道子、王维、韦偃、曹霸、韩幹、王宰等人的艺术创作，都做出了非常精当的品评。徐渭也对当世画家之画作多有品评，如王鹅亭雁图、刘巢云雁、刘雪湖梅花大幅等。在《盛懋画千岩竞秀卷》中，徐渭写道："醉后伊吾吟杜诗，较计王宰未可相雄雌。"所吟杜诗，当是杜甫的《戏题王宰画山水图歌》。然而徐渭创作最多的，还是题咏自己绘画作品的诗歌。徐渭在《写兰与某子（仙华其号也）》中写道："仙华学杜诗，其词能拙古。如我写兰竹，无媚有清苦。"以画喻诗，认为杜诗的特点是能拙古、无媚有清苦。

作为一个画家，徐渭有些作品可谓诗中有画，画中有诗。诗与画两种艺术形式在他手中得到了更加完美的结合。他是文人画中泼墨大写意派的一代宗师，画中自然有许多文人的意趣。而这些意趣往往通过诗歌表达出来。另外，有些诗虽然不是题画之作，却饶有诗情画意。如《霞江篇》：

> 长江一片明秋水，红霞半出芙蓉里。道人无事坐矶头，十顷青蒲迷赤鲤。赤鲤青蒲宛可怜，米家书画在鱼船。有时雁

① 沈德潜著，霍松林校注：《说诗晬语》，人民文学出版社，1979年，第245页。
② 王伯敏：《李白杜甫论画诗散记》，西泠印社，1983年，第2页。

鹜西飞去,万丈遥遥锦字笺。①

这首诗描写了作者在江边看到的景象,可谓"诗中有画"。秋天千里一碧,落日染红了江面,无边的蒲草,让作者联想到穿梭其中的鲤鱼会不会迷失方向。作者从联想中回过神来,看到鱼船如在画中,长空雁去,如在一卷万丈长幅中题下的字。这首诗通篇写景,没有抒情,也没有说理,只是展现出一幅自然界的美丽画卷,其中包含着几分文人的意趣,显示了徐渭作为一个艺术家的情怀。

《蟹》显示了徐渭傲岸的个性。这是一首配画诗,徐渭信手涂抹了一幅螃蟹图,被友人索去收藏,还特意装裱了一番。诗人对此十分感慨,因为世人多爱表面美好的东西,而对螃蟹这样涉及一点点丑陋的东西不屑一顾,但是外表丑陋的东西,却自有一种神韵,一种个性。这位朋友是作者的知音,他赞赏这幅画是神来之笔,气势生动。这首诗表现了诗人特立独行的品格,同时还包含着一定的审丑意识,即能在丑中发现美,这可以说是一种非常现代的艺术思维。

徐渭的题画诗,在接受杜甫影响的同时,更汲取了后代作家如苏轼等人的经验,博采众家之长,赋予题画诗更深的内涵。王夫之评徐渭《杨妃春睡图》一诗曰:"抑即说画处传意,更不似杜子美《王宰》《曹霸》诸篇有痕也。"②将徐渭的题画诗与杜甫的加以比较,肯定了徐渭在题画诗上取得的超越前人的成就。和杜甫相比,徐渭的题画诗还有一个特色,那就是他的大部分题画诗都融入了对人生的感受,和他的大部分作品一样,有着相似的主题,即对生命个体的关注。如著名的《葡萄》五首之一:"半生落魄已成翁,独立书斋啸晚风。笔底明珠无处卖,闲抛闲掷野藤中。"③

① 徐渭:《徐渭集》,中华书局,1983 年,第 152 页。
② 王夫之:《明诗评选》,文化艺术出版社,1997 年,第 60 页。
③ 徐渭:《徐渭集》,中华书局,1983 年,第 401 页。

　　徐渭晚年学杜的另一个表现，是对律体的重视，特别是其七律，取得了高度的创作成就。明代杜诗学对律体非常重视。明中期以前，出现了陈如纶《杜律》、张孚敬《杜律训解》、王维桢《杜律七言颇解》、郭正域《杜律选》等一大批杜律的注释与评点著作。徐渭学杜的主要成就，也是表现在律体方面。和杜甫一样，徐渭诗歌也是众体兼备，特别是律诗占了很大的比重。徐渭诗歌中有不少排律，这是杜甫首创的诗歌体裁。在《徐文长三集》中，收有五言排律二十七首、七言排律六首。其中，七排《次夕降抟雪》长达八十韵，计有一千一百二十字。在《徐文长逸稿》中，也收有五言排律九首，七言排律两首。排律的创作，符合徐渭"好奇""扬才"的性格特点。他在律体上真正的成就，还是体现在七律的创作上。刘大杰《中国文学发展史》指出，徐渭的诗"精于锻炼语言，富于气势。七言古有李贺的精神，如《阴风吹火篇呈钱刑部君》《杨妃春睡图》尤为显著。七律颇多佳作"。并举出了《赠府吴公诗》《孙忠烈公挽章》，认为"这些诗纵横奇诞，确无凡俗之习。'其胸中又有勃然不可磨灭之气，英雄失路、托足无门之悲'（袁宏道《徐文长传》），达之于诗，给人一种苍凉沉郁之感。其他如《今日歌》《二马行》《春兴》诸篇，都是佳作"①。这段评价基本中肯。徐渭"精于锻炼语言"，得益于广学诸家，特别是学习杜甫工于锤炼的艺术态度。刘大杰先生注意到了徐渭在七律上取得的成就，这无疑与徐渭学习杜诗是分不开的。在风格上，刘大杰认为徐渭的诗"富于气势""苍凉沉郁"，这也和杜诗的"沉郁顿挫"有共通之处。

　　《春兴》八首②最能体现徐渭在七律方面学习杜甫的成就与特色。王嗣奭评价杜甫《秋兴》八首曰："《秋兴》八首以第一首起兴，而后七首俱发中怀，或承上，或起下，或互相发，或遥相应，总是一篇文

---

① 刘大杰：《中国文学发展史》，上海古籍出版社，1982 年，第 921 页。
② 徐渭：《徐渭集》，中华书局，1983 年，第 261—263 页。

字,拆去一章不得,单选一章不得。"①徐渭的《春兴》八首是否也是不可分割的完整组诗呢？我们且来分析一下徐渭《春兴》八首的结构。

第一首是起兴：

> 好景蹉跎知几回,今春商略紫洪隈。固应带插挑深笋,兼好提尊饯落梅。双寨百钱苦难办,片桨孤舟荡莫催。见说山家兜子软,借穿峰顶晚霞堆。

起句"好景蹉跎知几回"总括以下各章。诗人由眼前的大好春光引发联想,在下面几首诗中开始回顾自己一生的遭际,内心百感交集。第二首描写了诗人当下的以鬻字卖画为生的老年生活：

> 乾坤瞬息雪边风,万事阴晴雨后虹。已分屠门斋后断,只难酒盏座前空。半缣榆荚求书客,数点梅花换米翁。小饮墙西邻竹暗,绵蛮对对语春丛。

第三首是回忆少年时光：

> 二月四日吾已降,提摄尚复指苍龙。当时小褓慈闹绣,连岁寒衣邻母缝。一股虫尸忙万蚁,百须花粉乱千蜂。自怜伯玉知非晚,除却樽罍事事慵。

第四首又是描写眼前的景物,并再度起兴,引出下面几首,感情色彩与前面几首相比,发生了明显变化：

> 李白桃红照眼明,兰风梨雪逼人清。一枝带蕊凭吾折,双

---

① 王嗣奭：《杜臆》,中华书局,1962 年,第 277 页。

蝶随风各自争。粉翅扑衣犹可耐，墨针穿帽此何黩。因思花草犹难掇，却悔从前受一经。

第五首再次描写诗人的晚年生活，但不是对第二首简单地重复，而是将笔触深入诗人的内心世界，写出了诗人晚景的凄凉：

七旬过二是今年，垂老无孙守墓田。半亩稻秧空饿鹿，两枝松树罢啼鹃。悲来辛巳初生日，哭向清明细雨天。忽然柳枝翻一笑，笑侬元是老婆禅。

第二联之后注曰："松为盗砍。"人生的屡屡打击并不能彻底消磨掉诗人胸中的豪气，第三联凄凉之极，尾联则转为自嘲。

第六首是写游历生活的美好记忆：

昨冬不寐苦夜永，此月新弦喜昼长。柳色未黄寒食过，槐芽初绿冷淘香。西池蝌蚪愁将动，北地秋千影不忘。描写姬姜三百句，白鱼尽饱小巾箱。

尾联之后注曰："旧阅秋千，在临济赋诗数十首，几三百句。"第七首是描写徐渭一生中最为自豪的军旅生涯：

胡烽信报收秦塞，夷警妖传自赣州。十万楼船指瓯越，结交邻国且琉球。不臣赵尉终辞帝，自王田横怕拜侯。几岛弹丸髡顶物，敢惊沙上一浮鸥！

第八首与第一首遥相呼应，并上升到哲学的层面，发出对生命的诘问：

孟光久矣掩泉台,海口新阡此再开。暖色一天霞影入,寒潮万里雪山来。迢迢支垄何方发,个个曾杨着处猜。急买松秧三百本,高阴元仗拂云材!

这组诗中的各章,有写景,有抒情,描写的内容看似各不相关,实际上却有一条情感的主线贯串其中。诗人的感情色彩不是一成不变的,而是波澜起伏,有对比,有转折。全诗可分为两大部分。前四首比较平和,基调是凄凉感伤;后四首则转为激越。作者情感的表露与思考的力度层层深入,就在情感的起伏跌宕中,诗人不屈不挠与命运抗争的形象逐渐放大、突显出来。诗人在这组诗中回忆了自己的最亲爱的人,最得意的事业。在类似于电影中蒙太奇的画面的切换和叠加中,诗人的完整的一生及其内心世界逐渐呈现在我们面前。因此,和杜甫的《秋兴》八首一样,徐渭的《春兴》八首也应看作一个不可分割的艺术整体。

徐渭的这组诗是仿杜甫的《秋兴》八首而作的。不同之处在于,杜甫的《秋兴》八首,包括后代仿作《秋兴》者,多描写家国之痛,而徐渭的《春兴》八首则抒发身世之悲。除去思想内容的不同外,在组诗的结构形式、严整的格律、真挚深沉的情感表达、情景交融的艺术效果、跳跃的思维方式、多元并存的美学特征等方面,《春兴》八首都与《秋兴》八首有极为神似之处。但全诗句句是从徐渭的心底流出的,所描写的是眼前之景,所表达的是心中之情。可以说,徐渭的《春兴》八首,在借鉴《秋兴》八首艺术经验的同时,又不乏独立的创造,在唐以后模仿《秋兴》八首的作品当中,是颇具特色的上乘之作。

通过对这组诗的分析,我们便不难感受到,袁宏道所言徐渭"夺工部之骨,而脱其肤",殆非虚语。此外,徐渭诗歌在语言的凝练、风格的沉郁等方面,都受到杜诗一定的影响。从上面所举《春兴》八首诸诗中,我们也可以感受到这一点。这里就不再另外举例分析了。

2. 徐渭其他创作对杜诗的接受

徐渭涉足的艺术领域非常广，而且均取得了不俗的艺术成就。除诗歌外，在其书法、绘画、戏曲等艺术创作中，都有受到杜诗影响的痕迹。

徐渭和杜甫的过人才华除了表现在文学上，还表现在其他艺术领域。杜甫有出色的艺术感悟力。五岁时，他曾目睹当时的著名舞蹈家公孙大娘舞剑器，五十年后仍念念不忘；在岐王李范的宅里，他还听过李龟年的歌声；对于书法、绘画作品，他都能把握住其神韵，并以诗歌的形式再现出来。而徐渭则更是一位多才多艺、不折不扣的艺术天才。他十二岁时学琴于乡间老人陈良器，十四岁又师从王政，"先生善琴，便学琴。止教一曲《颜回》，便自会打谱，一月得廿二曲，即自谱《前赤壁赋》一曲"①（《畸谱》）。这种艺术天分，在他后来的绘画中更加充分地体现了出来。

徐渭的书法和绘画作品有不少直接取材于杜诗。书法方面，有徐渭手书《奉和贾至舍人早朝大明宫》②、《赠花卿》、行书《秋兴》八首等。在徐渭的绘画作品中，有不少取杜甫诗意为画者，这些作品徐渭在题画诗中都有说明，如《书坦腹卧松者画》中写道：

> 眠松坦腹腹便便，个是高人伴松眠。子美诗中何句似？举筯白眼望青天。③

徐渭在杜诗中找到的"高人"形象，是一个不拘礼法，不肯与世俗同流合污的隐者，坦腹表明不拘礼法，卧松则表现了品性的高洁，举

---

① 徐渭：《徐渭集》，中华书局，1983年，第1334、1335页。
② 杜甫草堂之物保管处杜甫纪念馆编辑：《杜甫草堂墨迹选（一）》，上海书画出版社，1985年，第4页。
③ 徐渭：《徐渭集》，中华书局，1983年，第383页。

觞是借酒浇愁,白眼望青天是对世俗的蔑视,这也正是徐渭自身的写照。在《画鱼》二首其二中,徐渭写道:"兹图稍似少陵诗,微风吹雨出鱼儿。"①说明此画乃是取杜甫《水槛遣心》二首其一"细雨鱼儿出,微风燕子斜"的诗意而作。这些书法和绘画作品,表明了徐渭对杜诗的喜爱。

杜诗对徐渭戏曲创作也有不可忽视的影响。徐渭以杂剧《四声猿》闻名于世,今人对他的戏剧创作比较关注,相关研究论著也较多。但是在杜诗对徐渭戏曲创作的影响方面,研究得还不够深入。其实,徐渭的戏曲名作《四声猿》,与杜诗有着密不可分的关系。

《四声猿》之名便与杜诗在精神上有着一定的联系。澄道人(顾若群)评《四声猿》的风格时便说:"豪俊处,沉雄处,幽丽处,险奥处,激宕处,青莲、杜陵之古体耶?长吉、庭筠之新声耶?腐迁之《史》耶?三闾大夫之《骚》耶?蒙庄之《南华》、金仙氏之《楞严》耶?"②敏锐地感受到了《四声猿》激越的风格与杜诗有着某种联系。在为《四声猿》所作的题跋中,澄道人进一步指出:

> 评《四声猿》竟,投笔隐几,惝恍间有若朗吟杜陵"听猿实下三声泪"(杜甫《秋兴》八首之二)句者,惊跃狂叫曰:异哉!此余所未及评者也,其殆天池生之灵欤?然听猿泪下,非独杜陵云然。《宜都山水记》有云:巴东三峡猿声悲,猿鸣三声泪沾衣。《荆州记》渔者歌曰:巴东三峡巫峡长,猿鸣三声泪沾裳。则猿啸之哀,即三声已足堕泪,而况益以四声耶?其托意可知已。③

① 徐渭:《徐渭集》,中华书局,1983年,第290页。
② 澄道人:《四声猿引》,见《徐渭集》,中华书局,1983年,"附录"第1357页。
③ 澄道人等:《四声猿原跋》,见《徐渭集》,中华书局,1983年,"附录"第1358页。

澄道人确实在一定程度上把握住了《四声猿》的精神实质。有人认为《四声猿》语言滑稽,结局也都算美满,欢喜升天,与《四声猿》题目不符。其实,《四声猿》是一种含泪的微笑,寄托了作者对人生许多美好的希望。关于猿叫肠断的说法,我们在徐渭的诗歌中也可以找到证据。《四声猿》大胆的反叛精神在当时不被理解,遭到一些封建卫道士的非议和谩骂,有个姓倪者称《四声猿》是"妄喧妄叫"。徐渭作了一首七绝回敬:"桃李成蹊不待言,鸟言人昧枉啾喧。要知猿叫肠堪断,除非侬身自做猿。"①(《倪某别有三绝见遗》其三)南朝刘义庆《世说新语·黜免》记载了桓温入蜀时,至三峡中,见母猿因失子而肝肠寸断的故事。郦道元《水经注》也记载了因三峡猿声凄异,当地渔歌有"猿鸣三声泪沾裳"之句。虽然猿叫肠断的典故由来已久,但是杜甫的《秋兴》八首对后世影响甚大,徐渭更有可能是在读杜诗时受到启发而产生了创作灵感。徐渭与杜甫有"异世同轨"之感,而《四声猿》分别以政治斗争(《狂鼓史》)、佛教思想(《玉禅师》)、女子形象(《雌木兰》《女状元》)、科举制度(《女状元》)为主题,暗合了严嵩倒台、心学与理学的斗争、怀念前妻与误杀后妻、科举失利等对徐渭一生影响最大的几个事件,因此,我们有理由相信,徐渭的《四声猿》与杜诗之间有着异曲同工的内在联系。

《四声猿》中,《女状元》一剧与杜诗的联系是最直接、最明显的。《女状元》的第二出对科举制度进行了大胆的调侃和讽刺。剧中安排了一场闹剧般的科举考试,出场的人物有主考官周丞相,考生黄崇嘏、贾胪、胡颜等。黄崇嘏是本剧的女主角,女扮男装参加考试,考官分配给她的试题是相如与文君的故事,暗合了黄崇嘏的女儿身份;而分给另外两名考生贾胪和胡颜的题目都与杜甫有关。贾胪的考试题目是《野老送少陵樱桃》,取自杜甫的《野人送朱樱》

---

① 徐渭:《徐渭集》,中华书局,1983 年,第 854 页。

一诗:"西蜀樱桃也自红,野人相赠满筠笼。数回细写愁仍破,万颗
匀圆讶许同。忆昨赐沾门下省,退朝擎出大明宫。金盘玉箸无消
息,此日尝新任转蓬。"①被后人称为"一饭不曾忘君"的杜甫,结果
又怎么样呢? 最后还不是"金盘玉箸无消息"吗? 胪是鸿胪之意,
贾胪则是假鸿胪,暗含徐渭对科举考试所选拔出来的人才的嘲讽。
科举考试中选拔出来的人才中,固然有具真才实学者,但也不乏贾
胪一类的人物。他们的文章,没有一点实际意义,只是卖弄辞藻。
但是这种假道学却往往能在科举考试中取得功名。贾胪便是他们
的代表。而胡颜的题目是《赋得少陵许西邻妇扑枣》,取自杜甫写
于夔州的《又呈吴郎》一诗:"堂前扑枣任西邻,无食无儿一妇人。
不为困穷宁有此,只缘恐惧转须亲。"②历来的读者都从此诗中感
受到杜甫胸怀的博大。胡颜却反其意而作诗道:"少米无柴,(这婆
儿呵),与我一般般苦是才。不合我枣树傍他栽,枣儿又生乖,都
挂向他家摇摆。终久摆落在他阶,我人情又不做得……好难割爱,
(我明年呵),一揽果带生摘卖,如今且忍着疼舍肉身灯债。"③对杜
甫原诗的思想意义作了绝妙的解构。虽然与考官的原意大相径
庭,然而考官却认为胡颜"可取处只是不遮掩着他的真性情"。替
他把诗的后半部分改作:"我栽的即你栽,尽取长竿阔袋……打扑
频来,铺餐权代,我恨不得填漫了普天饥债。"④最后也录取了胡
颜。这个滑稽的胡颜,其实正是徐渭自己的化身。他没有否认杜
甫的伟大,却没有效仿杜甫,而是用自己充满真性情的作品,表达
了对科举制度乃至整个黑暗时代的辛辣嘲讽。

通过以上分析可以看出,徐渭在学习杜甫的同时,依然保有自
己的特色。袁宏道以"夺工部之骨,而脱其肤"形容徐渭学习杜甫

① 杜甫著,仇兆鳌注:《杜诗详注》,中华书局,1979 年,第 902 页。
② 同上书,第 1762 页。
③ 徐渭:《徐渭集》,中华书局,1983 年,第 1211 页。
④ 同上书,第 1211、1212 页。

的特色,是非常贴切和准确的。徐渭主要是在艺术表现力方面受杜甫的影响,这便是所谓的"夺工部之骨"。而"脱其肤",可以包含多层意思在内,如作品表达的思想内容有所差别,袁宏道曾经说"自从老杜得诗名,忧君爱国成儿戏"①(《显灵宫集诸公以城市山林为韵》),又说:"以圣斥狂者,是以横吹之声刺空谷之响也;以古折今者,是以北冈之旧垒,叹南山之新垒也。"②(《广庄·齐物论》)把狂者之声视为空谷足音,将其与圣者之声并列。徐渭认识到自己的思想与杜甫存在差别,故不以诗史、诗圣的标准来要求自己,而是力求展现一个真实的自我。这就使徐渭的诗歌能够脱去杜诗的外壳,表达出自己的真性情,虽然这性情可能没有那么伟大。而即使选择了同一题材,如直接以杜甫诗句为题赋诗或借用杜甫诗意的时候,徐渭也总是抒发自己真实的思想感情,力求展现出与杜甫不同的艺术特色。另外,徐渭对杜甫的学习,从诗歌扩展到其他艺术领域,这也是徐渭学习杜诗过程中"夺工部之骨,而脱其肤"的一个表现。总之,徐渭没有追求与杜诗的形式上的相似,而是真正汲取了杜诗中的艺术精华,形成了自己独特的创作个性。

四、小结：个性·传统·时代

通过对徐渭和杜甫的生平、思想、创作情况的考察和比较,我们不难得出如下结论——杜甫诗歌对徐渭的艺术创作有着不可忽视的影响。认识这一点,有助于我们正确评价徐渭的文艺思想、创作成就。但我们的思索还不能止步于此。在世人的眼中,徐渭主要是以一个畸人、怪杰的形象而存在,而杜甫的形象则是忧国忧民,体现着儒家的"仁"的特色。两人的形象存在着巨大的

---

① 袁宏道著,钱伯城笺校:《袁宏道集笺校》,上海古籍出版社,1981 年,第 651 页。
② 同上书,第 799 页。

反差。将他们放在一起研究,为我们提供了一个思考的空间,有助于我们加深对作家的创作个性与传统、时代之间关系的认识和理解。

"创作个性是作家在创作实践中养成并表现在他的作品中的性格特征。这种性格特征,是作家的世界观、艺术观、审美趣味、艺术才能及气质禀赋等综合形成的一种习惯性行为方式的表现。时代是培植作家创作个性的气候和土壤,不同性格造成作品的不同风貌。"①徐渭与杜甫有着相近的气质禀赋——狂,其艺术观、审美趣味、艺术才能也有许多非常接近的地方。他们创作个性的主要区别在于世界观不一样。徐渭受王阳明心学发展的鼓舞,有很强的独立思辨精神,其世界观充满对儒家文化传统的怀疑和叛逆,因而表现出明显的另类色彩;杜甫恪守纯正的儒家思想,因而极易被传统所认可并整合。两人的世界观差异是如此明显,几乎呈现为两个极端,以至掩盖了其余的创作个性相似之处。归根结底,时代的不同,是造成他们创作个性有所差异的主要原因。

徐渭与杜甫生活在两个不同的时代。盛唐是一个意气风发的时代,也是诗歌的黄金时代,杜甫有幸生活在这样一个伟大的时代,他以广阔的胸襟和天才的创造力,"包源流,综正变"(叶燮《原诗》),继往开来,取得了巨大的艺术成就。后世学诗者往往以杜甫为楷模。而中晚明是一个新旧思想激烈交锋的时代,同时也是令诗人感到困惑的时代。有人从情采格调上来追寻诗歌的本源,忽视了作家创作个性的重要价值,从而陷入了字摹句拟的形式主义和复古主义泥潭,如前后七子;也有人过于强调作家本人的个性,而忽视了对传统的继承,或对传统的取径过于狭隘,如公安、竟陵两派。当我们被这些令人眼花缭乱的诗歌流派弄得有些晕头转向的时候,把目光转向流派之外,惊喜地发现了一个主张"直得把柄"

---

① 童庆炳主编:《文学理论教程》,高等教育出版社,2004 年,第 288 页。

（徐渭《金刚经跋》）的诗人，他就是徐渭。一方面，他对传统能够综征博采，持宽容肯定的态度；另一方面，他又坚持真实地表达自己的思想感情，其创作表现出鲜明的个性特征。

徐渭学习杜诗有其自身的特点，他是以发展的眼光、从"变"的角度来学习杜诗的，因此徐渭对杜诗发展出来的几个支流都能够取其所长。而前后七子派采取的是"向回走"的学习路径，他们主张"诗必盛唐"，甚至上溯到汉魏古诗，以求唐诗之所以为唐诗的原因，因此他们只能跟在唐诗的后面亦步亦趋，而不能有所创造。后七子提倡复古主义的最大弊端，就是只重继承，不谈发展。其后公安派主张"独抒性灵"，其末流又走向了另一个极端，即一味强调个性，忽视了对传统的继承。这两种极端倾向，都对明代的诗歌发展造成了不良影响，导致了当时的诗坛上理论繁荣与创作歉收并存的怪状。如何继承与发扬好传统，而又不囿于传统，不断实现新的突破，这在文学发展史上是一个始终值得关注的问题，即使在今天，仍有重要的借鉴意义。

徐渭是被公安派的主将袁宏道最早发现的。袁宏道说"宏于近代得一诗人曰徐渭"①（《冯侍郎座主》），在充斥着虚假诗风的明代诗坛，我们可以感受到"诗人"这两个字沉甸甸的分量。可惜袁宏道也没有完整地认识到徐渭的价值；或者说认识到了，而表达得不够全面。他片面地突出了徐渭张扬个性的一面。就像杜甫被元白诗派、江西诗派、明代前后七子等不计其数的文学流派一再拉入自己的阵营一样，徐渭也成了公安派张扬自己创作主张的一面旗帜。徐渭和杜甫都有着自己完整的诗学思想，可惜他们的思想往往被后人断章取义。在这里，我们不得不对徐渭和杜甫怀才不遇的身世经历表示惋惜。徐渭和杜甫身处下层，生前都不为人所重视，更无法凭借自身的影响成为某一文学流派的盟主。他们的文

① 袁宏道著，钱伯城笺校：《袁宏道集笺校》，上海古籍出版社，1981 年，第 769 页。

学思想只能由后人去发掘。在他们的价值得到后人肯定的同时，他们又被概念化或者被人"扯虎皮作大旗"，片面地突出某一方面，有意或无意地掩盖了他们自己本来的面目。徐渭被突出了其个性或反对拟古主义的一面，杜甫则被突出了其道德的一面。这固然是其创作个性的重要方面，但并非全部。如果脱离诗人的"本我"面目来研究他们的作品，无异于盲人摸象，很难得出公正的结论。

对于杜甫的诗歌，徐渭虽不刻意效仿其中体现的民胞物与之怀，但仍称赞其"真率写情"的一面。在文学史上，许多作家和评论家却不能够像徐渭一样，抱着客观公正的态度，批判地继承前辈作家留下的文化遗产。他们往往为了提倡一种文艺观点，而过分抨击另一种观点，造成了如"诗言志"还是"诗缘情"这类根本问题在文学史上的争讼不休，并影响到对具体作家、作品的评价。如明末清初的王夫之，便曾经给杜甫扣上过"风雅罪魁"的莫须有的罪名。这顶大帽子的由来，是徐渭的一首诗——《严先生祠》。王夫之在《明诗评选》中收录了此诗，他首先分析了徐渭这首诗："五六非景语，结构故纯。'不知天子贵，自是故人心'，非谓论严子陵者必然要唯此可作诗耳。"①接着便大发议论。他说："诗以道性情，道性之情也。性中尽有天德、王道、事功、节义、礼乐、文章，却分派与《易》《礼》《书》《春秋》去，彼不能代诗而言性之情，诗亦不能代彼也。"在这段评论文字之后，王夫之紧接着就列举了一个"反面"典型，称"决破此疆界，自杜甫始。桎梏人情，以掩性之光辉；风雅罪魁，非杜其谁邪？"②其实，王夫之也未必不知道杜甫诗中描写的天德、王道等皆源自真情。王夫之批判的只是后世的学杜之人，他们在诗中塞入大量仁义道德的成分，本无是情，而作是语，仿佛非如此不可以作诗，以致"桎梏人情，以掩性之光辉"。但是"风雅罪魁"的帽子扣在杜甫头上也未免太大了一些。唐代的令狐德棻曾经将

---

① 王夫之：《明诗评选》，文化艺术出版社，1997 年，第 243 页。
② 同上。

庾信称为"词赋之罪人"。原因是庾信之文"其体以淫放为本，其词以轻险为宗。故能夸目侈于红紫，荡心逾于郑、卫"（《周书·王褒庾信传论》）。而杜甫在《戏为六绝句》中专门为庾信辩解："庾信文章老更成，凌云健笔意纵横。今人嗤点流传赋，不觉前贤畏后生。"未料到，近千年后，历史开了个玩笑，有人又将杜甫列为风雅罪魁。而原因恰与庾信的罪名相反，是杜甫扩大了诗歌的容量，使诗歌走上了现实主义道路。我们在批判地继承前人的同时，一定要有杜甫和徐渭那样的雅量，尽量客观公正地对待前人。元稹曾经这样评价杜诗："爱其浩荡津涯，处处臻到，始病沈、宋之不存寄兴，而讶子昂之未暇旁备矣！"（《元氏长庆集》卷三十《叙诗寄乐天书》）我们常说，杜诗具有集大成的意义。正是由于杜诗对传统诗学正确观点的继承，不胶着于一个问题，而是全面继承、全面提高，才成就了他的伟大。而后世的一些诗人，在对一些传统诗学观点的继承中，往往失之毫厘，谬以千里，或者取其一点，不及其余，使文学一次又一次陷入无谓的怪圈之中。真理被发现一次是幸运；而同一个真理，一次次被发现，又一次次被掩盖，这便是历史的悲哀或无奈了。

　　历史还给我们留下了一个启示，那就是作家应如何实现对时代、对自我的超越，创作出真正伟大的作品来。杜甫与徐渭生活的时代，实际上是"异中有同"。所谓"同"，是指在两者都生活在社会转型的时期。两人在诗歌史上都起到了开风气之先的作用，体现出他们对各自所处时代的超越。但是超越的程度有所不同。杜诗体现的是一种"大我"的精神，是思想性和艺术性的完美结合，其巨大的艺术魅力能够跨越历史的时空，到今天依然历久不衰。而徐渭的作品更多地表现为一种个性解放精神，虽然在晚明受到袁宏道的提倡，风靡一时，但是时过境迁，其思想价值不再那么明显。徐渭的诗集中虽然也有一些反映时事的诗，但徐渭多是从自我的角度，以一种旁观者的姿态来创作这些诗的，而没有像杜甫那样将自己与社会和历史紧密地联系在一起。我们不得不承认，与杜甫的"大我""超我"的情怀相比,徐渭的"真我"有些不那么伟大。因而徐渭在诗歌史上的地位始终无法与杜甫比肩。但是比起那些充斥着"假我"面目的作品来,徐渭的诗歌自有其不可磨灭的价值。

另外,李贺的诗也注重自我表现,这大概是人们常把徐渭与李贺联系在一起的重要原因。不同之处在于,李贺的诗是一种天才的创造,他的诗很少对现实人生加以真实描写,而是一种天马行空式的幻想世界的构造,以此来宣泄内心勃发的激情。因此,从某种意义上说,李贺用幻想的方式,也实现了对现实中自我的超越。而徐渭的诗歌以"真"为特点,非常贴近现实人生,无法达到在幻想中"忘我"的境界,同时又以自我为核心,没有实现向"大我""超我"的升华。这可以说是受李贺和杜甫双重影响的结果。

徐渭的诗歌,与晚明文学表现自我、解放个性、率真浅俗的普遍特色相通。而经历了明清易代的历史巨变之后,顾炎武、王夫之、黄宗羲等启蒙思想家又再次强调文学的社会功用,对过分强调自我的晚明文学思潮加以反拨。如黄宗羲便将诗中的性情分为"一时之性情"和"万古之性情",更加关注诗歌的社会意义和历史价值。这既是向"兴、观、群、怨""思无邪"等诗歌传统的回归,也是诗学在新的历史环境下螺旋上升式的发展。徐渭虽然在晚明个性解放的思潮中领先一步觉醒,并在艺术上有许多精到的见解,但是在思想上,他终究没能完全跳出历史为他划定的怪圈。

明代"叹旧怀贤"人物组诗源流考论

在中国诗史上,有一类特殊的人物组诗,诗体多采用五言古诗形式,内容以"叹旧怀贤"为主,感念故交,所咏皆一时俊彦,组诗之前大多有题序。这类组诗有其特定传统和相对固定的形式,我们姑且命名为"叹旧怀贤"人物组诗。

"叹旧怀贤"人物组诗中,有不少作品与"七子""五子"等文人并称有关,而后人往往将这类并称与文学流派挂钩,故值得予以特别关注。以往,学界对明代"后七子"的《五子篇》系列较为重视,但对明代怀贤组诗创作盛况缺乏整体性、历史性的考察。本文拟就此略加考论。

一、"叹旧怀贤"人物组诗溯源

"叹旧怀贤"人物组诗主要承袭颜延之《五君咏》、谢灵运《拟魏太子邺中集诗》、杜甫《八哀诗》开创的传统,借怀人以抒发一己之怀抱。

明代以前,为数不多的"叹旧怀贤"人物组诗湮没在山水田园、咏史怀古等诸多题材的诗歌海洋中,虽然不太引人注目,却自成一格,发展脉络清晰可辨。

"叹旧怀贤"人物组诗的源头,可追溯至《昭明文选》。颜延之《五君咏》和谢灵运《拟魏太子邺中集诗》八首,均收录于《昭明文选》,前者属"咏史"类,后者属"杂拟"类。《文选》虽未将其归为一类,但两者形式相近,均为五言组诗,且所咏对象,一为"竹林七贤",一为"建安七子",都是中国诗史上久负盛名的文人集团。两组诗都融入了作者本人的身世感受,极易引发后世文人的共鸣。

《五君咏》写于颜延之被贬谪为永嘉太守期间。这组诗前,本无小序。《文选》注中,在组诗总题之下,加入了一段注释,引用沈约《宋书》的一段议论,摘录出组诗中的几句诗,将其视为作者"自序"。

> 沈约《宋书》曰:颜延年领步兵,好酒疏诞,不能斟酌当时。刘谌言于彭城王义康,出为永嘉太守。延年甚怨愤,乃作《五君咏》,以述竹林七贤。山涛、王戎以贵显被黜。咏嵇康曰:鸾翮有时铩,龙性谁能驯。咏阮籍曰:物故不可论,途穷能无恸。咏阮咸曰:屡荐不入官,一麾乃出守。咏刘伶曰:韬精日沉饮,谁知非荒宴。此四句盖自序也。①

该组诗包括《阮步兵》《嵇中散》《刘参军》《阮始平》《向常侍》五首,均为五言八句,篇幅较为短小。借描写"竹林七贤"中的五位,抒发了颜延之本人的怀才不遇、仕途多艰,表现出诗人的高尚情操。山涛、王戎"以贵显被黜",不见于组诗。其后,萧统又有《咏山涛王戎诗》二首并序,"竹林七贤"人物系列遂得以补全。

谢灵运《拟魏太子邺中集诗》八首并序,系模仿魏太子曹丕口吻而作。其序曰:

> 建安末,余时在邺宫,朝游夕宴,究欢愉之极。天下良辰、

---

① 萧统选编,吕延济等注,俞绍初、刘群栋、王翠红点校:《新校订六家注文选》,郑州大学出版社,2013年,第1324页。

美景、赏心、乐事，四者难并。今昆弟友朋，二三诸彦，共尽之
矣。古来此娱，书籍未见。何者？楚襄王时有宋玉、唐、景，梁
孝王时有邹、枚、严、马。游者美矣，而其主不文。汉武帝徐乐
诸才，备应对之能，而雄猜多忌，岂获晤言之适？不诬方将，庶
必贤于今日尔。岁月如流，零落将尽，撰文怀人，感往增怆。①

　　谢灵运《拟魏太子邺中集诗》八首追忆文人雅集、把酒言欢的
文坛盛事。该组诗包括《魏太子》《王粲》《陈琳》《徐幹》《刘桢》《应
场》《阮瑀》《平原侯植》八首。按，曹丕《典论·论文》曾提及"建安
七子"之名："今之文人：鲁国孔融文举、广陵陈琳孔璋、山阳王粲
仲宣、北海徐幹伟长、陈留阮瑀元瑜、汝南应场德琏、东平刘桢公
幹。斯七子者，于学无所遗，于辞无所假，咸以自骋骥骤于千里，仰
齐足而并驰。"谢灵运拟作中，首列魏太子曹丕本人，末附曹植，而
无孔融之名。除《魏太子》外，其余七首，每篇题目之后又各用一句
话，简括人物生平和创作特征。这一形式也为后世的部分"叹旧怀
贤"人物组诗所继承。如《平原侯植》云："公子不及世事，但美遨
游，然颇有忧生之嗟。"②诗中淡化了曹丕《典论·论文》视文章为
"经国之大业，不朽之盛事"的思想，突出了忧生之嗟。曹丕是统治
者，而谢灵运只是一介文人。组诗虽然是模仿曹丕口吻而作，表达
的却是谢灵运自己遭受统治者疑忌、怀才不遇的悲怆感受。

　　继颜延之、谢灵运之后，"叹旧怀贤"人物组诗代有作者，但为
数既少，成就亦有限。唯有唐代大诗人杜甫的《八哀诗》，将身世之
悲与家国之恨融为一体，在诗坛独树一帜，受到后人关注。但围绕
杜甫的《八哀诗》，后世也存在不少误解和争议。

　　古人曾将杜甫《八哀诗》与曹植《七哀诗》相提并论。二者题目

---

① 萧统选编，吕延济等注，俞绍初、刘群栋、王翠红点校：《新校订六家注文选》，郑州
大学出版社，2013 年，第 2012、2013 页。

② 同上书，第 2026 页。

类似,内容实异。曹植《七哀诗》并非分咏七人,而是写七件哀伤之事,不属于"叹旧怀贤"人物组诗的范畴。杜甫《八哀诗》则分咏八人。曹慕樊《杜诗杂说》指出:"如实论之,《八哀诗》盖从谢灵运《拟魏太子邺中集诗》八首来。灵运八诗及序,看来都有讽刺,不专描写人物,当然亦不是不写人物性格。老杜《八哀》,名从建安《七哀》之例,而旨宗康乐,诗笔亦似大谢。"①此说更符合实际。无论就组诗兼序的艺术形式而言,还是就具体思想内容而言,《八哀诗》都与《拟魏太子邺中集诗》八首更加类似,而与《七哀诗》完全不同。只不过,谢灵运是模仿曹丕口吻而作,写的是古人;杜甫则直抒胸臆,所写八人,皆为同时代之人,且部分人物还是杜甫旧交。

杜甫《八哀诗》诗前小序云:"伤时盗贼未息,兴起王公、李公,叹旧怀贤,终于张相国。"其具体篇目包括:《赠司空王公思礼》《故司徒李公光弼》《赠左仆射郑国公严公武》《赠太子太师汝阳郡王琎》《赠秘书监江夏李公邕》《故秘书少监武功苏公源明》《故著作郎贬台州司户荥阳郑公虔》《故右仆射相国曲江张公九龄》。八首诗的排列,并非以人物前后存殁为序,而是以诗人思想感情的发展为线索,其中大有深意。王嗣奭《杜臆》卷七云:"王、李名将,因盗贼未息,故兴起二公,此为国家哀耳。继以严武、汝阳、李、苏、郑,皆素交,则叹旧。九龄名相,则怀贤。序简而该,亦非后人所及。"②王嗣奭仅注意到诗中人物的政治身份,其实,我们还可以结合杜甫的诗人身份来谈。组诗列王思礼、李光弼为首,意在展现宏大的时代画卷。在动荡的时代背景之下,严武、李琎身居高位,对杜甫有知遇之恩,所以杜甫念之不忘。李邕、苏源明、郑虔都是才华横溢之士,命运各有不幸,在他们身上,也能看到诗人杜甫自己命运的影子。最后以张九龄作结。张九龄生于太平时代,人品甚高,不但是一代名相,而且是著名诗人。在张九龄身上,寄托了杜甫的人生

---

① 杜甫著,萧涤非主编:《杜甫全集校注》,人民文学出版社,2014年,第3955页。
② 同上书,第3956页。

理想。因此，《八哀诗》虽然分写八人，貌似与杜甫本人无关，但合起来看，写的却是杜甫自己的生命感受。

杜甫《八哀诗》也引发了一些争议。赞赏该诗者以崔德符、韩子苍、方回等为代表。刘克庄《后村诗话》后集卷二云：

> 杜《八哀诗》，崔德符谓可以表里《雅》《颂》，中古作者莫及。韩子苍谓其笔力变化当与太史公诸赞方驾。①

魏庆之《诗人玉屑》卷十四引《少陵诗总目》，亦提及崔德符、韩子苍对《八哀诗》的赞赏之语，并认为"学者宜常讽诵之"。方回《秋晚杂书》三十首云："其间至痛者，莫若《八哀诗》。我无此笔力，怀抱颇似之。"他们赞赏《八哀诗》的"笔力""变化"，是因为看到了诗中隐含的诗人的"至痛"与"怀抱"。

对《八哀诗》的批评意见，则以《石林诗话》为代表：

> 长篇最难，晋魏以前，诗无过十韵者，盖常使人以意逆志，初不以叙事倾尽为工。至老杜《述怀》《北征》诸篇，穷极笔力，如太史公纪传，此固古今绝唱。然《八哀》八篇，本非集中高作，而世多尊称之不敢议，此乃揣骨听声耳。其病盖伤于多也。如李邕、苏源明诗中极多累句，余尝痛刊去，仅各取其半，方为尽善。然此语不可为不知者言也。②

持这类意见者，只看到《八哀诗》写人、叙事的一面，站在史家立场，重视语言简省，而忽视了《八哀诗》的抒情本质。

朱东润先生《杜甫的八哀诗》一文高度评价了《八哀诗》在人物描写方面的成就，认为这组诗在传统的山水诗、田园诗之外，又开

---

① 刘克庄著，辛更儒笺校：《刘克庄集笺校》，中华书局，2011年，第6799页。
② 叶梦得著，逯铭昕校注：《石林诗话校注》，人民文学出版社，2011年，第47页。

辟了人物诗这一新的发展道路。他说:"诗篇中叙述人物的传统是有的,可是到了杜甫的时代,这个传统已经荒疏了。""这样的诗是好的,但是魏晋六朝以来,诗歌中叙述人物的篇幅究竟不多。颜延之的《五君咏》,还是抒情方面为主,不一定是专门为了叙述这五位名士。"①杜甫《八哀诗》对人物的叙述成分有所加强,从某种意义上看确实可视为是一种进步。但杜甫《八哀诗》对《五君咏》《拟魏太子邺中集诗》八首抒情传统的继承,也是不可忽视的。

综上所述,"叹旧怀贤"人物组诗的创作,可上溯至南朝颜延之《五君咏》、谢灵运《拟魏太子邺中集诗》八首。唐代,杜甫又有《八哀诗》之作,将这类组诗创作推向新的高峰,以"叹旧怀贤"为主题的怀贤组诗形式遂得以定型。

明代之前,"叹旧怀贤"人物组诗的创作尚未形成风气,只有个别作家偶尔为之。宋元时期的这类组诗,主要受杜甫《八哀诗》影响,与颜延之、谢灵运的传承关系则逐渐淡化。具体情形,参见表 1:

表 1 明代之前的"叹旧怀贤"人物组诗统计

时代	作者	组诗名称	体裁	题序	备 注
六朝	颜延之	《五君咏》	五古	无	《文选》卷二十一"咏史"类
	谢灵运	《拟魏太子邺中集诗》八首	五古	有	《文选》卷三十"杂拟上"
	沈约	《怀旧》九首	五古	无	《沈约集校笺》卷十
	萧统	《咏山涛王戎诗》二首并序	五古	有	《昭明太子集校注》

---

① 朱东润:《中国文学论集》,中华书局,1983 年,第 215—221 页。

时代	作者	组诗名称	体裁	题序	备　注
唐代	王维	《济上四贤咏》三首	五古	无	《王右丞集笺注》卷五
	杜甫	《八哀诗》	五古	有	《杜甫全集校注》卷十四
	皮日休	《七爱诗》并序	五古	有	《皮子文薮》卷十
宋代	王禹偁	《怀贤诗》并序	五古	有	《小畜集》卷四
		《五哀诗》有序	五古	有	
	司马光	《五哀诗》并序	五律	有	《司马光集》卷六
	李纲	《五哀诗》	五古	有	《梁溪集》卷十九
金元	元好问	《四哀诗》	七律	无	《遗山集》卷九
	岑安卿	《三哀诗》	五古	无	《栲栳山人诗集》卷上

二、盛况空前的明代"叹旧怀贤"人物组诗

　　明代文坛复古主义盛行，文人雅集、结社活动十分活跃，"叹旧怀贤"人物组诗渐多。特别是中晚明时期，"叹旧怀贤"人物组诗层见迭出，蔚为大观，盛极一时。当然，这只是就作品数量而言，若论艺术水平和思想价值，明代"叹旧怀贤"人物组诗并未超轶前代。这种繁荣表象背后隐藏的文化意蕴，非常耐人寻味，有待阐幽发微、彰往察来。

　　明代前期，"叹旧怀贤"人物组诗多见于吴中文人别集，地域性比较明显。如高启、周寅之、祝允明、文徵明等，皆有此类作品。吴

中诗学发达,明初又遭统治者打压,士人多怀才不遇,遂借此为杯酒以浇胸中块垒。

明代弘治以后,诗坛上复古主张大行其道。复古派作家好拟古,《文选》和杜诗都是明代复古派作家竞相效仿的典范。谢灵运《拟魏太子邺中集诗》八首描写的"建安七子",是"建安风骨"代表人物;颜延之《五君咏》描写的"竹林七贤",是"正始之音"代表人物。明代复古派作家好并称"七子""五子",当与此有关。杜甫本人则有"诗圣"之称,其《八哀诗》亦广为人知。收录于《文选》的谢灵运《拟魏太子邺中集诗》和颜延之《五君咏》,以及发扬了"叹旧怀贤"人物组诗传统的杜甫《八哀诗》,遂在明代大放异彩。

明代复古派文人的"叹旧怀贤"人物组诗创作,由李梦阳、何景明首开其端,至"后七子"而盛极一时,其中尤以王世贞、胡应麟之作规模最大,诗中涉及的人物数量最多。"前七子"以郎署文人为主,仕途皆蹭蹬不遇,其怀贤组诗尚含有较多个人身世感受。"后七子"的怀贤组诗则带有明显的相互捧举和自我标榜色彩,文学流派意识渐浓。王世贞、胡应麟之作,更含有争胜于一时的文坛盟主意识。

前后七子流风所及,其他明人别集中也常出现怀贤组诗。复古派作家重视拟古,怀贤组诗多为五言古诗;其余作家的怀贤组诗则较为随意,不拘成规。如李开先《六十子》为五言绝句,茅坤《六子咏》为五言近体。整体而言,明代"叹旧怀贤"人物组诗仍以五言为主。五言简古,有助于体现高情厚谊。这也展现了明人较强的文体观念和辨体意识。

晚明文人陈可栋有《神交篇》近百首。徐𤊹评价道:"延年咏《五君》于生前,子美赋《八哀》于身后。二公皆身及交游者也。可栋神交往哲,几及百篇。益《五君》之简短,裁《八哀》之冗长。百世而下,犹有生气。诚艺苑之指南,文人之故实。岂曰兴怀于无情之地乎哉?"①

---

① 徐𤊹著,沈文倬校点:《红雨楼序跋》,福建人民出版社,1993 年,第 56 页。

（徐𤊹《重编红雨楼题跋》卷一《陈可栋神交篇》）可见，对于从颜延之《五君咏》到杜甫《八哀诗》之间一脉相承的传统，明人已有清晰的体认。明代"叹旧怀贤"人物组诗之盛况，也由此可见一斑。虽然明代怀贤组诗有不少已经失传，但传世之作依旧可观。表2仅就笔者见闻所及，稍加罗列：

表 2 明代"叹旧怀贤"人物组诗盛况一览表

作　者	组 诗 名 称	体裁	题序	备　　注
高启	《咏隐逸》十六首	五古	无	《大全集》卷三
	《春日怀十友诗》	五古	无	《大全集》卷三
周寅之	《八哀诗》			见吴宽《跋周寅之八哀诗后》
祝允明	《怀知诗·同老十人》	七古	有	《怀星堂集》卷四
	《怀知诗·往者八人》	四古	有	《怀星堂集》卷四
文徵明	《先友诗》八首	五古	有	《文徵明集》卷三
李梦阳	《九子咏》	五古	有	《空同集》卷十二
何景明	《六子诗》	五古	有	《何大复先生集》卷八
王廷相	《十八子诗》	五言八句	有	《王廷相集》卷十四"五言律体"
	《四友叹》	五言八句	有	《王廷相集》卷八"五言古体"
顾璘	《六忆》	五古	无	《凭几集》卷一
邵经邦	《九老诗》		有	
李开先	《九子诗》	五古	有	《闲居集》之一
	《六十子诗》	五绝	有	《闲居集》之四

作　者	组诗名称	体裁	题序	备　注
茅坤	《六子咏》	五言八句	有	《白华楼吟稿》卷四·"五言近体"
黄佐	《八美诗》	五古	有	《泰泉集》卷三
袁袠	《四悼》四首有引	五古	有	《衡藩重刻胥台先生集》卷四
	《十怀》十首有引	五古	有	《衡藩重刻胥台先生集》卷四
李攀龙	《五子诗》	五古	无	《沧溟集》卷四
	《二子诗》	五古	无	《沧溟集》卷四
梁有誉	《五子诗》	五古	无	《兰汀存稿》卷一
宗臣	《五子诗》	五古	无	《宗子相集》卷四
王世贞	《读李献吉、何仲默、徐昌谷三子诗》	五古	无	《弇州四部稿》卷十四
	《二贞篇》	五古	有	《弇州四部稿》卷十四
	《五子篇》	五古	无	《弇州四部稿》卷十四
	《后五子篇》	五古	无	《弇州四部稿》卷十四
	《广五子篇》	五古	无	《弇州四部稿》卷十四
	《续五子篇》	五古	无	《弇州四部稿》卷十四
	《四十咏》有序	五古	有	《弇州四部稿》卷十四
	《三杨诗》	五古	有	《弇州四部稿》卷十四
	《二友篇》	五古	有	《弇州续稿》卷三
	《重纪五子篇》	五古	有	《弇州续稿》卷三

作　者	组诗名称	体裁	题序	备　注
王世贞	《末五子篇》	五古	有	《弇州续稿》卷三
	《四十咏》	五古	有	《弇州续稿》卷三
	《八哀篇》	五古	有	《弇州续稿》卷三
	《余自解郧节，归耕无事，屈指贵游，申文外之好者，得十人，次第咏之》	五古		《弇州续稿》卷三
王世懋	《怀旧诗》十三首并序	五古	有	《王奉常集》卷二
吴国伦	《八子诗》	五古		《甔甀洞稿》卷五
	《五子诗》	五古		《甔甀洞稿》卷五
	《十二子诗》	五古		《甔甀洞稿》卷五
沈明臣	《六伤诗》	五古	无	《丰对楼诗选》卷四
胡应麟	《婺中三子诗》	五古	有	《少室山房集》卷十七
	《二怀诗》	五古	有	《少室山房集》卷十七
	《婺七贤诗》	五古	有	《少室山房集》卷十七
	《邑三贤诗》	五古	有	《少室山房集》卷十七
	《读国初四君遗集》	五古	有	《少室山房集》卷十七
	《宋王二隽篇》一首	五古	有	《少室山房集》卷十七
	《存没篇》四首	五古	有	《少室山房集》卷十七
	《寄吴门四子诗》	五古	有	《少室山房集》卷十七
	《六公篇》	五古	有	《少室山房集》卷十八

作　者	组诗名称	体裁	题序	备　注
胡应麟	《五君咏》	五古	有	《少室山房集》卷十八
	《八哀诗》	五古	有	《少室山房集》卷十八
	《四知篇》	五古	有	《少室山房集》卷十九
	《孤愤篇挽王山人叔承八百字》	五古	有	《少室山房集》卷十九
袁中道	《舟中偶怀同学诸公，各成一诗》五首	五古	无	《珂雪斋集》卷二
陈可栋	《神交篇》近百首			原诗未见。据徐𤊹《重编红雨楼题跋》卷一
徐枋	《五君子哀诗》	五古	有	《居易堂集》卷十七
陈子龙	《嘉靖五子诗》	五古	有	据施蛰存等《陈子龙诗集》卷六，第158页（辑自《白云草》）
吴易	《怀贤诗》	五古		《明诗别裁集》：怀贤诸咏，原本少陵《八哀》，而己之抱负自出。三章择其犹有骨干者。

三、前七子及其友人的"叹旧怀贤"人物组诗

正德二年（1507），前七子领袖人物李梦阳、何景明分别作有《九子咏》《六子诗》，掀起了明代"叹旧怀贤"人物组诗的创作热潮。此后，有王廷相《十八子诗》和《四友叹》、顾璘《六忆》等。在复古派

阵营之外的作家如李开先，亦有《六十子诗》等。大量涌现的怀贤组诗，不仅与文学流派论争有关，更与当时的政治环境息息相关。

明代复古运动勃兴于弘治、正德年间。当时的政治环境，与杜甫所处的开元、天宝年间相仿。唐代由"开元盛世"转为"天宝之乱"，明代则由"弘治中兴"转为"正德乱政"，两者均为重要的时代转折点。与杜甫一生蹭蹬不遇相似，前七子也大多仕途坎坷。因而，提倡"诗必盛唐"的明代前七子，对杜甫《八哀诗》表现出浓厚兴趣，进而纷纷效仿之，便不足为奇了。杜甫《八哀诗》小序中所说的"叹旧怀贤"，成为这一时期人物组诗的重要主题。

正德初，李梦阳因替户部尚书韩文起草弹劾刘瑾的奏疏而遭夺职，正德二年（1507）被逮入狱，后得康海援救而得释。李梦阳离京回乡前，在京的同乡好友为其送行，李梦阳遂有《九子咏》之作。其序曰：

> 九子者，皆天下贤豪人也，今乃合予于孟氏之堂，祖行也。慕义伤离，怅然有感于前游，于是作九子之咏。①

组诗包括《刘户部远夫（大谟）》《王户部邃伯（缝）》《王职方锦夫（尚絅）》《穆检讨伯潜（孔晖）》《马给事中敬臣（卿）》《陶行人良伯（骥）》《马进士君卿（录）》《戴进士仲鹖（冠）》《孟行人望之（洋）》等九首。其诗歌单篇形式为五言八句，似受颜延之《五君咏》影响；因祖行别宴而作，又似受到谢灵运《拟魏太子邺中集诗》八首的启发；所写对象不限于著名诗人，而是"天下贤豪人"，又并非写古人，而是"怅然有感于前游"，这又与杜甫《八哀诗》相似。怀贤组诗的传统，遂由李梦阳接续并加以整合，其发展线索愈加明晰了。

李梦阳入狱时，何景明、康海等都曾为他奔走，设法营救。尤

———————————

① 李梦阳：《空同集》卷十二，文渊阁《四库全书》本。

其是康海,还因此与太监刘瑾有了瓜葛,成为一生洗不清的污点。而李梦阳《九子咏》并未提及这些文坛盟友。另,李梦阳有《赠王康边何四子》,诗仅一首,并非组诗。

同是正德二年(1507),在家养病的何景明亦作《六子诗》并序。其序曰:

> 六子者,皆当世名士也。予以不类,得承契纳,辅志励益者多矣。病归值秋,窃叹中夜,有怀良友,作《六子诗》。①

何氏《六子诗》分别是《王检讨九思》《康修撰海》《何编修瑭》《李户部梦阳》《边太常贡》《王职方尚纲》。这组诗中,连何景明本人算在内,前七子的代表人物出现了五位。李、何声名甚大,他们同在正德二年(1507)前后作怀贤组诗,在当时自然会备受关注,从而掀起了怀贤组诗的创作高潮。

何景明诗中未提及徐祯卿和王廷相。当时只有"康、李"并称,或者"康、王(九思)"并称,或者"李、何"并称,或者"李、何、徐、边"并称等。"前七子"之说,是后人提出的。"前七子"中,徐祯卿入京最晚,去世最早,故李、何组诗中均未提及。在"前七子"中,王廷相大概是最缺乏存在感的一位。王廷相在明代思想史上的地位和影响,要远胜于他在明代文学复古运动中所扮演的角色。

正德六年(1511),王廷相作有《十八子诗》,序曰:"辛未秋,予出巡关中,违友益而孤处,暇日感念风谊,各得一诗,用抒怀慕,因寄上。"②包括:《熊给事纪》《王给事銮》《李御史深》《张主事原明》《于给事滦》《何修撰瑭》《王鸿胪希孟》《王给事元恺》《郭吉士维藩》《蔡给事天祐》《刘御史大谟》《崔编修铣》《田给事汝籽》《张吉士衍庆》《王郎中尚纲》《张进士汉卿》《孟行人洋》《何中书景明》。"前七

① 何景明:《大复集》卷八,文渊阁《四库全书》本。
② 王廷相著,王孝鱼点校:《王廷相集》,中华书局,1989年,第210页。

子"中，只提及何景明一人。

又，王廷相有《四友叹》，序曰："时四子皆谢事家居。"①包括：
《盛吉士端明》《李员外梦阳》《何修撰瑭》《何中书景明》。诗中提及
李梦阳、何景明二人。

同时代的顾璘、朱应登、陈沂、郑善夫号称"金陵四大家"，亦与
"前七子"齐名，有"弘治十才子"之称。顾璘是南都文坛领袖，其
《凭几集》卷一有《六忆》组诗，无序。诗中人物包括：罗印冈、陈石
亭、赵雪岩、邵前川、赵鹭洲、徐九峰，多为隐逸之士、书画家等，反
映了吴中风尚。

综上，明代正德以前，怀贤组诗虽然受到复古派作家重视，但
其诗作多含有真实的身世之感，尚未演变为标榜门户的手段，文学
流派意识尚不明显。

四、后七子及其友人的"叹旧怀贤"人物组诗

嘉靖三十一年(1552)前后，后七子在京师结社，彼此酬唱，互
作《五子篇》，掀起了"叹旧怀贤"人物组诗创作的又一高潮。当时，
王世贞、李攀龙、梁有誉、徐中行、宗臣、吴国伦等皆有作。后来，王
世懋、胡应麟等亦有仿效之作。王世贞除《五子篇》外，还有《后五
子篇》《广五子篇》《续五子篇》《二友篇》《重纪五子篇》《末五子篇》
《四十咏》《八哀篇》等，其诗坛盟主地位也由此得以树立。

据王世贞所言，《五子诗》之作由李攀龙首倡，"用以纪一时交
游之谊"。而王世贞作《五子诗》之前，尚有《读李献吉、何仲默、徐
昌穀三子诗》《二贞篇》等，故《五子诗》亦有可能是王世贞首倡。当

① 王廷相著，王孝鱼点校：《王廷相集》，中华书局，1989 年，第 111 页。

时诸子皆有酬唱,独谢榛不与。王世贞为此耿耿于怀,在给宗臣的信中说:"可怪也。眇君子竟不为我和五子诗。昨闻在王国中多从侠少倡家游,晚节柳三变何为也? 不忆一旦叛去尔尔。寻于鳞移文责之。"①谢榛最终被"后七子"除名,这大概是造衅之始。

值得注意的是,李攀龙《沧溟集》卷四中,除收有《五子诗》外,还有《二子诗》,分别咏《卢次楩》《谢茂秦》。《谢茂秦》一诗曰:

> 谢榛吾党彦,辖轲京华陌。黄金自不留,朱颜亦已掷。韦布岂尽愚,咄嗟名士籍。握手金闺人,中情多所适。冠盖罗长衢,染翰日相索。遂令清庙音,乃在褐衣客。一出《游燕篇》,流俗忽复易。还顾望鹿门,矫矫青云翮。②

诗中可见,李攀龙对乡党谢榛的评价甚高,并未因谢榛是一介布衣而轻视之。关于"后七子"产生内部矛盾的前因后果,主要见于王世贞记载,属于一面之词,真实情形还有待详考。

钱谦益《列朝诗集小传》丁集中"沈记室明臣"云:

> 万历间,山人布衣豪于诗者,吴门王伯谷(稚登)、松陵王承父(叔承)及嘉则(沈明臣)三人为最。王元美(世贞)继二李之后,狎主词盟,引同调,抑异己。谢茂秦故社中老宿,有违言于历下,则合纵以摈之,用以立懂示威。海内词人有不入其门墙,不奉其坛坫者,其能自立者亦鲜矣。伯谷才名故与乌衣马粪相颉颃,承父早多贵游,嘉则晚依宗衮。三人者,其声势皆足以自豪,元美与之雅,故在异同离合之间。夷三君于四十子,而登胡元瑞于末五子,虽未能一切抹杀,其用意轩轾犹前志也。徐文长独深愤之。自引傲僻,穷老以死,终不入其牢

① 王世贞:《弇州四部稿》卷一百一十九,文渊阁《四库全书》本。
② 李攀龙著,包敬第标校:《沧溟先生集》,上海古籍出版社,1992年,第91页。

箧。于论谢榛诗见志焉。①

钱谦益指出，王世贞写"叹旧怀贤"人物组诗，是"用意轩轾"，既是文学批评的一种方式，也是树立门户的手段。

在王世贞笔下，人物组诗"叹旧怀贤"的传统与标榜门户的作用被巧妙地糅合起来，令后人难分泾渭，难辨是非。

《明史·文苑传》称王世贞"其所与游者，大抵见其集中，各为标目。曰前五子者，攀龙、中行、有誉、国伦、臣也；后五子则南昌余曰德、蒲圻魏裳、歙汪道昆、铜梁张佳胤、新蔡张九一也；广五子则昆山俞允文、浚卢柟、濮州李先芳、孝丰吴维岳、顺德欧大任也；续五子则阳曲王道行、东明石星、从化黎民表、南昌朱多煃、常熟赵用贤也；末五子则京山李维桢、鄞屠隆、南乐魏允中、兰溪胡应麟，而用贤复与焉。其所去取，颇以好恶为高下"②。称王世贞去取"颇以好恶为高下"，或许是一种误解。从明代怀贤组诗的传统看，是以纪交怀旧为主，并非钟嵘《诗品》之类的严格意义上的文学批评著作。当然，由于有"后七子"相互倡和、自我标榜的《五子篇》在前，而王世贞晚年在文坛上又有崇高的地位，因此王世贞的"叹旧怀贤"人物组诗客观上便具有了文学批评的意义。王世贞本人显然也意识到了这一点。其实，从最初作《五子篇》，他便有意混淆纪交与文学批评之间的界限。

王世贞长诗《哭李于鳞一百二十韵》之末云："牛耳诚贪执，鸡尸敢放颠。萧条五子咏，乖隔二鸣编。欲勒太丘石，亲题京兆阡。词场空满目，谁定笔如椽。"③诗中明确表达了将人物组诗作为文学批评手段的立场。

关于"五子"，还有另外一种说法。据俞允文《天目徐公诔》，七

① 钱谦益：《列朝诗集小传》，上海古籍出版社，1983 年，第 496、497 页。
② 张廷玉等：《明史》卷二百八十七，中华书局，2000 年，第 4934 页。
③ 王世贞：《弇州四部稿》卷三十二，文渊阁《四库全书》本。

子之中宗臣、李攀龙谢世后,王世懋与王世贞、汪道昆、徐中行、吴国伦并驱诗坛,亦有"五子"之称。① 俞允文与王世贞晚年交游甚密,此说当为揣摩王世贞意思而发。王世贞将已经去世的谢榛、李攀龙、宗臣都排除在外,重订"五子"排名,极力抬高乃弟王世懋的文坛地位。

王世贞的《五子篇》《后五子篇》《广五子篇》《续五子篇》,皆收于《弇州四部稿》卷十四,皆有诗无序。《末五子篇》则收于《弇州续稿》卷三。

《明史》只言及"五子"序列。其实,《弇州续稿》卷三中,除《末五子篇》外,尚有《二友篇》《重纪五子篇》《四十咏》《八哀篇》等。

《弇州续稿》卷三首列《二友篇》,包括《王宗伯锡爵》《吾弟学宪世懋》。序云:"吾取友于天下,李于鳞以文字实伯仲焉。杨仲芳之以节义相切劘,亦庶几也。不幸中道弃我。今者赖天之灵,元驭拔我于雕虫而进之太上,刮濯而就之,我友也,实我兄也。敬美匡我保我,我弟也,实我友也。元驭尚矣。收敬美于出处之后,夫谁能以借讥我。"②

《重纪五子篇》包括:《汪司马道昆》《吴参政国伦》《余宪副曰德》《张御史大夫佳胤》《张中丞九一》。序云:"余昔为《五子篇》,则济南李攀龙、吴兴徐中行、南海梁有誉、武昌吴国伦、广陵宗臣其人也。已而其友稍益,则为《后五子篇》,豫章余曰德、歙汪道昆、蒲圻魏裳、铜梁张佳胤、汝宁张九一其人也。盖三十年而同覆圄之观,去已半矣。今其存者位虽有显塞,而名业俱畅,志行无变,盖憷然欣然之感一时集焉,故为五章以追志之。"③

《末五子篇》序云:"余老矣,蜗处一穴,不能复出友天下士,而

① 俞允文:《天目徐公诔》并序,辑自黄宗羲:《明文海》卷四百七十七,中华书局,1987年,第5126—5128页。
② 王世贞:《弇州续稿》卷三,文渊阁《四库全书》本。
③ 同上。

乃有五子者，俨然而以文事交于我，则余有深寄焉。自此余不复操瓠管矣。夫汝师者向固及之，然而未竟厥诣也，是以不妨重出云。"①末五子为赵太史用贤（汝师）、李参政维桢、屠仪部隆、魏博士允中、胡先辈应麟。

万历十一年（1583），王世贞作《四十咏》（系年据徐朔方年谱）。（见《弇州续稿》卷三）序云："诸贤操瓠而与余交，远者垂三纪，迩者将十年。不必一一同调，而臭味则略等矣。屈指得四十人。人各数语以志区区，大约德均以年，才均以行，非有所轩轾也。曰：皇甫金事汸、莫方伯如忠、许长史邦才、周山人天球、沈山人明臣、王太史祖嫡、刘金事凤、张先辈凤翼、朱王孙多煁、顾山人孟林、殷进士都、穆考功文熙、刘先辈黄裳、张太学献翼、王太学稚登、王山人叔承、周选部弘禴、沈尚玺思孝、魏考功允贞、喻杭州均、邹黄州迪光、佘明府翔、张将军元凯、张京兆鸣凤、邢侍御侗、邹吏部观光、曹山人昌先、徐太学益孙、瞿太学汝稷、顾太史绍芳、朱王孙罳封、黄先辈廷绶、徐司理桂、王山人伯稠、王茂才衡、汪太学道贯、华太学善继、张府幕九二、梅秀才鼎祚、吴文学稼澄。"②

《八哀篇》序云："八哀者，吾郡八人也。皆长于吾，皆屈年而与吾善。初以不尽同调，故略之。今先后逝矣。当时亦不觉有异，屈指眼底，渐鲜其伦，不胜山阳酒垆之感。因次第咏之。共八篇。"③包括：《陆征士治》《彭征士年》《文学正嘉》《陈方伯銮》《陆尚宝师道》《黄山人姬水》《顾山人圣之》《钱布衣谷》。

此外，王世贞还有一组诗，题为《余自解郧节，归耕无事，屈指贵游，申文外之好者，得十人，次第咏之》④，包括：《袁太常洪愈》《刘大司马光济》《陆廷尉光祖》《胡中丞执礼》《赵少宰贤》《徐中丞

① 王世贞：《弇州续稿》卷三，文渊阁《四库全书》本。
② 同上。
③ 同上。
④ 同上。

学谟》《刘廷尉一儒》《顾廉宪章志》《李参政颐》《郭中丞思极》。其实,在这些"文外之好"中,也不乏有文采者,只是其持论与王世贞不同。如徐学谟,与王世贞有同乡之谊,但徐学谟对归有光极力推崇,对王世贞则常流露出不满之意。故王世贞虽提之,但于文则无所称。

王世贞的怀贤组诗,计十四组,一百三十八首。在别集编排中,不仅单列一卷,而且居五言古诗之首,可见其重视程度。

王世懋作为王世贞胞弟,是王世贞极力栽培的对象。王世懋考取进士后,王世贞积极为其扬誉。而王世懋似乎也打算在文坛上有一番作为,热衷于文坛交游。《王奉常集》卷二有《怀旧诗》十三首并序,其序云:

> 予自弱冠受知通人,中更家难,放言自废,诗情酒德,洽契名流。及乎召用以来,交知益广。倦游谢事,或忆故人,二十余年间,凋落殆尽。叹隙驹之无几,悲逝川之不归。虽后生可畏,而末契难托,实有子期山阳之感。命篇《怀旧》,总之得十有三人,若文太史、李观察,名德最先,以冠群彦。次逮梁客部十人,各后先物故,随意成咏,都无诠次。自王文学以后,虽名字不显,厥有翩翩足思者焉。参之名流,亦其次也。①

组诗包括:《文待诏征仲》《李观察于鳞》《彭征君孔嘉》《徐方伯子与》《黄征君淳父》《陆征君叔平》《袁学宪鲁望》《俞征君仲蔚》《陆学宪与培》《梁客部思伯》《王文学君载》《康山人裕卿》《沈处士道祯》。这组诗中,吴中文人居多数。王世贞、王世懋兄弟有意识地整合吴中文学传统和复古文学传统,从而扩大了自身的诗坛影响力。

吴国伦继《五子诗》之后,又有《怀十二子》。因为该组诗的人

---

① 王世懋:《王奉常集》卷二,明万历刻本。

物排名问题,还引发了一番争议。张佳胤作《读明卿〈怀十二子〉诗,不佞滥焉,不佞于诸子中,犹抱"王后"之耻,赋此寄之》,诗云:

> 邹轲伤雅亡,道丧亦云久。作者代非一,名家矜敝帚。伊余下里生,闻郢捧腹走。明卿良起予,平生金石友。八音奏明堂,清浊分曹偶。谁为拾玄珠,竟入罔象手。齿牙谢高言,天路遂骧首。五君何足咏,七子不挂口。初唐六六材,一旦相先后。还语千秋人,试听钟与缶。①

综上所述,在后七子及其友人笔下,怀贤组诗成为一种重要的标榜手段。他们借此抬高自己的文坛地位,问鼎盟主之席。那些无盟主之望者,对组诗中的人物排名顺序也格外在意。

五、胡应麟的"叹旧怀贤"人物组诗

复古派热衷于写怀贤组诗的传统,在胡应麟手中进一步发扬光大。胡应麟《少室山房集》的卷十七、卷十八、卷十九,均为怀贤组诗。共计十二组,四十七首。另有《孤愤篇》一首。就整体而言,这些诗均为五言古诗,题旨相近,内容互为补充,结构完整,可谓"组诗的组诗"。其中《宋王二隽篇》有序、《孤愤篇》虽为单篇,但亦是三卷完整组诗中不可分割的一部分。

(一) 地域诗学统系的自豪感

《少室山房集》卷十七有:《婺中三子诗》有序、《二怀诗》有序、《婺七贤诗》有序、《邑三贤诗》有序、《读国初四君遗集》有序、《宋王

---

① 张佳胤:《居来先生集》卷二,明万历刻本。

二隽篇》有序、《存没篇》四首有序、《寄吴门四子诗》有序。这八组诗均着眼于地域诗学传统。前六组诗的序言连缀起来,可视为一部婺中地域文学史。后面两组诗,则专纪胡应麟与粤中文人、吴中文人的交游。

《婺中三子诗》题咏的对象分别是《世说新语注》作者刘峻、南朝诗人沈约、初唐诗人骆宾王,三人均有婺中生活经历。其序云:

> 三子者,刘参军峻、沈仆射约、骆侍御宾王也。孝标以流寓,休文以宦游,宾王以起义出奔他郡。迹三子始终,无论隐侯,即刘、骆二君未可以婺概者。第吾邦文学,三子实首倡之。则婺虽一日之过,犹其汤沐,矧其生于斯,仕于斯,没于斯也。夫休文达矣,孝标、宾王则穷,乃其风节矫矫,咸足重婺。余既为白诸学使苏公,则复骠括其概,并隐侯为三子之篇,亦以余之穷有相类者,匪曰气味之合已也。①

《二怀诗》题咏的是中晚唐诗人张志和、贯休,其序云:

> 二怀者,张进士子同、姜禅师德隐也。一遁于仙,一遁于释,固荐绅先生所不道。然唐婺中诗流,自骆丞而下,必次及焉。即调或卑卑,固时代使然矣。夫志和浮家雪上,而休公驻锡川中,盖二君亦非老于婺者,岂贤者避地,自昔共然;将词人多穷,迄今尚尔耶? 夫余亦有远游之思,而未得其挫名之术也。故于二君咸沾沾有遐慕焉。②

《婺七贤诗》序云:

---

① 胡应麟:《少室山房集》卷十七,文渊阁《四库全书》本。
② 同上。

七贤皆婺中先达，宋元以来文学士也。吕太史虽一代儒宗，顾其实，有不可尽泯者，屈就兹列焉。①

《邑三贤诗》序云：

余邑当宋元，得贤者三人，皆深于经术，不可以文艺尽之，乃其著述班班足考镜也。作三贤诗，俾毋以质掩其文焉。②

《读国初四君遗集》表彰的是明初越中著名文学家宋濂、王祎、苏伯衡、胡翰。四人均以文章著称于世，而胡应麟对其诗亦予以肯定。其序云：

文章国初越最盛，越中婺最盛。浦阳、义乌、金华三数君子者，虽风调沿袭宋元，而淳庞敦大，蔚然开一代先。李献吉云，金华数子真绝伦，非溢语也。诗歌稍左次当行，亦往往有足观者。余读四君遗集，慨然其人，人为四韵，以识余臆。③

《宋王二隽篇》表彰宋濂、王祎的后代。序云：

宋文献有子曰璲，王忠父有子曰绅，各以少颖知名。璲书法为国朝第一，惜夭折中道。而绅以孝行，蔚然光绍先人。皆匪可文艺一端尽者，并识数语，为《二隽》之篇。④

《存没篇》四首纪胡应麟与粤中诗人黎元表、梁有誉、欧大任及

---

① 胡应麟：《少室山房集》卷十七，文渊阁《四库全书》本。
② 同上。
③ 同上。
④ 同上。

越中同乡徐中行的交游。其序云：

> 粤黎梁欧三子洎吾乡子与方伯，皆余忘年交也。都门一别，梁徐相继下世，仅黎欧存。爰叙四子，为《存没》之篇。①

《寄吴门四子诗》纪胡应麟在吴中地区与一些诗人的交往。其序云：

> 王承父屡订余入访乌镇，至则葭菼茫然，无复问津处。过金阊，适周公瑕与客游天池。泊昆山，觅王世周，寓娄江，觅曹子念，皆出诣所知矣。遂各为一章寄焉。②

该卷诗充分体现了胡应麟的诗学统系意识。作为浙江金华人，他在极力抬高越中诗坛（特别是婺中诗学）地位的同时，也不忘提及自己与当时诗学较盛的粤中诗坛及诗学传统更为悠久的吴中诗坛的关系。

（二）诗坛盟主意识的流露

《少室山房集》卷十八有：《六公篇》有序、《五君咏》有序、《八哀诗》有序。这三组诗，打破了时空限制，所记皆明代复古诗学的重要代表人物。而复古派是当时的主流诗学。

《六公篇》是站在宏观高度，对整部明代诗史的回顾。其序云：

> 六公者，高太史季迪、李观察献吉、何观察仲默、徐博士昌谷、高参知子业、李廉访于鳞也。其三洛下，其二江左，其一济南。总之，上距国初，下迄弘靖，诗家者流正宗巨擘尽矣。余

---

① 胡应麟：《少室山房集》卷十七，文渊阁《四库全书》本。
② 同上。

束发窭窳诸君子,读其遗集,恨不获一当其人。是秋舟过吴门欲入访季迪昌谷故居,而州民遂无识者,盖颜没榛莽久矣。嗟夫,彼其盛名朗朗,悬诸日月,世代非远,河山邈如,由后视今,维今视昔,俯仰宇宙,能无怅然。爰并李、何四子为六公之篇,后之同志或将有感于斯咏云尔。①

《五君咏》纪王世贞"五子"序列中的人物,胡应麟本人为"末五子"之一。其序云:

> 丙戌岁,王长公作《重纪五子篇》,今复逝其二矣。参以余所知欧、赵两公,为《五君咏》,两公亦司寇旧称五子之二也。②

《八哀诗》序云:

> 八哀皆当世巨公名流也。昔杜陵咏《八哀》,以李北海、苏司业之文学,张相国、严郑公之政事,李司空、李大尉之勋劳,李汝阳、郑司户之才艺为次。盖通举当代之烜赫者,不必受知也。若国朝名臣辈,出嘉隆之际,倍蓰开元。文学则有琅琊二王公,政事则有若万安朱公、建宁滕公,勋劳则有若铜梁张公、定远咸公,材艺则有若茂苑文公、岭表黎公,不必曰通举一代,揆厥攸造,视少陵所称述,无弗逮者,或远过焉有之。余生也贱,且年地悬绝,诸公顾并当伯乐之盼,即交有浅深,受知一也。爰效杜体,为《八哀》之篇,其文辞则瞠乎昔人后矣。③

以上三组诗中,王世贞是最重要、最关键的人物。王世贞身为

---

① 胡应麟:《少室山房集》卷十八,文渊阁《四库全书》本。
② 同上。
③ 同上。

斯文盟主四十年,对胡应麟曾有国士之盼。所以,这三组诗实乃胡应麟本人诗坛盟主意识的集中体现。

(三) 失意文人的悲鸣

《少室山房集》卷十九有:《四知篇》有序、《孤愤篇挽王山人叔承八百字》有序。

《四知篇》所怀人物为汪道昆、张九一、李惟寅、苏浚。其序云:

> 四知者,歙汪司马、汝张中丞、濠李通侯、闽苏参伯,皆不佞生平知己之最也。始余年十六游长安,遘万安朱公赏识,则唯寅业已上座延之。中国士两琅琊,而伯玉司马、助父中丞咸以倾盖,定千秋之契。暮途却扫,则君禹以督学踵建安滕公至,却卤簿,践蓬蒿,卑卑执问字之礼焉。即余匪其人,而四君子之知余,允谓平生之最矣。余既没林莽,为一蠹群书间,方凭借诸先辈宠灵以自见异代。而十载以还,二王滕朱相率殂逝。越三载,而四君子又相率而继之。盖不佞生平知己,于是垂尽。而老泪临风,有不知其恸绝者。卧病岩居,永昼如岁,详述颠末,为《四知》之篇。於戏!伯牙之弦,自兹永绝。而君苗笔研亡所用,其焚如已矣。①

《孤愤篇挽王山人叔承八百字》序云:

> 始余读山人吴越诸游草,异之,顾其人未识面也。庚辰秋,息驾杜门,忽闻者以曹生书来,称山人往携一刺入长安城,亡所诣闭簏中廿载矣,今特持以诣足下,幸毋讶其漶灭也。余亟倒屣出迓山人十日斋头,纵谈风雅,本支流别,殿最雌黄,莫

---

① 胡应麟:《少室山房集》卷十九,文渊阁《四库全书》本。

逆于心，相视而笑，人皆以山人不言备四时之气，余知其滑稽玩世，大于东方也。既与余订盟江上，明年，余入弇，泊舟垂虹问所谓十八桥者，而太湖三万顷浩渺亡际，范张鸡黍，竟爽成言。又明年，余复入弇，适山人蹑草屩贸贸来，乃长公病卒不起，恸哭弇山之堂，再信别去。俄寄余手札千言，情致委笃，而五言一律云："千秋词苑剧，万态笔锋新。"以余缀《诗薮》初成怅也。后十载闻问中绝。迩遣役询诸吴门，则山人墓木拱矣，余不胜悼怛。爰粗述尔时邂逅颠末，仿青莲送魏万体为五言古八百言，而辍其三韵，韵亡旁出者，故也。诗成，致二子焚之几筵，以告山人。山人灵爽奕奕，且击节浩歌于大罗之上矣。①

以上两篇小序，篇幅较长，是胡应麟才子失意心态的生动写照。

胡应麟《少室山房集》中的三卷怀贤组诗，首卷标榜地域诗学传统，次卷流露出胡应麟意欲跻身甚至问鼎主流诗坛的愿望，末卷则是理想破灭的悲叹。三卷诗层次井然，必须结合起来读，方可领会诗中的深意，故可视为"组诗的组诗"。

明代"叹旧怀贤"人物组诗大量涌现，主要得力于前后七子倡导的诗文复古运动，是拟古之风的产物。就思想倾向而言，这类组诗早期主要是以政治批判、伤时怀旧为主，后来逐渐演变为相互标榜、自我标榜的一种手段，与地域诗学传统和文学流派论争有关。人物组诗对文学流派的形成和发展有一定促进作用，但其本身的文学批评色彩并不明显，对此应客观分析。

六、清人立场：从人物组诗到论诗绝句

以杜甫《八哀诗》为典范的"叹旧怀贤"人物组诗创作之风，至

---

① 胡应麟：《少室山房集》卷十九，文渊阁《四库全书》本。

清代渐渐消歇。这与清初诗坛领袖王士禛对杜甫《八哀诗》的猛烈抨击有关。他说：

> 《八哀诗》本非集中高作，世多称之不敢议者，皆揣骨听声者耳。其中累句，须痛刊之方善。石林叶氏之言，其识胜崔德符多矣。余《居易录》中详之。①

关于《八哀诗》，王士禛与叶梦得持论相同，而批评之态度更加激烈。王士禛论诗重"神韵"，故对杜诗之"利钝并用"表示不满。翁方纲《石洲诗话》摘录了王士禛对杜甫《八哀诗》的多条批评意见，如：

> 《渔洋诗话》云："杜《八哀诗》，最冗杂不成章，亦多啽呓语，而古今称之，不可解也。"
>
> 《居易录》一条云："杜《八哀诗》，钝滞冗长，绝少剪裁。而前辈多推之，崔鹍至谓'可表里《雅》《颂》'，过矣！试摘其累句，如：（从略）云云，率不可晓。披沙拣金，在慧眼自能辨之。未可为群瞽语白黑也。"
>
> ……
>
> 并录予旧抄渔洋评本于后："《八哀诗》自是巨篇，顾多钝拙不可晓。何也？"②

王士禛的意见，在清初影响甚大，且后世不乏同调。朱东润先生《杜甫的八哀诗》一文指出：

> 士禛的主张，在明清的批评家中，有不少的同情者。从五

---

① 翁方纲：《石洲诗话》卷六，人民文学出版社，1984年，第219页。
② 同上书，第219—221页。

家合评杜诗中，我们可以指出《八哀诗》受到普遍的指责，有时甚至放笔直下，大段涂抹。倘使我们把其中的每一句，作为一个单位，连同其他个别字句计算在内，那么《八哀》所受到的涂抹，多至七十九处。杜诗遭遇的棍子，在《八哀》里应当说是相当惨重了。①

所谓"五家合评杜诗"，指王世贞、王慎中、王士禛、邵长蘅、宋荦五家评语。道光时期卢坤辑《杜工部集》二十卷，并以五色笔过录五家批语，又称五色批本。其中，对《八哀诗》的批驳，主要还是出自清人之手。

清代"叹旧怀贤"人物组诗的没落，从格调派大家沈德潜的诗歌创作中也体现出来。沈德潜的诗学主张与明代前后七子最为接近，他也写过一些怀人之作，如《怀友》十二章（七言绝句）、《怀人绝句》（七言绝句）、《纪恩诗》八章（七言绝句）、《怀旧诗》十三章等。但这些怀人之作，大都采用七言绝句的形式，而没有延续从颜延之《五君咏》到杜甫《八哀诗》的五言古诗传统。可见，清人对"怀贤"组诗传统已不再重视，拟古意识也相当淡薄了。

与《八哀诗》的遭遇形成鲜明对比的是，杜甫论诗绝句在清代却大行其道，成为清人竞相效仿的对象。论诗绝句这一文学批评形式，由杜甫首开先河，元好问继之，至清代而掀起高潮。王士禛本人就作有《戏仿元遗山论诗绝句》。比起《八哀诗》，清人更重视杜甫的《戏为六绝句》。明人好标榜，清人重学问，明清两代的诗学遂呈现出不同色彩。

---

① 朱东润：《中国文学论集》，中华书局，1983 年，第 216 页。

论诗绝句视野中的明代诗学论争

论诗诗是中国古代诗歌批评的一种较为流行的方式,兼具批评与审美双重功能。论诗诗不仅是以诗论诗,更是以诗人论诗人,从而拉近了批评者与诗人、普通读者的距离。论诗诗的作者往往兼具读者、批评家、理论家、文学史家、诗人等多重身份,他们深知作诗甘苦,能够运用生花妙笔,揭示诗中三昧;同时,又能够站在批评家、理论家、文学史家的高度,在有限的篇幅内,要言不烦地阐发诗中妙理。

七言论诗绝句作为论诗诗的一种,长短适宜,朗朗上口,深受诗人和读者青睐,是论诗诗中被运用得最多、流行最广的一种体裁。

郭绍虞曾在《元遗山论诗绝句》一文中,将论诗绝句的发展历程概括如下:

> 自从杜少陵的《戏为六绝句》,开了论诗绝句之端,于是作者纷起。其最早者,在南宋有戴石屏的《论诗十绝》,在金有元遗山的《论诗》三十首。此二者都是源本少陵,但是各得其一体,戴氏所作,重在阐说原理;元氏所作,重在衡量作家。这却开了后来论诗绝句的两大支派。到清代,王渔洋规仿元氏之作,于是论诗绝句,遂多偏于论量方面,或就一时代的作家论之,或就一地方的作家论之;其甚者,掇拾琐事以资点缀,阐说

> 本事以为考据,而论诗绝句之作,遂亦不易看出作者的疏凿微
> 旨了。①

不论阐说原理也罢,还是衡量作家也罢,那些脍炙人口的论诗绝
句,大都出自诗坛大家、文化名流之手,触及古代诗学论争中最根
本、最核心的问题,令人印象深刻,回味无穷。

明代诗学论争激烈,但论诗绝句的创作却处于低谷期。明人
激烈的诗学论争,促进了清人对中国古代诗学传统的整体反思,激
发了清人写论诗绝句的热情。明清易代之后,在钱谦益、王士禛、
沈德潜、袁枚、翁方纲等诗学大家的带动下,论诗绝句创作蔚然成
风,大规模组诗层出迭现,成为清代诗学昌盛的显著标志之一。

清代宗廷辅(1825—1898)编有《古今论诗绝句》一书,选录了
杜甫、戴复古、元好问、方孝孺、李濂、王士禛、严虞惇、袁枚、洪亮
吉、张问陶、彭蕴章十一家论诗绝句。宗廷辅所收,只是古今论诗
绝句的很小一部分。其中,明代方孝孺、李濂两家,论诗虽有独到
见解,但二人并不以诗歌创作见长。

今人郭绍虞、钱仲联等编选的《万首论诗绝句》,全书共四大
册。② 其中绝大部分为清代、近代作品,唐代至明代的论诗绝句全
部加起来,才占了半册的篇幅。就数量和组诗规模而言,明代论诗
绝句远逊于清;就质量、水平而言,明代论诗绝句与前代相比也不
占优势。考虑到唐、宋、金、元时代较早,存世文献数量相对较少;
而明代较为晚近,存世文献量大,诗家众多,流派纷呈,则明代论诗
绝句的园地,就愈显冷落。

从论诗绝句这一特定视角考察明代诗学论争,不仅可以从诗

---

① 郭绍虞:《照隅室古典文学论集(上)》,上海古籍出版社,2009 年,第 243、244 页。
② 郭绍虞、钱仲联、王遽常编:《万首论诗绝句》,人民文学出版社,1991 年。本篇所引
 论诗绝句数量较多,凡引自本书者,注释时只标注书名、页码,不再一一标明所有出
 版信息,祈读者谅解。

学原理、作家品评等方面给我们以启迪,还可以从诗学史、思想史、流派、地域等不同侧面加深我们对明诗的认识与反思。

一、从前代论诗绝句看明人
对诗学遗产的接受

明人对前代诗学遗产采取了选择性接受的态度。由于其视野过于狭隘,造成一系列弊端。将明代之前论诗绝句中包含的诗学思想与明代诗学进行比较,有助于深化对明代诗学的认识与反思。

明代诗学论争的许多重要议题,如复古、通变、辨体、性灵、唐宋诗之争等,前人都已有所论及。如杜甫《戏为六绝句》、元好问《论诗绝句》三十首等,对这些问题均有精湛见解,对历代经典作家、作品,也有许多精当的点评。那么,这些诗学问题何以在明代再掀波澜?明人诗学观点是否能够真正超越前人?对于中晚唐、宋、金、元时期的论诗绝句及经典作家、作品,明人了解多少,其褒贬是否合理?简言之,明人对前代诗学遗产的接受程度如何?有比较才会有鉴别。在寻找这些问题的答案之前,有必要先对明代之前的早期论诗绝句作一番考察。

(一) 从杜甫《戏为六绝句》反观明代诗学得失

论诗绝句肇始于唐代大诗人杜甫。杜甫《戏为六绝句》不仅首开以绝句论诗的先河,而且还采用了组诗的形式,在发挥绝句艺术特长的同时,打破其篇幅短小的局限,使论诗绝句的思想容量更大,批评功能更加灵活、自由。

在中国诗歌史上,杜甫占有崇高地位。李白是盛唐气象的典型代表人物,杜甫则是横跨在唐诗和宋诗两座诗学高峰之间的重要桥梁。李白如北斗,杜甫如泰山。李白被称为“诗仙”,以精神气质取胜，后人只可仰望，难以效仿；杜甫被称为"诗圣"，他对诗艺精心锤炼，"语不惊人死不休"，诗境也随之不断地拓展，为后人开辟了无数法门。

人们常说杜诗易学，李诗不易学。其实，杜诗亦不易学。李诗不易学，在于无蹊径可寻；杜诗不易学，在于千门万户，气象万千。从中晚唐到宋元明清，各个时期的诗坛大家、名家，均不同程度地受到过杜甫的沾溉。但窥其门径者多，得其堂奥者少，学者往往只能得其一枝，难以占全满园春色。

宋代大诗人苏轼曾经感叹："天下几人学杜甫，谁得其皮与其骨？"（《次韵孔毅甫集古人句见赠》五首其一）宋代学杜最具代表性的是黄庭坚与江西诗派。江西诗派奉杜甫为初祖，专意学杜，虽取得一定成就，但也招致了不少诟病。

明代专门学杜者不少，王世贞举其要者云："国朝习杜者凡数家，华容孙宜得杜肉，东郡谢榛得杜貌，华州王维桢得杜一支，闽州郑善夫得杜骨，然就其中所得，亦近似耳。唯梦阳具体而微。"[1]在王世贞看来，李梦阳是明人代学杜成就最高的一家。李梦阳是明代复古派文人的旗手。明代前后七子高举"诗必盛唐"的旗帜，对宋诗不屑一顾。但他们所遭的诟病，与宋代的江西诗派相差无几。

宋人重诗法，明人重诗体。宋代黄庭坚和江西诗派学杜，强调"无一字无来历"，重点从字法、句法、章法入手。明代前后七子更加重视辨体，从风格等方面整体把握杜诗的特色，但仍不免"字摹句拟"之讥。最终，江西诗派和前后七子，都不可避免地陷入了模仿的窠臼，难以自拔。就连王世贞眼中学杜成就最高的李梦阳，也只能做到"具体而微"，无法完全再现杜诗宏大的气象。

明代前后七子将汉魏古诗和盛唐诗歌视为最高典范，高举复古的旗号，虽然促进了明诗的复兴，但始终是生活在前代经典诗人

---

[1]　王世贞著，罗仲鼎校注：《艺苑卮言校注》，齐鲁书社，1992年，第314页。

的阴影之下,没有形成明诗独具的面貌。前后七子在致敬经典的
同时,也为自己赢得了一时盛名。但不少同时代的有识之士,意识
到复古运动的局限,并予以猛烈抨击。公安派代表作家袁宏道就
曾毫不留情地指出,复古派不过是"粪里嚼渣,顺口接屁,倚势欺
良,如今苏州投靠家人一般,记得几个烂熟故事,便曰博识,用得几
个见成字眼,亦曰骚人,计骗杜工部,囤扎李空同,一个八寸三分帽
子,人人戴得,以是言诗,安在而不诗哉!"①但袁宏道"独抒性灵,
不拘格套"的主张,亦属矫枉过正,同样招致了不少诟病。

那么,究竟应该如何向经典致敬、向传统致敬,才是正途呢?

其实,杜甫早在《戏为六绝句》中就已为后来者指点了迷津,奈
何后人却一再执迷不悟!

《戏为六绝句》采用以诗论诗的形式,虽然易诵易记,但也容易
产生歧义。宋代以来,对《戏为六绝句》的解读众说纷纭。直到今
日,学界对这六首绝句的主旨,在认识上仍存有分歧。

整体而言,《戏为六绝句》是围绕今人与古人、前贤与后生的关
系展开议论的。在杜甫生活的时代,也存在如何向传统致敬的困
惑。其中,六朝与初唐是摆在盛唐诗人面前的首先要逾越的目标。

六朝诗以绮丽的齐梁诗风最具代表性。初唐诗人陈子昂曾经
感叹:"文章道弊五百年矣。汉魏风骨,晋宋莫传,然而文献有可征
者。仆尝暇时观齐梁间诗,彩丽竞繁,而兴寄都绝,每以永叹。思
古人常恐逶迤颓靡,风雅不作,以耿耿也。"陈子昂首揭复古大旗,
提倡风雅、兴寄、汉魏风骨等,从而揭开了唐诗新的篇章。

对于陈子昂的复古主张,杜甫积极拥护。他在《戏为六绝句》
中明确表示,"别裁伪体亲风雅"(其六)、"恐与齐梁作后尘"(其
五)。但是,对于六朝诗人,杜甫并未全盘否定,而是主张"别裁",
即有区别地对待,不搞一刀切。

① 袁宏道著,钱伯城笺校:《袁宏道集笺校》,上海古籍出版社,1981年,第502页。

《戏为六绝句》第一首开篇便云："庾信文章老更成，凌云健笔意纵横。"庾信生于梁朝，早年是宫体诗代表作家，后由南入北，诗风也随之转变。所谓"老更成"，意谓庾信年轻时在诗文创作方面已取得了一定成就，老来更上一层楼。庾信晚年诗文趋于老成，健笔凌云，更加贴近风雅传统，所以得到杜甫的赞扬。但杜甫并未忽视南朝诗风对庾信的影响。杜甫曾经用"清新"二字赞扬庾信："清新庾开府，俊逸鲍参军。"（《春日忆李白》）可见，杜甫对庾信早年诗风并未完全否定。

明人杨慎认为：

> 庾信之诗，为梁之冠绝，启唐之先鞭。史评其诗曰绮艳，杜子美称之曰清新，又曰老成。绮艳、清新，人皆知之，而其老成，独子美能发其妙。予尝合而衍之曰：绮多伤质，艳多无骨。清易近薄，新易近尖。子山之诗，绮而有质，艳而有骨，清而不薄，新而不尖，所以为老成也。若元人之诗，非不绮艳，非不清新，而乏老成。宋人诗则强作老成态度，而绮艳、清新，概未之有。若子山者，可谓兼之矣。不然，则子美何以服之如此。①

杨慎本人的诗风近于六朝。他没有刻意区分庾信由南入北前后诗风发生的变化，称庾信"为梁之冠绝，启唐之先鞭"，将"绮艳"与"清新"并称，并强调了"清新"与"老成"的联系。凡此种种，都是意在为六朝诗歌张目，以六朝诗纠正李梦阳等复古派文人专主汉魏、盛唐的流弊。对于宋诗、元诗，杨慎和前后七子的立场相仿，都是偏于否定的。

明代复古派作家对六朝诗的态度是比较模糊的。与汉魏古诗相比，六朝诗固然有所不足，但六朝毕竟是属于古诗的时代。明代

---

① 杨慎著，王大淳笺证：《丹铅总录笺证》，浙江古籍出版社，2013年，第787页。

复古派文人从尊体的立场出发,认为古诗的地位要高于近体诗,所以对六朝诗的批判态度并不像唐人那样坚决。而对于宋诗和元诗,明代复古派文人则毫不留情地一笔抹杀。

杜甫也提倡向古人学习,但并非绝对的复古主义者。他在《戏为六绝句》中首提庾信,一方面是为了批评齐梁不健康的文风;另一方面也是意在提醒"后生"对"前贤"不可妄加"嗤点",而应全面、客观地看问题。对于明人而言,宋、元诗人也属于"前贤",但明代复古派文人对宋、元诗人则缺乏足够的宽容与尊重。

杜甫对庾信的褒扬,并非个案。在其另一组论诗绝句《解闷》十二首中,杜甫写道:

> 陶冶性灵存底物,新诗改罢自长吟。孰知二谢将能事,颇学阴何苦用心。①

可见,谢灵运、谢朓、阴铿、何逊等六朝作家,都是杜甫师法的对象。从他们身上,杜甫学会了"陶冶性灵"。在杜甫看来,性灵与学古并非不可调和的对立面,两者是可以结合起来的。

明代公安派代表人物袁宏道将"格套"作为"性灵"的对立面,试图摆脱传统的束缚,一味地追求创造。就打破传统、别开生面而言,王勃、杨炯、卢照邻、骆宾王等"初唐四杰"的历史经验值得后人借鉴。杜甫在《戏为六绝句》第二首中,赞美"四杰":

> 王杨卢骆当时体,轻薄为文哂未休。尔曹身与名俱灭,不废江河万古流。②

"初唐四杰"的诗,慷慨多气,文质并重,不同于六朝的宫体诗

---

① 《万首论诗绝句》,第2页。
② 同上书,第1页。

和唐初流行的绮靡的"上官体"，已体现出唐人对刚健、风骨的追求。然而，"四杰"位居下僚，仕途坎坷，他们的诗也曾经遭到时人的轻蔑。但最终，那些故步自封者在文学史上没有留下任何影响，"四杰"则融入传统，永远被后人铭记。

当然，"初唐四杰"对诗体的革新虽然有重要贡献，但与汉魏古诗的成就还是有差距的。因为汉魏古诗受《诗经》《楚辞》的影响更直接。"初唐四杰"的新诗体，则是在齐梁绮丽诗风的基础上发展而来，虽然与"翡翠兰苕"的精雕细琢相比，是向前迈进了一步，但与"鲸鱼碧海"的自然、博大气象相比，还是有所不足。

在对复古与创新的关系进行反复陈说后，杜甫提出了自己的主张。《戏为六绝句》其五云：

> 不薄今人爱古人，清词丽句必为邻。窃攀屈宋宜方驾，恐与齐梁作后尘。①

在杜甫看来，对以"初唐四杰"为代表的今人的创新不可妄自菲薄，对齐梁的清丽诗风也不可一笔抹杀，同时还要向时代更早的古人学习，力求与古人并驾齐驱，这样诗学的大道才会越走越宽广。

晚明竟陵派也试图弥合师古与师心的裂痕，却走上了一条偏僻的小路。竟陵派代表人物钟惺、谭元春曾经编选《诗归》，借选诗和评点来表达自己的观点。《唐诗归》中，谭元春对杜甫《板水歌》批语云："选杜诗，最要存此等轻清淡泊之派，使人知老杜无所不有也。"（《唐诗归》卷二十"盛唐十五"）老杜固然"无所不有"，但如果刻意突出其"轻清淡泊"的一面，也容易流于偏颇。杜甫本人的诗风，乃是以"沉郁顿挫"为主，这一点，世人久已形成共识。杜甫的主张，是"清词丽句必为邻"，体现了一种兼容并包的态度，而非"清

---

① 《万首论诗绝句》，第 2 页。

词丽句必为主"。

杜甫《戏为六绝句》的最后一首是：

> 未及前贤更勿疑,递相祖述复先谁? 别裁伪体亲风雅,转
> 益多师是汝师!①

要尊重前贤,虚心地向前贤学习,这是毋庸置疑的。但前贤之上,更有前贤。人各有体,选择哪一家作为师法对象,是颇费思量的。只有运用历史的眼光、辩证的眼光,别裁伪体,上探风雅,才能让自己真正融入传统。"转益多师是汝师",这句话,对于明代复古派、公安派、竟陵派文人来说,都不啻当头棒喝!

杜甫在诗史上之所以能够取得如此巨大的成就,首先得益于他深邃的历史眼光、深刻的辩证思想。这在其《戏为六绝句》中充分体现了出来。由宋迄明,不论尊唐者,还是尊宋者,都不约而同地视杜甫为最高典范。但真正能够达到杜甫思想高度的,又有几人? 凡学杜者,应"转益多师",不专学杜,学杜而不必似杜,不失自我本来面目,斯为善学。韩愈、白居易、李商隐、苏轼,都是善于学杜而又能自成一家的典型。

明代复古派文人学习杜甫,主要是师法其创作,学习其"老成"风格,唯求形似、神似,却不重视学习杜甫的诗学理论,不重视其论诗绝句,仅仅知其然,而不知其所以然。前后七子的代表人物虽然经常把杜甫挂在口头,但很少提及其《戏为六绝句》。这或许与前后七子反对以诗说理、反对以学问和议论入诗有一定关系。王世贞在《艺苑卮言》中,对严羽《沧浪诗话》十分推崇,对杜甫《戏为六绝句》却只字未提。可见,复古派只看重诗体,对杜诗深刻的思想内涵有所忽视。这无异于买椟还珠。

---

① 《万首论诗绝句》,第2页。

明代，除专门的杜诗注评类著作外，对《戏为六绝句》进行较为深入探讨的，只有杨慎、胡应麟等少数学者型诗人。杨慎《升庵诗话》卷五"杜少陵论诗"云：

> 杜少陵诗曰："不及前人更勿疑，递相祖述竟先谁。别裁伪体亲风雅，转益多师是汝师。"此少陵示后人以学诗之法。前二句，戒后人之愈趋愈下；后二句，勉后人之学乎其上也。盖谓后人不及前人者，以递相祖述，日趋日下也。必也区别裁正浮伪之体，而上亲风雅，则诸公之上，转益多师，而汝师端在是矣。此说精妙。杜公复生，必蒙印可，然非予之说也。须溪语罗履泰之说，而予衍之耳。①

杨慎引述宋代刘辰翁等人的观点，认识到《戏为六绝句》深刻的思想价值。但杨慎对杜甫也并非完全肯定，曾提出过许多批评意见，尤其反对"诗史"说。当然，中国诗歌史上，自第一位大诗人屈原以来，没有哪位诗人的身后是不存在争议的，杜甫也不例外。

清人仇兆鳌《杜诗详注》"凡例"之"杜诗褒贬"云：

> 自元微之作序铭，盛称其所作，谓自诗人以来，未有如子美者。故王介甫选四家诗，独以杜居第一。秦少游则推为孔子大成，郑尚明则推为周公制作，黄鲁直则推为诗中之史，罗景纶则推为诗中之经，杨诚斋则推为诗中之圣，王元美则推为诗中之神。诸家无不崇奉师法，宋唯杨大年不服杜，诋为村夫子，亦其所见者浅。至嘉隆间，突有王慎中、郑继之、郭子章诸人，严驳杜诗，几令身无完肤，真少陵蟊贼也。杨用修则抑扬参半，亦非深知少陵者。②

---

① 丁福保辑：《历代诗话续编》，中华书局，1983年，第731页。
② 仇兆鳌：《杜诗详注》，中华书局，1979年，"凡例"第23页。

后人虽然对杜甫提出过不少批评意见，但始终无法撼动杜甫在中国诗歌史上的崇高地位。这与杜甫对前代诗学传统集大成式的学习态度不无关系。

清人兼师唐、宋，重视学问，对杜甫的研究也更加深入。至清代，严羽《沧浪诗话》的影响较明代有所减弱，以议论入诗、以文为诗不再是禁区，杜甫《戏为六绝句》则受到了广泛关注。论诗绝句在清代大行其道，标志着清代诗学开始挣脱文体学的束缚，步入了诗学理论与批评的新天地。

杜甫的论诗绝句是以诗为文的尝试，故冠以"戏为"两字。事实上，杜甫论诗绝句的写作态度是相当严肃的。杜甫之后，唐宋时期的不少论诗绝句也大都以偶题、偶作、漫成、漫兴、戏作、闲吟等为题，或者是在友情赠答、题跋等诗题下，间接涉及作家批评、诗文读后感等内容，以感悟式批评为主，缺乏鲜明的理论色彩。只有少数作者有意识地运用论诗绝句特别是组诗的形式开展严肃的诗学批评，借此建构自己较为深入、完整的诗学理论体系。

（二）从宋代名家论诗绝句看明人对宋诗的误读

宋人爱发表议论，故有不少论诗绝句存世。除戴复古《论诗十绝》等少量组诗外，宋人论诗绝句大多为散篇，侧重于对某一具体作家、作品的品评，或自诉作诗甘苦，虽不像杜甫《戏为六绝句》、元好问《论诗》三十首那般具有严密的思想体系，但也不乏零金碎玉。

明代流行"宋无诗"之说。此说主要建立在严羽《沧浪诗话》诗学辨体理论基础之上，与"诗必盛唐"的说法相呼应。其实，早在南宋、金元时期，诗坛已有崇唐抑宋之声，但对宋诗的批评语调尚较为平和，不似明人这般绝对。

就如何继承唐诗遗产而言，宋人的探索和努力并不比明人逊色。两宋的诗学大家，如北宋王安石、苏轼、黄庭坚，南宋陆游、杨万里等，都很注意向唐人学习。而且，宋人学习唐诗，并不局限于李、杜等少数大家，对初、盛、中、晚的唐诗均有涉猎。

北宋王安石晚年绝句雅丽精绝，与唐诗十分接近，被称为"半山体"，这是其努力向唐人学习的结果。例如，王安石的论诗绝句《题张司业诗》末句云："看似寻常最奇崛，成如容易却艰辛。"①张司业即唐代诗人张籍。张籍以乐府小诗著称，诗风清丽。虽然在唐代诗歌史上，张籍的成就赶不上李、杜，王安石还是对他予以极高的评价。

苏轼有一首论诗绝句，题为《世传徐凝〈瀑布〉诗云"一条界破青山色"，至为尘陋。又伪作乐天诗称羡此句，有"赛不得"之语。乐天虽涉浅易，岂至是哉！乃戏作一绝》：

> 帝遣银河一派垂，古来唯有谪仙词。飞流溅沫知多少？不与徐凝洗恶诗。②

诗中虽然批判了唐代诗人徐凝的恶诗，但对与徐凝同时代的白居易评价并不低，对诗仙李白更是倾心有加。

南宋诗人杨万里写过很多论诗绝句，其中不乏向唐诗致敬者。如《书王右丞诗后》：

> 晚因子厚识渊明，早学苏州得右丞。忽梦少陵谈句法，劝参庚信谒阴铿。③

《读唐人及半山诗》：

> 不分唐人与半山，无端横欲割诗坛。半山便遣能参透，犹

---

① 《万首论诗绝句》，第58页。
② 同上书，第61页。
③ 同上书，第82页。

有唐人是一关。①

杨万里虽然重视学习唐诗,但并不满足于跟在唐人后面亦步亦趋。对于宋代专学杜甫的江西诗派,杨万里也深感不满。其《跋徐公仲省翰近诗》云:

> 传派传宗我替羞,作家各自一风流。黄陈篱下休安脚,陶谢行中更出头。②

杨万里早年亦受江西诗派影响,后转而学习王安石的"半山体",进而学习唐诗、汉魏六朝古诗。他走出书斋,从大自然中发现灵感,最终自成一家。其绝句尤为擅场,被称为"诚斋体"。这首诗虽然是针对宋代江西诗派而发,但对于"诗必汉魏、盛唐",失却自己本来面目的明代前后七子而言,也不啻一剂清凉散。

从杨万里的组诗《和段季承左藏惠四绝句》③中,更能窥见其诗学思想:

(一)

> 个个诗家各筑坛,一家横割一江山。只知轻薄唐将晚,更解攀翻晋以还。

(二)

> 遮莫蟠胸书似山,更饶落笔语如泉。阴何绝倒无人怨,却怨渠侬秘不传。

---

① 《万首论诗绝句》,第 82 页。
② 同上书,第 84 页。
③ 同上书,第 85 页。

(三)

道是诗坛万丈高，端能办却一生劳。阿谁不识珠将玉，若个关渠风更骚。

(四)

四诗赠我尽新奇，万象从君听指麾。流水落花春寂寞，小风淡日燕差池。

有人认为杨万里的"诚斋体"专学晚唐，这显然是不对的。上面这组论诗绝句的第一首，就主张不仅要批判地学习晚唐、上溯盛唐，还要向汉魏六朝古诗学习。第二首、第三首似就杜甫而发。杜诗被誉为无一字无来处，他广泛地向前贤学习，转益多师，并上探《诗经》《楚辞》，才能坐上"诗圣"的宝座。第四首体现了杨万里本人追求新奇、从自然中寻找灵感的诗学主张。

杨万里的论诗绝句还有不少，兹不一一列举。

陆游与杨万里同为南宋"中兴四大家"之一，其论诗绝句的数量也与杨万里不相上下。如果再加上其他体裁的论诗诗，数量就更加可观。

陆游有《与儿辈论李杜韩柳文章偶成》：

吏部仪曹体不同，拾遗供奉各家风。未言看到无同处，看得同时已有功。①

此诗题目中的"文章"，是诗文的总称，亦包括诗在内，故可看作一首论诗绝句。明人论诗注重辨体，宋人则更重视创造。在陆游看来，每个诗人都有自己的面目，虽然人各有体，但诗在本质上是相

---

① 《万首论诗绝句》，第90页。

通的。只有把握住诗歌的共性、本质,学诗才算有所成就。

陆游脍炙人口的论诗绝句还有《题卢陵萧彦毓秀才诗卷后》二首①:

> 诗句雄豪易取名,尔来闲澹独萧卿。苏州死后风流绝,几许功夫学得成?

> 法不孤生自古同,痴人乃欲镂虚空。君诗妙处吾能识,正在山程水驿中。

第一首论风格,首句"诗句雄豪易取名",让我们联想到明代专学李、杜者,如李梦阳、李攀龙等,皆以诗句雄豪而赚得盛名。陆游本人也有不少雄豪之作,但他并不专主雄豪。在陆游看来,闲澹是一种更难达到的美学境界。第二首论诗法。陆游有一句名言:"汝果欲学诗,功夫在诗外。"(《示子遹》)此诗意思与之相同,指出诗人不能脱离生活而孤立地追求诗法。

陆游对宋诗的弊端也有所批评,其《读近人诗》云:

> 琢雕自是文章病,奇险尤伤气骨多。君看大羹玄酒味,蟹螯蛤柱岂同科?②

宋初西昆体、晚唐体等皆有雕琢之病,江西诗派则有追求奇险的倾向。

明代李东阳《麓堂诗话》评价宋诗曰:

> 唐人不言诗法,诗法多出于宋,而宋人于诗无所得。所谓法

---

① 《万首论诗绝句》,第 91 页。
② 同上书,第 92 页。

者,不过一字一句,对偶雕琢之工,而天真兴致,则未可与道。①

上面这段话未免有些以偏概全。从杨万里、陆游等人的论诗绝句中,我们可以看到,宋人固然重视对诗法的总结,但并不完全为诗法所囿。北宋的苏轼,南宋的陆游、杨万里,均反对雕琢,追求天真兴致。

宋代诗坛名家的论诗绝句,值得一提者还有戴复古的《论诗十绝》,其全题是《昭武太守王子文,日与李贾、严羽共观前辈一两家诗及晚唐诗,因有论诗十绝。子文见之,谓无甚高论,亦可作诗家小学须知》②。这是宋代较具规模的一组论诗绝句,诗曰:

> 文章随世作低昂,变尽风骚到晚唐。举世吟哦推李杜,时人不识有陈黄。

> 古今胸次浩江河,才比诸公十倍过。时把文章供戏谑,不知此体误人多。

> 曾向吟边问古人,诗家气象贵雄浑。雕锼太过伤于巧,朴拙唯宜怕近村。

> 意匠如神变化生,笔端有力任纵横。须教自我胸中出,切忌随人脚后行。

> 陶写性情为我事,留连光景等儿嬉。锦囊言语虽奇绝,不是人间有用诗。

---

① 丁福保辑:《历代诗话续编》,中华书局,1983年,第1371页。
② 《万首论诗绝句》,第119页。

飘零忧国杜陵老,感寓伤时陈子昂。近日不闻秋鹤唳,乱蝉无数噪斜阳。

欲参诗律似参禅,妙趣不由文字传。个里稍关心有悟,发为言句自超然。

诗本无形在窈冥,网罗天地运吟情。有时忽得惊人句,费尽心机做不成。

作诗不与作文比,以韵成章怕韵虚。押得韵来如砥柱,动移不得见工夫。

草就篇章只等闲,作诗容易改诗难。玉经雕琢方成器,句要丰腴字要安。

这组论诗绝句之所以值得注意,首先是因为题目中提到了严羽。众所周知,严羽《沧浪诗话》对明诗影响深远。戴复古曾与严羽一起论诗,两人诗学观念不尽相同,但从这组诗来看,戴复古与严羽诗学思想还是有许多一致的地方。严羽擅论诗,但不擅作诗。戴复古则是江湖诗派的代表诗人,早年受"永嘉四灵"影响,师法晚唐,后转益多师,自辟蹊径,风格俊爽、清新自然。在诗体代变、推尊盛唐、以禅论诗、主张妙悟等观点上,戴复古与严羽相近。但比起严羽的高论来,戴复古对作诗过程及个中甘苦显然更加重视,体会得也更为具体、深入。

由以上宋代名家论诗绝句可以看出,明人对宋诗的批驳,很多观点是站不住脚的,其结论是建立在对宋诗缺乏全面了解的基础之上。当然,"宋无诗"之说,内涵较为复杂。同时,明人中也不乏为宋诗辩护者。这一问题,留待后文讨论明人论诗绝句时再详加讨论。

（三）从元好问《论诗》三十首反观明诗之复古

自杜甫《戏为六绝句》问世以来,论诗绝句作者继起,不乏名篇佳作。其中,思力最为深刻、对后世影响最大者,首推金代诗人元好问的《论诗》三十首。元好问继承杜甫《戏为六绝句》开创的组诗传统,踵事增华,进一步扩大了论诗绝句组诗的规模,使之更具史学精神和批评色彩。杜甫、元好问等以其高超的诗艺、历史的眼光、深刻的思辨、精湛的见解,为后世树立了典范,确立了论诗绝句在中国诗学史上的重要地位。

除《论诗》三十首外,元好问的论诗绝句还有《论诗》三首、《答俊书记学诗》、《题山谷小艳诗》、《自题》二首、《感兴》四首、《自题中州集后》五首、《周卿才拙庵》等。元好问之后,径冠以"论诗"之题的绝句,尤其是大型组诗,至清代始较为常见。

与杜甫《戏为六绝句》相似,元好问《论诗》三十首也是主要借品评历代诗人来表达自己的诗学主张。不同之处在于,《戏为六绝句》只是重点选取了六朝和初唐两个时间节点上的个别作家展开议论,理论色彩较浓,但诗史性质并不突出。《论诗》三十首则系统地梳理了从汉魏直到元好问生活时代的具有代表性的诗人诗作,几乎对每个时代都有论及,宛如一部小型的诗史。当然,元好问在品评历代诗人诗作时,并非泛泛而谈,而是针对具体问题有感而发,这就使《论诗》三十首不仅是一部诗歌史,同时也是一部诗学理论史。

对历代诗人的品评,在明人的诗话著作中也十分常见。明人的诗话著作大多偏于辨体,往往以时代论高下,以印象式品评为主,较为随意、散漫。如王世贞在《艺苑卮言》中,就曾经用诗一般的语言,对历代重要诗人进行了点评。《论诗》三十首则是建立在对诗史整体把握的基础之上,问题意识更加突出,理论色彩更加鲜明。

与《戏为六绝句》一样,世人对《论诗》三十首也存在不同理解。

欲考察明人对元好问《论诗》三十首接受的得失,首先应对《论诗》三十首有一个正确的认识。

《论诗》三十首其一:

> 汉谣魏什久纷纭,正体无人与细论。谁是诗中疏凿手?暂教泾渭各清浑。①

此诗开篇明义,指出组诗的写作目的是探讨汉魏以来历代诗歌的"正体"。什么是正体? 此处所云"正体",指能够继承和发扬《诗经》风雅传统的诗歌。与之相对的,不是"变体",而是"伪体"。正如杜甫《戏为六绝句》所言:"别裁伪体亲风雅""劣于汉魏近风骚"。中国古代诗歌,经历了从四言和杂言为主向五言、七言为主转变的历程,尽管诗体屡变,但《诗经》《楚辞》开创的优良传统却一直传承至今。所谓"风雅""风骚",即有真情实感,同时关注社会现实、国计民生。伪体则是指那些徒具诗的外表,不能给人带来感动、感发力量的作品。由于诗歌史是处于不断发展变化之中的,每个时代有每个时代的风格,每个作家有每个作家的风格,所以正体和伪体经常交织、杂糅在一起,难以区分。元好问写这组论诗绝句的目的,就是要别裁伪体,弘扬正体。

组诗的第二首肯定了建安风骨。第三首以生活在魏晋之世的张华为例,探讨了"风云之气"与"儿女之情"的关系。钟嵘《诗品》称张华"虽名高曩代,而疏亮之士,犹恨其儿女情多,风云气少"。事实上,"风云气"与"儿女情"的关系,正如"诗言志"与"诗缘情"一样,并非绝对不可调和。只要是发自内心的真情实感,就有值得肯定之处,不宜抹杀。不论建安风骨,还是魏晋风流,都是"风云气"与"儿女情"的交织,只是侧重点不同而已。

---

① 《万首论诗绝句》,第 157 页。

魏晋名士，大多以慷慨多气、风流多情著称，情感比较激烈，但也有像陶渊明这样表面上较为平和的隐士。组诗的第四首专论陶渊明：

> 一语天然万古新，豪华落尽见真淳。南窗白日羲皇上，未害渊明是晋人。①

陶渊明诗歌具有天然之美，万古常新。他远离繁华，意在保全内心真实淳厚的性情。陶渊明虽然向往着桃花源般的理想世界，但他也同样生活在纷扰的乱世当中。人生可以有多种选择，艺术也可以表现出各种美感。豪华落尽，返璞归真，是一种至高的境界。

组诗的第五首，评论的是正始之音的代表人物阮籍。刘勰《文心雕龙·明诗》用"阮旨遥深"来形容阮籍的诗风。阮籍是"竹林七贤"之一，他的诗表面看起来表现的是高人逸士的旷达情怀，但字里行间却透露出内心的愤懑不平之气。如果说陶渊明的平和是表里如一，阮籍诗的平和则是一种伪装，是一种不得已的选择。

组诗的第六首评价潘岳。人们常说文如其人，但在很多时候，文品与人品并不完全统一。西晋太康诗人潘岳就是一个典型的例证。潘岳写过《闲居赋》，表面清高，本质上却是一个趋炎附势之徒。

组诗的第四首、第五首、第六首，都是围绕"知人论世"的主题展开。"文如其人"有一定的合理性，但不能望文生义，必须与"知人论世"相结合，才能得出正确的结论。同时，元好问也赞美性情之真，抨击了为文造情的不良风气。

组诗的第七首、第八首、第九首，从不同角度对六朝不健康的文学风气进行了批判。第七首，通过对北朝民歌《敕勒歌》的赞美，对"文如其人""言为心声"的话题作一总结，同时也隐含着对南朝雕章琢句风气的不满。第八首是对唐初诗人陈子昂的赞美。陈子

---

① 《万首论诗绝句》，第157页。

昂倡导复古,对扭转齐梁文风做出了重要贡献。第九首通过对陆机、潘岳等西晋太康诗人的批评,将六朝不良诗风的源头,追溯到西晋太康时期。太康诗风以繁缛著称。陆机虽然不像潘岳那样表里不一,但同样醉心于文字,在"为艺术而艺术"的道路上走得太远。《毛诗序》云:"在心为志,发言为诗。"言为心声,情志才是文学之根,文字不过是枝叶而已。如果忽视真情实感,舍本逐末,诗歌就难以具有真正打动人心的力量。

第十首至第二十首,主要是对中晚唐诗坛的一些不健康现象加以针砭。其评论唐诗的出发点,也是以性情为根本,反对诗歌创作和批评过程中存在的只看重文字、不理会真情的现象。如第十首是针对元稹对杜甫的评论而发。元稹为杜甫作墓志,高度肯定杜甫"铺陈始终,排比声韵"的艺术技巧。杜甫固然注重诗艺的打磨,但其诗歌真正打动人心的力量,来自其忧国忧民的博大情怀,这才是杜诗的精华所在。元稹号称才子,杜甫被后人推为"诗圣"。元稹与杜甫的差距,主要在于思想境界的高下之分。第十一首写世人对唐诗推崇备至,但真正能够把握唐诗艺术精神的人并不多。比如宋初流行西昆体、晚唐体、白体。西昆体学习李商隐,只得其表。晚唐诗风本身也存在许多问题,不可盲目追随,须加以鉴别。

第二十一首至第二十九首主要是对宋代诗坛的针砭。唐诗是中国诗歌史上的一座高峰,宋诗生长在唐诗的巨大阴影之下,如何才能形成自己的面目?元好问认为,欧阳修、梅尧臣、苏轼、黄庭坚等人在这方面做出了努力,并取得了一定成就,但同时也招致了不少非议。特别是苏、黄二人,大胆突破传统,吸引了大批追随者。宋诗一味求奇,也滋生了许多弊端。于是,南宋以后,回归唐诗的呼声渐趋高涨。

第二十五首表面看来是对唐代诗人刘禹锡的评论,插在宋诗评论中间,显得有些突兀。其实,这首诗与第十一首中的"亲到长安有几人"前后呼应,系借刘禹锡《元和十年自朗州承召至京戏赠看花诸君子》和《再游玄都观》二诗的"物是人非"之感,暗示宋诗要想再完全回归唐诗传统,已经不太现实了。

第二十六首至第二十八首,指出以苏、黄等大家为代表的宋诗虽然招致了不少非议,但"精真那计受纤尘",瑕不掩瑜,亦有可取之处。苏、黄的后学,包括苏门诗人、江西诗派等,应继承和发扬他们的创新精神,而不是跟在前人后面亦步亦趋。

第二十九首,借六朝诗人谢灵运妙手偶得的名句"池塘生春草",与宋代以苦吟闻名的陈师道进行对比,反对只从文字方面下功夫。诗歌源于现实,源于真情,源于自然,这是元好问论诗的出发点和落脚点。

第三十首,元好问借韩愈《调张籍》"蚍蜉撼大树,可笑不自量"的诗意,表明自己对前贤虽然尊重,但不会盲目追随前人,而是要批判地继承前代的诗学遗产。这种批评立场,正是明人所匮乏的。

元好问《论诗》三十首对汉魏古诗、盛唐诗歌高度肯定,但这组论诗绝句评论的对象主要还是两晋南北朝、中晚唐和宋代诗人。元好问对这几个时代不良诗风的批评切中肯綮,同时也肯定了这些时代一些优秀诗人的成就,并为一些被误解的诗人作了辩护。

明代复古派文人推崇汉魏古诗、盛唐诗歌,本身无可厚非。但他们对宋代以后的诗学遗产一概抹杀,直言"宋无诗";李攀龙《诗删》也将宋元诗置之不论。后七子中的王世贞等对宋元诗人偶尔论及,也大都流于表面,并未"亲到长安"。如王世贞《艺苑卮言》卷四云:

> 元诗人,元右丞好问、赵承旨孟頫、姚学士燧、刘学士因、马中丞祖常、范应奉德机、杨员外仲弘、虞学士集、揭应奉傒斯、张句曲雨、杨提举廉夫而已。赵稍清丽,而伤于浅。虞颇健利。刘多伧语,而涉议论,为时所归。廉夫本师长吉,而才不称,以断案杂之,遂成千里。①

---

① 丁福保辑:《历代诗话续编》,中华书局,1983 年,第 1021、1022 页。

上文中列举了一些元代著名诗人，其中以元好问为首，但对元好问的诗未加点评。这段话之前，王世贞还提及元好问编选的《中州集》，并据《中州集》对金代诗风加以概括，称"其大旨不出苏黄之外。要之，直于宋而伤浅，质于元而少情"①。对于元好问的《论诗》三十首，则只字未提。

元好问论诗主性情，明代复古派论诗重文体，这是其不同之处。杜甫和元好问也重视文体问题，但他们更注重的是"正体"和"伪体"的区别，而不是"正体"和"变体"的区分。"伪体"必在清除之列，"变体"则不然。《诗经》中亦有"变风""变雅"，这是世运、时运使然，不能简单地以"正体"和"变体"论高下。

明代复古阵营之外的一些文人，对元好问《论诗》三十首更加重视。例如，与前七子生活在同一时代的都穆著有《南濠诗话》，对《论诗》三十首屡有引述：

> 东坡云："诗须有为而作。"山谷云："诗文唯不造空强作，待境而生，便自工耳。"予谓今人之诗，唯务应酬，真无为而强作者，无怪其语之不工。元遗山诗云："纵横正有凌云笔，俯仰随人亦可怜。"知此病者也。②

又：

> 扬子云曰："言，心声也；字，心画也。"盖谓观言与书，可以知人之邪正也。然世之偏人曲士，其言其字，未必皆偏曲。则言与书，又似不足以观人者。元遗山诗云："心画心声总失真，文章宁复见为人。高情千古闲居赋，争信安仁拜路尘。"有识

---

① 丁福保辑：《历代诗话续编》，中华书局，1983年，第1021页。
② 同上书，第1351页。

者之论固如此。①

都穆对元好问《论诗》三十首的理解非常到位，对明代诗坛的现实也深有感触。明代前七子如果肯用心揣摩《论诗》三十首，明代复古运动的流弊就会少很多。

元好问的论诗绝句，对我们认识明代诗坛南北之争也有一定帮助。元好问生活在金元北方地区，对北方诗学传统有比较深刻的体认。如其《自题中州集后》五首其一云：“邺下曹刘气尽豪，江东诸谢韵尤高。若从华实论诗品，未便吴侬得锦袍。”②其二云：“陶谢风流到百家，半山老眼净无花。北人不拾江西唾，未要曾郎借齿牙。”③诗中对南、北诗学传统都予以客观肯定。明代前期，以吴中诗坛为代表的南方诗学传统较为发达。至明中叶，前七子代表人物李梦阳在力倡复古的同时，对南方诗学传统也大加鞭挞。对北方诗学传统，李梦阳的认识也不够完整。元好问《中州集》意在以诗存史，对保存金代诗学资料做出了重要贡献；李梦阳则完全无视金元诗学，试图让明诗直接盛唐，不能用历史的眼光、辩证的眼光看问题，使得明代复古诗学的成就大打折扣。“诗必盛唐”的口号虽震烁一时，但经不住历史的长期检验。

二、从宋明论诗绝句看理学
与禅宗的诗学影响

宋、元、明时期，是理学繁荣昌盛的时期。理学勃兴于北宋，南宋时期由朱熹集其大成。作为儒学发展史上的新阶段，宋明理学

---

① 丁福保辑：《历代诗话续编》，中华书局，1983 年，第 1356 页。
② 《万首论诗绝句》，第 162 页。
③ 同上。

受唐五代流行的禅宗思想影响较深。理学家大多轻文字表达而重义理阐发，与禅宗主张的"不立文字，直明本心"有相通之处。当然，语言文字作为思想的重要载体，不可能完全被抛弃。禅宗的偈子与诗歌有相通之处，两者都追求言外之意。

诗歌作为语言艺术，对语言的精心锤炼必不可少。但优秀诗歌作品的产生，不能仅仅依赖高明的技巧和丰富的情感，还要有深刻的哲思、高远的境界，这样才能带给读者更多的感发力量和无穷的回味空间。近代王国维提出的境界说，实则包括艺术境界和人生境界。艺术境界带给读者的，更多的是感动；人生境界的高下，才是决定作品感发力量的根本因素。而理学、禅宗等对人生境界的追求，是可以与诗歌艺术相得益彰的。

北宋时期的部分论诗诗，受思想界新风气的影响，从形式到内容都令人耳目一新。不论是邵雍的《首尾吟》，还是吴可等人的《学诗》，都并非接续杜甫《戏为六绝句》传统，而是另辟一格，成为宋诗穷极新变的代表。这些理学和禅宗思想影响下的论诗绝句，对世人思考诗歌的本质和创作规律，具有一定的启发意义。明代复古派文人重视正体，对此类诗歌变体不屑一顾，这恰恰暴露出前后七子诗学思想方面的某些缺陷。

(一) 宋明理学家的论诗绝句

理学家也写诗，理学家的诗大多直白如话，如禅宗的偈子，也有些理学家较为重视诗体规范，但并不会在艺术上煞费苦心地钻研。因此，理学家专门谈论诗艺的绝句较为少见。

北宋理学家中，以邵雍的诗最具特色。邵雍与周敦颐、程颢、程颐、张载并称"北宋五子"，在理学发展史上占有重要地位。邵雍喜欢写诗，著有《伊川击壤集》(中华书局，2013 年)，存诗三千余首。其诗颇具特色，《沧浪诗话·诗体》称之为"邵康节体"，后人亦称其为"击壤体"，且往往将"击壤体"作为理趣诗的代名词。

邵雍不仅喜欢写诗，还喜欢谈诗、论诗。《万首论诗绝句》收录了邵雍的一首绝句《答人》：

> 谁道闲人无事权，事权唯只是诗篇。四时雪月风花景，都与收来入近篇。①

这首绝句与诗艺无涉，而是表达了邵雍的人生态度，同时也是其诗学态度。邵雍看重人生的安乐、心灵的自适，他将自己的书斋命名为"安乐窝"。其《安乐窝中四长吟》写道："安乐窝中快活人，闲来四物幸相亲：一编诗逸收花月，一部书严惊鬼神；一炷香清冲宇泰，一樽酒美湛天真。"②（《伊川击壤集》卷九）邵雍将写诗、读书、焚香、饮酒作为人生四大乐事，追求的是一种"快乐诗学"。③"四时雪月风花景，都与收来入近篇"与"一编诗逸收花月"表达的都是同一种意思，即借写诗来亲近自然，欣赏自然，领略天人合一的生命之美。

邵雍的论诗诗还有不少，大多为律诗。其《论诗吟》云："何故谓之诗，诗者言其志。既用言成章，遂道心中事。不止炼其辞，抑亦炼其意。炼辞得奇句，炼意得余味。"④（《伊川击壤集》卷十一）他对诗歌修辞并非毫不在意，但他显然更重视"炼意"，这体现了他对诗歌本体论和价值论的思考。在他看来，诗歌丰富的思想意蕴，较之外在的审美形式更加重要。

诗歌对于人生而言，究竟有何价值？邵雍《首尾吟》⑤（《伊川击壤集》卷二十）充分体现了他对这一问题的深入思考。《首尾吟》是大型七律组诗，由一百三十余首七律组成，每首诗的起句和结句

---

① 《万首论诗绝句》，第 57 页。
② 邵雍：《邵雍全集（肆）》，上海古籍出版社，2016 年，第 166 页。
③ 参见张海鸥：《邵雍的快乐诗学》，《中山大学学报（社会科学版）》2004 年第 1 期。
④ 邵雍：《邵雍全集（肆）》，上海古籍出版社，2016 年，第 220 页。
⑤ 同上书，第 409—428 页。

相同,均为"尧夫非是爱吟诗",故名《首尾吟》。组诗从各个角度谈及触发邵雍诗兴的种种因素,可以看出,诗歌已经渗透到邵雍生活的各个方面,成为他生活中不可或缺的组成部分。这与后来某些理学家所持的"作文害道""作诗妨道"的观点是不同的。事实上,儒家自古就重视诗乐结合,主张有节制地抒情,借诗歌体验人生乐趣。孔子主张"道不远人",对道的追求,是为了让人生更加幸福。至于"存天理,灭人欲"的主张,是北宋另一位理学家程颐提出的,事实上已经背离了原始儒家的宗旨。这种绝情灭欲的道德理想主义,容易导致对审美的敌视,它与一味地沉迷于诗艺而脱离现实人生的艺术至上主义一样,都是一种极端论调。

《万首论诗绝句》还收录了"北宋五子"中另一位著名理学家张载的《题解诗后》:

> 置心平易始通诗,逆志从容自解颐。文害可嗟高叟固,十年聊用勉经师。①

这首诗乃专就《诗经》阐释而作。《诗经》是中国古典诗歌的重要源头,同时也是儒家的主要经典之一。张载认为,《诗经》要用平和的心态去解读,以意逆志,这样才能从《诗经》中感受到生命的快乐。张载批评汉代以来的经学家痴迷于文字训诂,忽视了《诗经》的天然之美。

张载是从对经典的阐释与品读出发,邵雍则是从自身诗歌创作体验出发,两人出发点虽然有所不同,但基本诗学观点却有相通之处。他们都主张借助诗歌感受生活,获得人生乐趣;反对寻章摘句,提醒读者只有打破语言文字的迷障,才能抓住诗歌的本质。由于张载对诗歌创作并不热衷,其诗学影响不及邵雍。

---

① 《万首论诗绝句》,第58页。

　　邵雍的《首尾吟》问世后，司马光、程颢等均有和作，后世更是不断有和诗出现。可见，邵雍《首尾吟》已经触及诗歌的本质问题，引发了世人对这一问题的长久思考。因《首尾吟》是律诗，而本文讨论的主要是论诗绝句，故在此就不详加摘引、评论了。有兴趣的读者，不妨找《首尾吟》来读，感受一下"击壤体"诗歌的别样之美。

　　明代理学家中以诗歌见长，并自成一家者，首推陈献章和庄昶。陈献章有《陈白沙集》，其诗被称为"白沙体"；庄昶有《庄定山集》，其诗被称为"定山体"。两人为学均主静，略近于禅，其诗并称为"陈庄体"。

　　文溯阁《四库全书》本《陈白沙集》提要云：

　　　　诗亦自《击壤集》中来，另为一格，至今毁誉各半。然平情而论，誉者过情，毁者亦多失实，大抵皆门户相轧之见。唯王世贞谓其诗不入法，文不入体，而其妙处有超出法与体之外者，可谓兼尽其短长矣。①

　　《万首论诗绝句》收录陈献章《读韦苏州诗》四首，其第二首云：

　　　　五言凤昔慕陶韦，句外留心晚尚痴。敢为尧夫添注脚，自从删后更无诗。②

可见，陈献章虽然身为理学家，但对诗歌传统依然保持尊重，但他

---

① 陈献章：《陈白沙集》，文溯阁《四库全书》本。按，此提要与《四库全书总目》文字略有不同。《四库全书总目》评《白沙集》云："其诗文偶然有合，或高妙不可思议；偶然率意，或粗野不可向迩，至今毁誉亦参半。《王世贞集》中有《书白沙集后》曰：'公甫诗不入法，文不入体，又皆不入题，而其妙处有超出法与体与题之外者。'可谓兼尽其短长。盖以高明绝异之姿，而又加以静悟之力，如宗门老衲，空诸障翳，心境虚明，随处圆通。辨才无碍，有时俚词鄙语，冲口而谈；有时妙义微言，应机而发。其见于文章者亦仍如其学问而已，虽未可谓之正宗，要未可谓非豪杰之士也。"
② 《万首论诗绝句》，第181页。

推崇的诗人主要是属于自然一派,如陶渊明、韦应物等,并不以雕琢文字取胜。陈献章对诗人之人格力量、思想境界的重视程度,显然要高于艺术技巧。

　　陈献章与同时期的学者庄昶齐名,两人学养有高下之分,诗亦有高下之分。庄昶号定山,其诗被称为"定山体"。《四库全书总目》之《庄定山集》提要,评"定山体"云:

> 　　其诗亦全作《击壤集》之体,又颇为世所嗤点。然如《病眼诗》"残书楚汉灯前垒,草阁江山雾里诗"句,杨慎亦尝称之。其他如"山随病起青逾峻,菊到秋深瘦亦香""土屋背墙烘野日,午溪随步领和风""碧树可惊游子梦,黄花偏爱老人头""酒盏漫倾刚月上,钓丝才飏恰风和"诸句,亦未尝不语含兴象。盖其学以主静为宗,故息虑澄观,天机偶到,往往妙合自然,不可以文章格律论,要亦文章之一种。譬诸钓叟田翁,不可绳以礼貌;而野逸之态,乃有时可入画图。录之以备别格,亦论唐诗者存《寒山子集》之意也。①

"全作《击壤集》之体"云云,未免以偏概全。从下文所引诗句便可看出,定山亦有佳作。

　　《万首论诗绝句》收录了明人杨士云的论诗绝句《读白沙定山集》:

> 　　白沙诗更定山诗,风月情怀各自知。闲向小窗时读过,甘泉居士有微词。

诗中所云"甘泉居士",指陈献章的弟子湛若水。湛若水号甘泉,是

---

① 　永瑢等:《四库全书总目》,中华书局,1965 年,第 1492 页。

陈献章的得意门生。湛若水著有《白沙子古诗教解》（又名《白沙诗教》），并为之作序。陈献章诗诸体兼备，湛若水仅取其古体诗，推为风雅正宗。湛若水还曾经为《重刻定山先生诗文集》作序（见《泉翁大全集》卷二十三），序文中提及庄定山、陈白沙曾经以论诗诗的形式互相品评。

陈白沙有七律《题庄定山诗集》：

> 春风一曲有霓裳，不落人间小锦囊。今代名家谁李杜，先生高枕自羲皇。乾坤兀兀中流柱，风月恢恢大雅堂。莫道白沙无眼孔，濯缨千顷破沧浪。[①]

庄定山亦有一组论诗诗，为七言律诗，共四首，题为《读白沙先生诗集》[②]：

（一）

> 飞云一卷递中来，上有封题是石斋。喜把炷香焚展读，了无一字出安排。为经为训真谁识，非谢非陶亦浪猜。何处想公堪此句，绝无烟火住蓬莱。

（二）

> 天然无句是推敲，诗到江门品绝高。几处风花真有此，古来周邵本人豪。冥心水月谁堪会，盥手山泉我自抄。读到乌啼春在处，江山垂老觉神交。

（三）

> 海上千峰阁病舆，傍花随柳意何如。老谁静里都无事，笑

---

① 陈献章著，孙通海点校：《陈献章集》，中华书局，1987 年，第 406 页。
② 庄昶：《定山集》卷四，文渊阁《四库全书》本。

此山中亦著书。帝伯皇王铺叙里，乾坤今古笑谈余。我看此
意终谁领，略与人间一破除。

（四）

才力凡今我与翁，百年端许自知公。横渠老笔虽终劲，周
子通书自不同。南海巨舰都水月，卧林狂句也溪风。酒杯许
更何时约，烂醉罗浮四百峰。

湛若水《重刻定山先生诗文集序》摘录了这组诗第四首的后两联。
诗中，定山自喻为北宋大儒张载，将陈白沙形容为北宋另一大儒周
敦颐，充满了对陈庄体的自信。

定山另有一首论诗绝句，题为《南安张太守评白沙诗集有请予
折中之言》，为《万首论诗绝句》所未收。其诗曰：

风花醉点个中春，谁与痴人说梦频。问我折中张太守，而
今我亦是痴人。①

诗中可见，定山无意于在诗艺上与白沙强分高下，将诗艺方面的比
较视为痴人说梦。

陈白沙评庄定山之诗，湛若水序中只引了一句"千炼不如庄定
山"。原诗为《夜坐与童子方祥庆话别偶成》，亦为《万首论诗绝句》
未收之论诗绝句：

晚饭跏趺竹几安，秋吟涕泪阁灯残。一诗可送方童子，千
炼不如庄定山。②

---

① 庄昶：《定山集》卷二，文渊阁《四库全书》本。
② 陈献章著，孙通海点校：《陈献章集》，中华书局，1987年，第546页。

将此诗与庄定山之诗对照可见，庄定山更重视诗艺的打磨，而陈白沙更重视诗歌的自然天成。

理学家不排斥以议论为诗。所以，与明代其他诗人相比，在某些理学家的别集中，论诗绝句反而较为常见。

陈、庄诗中经常出现一些理学话头，成为遭时人诟病的把柄。明代蒋一葵《尧山堂外纪》中就记载了不少这方面的事例。如：

> 庄昶喜为诗，咏《包节妇》云："二十夫君弃妾身，诸郎痴小舅姑贫。已甘薄命同衰叶，不扫蛾眉别嫁人。化石未成犹有泪，舞鸾虽在不惊尘。锁窗独对东风树，岁岁花开他自春。"罗一峰见之曰："可以泣鬼神矣。"昶不以为然。唯乾坤、鸢鱼、老眼、脚头之类，自谓为佳云。
>
> 陈公甫作诗多用日月，庄孔阳多用乾坤。有嘲者曰："公甫朝朝吟日月，庄生日日弄乾坤。"
>
> 庄定山诗："赠我一壶陶靖节，还他两首邵尧夫。"有滑稽者改作外官，《答京官苞苴》云："赠我两包陈福建，还他一匹好南京。"闻者捧腹。[1]

第一则、第二则轶事均与理学话头有关。自严羽提出"诗有别趣，非关理也"以来，理学话头入诗，便成为文人嘲讽的对象。平心而论，理学与诗学之间并没有天然的鸿沟。理学又被称为"天人之学"，理学家追求的是一种天地境界，诗中经常出现乾坤、日月等词，亦属正常。此类词，在杜甫的诗中亦经常可以见到，为什么出现在理学家的诗中，就被揪住辫子不放？何况，陈、庄的诗中也不都是掉弄这些词。庄定山咏《包节妇》一诗就模拟女性口吻，对笔下人物的心理体贴入微。至于第三则中提到的"赠我一壶陶靖节，

---

[1] 蒋一葵：《尧山堂外纪》卷八十六，中华书局，2019年，第1336、1337页。

还他两首邵尧夫",虽近于白话,但在庄定山诗中属于个案,并不带有普遍性。陶靖节喜酒,邵尧夫喜诗,两人均人品高洁;庄定山以之入诗,虽诙谐幽默,但并不油滑。庄定山的大部分诗歌,在语言艺术上还是有较高追求的。

就诗文而言,陈、庄两人各有千秋。定山是文人出身,曾中进士,入翰林,后隐居讲学三十年,晚年应召复出,招致物议,郁郁而终;陈白沙则在青年时代就放弃科举,毕生专心讲学。湛若水撰《明定山庄先生墓碑铭》,暗示白沙学问、人品比定山要高出一筹。杨士云《读白沙定山集》一诗的末句称"甘泉居士有微词",意即指此。

湛若水在《明定山庄先生墓碑铭》中,还提到了与陈献章、庄昶同时代的大儒丘濬。丘濬是台阁文人,著有《大学衍义补》,在继承程朱思想的基础上,更重视经世致用。因陈、庄有避世之心,丘濬对陈、庄皆有不满之意。他曾说:"引天下士夫背朝廷者,昶也!吾当国,必杀之!"(焦竑《玉堂丛语》卷六)陈献章与丘濬是广东同乡,但丘濬对陈献章也十分冷淡。陈、庄名噪一时,晚年受征召入京为官,却并未得到重用,与丘濬的阻挠不无关系。这并非出于文人相轻,而是思想上的矛盾使然。

丘濬亦爱作诗,《万首论诗绝句》收录了他的一首《与友人论诗绝句》:

> 吐语操词不用奇,风行水上茧抽丝。眼前景物口头语,便是诗家绝妙词。①

丘濬主张用平实自然的语言,写真情实景。

事实上,大部分理学家并不反对作诗。《诗经》作为儒家经典

---

① 《万首论诗绝句》,第 180 页。

之一,足以说明儒家对诗学的重视。但与文人片面强调语言形式的重要性相比,理学家更重视诗中表现的天理与人性。诗人之诗与学人之诗,各有所长,片面强调任何一方,都容易走向极端而滋生流弊。理学家群体整体上重视诗中之"道"不可或缺的重要价值,对诗歌语言重要性的认识,则各有不同,不可一概而论。

程朱派理学家往往讳言自己与禅宗的关系,心学家则较少掩饰这一点。程朱派理学家与诗人之间,在文道观问题上意见相左,往往相互轻视,彼此抱有较深的偏见。心学、禅宗与诗歌的关系,则相对融洽一些。

王守仁是明代心学集大成者。阳明后学中,有不少在诗学方面颇有造诣者,如罗洪先就是一位值得关注的诗人。罗洪先号念庵,私淑阳明,为学主静。他有一首《静坐》:

> 影满棠梨日正长,筠帘风细紫兰香。午窗睡醒无他事,胎息闲中有秘方。①

诗中可见,罗洪先在静坐中,对生活和身边的世界体察入微。末句"胎息闲中有秘方"乍看上去,理学气息颇浓。其实,这是罗洪先内心世界的真实写照。罗洪先并非不理世事。他自幼志向远大,后考取嘉靖八年(1529)己丑科状元,因直言敢谏,得罪明世宗,遂远离官场,隐居山间。《明史》称其隐居期间"甘淡泊,炼寒暑,跃马挽强,考图观史,自天文、地志、礼乐、典章、河渠、边塞、战阵攻守,下逮阴阳、算数,靡不精究。至人才、吏事、国计、民情,悉加意谘访。曰:'苟当其任,皆吾事也。'"②明代士人言行多矫激,这一士风特点在嘉靖年间"大礼议"事件前后表现得尤为突出。罗洪先罢官之后,亦深悔年轻时的矫激言行,因为这对世事丝毫无补。他试图通

---

① 罗洪先:《罗洪先集》,凤凰出版社,2007 年,第 1111 页。
② 张廷玉等:《明史》,中华书局,2000 年,第 4865 页。

过静坐,让内心平静下来,返璞归真,此即所谓"胎息闲中";同时,罗洪先深究经世致用之学,等待时机,希望有朝一日再度出山,大展宏图,此即"秘方"。

明末清初思想家王夫之有《读念庵诗次之》两首,收入《万首论诗绝句》。其第二首云:

> 碧笋惊雷拔地长,绿筼玉粉土膏香。连踵彻顶无涯畔,谁是胞胎秘息方。①

王夫之的诗静中有动,与罗洪先的恬静之美形成对照。罗洪先因主静而被质疑流于禅。王夫之的这首论诗绝句,便隐含着对罗洪先的讥讪。其实,王夫之并未从知人论世的角度来考察罗洪先这首诗,导致对罗洪先的思想有所误解。

文学方面,罗洪先虽然是状元出身,但不受台阁体影响,年轻时也曾经追随前七子的诗学主张。后在静坐中心有所感,开辟出一片独特的诗歌美学境界,气象博大而宁静,笔触精妙,耐人寻味。

罗洪先后期的诗歌,与北宋政治家王安石晚年闲居时独创的"荆公体"在意境方面颇有相通之处。王安石早年性格刚强,晚年亦吸纳佛教思想,精华内敛,返璞归真。其生命之花,绚烂之余,归于平淡。罗洪先晚年的思想与诗歌创作,亦可作如是观。

在中晚明这样一个士风矫激的时代,罗洪先主静的思想尤其可贵,具有补救时弊的作用。这是罗洪先为时代痼疾开出的一剂良方,可惜在当时和后世受到太多误解,不被重视。中晚明的诗学论争,和政治党争一样,愈演愈烈。晚明党争被认为是导致明朝灭亡的重要原因之一。明代诗学理论上的喧嚣激辩,最终也未能带来诗歌创作真正繁荣的局面。不论诗歌创作,还是诗学理论的总

---

① 《万首论诗绝句》,第 212 页。

结,都需要少一些戾气,多一些沉潜。

与罗洪先相比,薛蕙(1489—1541)在诗坛的影响更大一些。薛蕙字君采,号西原,正德九年(1514)进士,少以诗闻,曾师事王廷相,但在诗歌创作方面不受"诗必盛唐"束囿,兼学六朝、初唐。晚年罢官家居,究心治学,著有《老子集解》《约言》《西原先生遗书》等。

薛蕙为学主寂,"其学以复性为要。未发之中,即性善也,情则始有善不善。圣人尽性,则寂多于感,众人私感不息,几于无寂"①(《明儒学案》卷五十四《考功薛西原先生蕙》)。

《明儒学案》摘录其《约言》之语云:

> 吾心之理,与宇宙之理,非有二也。知此者,宇宙非大,吾心非小,由人自小,故圣人示此引诸广大之域。其实此理非大非小,若厌小欣大,则又失之矣。
>
> 人心之神,与天之神,非有二也。天之神盈乎天地,吾心之神盈乎天地,非滞于块然之躯而已。故人能格于天地者,以此理本同一体,充塞而无不在也。若心专滞在形体,何由格于天地乎?亦非心往至于天地,心未尝动也,盖天地之间,心无不在。②

薛蕙写过不少论诗绝句,均未被收入《万首论诗绝句》。他有一首《读李空同诗》:

> 可怜词客李空同,治第筑园学富翁。地下定遭刘主笑,我犹如此况如公。③

---

① 黄宗羲:《黄宗羲全集》第8册,第610页。
② 同上书,第611页。
③ 薛蕙:《考功集》卷八,文渊阁《四库全书》本。

又有《戏成五绝》,其诗曰:

> 束发从师王浚川,文章衣钵幸相传。尔时评我李何似,白首摧颓只自怜。

> 弱冠粗窥万卷余,壮年益览百家书。探珠赤水方亲见,披雾青天果不虚。

> 雅知文艺未为尊,次第沿流直讨源。不但学诗高一格,信然闻道小群言。

> 海内论诗伏两雄,一时倡和未为公。俊逸终怜何大复,粗豪不解李空同。

> 知己今无贺宾客,论文谁似鲍参军。夜光未剖千金璞,汗血空随万马群①。

他结合自己的切身体验,指出:对"道"的追求,让其有拨云见日之感,不仅有助于学习写诗,也有助于论诗、论文。

事实上,明代正德、嘉靖之交,除李梦阳本人还在复古道路上踯躅,文坛上不少文士都受到阳明心学启发,纷纷从复古主义的迷途中走出来,转向对"道"的探求。当然,他们也没有因此而放弃诗文创作和对美的追求。在他们看来,文与道是可以统一的,对"道"的探求,有助于将诗文创作提升到一个更高的境界。

(二) 禅宗对明代诗学的影响

宋代以来,以禅论诗之风日渐流行。后人往往将这股风

---

① 薛蕙:《考功集》卷八,文渊阁《四库全书》本。

气的源头追溯至南宋严羽的《沧浪诗话》。事实上，早在北宋时期，诗、禅关系已颇受关注，这在当时的论诗绝句中亦可见一斑。

《万首论诗绝句》中收录了吴可的《学诗》三首。吴可字思道，生活于北宋末年。其《学诗》三首的每一首，均以"学诗浑似学参禅"开头。如第二首云：

> 学诗浑似学参禅，头上安头不足传。跳出少陵窠臼外，丈夫志气本冲天。①

与吴可时代相近的龚相、赵蕃等人亦有和作。如龚相《学诗》三首的第三首诗云：

> 学诗浑似学参禅，几许搜肠觅句联。欲识少陵奇绝处，初无言句与人传。②

赵蕃有《阅〈复斋闲纪〉所载吴思道、龚圣任学诗三首，因次其韵》，其第二首云：

> 学诗浑似学参禅，要保心传与耳传。秋菊春兰宁易地，清风明月本同天。③

这些诗都论及如何向杜甫等前代经典作家学习的问题。虽然出自宋人手笔，主要是针对宋代江西诗派流弊而发，但往往能够一语道破天机，对明代复古派文人而言，也不啻当头棒喝。

---

① 《万首论诗绝句》，第71页。
② 同上书，第72页。
③ 同上书，第113页。

《学诗》三首在明代也不乏和者。影响较大者有都穆的《学诗》①：

> 学诗浑似学参禅，不悟真乘枉百年。切莫呕心并剔肺，须知妙语出天然。

> 学诗浑似学参禅，笔下随人世岂传。好句眼前吟不尽，痴人犹自管窥天。

> 学诗浑似学参禅，语要惊人不在联。但写真情并实境，任他埋没与留传。

游潜《和学诗诗》②：

> 学诗浑似学参禅，诗意如禅是悟年。尽把机锋观隐语，不闻正法亦徒然。

> 学诗浑似学参禅，妙处难于口舌传。消尽人间炉火气，鸢鱼泼泼眼中天。

> 学诗浑似学参禅，流水行云次第联。象外精神言外意，曹溪诸派一灯传。

都穆、游潜都生活在明代中期，与前七子大致是同一时代。都穆的诗学观点与前七子明显不同。其诗学主张更接近于性灵派文人。前七子的诗学主张受严羽《沧浪诗话》影响较深，也重视以禅

① 《万首论诗绝句》，第 183 页。
② 同上书，第 185 页。

论诗，但他们的"妙悟"主张与禅宗"第一义"之说是不可分割的。正如游潜《和学诗诗》第一首结尾处所云："不闻正法亦徒然。"与都穆相比，游潜的诗学主张显然与前七子更为接近。

都穆著有《南濠诗话》，其卷上称赞严羽以禅论诗"最为的论"，并收录了赵章泉（赵蕃）、吴思道（吴可）、龚圣任（龚相）及其本人以禅论诗的绝句。

除仿拟吴可《学诗》三首者外，还有大量论诗绝句涉及诗、禅关系问题。如前文曾经提及南宋戴复古的《论诗十绝》，其第七首云：

> 欲参诗律似参禅，妙趣不由文字传。个里稍关心有悟，发为言句自超然。①

戴复古曾与严羽一起论诗，《论诗十绝》即作于其时。严羽虽然不是以禅论诗的首创者，但其《沧浪诗话·诗辩》通篇皆以禅论诗，主张先须熟读楚辞，向汉魏古诗，李、杜等盛唐大家学习，"然后博取盛唐名家酝酿胸中，久之自然悟入。虽学之不至，亦不失正路。此乃是从顶頗上做来，谓之向上一路，谓之直截根源，谓之顿门，谓之单刀直入也"②。他还指出：

> 禅家者流，乘有小大，宗有南北，道有邪正。学者须从最上乘、具正法眼，悟第一义，若小乘禅，声闻辟支果，皆非正也。论诗如论禅，汉、魏、晋与盛唐之诗，则第一义也；大历以还之诗，则小乘禅也，已落第二义矣；晚唐之诗，则声闻辟支果也。学汉、魏、晋与盛唐诗者，临济下也；学大历以还之诗者，曹洞下也。大抵禅道唯在妙悟，诗道亦在妙悟，且孟襄阳学力下韩退之远甚，而其诗独出退之之上者，一味妙悟而已。唯悟乃为

---

① 《万首论诗绝句》，第 119 页。
② 何文焕：《历代诗话》，中华书局，1981 年，第 687 页。

> 当行,乃为本色。然悟有浅深,有分限,有透彻之悟,有但得一
> 知半解之悟。汉、魏尚矣,不假悟也。谢灵运至盛唐诸公,透
> 彻之悟也。他虽有悟者,皆非第一义也。①

严羽不仅主张"妙悟",更强调要领会"第一义",从而将以禅论诗又
向前推进了一步。他本人对此十分自信,也十分自豪:"仆之诗辩
乃断千百年公案,诚惊世绝俗之谈,至当归一之论。其间说江西诗
病,真取心肝刽子手,以禅喻诗,莫此亲切,是自家实证实悟者,是
自家闭门凿破此片田地,即非傍人篱壁、拾人涕唾得来者,李杜复
生,不易吾言矣。"②(《沧浪诗话·答出继叔临安吴景仙书》)

　　严羽以禅论诗也招致了不少批评。特别是那些以正统自居的
儒者,努力维护儒家思想的纯洁性,反对谈禅。严羽之叔吴景仙就
是其中一位。《沧浪诗话·答出继叔临安吴景仙书》提及:"吾叔谓
说禅非文人儒者之言。"严羽辩称自己的本意是:"但欲说得诗透
彻,初无意于为文,其合文人儒者之言与否不问也。"③

　　禅宗与儒学一样,都是中国传统文化的重要组成部分。中唐
以来,三教合流已是大势所趋。宋代理学本身就是儒学融合禅宗
思想的产物。但正统的儒者往往讳言及此。南宋理学大师朱熹早
年也有习禅的经历,虽然他后来对此避而不谈,但禅宗对其思想的
渗透始终是无法清除的。明清时期的不少思想家,特别是一些心
学代表人物如陈献章、王守仁及其后学等,其思想也经常招致"流
于禅"的批评。严羽大胆地突破思想禁区,借禅喻诗,勇气确实可
嘉。受严羽《沧浪诗话》影响,元明清时期,虽然思想界的斗争一直
在持续,但在诗学领域,以禅喻诗已渐成风气。

　　明代重要诗学流派及其代表人物的诗论中,经常可以见到以

---

① 何文焕:《历代诗话》,中华书局,1981年,第686页。
② 同上书,第706页。
③ 同上。

禅论诗的踪影。后世论诗绝句对此现象也多有品评。

明代茶陵派领袖李东阳《怀麓堂诗话》：

> 六朝、宋、元诗，就其佳者，亦各有兴致，但非本色，只是禅家所谓"小乘"，道家所谓"尸解仙"耳。①

这显然是在拾严羽《沧浪诗话》余唾。又：

> "写留行道影，焚却坐禅身。"开口便自黏带，已落第二义矣。所谓"烧却活和尚"，正不须如此说。②

可见，李东阳亦重视"第一义"。但李东阳对"第一义"的理解，与严羽、明代前后七子有所不同。郭绍虞先生指出：

> 他(指李东阳)既不主一格，自然又不属于第一义之诗。他说："汉、魏以前诗格简古，世间一切细事长语皆著不得，其势必久而渐穷。赖杜诗一出，乃稍为开扩，庶几可尽天下之情事。韩一衍之，苏再衍之，于是情与事无不可尽，而其为格亦渐粗矣。然非具宏才博学，逢原而泛应，谁与开后学之路哉！"(《诗话》)这又与"公安派"之论调相似，而为后来钱牧斋之所宗。牧斋之反七子，其理论即建筑在此种基础上的。③

在严羽和明代前后七子看来，只有汉、魏、晋、盛唐诗，才属第一义之诗。严羽对盛唐以后的诗歌，也并未一笔抹杀，只不过是提倡"取法乎上"。明代前后七子则更进一步，直言"宋无诗"。

---

① 丁福保辑：《历代诗话续编》，中华书局，1983年，第1383页。
② 同上书，第1373页。
③ 郭绍虞：《中国文学批评史(下卷)》，百花文艺出版社，1999年，第159页。

前后七子受《沧浪诗话》影响,亦喜以禅喻诗,但他们对佛学并无深入研究,所看重的不过是严羽曾经提到的"妙悟""第一义"等话头而已。

前七子中,李梦阳曾言:"古诗妙在形容,所谓水月镜花,言外之言。宋以后,则直陈之矣。求工于句字,心劳而日拙也……王维诗,高者似禅,卑者似僧,奉佛之应,人心系则难脱。"(引自谢榛《四溟诗话》)李梦阳指出古诗和唐诗的妙处在于富有言外之意,反对直陈,这与禅宗"不立文字"的主张相通。王维是盛唐以禅入诗的代表人物,但李梦阳却对他提出批评,可见李梦阳对佛学并不感兴趣。就盛唐诗人而言,李梦阳更看重李、杜,对王维、孟浩然为代表的清新自然一派的关注程度不高。

与李梦阳相比,何景明对盛唐乃至初唐诗风的认识更加全面一些。何景明与李梦阳之间有过一场著名的论争。在这场论争中,李梦阳更重视"第一义",何景明更强调"妙悟"。后世评价"李、何之争",大多是站在何景明一方。

清代王士禛有《戏仿元遗山论诗绝句》三十二首,其二十一云:

> 接迹风人《明月篇》,何郎妙悟本从天。王杨卢骆当时体,莫逐刀圭误后贤。①

王士禛诗后自注云:"何大复谓初唐《明月篇》诸作,得风人遗意,其源高于李、杜。"严羽、李梦阳皆以盛唐诗为第一义之诗,何景明则认为初唐诗有高于盛唐者,李梦阳遂与之展开辩论。其实,按照何景明的说法,就算"初唐四杰"之诗发源于国风,也不代表其自身成就能够超越李、杜。何景明由"初唐四杰"之诗上溯至国风,这是其妙悟所得。但若因此而将"初唐四杰"之诗视为"第一义之诗",也

————————

① 《万首论诗绝句》,第 235 页。

于义未妥。王士禛的论诗绝句，在赞赏何景明的同时，也隐含着一层批评的意味。

后七子中，谢榛论诗，最重妙悟。其《四溟诗话》，"悟"字比比皆是。如卷三云：

> 作诗有专用学问而堆垛者，或不用学问而匀净者，二者悟不悟之间耳。唯神会以定取舍，自趋乎大道，不涉于歧路矣。譬如杨升庵状元谪戍滇南，犹尚奢侈，其粳、糯、黍、稷、脯、鬐、毂、鲙种种罗于前，而箸不周品，此乃用学问之癖也。又如客游五台山访禅侣，厨下见一胡僧执爨，但以清泉注釜，不用粒米，沸则自成馈粥。此无中生有，暗合古人出处。此不专于学问，又非无学问者所能到也。予因六祖惠能不识一字，参禅入道成佛，遂在难处用工，定想头，炼心机，乃得无米粥之法。诗中难者，莫过于情诗，然乐府尤盛于元，千万人口中咀嚼，外无遗景，内无遗情，虽有作者，罕得新意。姑借六祖之悟，以示后学，诚以六祖之心为心，而入悟也弗难矣。①

这里，谢榛对杨慎"以学问为诗"提出了批评。但谢榛过于轻视学问，其"无米粥"之喻，尤属玄虚、无稽之谈。

《四溟诗话》卷四又云：

> 诗固有定体，人各有悟性。夫有一字之悟，一篇之悟，或由小以扩乎大，因著以入乎微，虽小大不同，至于浑化则一也。或学力未全，而骤欲大之，若登高台而摘星，则廓然无着手处。若能用小而大之之法，当如行深洞中，扪壁尽处，豁然见天，则心有所主，而夺盛唐律髓，追建安古调，殊不难矣。②

----

① 谢榛：《四溟诗话》，人民文学出版社，1961 年，第 71 页。
② 同上书，第 118 页。

此说则较为具体。

王世贞亦曾以禅论诗，如："林子羽如小乘法中作论师，生天则可，成佛甚遥。"(《艺苑卮言》卷五)林子羽即林鸿，是明初闽派代表诗人。闽派亦重视学习唐诗，但持论不像前后七子这般极端，故王世贞将其贬为小乘。

王世贞对闽派学唐的贬斥，是为了突出七子派学唐的成就，体现了其流派统系意识。清人叶观国则对七子派学古、学唐之法不以为然。叶观国有《秋斋暇日抄辑汉魏以来诗作绝句》二十首。作为福建闽县人，叶观国在其论诗绝句中为闽派作了辩护：

> 正声未坠数闽风，圆熟偏贻口实同。才力何尝非伯仲，訾謷正坐学唐工。①

同时，也对七子派作了批评：

> 格调区区胶柱弦，读书万卷是为贤。平生不信沧浪语，六义唯参妙悟禅。②

在叶观国看来，中国古典诗学博大精深，前后七子提倡的格调、妙悟云云，只是片面的深刻，不能以偏概全。

王世贞晚年信奉昙阳子，相信白日飞升，真正坠入了魔障，可见其对佛学的理解并不深刻。清人李希圣有《论诗绝句》四十首，其中一首论王世贞云：

> 晚服西涯及震川，卮言憍气已全渐。奇情剩作昙阳犬，比

---

① 《万首论诗绝句》，第 404 页。
② 同上。

似温陵拜澹然。①

诗中认为，王世贞早年论诗，多虚声憍气。晚年修道，虽憍气渐消，但对佛道的理解也极其肤浅，无甚高明之处。

与王世贞相比，公安派代表人物袁宏道的佛学造诣要更胜一筹。这亦与晚明禅风日炽有关。王元翰《与野愚和尚书》谈及晚明佛学盛况："其时京师学道人如林。善知识则有达观、朗目、憨山、月川、雪浪、隐庵、清虚、愚庵诸公，宰官则有黄慎轩、李卓吾、袁中郎、袁小修、王性海、段幻然、陶石篑、蔡五岳、陶不退、蔡承植诸君声气相求，函盖相合。"②文中提到的宰官，多为公安派文人及其友人。禅宗思想的流行，对晚明诗坛打破前后七子片面强调文体观念带来的束缚，解放性灵，功不可没。当然，禅宗也给晚明诗学带来了新的流弊。

清人谢启昆有《论明诗绝句》九十六首，其中一首论袁宏道云：

城南结社长诸生，王李挤排弟与兄。谁料逃禅变幽峭，秦淮水阁擅诗评。③

诗中"逃禅"指袁宏道，"幽峭"谓钟惺、谭元春。袁宏道天分较高，于禅学领悟极深。但诗、禅虽有相通之处，佛学毕竟不能取代诗学。晚明竟陵派在汲取公安派经验教训的基础上，重归诗学道路，在明末清初诗坛上影响极大，超过了公安派。竟陵派诗学取径过于狭隘，所招致的攻击，也远大于公安派。

明末清初的诗坛上，攻击竟陵最力者，当数钱谦益。钱氏本人

① 《万首论诗绝句》，第 1581 页。
② 王元翰：《凝翠集》，见《丛书集成续编》第 147 册，新文丰出版公司，1989 年，第 201 页。
③ 《万首论诗绝句》，第 543 页。

在佛学、诗学领域均有精深造诣,一生大部分时间在晚明度过,但晚年变节降清,故一般将其视为清人。钱谦益有一组论诗绝句,专论晚明诗坛,对公安派持论尚属公正,对竟陵派的攻击则不遗余力。关于钱氏这组论诗绝句,我们将在后文讨论清人论诗绝句时再提及。

三、从明人论诗绝句看唐诗
接受与唐宋诗之争

《万首论诗绝句》中收录的明人论诗绝句虽然不多,但这些绝句对经典作家、作品的品评之中,隐含着不少与明代诗学论争相关的重要问题,如台阁与山林之争、唐宋诗之争、师古与师心之争,等等。不同时期的论诗绝句,其聚焦的诗学话题也不尽相同。

(一)明前期论诗绝句对韦应物诗的关注

明前期论诗绝句中,对唐代诗人韦应物的品评是一个值得关注的现象,其背后隐含着丰富的文化信息,可从吴中地区诗学传统、台阁与山林之争、理学对诗学的影响等角度来考察。

明初,吴中诗人高启有论诗绝句《读韦苏州诗》:

> 扫阁焚香昼卷帷,绿槐疏雨夏初时。客忱何物能消遣?一帙苏州刺史诗。①

高启对韦应物诗的偏爱,溢于言表。这与吴中地域文化及高启本人的隐逸情怀有关。明初,吴中文人多不仕,高启也是如此。他曾

---

① 《万首论诗绝句》,第 177 页。

经迫于政治压力，一度应召进京，参修《元史》，任翰林编修等职。但过惯了闲云野鹤般生活的高启，不久便辞去官职，回苏州隐居。在朱元璋提倡馆阁文学、贬斥山林文学之际，高启作为举世瞩目的大诗人，其辞官隐居的举动非常不合时宜。果然，没过多久，朱元璋便找了个由头，将高启腰斩于市。

韦应物的思想、经历和诗歌风格，与高启后期的心境颇为吻合。韦应物一生宦游各地，颠沛流离，晚年客死苏州。在元末明初政局动荡不安的年代，韦应物的遭遇颇能引发苏州文人的共鸣。韦应物虽然未曾真正隐居山林，但其诗多写山林野趣，精妙淡雅。后人常将韦应物和陶渊明并称为"陶、韦"，或将韦应物与王维、孟浩然、柳宗元等山水田园诗人并称为"王、孟、韦、柳"，可见其诗作带有明显的山林文学色彩。

中国文人历史来追求"达则兼济天下，穷则独善其身"，馆阁文风与山林文风代表了文人的不同思想侧面，并非一组不可调和的矛盾。它们都是文人心境的自然流露，只是在不同时代、不同遭遇的文人笔下，沾染了不同色彩而已。宋代文人往往亦仕亦隐，元代文人则更加向往陶渊明笔下的桃花源世界。在宋元时期，陶渊明在中国诗歌史上的地位呈不断上升之势。明初，统治者刻意提倡馆阁文风，打压山林文风，陶渊明笔下的世外桃源不可再现，亦仕亦隐的韦应物，作为陶渊明的替代者、接班人，就成了被关注的对象。就连明初馆阁文人领袖宋濂，对韦应物也十分推崇，称其"一寄秾鲜于简淡之中，渊明以来，盖一人而已"①（《答章秀才论诗书》）。

学界多将宋濂视为明初台阁体的倡导者，其实，宋濂对台阁文风的提倡，也是受朱元璋影响，揣摩朱元璋意思而发。高启作为明初首屈一指的大诗人，虽然才华横溢，但缺乏宋濂的政治智慧，成为明初台阁与山林文学之争的牺牲品。

———————————

① 宋濂：《文宪集》卷二十八，文渊阁《四库全书》本。

明代成化至正德前期,台阁体逐渐没落,陈庄体、茶陵派等纷纷代之而起。陈庄体带有鲜明的山林文学特色。其代表人物陈献章有《读韦苏州诗》四首:

> 夜雨斋灯卷未收,清谣百首对苏州。晦翁两眼沧浪碧,也为先生一点头。

> 五言夙昔慕陶韦,句外留心晚尚痴。敢为尧夫添注脚,自从删后更无诗。

> 拟古之篇古未如,诗家分路入冲虚。晚唐诸子殊堪讶,白首专门但守株。

> 虚泊终躏得屡拈,苏州抚手揖陶潜。旧来食蜜虽高论,谁写琼浆洗舌尖。①

陈献章是著名理学家、明代心学早期代表人物。其诗歌的山林文学特色体现在不受名利羁绊,追求鸢飞鱼跃的自然境界。与之相应,他对韦应物的品评也更侧重于思想境界方面。其诗中不仅让韦应物上追陶渊明,而且列举了朱熹、邵雍等理学家对陶、韦诗风的肯定,同时批评晚唐诸家学习陶、韦却不得要领,雕琢太甚,达不到陶、韦自然高妙的境界。

吴宽是茶陵派的副将,作为来自吴中地区的馆阁文人,他将吴中地区流行的山林文学传统引入馆阁文学,化解了馆阁文学与山林文学之间紧张、对立的关系。吴宽有《校白集杂书》六首,《万首论诗绝句》选录了其中三首:

---

① 《万首论诗绝句》,第 181 页。

公事初闲就枕眠，睡魔偏向静时缠。就中还有醒然处，为校苏州刺史编。

苏州刺史十编成，句近人情得俗名。垂老读来尤有味，文人从此莫相轻。

庐山秀甲草堂低，杭郡湖开六井西。所幸平生最佳处，坐游时按集间题。①

吴宽笔下的"苏州刺史"，指的是白居易。唐代著名诗人韦应物、白居易、刘禹锡等都曾出任过苏州刺史。刘禹锡曾戏言"苏州刺史例能诗"（《白舍人曹长寄新诗，有游宴之盛，因以戏酬》），后世传为佳话。与韦应物的凄凉晚景不同，白居易晚年过着闲适的生活，与茶陵派作家追求诗酒风流的人生取向更为接近。高启与吴宽同为苏州文人，同样抱有隐逸情怀，但两人生活于不同时代，身份地位不同，前者偏爱韦应物，后者偏爱白居易，也就在情理之中了。在明前期馆阁与山林文学竞争中，高启和吴宽一首一尾。结果，高启成为牺牲品；吴宽则和李东阳一道，为明中叶诗学的复兴扫清了道路。

明人对韦应物诗的接受史，是对陶渊明诗接受史的一个缩影。陶诗在宋元时期曾经产生过巨大影响，至明前期余韵未歇。至明中叶，受前后七子复古诗学影响，陶诗的平淡自然、光华内敛之美，便被汉魏风骨和盛唐气象掩盖，逐渐让位于李、杜的高华、壮丽之美了。

当然，盛唐诗人中也有以王维、孟浩然、储光羲等为代表的山水田园诗派。清人吴德旋有论诗绝句《杂著示及门诸子》：

———————

① 《万首论诗绝句》，第 182 页。

　　饮酒归田自一途,只堪拟议到王储。渊明别有延年诀,更访岩间鸟迹书。①

　　王、孟的艺术技巧好学,风格也可以模仿,在诗中夹杂一些隐逸的情调并不难,但陶渊明人格境界的高度,却不是轻易就可以抵达的。

　　明代隐逸之士虽然不少,追求自然之美者也不乏其人,但在这个喧嚣、矫激的时代,多少显得有些格格不入。对陶、韦诗风的接受问题,只能是明前期诗学发展道路上的一个小插曲。真正贯穿明代诗学论争始终、代表明代诗学主流方向的,还是对李、杜等盛唐大家的接受,以及唐宋诗之争等问题。

(二) 明人论诗绝句评李、杜及唐宋诗之争

　　唐宋诗之争不仅是明代诗学论争的主要问题之一,也是整个中国诗学史上的一个重大问题。唐诗取得的巨大成就,是世所公认、毋庸置疑的。尤其是盛唐的李、杜两大家,被认为是整个中国诗史上几乎不可逾越的两座高峰。唐诗又可划分为初、盛、中、晚四个阶段,其中,盛唐是唐代诗学研究的焦点,李、杜则是焦点中的焦点。宋人面对唐诗的巨大成就,不得不另辟蹊径,由此引发的争议,贯串于整个宋、元、明、清时代。明代,唐宋诗之争渐趋白热化,这在为数不多的明人论诗绝句中也鲜明地体现出来。

　　历代论诗绝句对李、杜及盛唐诗歌的品评,大致有向内看、向上看、向下看三种取径。向内看,即以李、杜及盛唐诗为典范,注重对盛唐诗风格的把握,以及对诗学原理的直接阐发;向上看,即对盛唐之前诗学传统的追溯,《诗经》《楚辞》和汉魏古诗对唐诗的影响尤其受到关注;向下看,即以李、杜为标准,对盛唐之后的诗歌创

---

① 《万首论诗绝句》,第 659 页。

作进行考察，围绕宋诗的争议尤为激烈。

明初诗学受《唐诗正声》《唐诗品汇》等选本影响，偏重于向内看。在推尊李、杜等盛唐大家的同时，对盛唐之前的诗学传统发掘得不够深入，对盛唐之后的诗学传统更是不放在眼内，甚至直言"宋无诗"。

明初刘崧为《鸣盛集》作序，推崇汉魏、盛唐诗，认为大历、晚唐"愈变而愈下，迨夫宋则不足征矣"。黄容《江雨轩诗序》转述刘崧的说法，将其概括为"宋绝无诗"："近世有刘崧者，以一言断绝宋代，曰：'宋绝无诗。'"并对刘崧之说予以批驳。此说被叶盛载入《水东日记》卷二十六。

刘崧的说法在明初并非个案。瞿佑《归田诗话》卷上曰："世人但知宗唐，于宋则弃不取，众口一辞，至有'诗盛于唐坏于宋'之说。"可见，"崇唐抑宋"之风在明前期颇为流行。

明前期也有不少有识之士，对过分"崇唐抑宋"的时代风气表示不满。如明初洪武诗人戴用的论诗绝句《题舒邦佐〈双峰猥稿〉后》：

> 文章丽比黄山谷，诗句清如陈简斋。远矣双溪溪上月，一轮皎皎照天阶。①

这首诗是"向下看"，将宋代名家黄庭坚、陈与义的诗文视为典范，对南宋诗人舒邦佐《双峰猥稿》予以高度评价。末两句，则隐含着对唐风大炽、宋诗不受重视的感慨。

方孝孺的组诗《谈诗》五首，立足点更高，视野更加宽广：

> 举世皆宗李杜诗，不知李杜更宗谁？能探风雅无穷意，始是乾坤绝妙词。

---

① 《万首论诗绝句》，第178页。

前宋文章配两周,盛时诗律亦无俦。今人未识昆仑派,却笑黄河是浊流。

发挥道德乃成文,枝叶何曾离本根。末俗竞工繁缛体,千秋精意与谁论?

天历诸公制作新,力排旧习祖唐人。粗豪未脱风沙气,难诋熙丰作后尘。

万古乾坤此道存,前无端绪后无垠。手探北斗调元气,散作桑麻雨露恩。①

这组诗的第一首是"向上看",以盛唐大诗人李、杜为出发点,上溯风雅。《诗经》中不仅有国风、大雅、小雅,还有变风、变雅。诗歌形式多样,且处于不断发展变化之中。风雅的内涵不是一两句话能够说清楚的。所谓"风雅无穷意",指儒家的全部诗学思想。《诗经》被视为中国古老诗学的源头,但《诗经》中的作品也并非一时一地之作,有许多不知名诗人的作品,经过儒家阐释之后,才成为经典,流传至今。"无穷"两字,提醒世人不要拘泥于文体形式,而要参透诗歌的本质。

中间三首是"向下看"。

第二首是为宋代文学正名。较之唐人,宋人书卷气更浓。关于宋代的文章,前人评价还是比较高的。明初流行的台阁体,在文章方面主要师法欧阳修、曾巩。直到明中叶,才有前七子提出"文必秦汉"的口号。所以,方孝孺将"前宋文章"与先秦经典相提并论,这在当时应该没有太多异议。但方孝孺对宋诗也予以高度评

① 《万首论诗绝句》,第179页。

价，称宋诗在全盛时代取得的成就，在整个中国诗歌史上都是出类拔萃的。这就与时论大相径庭。宋诗具有"以文为诗"的特点。自严羽"诗有别裁，非关书也"（《沧浪诗话》）之说出，宋诗便成为被批判的对象。方孝孺用"昆仑派"形容宋诗，很好地概括了宋诗的特征。昆仑是中国古代神话中的圣地，在《穆天子传》中被称为"群玉之山"，后世遂将其视为文化的象征。宋代文化发达，方孝孺本人被时人视为"读书种子"，故他对宋型文化比较偏爱，对宋诗评价较高。

第三首是对理学家诗学主张的辩护。受严羽"诗有别趣，非关理也"（《沧浪诗话》）之说影响，宋诗偏重理趣的特征也颇遭时人诟病。方孝孺认为，道德为文学之本根，艺术形式等只是枝叶，片面地强调审美价值，无异于舍本逐末。

第四首是对元人学习唐诗经验教训的总结。天历是元文宗年号。元代亦有"崇唐抑宋"的倾向，但元代是建立在北方文化的基础之上，故云"粗豪未脱风沙气"。熙丰系宋神宗熙宁、元丰两个年号，用以代指宋诗。宋诗也是在唐诗基础上发展而来的。对于宋型文化的精微之处，元人未必深知。

最后一首是"向内看"。在以盛唐李、杜为起点，经过"向上看""向下看"之后，方孝孺正面提出自己的诗学立场。他认为，诗与天地并存，无始无终。《诗经》并非真正的起点，唐诗也不可能是终点。诗人要有天地精神，仰观苍穹，从斗转星移中领悟宇宙人生的奥秘；同时也要关注民生疾苦，以造福天下苍生为己任。

在举世宗唐的时代，方孝孺的这组论诗绝句具有振聋发聩之效。可惜，方孝孺在"靖难之役"中因反对朱棣篡位，被诛灭族，诗文亦遭禁毁，这在一定程度上影响了其诗学思想的传播。

在方孝孺之后，以"三杨"为代表的台阁体文学正式登场。"三杨"重视文学的实用价值，对诗歌不甚关注。直到成化年间，在思想界日趋活跃的风气带动下，馆阁文学的沉闷局面才逐渐被打破。

在馆阁文学从台阁体向茶陵派转变的过程中,丘濬的贡献值得一提。

丘濬是广东琼州人,景泰五年(1454)进士,历仕景泰、天顺、成化、弘治四朝,长期任职于馆阁,晚年因修《大学衍义补》获重用,官至内阁大学士。丘濬自幼有神童、才子之称,喜爱写诗,其对诗歌的浓厚兴趣影响到李东阳等稍后的馆阁文人,但其诗学思想与李东阳明显不同。丘濬有一首《与友人论诗绝句》:"吐语操词不用奇,风行水上茧抽丝。眼前景物口头语,便是诗家绝妙词。"前文已从理学角度分析过这首诗,这里需要补充的一点是,这首论诗绝句还体现出丘濬对宋诗的接受情形。丘濬来自海南,海南是宋代大文学家苏轼晚年贬谪之地。苏轼对海南历史文化的发展影响深远。苏轼作诗追求自然天纵之美,从丘濬这首论诗绝句中,我们不难看出苏轼文学思想的烙痕。

丘濬生长于海南,后虽长期在京为官,但与当时思想界、文化界的潮流始终格格不入,其诗学影响较为有限。比丘濬稍晚的李东阳则融合了馆阁文学与吴中文化的优点,推动了明代诗学复兴,成为明代诗学史上的标志性人物。李东阳对明代诗学的最大贡献,是促进了诗歌从追求实用向重视审美的复归。

茶陵派中,不乏来自吴中地区的文人。吴中地区不仅经济、文化发达,而且诗学传统也非常深厚,六朝、唐、宋、元,历代诗学的沾溉,在吴中诗坛均有所体现。与李东阳同一时代的吴中文坛领袖沈周、吴宽等,其艺术追求就比较接近于宋元文人。李东阳也重视唐诗,但对宋元诗学传统犹能持一种较为包容的态度。

明中叶诗学复兴的更大、更直接的推动力,来自文学复古运动。诗学领域的复古运动是以盛唐为基点,强调"向上看";对盛唐以后的诗歌则依旧抱着轻视的态度,拒绝"向下看"。

当前七子为代表的一批青年才俊在京城高擎文学复古大旗的同时,在诗学最发达的吴中地区,祝允明等"吴中四才子"也在酝酿着一场以复古为革新的诗学革命。两者虽然都打着复古的旗号，但革命的对象不同，手段也不尽相同。前七子的复古运动主要是针对台阁体文学的肤庸而发，偏重于从"体""格"等角度进行改良；吴中四才子的复古运动主要是针对吴中文学的浮薄之风而发，偏重于从"情""质"的角度进行改良。

徐祯卿是吴中四才子之一，考取进士来到京城后，成为前七子中的一员。他的诗学复古思想，主要见于《谈艺录》。徐祯卿论诗，以情、质为本，以辞章为末，认为"词士轻偷，诗人忠厚"（《谈艺录》）。徐祯卿于《诗经》独推国风，视国风为诗歌之源头，却绝口不提雅、颂；认为汉诗由质开文，得国风之堂奥；魏诗文质杂用，仅为门户；晋代以还，由文求质，导致文胜质衰，滋弊无穷。与此同时，徐祯卿也反对将文、质对立，他并不主张削文以求质，只是强调应当以质为本，以文为末，不能本末倒置。

徐祯卿有《自题谈艺录三绝句》：

末世诗篇百态新，五言苏李等遗尘。不知覆瓿销沉处，枉却前朝几许人。

徐子谈诗格尽高，古风犹未满刘曹。文章草草沈公论，笑杀扬雄作反骚。

浮论人人习齿牙，连城赵璧陨泥沙。阿卿掩抱千金稿，藏向名山自一家。①

第一首极力推崇汉代五言古诗，第二首表示魏诗犹有不足。晋代以还，都被视为"末世诗篇"。《谈艺录》只论古诗，未谈唐诗。其论

---

① 《万首论诗绝句》，第184页。

诗一味追求"向上看",宋元以下,自不在其眼中了。从徐祯卿的好友、吴中四才子中另一位成员祝允明的诗论中,我们可以窥知徐祯卿对宋诗的态度。《祝子罪知录》卷九有一条,题为"诗死于宋",称:

> 论者又或以宋可并唐,至有谓过唐者,如刘因、方回、元好问辈不一。后来暗陋吠声附和之徒,皆村学婴童,肆恣狂语,无足深究。

唐诗主情,宋诗主理。吴中四才子的复古诗学建立在主情的基础之上,对宋诗自然也是不屑一顾了。

前七子代表人物李梦阳、何景明,俱持"宋无诗"的观点。李梦阳在《潜虬山人记》中说:

> 山人商宋梁时,犹学宋人诗。会李子客梁,谓之曰:"宋无诗。"山人于是遂弃宋而学唐……李子曰:"夫诗有七难:格古、调逸、气舒、句浑、音圆、思冲、情以发之,七者备而后诗昌也。然非色弗神,宋人遗兹矣,故曰无诗。"

何景明在《杂言》中,亦直言"宋无诗"。另外,何景明对唐代大诗人杜甫也略有不满,其《明月篇》之序(《何大复先生集》卷十四)云:

> 仆始读杜子七言诗歌,爱其陈事切实,布辞沉着,鄙心窃效之,以为长篇圣于子美矣。既而读汉魏以来歌诗,及唐初四子者之所为,而反复之,则知汉魏固承《三百篇》之后,流风犹可征焉。而四子者虽工富丽,去古远甚,至其音节,往往可歌。乃知子美辞固沉着,而调失流转。虽成一家语,实则诗歌之变

体也。夫诗本性情之发者也，其切而易见者，莫如夫妇之间。
是以《三百篇》首乎雎鸠，六义首乎风，而汉魏作者义关君臣朋
友，辞必托诸夫妇以宣郁而达情焉。其旨远矣。由是观之，子
美之诗，博涉世故，出于夫妇者常少，致兼雅颂，而风人之义或
缺。此其调反在四子之下与。①

与徐祯卿一样，何景明论诗也重视国风，为此不惜贬低盛唐诗人杜
甫，抬高"初唐四杰"的地位，这与复古派"诗必盛唐"的口号不免自
相矛盾。《诗经》中的风、雅、颂，固然以风为首，但雅、颂传统同样
是中国诗学不可或缺的组成部分。复古派一味以古为尊，在涉及
具体诗学问题时，不免捉襟见肘，暴露出其诗学主张的局限性。

　　明中叶诗学复古运动的主要意义，在于引发了对诗学问题本
身的重视和思考。其局限性也是十分明显的，所以在当时和后世
都招致了不少批评。

　　与前七子同时而年辈稍晚的李濂，曾因古文写得好而得到李
梦阳的赞赏。但李濂对复古派诗学主张的局限性看得很清楚，并
予以严厉批评。李濂有《论诗》二首，其一云：

　　　唐人无选宋无诗，后进轻狂肆贬词。真趣盎然流肺腑，底
须摹拟失神奇。②

该诗对明初以来流行的"宋无诗"之说提出了批评。"唐人无选"之
说，意谓唐代很少有与《文选》风格相类的古诗。这与后来李攀龙
在《选唐诗序》中提出的"唐无五言古诗而有其古诗"意思相近。
李、何只说过"唐无赋"，并未说过"唐人无选"。事实上，复古派文
人对《文选》的态度有些尴尬。因《文选》所收古诗，不限于汉魏，也

---

① 何景明著，李淑毅等点校：《何大复集》，中州古籍出版社，1989 年，第 210、211 页。
② 《万首论诗绝句》，第 186 页。

有不少齐梁之作。虽然唐代大诗人杜甫也说过"熟精文选理"(《宗武生日》)之类的话,但前七子只推崇汉魏古诗,对六朝诗的整体评价较为保守。当然,在复古派心目中,古诗的地位高于近体诗,所以他们对齐梁古诗的态度仍较为宽容,并未像对待宋诗那样一笔抹杀。李濂这首诗,一方面强调要尊重前代诗学遗产,不论六朝古诗、唐诗还是宋诗,都有不可磨灭的成就,不容肆意诋毁;另一方面,也批评了李梦阳等复古派向古人学习而不得其法,只重摹拟的不良风气。

与前七子时代相近的杨士云,写过不少论诗绝句,但对盛唐诗人鲜有提及。其《咏史》四首,品评了四位唐代诗人,分别为初唐陈子昂,中唐白居易、柳宗元,晚唐杜牧。《刘后村释陆放翁沈园诗杨诚斋无题诗》品评对象为宋代诗人,《四家诗》(范德机、杨仲弘、揭曼硕、虞伯生)品评对象为元诗四大家。对这些盛唐之后的诗人,杨士云都给予了极高评价,可见其与前七子诗学观念之不同。

以前七子为代表的明诗第一次复古高潮兴起时,诗坛已有不少有识之士认识到其局限性,并以论诗绝句等形式予以尖锐批评。但时隔不久,后七子又带动了第二次复古高潮。与前七子相比,后七子诗学辨体更加细致,流派意识也更加鲜明。但其理论上的缺陷,以及创作上偏重摹拟的习气,并未有所改观。其影响愈大,招致的批判也就更加严厉。公安派代表人物袁宏道不惜以矫枉过正之词,对后七子的观点进行猛烈抨击。袁宏道在给苏州文人张幼于的信中称:"世人喜唐,仆则曰'唐无诗';世人喜秦汉,仆则曰'秦汉无文';世人卑宋黜元,仆则曰'诗文在宋元诸大家'。"

明代的前七子、后七子(除谢榛外)、袁宏道等多为年轻进士出身,他们对李、杜等盛唐大家的态度,不论推尊也罢,轻视也罢,都不免带有年轻气盛、意气用事的成分。晚明文人陈继儒有一首论诗绝句,题为《读少陵集》:

兔脱如飞神鹘见，珠沉无底老龙知。少年莫漫轻吟咏，五十方能读杜诗。①

杜甫的诗歌，不仅是其对诗歌艺术数十年如一日不懈钻研的结晶，同时也是他一生颠沛流离人生体验的积淀。艺术的灵光乍现于兔起鹘落之间，真实的要领却隐藏在无底的深渊，只有沉潜多年的老龙才能知其奥妙。高明易见，沉潜难知。中唐以来，学杜者不计其数，真正学有所成者，往往自具面目。经典可以致敬，也应该致敬，但不能复制。诗歌源于生活，不仅与艺术技巧有关，还与人生阅历有关。一味模仿古人，即使取法乎上，也难免优孟衣冠。"五十方能读杜诗"，发人深省，耐人寻味。

四、从明末清初论诗绝句看
晚明诗学多元取向

明代万历以前，诗学发展的主线较为分明。万历十八年（1590），伴随着王世贞的离世，诗坛日趋多元化，不再唯复古派马首是瞻。复古派倾向于诗学传统的建构，公安派倾向于诗学传统的解构，两派诗学思想相互碰撞，又相互渗透。主流诗学的大传统，逐渐让位于地域诗学的小传统。在吴、越、闽、齐、楚等众多地域诗学传统中，竟陵派一度脱颖而出，最终却成为众矢之的。钱谦益试图凭借《列朝诗集》的编纂，掌控晚明诗坛话语权，但其个人好恶过于鲜明，缺乏公心，加之晚节不保，也招致了不少批评。

晚明是一个众声喧哗的时代，揭开了明代诗学论争总结期的序幕。晚明诗学以其丰富性、复杂性，给后人呈现出一幅具有多元

---

① 《万首论诗绝句》，第 190 页。

取向的历史画卷,这在论诗绝句中也有所体现。论诗绝句在明末清初逐渐复苏,成为诗学论争的又一个重要舞台,同时也是明代诗学向清代诗学过渡的风向标。

(一)王世贞与晚明诗学的转向

晚明诗学的多元化取向,在王世贞晚年时期已露端倪。王世贞晚年诗学思想有所转变,不再坚守复古派门庭,而是广开门户,借此巩固自己文坛盟主的地位。其门下奔走之士,有许多人的诗学思想其实与复古派并不一致。在诗歌创作方面,王世贞也不再一味追求高古的格调,风格日趋多元化。王世贞有《漫兴》一首,将自己与李攀龙诗歌创作的不同特色作了比较:

> 野夫兴到不复删,大海回波生紫澜。欲问济南奇绝处,峨眉天半雪中看。①

李攀龙编有《诗删》,对古今诗人要求极严,对自己编入别集的作品也是严格把关。所以,王世贞用"峨眉天半雪中看"形容李攀龙诗的高华气象。王世贞对诗艺的追求不如李攀龙那般执着,同时又抱着和李攀龙争名之心,试图以诗文数量之多、文体之全取胜,且美其名曰"大海回波生紫澜"。其《弇州四部稿》有一百七十四卷,《弇州续稿》更是多达二百零七卷。

列入王世贞门墙者,以胡应麟的诗学影响最大。胡应麟著有《诗薮》,对宋元诗学成就不再一笔抹杀,对复古派诗学有所修正,但仍坚持"崇唐抑宋"的原则。胡应麟有一组论诗绝句,题为《夜读献吉、仲默、廷实、昌谷、于鳞诗漫兴》五首,其前四首论前七子中的李、何、边、徐,均给予高度评价。第五首论李攀龙,实际是将李攀

---

① 《万首论诗绝句》,第189页。

龙和王世贞进行比较：

> 七字高华一代知，若为诸体遍称奇？犹龙莫讶宣尼赞，自
> 是难忘问礼时。①

李攀龙以七言律诗取胜，名高一代。王世贞则追求诸体兼备。在胡应麟看来，王世贞总体诗学成就更高一筹。王世贞曾与李攀龙论诗，李攀龙以老聃自喻，将王世贞比作孔子。孔子曾问礼于老聃，王世贞认为李攀龙是以师自居，故默然不应。后七子争名好胜之心，于此显露无遗。

后七子虽然自命不凡，目空一世，但在性灵派文人看来，不过是优孟衣冠而已。公安派对王、李等人大肆抨击，特别是袁宏道，大胆地提出了"不拘格套，独抒性灵"的口号，但其流弊也日甚。后七子只是目空一世，某些受性灵派思想影响的文人简直目无古今。如万家春在明代诗史上影响不大，《万首论诗绝句》收录了他的《戏题三绝》：

> 吟坛高踞恣清狂，血性文章自主张。放胆为诗空倚傍，不
> 知谁霸与谁王。

> 不分宗派不趋时，老子胸中自有诗。一任性灵随意写，清
> 奇浓淡也相宜。

> 平生气节著文章，风骨高骞驾汉唐。万卷诗书方读破，骚
> 坛无主自称王。②

① 《万首论诗绝句》，第191页。
② 同上书，第190页。

其独抒性灵之雄心可嘉，但妄自尊大的姿态，看后也只能让人付诸一笑而已。

当复古派苦心建构的诗学传统被性灵派解构后，晚明诗坛处于群龙无首的状态。地域诗学在摆脱主流诗学的束缚后，开始走向前台，纷纷加入晚明诗学论争的大合唱。

晚明福建文人谢肇淛有论诗绝句《漫兴》二首①：

> 徐陈里闬久相亲，钟李湖湘非吾邻。丸泥久已封函谷，怕见江东一片尘。

> 石仓衣钵自韦陶，吴越从风亦帜高。若问老夫成底事？雪山银海泻秋涛。

诗中提及晚明诗坛影响较大的楚、闽、吴、越等地域诗学流派。谢肇淛考取进士后，曾在浙江、南京、云南、广西等多地为官，与复古派、公安派、竟陵派文人均有交游。作为福建人，谢肇淛对以曹学佺和自己为代表的闽诗尤为自信。

（二）钱谦益对晚明诗坛的勾勒

钱谦益因晚年变节降清，而被视为清人。事实上，他一生中有将近四分之三的时间是在明朝度过的。在晚明文坛上，钱谦益也是声名显赫的人物，但尚不足以独执牛耳。借助《列朝诗集》的编纂，钱谦益积极争夺诗学话语权，逐步树立起自己在明末清初诗坛的盟主形象。

钱氏编《列朝诗集》，仿元好问《中州集》之体例，意在以诗存史。钱谦益和元好问都是诗学大家，其学问、才华和识见也大致相当，但钱氏的史德与元好问相去甚远。钱谦益编选《列朝诗集》，并

---

① 《万首论诗绝句》，第 191 页。

非完全出于公心，其作品选目及诗人小传均掺杂了不少私心和偏见。《列朝诗集》虽然着眼于整部明代诗史，最终的落脚点却是晚明诗坛。钱氏对明代不同诗学统系的梳理，主要是围绕着他本人在晚明诗坛上的盟主意识展开的。钱氏从自身立场出发，是非丹素，有时甚至故意混淆黑白，信口雌黄。作为一部完整覆盖明代历史、具有鲜明主观色彩的大型诗歌总集，《列朝诗集》甫经问世，便引起了广泛关注，同时也引发了巨大争议。明代诗学史本来就是一部充满论争的历史，钱氏此书非但不能平息论争，反而让明代诗学论争再度掀起波澜，历史真相也变得更加扑朔迷离。

《列朝诗集》始编于明天启初年。当时与钱氏共襄此举的，还有布衣诗人程嘉燧。两人仅选了约三十家明人诗作，便因事中辍。入清后，钱谦益重拾旧业，至顺治六年（1649）全书初具大体轮廓。后经不断修补，于顺治九年（1652）正式刊行。《列朝诗集》共八十一卷，分甲乙丙丁四集，入选诗人多达一千六百余家。钱谦益还为每位诗人作了小传。所以，《列朝诗集》主要是由钱谦益编纂而成，体现了他本人的诗学思想，程嘉燧的贡献可以说是微乎其微。但钱谦益一直对程嘉燧赞不绝口，谥之曰"松圆诗老"，将程嘉燧在晚明诗坛的地位抬高到无以复加的程度，个中原因，耐人寻味。

钱谦益《初学集》卷十七有《姚叔祥过明发堂共论近代词人戏作绝句》十六首（以下简称《戏作》）。这组论诗绝句作于明末，当时《列朝诗集》尚未编成，但其编纂思想可从这组论诗绝句中略窥一斑。这组论诗绝句专论晚明诗坛，其中对晚明诸家的评论，亦可与《列朝诗集小传》相互发明。

姚叔祥，名士粦，浙江海盐人，《列朝诗集小传》丁集下有传。姚叔祥同乡好友胡震亨以一己之力编成《唐音统签》，全书多达千余卷，为清代《全唐诗》的编纂奠定了基础。胡震亨对姚叔祥之诗有较高评价，"以为其于唐诗，能以变为复，不随人脚跟生活"。姚叔祥晚年多次造访钱谦益，其时已年近九旬，仍与钱谦益彻夜长

谈,论诗不倦。《戏作》就是钱谦益在与姚叔祥论诗时,对晚明诗坛的评论。第一首云:

> 姚叟论文更不疑,孟阳诗律是吾师。溪南诗老今程老,莫怪低头元裕之。①

孟阳,即程嘉燧。钱谦益与晚明诗坛的许多大家都有交往,但在与姚叔祥论及晚明诗人时,却首先抬出名不见经传的布衣诗人程嘉燧,且以师视之。钱氏在《列朝诗集小传》丁集下中,同样首列"松圆诗老程嘉燧",为程嘉燧写了一篇洋洋洒洒的"小传",详细记载其生平及与钱氏交往情形,热情赞美"其为人已邈然追古人于千载之上矣。其为诗主于陶冶性情……谙晓音律,分刌合度","晚尤深《老》《庄》《荀》《列》《楞严》诸书,钩纂穿穴,以为能得其用。其诗以唐人为宗,熟精李、杜二家,深悟剽贼比拟之缪。七言今体约而之随州,七言古诗放而之眉山,此其大略也。晚年学益进,识益高,尽览中州、遗山、道园及国朝青丘、海叟、西涯之诗,老眼无花,照见古人心髓。于汗青漫漶、丹粉凋残之后,为之抉摘其所由来,发明其所以合辙古人,而迥别于近代之俗学者,于是乎王、李之士云雾尽扫,后生之心眼一开,其功于斯道甚大,而世或未之知也"②。这段话也体现了钱谦益本人的诗学主张,即以唐诗为宗,兼采宋元诸大家,于明诗则首推高启、袁凯和李东阳。

钱谦益在程嘉燧小传中,还援引元好问与溪南诗老辛敬之交往的佳话,将程嘉燧比作辛敬之,自己则隐然以元好问自居。

钱谦益如此推重程嘉燧,一是为了抬高《列朝诗集》的诗学地位,二是将程嘉燧作为挡箭牌。归根结底,还是为了抬高自己在晚明诗坛的地位。《戏作》其二云:

---

① 《万首论诗绝句》,第 194 页。
② 钱谦益:《列朝诗集小传》,上海古籍出版社,1983 年,第 576—578 页。

> 一代词章孰建镳，近从万历数今朝。挽回大雅还谁事，嗤
> 点前贤岂我曹？①

钱谦益主盟晚明诗坛的雄心，于此可见一斑。

《戏作》第三首至第八首，大致按照时间、空间顺序，依次点评较有影响的晚明诗人，包括不为诗律格调所牵的江西才子汤显祖，继承吴中诗学"百年香艳"传统的王稚登，并称"博物君子"的董其昌、王惟俭，楚地著名诗人公安三袁，闽中诗人曹学佺，蜀中诗人尹伸，以书画闻名于世的李流芳，学习陶渊明的归子慕等。这些都是自立于复古派之外的作家。第九首总论复古诗学对以关陇为代表的北方诗坛和以吴中为代表的南方诗坛的影响。第十首感叹复古诗学对台阁文学的冲击。第十一首、第十二首充分肯定了"秦淮八艳"中的王微、杨宛（即柳如是）两位女性诗人的成就，同时对竟陵派的钟惺、谭元春予以嘲讽。第十三首赞美旧交范景文、杨补诗中的佳句。第十四首记周永年、徐波两位吴中诗人，他们都是钱谦益的好友。第十五首主张多读书。第十六首又回到与程嘉燧选诗的话题，与第一首遥相呼应。

这组论诗绝句在评论晚明诗人的同时，也牵涉明代前中期的一些重要诗人，如第四首"高杨文沈久沉埋"，指的是吴中诗坛前辈名家高启、杨基、文徵明、沈周等。第九首"关陇英才未易量，刮磨何李竞丹黄。吴中往往饶才笔，也烬娄江一瓣香"②，总括前后七子及其对南北诗风的影响。第十首"台阁词章衣钵在，柯亭刘井半丘墟"③，暗指台阁作家柯潜、刘定之的后辈李东阳。这组诗中开列的诗人名单，在人物数量方面，与钱谦益、程嘉燧初选明诗时所论定的三十家基本吻合。

---

① 《万首论诗绝句》，第 195 页。
② 同上书，第 196 页。
③ 同上。

《戏作》集中体现了《列朝诗集》的主要诗学倾向：一是借抬高程嘉燧诗学地位，试图重新论定明代诗史；二是对复古派过度贬抑，对站在复古派对立面的台阁体、茶陵派、公安派等则相对宽容；三是对竟陵派不遗余力地予以打压；四是对吴中地域诗学传统高度重视。此外，对女性文学表现出足够的尊重与关注。

进而论之，上述诗学倾向，都与钱谦益本人的统系意识、盟主意识及个人恩怨有关。钱谦益是吴中文人，曾在科举考试中高中探花，并一度入阁担任大学士。从吴中文人、馆阁文人的基本立场出发，钱氏将批评的矛头直指前后七子。性灵派也是前后七子的对立面。对性灵派的诗学主张，钱谦益采取了区别对待的态度，他对"公安三袁"较为同情，对袁中道尤为重视，一个重要原因是钱谦益年轻时与袁中道交往较为密切。钱谦益与竟陵派的钟惺也曾交往过，但后来因为政治党争的原因，两人分道扬镳，所以钱谦益对竟陵派总是极尽诋毁之能事。《戏作》第十一首：

> 不服丈夫胜妇人，昭容一语是天真。王微杨宛为词客，肯与钟谭作后尘？①

王微、杨宛二妓的诗写得确实不错，但钱谦益偏选钟、谭作为反衬，在推尊二妓的同时，也隐含着对钟、谭的嘲讽。

钱谦益对竟陵派的大肆抨击，在清代被广为接受。也有个别为竟陵鸣不平者，如凌树屏《偶作》：

> 辛苦为诗两竟陵，纵然别派也澄清。阿谁烂把《诗归》读？入室操戈汝最能。②

---

① 《万首论诗绝句》，第 196 页。
② 同上书，第 394 页。

其诗后自注云："钱牧斋少时颇亦取径《诗归》。"钱谦益与钟惺有过交往,其诗学思想的形成在一定程度上确实受到过竟陵派的影响。

竟陵派之诗在清代被视为亡国之音,同情者较少。相比较而言,钱谦益对前后七子的过度贬抑,引发了更大争议。

沈德潜作为清代格调派的代表人物,对钱谦益批评最力。其《遣兴》二十首之十二曰:

> 何李诗篇复古人,后贤排击日纷纭。怜渠但识虞山派,恐与松圆作后尘。

沈德潜又有《论明诗十二断句》,其中有诗曰:

> 李何角立敬皇年,力扫纤秾障巨川。何事受之轻诋谰,一朝风雅许松圆?①

又:

> 王李相高过诩夸,虞山掎摭太求瑕。披沙大有良金在,正格终难黜两家。②

也有为钱谦益辩护者,如叶观国《秋斋暇日抄辑汉魏以来诗作绝句》二十首之十七:

> 弘嘉骚雅见斑斑,二李称雄七子间。早有雌黄分两袒,讥弹宁独在虞山?③

---

① 《万首论诗绝句》,第 384 页。
② 同上。
③ 同上书,第 404 页。

确实,围绕明代前后七子的诗学论争一直不绝。前后七子内部也存在不少论争,如前七子中李梦阳对徐祯卿的批评,后七子中李攀龙与王世贞的明争暗斗等。在这两场论争中,二李都是北方人,他们的竞争对手恰巧都是来自吴中地区的文人。

吴中地区诗学发达,其中有宗唐、学杜者,如明初的高启、袁凯等;也有师法宋元者,如文徵明、沈周等。钱谦益本人则采取了立足盛唐、兼祧唐宋的策略。

明代吴中地区有不少著名文人受复古思潮影响较深。如前七子中的徐祯卿,早年诗作中有"文章江左家家玉,烟月扬州树树花"之句,受到李梦阳批评,钱谦益则极力为之辩护,盛赞"文章""烟月"之句。清人姚莹有论诗绝句批评道:

迪功谈艺入精深,历下归来别赏心。鹦鹉花开都弃却,虞山翻认操吴音。①

后七子中的王、李,都被视为钱谦益抨击的对象。王世贞早年站在郎署文人的立场上,对李梦阳、何景明等复古派先驱极为崇拜,将茶陵派领袖李东阳比拟为陈涉,将李、何视为汉高。钱谦益则站在馆阁文人一方,极推李东阳。同时,钱谦益又站在吴中文人的立场上,提出了"王世贞晚年定论"的说法,认为王世贞晚年诗学思想已有所修正,对苏轼、归有光等趋于认同。而钱谦益推崇的程嘉燧等"嘉定四先生"都是归有光的后学。借归有光这条纽带,钱谦益将自己与王世贞这位诗坛盟主拉近了关系。所以,在后七子中,钱谦益对王世贞还是比较宽容的,其猛烈抨击的最主要的对象是李攀龙。

清人论诗绝句中,也有不少为李攀龙辩护、批评钱谦益者。如

---

① 《万首论诗绝句》,第 759 页。

叶绍本《仿遗山论诗得绝句》廿四首有诗曰：

> 白雪楼高气自清，弇州健笔亦纵横。凭君莫信虞山语，浪子前朝本窃名。①

吴德旋《杂著示及门诸子》：

> 名高从古易招尤，历下曾传白雪楼。寄语多才绛云叟，保无后起费吹求。②

凌树屏《偶作》还提出一个疑问："新城重代历城兴，清秀赢将牧老称。"其自注云："时谓阮亭为'清秀李于鳞'，钱牧斋顾亟称之，何耶？"③钱谦益对王士禛极为器重，视其为自己诗坛盟主之位的接替者，故有"钱王代兴"之说。王士禛与李攀龙都是山东人，钱谦益称王士禛为"清秀李于鳞"，此语意在赞美王士禛。但是，如果与《列朝诗集》对李攀龙的猛烈抨击联系起来，此语是褒是贬，就颇存疑问了。这说明钱氏对李攀龙的诗学成就仍持部分肯定的态度，《列朝诗集》中对李攀龙的抨击是有失偏颇的。另外，从地域诗学立场看，王士禛与钱谦益也有所不同。王士禛对晚明山东诗坛评价颇高，钱谦益在《戏作》这组论诗绝句中，对山东诗坛则只字未提。

《戏作》开列的晚明重要诗人名单是不完整的。最值得注意的，是没有提及云间派的作家。云间派掀起了明代诗学复古的第三次高潮，其代表人物陈子龙被誉为明诗的"殿军"。云间与虞山相去不远，同属于吴中地区。晚明重要诗家中，钱谦益不提其他人

---

① 《万首论诗绝句》，第 729 页。
② 同上书，第 657 页。
③ 同上书，第 394 页。

犹可,未提及陈子龙,似乎有点说不过去。其实,道理也很简单。首先,陈子龙是钱谦益在晚明诗坛的主要竞争对手,两人诗学主张不合。陈子龙以前后七子的继承者自居,钱谦益抨击前后七子,其矛头也指向陈子龙。其次,陈子龙与钱谦益还是情场上的对手,陈子龙与柳如是有过一段情缘。柳如是后来虽然托身于钱谦益,但对陈子龙一直念念不忘。出于以上两点原因,钱谦益在《戏作》中对陈子龙避而不谈,也就不难理解了。

钱谦益在《戏作》及《列朝诗集》中,极力推崇程嘉燧等与自己关系密切的诗人,却在有意无意之间,忽略了不少晚明诗坛大家。清人论诗绝句对此多有讥讽。

姚莹《论诗绝句》六十首有诗云:

> 石白松圆两布衣,孟阳佳句果然希。欲推中晚加初盛,却笑虞山枉是非。①

又:

> 云间才调本清华,摧廓榛芜又一家。更有陶庵风味好,还如把酒话桑麻。②

姚莹认为,程嘉燧的诗固然有可取之处,但其诗风更近于中晚唐,钱谦益硬将其抬高到初盛唐之上,难以服众,可谓枉费心机。陈子龙等才是晚明吴中诗学的优秀代表。

朱炎《读明人诗绝句》三十首有诗云:

> 遗珠沧海笑虞山,海目遗编一例删。不是竹垞搜采遍,夜

---

① 《万首论诗绝句》,第 761 页。
② 同上。

光明月几时还?①

又：

柳爱松圆日倡酬，尚书消遣绛云楼。不应援却中州例，曲
沼清泉压众流。②

朱炎两首诗后均有自注。第一首注曰："区海目为海南名宿，在泰
泉、兰汀诸人之上。"③区大相是明代岭南最重要的诗人之一，《列
朝诗集》却对其只字不提。第二首注曰："松圆依虞山，倡和诗刻
《初学集》者，与柳如是并。《列朝诗选》推为一代之冠，称松圆诗
老，以拟《中州集》之辛敬之，此论未公。"④

《戏作》对晚明闽中诗坛和蜀中诗坛有所肯定，但《列朝诗集》
对这些地区的诗学传统也刻意贬低。如闽人杨浚《论次闽诗》九十
首有诗云：

却笑欺人闽派开，虞山竖子漫论才。礼星橄雨三唐调，字
字都从肺腑来。（林鸿）⑤

这首诗是为明初闽派代表人物林鸿辩护。钱谦益在充分肯定明初
吴中诗学代表人物高启、袁凯的同时，对其他地域诗学传统有刻意
打压之嫌。

焦袁熙《论诗绝句》五十二首有诗云：

---

① 《万首论诗绝句》，第 556 页。
② 同上书，第 557 页。
③ 同上书，第 556 页。
④ 同上书，第 557 页。
⑤ 同上书，第 1245 页。

石田先生老画师,不见其画观其诗。挥毫拔俗千万丈,此事未许松圆知。①

其诗后自注曰:"石田诗愈老愈高,在有明为大家,如程梦(孟)阳亦能画。亦工诗,然而去之远矣。"沈周也是钱谦益推尊的明中叶吴中诗学代表人物,和程嘉燧同样能诗能画,但人品远高于程嘉燧。

谢启昆在《论明诗绝句》九十六首中则将程嘉燧与同时代的晚明布衣诗人进行了比较:

松圆诗老多庸调(程嘉燧),霞幕山人寄远情(吴鼎芳)。嘉定四家唯叔达(唐时升),何如茗上范东生(范沨)。②

谢启昆认为,程嘉燧在"嘉定四先生"中并不出色。嘉定四先生中写诗最好的是唐时升,但唐时升也比不上同时代的浙江乌程诗人范沨。谢启昆不仅否定了程嘉燧在晚明诗坛的地位,对嘉定四先生的整体评价也不高。

钱谦益对程嘉燧的推尊,非但未能遮盖其编《列朝诗集》的私心,反而招致了更多诟病。尽管钱谦益费尽心思想要重绘晚明诗学地图,但他对晚明诗坛的勾勒,并不被大多数人认同。这与他晚年失节降清亦有很大关系。

张晋《仿元遗山论诗绝句》六十首有诗云:

诗才诗笔总难全,阿好何能赚后贤。底事虞山老宗伯,一生倾倒独松圆?③

---

① 《万首论诗绝句》,第 281 页。
② 同上书,第 543 页。
③ 同上书,第 670 页。

朱庭珍《论诗》四十九首有诗云:

> 失节虞山已暮年,绛云楼火岂非天。白头江令心花尽,坐
> 拥麋芜手一编。①

钱谦益晚年与柳如是在绛云楼校书,并打算修一部《明史》,后遭火灾,手稿付之一炬。就钱氏史德而论,《明史》没有出自其手,未始不是一件好事。钱谦益对柳如是诗词的推重,虽不免夹杂私心,但尚属公正。没有让这位优秀的女性作家被埋没,是钱氏对明代诗史的一大贡献。

钱谦益《列朝诗集》虽然招致了大量批评,但在同时代的众多明诗总集中,仍属于影响较大的一部。《列朝诗集》对晚明诗坛的勾勒是否真实、完整,还有待深入考辨。

(三) 晚明诗学的多元价值取向

晚明政局混乱,党争激烈,思想界十分活跃,诗坛也处于群龙无首的局面。以公安、竟陵为代表的性灵派,以云间为代表的复古派,以虞山为代表的调和唐宋派,以及其他一些地域性流派,纷纷通过总集、诗话、野史笔记、论诗绝句等多样化的形式展开诗学争鸣。明清易代,加剧了诗坛格局的调整。钱谦益虽然成功树立起诗坛盟主的形象,但从与他同时代人的论诗绝句中,我们仍可以听到各种不同的声音。

吴应箕(1594—1645)是晚明复社领袖,有《偶作两绝句》,前者论诗:

> 二李何王号代兴,再传楚士欲凭陵。而今尽溯从前体,敢

---

① 《万首论诗绝句》,第 1047 页。

效诸家擅国能。①

后者论文：

> 本朝著作卑唐宋，颇怪文人气习殊。细简流传诸集在，不
> 知曾否驾韩苏？②

其第一首绝句论明诗，表达了对公安、竟陵等性灵派的不满，倾向
于复古派诗学。第二首则批判了"文必秦汉"的主张，为韩、苏等唐
宋古文家张目。

张盖为明末遗民，与申涵光交好，喜杜诗，世称高士。其《绝句》云：

> 青莲杜甫看前辈，大复空同冠本朝。借问后来谁继起？
> 江南江北总萧条。③

其诗学主张倾向于复古派的"诗必盛唐"。对晚明诗坛，张盖流露
出深深的失望。

谢泰宗有《读明律诗钞》二首：

> 追美开元盟未寒，体分三变共眉攒。阳秋易中高人意，诗
> 趣难求自己欢。

> 风月招人句自闲，笔端大块点题颜。烟霞未必多朝市，节
> 义文章最不删。④

---

① 《万首论诗绝句》，第216页。
② 同上。
③ 同上书，第220页。
④ 同上书，第203页。

其诗学主张倾向于性灵派，追求诗趣，直抒胸臆，同时也看重文人气节。

李呈祥是崇祯癸未进士，改庶吉士。入清，官詹事府少詹事，兼侍讲学士。其论诗绝句《忆与复阳论诗途次口占却寄》共十五首，第十首、第十一首、第十二首与明人有关：

> 郁离子赋有深情，东越儒坛竟主盟。莫道诗穷能彻骨，诗家也有两文成。

> 格律精严说大家，千红万紫辟奇葩。谁能会得春来处，弄月吟风有白沙。

> 岁月难将赋咏酬，天机人事各悠悠。容城却有真词客，一个椒山一静修。①

李呈祥回顾整个明代诗史时，对理学家的诗歌创作情有独钟。所论虽不局限于晚明诗坛，其从思想史着眼的诗学主张却颇具特色，值得关注。

风雨飘摇的晚明诗坛众声喧哗，不论布衣山人，还是进士群体，都试图在诗歌中寻找各自的精神寄托。甲申之变，为整部明代诗学史画上了一个仓促的句号。但围绕明代诗学的种种争论尚未结束，明诗的经典化道路依然漫长而曲折。

五、从清人论诗绝句看明诗
经典化的曲折进程

入清后，关于明诗的论争与反思仍在继续。但清诗的繁荣，很

---

① 《万首论诗绝句》，第 206 页。

快吸引了更多目光。尚未走完经典化历程的明诗，只能作为清诗的背景和陪衬而存在，加之前面还有唐诗和宋诗两座大山巍然矗立，明诗所受关注有限，其经典化道路变得愈发曲折、漫长。

清诗的繁荣，同时体现于理论和创作两个方面，且两者结合得较好。相形之下，明诗理论与创作有分家之嫌。明人好标榜，口号响亮者，跟风者亦众，但诗写得未必全都出色。以后七子为例，除谢榛、李攀龙、王世贞外，其他人的理论贡献和创作实绩均有限。清人则不然，以神韵说、格调说、性灵说、肌理说等为代表的诗学理论，较之明代诗学，思考更为深入、体系更加周密、表述更为完整。在众多诗坛大家的带动下，就算是二三流的诗人，其诗学视野也较为宽广，创作实绩也较为可观。

清人的诗学成就，不仅体现在创作上，也体现在大量涌现的诗话、论诗绝句等方面。清代论诗绝句不仅数量远逾前代，组诗规模也越来越宏大。论诗绝句中，有相当大的一部分是对历代作家作品的点评。这为我们研究明诗的经典化问题提供了一个重要窗口。

明诗在整个中国诗史上的地位如何？明代的哪些作家、作品有资格加入经典行列，有哪些作家、作品应该从经典的行列中剔除，还有哪些被忽视的作家、作品有待发掘？诸如此类的问题，未必都能在清代论诗绝句中找到满意的答案。但清人论诗绝句的观点，多少能带给我们一些启发。

（一）将明诗置于中国诗史大背景下的考察

不少清人论诗绝句继承杜甫《戏为六绝句》、元好问《论诗》三十首的传统，运用组诗形式，在对中国诗学传统全面回顾与反思的基础之上，重点选择一些作家作品予以点评，连点成线，借此表达自己的诗学主张。这一类论诗绝句大都具有较强的问题意识，所选择的点评对象，可能是诗史上某一时期的代表人物，也可能是批评史上存在争议的人物，不求面面俱到，并非绝对客观、完整地再现诗史，但仍有助于我们将明诗置于中国诗史大背景下进行考察，在中国诗史上寻找明诗整体或者明代某一作家的合理定位。

清人论诗绝句在纵论诗史时，不一定都会涉及明诗。涉及明诗的主要有：王士禛《戏仿元遗山论诗绝句》、焦袁熙《论诗绝句》五十二首、李必恒《论诗七绝句》之六、马长海《效元遗山论诗绝句》四十七首、沈德潜《遣兴》二十首、叶观国《秋斋暇日抄辑汉魏以来诗作绝句》二十首、翁方纲《论诗家三昧》十二首及《次韵甘啸严兼呈冶亭朗峰》四首、王昶《舟中无事偶作论诗绝句》四十六首、吴德旋《杂著示及门诸子》、张晋《仿元遗山论诗绝句》六十首、方于谷《仿王渔洋论诗绝句》四十首、叶绍本《仿遗山论诗得绝句》廿四首、姚莹《论诗绝句》六十首、柯振岳《论诗》三十九首、吴衡照《冬夜读诗偶有所触辄志断句非效遗山论诗也得十五首》及《论诗》三首、邵堂《论诗》六十首、况澄《仿元遗山论诗》三十首、朱庭珍《论诗》四十九首、王闿运《论诗绝句》二首、宫尔铎《读元遗山王渔洋论诗绝句爱其文词之工惜其所言尚非第一义漫成此作以质知音》、李希圣《论诗绝句》四十首、朱应庚《论诗》三十二首、蔡寿臻《论诗绝句》十首、袁嘉谷《春日下睍小饮薄醉尚论古诗人漫成》十二首、邓镕《论诗三十绝句》、白胤谦《近代诗人大家七绝句》、吴景旭《言诗十绝句》等。

王士禛《戏仿元遗山论诗绝句》是清初影响最大的一组论诗绝句。王士禛作为"神韵说"的倡导者，其诗学思想在这组论诗绝句中充分体现了出来。据翁方纲《石洲诗话》卷八，"此诗作于康熙元年壬寅之秋，先生年二十九岁，与遗山之作，皆在少壮。然二先生一生识力，皆具于此，未可仅以少作目之"①。关于这组论诗绝句的数目，说法不一。王士禛《渔洋诗话》称："余往如皋，马上成《论

① 郭绍虞编选，富寿荪校点：《清诗话续编》，上海古籍出版社，1983年，第1502页。

诗绝句》四十首。"①宗廷辅《古今论诗绝句》录其三十五首,王士禛
自定之《渔洋山人精华录》仅录三十二首。四库馆臣在《精华录》提
要中称:"其在扬州作《论诗绝句》三十首,前二十八首皆品藻古人,
末二首为士禛自述。"②此说有误。

《万首论诗绝句》目录中注明这组论诗绝句共三十五首,应采
自宗廷辅《古今论诗绝句》。今据《万首论诗绝句》所收三十五首,
对王士禛的明诗观略加阐发。

组诗前半部分,主要是从神韵诗学的角度品评历代经典作家。
前两首论汉魏古诗,重点评价"三曹"。第三首至第十一首论唐诗:
其三评李白,其四评王维、孟浩然,其五评杜诗及其笺注,其六评元
结,其七评韦应物、柳宗元,其八就《中兴间气集》对大历诗人的批
评进行商榷,其九评杜甫对中唐元、白、张、王等乐府诗人的影响,
其十评杜牧(此诗《渔洋山人精华录》未收),第十一首评白居易,第
十二首评李商隐。第十三首至第十七首评宋元诗,依次点评了江
西诗派、王安石、欧阳修、黄庭坚,及元代诗人吴莱、杨维桢等。以
上所论,除吴莱较少有人提及外,其余皆为中国诗史上最著名的经
典诗人。

组诗的第十八首以下,重点论明诗。其第十八首论李梦阳云:

> 李杜光芒万丈长,昌黎石鼓气堂堂。吴莱苏轼登廊庑,缓
> 步崆峒独擅场。③

诗中将李梦阳地位抬得极高,不仅将其与盛唐大诗人李白和杜甫、
中唐大诗人韩愈、宋代大诗人苏轼、元代诗人吴莱相提并论,而且
令其缓步登场,状极尊贵,似乎李、杜之下,千年诗坛,唯有李梦阳

---

① 丁福保辑:《清诗话》,上海古籍出版社,1978 年,第 166 页。
② 永瑢等:《四库全书总目》,中华书局,1965 年,第 1521、1522 页。
③ 《万首论诗绝句》,第 234 页。

一人而已。此诗《渔洋山人精华录》未收，大概是王士禛年少时的未定之论。组诗第十九首论何景明与李梦阳的交情，第二十首论王廷相与郑善夫的交情，第二十一首专论郑善夫，第二十二首论严嵩，第二十三首专论何景明，第二十四首论皇甫四兄弟，第二十五首论徐祯卿，第二十六首论顾起纶（《渔洋山人精华录》未收），第二十七首论山东诗人边贡、边习父子及李攀龙，第二十八首论高叔嗣，第二十九首论山东诗人谢榛，第三十首论山东诗人邢侗、邢慈静兄妹，第三十一首论晚明南海诗人邝露，第三十二首论明末清初太仓诗人崔华，第三十三首论晚明朝鲜使臣之诗，第三十四首和第三十五首是王士禛自述平生大指。

综观王士禛《戏仿元遗山论诗绝句》三十五首中，论明诗者在数量上占了将近一半。但仅看数量，尚不足以证明王士禛对明诗历史地位有高度评价。与组诗前半部分专论历代经典作家不同，组诗的后半部分，视野较为宽泛，其所论诗人，以前后七子和山东诗人为主，兼及其他。明代诗坛早期重要代表人物如刘基、高启、李东阳等，明中期著名人物如杨慎、王世贞等，以及晚明一些重要诗学流派，如公安派、竟陵派等，组诗中均未论及。反倒是一些过去没有受到普遍重视的作家，如严嵩，顾起纶，邢侗、邢慈静兄妹，邝露等，在组诗中被专门提及。

王士禛的这组论诗绝句，具有鲜明的神韵诗学倾向。尤其是对明诗的品评，一反传统，打破常规，令人印象深刻。在诗学统系的选择上，他比较推重明代前后七子为代表的格调派，对李梦阳、李攀龙等学习李、杜所取得的诗学成就予以肯定。但他更重视的，还是比较接近山水田园诗派的另外一些作家，如前七子中的何景明、徐祯卿、边贡，以及高叔嗣和一些过去被视为二三流的作家。这些作家经过王士禛品评后，在明代诗学史上的地位明显上升，成为清人经常讨论的对象。

康熙丙子举人焦袁熙有《论诗绝句》五十二首，其中品评明诗者有十二首。焦袁熙在康熙诗坛的影响远不及王士禛,但他的这组《论诗绝句》,对明诗在中国诗史上的定位,以及对明代重要作家的甄选,与王士禛的《论诗绝句》相比,显得更为客观、全面。他在明初诗人中独推袁凯,同时也专门论及了因编选《唐诗品汇》而产生较大影响的闽派诗人高棅。明中叶诗人中,他选择了较具代表性的陈献章、李东阳、沈周。他对复古派诗人用两首诗予以概括:

> 七子声名走八区,洪音壮节旧来无。自家面目人人有,底事衣冠也不殊。①

> 嘉隆巨子声辉赫,意气争看逼盛唐。代兴合数云间体,输与黄门擅一场。②

在他看来,复古派徒有其名,创作成就最高的唯有晚明陈子龙一人而已。焦袁熙的诗学观念接近性灵派。他还特意提到了明代以诗风香艳著称的王彦泓:

> 中原吾辈主文盟(谓历下),何似后来王彦泓?香奁一卷在人口,九窍香生动七情。③

诗后自注曰:"七子等似杜,非真杜也。彦泓似韩致尧,乃真韩矣。"其诗学思想,对稍后的清代性灵诗学大家袁枚有一定影响。对晚明竟陵派,焦袁熙在提出批评的同时,也有所辩护,反对过分攻击,称"钟谭不过时文家见识,攻之太甚,适成其名"④。

---

① 《万首论诗绝句》,第 281 页。
② 同上。
③ 同上。
④ 同上书,第 282 页。

李必恒《论诗七绝句》规模不大，其第六首专论明诗。明代李、何主张"诗必盛唐"，称"宋无诗"，李必恒则反其意而论之：

> 成弘彬彬多大雅，正嘉而后渐无诗。要知体格自一代，活脱三唐总是痴。[①]

其对明中叶诗坛上活跃的茶陵派等作家评价较高，对前后七子影响下的中晚明诗坛则一笔抹杀。

满洲诗人马长海有《效元遗山论诗绝句》四十七首，其中仅有三首论及明诗，明初、明中叶、晚明各取一家：

> 绕郭青山白下深，青丘逸韵有清音。低徊再读明妃曲，犹是忠君爱国心。

> 千年不见浣花翁，谁是光芒万丈雄。金丹换骨须能手，中州只有李空同。

> 松圆七律旧称能，绵丽清新最上乘。一片云英全化水，秋来契入玉壶冰。[②]

马长海于明初诗人中，选取高启为代表，这已成共识，不致有太多争议；明中叶诗人中，马长海选取李梦阳为代表；晚明则取程嘉燧为代表，明显是受钱谦益影响。但钱谦益攻击前后七子不遗余力，马长海对李梦阳基本仍持肯定态度。

沈德潜是清代格调说的倡导者，其《遣兴》二十首之十二专论明诗：

---

① 《万首论诗绝句》，第 331 页。
② 同上书，第 354 页。

何李诗篇复古人,后贤排击日纷纶。怜渠但识虞山派,恐与松圆作后尘。①

诗中为明代格调派辩护,将批评矛头直指明末清初的虞山派。

翁方纲是清代肌理说倡导者,其《论诗家三昧》十二首中,有一首评明诗曰:

扫除何李让徐高,神韵奚烦格调操。真放精微非貌袭,箭锋巧力在秋毫。②

此诗的矛头指向王士禛神韵说。王士禛将自己的神韵说建立在明代格调说的基础之上,并打压何景明、李梦阳,刻意抬高徐祯卿、高叔嗣的诗学地位,翁方纲对此有所不满。从肌理说角度看,徐祯卿、高叔嗣并不比何景明、李梦阳高明多少。

翁方纲另有《次韵甘啸严兼呈冶亭朗峰》四首,其中一首评明诗曰:

五言二谢为关键,三昧唐贤孰识真? 不合宋元祧两代,高徐数子擅通津。

其诗后自注曰:"渔洋先生论五言诗,直以明之高、徐上接六朝三唐,愚所未敢必也。"③

王昶《舟中无事偶作论诗绝句》四十六首中,共有七首品评明诗,侧重于从政治史、思想史角度发表议论。④

---

① 《万首论诗绝句》,第 385 页。
② 同上书,第 417 页。
③ 同上书,第 420 页。
④ 同上书,第 427 页。

　　张晋《仿元遗山论诗绝句》六十首中，共有八首品评明诗，持论缺乏鲜明特色。①

　　方于谷《仿王渔洋论诗绝句》四十首中，有两首涉及明诗，一首是针对方文《题王阮亭像》中"济南既有王阮亭，山东无复李沧溟"之句而发，认为王士禛的神韵诗未必能够超过李攀龙的创作成就；另一首针对明代攻击何、李者而发，认为前人多为门户之见，只有清代沈德潜的《说诗晬语》持论最公。②

　　叶绍本《仿遗山论诗得绝句廿四首》中，有六首品评明代诗人，涉及刘基、高启、北郭十子、台阁体、李东阳、前后七子、性灵派、虞山派等。其中，对明前期诗人评价较高，对前后七子持肯定态度，对晚明性灵派和虞山派有所不满。③

　　姚莹《论诗绝句》六十首中，共有十八首专论明诗。④ 其持论受王士禛影响较为明显，对钱谦益则有所不满。其评价较高的诗人有刘基、高启、贝琼、徐祯卿、李梦阳、何景明、高叔嗣、皇甫兄弟、杨慎、薛蕙、齐之鸾、郑善夫、王稚钦、王世贞、李攀龙、谢榛、胡应麟、陈子龙、黄淳耀等。其中，值得注意的是齐之鸾：

　　　　蓉川风气肇吾乡，骨鲠峻峻屡奏章。入夏南征诗尽好，至今山色为君苍。⑤

齐之鸾，字瑞卿，号蓉川，安徽桐城人，明正德六年（1511）中进士，入选翰林院庶吉士，是桐城历史上的第一位翰林。姚莹也是桐城人，桐城派在清代文学史上占有重要地位，姚莹将桐城地域文学传统的源头上溯至齐之鸾，对其有高度评价。

① 《万首论诗绝句》，第 669、670 页。
② 同上书，第 673 页。
③ 同上书，第 331 页。
④ 同上书，第 759—761 页。
⑤ 同上书，第 331 页。

　　姚莹对明末清初影响较大的竟陵派也有所辩护：

　　　　诗到钟谭如鬼窟，至今年少解争饶。请君细读公安集，幽
刻终当似孟郊。①

受钱谦益影响，竟陵派在清初被视为亡国之音，成为众矢之的。姚
莹则认为，与公安派相比，竟陵派在创作上还是取得了一定成就
的，至少可与中晚唐诗人孟郊相比。而钱谦益极力推重的程嘉燧，
其成就也不过是在中晚唐之间而已。在姚莹看来，真正能够代表
晚明诗学成就的，是陈子龙和黄淳耀。陈子龙学习汉魏盛唐，诗风
接近杜甫。黄淳耀则对陶渊明情有独钟。

　　柯振岳《论诗》三十九首中有四首论及明诗，他于明初诗人独
推刘基，将其比作初唐诗人陈子昂。对台阁体代表人物"三杨"，柯
振岳也有较高评价。柯振岳还高度评价了乌斯道的《春草杂言》五
首。柯振岳还为前后七子的代表人物李、何、王、李作了辩护，认为
他们生前被过分尊崇，才导致日后受到过度抨击，但"扫除门户平
心论，牛耳终当属四公"。对晚明诗坛，柯振岳作了全景式的描绘：

　　　　满目残山唤奈何，遗民诗少泪痕多。板桥杂记风流甚，昼
夜青楼卖笑歌。②

他高度评价遗民诗，但恨其太少，对"秦淮八艳"为代表的所谓晚明
风流则深感痛心。

　　吴衡照《冬夜读诗偶有所触辄志断句非效遗山论诗也得十五
首》③，其中涉及明诗者有两首，对明诗整体评价不高。吴衡照另

---

① 　《万首论诗绝句》，第761页。
② 　同上书，第781页。
③ 　同上书，第796页。

有《论诗》三首，其一曰：

> 文宗史汉诗宗杜，二李何王争上流。讵识啸台鸾凤在，正
> 声开国有青丘。①

在吴衡照看来，前后七子虽然师法乎上，但真正代表明诗最高成就
的，应属高启和高叔嗣。其持论以王士禛神韵说为准绳。

邵堂《论诗》六十首中，论明诗者有七首，分论胡广、杨慎、王世
贞、徐渭、黄淳耀、黎遂球、陈子龙。其中，黄、黎、陈三人不仅才华
横溢，而且均以气节著称，故邵堂将其作为晚明诗坛的代表人物。
其评价黎遂球曰：

> 美周才调擅声歌，黄牡丹诗夺宠多。如向百花丛里坐，美
> 人剑客各婆娑。②

黎遂球字美周，广州府番禺县人，曾参加江南诗坛盛会，以黄牡丹
诗夺魁，被称为"牡丹状元"。回广州后，重建南园诗社，对赓续岭
南诗脉做出了贡献。

况澄《仿元遗山论诗》三十首③，其中涉及明诗者有三首，重点
是批评前后七子，认为他们标榜门户，开晚明党争之先河。况澄论
诗亦推崇三唐，认为"宋俗元轻明好袭"。

朱庭珍《论诗》四十九首中，有七首专论明诗，关注的诗人主要
有高启、何景明、李梦阳、李东阳、徐祯卿、后七子、陈子龙等。④

王闿运是汉魏六朝诗派的代表人物，其《论诗绝句》二首⑤纵

---

① 《万首论诗绝句》，第 799 页。
② 同上书，第 827 页。
③ 同上书，第 883 页。
④ 同上书，第 1047 页。
⑤ 同上书，第 1253 页。

论历代诗史,将前后七子中的"王何二李"视为明诗代表人物,对明诗整体评价不高。

李希圣(1864—1905)有《论诗绝句》四十首,其中涉及明诗者六首,分论高启、刘基、李东阳、王世贞、李攀龙、王守仁。①

朱应庚《论诗》三十二首中,有三首论及明诗,重视的作家有刘基、李梦阳、杨慎。②

蔡寿臻《论诗绝句》十首,于明诗独重高启。③

袁嘉谷《春日下睆小饮薄醉尚论古诗人漫成十二首》④对明诗整体评价不高,认为高启学杜而缺少变化,成就不及元好问。"明代诗声习叫嚣",李、何趁势而起。单就格调而论,李梦阳成就稍高。

邓镕《论诗三十绝句》,于明诗首推刘基、高启、何景明、杨慎四家。⑤

(二) 将诗人置于有明一代诗史之中的考察

清人论诗绝句中,除了将明诗置于整个中国诗史的大背景下进行考察者外,还有一些专论明诗之作。此类作品也是以作家品评为主。由于缩小了时代范围,此类绝句客观上有助于将更多明代作家纳入考察范围。

专论明诗的绝句主要有:谢泰宗《读明律诗钞》二首⑥、吴应箕《偶作两绝句》⑦、沈德潜《论明诗十二断句》⑧、谢启昆《论明诗绝句》九十六首⑨、朱炎《读明人诗绝句》三十首⑩、张埙《论明诗绝句》

① 《万首论诗绝句》,第 1581、1582 页。
② 同上书,第 1632 页。
③ 同上书,第 1637 页。
④ 同上书,第 1686 页。
⑤ 同上书,第 1700 页。
⑥ 同上书,第 203 页。
⑦ 同上书,第 216 页。
⑧ 同上书,第 383、384 页。
⑨ 同上书,第 530—543 页。
⑩ 同上书,第 553—558 页。

十六首①、吴应奎《读明人诗戏效遗山论诗绝句》三十五首②、《补论诗》五首③、张之杰《读明诗》五十二首④、翁同龢《谢崇受之赠苏斋写明人诗》三首⑤、鲍瑞骏《读明诗偶占》⑥、汪芑《读明诗》四首⑦、钱桂笙《仿元遗山体论明诗绝句》十七首等。某些论诗绝句，如廖鼎声《论明人》二十一首，所论皆广东诗人，不能反映明诗全貌，兹不具列。

沈德潜作为清代格调说的倡导者，其诗学思想上承明代前后七子，对明诗整体成就有较高评价。沈德潜有《论明诗十二断句》，分论高启，袁凯，李东阳，李、何，徐祯卿，杨慎，薛蕙，高叔嗣，后七子中的王、李，谢榛，高攀龙，归子慕，陈子龙，顾炎武。从格调说的立场出发，沈德潜对于明前期以"三杨"为代表的台阁体，以及晚明的公安派、竟陵派，都给予了负面评价。

谢启昆《论明诗绝句》九十六首，是专论明诗规模最大的一组论诗绝句。此外，谢启昆还撰有《读全唐诗仿元遗山论诗绝句》一百首、《书五代诗话后》三十首、《读全宋诗仿元遗山论诗绝句》二百首、《书周松霭辽诗话后》二十四首、《读中州集仿元遗山论诗绝句》六十首、《论元诗绝句》七十首，等等。谢启昆是翁方纲的得意门生，受肌理说影响较深，故对宋诗比较偏爱。其评李梦阳的论诗绝句中，有"唐后无诗论未公"⑧之句。谢启昆有意运用论诗绝句这一形式，对唐代以降的中国诗史进行较为全面、系统的梳理，其论诗绝句具有鲜明的"诗史"追求。

谢启昆《论明诗绝句》九十六首分论近百位明代诗人，大体上

---

① 《万首论诗绝句》，第 567 页。
② 同上书，第 785—790 页。
③ 同上书，第 791 页。
④ 同上书，第 937—944 页。
⑤ 同上书，第 1253 页。
⑥ 同上书，第 1288 页。
⑦ 同上书，第 1431 页。
⑧ 同上书，第 538 页。

是人各一诗,只有"嘉定四先生"用一首诗合论。实际涉及的诗人更多。如谢启昆没有专门点评竟陵派的钟惺、谭元春,但在论袁宏道时,也顺便提及了钟、谭。其重点品评的诗人中,有不少是台阁文人。明前期流行台阁体,诗坛多台阁文人,自不待言。明中期复古运动兴起后,文坛话语权由台阁下移至郎署,但谢启昆仍在论诗绝句中对一些身居高位的政治人物作了点评,如谢迁、吴宽、杨一清、严嵩、夏言、张璁、徐阶、张居正、朱国祚等。其评朱国祚云:

> 不与沧溟竞诗派,深忧琐里上灵台。免书勾党归田后,湖
> 上瓜皮醉客回。①

朱国祚于明万历十一年(1583)考取状元,官至内阁大学士。他是清代著名诗人朱彝尊的曾祖,故在清代受到较多关注。

此外,谢启昆《论明诗绝句》九十六首中还有不少戏曲家,如高明、康海、徐渭、梁辰鱼、汤显祖等;有不少书画家,如王绂、王蒙、唐寅、文徵明、董其昌等。在评论这些作家时,也多从戏曲、书画等角度着眼,并不完全局限于论诗。

朱炎《读明人诗绝句》三十首多记词坛恩怨是非。如王廷相与孙太初的交游,是明代诗坛上经常被人提及的轶事,但多语焉不详。朱炎亦有论诗绝句谈及此事,其诗后自注曰:"浚川因少谷'海内谈诗王子衡,春风坐遍鲁诸生'语,至为之经纪其丧。盖激于空同《送昌谷诗》历数当代词人,不及之也。"②王廷相在前七子中存在感不强,却将素昧平生的郑善夫视为知己。朱炎将此事来龙去脉交代得较为清楚。朱炎对晚明诗坛的描绘也值得关注。除公安、竟陵、虞山、云间等派外,还提到了一些晚明重要作家,如文翔凤、王象春、公鼐、王清臣、于慎行等。

---

① 《万首论诗绝句》,第 542 页。
② 同上书,第 555 页。

张塈《论明诗绝句》十六首品评明诗亦多有别具会心、阐幽发微之处。如：

> 以刀划水水不断，何况分唐初盛中。变雅变风人聚讼，毋
> 将品汇别唐风。①

此诗论高棅《唐诗品汇》，指出其崇尚盛唐、区分流变，虽有新见，亦有流弊，引得后世聚讼纷纷。又如：

> 月泉吟社未雕残，胜比科名黄牡丹。不耐醉樵诗品下，粗
> 才道士领诗坛。②

月泉吟社是宋末元初著名遗民诗社，对后世影响深远。元末明初诗人张简曾在一次诗社活动中以《醉樵歌》力压著名诗人高启，拔得头筹；明末清初诗人黎遂球亦在一次诗社活动中以《黄牡丹》夺魁，赢得"牡丹状元"雅号。这些都是易代之际令人难忘的文坛盛事。当然，也有一些诗社活动徒有其名。又如：

> 同辈名尊白雪楼，杜生杜死作诗囚。三生石上精魂渺，其
> 罪成于王弇州。③

此诗论李攀龙。李攀龙醉心诗艺，其社交能力不及王世贞。王世贞早年与之结社，相互标榜，成名后，又起争名之意。李攀龙对王世贞《艺苑卮言》流露出不屑之意，王世贞对李攀龙《诗删》更是大加掊击。李攀龙一生，可谓成也弇州，败也弇州。"其罪成于王弇

---

① 《万首论诗绝句》，第 568 页。
② 同上。
③ 同上书，第 569 页。

州",发前人所未发,可谓一语中的。又如:

> 但无盐豉徐昌谷,绝怜裣肘边华泉。我不左袒分南北,要
> 有声名在自然。①

前七子中,李、何以下,以徐、边的诗名最为响亮。徐祯卿为南方
人,边贡为北方人,后世文坛的南北之争,也往往围绕两人展开。
如王世贞、钱谦益作为吴中文人,力抬徐祯卿;清初王士禛作为山
东人,力挺边贡。张埙主张应以诗论诗,不必强分南北。又如:

> 南濠都氏读书灯,风月谭诗此技能。输与对山能救我,桃
> 花千树一青蝇。②

此诗论都穆、唐寅。作者诗后自注曰:"少卿撰南濠诗话,唐解元居
桃花坞。锁院之祸,都实发其事也。"都、唐两人都是著名的姑苏才
子,唐寅因科场案被黜,据说与都穆揭发有关。康海为救李梦阳而
终身蒙垢,唐寅却因为故友告密而断送大好前途。才子行径,文人
心迹,一言难尽。

吴应奎《读明人诗戏效遗山论诗绝句》三十五首,分论刘基、吴
中四杰、袁凯、景泰十才子、杨维桢与李东阳之乐府诗、李东阳与李
梦阳之关系、李何之争、高叔嗣、徐祯卿《鹧雀行》、郑善夫、李梦阳、
谢榛、李攀龙、王世贞与王世懋、王世贞《袁江流》诗、蔡汝楠、朱曰
藩、杨慎、吴中四皇甫、黄省曾、边贡之子边习、布衣诗人宋登春等、
徐渭、袁宏道、公安派、程嘉燧等。吴应奎是明代诗人吴维岳之后,
组诗最后七首专论其家族文学。吴应奎又有《补论诗》五首,亦以
论吴维岳为主。

---

① 《万首论诗绝句》,第 569 页。
② 同上。

张之杰《读明诗》五十二首，前五十首分论明代著名诗人，后两首论品评诗人之难。涉及的晚明诗人主要有李应征、区大相、归子慕、谢肇淛、公鼐、王彦泓、顾绛、王翃、屈大均、释智舷等。

晚清状元翁同龢（1830—1904）《谢崇受之赠苏斋写明人诗》三首有句云："论诗不及嘉隆后，风格矜严世未知。"①重视明前期诗人，轻视中晚明诗坛，这在晚清并非个别现象。这一时期有不少论诗绝句，都聚焦于明前期。如鲍瑞骏有《读明诗偶占》一首："千秋诚意属宗工，季迪犹存正始风。金铸西涯新乐府，宫声更拜李空同。"②诗中提及的刘基、高启、李东阳、李梦阳，均为明前期诗坛大家。汪芑（生卒年不详，吴县人，大致生活于同治、光绪年间）有《读明诗》四首，分论高启、李梦阳、何景明、谢榛。四家中，只有谢榛是活跃于嘉靖年间的诗人。钱桂笙（1847—1917）有《仿元遗山体论明诗绝句》，首论吴中诗人高启，认为明初只有越中刘基、江西刘崧可与之抗衡；次及吴中四杰与北郭十子、闽中十子、袁凯、王冕、郭奎《望云集》、王璲《青城山人集》、童轩《南坡草堂为张侍御题》诗、朱诚泳《山行》诗、沈周、李东阳、李何之争、江南四大家（朱、陈、王、顾）、徐祯卿、高叔嗣、正德诗坛、边贡。其时间下限亦止于正德年间，诗中对不少明前期不太著名的诗人都给予了高度评价，对嘉靖以后的诗人却只字未提。

当然，这并不意味着晚明文学成就不高。晚明诗坛呈多元化发展趋势，诗学论争激烈，加之与清初诗坛存在千丝万缕的关联，因此，清人对晚明诗坛的意见很难达成一致，导致晚明诗人经典化的过程变得愈发艰难。

（三）围绕重要流派及作家作品的诗学论争

以上对明代重要诗人在整个中国诗史和明代诗史上的定位作

---

① 《万首论诗绝句》，第 1253 页。
② 同上书，第 1288 页。

了一番粗略的考察。综合清人论诗绝句的观点,从创作角度看,有
资格与历代经典作家并列的明代诗人,明初呼声最高的有高启、刘
基、袁凯等,明中期呼声最高的有李东阳、李梦阳、何景明、徐祯卿、
高叔嗣、杨慎、谢榛、李攀龙、王世贞等,晚明诗坛呼声最高的是陈
子龙。当然,围绕这些作家诗坛地位的高下,也存在一些争议。

明初诗坛,群芳竞妍,百舸争流。以地域论,吴中诗派最为鼎
盛,其次则有越诗派、闽诗派、岭南诗派、江右诗派等。明人李濂
《论诗》其二云:

> 洪武诗人称数子,高杨袁凯及张徐。后来英俊峥嵘甚,兴
> 趣温平似勿如。①

诗中高度评价了明初吴中诗人的创作成就。前七子眼界虽高,意
气虽盛,但实际创作成就未必能够超越前辈作家。

现当代学者编著的文学史著作,在论及明诗时,往往着眼于流
派论争。可是,在清人看来,明代一些影响较大的文学流派,如明
前期流行的台阁体,晚明的公安派、竟陵派等,其诗歌的实际创作
成就并不高。后七子中,除谢榛、李攀龙、王世贞外,其他成员在清
人论诗绝句中也很少被提及。反倒是独立于主要文学流派之外的
一些诗人,如明前期的贝琼,明中期的高叔嗣、郑善夫、杨慎、汤显
祖、徐渭,晚明的归子慕等,其大名经常出现在清人论诗绝句当中。

有些明代诗人,因得到某些清代诗坛大家的推重而获得一定
程度的关注,如钱谦益推重程嘉燧,朱彝尊推重其曾祖朱国祚,王
士禛推重其先祖王象春及其他山东诗人,焦袁熙和袁枚推重王彦
泓,吴应奎推重其先祖吴维岳等。清人论诗绝句对这些人物的品
评,与其自身统系意识有关,多为一家之言。这些诗人在明代诗史

---

① 《万首论诗绝句》,第 186 页。

上的地位还有待日后论定,却可以让我们认识到明清诗学的丰富
性、复杂性。

明代还有一些书画家、思想家、政治人物,其诗歌创作也受到
较多关注——书画家如沈周,思想家如陈献章、庄昶、王守仁、罗洪
先,政治人物如李东阳、严嵩等。清人论诗绝句在论及这些人物
时,主要围绕诗品与人品、文与道、文学与政治等话题展开。如果
从纯文学的角度看,这些话题可能与明诗经典化问题不是那么直
接相关。我们必须承认,文学有其独立性,但文学也从来不是那么
"纯洁"的。文学是人类社会生活的一个有机组成部分,我们无法
将文学从其他文化活动和社会生活中完全孤立出来。诗人及其作
品在经典化过程中,也会受到种种外部因素的干扰。例如,沈周在
绘画史上的地位,陈献章、王守仁等在思想史上的地位,可能会在
一定程度上掩盖他们在诗歌史上的成就;李东阳、严嵩在政治上的
一些为世人诟病之处,也严重削弱了他们在诗歌史上应有的地位。

如果从"纯文学"的角度看,明代诗史上,前后七子可谓是最耀
眼的存在。他们以追求"第一义"的诗歌创作为目标,高悬鹄的,目
空一世。为了追求"第一义"的诗歌,他们不惜牺牲自己的本来面
目,由此引发了大量争议。在论及明诗时,前后七子是避不开的话
题。清人论诗绝句中,出现次数最多的明代作家,就包括前七子的
代表人物李梦阳、何景明、徐祯卿、边贡,以及后七子的代表人物王
世贞、李攀龙、谢榛等。但这并不意味着前后七子已完成经典化的
历程,因为与之相关的意见分歧也最大。

钱仲联先生在《万首论诗绝句》一书的前言中指出:"值得注
意的是:在许多评论重要作家作品的绝句里,由于作者的观点有
不同,得出的结论也往往有殊异,汇合起来看,倒可以使我们对
某一作家得到较全面的看法。"①钱仲联先生的这个意见值得我

---

① 《万首论诗绝句》,"前言"第 5 页。

们重视。

下面,我们就以前后七子为例,将论诗绝句中的各种不同意见汇集在一起,力求梳理出清人对明代复古诗学更为全面的看法,进而加深对明诗及其经典化历程的认识。

前七子中,李梦阳是最受瞩目的人物。就《万首论诗绝句》中品评明代诗人的作品而言,不仅在纵论诗史的组诗中,李梦阳出场最为频繁,专论李梦阳的绝句数量也是最多的,主要有:张英《读李献吉集》①、翁方纲《书空同集后》十六首②、汪缙《题李空同集后》③、蒋湘南《吊北地》④、林寿图《题李献吉集后》五首⑤、万宗乾《题李空同诗集》等。其他论诗绝句中提及李梦阳者也比比皆是。

作为明代诗学复古运动的一面大旗,李梦阳经常被用来与其他作家进行比较。比较的对象主要有:唐代大诗人杜甫,历代学杜而有名的诗人,与李梦阳同时代的前辈作家李东阳,前七子内部其他成员如何景明、徐祯卿、边贡,独立于七子派之外的其他诗人,等等。通过比较,对李梦阳的褒贬,对其诗史地位的看法,都生动、立体地呈现出来。

李梦阳以学杜著称。王世贞称:"国朝习杜者凡数家……唯梦阳具体而微。"在某些论诗绝句中,李梦阳更被抬高到几乎与杜甫同等的地位。如生活于明末清初的白胤谦有《近代诗人大家七绝句》,其中论李梦阳一诗曰:

> 牢笼川岳气无终,北地元堪百代雄。不是少陵生较早,后先巨笔许谁同?⑥

---

① 《万首论诗绝句》,第253页。
② 同上书,第408—410页。
③ 同上书,第585页。
④ 同上书,第951页。
⑤ 同上书,第1033页。
⑥ 同上书,第207页。

白胤谦不仅肯定李梦阳在明代诗史上的地位，而且将李梦阳视为百代之雄，认为如果没有杜甫在前，李梦阳简直就是前无古人、后无来者。李梦阳因学杜而成名，如果真的没有了杜甫，又何来李梦阳？此说未免有一些夸张。

清初诗坛领袖王士禛在《戏仿元遗山论诗绝句》中，将李梦阳与历代诗坛大家相提并论：

> 李杜光芒万丈长，昌黎石鼓气堂堂。吴莱苏轼登廊庑，缓步崆峒独擅场。①

李、杜是盛唐大家，韩愈是中唐大家，苏轼是宋诗大家，吴莱是王士禛眼中的元代诗坛大家。在王士禛看来，李梦阳和他们一样，也是独领一代风骚的人物。王士禛虽然没有对李梦阳与杜甫的诗学成就进行直接比较，但对李梦阳在明代诗史上的地位也给予了高度肯定。此诗是王士禛少作，未收入其《精华录》，但可以看出，王士禛早年也曾崇拜过李梦阳。如果结合明末清初钱谦益对李梦阳的抨击来看，王士禛此论就更值得重视了。

姚莹《论诗绝句》六十首有诗论李梦阳云：

> 才名一代李空同，誉毁无端总未公。屈指开元到宏正，眼中坛坫几人雄？②

这首诗的见解正与王士禛类似，也认为李梦阳能够引领一代诗风，虽然毁誉参半，但无损其在诗史上的地位。

持论类似的还有清人马长海《效元遗山论诗绝句》四十七首，其论李梦阳云：

---

① 《万首论诗绝句》，第 231 页。
② 同上书，第 759 页。

千年不见浣花翁，谁是光芒万丈雄。金丹换骨须能手，中州只有李空同。①

浣花翁是杜甫。杜甫一直是后世效仿的对象，却始终未被超越。宋代黄庭坚学杜，曾提出夺胎换骨、点铁成金等法门，这方面的能手，在马长海看来，应首推李梦阳。

当然，批评李梦阳的声音也不少，主要的意见是"优孟衣冠"，这也是对前后七子的普遍指责。汪芑《读明诗》四首中有一首为李梦阳辩护云：

一代才华北地多，衣冠优孟论原苛。铜琶铁板关西汉，合唱中秋水调歌。②

汪芑认为，李梦阳的性格与其雄壮的诗风是匹配的，不能简单地以"优孟衣冠"视之。

对李梦阳及前后七子的另一个批评意见，是针对其"唐后无诗"说而发。如谢启昆《论明诗绝句》九十六首有诗评李梦阳云：

倡言复古数空同，唐后无诗论未公。东里西涯衣钵在，中原二子孰雌雄？③

李梦阳提倡向汉魏古诗和盛唐诗歌学习，对扭转明代诗风有积极贡献，但其认为"宋无诗"，持论未免偏颇。且就提倡唐诗而言，在李梦阳之前也不乏其人，李东阳就是一个杰出代表。诗中将杨士奇与李东阳相提并论，大概因为他们都是引领一代文风的馆阁文

---

① 《万首论诗绝句》，第 354 页。
② 同上书，第 1431 页。
③ 同上书，第 538 页。

人领袖。但杨士奇本身不重视诗歌创作,对诗学领域的复古和学唐没有做出什么贡献,其代表的台阁体文风恰恰是李梦阳等人猛烈抨击的对象。李东阳则不同,他对诗歌的兴趣远远高于前辈馆阁文人,在台阁体与前后七子之间,李东阳起到了承前启后的重要过渡作用。

李东阳与李梦阳之间的关系十分微妙。两人都持格调说,对当时诗坛曾经流行的宋诗风、台阁体、陈庄体等有所不满。但李东阳持论不像李梦阳那般极端。朱炎《读明人诗绝句》三十首有诗云:

> 成化以还杂体兴,披荆斩棘起茶陵。中州何李登坛日,暗室传宗仗一灯。①

此说基本符合事实,但只提及"成化以还",未能将以"三杨"为代表的台阁体与以李东阳为代表的"茶陵派"加以区分。

清代格调说代表人物沈德潜《论明诗十二断句》有诗评李东阳云:

> 三杨以后诗卑靡,崛起西涯号中兴。北地雄才经冶铸,漫将胜广比茶陵。②

诗中对"三杨"似有不满之意,肯定了李东阳对扭转馆阁诗风的贡献。同时指出,李梦阳的诗学思想也是在李东阳陶冶下形成的。

谢启昆《论明诗绝句》九十六首其中一诗对"三杨"诗学立场揭示得尤为鲜明:

---

① 《万首论诗绝句》,第 554 页。
② 同上书,第 383 页。

小技为诗未足名，三杨辅政尚忠贞。石台东里争传播，不废君臣互和赓。①

同时，谢启昆在这组论诗绝句中，也指出了李东阳与"三杨"的不同之处：

淋漓大笔侍彤廷，鲑菜盘空腕未停。留得浣花诗法在，谁云何李异门庭？②

李东阳与前七子都重视学习唐诗，尤其推崇杜甫。在诗学思想方面，只是略有差异，区别并不明显。他们的不同，更多地体现在社会地位、政治立场、地域观念等方面。

王世贞《艺苑卮言》卷六云："长沙之于何、李也，其陈涉之启汉高乎？"又云："献吉才气高雄，风骨遒利，天授既奇，师法复古，手辟草昧，为一代词人之冠。"其左袒李梦阳之意极为明显。其实，王世贞也看到了李东阳与李梦阳诗学思想的相通之处，但出于流派统系意识方面的考虑，将李东阳比作陈胜，将李梦阳比作汉高祖，言下之意，只有李梦阳才能代表诗学的正统。

王世贞的这一说法，掺杂流派私心，难以服众，清人在论诗绝句中纷纷予以批驳。如张晋《仿元遗山论诗绝句》六十首有诗云：

湘江春草绿茫茫，莫忘茶陵一瓣香。偏是后人轻老辈，翻教比作夥颐王。③

吴应奎《读明人诗戏效遗山论诗绝句》三十五首有诗云：

① 《万首论诗绝句》，第 534 页。
② 同上书，第 536 页。
③ 同上书，第 669 页。

百年二李共词场，未信长沙逊广阳。可是尚书爱门户，论功偏薄夥颐王。①

张之杰《读明诗》五十二首有诗云：

中流砥柱李西涯，才力雄浑古大家。不解雌黄元美口，初将陈涉比长沙？②

王昶《舟中无事偶作论诗绝句》四十六首有诗云：

长沙亦是出群雄，篝火狐鸣比未公。若使竟同刘谢去，江河万古望星虹。③

王昶指出，由于李东阳在政治上表现得太过软弱，影响了他在诗坛的地位。正德初年，在与阉党的斗争中，李梦阳手草《代刘宦官状稿》，大出风头。事败后，与李东阳同任内阁大学士的刘健、谢迁均辞官归乡，李东阳独留朝中，与奸党虚与委蛇，这成为李东阳一生最为人诟病之处。如果李东阳在政治斗争中表现得再强硬一些，其在明代诗史上的地位也许就不会被李梦阳所替代了。

单就诗学成就而论，李东阳与李梦阳各有千秋。钱谦益在《列朝诗集》中就对李东阳极为推崇。受其影响，清人也有奉李东阳为正声者。如钱桂笙《仿元遗山体论明诗绝句》云：

茶陵风度自堂堂，旗鼓骚坛久莫当。北地新声争坿和，可能鹰隼胜鸾凰。

---

① 《万首论诗绝句》，第 785 页。
② 同上书，第 940 页。
③ 同上书，第 427 页。

叶绍本《仿遗山论诗得绝句》廿四首亦有诗云：

> 应手泉珠机织纱，正声一代数西涯。衣冠闲雅非优孟，卓荦纡徐是大家。①

抛开人品不论，单论诗品，李东阳确实有大家风范。但中国传统文化中，人品与诗品总是紧密联系在一起的。一个最典型的例子，是明嘉靖年间的奸相严嵩，其诗清淡雅丽，近于王、孟一派，但人品颇招非议，故在明代诗史上不太被人提及。清人宫尔铎有论诗绝句《读元遗山王渔洋论诗绝句，爱其文词之工，惜其所言，尚非第一义。漫成此作，以质知音》云：

> 漫云毒不掩文章，孔雀焉能匹凤凰。零落钤山遗稿在，可能贻臭变流芳？②

明清易代之际，钱谦益在政治上也表现得非常软弱，与李东阳的政治品格比较接近，所以钱氏推西涯而抑北地。李东阳、钱谦益政治立场虽然不够坚定，但尚不似严嵩那般臭名昭著，故在诗史上仍能占有一席之地。

李梦阳虽然被后世打造成文化英雄的模样，但其人品也有可议之处。李梦阳过于爱惜自己的名誉，为此不惜以牺牲友人为代价。李梦阳因弹劾太监刘瑾而下狱，康海为搭救李梦阳，找刘瑾求情，以致终身蒙污。对此，时人早有公议，视李梦阳为"中山狼"。其实，李梦阳辜负的友人很多，不仅有康海，还有何景明。李梦阳好意气用事，曾多次下狱，何景明每次都百般营救。但李梦阳在论诗时，对何景明却毫不假借。李梦阳有强烈的盟主意识，在与何景

---

① 《万首论诗绝句》，第 729 页。
② 同上书，第 1458 页。

明论诗时,每每显得有些盛气凌人。吴应奎《读明人诗戏效遗山论诗绝句》三十五首有诗云：

> 角逐文场事可伤,空同终始负何郎。墓田若问碑铭手,等是中山猎后狼。①

清人朱庭珍《论诗》四十九首有诗云：

> 江西狱解即争雄,岂独平生负武功。形似何如神似好,果然大复胜空同。②

黄爵滋《与潘四农论诗偶述》八首亦有诗云：

> 空同大复苦相訾,逸气雄才各不亏。谁为故人释囹圄?当年跅弛失良规。③

李梦阳与何景明虽有过诗学论争,但不宜称之为"相訾"。至少在何景明一方,还是保持了相当的克制与风度。何景明虽有《与李空同论诗书》,挑起筏喻之争,但经过反复辩难,这场论争最终还是以何景明沉默而告终。后人在评价这场论争时,大多数却是站在何景明一方。李梦阳的霸气由此可见一斑。

就诗歌创作而言,李、何优劣,未易评定。后人往往将其比作盛唐李、杜,以示各有千秋。例如,明末遗民张盖有《绝句》云：

> 青莲杜甫看前辈,大复空同冠本朝。借问后来谁继起?

---

① 《万首论诗绝句》,第 786 页。
② 同上书,第 1047 页。
③ 同上书,第 902 页。

江南江北总萧条。①

清人姚莹《论诗绝句》六十首亦有诗云：

> 俊逸何郎妙绝伦，最雄骏处最风神。多师未必皆从杜，欲为青莲觅替人。②

李、何齐名一时，在崇唐抑宋的大方向上，两人基本一致。但在"诗必盛唐"这一点上，李梦阳更加极端。李梦阳将盛唐诗歌视为最高典范，何景明则主张"舍筏登岸"，同时还将目光投向初唐。何景明的名篇《明月篇》并序，就打破了"诗必盛唐"的藩篱，对杜甫也提出了批评，认为杜诗"实则诗歌之变体也""风人之义或缺"，其调反在初唐四子之下。这对李梦阳而言，当然是不可接受的。

对于何景明的《明月篇》并序，清人有不同解读。汪芑《读明诗》四首有诗云：

> 珊珊仙骨属何郎，和璧隋珠竞吐芒。除却一篇咏明月，几曾蝉噪逐齐梁。③

此诗强调何景明与李梦阳在诗学思想上的相通之处，认为《明月篇》并序只是例外而已。

张埙《论明诗绝句》十六首有诗云：

> 诗序何郎明月篇，显夸绝迹少陵前。仍然长庆当时体，不

---

① 《万首论诗绝句》，第 220 页。
② 同上书，第 759 页。
③ 同上书，第 1431 页。

枉开元天宝先。①

此诗批评何景明贬低杜甫,其诗学立场与李梦阳更为接近。

吴应奎《读明人诗戏效遗山论诗绝句》三十五首有诗云:

北地鹰扬孰占先? 竞谈开宝傲前贤。千秋傅粉何郎在,独赋长安《明月篇》。②

此诗则站在何景明一方,肯定《明月篇》并序不受李梦阳牢笼,有不可抹杀的贡献。

朱炎《读明人诗绝句》三十首有诗云:

信阳北地角双雄,抑李伸何亦未工。却爱长篇赋明月,何郎源雅又源风。③

朱炎在诗后自注曰:"何源雅,李源风,王元美语。"(此语见王世贞《何大复集序》,《弇州四部稿》卷六十四)王世贞称"李源风",大概是因为李梦阳受友人王叔武启发,承认"真诗在民间"(《诗集自序》)。但李梦阳也自认"予以诗,非真也。王子所谓文人学子韵言耳"。李梦阳学习杜甫,其诗更近于雅。何景明则在《明月篇》并序中,明确指出杜甫"致兼雅颂,而风人之义或缺"。可见,王世贞"何源雅,李源风"之语,其实是颠倒了李、何的诗学追求。在复古派看来,风诗是诗歌最古老的源头。王世贞的本意,并非抑李伸何,而是伸李抑何。当然,王世贞晚年诗学思想有所转变,其诗学天平亦有向何景明倾斜之势。

---

① 《万首论诗绝句》,第 568 页。
② 同上书,第 786 页。
③ 同上书,第 554 页。

李、何不仅诗学思想有异,诗风也有明显差别。明人薛蕙有诗
(《戏成五绝》其一)论曰:

> 海内论诗伏两雄,一时倡和未为公。俊逸终怜何大复,粗
> 豪不解李空同。①

此诗后两句被王世贞《艺苑卮言》卷六转引,几成定论。薛蕙与李、
何时代相近,可见,"抑李伸何"的倾向,很早就已经产生了。直至
清代,这一论调仍为不少人接受。清人钱桂笙《仿元遗山体论明诗
绝句》云:

> 中州何李竞蜚声,俊逸粗疏有定评。欲振风骚摹古调,谁
> 知土鼓异咸英。

当然,也有持不同观点者。如谢启昆《论明诗绝句》九十六首
有诗评何景明云:

> 翩翩百鸟集词林,明月篇多婉丽音。俊逸粗豪非定论,两
> 家气类叶苔岑。②

在谢启昆看来,李、何在大的诗学方向上依然同气相求,不必强分
优劣,也不应过分强调其差异。

前七子中,以李梦阳成名最早,其他成员在诗学思想方面都曾
受其影响,当时有"李倡其诗,康振其文"的说法。但李梦阳诗学思
想过于保守,食古不化,又经过一系列变故,与其他成员隔阂逐渐
加深,支持何景明者渐多,同情李梦阳者渐少。康海和王九思因与

---

① 薛蕙:《考功集》卷八,文渊阁《四库全书》本。
② 《万首论诗绝句》,第 538 页。

刘瑾扯上瓜葛，逐渐从主流诗坛淡出，转向杂剧创作。两人都作有《中山狼》杂剧，据说是暗讽李梦阳。

王廷相曾追拟何景明《明月篇》，可见其诗学思想亦与何景明更为接近。因此之故，李梦阳亦不将王廷相视为同道。朱炎《读明人诗绝句》三十首有句云："海内谈诗一派分，浚川恩怨漫纷纭。"诗后注曰："浚川因少谷'海内谈诗王子衡，春风坐遍鲁诸生'语，至为之经纪其丧。盖激于空同《送昌谷诗》历数当代词人，不及之也。"①张之杰《读明诗》五十二首亦有诗言及此事：

> 浚川才气本纵横，海内谈诗早自名。底事空同叙诗伯，曾无一语及先生？②

李梦阳与前七子其他成员还有一个明显区别，即李梦阳潜心诗艺，在理学思想方面没有太高追求；而王廷相是著名理学家，前七子其他成员与当时思想界也保持着密切联系。康海与明代关学代表人物吕柟等人是至交；何景明、徐祯卿都深受王守仁心学思想影响，可惜两人英年早逝，未能在思想学术方面取得更高造诣。清人王昶《舟中无事偶作论诗绝句》四十六首有诗云：

> 大复山人擅高格，上兼鲍谢下高岑。扬州烟月君休贬，晚向文成悟道心。③

其诗后自注曰："何仲默、徐昌谷为阳明同年，殁时颇有所得。"④反观李梦阳，虽然也与王守仁生活在同一时代，但李梦阳声名太盛，

---

① 《万首论诗绝句》，第 555 页。
② 同上书，第 941 页。
③ 同上书，第 427 页。
④ 同上。

心气太高,自然不肯向王守仁俯首下拜。思想上的保守,制约了李梦阳人生境界的拓展和提升,进而也限制了其诗学成就,令其无法迈向艺道并重的更高境界。

前七子中,徐祯卿是唯一来自南方的文士。李梦阳与徐祯卿诗学思想的碰撞,主要体现于南北文化差异方面。徐祯卿的诗学复古思想早已萌芽,这在其诗话著作《谈艺录》中鲜明地体现出来。但其早年所作《鹦鹉编》《焦桐集》《花间集》《野兴集》《自惭集》等五集中的作品,仍带有明显的吴中地域文化特色。徐祯卿考取进士入京后,经人介绍认识了李梦阳。李梦阳对其《谈艺录》赞不绝口,但对其诗作颇不以为然。徐祯卿也自悔少作,改弦更张。对此,后世评价不一。

朱炎《读明人诗绝句》三十首有诗云:

> 一代裁诗有折衷,颓波至竟挽空同。丸泥自可封函谷,未许吴侬仰面攻。[1]

此诗赞美李梦阳,对徐祯卿早年诗作中透露出的吴中习气表示轻蔑。

姚莹《论诗绝句》六十首有诗评徐祯卿云:

> 迪功谈艺入精深,历下归来别赏心。鹦鹉花开都弃却,虞山翻认操吴音。[2]

姚莹指出,徐祯卿入京为官后,诗歌创作风格有所转变,吴中习气已除。而钱谦益站在吴中诗学的立场,仍然认定徐祯卿的诗歌带有吴中色彩,这与事实不符。

---

[1] 《万首论诗绝句》,第 554 页。
[2] 同上书,第 759 页。

王士禛《戏仿元遗山论诗绝句》评徐祯卿云：

> 文章烟月语原卑，一见空同迥自奇。天马行空脱羁靮，更怜谭艺是吾师。①

其诗后自注曰："《鹦鹉》五集，所谓名句，如'文章江左家家玉，烟月扬州树树花'，乃吴派之卑卑者。"王士禛虽然主张神韵，但其神韵说也是建立在格调说的基础之上。作为北方人，王士禛的诗学思想与李梦阳更为接近。

沈德潜《论明诗十二断句》有诗云：

> 清才最数徐昌谷，年少居然格老成。谈艺录中宗法在，李青莲更谢宣城。②

沈德潜虽然持格调说，但作为吴中文人，他对徐祯卿早年诗作轻描淡写，对《谈艺录》则大加揄扬，认为徐祯卿兼有盛唐李白和南朝谢朓之长。徐祯卿《谈艺录》重点品评汉魏古诗，并未论及六朝和盛唐诗歌。沈德潜特意举出南朝诗人谢朓，其实也暗含着对吴中地域诗学传统的肯定。

朱炎《读明人诗绝句》三十首有诗论徐祯卿云：

> 罗扇花冠绝可怜，浣溪沙调出鲜妍。文章烟月卑吴体，玉袖当时有少年。③

谢启昆《论明诗绝句》九十六首有诗论徐祯卿云：

---

① 《万首论诗绝句》，第 235 页。
② 同上书，第 384 页。
③ 同上书，第 554 页。

> 艳摘齐梁稿欲焚,扬州烟月句销魂。嘉禾好景无人道,斜
> 日看桑过石门。①

朱、谢两人只是客观地回顾李梦阳对徐祯卿的评价,没有更多地介入南北之争。

抛开吴中地域诗学传统的优劣不谈,对李梦阳评价徐祯卿诗歌时流露出的居高临下、霸气凌人的态度,后人多表示不满。后世普遍认为,徐祯卿的诗学成就并不在李、何之下。

吴德旋《杂著示及门诸子》云:

> 何李驰名葳等俦,诗坛百尺起岑楼。高吟只作诗人了,昌
> 谷还推第一流。②

朱庭珍《论诗》四十九首有诗云:

> 迪功高格似襄阳,身佩仙人九节菖。能以偏师成鼎足,当
> 时两大枉争强。③

钱桂笙《仿元遗山体论明诗绝句》云:

> 三百精华手自编,奇才原不让廷坚。如何绝代婵娟子,苦
> 欲衣冠学古贤。

徐祯卿在诗学上对自己要求甚严,其自定《迪功集》存诗仅三百首。王士禛《居易录》称黄庭坚自定其诗为《精华录》,亦仅存三百首。

---

① 《万首论诗绝句》,第538页。
② 同上书,第659页。
③ 同上书,第1047页。

前七子诗名最高者，首推李、何、徐、边。关于边贡的诗学地位，也存在一些不同的看法。

王士禛《戏仿元遗山论诗绝句》有诗云：

> 济南文献百年稀，白雪楼空宿草菲。未及尚书有边习，犹传"林雨忽沾衣"。①

明人对边贡的评价并不是太高。直到清初，王士禛作为诗坛领袖，高度重视山东地域诗学传统，边贡在诗史上的地位才受到重视。在这首论诗绝句中，王士禛并未正面评价边贡，而是先从侧面将其与李攀龙比较，又举出边贡次子边习的佳句，意在突出明代山东地域诗学的整体成就。

翁方纲有《题渔洋手评边仲子诗草》四首及《题边华泉诗翰卷》三首，专论边贡，指出了王士禛神韵说对边贡诗渐趋经典化的重要作用。

谢启昆《论明诗绝句》九十六首有诗论边贡云：

> 清庙泠泠锦瑟弦，漫推何李抑徐边。芭蕉夜雨添愁思，三复华泉五字篇。②

诗中将边贡与徐祯卿并列，认为他们都处于李、何盛名的阴影之下，诗学成就没有得到应有的重视。诗中对边贡的五言诗评价尤高。

钱桂笙《仿元遗山体论明诗绝句》论边贡云：

> 尚书才调本无伦，林雨沾衣句亦新。声价自居昌谷亚，只

---

① 《万首论诗绝句》，第236页。
② 同上书，第538页。

嫌风骨不嶙峋。

钱桂笙首先肯定了边贡及其次子的诗学成就,接着又指出,与徐祯卿相比,边贡仍略逊一筹。

张埙《论明诗绝句》十六首则有诗反对在品评诗人时强分优劣:

> 但无盐豉徐昌谷,绝怜衲肘边华泉。我不左袒分南北,要有声名在自然。①

张埙一针见血地指出,不论对徐祯卿的评价,还是对边贡的评价,都有南北地域文化竞争意识在隐隐作怪。只有抛开狭隘的地域意识,看淡名誉,才能发现诗歌的本真面目。

与前七子时代相近而成名稍晚的杨慎、薛蕙、高叔嗣等人,诗歌创作成就并不亚于前七子,却不屑与七子争坛坫。日久论定,他们的诗学地位也不逊色于七子。特别是高叔嗣,后人经常将其与徐祯卿、边贡相提并论,认为他们的诗学成就均不在李、何之下。

王士禛《戏仿元遗山论诗绝句》评高叔嗣云:

> 中州何李并登坛,弘治文风竞比肩。讵识苏门高吏部,啸台鸾凤独迢然。②

沈德潜《论明诗十二断句》有诗将薛蕙与高叔嗣相提并论:

> 君采风裁孰与邻?苏门清啸并超尘。味无味处偏多味,

---

① 《万首论诗绝句》,第 569 页。
② 同上书,第 236 页。

　　不使才华见性真。①

李、何作诗以才华取胜，薛、高亦有诗才，却不炫耀自己的才华，超
脱于诗坛论争之外，能够在诗中展现出自己的本真面目。

　　谢启昆在《论明诗绝句》九十六首论高叔嗣一诗中有句云："何
李升堂谁入室？长城五字属苏门。"②何、李拟古，只能升堂，高叔
嗣的五言诗则能够入室。高叔嗣不刻意追求格调，而诗格自高妙。

　　翁方纲《论诗家三昧》十二首中一诗则将高叔嗣与徐祯卿相提
并论，认为徐、高的诗学成就在何、李之上：

　　　　扫除何李让徐高，神韵奚烦格调操。真放精微非貌袭，箭
　　锋巧力在秋毫。③

翁方纲此说也是受王士禛神韵说影响。王士禛肯定徐、高诗歌具
有神韵之美，欲以神韵说取代明人的格调说。翁方纲进一步指出，
神韵也罢，格调也罢，都不可貌袭，诗学精微之处在于对学识的巧
妙运用。

　　翁方纲又在《次韵甘啸严兼呈冶亭朗峰》四首之一中指出：

　　　　五言二谢为关键，三昧唐贤孰识真？不合宋元祧两代，高
　　徐数子擅通津。④

其诗后自注曰："渔洋先生论五言诗，直以明之高、徐上接六朝、三
唐，愚所未敢必也。"王士禛编选《唐贤三昧集》，不录李、杜两家，以

---

① 《万首论诗绝句》，第 384 页。
② 同上书，第 539 页。
③ 同上书，第 417 页。
④ 同上书，第 420 页。

示与格调说有所区别。翁方纲一方面肯定王士禛的苦心,同时指出,宋元诗亦有佳作,不应以高、徐直接上承六朝、三唐。

朱炎《读明人诗绝句》三十首亦有诗将高、徐并称:

> 迪功蝉蜕能轩举,吏部空山独鼓琴。莫为高徐愁绝响,朱弦疏越有遗音。①

姚莹《论诗绝句》六十首则有诗将高叔嗣与边贡并列:

> 子业寥寥尽一编,沉幽合与并华泉。空青石气非人世,流水高山太古弦。②

徐祯卿、边贡的诗风虽然不同于李梦阳,但仍属复古派行列。将高叔嗣与徐、边相提并论,意在表明高叔嗣与复古派的诗学追求仍有相通之处。

清人亦有将高叔嗣独立出来,以示与复古派之区别者。如钱桂笙《仿元遗山体论明诗绝句》论高叔嗣云:

> 苏门清啸韵遒然,节短音哀剧可怜。却笑诸公争复古,遗音独此奏朱弦。

吴应奎《读明人诗戏效遗山论诗绝句》三十五首有诗论高叔嗣云:

> 木叶萧然石气清,旧将诗品拟鸣琴。凭君更举羊孚语,自是苏门有赏音。③

---

① 《万首论诗绝句》,第 554 页。
② 同上书,第 759 页。
③ 同上书,第 786 页。

上述清人论诗绝句对高叔嗣的评价，受王世贞影响较深。王世贞《艺苑卮言》卷五云："高子业如高山鼓琴，沉思忽往，木叶尽脱，石气自青。又如卫洗马言愁，憔悴婉笃，令人心折。"王世贞从格调诗学的立场出发，以形象化的语言，较为准确地描述出了高叔嗣的诗体特征。但这种感悟式的批评，毕竟还只能停留在表面，并未真正深入高叔嗣的内心世界。高叔嗣的诗包含有独特的生命体验，而这正是大多数复古派文人所忽视的方面。徐祯卿、边贡之所以与李梦阳、何景明有所区别，其实也得益于此。

王昶《舟中无事偶作论诗绝句》四十六首有诗将高叔嗣与杨巍、皇甫四兄弟、归子慕、高攀龙等诗人并列："高（叔嗣）杨（梦山）皇甫（子循兄弟）宛同侪，疏越朱弦韵最谐。季子（归子慕）存之（高攀龙）相问起，依然风浴见幽怀。"①这些诗人，大多以五言见长，略近于陶、韦一派。李、何等复古派文人大多学习李、杜，追求高华雄壮的诗风，有时不免流于叫嚣。学习陶、韦一派者，更能贴近自然，贴近生命本真的一面。

明代正、嘉年间，王守仁心学思想的传播，让更多诗人开始深入思考生命的意义。生命境界的提升，同样可以带动诗歌境界的提升，只是不像诗艺的提升那样明显罢了。王守仁本人早年也曾醉心于诗歌，与李梦阳等人过从甚密，但后来终于分道扬镳。李梦阳重诗艺，王守仁重求道，两人都有大批追随者。其实，王守仁的诗学成就也不低。清人张之杰《读明诗》五十二首有诗论王守仁曰：

> 文章勋业王新建，短韵长篇尽正声。皦皦素丝尘不染，漫将道学掩诗名。②

王守仁的诗学成就，为其道学名声所掩。一提及道学，世人往往联

---

① 《万首论诗绝句》，第 427 页。
② 同上书，第 937 页。

想到击壤体、打油诗。其实,学道有成者,其诗也可以是"正声",不一定都是变体。

前后七子大都是才子型文人,其创作才华固然难掩,但华美的辞藻后面,如果只有苍白的思想,其作品打动人心的力量就会大打折扣,其在诗歌史上的地位也就很难真正与屈原、陶渊明、李白、杜甫、苏轼这些大家比肩。

明代后七子虽然生于王守仁之后,但他们对道的兴趣并不浓厚,对艺的追求更远胜于前七子。前七子中,何景明、徐祯卿等如果不是英年早逝,都有向道倾斜的可能。后七子中不乏老寿者,却毕生沉溺于艺。

王世贞之弟王世懋曾有一段精彩的议论:"诗有必不能废者……我明其徐昌谷、高子业乎? 二君诗大不同,而皆巧于用短。徐能以高韵胜,有蝉蜕轩举之风;高能以深情胜,有秋闺愁妇之态。更千百年,李、何尚有废兴,二君必无绝响。"(《艺圃撷余》)王世懋认识到徐祯卿、高叔嗣的诗歌有不同于李、何的独特价值,但高韵、深情究竟从何而来? 王世懋并未进一步深思。

吴应奎《读明人诗戏效遗山论诗绝句》三十五首有诗评王氏兄弟云:

> 二美由来趣不同,尚书偏受少卿攻。论诗欲继高徐响,却把长才属长公。[1]

其实,王氏兄弟论诗旨趣并无根本不同。王氏兄弟早年皆追随李攀龙,后欲别张壁垒,以偏师取胜,所以力推高、徐。王世懋才质一般,全赖王世贞为之扬誉,才在诗坛上产生了一定影响。

王氏兄弟及后七子其他成员毕生在艺苑、艺圃中打拼,虽然赢

---

[1] 《万首论诗绝句》,第 787 页。

得了一时盛名，但难掩其肤浅本质。归有光视王世贞为"妄庸巨子"，不是指其诗艺的平庸，而是从文道关系角度出发，指出其诗歌创作缺乏深厚的思想根基。

后七子中，才情最富、诗学成就较高者，是谢榛、李攀龙和王世贞。谢榛最为年长，在后七子结社前，已是颇有名气的诗人；李攀龙眼界最高，对诗艺最执着，在诗歌创作上苦心钻研，是年轻一辈诗人中的佼佼者，被推为社长；王世贞出身世家，人情练达，是诗社的实际组织者。

后七子结社之初，奉谢榛为牛耳，谢榛也以前辈自居，有时不免显得有些倨傲。他为人坦直，在指点社友诗作时，出语质直。其见解有时不免迂阔，但不失为深明作诗甘苦之言。王世贞辈是年轻进士，年轻气盛，急于成名，对身为一介布衣的谢榛本就有轻视之意，听到谢榛的批评意见，更觉得分外刺耳。后七子内部的嫌隙，遂由此产生。

王士禛《戏仿元遗山论诗绝句》中有一首诗曰：

枫落吴江妙入神，思君流水是天真。何因点窜澄江练？笑煞谈诗谢茂秦。①

此诗兼评王世贞与谢榛。谢榛与王世贞都爱论诗，王世贞的不少诗学观点，都得自谢榛。谢榛有《四溟诗话》，王世贞有《艺苑卮言》。此诗主要与王世贞《艺苑卮言》有关。《艺苑卮言》卷八："崔信明：'枫落吴江冷。'以它句不称投地。"又，《艺苑卮言》卷一引钟嵘《诗品》："'思君如流水'，既是即目……观古今胜语，多非补假，皆由直寻。"又，《艺苑卮言》卷三："谢山人谓玄晖'澄江净如练'，'澄''净'二字意重，欲改为'秋江净如练'。余不敢以为然，盖江澄

_____

① 《万首论诗绝句》，第 236 页。

乃净耳。"

王士禛在论诗绝句中，将这三桩貌似互不相干的典故放在一起，到底有何用意？或以为，这是王士禛在表达自己神韵诗学主张的同时，对谢榛予以讥讽，笔者以为不然。

首先，王士禛曾为谢榛《四溟诗话》作序，序中高度评价谢榛的诗学其创作，称后七子初结社时，"茂秦以布衣执牛耳。诸人作'五子'诗，咸首茂秦，而于鳞次之……厥后虽争摈茂秦，其称诗之指要，实自茂秦发之。茂秦今体工力深厚，句响而字稳，'七子''五子'之流，皆不及也"。序中还记载了后七子摈弃谢榛一事，认为不仅如徐渭所说，是"诸人倚恃绂冕，凌压韦布"，更是因为谢榛的诗学思想高于诸子，"茂秦与论文，颇相镌责"[1]。王士禛对谢榛评价如此之高，再结合王士禛对山东地域诗学传统的推崇来看，他又怎么会在自己最得意的一组论诗绝句中挖苦谢榛呢？

其次，我们注意到，诗中的三桩典故，都与王世贞《艺苑卮言》相关。这三桩典故背后，是否另有寓意呢？

"枫落吴江冷"一事，可参见《新唐书·崔信明传》：

> 信明蹇亢，以门望自负，尝矜其文……扬州录事参军郑世翼者，亦骜倨，数恍轻忤物，遇信明江中，谓曰："闻公有'枫落吴江冷'，愿见其余。"信明欣然多出众篇，世翼览未终，曰："所见不逮所闻！"投诸水，引舟去。

"以门望自负"的崔信明，让我们联想到王世贞本人。崔信明的得意之句是"枫落吴江冷"，而王世贞恰好是吴人。"亦骜倨，数恍轻忤物"的郑世翼，让我们联想到谢榛。郑世翼对崔信明的诗作嗤之以鼻，而谢榛对后七子其他成员的诗作也每有不屑之意，"颇

---

[1] 谢榛：《四溟诗话》，人民文学出版社，1961年，"附录"第129页。

相镌责",这让王世贞等人愤愤不平。例如,朱炎《读明人诗绝句》三十首在诗注中曾提到,吴明卿入社时,"四溟以粪土讥之,遂构谗绝交"①。

循此而论,"思君流水是天真",当指谢榛被诗社除名后,对后七子其他成员仍抱有幻想,希望重修旧好。

"点窜澄江练"一事,不见于《四溟诗话》,亦不见于谢榛《四溟集》,应是谢榛与王世贞等闲谈之语。将"澄江净如练"改为"秋江净如练",虽不免迂阔,但亦有一定道理。谢榛未将此论收入自己的诗话,可见他对此并不重视,只是一时兴起之谈。而王世贞将其载入《艺苑卮言》,遂成千古话柄。

可见,王士禛此诗并非讥笑谢榛,而是意在揭示后七子内部纷争的真相。平心而论,李攀龙、王世贞等人亦有不少诗歌佳作,谢榛对后七子其他成员的批评未免严苛。但谢榛也只是就诗论诗,只不过忽视了诗社内部错综复杂的人际关系。

针对谢榛被后七子除名一事,清人论诗绝句中,有不少对谢榛表示同情者。对谢榛的诗学成就,清人也有高度评价,如田霡《临清吊四溟山人》二首其一:

> 吾爱清源眇君子,七人之内首堪称。要将格律归风雅,不塑青莲画少陵。②

张之杰《读明诗》五十二首有诗论谢榛云:

> 格调雄浑觉境微,主盟坛坫有光辉。如何七子交游绝?终为山人是布衣。③

---

① 《万首论诗绝句》,第556页。
② 同上书,第271页。
③ 同上书,第942页。

张晋《仿元遗山论诗绝句》六十首有诗论谢榛云：

> 抵掌高谈岸角巾，山人流落老风尘。同时一任分门户，五字谁如谢茂秦？①

后七子的门户之见，较前七子更加明显。前七子主要是靠共同的诗学观念走到一起，除李、何外，其他成员亦有较高的诗学成就；后七子则是先结社，再论诗，凭借相互标榜，在诗坛骤得大名。除谢榛、李攀龙、王世贞外，其他成员多是有名无实，在清人论诗绝句中很少被提及。

清人论诗绝句中有一些综论前后七子者，如焦袁熙《论诗绝句》五十二首有诗云：

> 七子声名走八区，洪音壮节旧来无。自家面目人人有，底事衣冠也不殊。②

柯振岳《论诗》三十九首有诗云：

> 何李敦盘王李继，太非薄为太尊崇。扫除门户平心论，牛耳终当属四公。③

况澄《仿元遗山论诗》三十首有诗云：

> 后先七子竞才名，钩党斯人早酿成。声律何功标榜甚，东

---

① 《万首论诗绝句》，第 669 页。
② 同上书，第 281 页。
③ 同上书，第 781 页。

林祸起国家倾。①

王闿运《论诗绝句》二首其一云：

> 江谢遗音久未闻，王何二李枉纷纷。船山一卷存高韵，长
> 伴沅湘兰芷芬。②

综而论之，前后七子掀起了明代诗学论争的高潮，针对他们的批评意见很多，最主要者有二，一是"优孟衣冠"，二是门户之见。但前后七子在创作方面也取得了一定成就，客观上推动了明代诗学的发展进程，可谓功过参半。

公安派对后七子抨击甚力，但其诗学主张亦过于偏激，且自身创作成就有限，清人论诗绝句对其关注度不高。在论及公安派时，也大多是将其作为竟陵派的前奏。

关于清人论诗绝句视野中的晚明诗坛概况，前文已有论及，此处不再赘述。

六、从清人论诗绝句看明清
地域诗学格局变迁

中国古典诗学的发展，不仅具有时间性，还具有空间性；不仅有大传统，还存在形形色色的小传统。研究明清诗学，不仅要拥有历史的眼光，还应具有明确的文学地理认知。

从宏观上看，历史仿佛一条奔涌不息的长河；近距离地考察，

---

① 《万首论诗绝句》，第883页。
② 同上书，第1253页。

这条长河其实更像是一张纵横交错的水网,分布在幅员辽阔的中国大地上。其中,既有主流,也有大大小小的支流。有些河段水势较急,有些河道则水流平缓。所谓主流,偶尔也会改道。

古人论诗重视源流。先秦时期的《诗经》和《楚辞》,被视为中国诗学的两大源头。《诗经》有十五国风,采风范围以黄河流域为主;《楚辞》则源于长江流域。两者相比,南北文化差异十分明显。在漫长的历史发展进程中,南北文化不断碰撞、交流,正如太极中的两仪,形成了五光十色、生生不息的中华文明。

中国自古以来,史学特别发达。明清时期,方志学也取得了长足的进展。大到省志,小到府、州、县志,各地的方志越来越完善,与此相应,地域诗学观念在明清时期也越来越深入人心。

地域诗学风貌的形成,与自然地理、人文地理、行政区划等均有关。就行政区划而言,明代有"两京十三省",包括:北直隶、南直隶、陕西、山西、山东、河南、浙江、江西、湖广、四川、广东、福建、广西、贵州、云南。清代基本沿袭明代行政区划,又将南直隶拆分为江苏与安徽,湖广拆分为湖南与湖北,后又从陕西省拆分出了甘肃省,形成所谓"汉地十八省"。

明代最初建都于南京,永乐时迁都至北京,而南京作为陪都,依旧保留着都城的建置。南京周边区域属于南直隶,加上浙江,基本上就是我们所说的江南。当然,历史上,江南作为一个地理概念,也处于不断变化之中,并没有明确、固定的边界划分。例如,江西在宋代也被称为"江南西路"。历史上,江西更多地被称为江右,与江左相对。

江左风流,自古已然。明清时期,江南诗学在众多地域诗学传统的竞争中,可谓独占鳌头。明人胡应麟《诗薮》续编卷一云:"国初吴诗派昉高季迪,越诗派昉刘伯温,闽诗派昉林子羽,岭南诗派昉于孙蕡仲衍,江右诗派昉于刘崧子高。"[1]胡应麟提及的明初诗

---

① 胡应麟:《诗薮》,上海古籍出版社,1979 年,第 342 页。

学五派中，以吴诗派、越诗派居首，两者都属于江南地区；而闽诗派、岭南诗派、江右诗派，皆属于南方。当然，这并不意味着北方诗学无足称道。特别值得注意的是，明清大部分时期，皆建都于北京，江南文化在政治上不占主流。放眼中国历史，秦汉以后，大一统政治多建都于北方，政治分裂时期的南方政权也大多处于弱势地位。这赋予了江左风流以更加特殊的文化意义。当然，政治上的暂时分裂也罢，文化上的差异也罢，始终割不断中华文明共同的血脉。正如钱钟书先生所说："南学北学，道术未裂。"

明代诗学论争也与南北文化差异及不同地域间的文化竞争有较大关系。明清时期，涌现出不少地域诗歌总集、地域诗话著作，有助于我们深化对明清地域诗学传统的认识。在清人论诗绝句中，也有不少以地域诗学为中心的大型组诗。

钱仲联先生在《万首论诗绝句》前言中指出："评论作家作品的大型组诗，涉及面广，自成系统，可以作为诗学批评史读……论某一个地区的，如论湖北诗，论四川诗，论广东诗，都可以作为地方文学史的重要参考资料。"①《万首论诗绝句》书后的分类索引中，也将"论地方诗人"作为分类标准之一，列出了相关重要组诗。其地域划分，以江苏、浙江、江西、湖北、湖南、四川、山东、山西、福建、广东、广西、云南为序，体现了对江南诗学的高度重视。上述地域论诗绝句中，有些是以清代或者其他时代为主，未涉及明代。涉及明代的地域性论诗绝句，以闽、粤、楚、蜀、齐等地较为引人注目。

当然，论诗绝句的创作有其偶然性。单凭地域性论诗绝句组诗，还难以勾勒出明清地域诗学格局及其变迁的完整图景。其他论诗绝句，虽非专门围绕地域诗学问题展开者，亦可从地域诗学角度予以分析。此项工作过于庞大。在此，我们仅对与明代地域诗学格局关系最为直接的论诗绝句略加评介。

---

① 《万首论诗绝句》，"前言"第 4、5 页。

（一）江南诗坛

江南诗坛在明清诗学史上占有重要地位，前文已有所论及。清人专门论江浙一带地域诗学的绝句组诗中，涉及明诗的并不多。这并不意味着明代江南诗学不重要；相反，这是因为明代江南诗学过于发达，诗人不胜枚举。吴中地区在明代诗学史上的地位尤为重要。在纵论明代诗史的绝句组诗中，吴中诗人占了相当大的比重。由明迄清，几乎每个时代的重要诗人行列中，都少不了吴中诗人的身影。例如，明初有以高启为代表的"吴中四杰"及袁凯等；茶陵派重要作家中有吴宽等；明中叶吴中地区有沈周及吴中四才子，其中徐祯卿还是前七子的重要成员；后七子有王世贞；唐宋派有归有光；明末清初有以钱谦益为代表的虞山派、以陈子龙为代表的云间派等。作为陪都的金陵，更是人文荟萃。入清以后，吴中文人沈德潜是格调说代表人物，性灵说代表人物袁枚也长期生活于南京。

明末清初的江南文人，在积极参与诗学发展进程的同时，也在书写明代诗史方面有突出贡献。如钱谦益《列朝诗集》、陈子龙《皇明诗选》、朱彝尊《明诗综》、沈德潜《明诗别裁集》等，为后人勾勒出了明代诗坛的基本格局。这些明诗选本，为清人写作论诗绝句提供了有关明代诗史的重要素材。

明清江南诗人行列中，还有许多重要的思想家、文化名流，如黄宗羲、顾炎武等。朱炎《读明人诗绝句》三十首的最后一首，就是以对顾炎武的评价，为明诗画上句号：

> 零落词坛数俊游，江南耆旧几人留？读书种子亭林在，清景当中一色秋。①

---

① 《万首论诗绝句》，第558页。

江南不仅有才子,也有思想家,这些思想家的诗歌创作也许更值得关注。

由于江南地区在明清诗学史上地位如此重要,清人论诗绝句在品评其他地域诗学传统时,也往往以江南诗学作为重要的参照系。

(二) 福建诗坛

福建诗坛在明初及明中叶诗坛占有重要地位。明初有闽中十子,包括林鸿、郑定、王褒、唐泰、高棅、王恭、陈亮、王偁、周玄、黄玄。其中林鸿创作成就最高,高棅则编有《唐诗品汇》及《唐诗正声》,"终明之世,馆阁宗之"(《明史·高棅传》)。明前期台阁体代表人物"三杨"中的杨荣是福建人。明中叶福建著名诗人有郑善夫,重要文人有唐宋派代表人物王慎中。万历年间,福建诗坛再度崛起,出现了曹学佺、谢肇淛、徐𤊓、徐𤊓等一批重要诗人。

南宋末年《沧浪诗话》的作者严羽就是福建人。受严羽影响,明代福建地域诗学传统的特色是以学唐为主,较少受时代风气干扰。闽诗派与台阁体关系较为密切,因此,同样提倡学习盛唐的明代前后七子对闽诗派评价并不高。如王世懋《艺圃撷余》云:

> 闽人家能呫哔,而不甚工诗。国初林鸿、高廷礼、唐泰辈,皆称能诗,号闽南十才子。然出杨、徐下远甚,无论季迪。其后气骨峻峻,差堪旗鼓中原者,仅一郑善夫耳。其诗虽多摹杜,犹是边、徐、薛、王之亚。①

王世懋将闽诗派与吴中文人和复古派文人进行比较,极力贬低闽诗派的地位。晚明反对前后七子的钱谦益,也同样站在吴中文学

---

① 何文焕辑:《历代诗话》,中华书局,1981 年,第 783 页。

立场，对闽诗派予以贬斥。福建文人则通过诗话、诗选、论诗绝句等形式，替闽诗派做出辩护。

清人以论诗绝句形式重点论及明代福建诗坛者，主要有杨浚、谢章铤等。

杨浚（1830—1890），福建侯官人。有大型组诗《论次闽诗》九十首，其中论明诗者十八首，涉及明代福建诗人二十一位，包括蓝仁、蓝智、林廷纲、庄希俊、林鸿、高棅、王偁、王恭、徐贞一、许天锡、张经、郑善夫、高瀔、傅汝舟、魏时敏、朱汶、王慎中、曹学佺、谢肇淛、徐𤍐、徐𤏳等。其论林鸿一绝曰：

> 却笑欺人闽派开，虞山竖子漫论才。礼星檄雨三唐调，字字都从肺腑来。①

这是针对钱谦益《列朝诗集小传》对闽派的批评而发。《列朝诗集小传》乙集之"高典籍棅"云：

> 推闽之诗派，祢三唐而祧宋元，若西江之宗杜陵也，然与否耶？膳部之学唐诗，慕其色象，按其音节，庶几似之矣。其所以不及唐人者，正以其摹仿形似，而不知由悟以入也。神秀呈偈黄梅，谓依此修行，免堕恶道。昔人亦谓，日摹《兰亭》一纸，终不成书。自闽诗一派盛行永、天之际，六十余载，柔情曼节，卑靡成风。风雅道衰，谁执其咎，自时厥后，弘、正之衣冠老杜，嘉、隆之嗁笑盛唐，传变滋多，受病则一。②

杨浚不满于钱谦益之说，为闽派重要开山人物林鸿辩护，认为林鸿学唐，并非单纯摹拟，其诗作有发自肺腑的真情实感。

---

① 《万首论诗绝句》，第 1245 页。
② 钱谦益：《列朝诗集小传》，上海古籍出版社，1983 年，第 180 页。

谢章铤(1820—1903)，福建长乐人。《万首论诗绝句》录其《书林古度诗卷后》、《读〈全闽诗话〉杂感》、《论诗绝句》三十首等。

《书林古度诗卷后》一诗云：

> 曹谢钟谭总两歧，当年闽派盛藩篱。可怜换劫红羊后，苦调高弹林茂之。①

此诗论及晚明能够在竟陵派之外别树一帜的闽派重要诗人曹学佺、谢肇淛，以及明末清初闽派重要诗人林古度。

《读〈全闽诗话〉杂感》共五首，所谈皆清代诗人，兹不具论。

《论诗绝句》三十首诗前有序，对唐五代至明末清初闽派诗学发展历程作了全景式勾勒：

> 闽登第始于薛庶子，而文章名世，始于欧阳四门。五代徐正字、黄推官辈，各以风雅显。宋则杨文公为大宗，西昆之体，直继玉溪。其后道南启教，不重词华，然朱子五言醇穆有古意。至季世月泉吟社谢皋羽主坛坫，连文凤之才，亦远过于江湖诸人。明则林子羽倡其首，诸子为羽翼。高廷礼《唐诗品汇》一书，其所分初、盛、中、晚，举世胥奉为圭臬，而闽派成焉。继则郑少谷振杜陵之绪，曹石仓有盛唐之音，不绌于王、李，不染于钟、谭，风气屡变，而闽诗弗更。虽曰囿于方隅，然不可谓非强立者。至国朝则许天玉、张无闷、黄莘田诸老，尤彬彬称雅才焉。所惜《闽川名士传》《闽南唐雅》诸书俱佚，徐兴公之《晋安风雅》，林从直之《白云诗选》，仅存副本，亦不甚显。近人郑杰所刊《全闽诗录》，又复抉择弗精，是一憾也。其论诗诸作，若杭大宗之《榕阴诗话》，徐延祚之《闽游诗话》，率多挂漏

---

① 《万首论诗绝句》，第1463页。

踳驳。最善者则郑荔乡之《全闽诗话》，征引数十百种，条举件系，其体本于《资暇录》《日下旧闻》，诚著书之雅裁，而谈艺之渊萃也。暇日偶仿遗山体杂缀以绝句，久论定者不用多赘，未详究者无取悬揣，由远逮近，颇寓阐微之意云尔。①

这组诗中，涉及明代的部分，首论明初闽中十子的领袖林鸿，高度肯定了其学唐成就：

> 煌煌十子独开先，流派于今五百年。比似裁缝工熨帖，正音原不愧唐贤。②

次论明中叶的郑善夫：

> 正德何如天宝时？和声那敢续归嬉。阙廷拜杖归来日，莫讶哀吟郑继之。③

郑善夫生活于正德年间，以学杜而闻名于世。《列朝诗集小传》引嘉靖间"林尚书贞恒撰《福州志》，刺少谷诗专仿杜，时匪天宝，地远拾遗，以为无病而呻吟"。但钱谦益也承认郑善夫学杜是有真情实感的。以下依次论及晚明抗倭名将张经，既是军旅诗人又是音韵学家的陈第，鼎足而立的曹学佺、谢肇淛、二徐，以及陈昂、林茂之、余怀等一大批遗民诗人，以见明末清初闽诗派之盛。

（三）岭南诗坛

岭南指五岭以南的广大区域，主要包括如今的广东、广西、海

---

① 《万首论诗绝句》，第 1464、1465 页。
② 同上书，第 1467 页。
③ 同上。

南等地。岭南地理位置偏远，虽然唐代已有张九龄等诗人和政治家，但唐宋时期岭南诗学就整体而言影响不大。明初，岭南诗坛异军突起，当时广州有南园五子，包括孙蕡、王佐、赵介、李德、黄哲等。明嘉靖年间，又有南园后五子，包括欧大任、梁有誉、黎民表、吴旦、李时行等。他们通过结社，带动了岭南诗学的发展。清初，屈大均、陈恭尹和梁佩兰并称"岭南三大家"。近代梁启超、黄遵宪等，更是诗坛首屈一指的大家。由明初直到近代，岭南诗人一直是诗坛上不可忽视的一支生力军。在清人论诗绝句中，明清时期的岭南地域诗学也成为备受关注的对象。

黄培芳(1778—1859)，广东香山人，乃明中叶岭南著名学者黄佐之后。黄培芳有《论粤东诗十绝》。其中有一首论明代南园后五子：

> 兰汀瑶石欧桢伯，旗鼓中原五子坛。若向南园论后起，河源同溯在香山。①

其诗后注曰："明诗盛于南园前后五子，其后五子同师先文裕公。"南园后五子都师从黄佐。黄佐号泰泉先生。《四库全书总目》之《泰泉集》提要评价黄佐云：

> (黄佐)在明人之中，学问最有根柢。文章衔华佩实，亦足以雄视一时。岭南自南园五子以后，风雅中坠，至佐始力为提倡。如梁有誉、黎民表等，皆其弟子。广中文学复盛，论者谓佐有功焉。其诗吐属冲和，颇见研练。于时茶陵之焰将燼，北地之锋方锐，独能力存古格，可谓不失雅音。唯其《春夜大醉言志诗》有云："倦游却忆少年事，笑拥如花歌落梅。"自注以为

---

① 《万首论诗绝句》，第 739 页。

欲尽理还之喻。是将以嘲风弄月之词,而牵合于理学,殊为
无谓。①

四库馆臣认为,理学家不应该嘲风弄月,这恐怕也是一种偏见。理
学家也是有情感的,程颐"存天理、灭人欲"之说也只是一时矫枉过
正之词,不能要求所有理学家都绝情灭欲。明末清初思想家黄宗
羲云:"诗人萃天地之清气,以月露、风云、花鸟为其性情。月露、风
云、花鸟之在天地间,俄顷灭没;唯诗人能结之于不散。"②不妨认
为,理学家追求的是天地间浩然之正气,诗人追寻的是天地之清
气,两者也许有区别,但并非截然对立的矛盾两端。

廖鼎声(1814—1876),广西桂林人。有《拙学斋论诗绝句》一
百九十八首,专论由唐迄清的广东人之诗。其中包括《论明人》二
十一首,分论黄佐、陈暹、张廷纶与张璨、陈瑶与陈琬、唐琎、包裕、
蒋昇与蒋冕、吴廷举、吕调阳、李监、戴钦、张腾霄、冯承芳、张鸣凤、
张翀、何世锦、邓钅廣、王贵德、袁崇焕、舒应龙与舒宏志、尚济与溥
畹。我们注意到,这份名单中,所论有思想家、政治家、军事家,还
有方外之士,但在诗坛上鼎鼎有名的南园前后五子,却未被提及。
所论及的广东人,有些虽非以诗闻名于世,但其诗也确有值得关注
之处。如论黄佐之诗云:

  一篇妙什咏湖山,魏晋歌谣亦等闲。欲觅高风浑不见,九
州黄鹄自飞还。③

陈融(1876—1956),广东番禺人,有《读岭南人诗绝句》三百一
十一首。其品评对象由唐至清,不拘于一人一首的惯例,对某些重

① 永瑢等:《四库全书总目》卷一百七十二,中华书局,1965 年,第 1503 页。
② 见袁枚:《随园诗话》卷三,清同治八年刻本。
③ 《万首论诗绝句》,第 1333 页。

要作家，往往用数首绝句论之。如论孙蕡者有四首，其一曰：

> 南园先后五先生，首数西庵气象横。闽十才人吴四杰，同
> 时风雅动神京。①

孙蕡号西庵，为南园五先生之首。王夫之《明诗评选》将孙蕡与高启并列，称："仲衍、季迪，开代两大手笔，凌宋争唐，不相为下也。"孙蕡才气纵横，其诗被认为有古格，与明初闽派、吴派相似，都以学习盛唐诗歌为主。

丘濬是海南文化史上的重要人物。陈融《读岭南人诗绝句》中，亦有四首诗专门评论丘濬。第一首突出丘濬诗的特点："如仙翁剑客，随口所出，皆足惊人。"②（诗后自注引程敏政语）第二首指出丘濬的部分诗作有意学习李杜："波涛宁让李供奉，风雨终归杜少陵。"③第三首强调了苏轼晚年贬谪儋州，对丘濬及整个海南文化沾溉无穷：

> 豪迈文章光焰舒，此翁落落我何殊。海南遗迹双泉下，五
> 百年来草木苏。④

可见，丘濬诗受明代诗学大传统及海南地域文化小传统的影响，有兼学唐宋的倾向。第四首专论丘濬诗学思想：

> "眼前景物口头语"，正是诗家绝妙词。怪棘土淤陈腐累，
> 愦人尤甚定山诗。⑤

---

① 《万首论诗绝句》，第 1786 页。
② 同上书，第 1788 页。
③ 同上。
④ 同上书，第 1789 页。
⑤ 同上。

陈融诗后自注曰：

> 　　文庄《与友人论诗绝句》云："吐语操持不用奇，风行水上茧抽丝。眼前景物口头语，便是诗家绝妙词。"其言甚是。竹垞恐率易堕入定山，何多虑耶。①

　　丘濬的诗学思想，在明中叶唐宋诗之争、台阁与山林之争中，都独树一帜。这主要得益于岭南地域诗学传统的沾溉。同时，岭南文化与中原文化的隔阂，也导致丘濬虽在京为官多年，但一直未能融入时代文化的主流，其诗歌创作也因此而在一定程度上受到忽视。

（四）楚地诗坛

　　明代的湖广布政使司，辖地包括今湖北、湖南两省。这里在春秋战国时代是楚国的核心区域，是《楚辞》发源地。中国自古就有"唯楚有材"之说。明代前期，楚地诗坛较为沉寂。明代中期，楚地诗坛渐趋活跃，涌现出李东阳、杨一清②、何孟春、张治、张居正等一批政治家和文化名流。吴国伦作为后七子中最为老寿者，在王世贞去世后一度以文坛盟主自命。李维桢也是晚明文坛领军人物之一。晚明诗坛，楚风大炽，公安体、竟陵体风行一时，招致的非议也最多。楚风与吴风，是晚明地域诗学竞争的两股重要力量。

　　张祥河（1785—1862）《论楚诗》十二首③专论明代湖广诗人，时间断限从明中叶到明末清初，涉及的人物有李东阳、杨一清、何孟春、彭泽、张治、廖希颜、龙膺、江盈科、黄周星、郭都贤、陶汝鼐、车以遵、王夫之、杨山松等。组诗只提到公安派的江盈科，对公安

---

① 《万首论诗绝句》，第 1789 页。
② 注：杨一清祖籍云南安宁，长于湖南巴陵，老于江南镇江，自号三南居士。
③ 《万首论诗绝句》，第 830—832 页。

派的"三袁"、竟陵派的钟、谭，均未正面提及。

清光绪丙戌进士夏葆彝是湖北黄冈人，作有《论湖北诗绝句二十首，专论湖北诗家，流寓不与》，对从屈原至清代湖北诗学发展历程作了粗线条的勾勒。其论公安、竟陵两派曰：

> 七子余风成伪体，诘聱一变更尖新。但谐节拍供游戏，品藻空如舞木人。①

> 爝火荧荧六义孤，颓唐破律半蓁芜。如何变尽公安派，又入诗魔剿伪觚。②

组诗最后一首曰：

> 往代茫茫制作新，光阴飘忽性灵湮。尘观后世羞瓶管，飞实腾声强效颦。③

按，袁宏道有《瓶花斋集》。后人学习袁宏道，却没有袁氏的天分，亦不解袁氏诗学主张多为矫枉过正之言。此诗表达了作者对公安派流弊的反思。

夏葆彝又有《旧作论湖北诗绝句》二十首，从《诗经·周南》写起，亦是对湖北诗史的整体勾勒。其论公安派曰：

> 元轻白俗本天真，派出公安样一新。好水好山看不足，尽教游戏亦诗人。④

---

① 《万首论诗绝句》，第 1540 页。
② 同上。
③ 同上书，第 1541 页。
④ 同上书，第 1543 页。

论竟陵派曰：

> 老律森严说竟陵，钟家丰骨亦峻嶒。全凭手眼翻时尚，博
> 得诗名海内称。①

组诗最后一首曰：

> 机杼文章各一家，都将词赋擅才华。即今江汉多题笔，直
> 待陈风太史车。②

这组论诗绝句，对公安、竟陵两派还是有所肯定的。

黄小鲁(1846—1910)，名嗣东，字小鲁，以字行，湖北汉阳人，祖籍浙江余姚，有《楚北论诗诗(仿王渔洋论诗体)》三十二首。组诗中论及的明代湖北诗人除公安、竟陵两派外，还有吴国伦、陈文烛，以及明末清初诗人杜濬等。组诗中对复古派文人寿陵学步予以嘲讽，对公安、竟陵两派也有较为客观的评价。其论竟陵派曰：

> 登坛拔帜一军惊，曹桧居然牛耳盟。最是深林风雨后，寒
> 流剥啄晚虫声。③

论公安派曰：

> 排倒狂澜有弟兄，锦帆解脱妙群英。世尊自为拈花笑，不
> 碍摩登变态生。④

---

① 《万首论诗绝句》，第 1543 页。
② 同上书，第 1544 页。
③ 同上书，第 1626 页。
④ 同上。

晚明楚地诗学在与其他地域诗学的竞争中一度占有优势，为明代诗学论争注入了新的活力。但正如《楚辞》与《诗经》相比始终只能作为偏师一样，晚明楚地兴起的性灵诗学，也只能作为大雅之声的补充。直待清初王夫之提出"性情合一"之论，楚风与主流诗学的矛盾才得以化解。

（五）巴蜀诗坛

巴蜀文学在元代以前有过辉煌的历史，汉代的扬雄、司马相如，唐代的陈子昂、李白，宋代的三苏，都是巴蜀文学的杰出代表。明代文学家杨慎初编、周复俊重修的《全蜀艺文志》，记录了巴蜀文学的历史盛况。明代，巴蜀文学走向衰微，只有杨慎堪称大家，此外，在诗坛有一定影响者，只有嘉靖八才子中的任翰、熊过，以及与后七子交往密切的张佳胤等屈指可数的几个人物。清代，巴蜀诗坛有复兴之势，较著名的诗人有张问陶等。

清光绪五年(1879)，四川学政谭宗浚选编的尊经书院课艺总集《蜀秀集》由成都试院刊行。《蜀秀集》卷八有《论蜀诗绝句》四组，作者分别为邱晋成、范溶、傅世洵、毛瀚丰。此外，四川华阳人林思进亦有《论蜀诗绝句》三十首①。在这几组《论蜀诗绝句》中，明人所占分量都比较轻，兹不具论。

（六）山左诗坛

与巴蜀诗坛形成鲜明对照的是山左诗坛。汉魏南北朝时期，山东也涌现过不少著名诗人，但唐、宋、元时期，山东作家的创作成就主要体现在词曲方面。明代中期以后，山左诗坛名家辈出，如前七子中的边贡，嘉靖八才子中的李开先，后七子中的李攀龙、谢榛，万历朝标举"齐风"的山左三大家公鼐、于慎行、冯琦，晚明的王象

---

① 《万首论诗绝句》，第 1670 页。

春等。入清后，山左诗坛持续蒸蒸日上，除文坛领袖王士禛外，还有宋琬、赵执信等名家。

山左诗坛在明代中后期虽然持续繁荣，但还不足以与江南诗坛抗衡。真正将山左诗坛推到文学舞台中心的，是清初大家王士禛。王士禛与朱彝尊并称"南朱北王"，两人针对明诗，曾有过一场"南北之争"。朱彝尊编有《明诗综》，王士禛致信朱彝尊，认为其对北方诗坛的认识有所不足。朱彝尊《答刑部王尚书论明诗书》回复道：

> 两诵来书，论及明诗之流派，发蒙振滞，总时运之盛衰，备风雅之正变，语语解颐。至云选家通病，往往严于古人而宽于近世，详于东南而略于西北，辄当绅书韦佩，力矫其弊。
>
> 唯是自淮以北，私集之流传江左者，久而日希，赖中立王孙之《海岳灵秀集》、李伯承少卿之《明隽》、赵微生副使之《梁园风雅》，专录北音。然统计之，北只十三，而南有十七，终莫得而均也。①

王士禛论明诗之正变，主张风雅在北；朱彝尊则欲以数量取胜，认为诗学重镇在江南。此后，清人卢见曾等编选了《山左明诗钞》《国朝山左诗钞》《国朝山左诗续钞》等，为后人了解明清山东诗学的盛况提供了重要史料。

《万首论诗绝句》中收录的清人论诗绝句中，也有不少论及山左诗坛的作品。纵论中国诗史和明代诗史的组诗中，都不乏山左诗人的身影。另外，还有一些地域性组诗，如欧阳溥存《由燕游鲁客谈山左旧事因口占为绝句六章》、谢重辉《济南》四首、赵钧彤《济南秋夜与杨果亭小饮感赋九绝句》、沈兆沄《济南旅舍读山左诸家诗各题一绝凡十四首》等。

---

① 朱彝尊：《曝书亭全集》，吉林文史出版社，2009年，第397页。

　　还有不少专论某一作家的绝句。如：专论边贡及其次子边习的绝句，有翁方纲《题渔洋手评边仲子诗草》四首、《题边华泉诗翰卷》三首等；专论李攀龙的绝句，有郜焕元《过顺德怀沧溟先生》二首等；专论谢榛的绝句，有田霖《临清吊四溟山人》二首、赛开来《读四溟山人集怀计甫草先生》等。

　　赵钧彤《济南秋夜与杨果亭小饮感赋九绝句》其二曰：

　　　　东州文献散亡多，屈指高楼白雪歌。不是饴山赵宫赞，风流多半拟三河。①

王士禛在《戏仿元遗山论诗绝句》中曾感慨"济南文献百年稀，白雪楼空宿草菲"。赵钧彤此诗在高度评价李攀龙的同时，对山东文献散亡表示惋惜，同时对赵执信等清初诗学大家为保存山东文献所做的努力予以赞赏。又，其四曰：

　　　　春来暂咏雨沾裾，秋到重嗟柳绕囦。却笑滨海狂竖子，可堪俎豆两尚书。②

诗中的两尚书，指边贡和王士禛。王士禛曾为边贡的次子边习选定《边仲子诗》一卷，附刻其父诗集后。边习的名句有"林雨忽沾衣"，王士禛本人则因《秋柳》四首而成名。"滨海狂竖子"，应指江南文人。

　　谢重辉《济南》四首中，前两首历数明代山东诗人，其中提到了一些在诗史上被忽视的作家：

　　　　成宏以后论风雅，许李边刘派最真。可惜龚生吟独苦，不

---

① 《万首论诗绝句》，第 576 页。
② 同上。

逢健笔斗清新。①

　　万历词人十辈余，杨邢之外各遗书。粗才遁句峥嵘甚，古
调淳风似弗如。②

第一首诗对明代中期的济南诗坛予以高度肯定。诗中提及的诗人，
有许邦才、李攀龙、边贡、刘天民、龚勖等。第二首诗对万历之后的
晚明济南诗坛略有不满，认为除了杨巍、邢侗等少数作家外，其他人
的诗作缺少了一种古朴风致。第二首诗中没有提及王士禛的叔祖
王象春，大概是将王象春也归入了"粗才遁句峥嵘甚"的行列。王象
春有《问山亭诗》。王士禛评价此诗曰："读问山诸集，乃知此论之公。"
看来，王士禛从其神韵诗学立场出发，对谢重辉的观点也表示认同。

　　还有不少比较重要的山东诗人，谢重辉《济南》四首没有提及，
如明中叶的殷士儋，晚明的公鼐、于慎行、冯琦等。朱炎《读明人诗
绝句》三十首有诗论公鼐曰：

　　论诗斟酌有中和，问次斋头不入魔。提倡三齐归大雅，由
来名士济南多。③

在矫激的中晚明诗坛上，公鼐等人鼓吹"齐风"，提倡大雅，无疑是
针对明代诗学种种弊病开出的一剂良方。

七、小　结

　　论诗绝句可分为两大类，一类侧重于对诗学理论的总结和反

----

① 《万首论诗绝句》，第 328 页。
② 同上。
③ 同上书，第 557 页。

思,另一类侧重于对具体作家作品的批评。我们在考察明诗对前代论诗绝句的接受时,重点研究的是第一类;在考察清人论诗绝句对明诗的品评时,重点关注的是第二类。

清人品评明诗的论诗绝句,又可以分为四类:一是纵论整个中国诗史,其中有部分内容涉及明诗;二是专论明代诗史;三是专论明代某一作家或流派;四是在评论地域诗学传统时涉及明代作家。

从上文提到的清人论诗绝句可以看出,激烈的明代诗学论争,入清后仍然余波未息。针对明代诗学论争的一些重要问题,如唐宋诗之争,台阁与山林之争,复古与性灵之争,等等,清人也给出了自己的答案。

清人重学问,兼师唐宋,不排斥以诗发表议论,所以论诗绝句空前兴盛。清代诗坛大家、名家如钱谦益、王士禛、沈德潜、袁枚、赵翼、翁方纲等,多涉笔论诗绝句。

与明人相比,清人更重视调和各种意见。清代的四大诗说——神韵说、格调说、性灵说、肌理说,无不是在明人的观点上又向前迈进了一步。但清人依旧未能达成共识。直到清末王国维提出境界说,明清诗学遭遇的种种问题,才有了较为圆满的答案。

境界说与以往各种诗学主张的不同之处,是将人生境界与文学境界结合起来。宋代以来,理学家的诗学思想,对陶、韦诗风的提倡,也暗含了这种对境界的追求。只是在王国维明确拈出“境界”一词之前,前人的追求都缺乏明确的认识。王国维还指出了境界的复杂性,如有我之境与无我之境等。陶、韦与李、杜的诗歌创作都别开生面,陶、韦更吸引读者的是其生命境界,李、杜则以更具艺术感染力的文学境界取胜。二者风格不同,但并无高下之分。只是,学习李、杜,容易被艺术形式和文学激情吸引,而忽略了其对生命境界的追求;陶、韦的平淡自然之美,更能够让诗人静下心来,在澄明之境中把握生命的真谛。

　　与以往的文学理论相比，境界说是衡量作家作品的一种更加全面的标准。以往的标准因为不够全面，才导致了种种论争。如果以境界说为标准，对明诗重新进行考察，对明代诗歌的经典作家作品，也许需要重新认识。对一些被忽视的诗人、诗作，有必要重新开始经典化的进程。当然，读者对生命境界、文学境界的认识和追求，也会存在种种分歧。所以，明诗经典化，仍然需要一个漫长的过程。

诗人之史·学人之史·编辑之史：
三部早期明代文学史谫论

20世纪30年代前后，商务印书馆"万有文库"等丛书的出版，催生了一批断代文学史和专题文学史。当时，有三部明文学史先后进入公众视野，分别是：刘大白《明代文学》（存目），钱基博《明代文学》（商务印书馆，1933年）、宋佩韦《明文学史》（商务印书馆，1934年）。刘大白《明代文学》见于"万有文库"目录，但有目无书。该书是诗人刘大白《中国文学史》的未完成部分。刘大白《中国文学史》具有"游记式"诗人之史的特色；钱基博《明代文学》收入"万有文库"，具有立足于国学本位的学人之史的特色；宋佩韦《明文学史》收入商务印书馆"国学小丛书"，具有"结账式"编辑之史的特色。

这三部明文学史均侧重于明代诗文研究，但体现了三种不同的文学史书写立场，我们不妨分别称之为诗人之史、学人之史、编辑之史。

一、"万有文库"与早期断代
文学史的编写

20世纪30年代前后，三部明代文学史的同时出现，并非偶然，而是特殊的时代背景使然。下面，我们首先对这三部明代文学史的关系略加考辨。

19世纪末20世纪初，伴随着科举制度的废除和新式学堂的兴起，中国文学史的编写蔚然成风。早期中国文学史大都为通史。20世纪30年代前后，出版界掀起了一股以"万有文库"为代表的丛书出版热，所收书目，大都追求小而专。在这股出版热潮的推动下，一批分体文学史和断代文学史应运而生。

"万有文库"是商务印书馆出版的一套超大型综合性丛书，由若干种按科分类的小丛书组成。"万有文库"由王云五策划并担任主编。王云五自1922年主持商务印书馆编译所工作以来，非常注重丛书的出版。他做的第一套小丛书是"百科小丛书"，以后又陆续推出了"国学小丛书"及其他各科小丛书等。"万有文库"就是在这些小丛书的基础上汇编而成的大型丛书。"万有文库"分两集，第一集于1929年开始陆续出版。

商务印书馆于1929年开始印赠《"万有文库"第一集一千种目录（附样张及预约简章）》，并在《东方杂志》1929年第5期上，刊登了《商务印书馆"万有文库"第一集一千种目录预约简章及对于各种图书馆之适用计画》。两者目录部分内容基本相同。从目录看，"万有文库"第一集的"国学小丛书"中，含有一套文学史，其中大都是分体文学史或专题文学史；"百科小丛书"的"文学"类"中国文学"部分，有一套"中国文学小史"，除胡怀琛《中国小说研究》属分体文学史外，其余均为断代史，刘大白《明代文学》也在其列。①

刘大白《明代文学》虽然见于《"万有文库"第一集一千种目录》，但并未出版，有目无书。这与刘大白的英年早逝有关。

1929年底，刘大白辞去教育部次长职务，闭门写作。正是在这一年，"万有文库"第一集目录推出。由此可知，1929年，刘大白受商务印书馆之邀，已将《明代文学》纳入了写作计划。但刘大白

---

① 王云五总编纂：《"万有文库"第一集一千种目录（附样张及预约简章）》，商务印书馆，1929年，《"百科小丛书"目录》第13页。

并没有立刻着手此项工作，而是将全部精力首先投入了《中诗律声》的写作与出版。

刘大白将《中诗律声》研究看成一生中最重要的工作。1929年6月，刘大白曾经说："我近来颇想把《中国诗篇底律声》的稿子弄完成了，再做一篇《中诗律声变迁史》，这样，便可把我这人生交代了。因为这是我生平较有价值的痕迹。其余的一切，都觉得无可留恋。"①

按照刘大白的计划，《中诗律声》包括《外形律详说》《外形律演进史》《内容律臆测》三部分。② 其中，《外形律演进史》与《中国文学史》的内容较为接近，同属于史。1931年4月，刘大白《中诗外形律详说》定稿。因为《外形律详说》这一部分写成之后，字数已经较多，所以决定把这一部分称为《中诗外形律详说》，作为《中诗律声》的"前编"，先行单独印行。刘大白将此书的手稿托付给好友夏丏尊。由于《中诗外形律详说》有许多特殊符号，给排版造成困难，加上战乱等原因，该书直到1943年11月，才由上海中国联合出版公司正式出版。

1929年至1931年4月，刘大白的主要精力都投入了《中诗外形律详说》的研究与写作中。《明代文学》作为刘大白《中国文学史》的一个组成部分，在写作日程上安排得相对靠后。不幸的是，刘大白退隐后，一直饱受病患折磨，1932年2月便与世长辞。1933年，刘大白《中国文学史》遗稿由大江书铺出版。这部《中国文学史》写到唐朝为止，是一部未竟之作。而商务印书馆大张旗鼓宣传的《明代文学》，最终未能面世。

商务印书馆拟推出的"万有文库·百科小丛书"之"中国文学小史"，由不同学者撰写的断代文学史组成，是一个完整的系列，涵

---

① 刘大白：《白屋书信》，大众书局，1936年，第49—50页。
② 参见刘大白：《中诗外形律详说自序》，见萧斌如编：《刘大白研究资料》，知识产权出版社，2009年，第189页。

盖了从先秦到现代的文学史。因刘大白《明代文学》缺席，必须找人补齐。于是，商务印书馆编辑便向钱基博约稿。钱基博对明代文学颇有独到之见，正欲一吐为快，于是欣然应允。钱基博《明代文学》自序中，谈到自己对明代文学的种种见解，"仆怀此久，未有以发；商务印书馆主人属为撰论，用布所蓄，以俟论定"①。钱基博《明代文学》很快写成，并被收入"百科小丛书"和《"万有文库"第一集一千种》，由商务印书馆于1933年出版。

钱基博《明代文学》问世后不久，宋佩韦《明文学史》也由商务印书馆于1934年出版。这两部断代文学史的问世，相距不足一年，且均以明代诗文为主要内容。商务印书馆短时间内，接连推出了两部明代文学史，最直接的原因，恐怕还是为了给刘大白《明代文学》的缺席"救场"。

宋佩韦原名宋云彬。宋云彬早年曾加入中国共产党。1928年左右，宋云彬为躲避国民党政府的迫害，隐姓埋名，潜居上海，担任商务印书馆馆外编辑。此后数年内，宋云彬以宋佩韦为笔名，在商务印书馆出版了多部著作，包括：《东汉之宗教》（商务印书馆，1931年，收入"史地小丛书"。1934年再版时，改名为《东汉宗教史》）、《王守仁与明理学》（商务印书馆，1931年）、《明文学史》（商务印书馆，1934年，收入"国学小丛书"）等。这些著作的封面并没有标明"万有文库"字样。在"万有文库"目录中，也查不到宋云彬或者宋佩韦的名字。它们的写作是否与"万有文库"有关，有待考证。

1996年，上海书店出版社影印出版的《民国丛书》第五编，将宋佩韦《明文学史》与柯敦伯《宋文学史》、吴梅《辽金元文学史》、张宗祥《清代文学》合印为一册。2001年，上海书店出版社又排印出版了《中国大文学史》，该书是在"万有文库·百科小丛书"之"中国

---

① 钱基博：《明代文学》，商务印书馆，1933年，"自序"第3页。

文学小史"和商务印书馆"国学小丛书"的基础上重新编排而成的，其明代文学部分，系将宋佩韦《明文学史》更名为《明代文学》。上海书店出版社此举，应是考虑到钱基博《明代文学》在新中国成立后已有排印本，而宋佩韦《明文学史》则较为稀见，所以选用了宋佩韦《明文学史》，用以替代有目无书的刘大白《明代文学》。

上文提到，"万有文库"是以商务印书馆推出的各种小丛书为基础，重新编排而成的，在编排过程中，努力避免重复。所以，宋佩韦《明文学史》虽是商务印书馆"国学小丛书"的一种，却未收入"万有文库"。但是，也不能说宋佩韦《明文学史》与"万有文库"毫无关系。宋佩韦当时是商务印书馆馆外编辑，其《明文学史》极有可能是作为"万有文库"的备选，为刘大白《明代文学》"补位"而作。

宋云彬与刘大白虽然同为文学研究会的会员，但两人并不熟悉。不过，宋云彬与刘大白有一个共同的好友——夏丏尊。1930年，宋云彬进入开明书店工作，夏丏尊是宋云彬（即宋佩韦）在开明书店的同事。同时，夏丏尊和刘大白也是非常要好的朋友。他们之间的关系，从以下两篇文章中可略知一二。

宋云彬有一篇回忆夏丏尊的文章，记载了这样一桩轶事：

> 他（夏丏尊）和刘大白是朋友，后来刘大白做了教育部常务次长，他到大白家里去，见大白自题其斋名为"白屋"，他便笑眯眯地说，"噢，白屋出公卿了"，使得大白大为局促。①

宋云彬的讲述并不准确。夏丏尊有一篇《白屋杂忆》，是为纪念刘大白而作，其中有一则《白屋公卿》：

> 民六、七年时大白居杭州皮市巷三号，榜其门曰"白屋"。

① 宋云彬：《夏丏尊》，见《宋云彬杂文集》，生活·读书·新知三联书店，1985年，第481页。

余曾以"白屋出公卿"相戏。及大白任教次，余偶提前事，谓大白曰："白屋竟出公卿矣。"大白为之苦笑。①

从夏丏尊的记载看，他对刘大白担任教育部常务次长一事，主要是调侃，而非嘲讽。夏丏尊与刘大白很早就相识。两人交谊甚笃。早在1917年，刘大白还是一介布衣，自号"白屋"，夏丏尊就曾经出言相戏。"五四运动"爆发时，刘大白与夏丏尊、陈望道、沈仲九等爱国进步教师同在浙江省立第一师范学校任职，积极参与新文化运动，被称为"四大金刚"。② 夏丏尊作为刘大白的知己好友，深知刘大白的为人，对其从政一事，必不会刻意挖苦。

宋云彬写《明文学史》，可能是出于商务印书馆馆外编辑的职责，也有可能是通过夏丏尊或者其他关系，受刘大白所托而作。无论是何种动因，其自发的写作热情，比钱基博要略为逊色一些。后来，钱基博《明代文学》收入"万有文库"，而宋佩韦《明文学史》则作为"国学小丛书"的一种，另行出版。

钱基博《明代文学》与宋佩韦《明文学史》的内容有相似之处，两者均侧重于诗文。按照"一代有一代之文学"的流行观念，明代诗文在中国文学史上一直不被重视。小说在明代文学史上占有重要地位，但"万有文库·百科小丛书"的"中国文学小史"部分，有胡怀琛《中国小说研究》；"百科小丛书"中，也有郑振铎《小说概论》。所以，钱基博、宋佩韦都有意避开小说，仍以诗文为研究重点。刘大白《明代文学》虽然没有面世，但其诗人身份，也让我们对其明诗研究深感兴趣。本文拟以明诗为中心，对这三部文学史的书写立场和范式略加考察。

---

① 夏丏尊：《白屋杂忆》，见《刘大白研究资料》，第44页。
② 宋云彬：《夏丏尊》，见《宋云彬杂文集》，第479页。

二、诗人之史：刘大白《明代文学》

刘大白（1880—1932），原名金庆棪，后改姓刘，名靖裔，字大白，别号白屋，曾用笔名汉胄等。浙江绍兴人。刘大白青少年时曾参加科举考试，被选为拔贡。他自幼喜爱诗词，有比较深厚的旧体诗词创作功底。成年后，长期担任小学、中学和师范学校教员，积极投身革命爱国运动，曾经流亡日本、南洋等地，历时三年。1914年，在日本东京期间，刘大白加入"同盟会"。1916年回国后，刘大白投身新文化运动，发表了不少新诗。

1924年，刘大白来到上海，任复旦大学中国文学系教授兼实验中学主任，同时受聘于上海大学，教授中国文学。同年，加入新南社和"文学研究会"上海分会，并出版了第一部诗集《旧梦》。刘大白大力提倡白话文学，称白话文为"人话文"，文言文为"鬼话文"，埋首于新诗的创作和研究，成为新文化运动的一员健将。

1928年1月，刘大白应友人蒋梦麟之邀，离开上海，赴杭州任国立浙江大学秘书长。1929年8月，蒋梦麟任教育部部长，刘大白也出任教育部常务次长、政务次长，步入政界。但仅仅几个月后，他便辞职退隐，专心著书立说。1932年，刘大白不幸病逝。其主要著作有《旧梦》《邮吻》《丁宁》《再造》《秋之泪》《卖布谣》等诗集，《白屋文话》《白屋说诗》《旧诗新话》等随笔，以及《五十世纪中国历年表》《中诗外形律详说》《中国文学史》等学术论著。

刘大白《明代文学》虽然没能面世，但我们可以通过其《中国文学史》已发表部分推知一二。

刘大白《中国文学史》已发表部分分为六篇。第一篇为引论。在引论中，刘大白用热情的语言，提出"游记式"文学史的写作设想，还讨论了文学的范围、编历史的方法和中国文学史的分期等问题。

刘大白的诗人立场,首先表现在他主张的游记式的文学史书写方式。他将文学史书写比作游记,称:"这所谓古代文学上的游记,就是所谓文学史。"①他认为,好的游记,能够引起读者强烈的游览欲。就文学史而言,审美的感受要放在首位。一部好的文学史,不仅要告诉读者历史上有哪些好的作家作品,还要让读者知道好在何处,以及其间的源流和演变规律。刘大白的文学史语言生动,内容有趣,能够带给读者直观、深切的审美感受。

刘大白的诗人立场,还表现在他对文学范围的界定。刘大白主张纯文学观,反对中国传统的杂文学观、大文学观。章太炎《国故论衡·文学总略》中对文学有如下的定义:"文学者,以有文字著于竹帛,故谓之文;论其法式,谓之文学。"②刘大白一方面承认"这句话实在可以代表中国大多数人底文学观念",另一方面,他又对此定义深表不满,认为"中国人底所谓文学,不是指纯文学而言。它底范围极广。凡是非文学的作品,只消用文字写在纸上的,都可认为文学作品;于是中国文学史,往往成为中国学术史,中国著述史了"③。作为诗人,刘大白没有刻意给文学下一个抽象的定义,只是划定了一个具体的范围。他认为,只有诗篇,小说,戏剧,才可称为文学,"咱们所要讲的中国文学史,实在是中国诗篇,小说,戏剧底历史"④。刘大白认为,"中国文学发生的次序,以诗篇为最早,小说次之,戏剧最后;而近代式的散文剧本底出现,更属最近的事情"⑤,"小说源出有外形律的叙事诗,戏剧源出有外形律的剧诗,散文的抒情诗源出有外形律的抒情诗,都是诗国中移殖于散文界内的移民"⑥。

---

① 刘大白:《中国文学史》,大江书铺,1933 年,第 6 页。
② 参见刘大白:《中国文学史》,第 9 页。
③ 同上书,第 9—10 页。
④ 同上书,第 10 页。
⑤ 同上书,第 30 页。
⑥ 同上书,第 29 页。

　　1929 年 2 月，刘大白在给友人的一封信中说："我有一个见解，以为文学只是写生活，一切的生活都该写。诗，小说，戏剧，这种分别是无谓的。完全的文学，一定同时是诗，同时是小说，同时是戏剧。换句话说，文学只是诗的。现在即使没有，将来一定会有这样的文学出现。"①"文学只是诗"，正是站在这样一种立场上，我们称刘大白《中国文学史》是一部"诗人之史"。

　　刘大白的诗人立场，还表现在他对诗的标准的判断。《中诗外形律详说》是刘大白生平得意之作，他也将这部书的研究成果应用于《中国文学史》的写作中。他认为，判断某个作品是诗非诗，应遵循两类标准，一是内容律，二是外形律。内容律是诗人内心的律动。"外形律不过是诗篇底形式，而内容律却是诗篇底生命。换句话说，就是内容律是诗篇所必要的，而外形律却是可有可无的。所以判别作品底是诗非诗，应该以内容律为主要的标准，而外形律底有无，却是没有什么关系。"②内容律虽然重要，却简单易懂；外形律则较为复杂。"外形律虽然不是判别作品是诗非诗的主要的标准，但是要说明中国旧诗篇这个名词下面所包涵的作品，就得用它来作标准了。"③刘大白认为，除了四言诗、五言诗、七言诗，以及各种杂言诗外，还有许多备具外形律的——当然须是备具内容律的——作品，虽然向来不称为诗篇，但也应该归入中国诗篇的范围，如词、曲、辞赋、骈文、联语等。

　　刘大白重视内容律，将其作为判断是诗非诗的主要标准，这对纠正明代复古派诗学的弊病可谓是一剂对症良药。明人一直为真诗问题所困惑。刘大白关于内容律和外形律的划分，以及对内容律的提倡，别开生面，让人颇有耳目一新之感。

　　我们再来看看刘大白的历史观和文学史观。

――――――――――

① 　刘大白：《白屋书信》，第 35 页。
② 　刘大白：《中国文学史》，第 17 页。
③ 　同上书，第 20 页。

刘大白认为："历史是应该就群化演进的历程，作系统的记载，而并非只像堆沙包样子，作人物传志底积叠。"①编文学史者，首先要说明文学怎样演进。文学以创造为贵，但创造是建立在因袭的基础之上。"天演论者所谓演进历程中的创造，决不是《旧约圣书·创世记》中的所谓创造。"②文学在历史上是演进的，是有系统相衔接的。其次，编文学史者要说明文学演进的原因。"文学底演进，是跟着人类底生活而演进。"能使文学变迁的因素有很多，包括："时代底变迁，地域底变迁，个人才性的变迁，以及材料工具等底变迁。"③总之，人类想要追求较好生活的愿望，是文学演进的重要动力。第三，编文学史者要估定文学的时代价值和生命价值。文学的时代价值又包括现代价值和当时价值。"估定文学底现代价值，自然应该从现代的立足点上去评判它；而估定它底当时价值，却应该把立足点移到那个时代，就它在当时所发生的影响上去评判它，而还它一个相当的价值。"④除这两种时代价值以外，还有一种价值，就是文学本身艺术生命上的价值。"这艺术生命底永在，是超乎人类生活变迁关系的真价值。"⑤对文学时代价值全面而客观的认识，体现了刘大白严谨的学术精神和史学素养。而对文学生命价值的重视，则是刘大白"诗人之史"立场的又一重要表现。

刘大白《中国文学史》采用以序数分期的形式，将中国文学史分为七期。第一期"上古至商"，时间跨度约 1500 年；第二期"周至秦"，时间跨度约 914 年；第三期"两汉、三国至隋"，时间跨度约 823 年，分为两篇论述；第四期"唐"，时间跨度约 289 年。已发表部分至此而止，各部分所占篇幅并不太均衡，唐代部分所占比重最

---

① 刘大白：《中国文学史》，第 10—11 页。
② 同上书，第 12 页。
③ 同上书，第 13 页。
④ 同上书，第 15 页。
⑤ 同上。

大。未发表部分包括：第五期"五代至元"，时间跨度约 461 年；第
六期"明至清"，时间跨度约 544 年；第七期"民国纪元以后"。

从《中国文学史》的"引论"部分对第六期"明至清"文学的议论
可知，刘大白对明清诗歌整体评价并不高。刘大白承认，明清时
期，诗篇、词曲、辞赋等依然占据着正统文学的殿堂，而且在艺术技
巧方面，也颇有高明之处。但他认为，明清时期，正统文学的殿堂
不过是"两座假古董底制造所陈列馆"①。究其原因，是受到了科
举制度和馆阁文学的影响，导致创造性不足，反倒是被"屏诸门外
的那些闲花野草，歌鸟吟虫"②，更有欣赏价值。所谓"闲花野草，
歌鸟吟虫"，是指白话小说、弹词、民间戏曲等。而这些更有欣赏价
值的内容，并非刘大白研究的专长。一个令人感兴趣的问题是，刘
大白《明代文学》如果面世的话，会怎样处理各种文体之间的关系？
《中国文学史》明清部分如何写，我们不好断言。但是，从《中国文
学史》中抽离出来的《明代文学》，按照"万有文库"丛书的编写体例
和整体架构，也许仍然会将明诗作为讨论的重点。

刘大白虽然批评明诗创造性不足，抨击复古运动下产生的诗
歌是"假古董"，但并不妨碍他对明诗进行深入研究。刘大白在《中
诗外形律详说》自序中，针对当时诗坛的新旧之争，曾发表过如下
见解："不论是想把自己所有的古董向人家夸耀的，不论是想指摘
人家底古董尽是些碎铜烂铁，一钱不值的，不论是想采运了洋古董
来抵制国货的，似乎都得先把这些古董查明一下，给它们开出一篇
清单来。如果不做查账结账的工夫，而只是胡乱地夸耀一下，指摘
一下，抵制一下，这种新旧交哄，未免有点近乎瞎闹。"③

刘大白既具有学者的睿智，又拥有诗人的热情。钟敬文《关于
刘大白先生——序刘著〈故事的坛子〉》提到，刘大白曾经研攻过数

① 刘大白：《中国文学史》，第 40 页。
② 同上。
③ 刘大白：《中诗外形律详说自序》，见《刘大白研究资料》，第 189 页。

学,其才能和学绩,是颇为多面的。大多数诗人对诗论或诗史研究
不感兴趣,甚至"竟是那种机械工作底厌弃者或敌对者"①。而刘
大白却对貌似机械、枯燥的理论工作和文学史研究乐此不疲,并在
这一领域大显身手,新见迭出,妙语连珠。

刘大白《中国文学史》,文情并茂,虽然并非全璧,但不失为一
部有见解、有新意的佳作。1934 年 3 月,《师大月刊》第 1 卷第 10
期发表了杨树芳《刘大白及其作品》一文,称赞刘大白《中国文学
史》不失为一流的作品,并对《中国文学史》未完成部分是否有存稿
表示关心。② 我们更关心的是,刘大白《明代文学》是否曾有底稿?
即使没有,刘大白在复旦大学、上海大学多年教授中国文学史,应
该编有讲义,其中对明代文学大概也发表过不少精妙的见解。"万
有文库"将刘大白作为《明代文学》作者之首选,应该不会没有理由
吧。刘大白《明代文学》如果面世,当不失为一部有特色的"诗人之
史",可惜我们现在已经无缘见到了。

三、学人之史：钱基博《明代文学》

钱基博(1887—1957),字子泉,别号潜庐,江苏无锡人,辛亥革
命时,曾在军队任职,后投身教育。1923 年应聘清华大学教授,
1924 年因病回南方,在上海圣约翰大学任教。1925 年"五卅惨案"
发生时,钱基博因不满校方压制学生爱国运动的行径,愤而离校,
同年加入光华大学(今华东师范大学)。1927 年 9 月,兼任无锡国
学专修学校教授兼校务主任。1937 年,钱基博在浙江大学中文系
任教授。1938 年,钱基博任国立湖南师范学院国文系主任。1946

---

① 钟敬文:《关于刘大白先生——序刘著〈故事的坛子〉》,见《刘大白研究资料》,第
  268 页。
② 杨树芳:《刘大白及其作品》,见《刘大白研究资料》,第 263 页。

年,任职于华中大学(今华中师范大学),1957 年逝世。钱基博是现代著名学者、教育家,因其深厚的国学根基,与其子钱钟书并有"国学大师"之称。

钱基博自幼勤学苦读,其治学涉猎范围颇广。陈衍评价钱基博"学贯四部,著述等身"①。1923 年,钱穆在无锡江苏省立第三师范任教时,曾与钱基博同事,对钱基博的学问和人品十分敬重,晚年时忆及,称自己"生平相交,治学之勤,待人之厚,亦首推子泉"②。

钱基博中年之后,对"集部之学"用力尤勤。钱基博尝自谓:"近人侈言文学史,而于名家集作深刻之探讨者卒鲜。余读古今人诗文集最夥,何啻数千家,而写有提要者,且不下五百家,唐以前略尽。严氏《全上古三代秦汉三国六朝文》,邑人丁氏《全汉三国晋南北朝诗》及清修《全唐诗》《全唐文》,通读一过,人有论评,而于其人之刻有专集者,必取以校勘篇章,著录异同。儿子钟书能承家学,尤喜搜罗明清两朝人集,以章氏文史之义,抉前贤著述之隐,发凡起例,得未曾有! 每叹世有知言,异日得余父子日记,取其中之有系集部者,董理为篇,乃知余父子集部之学,当继嘉定钱氏之史学以后先昭映,非夸语也。"③钱基博日记中,保存了大量读书笔记,其中与集部相关者颇具学术价值。令人惋惜的是,其日记晚年毁于一旦,未能整理出版。

虽然晚年日记被毁,但钱基博保存下来的著作,已可用"著述等身"来形容。2011 年至 2016 年,由傅宏星主编,华中师范大学出版社推出的《钱基博集》,共分五辑,煌煌二十四巨册。其《中国文学史(上下册)》《现代中国文学史》赫然居首,体现出学界对钱基博在文学史方面所取得成就的高度重视。

---

① 陈衍:《石遗室诗话》续编卷一,人民文学出版社,2004 年,第 549 页。
② 钱穆:《八十忆双亲·师友杂忆》,生活·读书·新知三联书店,2005 年,第 128 页。
③ 钱基博:《读清人集别录》,见钱基博著,傅宏星主编:《钱基博集·中国文学史(下)》,华中师范大学出版社,2011 年,第 773 页。

　　钱基博在上海光华大学和无锡国学专修学校任教期间,开始
致力于中国文学史研究。1932 年 12 月,《现代中国文学史长编》
由无锡国专学生会铅印出版。1933 年 6 月,《明代文学》由商务印
书馆出版,成为钱氏《中国文学史》的发端。1933 年 9 月,《现代中
国文学史》由上海世界书局出版,销路极佳,多次再版,1936 年又
出了修订版。抗日战争爆发后,钱基博辗转迁至湖南,在湖南蓝田
国立师范学院(现湖南师范大学)任教期间,陆续完成了《中国文学
史》的编写,作为教材在蓝田陆续印行。1939 年,《中国文学史(上
古至隋唐之部)》由湖南蓝田袖珍书店出版。1942 年,《中国文学
史(宋辽金之部)》由湖南蓝田公益书局出版。1943 年,《中国文学
史(元之部)》(即《中国元代文学史》)由湖南蓝田新中国书局出版。
清代部分的手稿未出版,毁于“文革”中。1993 年,中华书局将钱
氏《中国文学史》汇为一书出版。

　　钱基博《中国文学史》具有鲜明的“学人之史”的特色。这在其
早期发轫之作《明代文学》和《现代中国文学史》中体现得尤为
明显。

　　钱基博的学人立场,首先表现在其独特的学术见解。钱基博
《自传》云:“务正学以言,无曲学以阿世。”①这在其文学史著作中
有鲜明体现。其文学史写作大都是有感而发、有为而发,而非随波
逐流、无病呻吟之作。以《明代文学》为例。明代文坛盛行复古主
义,其诗文历来为后人所诟病。钱基博则站在民族文化的立场,对
明代诗文复古运动予以较高评价,将明代文学在中国文学史上的
地位比作“欧洲中世纪之有文艺复兴”②,认为明代文学“实宋元文
学之极王而厌,而汉魏盛唐之拔戟复振,弹古调以洗俗响,厌庸肤

---

① 钱基博:《钱基博自传》,见钱基博著,傅宏星主编:《钱基博集·碑传合编》,华中师
　　范大学出版社,2014 年,第 117 页。
② 钱基博:《明代文学》,“自序”第 1 页。

而求奥衍,体制尽别,归趣无殊"①。钱基博对自己的这一观点极为自信。以此为出发点,他对明代前后七子、唐宋派、竟陵派以及钱谦益等存在较大争议的流派和作家,都重新予以审视,提出了自己独到的见解。钱基博批驳了清代桐城派推尊归有光,视七子为妄庸的观点。他将明代前后七子复古运动,视同唐代韩愈、柳宗元倡导的古文运动,认为韩、柳古文运动是为"救汉魏六朝之缛靡",而何、李之复古,则是"矫唐宋八家之平熟"②,两者均是以复古为革新。而唐宋派只是对七子派矫枉过正的修补,其在文学史上的革新作用远远不及七子派。所以,一代文章之正宗,不在唐宋派,而在七子派。又,钱基博指出,明清易代之际,钱谦益人品虽有可议之处,但是他架起了归有光与清代桐城派之间的一座重要桥梁,在古文发展史上的地位和作用不可抹杀。就诗歌而论,钱谦益《列朝诗集》是朱彝尊《明诗综》的底本。清人论明诗,多为朱彝尊《明诗综》所囿,而以钱氏《列朝诗集》为口实。事实上,朱彝尊《明诗综》虽然对钱谦益《列朝诗集》大加指摘,其受《列朝诗集》影响之处也不少。一个重要的例子,就是对竟陵派的评价。钱谦益、朱彝尊都不喜竟陵派,将其视为亡国之音而大肆抨击。钱基博则认为,"钟、谭之诗,蹊径别开,薪以幽冷救七子之绚烂,而为秀峭以矫公安之容易。诗道穷而必变,亦如肥鱼大肉,餍饫之过,而不得不思菜羹也!"③钟、谭之诗,是对明代盛行的摹拟李、杜之风的反拨,这一点与清代王士禛倡导神韵诗风的动机相似,"而士禛诗为秀丽疏朗,钟、谭出以幽深孤峭,皆欲以偏师制胜",世人对其评价却大不相同,"而一尸亡国之大诟,一为盛世之元音,岂非所遭之时有幸不幸耶!"④凡此种种,均为钱基博积久未发之独见,欲借《明代文学》

---

① 钱基博:《明代文学》,"自序"第1页。
② 同上书,"自序"第1—2页。
③ 同上书,"自序"第3页。
④ 同上。

而发之。

钱基博的学人立场，还表现在其鲜明的学术个性。钱基博有
关明代文学的不少观点，与《明史·文苑传序》《明诗综》《四库全书
总目提要》等传统权威著作有所抵触。同时，在五四新文化运动的
时代背景之下也显得有点格格不入。胡适和陈独秀将明代前后七
子及清代桐城派之归、方、刘、姚定为"十八妖魔"，刘大白也斥古文
为"鬼话文"；而钱基博却能够平心静气地讨论前后七子及桐城派
古文之得失，其学人立场由此可见一斑。钱基博以古文大家著称。
"五四"时期，中国传统文化与西方外来文化产生激烈碰撞，中国古
代言文分家的文学传统受到了猛烈冲击，白话文无疑代表了新文
学的正确发展方向。但是，如何客观地对待和批判地接受古代文
学遗产，也是不容回避的问题。钱基博的学术思想，并非开历史倒
车，而是站在学人的立场，对历史表现出充分的尊重。这一时期，
与《明代文学》几乎同时出版的钱基博另一部学术著作——《现代
中国文学史》，也许更能体现其鲜明的学术立场。钱基博《现代中
国文学史》的独特风格，久为学界所关注，在此不作赘述。钱基博
认为，自文学革命发生以来，编写中国文学史的风气渐盛。"尚有
老成人，湛深古学，亦既如荼如火，尽罗吾国三四千年变动不居之
文学，以缩演诸民国之二三十年间；而欧洲思潮又适以时澎湃东
渐，入主出奴，聚讼盈庭，一哄之市，莫衷其是。榷而为论，其蔽有
二：一曰执古，二曰骛外。"骛外之病，在于削足适履；执古之病，在
于"知能藏往，神未知来；终于食古不化，博学无成而已"①。有鉴
于此，钱基博在文学史研究中，"不苟同于时贤，亦无矜其立异；树
义必衷诸古，取材务考其信"②。

钱基博的学人立场，在其文学观、史学观及文学史观中也有所
体现。

---

① 钱基博：《现代中国文学史》，华中师范大学出版社，2011年，第6页。
② 同上书，第7页。

钱基博将文学的定义和范围，归纳为三种。他指出，六朝以前，文学为著述之总称；六朝以后，始有狭义文学之概念，狭义文学即"美的文学"。而"今之所谓文学者……用以会通众心，互纳群想，而兼发智情……又近世之论文学，兼及形象，是经、子、史中之文，凡寓情而有形象者，皆可归于文学。则今之所谓文学，兼包经、子、史中寓情而有形象者，又广于萧统之所谓文矣。"①其说兼顾古今，较之刘大白的文学观，更贴近中国文学的传统和现实，也更具有学理色彩。

钱基博的史学观，深受中国传统史学的影响。他酷嗜刘知幾的《史通》和章学诚的《文史通义》。刘知幾提出作史有"三难"：曰才，曰学，曰识。受"三难"之说的影响，钱基博提出作史有"三要"：曰事，曰文，曰义。他以人体为喻，形象地指出，事为史之躯壳，文为史之神采，义为史之灵魂。他自称："吾之作中国文学史也，大抵义折衷于《周易》，文裁例于班马。"②从《周易》到章学诚《文史通义》，都贯穿着一种"会通"的精神，这正是钱基博著史所追求之"义"。同时，钱基博还指出，历史"贵能为忠实之记载，而非贵其有丰厚之情绪也"③。所以，著史者应努力做到不偏不党，持有中正之见，避免受到成见的干扰。这在钱基博对明代前后七子、唐宋派、竟陵派、钱谦益以及现代文学革命的评价中，都充分体现了出来。

钱基博对文学史，也有独特的见解。他虽然深受中国传统史学思想的影响，但不为传统观念所束缚。他指出，中国古代没有真正的文学史著作。古人所谓文史、文苑传、总集等，只是"供文学史

---

① 钱基博著，傅宏星主编：《钱基博集·中国文学史（上）》，华中师范大学出版社，2011年，第3—5页。
② 钱基博：《文史小言·作史有三要》，见钱基博著，傅宏星主编：《钱基博集·后东塾读书杂志》，华中师范大学出版社，2014年，第158页。
③ 钱基博著，傅宏星主编：《钱基博集·中国文学史（上）》，第6页。

编纂之材料焉尔"①。他认为，文学史不同于文学。文学史属于科学的范畴。"文学之职志，在抒情达意；而文学史之职志，则在纪实传信。"②"纪实传信"的追求，与刘大白重视审美感受的文学史观形成鲜明对照。刘大白的文学史观更偏于文，而钱基博的文学史观更偏于史。

在对中国文学史的分期问题的处理上，钱基博也与刘大白不尽相同。钱基博将中国文学史分为四期。第一期自唐虞以迄于战国，名曰上古，此乃文章孕育以渐成长之时期，理胜于辞；第二期自两汉以迄于南北朝，名曰中古，文伤于华；第三期自唐以迄于元，谓之近古，文失之野；第四期为明清两朝以迄于清季，谓之近代。明之何景明、李梦阳，始以唐宋为不足学者，此后门户各张；迄于清季，辞融今古，理通欧亚，集旧文学之大成而要其归，蜕新文学之化机而开其先。可见，钱基博对明清诗文在文学史上的地位的估价是比较高的，这一点也不同于刘大白。

总之，深厚的国学根基，使得钱基博的中国文学史书写别具一格。但钱基博的思想并非一味保守，在他身上，体现出一种学人的风骨，其《明代文学》不愧为典型的"学人之史"。

四、编辑之史：宋佩韦《明文学史》

宋佩韦本名宋云彬（1898—1979），浙江海宁人，是中国现代著名文史学家、杂文家、编辑家和出版界前辈。1924 年 8 月，宋云彬加入中国共产党，后遭国民党通缉，1928 年前后，潜居上海，同党失去了联系，做商务印书馆馆外编辑，埋首校点古籍。1928 年冬，

---

① 钱基博著，傅宏星主编：《钱基博集·中国文学史（上）》，第 9 页。
② 同上书，第 6 页。

宋云彬任开明书店编辑。在开明书店工作期间，曾主持编辑校订大型辞书《辞通》，主编《国文讲义》与《中学生杂志》。1937 年抗战全面爆发后，曾在桂林文化供应社工作，后与夏衍等编辑《野草》杂志，并在桂林师范学院任教。抗战胜利后，任重庆进修出版社编辑，同时主编民盟《民主生活》周刊。1947 年赴香港，任文化供应社总编辑，并主编《文汇报》的《青年周刊》，又在达德学院任教。同时为上海书店编写南洋华侨中学的语文教科书。1949 年到北京，参加教科书编审工作。新中国成立后任国家出版总署编审局编辑、处长，人民教育出版社编辑、副总编辑。1952 年任浙江省文联主席，省文史馆馆长等职。1957 年被错划为"右派"。次年，调北京任中华书局编辑，参与点校《二十四史》。60 年代，在北京大学古典文献专业任教。1979 年 2 月错划"右派"得到改正，同年 4 月逝世。2016 年 5 月，"宋云彬古籍整理出版基金"在北京成立，该基金由中华书局主持，用于奖励优秀古籍整理人才和优秀古籍整理成果。

宋云彬一生，除整理和校点大量文史古籍外，还留下了很多著作，不愧是一位优秀的编辑家兼作家、学者。但宋云彬对作家、学者之类的头衔并不十分在意。他有两篇杂文，一为《辞"作家"》，一为《箴"学者"》。《辞"作家"》批评了中国现代文坛上互相吹捧和自我标榜的现象，希望"不论是已成功的作家或是有希望的青年作家，他们的成功，他们的有希望，都从修养上、学习上得来"①。《箴"学者"》批评了学界中的某些"随时抑扬，违离道本，苟以哗众取宠"的曲学阿世之徒，同时赞赏了"真正从事于学术工作的人"，认为他们"时不论古今，地不分中外，都能为求真理、明是非而奉献其一切。一个真正的学者，无不具有富贵不能淫，贫贱不能移，威武不能屈的大丈夫气概"②。三四十年代，宋云彬曾在《回忆许地山》一文中感慨："中国目前充斥着曲学阿世、冒没奔竞之徒，而缺少脚

---

① 宋云彬：《宋云彬杂文集》，生活·读书·新知三联书店，1985 年，第 75 页。
② 同上书，第 292 页。

踏实地、从事学术研究的人。"①宋云彬本人，则既具有学者的铮铮铁骨，又具有谨严的治学精神。秦似《宋云彬杂文集序》称："云彬先生不失为一个治学谨严的学者"②，"云彬先生是研究历史的，因此他的杂文，无论谈论时事、褒贬人物，总是贯串着历史的观点，带有历史的眼光"③。

宋云彬的文学史著作，除《明文学史》外，还有一部《中国文学史简编》。本文称宋云彬的文学史著作为"编辑之史"，不仅因为宋云彬先生是杰出的编辑家，还在于其文学史体现了一种较为鲜明的编辑立场。

宋云彬的编辑立场，主要表现为"结账式"的整理古籍的方法。前文提到，刘大白曾经主张对古代文学遗产做一些"查账结账的工夫"。无独有偶，宋云彬也主张对古书进行"结账式的整理"。章炳麟在给刘师培的信里，谈到过注释古书的方法："似宜定其然否，以然者为注而释之，以否者入疏而驳之，然后义有准的，不同专务编辑者。"④宋云彬则认为，整理古书应该当作编辑工作来做。这个工作绝不能交给所谓"专家"去做。因为"专家"到了太"专"的时候，往往有一种门户之见。"所以我们整理古书，必须用结账的办法。有几笔账已经可以算清楚的，我们就把那总账写出来，不必把分类账列出来了。有几笔账还不能总结的，就不妨挑顶重要的列出来，让将来的人来清算，来作总结。"⑤具体说来，所谓"结账式"的整理古书的方法，"就是认定一种古书，把以前人所有讲到这一本古书的，不论是注疏、考证，或者短短的几句话，通统搜集起来，加以比较研究，拣其中已经成为定论、不必再有怀疑的，就用简单明了而又正确的文字注出来。如果碰到有几种说法，而都持之有

---

① 参见秦似：《宋云彬杂文集序》，见《宋云彬杂文集》，第 3 页。
② 同上。
③ 同上。
④ 章太炎著，马勇编：《章太炎书信集》，河北人民出版社，2003 年，第 72 页。
⑤ 海宁市档案局（馆）编：《宋云彬文集（第三卷）》，中华书局，2015 年，第 74 页。

故，言之成理，一时未能断定哪一说对的，就不妨几说并存——自然，如果有真知灼见，也不妨把自己的意见写出来，或者批驳哪一说不对，或者自立一说，让读者自己去判断"①（宋云彬《略谈整理古书》）。

这种"结账式"整理古籍的方法，也可以视为文学史编写的一种立场。其要点在于，应摒弃门户之见，努力客观公正地对待历史。面对错综复杂的文学史现象，文学史编写者的个人观点或许并不那么重要，重要的不是独创新见，而是对前人的研究成果进行梳理和总结，得出正确的见解。文学史的编写者当然也可以把自己的意见提出来，供读者参考，但不能凌驾于前人或者读者之上。可以看出，这种"结账式"的整理古代文化遗产的方法，与宋云彬长期从事编辑工作的经验有关，体现出一种鲜明的编辑立场。在宋云彬《明文学史》中，我们不难感受到这种"结账式"的编辑立场。其实，对前人的观念进行总结和判断，也不是一件容易的事情，首先要尽可能全面地搜集前人的观点，其次要对不同观点进行比较和判断，这需要文学史的编写者有较深厚的学术素养。同时，文学史编写者不应急功近利，其目的不在于追求个人声名，而在于追求真理。在这一点上，学者与编辑的工作有相通之处，两者并无高下之分。

"结账式"的编辑立场，对明代文学史的书写而言具有特殊意义。明代诗文流派纷呈，论争激烈，后人对明代文学的评价也是见仁见智。在众多相互出入甚至相互抵触的见解中，如何拣出定论，用简洁的文字把历史如实地记录下来，并予以恰如其分的评价，这对明代文学史的编写者而言是一项真正的考验。

宋云彬编写《明文学史》时，重视对史料的选择，尽量引用公认的权威之作。《明史·文苑传》《四库全书总目提要》等都是他经常

① 海宁市档案局（馆）编：《宋云彬文集（第三卷）》，第 73 页。

引用的对象。例如，他在介绍作家生平时，多引《明史》。某些不见于《明史》的作家，则注明"《明史》无传"；介绍明代散文时，多引用黄宗羲《明文案》序的观点。清人的明诗选本不少，如《列朝诗集》《明诗综》《明诗别裁集》等；而清末陈田《明诗纪事》可谓后出转精，集其大成。所以，宋云彬介绍明代诗歌时，多引用陈田《明诗纪事》的观点。此外，清代女诗人汪端《明三十家诗选》多有精辟之见，也成为宋云彬重点引用的对象。汪端《明三十家诗选》的见解，往往被其他明代文学史的编写者所忽略。对汪端的重视，可谓宋云彬《明文学史》的一大亮点。

例如，宋云彬对明初诗人高启评价很高，认为"他不仅是明初的大作家，而且明朝一代的诗人，再没有能胜过他的了。他在明代文学史上，是值得大书特书的"①。他的这一观点，主要源自汪端。汪端《明三十家诗选》对高启评价极高，称："青丘诗众长咸备，学无常师。才气豪健而不剑拔弩张，辞句秀逸而不字雕句绘。俊亮之节，醇雅之旨，施于山林、江湖、台阁、边塞，无所不宜。"②同时，宋云彬也列举了前人的一些不同意见。如清人沈德潜倡导格调说，为推尊前后七子，不免对高启有所打压。沈德潜称高启"才调有余，蹊径未化，故一变元风，未能直追大雅"③。宋云彬对沈德潜的批评表示不满，认为他有门户之见。宋云彬还引用了汪端对沈德潜的质问，作为佐证："然则必如空同古诗，沧溟乐府，摹拟饾饤，局促辕下，乃可谓直追大雅耶？"④宋云彬对《四库全书总目提要》的观点也不完全苟同。四库馆臣对高启的诗评价虽然较高，但过分强调其"摹仿"之功，称高启的诗"拟汉魏似汉魏，拟六朝似六朝，拟唐似唐，拟宋似宋，凡古人之所长，无不兼之……特其摹仿古调之

---

① 宋佩韦：《明文学史》，商务印书馆，1934 年，第 19 页。
② 汪端：《明三十家诗选》，见宋佩韦：《明文学史》，第 24 页。
③ 沈德潜：《明诗别裁》，见宋佩韦：《明文学史》，第 25 页。
④ 汪端：《明三十家诗选》，见宋佩韦：《明文学史》，第 25 页。

中，自有精神意象存乎其间。譬之褚临禊帖，究非硬黄双钩者可比"①。宋云彬认为："前人做诗，为格调所限，摹仿古调原是不得已，但精神意象却是诗的生命。否则学像了古人，忘却了自己，那便是'诗匠'，算不得诗人了。高启的诗，其长处就在用古人的调子而说自己的话，所以硬派他某诗体近汉魏，某诗直追唐宋，未免滑稽而多事。"②

又如，李梦阳是明代诗文复古运动的一面旗帜，前人对李梦阳的诗文和人品多持肯定之论。宋云彬则引用了李梦阳《大梁书院田碑》中的两句话："宁伪言欺世而不可使天下无信道之名，宁矫情干誉而不可使天下无仗义之称。"③以为这两句不啻他自己招供。宋云彬肯定李梦阳"当时以劾刘瑾得祸，士大夫震其气节，而才力雄健，持论又高，实足以竦当代之耳目，所以学者翕然从之"④。但也暗示其人品并非无可疵议。关于李梦阳的诗文，宋云彬列举了钱谦益、陈文述两家的批评意见。陈文述《颐道堂文集·书李空同集后》一文，对李梦阳的人品和诗文都进行了大胆的指摘。汪端是陈文述的儿媳，她在《明三十家诗选》中将此文全文收录。宋云彬认为，钱、陈两氏的批评，颇能切中梦阳之病。同时，宋云彬还列举了一些对李梦阳不同的评价。如陈田《明诗纪事》中推奖李梦阳的复古之功为不可没，黄宗羲则指斥李梦阳为贻误后学，等等。最后，宋云彬对前人的意见进行了简单的总结，认为李梦阳是"功之首，罪之魁"⑤。

从以上两例可以看出，宋云彬对明代一些富有争议的作家和文学史现象有自己的立场，其观点往往来自对前人不同意见的衡量，他对此并不隐瞒。其《明文学史》中经常出现"持平之论"或者

---

① 参见宋佩韦：《明文学史》，第22—23页。
② 同上书，第23页。
③ 李梦阳：《大梁书院田碑》，见宋佩韦：《明文学史》，第91页。
④ 宋佩韦：《明文学史》，第91页。
⑤ 同上书，第94页。

"笃论"等字眼，用以对前人的观点进行评判。同时，对于自己不太赞成的观点，如果具有一定的代表性，他也会列举出来，留待读者自己去判断。

宋云彬的《明文学史》还有一个特点，就是每章之后，均有注释。这在今天已成为学界普遍遵守的学术规范。但在20世纪早期的文学史中，如此重视学术规范的著作尚不多见。这大概也是宋云彬常年从事编辑工作，在校注古书时形成的一个习惯吧。

宋云彬《明文学史》对明代诗文的整体评价并不高，他说："我们拿全部中国文学史来观察明朝一代的正统文学，谁也不能无寂寞之感。"①散文方面，他举黄宗羲《明文案》序中的观点，认为明代散文"以一章一体论之"，虽然不乏佳作，但很少有超越古人、自成一家者。至于诗歌方面，"只有一高启可当一代大作家，其他也不过就一章一体以论其短长而已"②。宋云彬将其归咎于八股文。为此，他还在书末专辟一章，对八股文进行了较有系统的论述。

宋云彬《明文学史》行文简单平实，浅显易懂，表面看来，似乎没有提出什么特别富有新意的论断，大都为老生常谈，但其在引用诸家观点时，是经过仔细斟酌、拣选的。所以，直到今日，此书仍不失为一部富有重要资料参考价值的文学史著作。

五、小　　结

中国旧无文学史类的专门著作，只有以政治史、制度史为主干的综合史，其中的艺文志、文苑传等，略具文学史雏形。此外，在部分诗话、序跋、论诗绝句组诗等零章断篇中，亦可觅得文学史的身影，但大都十分简略、模糊，难以让文史爱好者大快朵颐。自19世

① 宋佩韦：《明文学史》，第6页。
② 同上。

纪末 20 世纪初，始有现代意义上的文学史专著产生。随之而来的，是文学史应当如何书写的问题。历史著作是由人书写出来的，不能将其简单地视同历史本身。文学史作者的文学观及其史识、史学、史才、史德等，都决定着一部文学史著作的特殊面貌。

刘大白、钱基博、宋云彬三人都是文化名家，大家写小书，自然出手不凡，且带有鲜明的个性色彩。三人均有多方面的成就和广泛的治学兴趣，并非专治明代文学的"专家"。他们之所以将目光投向明代文学史的编写，一是与现代教育转型时期，对中国文学史教材及教辅资料的迫切需求有关；二是与商务印书馆"万有文库"等丛书的约稿有关；三是与他们自身多年从事文学、教育或出版事业的深厚积累有关。20 世纪初，新旧文学观念的激烈碰撞，也是造成文学史多样化风格的重要原因。

当然，20 世纪 30 年代，仍属于文学史的草创期。明代诗文，更是文学史研究的一个薄弱环节。所以，早期明文学史的缺陷也在所难免。文献资料的欠缺，可以说是早期明代文学史编写过程中最大的遗憾。刘大白《明代文学》有目无书，姑且不论。钱基博《明代文学》，号称是建立在"集部之学"的基础之上，但据现存资料考察，钱基博所读古人之集，多集中于宋代之前和清代。明人别集甚为浩繁，钱基博只提到其子钱钟书喜欢搜罗明清两代之文集，而没有提到过他自己深入研读明人别集的经历。其《明代文学》引用较多的，仍是《列朝诗集》《明诗综》《四库全书总目》等常见资料。宋佩韦《明文学史》更是过分依赖于明代诗文总集、选本及常见资料，所以更像是一部简洁的明代文学研究学术史，与明代文学史的历史现场还存在一定距离。宋云彬主张对前人观点进行"结账式"的总结和整理，但如果不能重返历史现场，这笔账单恐怕很难真正结清。

近年来，伴随着明代文献发掘整理工作的不断推进，明代诗文研究不断升温。同时，中国文学史书写问题也成为学界持续关注的热点话题。在这种背景下，回顾和剖析一下早期的三部明文学史，不仅有助于梳理现代明诗研究的起点和路线，而且对推动今后的明代文学研究，深化对中国文学史的反思，均不无裨益。相信伴随着更多史料的发掘整理，以及对文学观、文学史观及相关史识的讨论的不断深入，包括明代文学史在内的中国文学史在走过了一个世纪的发展历程后，仍将不断推陈出新，产生出更加厚重、更富学术个性和新意的佳构。

后　记

　　本书的八篇文章并非写于一时，它们承载着我走上文学研究道路二十年来的一些难忘记忆。借此机会，请容许我将自己人生道路上的几块重要碎片稍加拼接，并对帮助过我的师友们道一声感谢。

　　我自幼受父辈熏陶，喜爱文学。父亲年轻时当过办公室主任，经常为单位写材料。业余时间，父亲喜欢读书，搞搞文学创作，写点散文、小说之类，偶尔见诸报端。家中的客厅里，最气派的家具，是一排书橱，里面摆满了古今中外的文学名著，以及《世界文学》《人民文学》《十月》《收获》等父亲订阅的文学杂志。这些书刊，陪伴我度过了童年、少年时代大部分美好而安静的时光。我有一位堂叔，当时已是小有名气的散文诗作家，经常来家中做客，与父亲探讨文学方面的话题。母亲先是在单位工会图书馆工作，后来又随父亲调至济南某高校，在资料室工作，这让我有了更多借书、读书的机会。我看书的范围比较广泛，基本上碰到什么书都会随手翻阅一下，有兴趣就读下去，不感兴趣的就撂在一边。

　　读高中时，面临文理分科。我虽然喜欢读书，但惮于死记硬背，遂选择了理工科。我没有读过大学中文系，后来走上文学研究道路，完全是半路出家。但在读书方面，还算是稍微有那么一点儿"童子功"。

　　2002年，我有幸考入山东师范大学文学院，师从石玲教授攻读古代文学硕士学位。石老师的主要研究方向是清代诗文,对袁枚尤为关注。受石玲师影响,我也对明清诗文研究产生了兴趣。读研究生的时候喜欢逛书店,偶尔发现书店里有一套《徐渭集》,遂买了下来,并将徐渭研究作为硕士论文的选题方向。《论徐渭对杜诗的接受》是我在"研二"时用一个暑假的时间写成的。这是我研究明诗的起点。屈指算来,迄今为止,刚好满二十年。本书收录了这篇论文,也算是对自己踏上文学研究道路的一个纪念吧。

我读书较为随意,书读得比较杂,文献功底不够扎实。承蒙陈文新先生不弃,将我纳入门墙,给了我继续深造的机会。2005 年,我进入武汉大学攻读博士学位,在风光秀丽的东湖之滨度过了难忘的三年美好时光。陈师开阔的学术视野、"了解之同情"的治学理念、对明代文学生态的重视等,都给我以很大启发。

刚投入陈师门下时,我有志于转攻自己最感兴趣的明清小说,并参与了一些明清小说评点、鉴赏方面的工作,但对博士论文的选题,一直没有深思过。有一次陈师问起,自己一片茫然。陈师当时正在关注历代科举文献整理与研究方面的课题,遂问我是否有兴趣研究明代状元文学。我顿感这是一个很有意思的题目,便欣喜地应承下来。明代状元文学涉及面很广,经过反复权衡,我决定将研究重心放在诗文方面。由于我文献功底欠缺,加之当时整个明清诗文研究文献基础都还比较薄弱,研究过程中遇到的困难远远超乎我的想象。我将大部分时间都用在文献的搜集、整理方面,最后真正用于写作的时间寥寥无几,论文直到要送出外审的前一天晚上,才画上最后一个句点。与硕士论文写作时一气呵成的酣畅淋漓之感不同,博士论文的写作过程让我倍感煎熬,但收获也很多,特别是搜集、整理文献的能力较之前有了较大提升。后来在师弟甘宏伟的协助下,我将搜集到的资料编成《明代状元史料汇编》,全书两百余万字,2009 年交由武汉大学出版社出版。相形之下,仓促写成的博士论文仅有十余万字,内容略显单薄,但在勾勒明代状元诗文基本面貌及其流变、深化对科举与文学关系的认识方面，自信还是有一点创获的。收入本书的《明代吴文化与馆阁文化的离合：从钱福〈明日歌〉谈起》一文，就是在本人博士论文基础上摘录而成的一篇文章。

2008 年，我来到海南师范大学文学院工作。当时，《武汉大学学报》向我们古代文学教研室同仁约稿，时任海师文学院院长兼古代文学学科带头人的阮忠先生，建议大家围绕"古代文学体派研究"分头写文章，于是就有了收入本书的《明代政坛南北之争与前七子的崛起》一文。

2019 年，我为了参加在武汉大学举办的"中国文化中的文学传统暨文学史著作整理研究国际学术研讨会"，写成《诗人之史·学人之史·编辑之史：三部早期明代文学史谫论》一文。陈文新师曾主编过多部文学史，近年来又一直从事民国时期中国文学史著作整理与研究方面的工作，这也激发了我对文学史书写的话语体系和理论建构问题的更多思考。

除以上提到的四篇文章外，收入本书的其他几篇文章，都是近期才写成的。2014 年，我曾申报过一个教育部项目，题目是"多元视角下的明代诗学论争研究"，促使我对明代诗学研究的关注一直延续至今。

近二十年来，明清诗文研究取得了很大进展。与唐诗、宋词、元曲、明清小说相比，明诗的经典化过程尚未完成，大量明清文献还有待全面、深入的整理与研究，研究者在学术理念、研究路径与方法等方面也还存在种种分歧，这也让我充分意识到明代诗学研究独特的学术价值。

作为一个半路出家的古代文学研究工作者，我深知自己学术功底有限。所幸的是，在成长道路上，遇到了众多良师，一路扶持我走到今天。"学然后知不足"，只有坚持不懈地读书、写作，才能不断拓宽自己的视野。"不积跬步，无以至千里"，这本小书，记载了我研学道路上的思想点滴,虽然不成体系,但我依然珍之重之。

最后,要感谢海南师范大学文学院推出这套"天涯文库"。本书在内容和结构上较最初的设想有较大变动,导致交稿时间一再延误,给出版社的编辑同志造成不少麻烦,在此深表歉意。本书部分篇章完成得有些仓促,错误之处在所难免,恳请方家和读者朋友不吝赐正。

郭皓政

2023 年 7 月 2 日,海口